MARK FROST

Tradução de
Glenda d'Oliveira

1ª edição

— *Galera* —
RIO DE JANEIRO

2016

CIP-BRASIL. CATALOGAÇÃO NA PUBLICAÇÃO
SINDICATO NACIONAL DOS EDITORES DE LIVROS, RJ

F96p Frost, Mark
A Profecia do Paladino / Mark Frost; tradução Glenda D'Oliveira. – 1ª ed. – Rio de Janeiro: Galera Record, 2016.
(A profecia do paladino; 1)

Tradução de: The paladin prophecy
ISBN 978-85-01-40142-7

1. Ficção americana. I. D'Oliveira, Glenda. II. Título. III. Série.

14-13759

CDD: 813
CDU: 821.111(73)-3

Título original em inglês:
The Paladin Prophecy

Copyright © Mark Frost, 2012

Texto revisado segundo o novo Acordo Ortográfico da Língua Portuguesa.

Todos os direitos reservados. Proibida a reprodução, no todo ou em parte, através de quaisquer meios.

Direitos exclusivos de publicação em língua portuguesa somente para o Brasil adquiridos pela
EDITORA RECORD LTDA.
Rua Argentina 171 – Rio de Janeiro, RJ – 20921-380 – Tel.: (21) 2585-2000, que se reserva a propriedade literária desta tradução.

Impresso no Brasil

ISBN 978-85-01-40142-7

Seja um leitor preferencial Record.
Cadastre-se e receba informações sobre nossos lançamentos e nossas promoções.

EDITORA AFILIADA

Atendimento e venda direta ao leitor
mdireto@record.com.br ou (21) 2585-2002.

Aos perdidos e solitários...

Silenciosa e inevitavelmente,
Todo crime é punido,
Toda virtude, recompensada,
Todo agravo, reparado.

— Ralph Waldo Emerson

Eu não conseguia ver seu rosto.

Ele estava correndo por uma trilha na montanha. Correndo desesperadamente. Perseguido por sombras vorazes que eram pouco mais que buracos no ar; mas não havia dúvida do que pretendiam. O menino estava em grande perigo e precisava da minha ajuda.

Abri os olhos.

As cortinas tremulavam, presas às janelas escuras. Um vento gelado sibilava por uma rachadura na esquadria, mas eu estava ensopada de suor, o coração martelando no peito.

Apenas um sonho? Não. Não tinha ideia de quem era aquele menino. Parecia ter a minha idade. Mas disto eu tinha uma certeza férrea:

Ele era real e estava a caminho daqui.

SÓ MAIS UMA TERÇA-FEIRA

A Importância de uma Mente Centrada
    Will West começava todos os dias com aquele pensamento antes mesmo de abrir os olhos. Quando os abria de fato, as mesmas palavras lhe davam bom dia de uma faixa esticada na parede do quarto:

N° 1: A IMPORTÂNCIA DE UMA MENTE CENTRADA.

Toda em letras maiúsculas, a 30 centímetros do chão. A regra número um na Lista de Regras de Como Viver do Papai. Dava uma boa ideia de como seu pai considerava crucial aquele conselho. Lembrar-se dele era uma coisa. *Seguir* a regra número um, especialmente com uma mente tão frenética quanto a de Will, já não era assim tão fácil. Mas não tinha sido justamente por isso que o pai a tinha colocado no topo da lista e na parede do quarto dele?
    Will rolou para fora da cama e se espreguiçou. Passou o dedo pela tela do iPhone: 7h01. Abriu o aplicativo do calendário e passou os olhos pelas atividades do dia.
    Terça-feira, dia 7 de novembro:

- Corrida matinal com a equipe de *cross-country*
- Quadragésimo sétimo dia do segundo ano do ensino médio
- Corrida da tarde com a equipe de *cross-country*

    Maravilha. Duas corridas ensanduichando sete horas de anestésico para o cérebro. Will respirou fundo e passou os dedos vigorosamente pelos cabelos bagunçados da noite de sono. Terça-feira, 7 de novembro, um diazinho bem comum e sem sal. Nenhum motivo maior de estresse se anunciando no horizonte.
    Então, por que a sensação de que estou a ponto de enfrentar um pelotão de fuzilamento?

Ele pensou, repensou e pensou de novo, mas não conseguiu encontrar um motivo. Enquanto vestia o moletom, o quarto iluminou-se com o clarão alegre do sol que aparecia. O ativo mais tangível do sul da Califórnia: o melhor clima do mundo. Will abriu as cortinas e olhou para as Topa Topa Mountains, a cadeia de montanhas que se erguia além do quintal.

Uau. Estavam cobertas por um manto de neve, resultado da tempestade de inverno prematura que tinha desabado na noite anterior. Com os primeiros raios de sol atingindo-a por trás, a cadeia era mais nítida e clara que imagem em alta definição. Will escutou um canto familiar e viu o pássaro negro de peito branco pousar em um galho lá fora. Inclinando a cabeça curiosa e destemida, a ave cravou os olhos nele da mesma maneira como tinha feito todas as manhãs daqueles últimos dias. Até os pássaros estavam percebendo.

Que nada, estou bem. Está tudo bem.

Mas se ele *realmente* estava bem, então o que havia agitado aquele coquetel de sensações nauseantes anunciando uma catástrofe iminente? A ressaca de um pesadelo esquecido?

Um pensamento rebelde forçou entrada na mente do rapaz: *essa tempestade trouxe mais do que neve.*

O quê? Não fazia ideia do que aquilo queria dizer. Espera, ele tinha sonhado com neve? Algo a ver com estar correndo? O fragmento prateado de sonho dissipou-se antes de Will conseguir agarrá-lo.

Deixa para lá. Chega disso. Hora de pôr um freio a essa paranoia de louco. Will seguiu com o restante de sua rotina matinal e desceu para o primeiro andar.

A mãe estava na cozinha bebendo o segundo café do dia. Tinha os óculos de leitura presos por um cordão que marcava os cabelos negros e volumosos e mexia no celular, organizando seu dia.

Will pegou um shake energético da geladeira.

— O nosso passarinho está de volta — comentou ele.

— Hum. Fazendo pesquisa de campo de novo — respondeu ela, deixando o celular de lado e enlaçando o filho com os braços. Nunca perdia a oportunidade de dar um bom abraço. Era uma daquelas amantes de demonstrações de afeto para quem, naqueles momentos, nada mais importava, nem mesmo o fato de o filho ficar mortificado quando ela o imobilizava em público.

— Dia cheio? — perguntou Will.

— Uma loucura. Daquelas absurdas. E o seu?

— O de sempre. Então bom dia para você. Tchau, mãe.

— Tchau, Willy. Amo você. — Chacoalhou os pulsos, desprendendo as pulseiras de prata, e voltou a atenção ao celular enquanto o filho caminhava para a porta. — Sempre e para sempre.

— Também amo você.

Mais tarde, mas nem tanto, Will iria desejar tanto ter parado, dado meia-volta, agarrado-se a ela e nunca mais soltado.

No último degrau da entrada, o rapaz começou o aquecimento, balançando as pernas para soltar o corpo. Inspirou a primeira lufada daquele ar frio e revigorante da manhã e expirou, soltando uma fumacinha gelada. Estava pronto para correr. Era sua parte favorita do dia... E, então, mais uma vez, aquela sensação melancólica horrível tomou posse dele.

Nº 17: COMECE TODOS OS DIAS DIZENDO QUE É BOM ESTAR VIVO. MESMO QUE NÃO ESTEJA ACHANDO ISSO. *DIZÊ-LO* EM VOZ ALTA TORNA MAIS PROVÁVEL QUE VOCÊ PASSE A ACREDITAR QUE É VERDADE.

— Que bom estar vivo — disse Will, sem muita convicção.

Droga. Naquele instante, a regra 17 parecia a mais idiota da lista do pai. Ele podia culpar alguns desconfortos físicos bastante óbvios. Fazia 8ºC e estava úmido lá fora. Seus músculos reclamavam do treino de musculação do dia anterior. Uma noite de sonhos escorregadios não o deixara descansar direito. *Só estou meio descompensado. Só isso. Sempre melhora quando encaro a pista.*

Nº 18: CASO A REGRA Nº 17 NÃO FUNCIONE, PENSE NAS COISAS BOAS DA VIDA.

Will acionou o cronômetro do celular e começou a correr devagar. Os tênis específicos para corridas de longa distância batiam levemente na calçada... Dois quilômetros e pouco até a cafeteria: tempo de chegada desejado, sete minutos.

Deu uma chance à regra 18.

Começando pelos pais. Todos os adolescentes que conhecia estavam em guerra com os pais 24 horas por dia, todos os dias da semana, mas esse nunca fora um problema para Will. Por bons motivos: Will West tinha tirado a sorte grande na loteria familiar. Eles eram inteligentes, justos e honestos, em nada parecidos com aqueles farsantes que pregam grandes virtudes, mas agem como verdadeiros delinquentes quando os filhos não estão por perto. Os pais de Will se importavam com seus sentimentos, levavam em conta suas opiniões, mas não cediam fácil quando ele testava os limites. As regras deles eram claras e ficavam no meio-termo entre tolerantes e superprotetoras, dando espaço ao menino para lutar por independência sem sentir qualquer insegurança.

É, eles têm lá os seus pontos fortes.

Por outro lado, eram pessoas excêntricas e reservadas e estavam permanentemente de bolsos vazios, mudando de endereço como beduínos a cada 18 meses — o que tornava fazer amizades ou criar raízes algo impossível para Will. Mas quem é que precisa de coleguinhas quando seus pais são seus únicos amigos? E daí se aquilo fosse pirar a cabeça dele para o resto da vida? Podia ser que se recuperasse, um dia. Depois de décadas de terapia e quilos de antidepressivos.

Pronto. Já pensei nas coisas boas da vida. Funciona que é uma beleza, pensou Will com secura.

Tinha se livrado do frio já no segundo quarteirão. O sangue circulando, endorfina revitalizando seu sistema nervoso ao mesmo tempo em que o Vale começava a despertar para a vida ao seu redor. Ele acalmou a mente e aguçou os sentidos, exatamente como seus pais ensinaram. Inspirou o azedinho defumado de sálvia selvagem e o ar rico em oxigênio dos pomares que contornavam as estradas do lado leste, molhadas e reluzentes da chuva que caíra. Um cachorro latiu; um carro deu a partida. Alguns quilômetros a oeste, pela fresta aberta entre as montanhas, avistou um pedacinho azul-cobalto do oceano Pacífico recebendo os primeiros raios do sol.

É bom estar vivo. Quase podia acreditar agora.

Will partiu em direção à cidade, passando por áreas repletas de fazendas desconexas que iam se avizinhando à medida que ele seguia em frente. Depois de apenas cinco meses ali, estava gostando mais de Ojai do que de qualquer outro lugar onde morara. A atmosfera de cidade pequena e o estilo de vida no campo eram tranquilos e cômodos, um refúgio da agitação da vida em uma grande metrópole. A cidade estava empoleirada em um vale elevado e exuberante, protegida por montanhas costeiras, fazendo de passagens estreitas o único meio de se entrar em quaisquer das duas extremidades. Os habitantes originais, o povo chumash, tinham-na batizado de Ojai: o Vale da Lua. Após centenas de anos chamando Ojai de lar, haviam sido expulsos pela "civilização" em menos de uma década. Vá falar em "refúgio" com os chumash.

Will sabia que sua família também iria embora daquele local quase perfeito. Era sempre assim. Por mais que gostasse de lá, tinha aprendido do jeito mais difícil a não se apegar aos lugares ou às pessoas...

Um sedã preto deslizou pelo cruzamento um quarteirão à frente. Vidros escuros nas janelas laterais. O rapaz não conseguia ver o motorista.

Estão procurando um endereço que não encontram, pensou. Em seguida, perguntou-se como podia saber daquilo.

Um toque fraco imitando uma marimba soou. Tirou o celular do bolso e viu a primeira mensagem do dia mandada pelo pai: "QUAL FOI O SEU TEMPO HOJE?"

Will sorriu. O pai, com a tecla de caixa-alta acionada mais uma vez. O filho tentara ensinar o conjunto de normas de conduta que governava as mensagens de texto umas cinquenta vezes: "É como se você estivesse GRITANDO!"

"Mas eu estou gritando", confirmou o pai. "EU ESTOU MUITO LONGE!"

Will respondeu: "Como está o congresso? Tudo certo em São Francisco?" Conseguia escrever e correr ao mesmo tempo. Conseguiria escrever até descendo escadas em caracol montado em um monociclo...

Will freou antes mesmo de ouvir a borracha raspando o concreto molhado. Uma massa escura deslizou para dentro do campo de sua visão periférica.

O sedã preto. Escapamento funcionando para disfarçar os ruídos, a marcha em ponto morto, bem na frente dele. Modelo recente, quatro portas, alguma marca nacional que ele não conseguiu identificar. Estranho: nenhum logotipo, detalhe personalizado, nada para diferenciá-lo. Em lugar algum. Tinha uma placa dianteira — genérica, que não era da Califórnia —, com uma bandeirinha americana desenhada em um canto. Mas o que havia sob o capô não era nenhum motor de carro oficial. Roncava como um foguete caipira da NASCAR.

Will não conseguia ver ninguém por trás dos vidros escuros — e lembrou-se de que deixar o para-brisa escuro daquela maneira era ilegal —, mas sabia que, lá de dentro, alguém o olhava. A concentração de Will se intensificou, os sons se extinguiram. O tempo parou.

Então, a marimba quebrou o silêncio. Outra mensagem do pai: "CORRA, WILL."

Sem olhar para cima, Will cobriu a cabeça com o capuz e acenou para o carro, pedindo desculpas. Ergueu o telefone, balançando-o de leve como se quisesse dizer: *Foi mal. Adolescente sem noção aqui.*

Will acionou a máquina fotográfica do celular e, discretamente, tirou uma fotografia da traseira do carro. Colocou o telefone de volta no bolso e retomou seu ritmo de corrida.

Finja que está só correndo, não fugindo, pensou. *E não olhe para trás.*

Continuou naquele trote tranquilo, prestando atenção aos sons guturais do motor. O carro acelerou e desapareceu atrás dele, virando à esquerda e seguindo em frente.

Então, Will ouviu uma voz dizer:

— Descrição confere. Possível contato visual.

Certo, como é que *aquela* voz foi entrar na cabeça dele? E de quem era?

Do motorista, veio a resposta. *Está falando pelo rádio. Falando sobre* você.

15

O coração de Will batia forte. Com seu condicionamento físico, seu pulso normal era de 52. Nunca alcançava os três dígitos antes do terceiro quilômetro. Naquele instante, já estava acima de cem.

Primeira pergunta: *O papai acabou de me dizer para CORRER (lá de São Francisco?!) porque ele quer me ver mantendo um ritmo bom ou porque, de algum jeito, sabe que aquele carro não é boa coisa...*

Ouviu o sedã a um quarteirão de distância, colocando a caixa de câmbio para funcionar, acelerando com vontade. Pneus cantaram: estavam voltando.

Will tomou um atalho por uma ruela não pavimentada. Atrás dele, o carro invadiu a rua da qual ele acabara de sair. Antes de o automóvel chegar à ruela, o menino desviou para direita, pulou uma cerca e invadiu um quintal emporcalhado com destroços da decoração do Halloween que já passara havia tempos. Pulou também uma cerca de arame, aterrissando em uma faixa de concreto estreita ao longo da lateral da casa...

...Então, *droga*, uma cabeça rotunda surgiu, saída de uma portinhola para cães à direita dele; um focinho quadrado, rosnando, lançou-se atrás dele. Will pulou por cima de um muro ao fim do caminho, equilibrando-se ali, no exato momento em que o corpo do animal chocou-se contra a cerca, com as mandíbulas ávidas.

A meio quarteirão dali, ouviu o uivo do motor Hemi duplo enquanto o carro acelerava rumo à esquina seguinte. Will parou no fim do quintal, atrás de uma cerca viva crescida, para recuperar o fôlego. Espiou por detrás de seu esconderijo — tudo limpo — e, correndo, cruzou a rua e depois um gramado, passando enfim por uma outra casa. Uma cerca de madeira de quase dois metros de altura delimitava a área do quintal dos fundos. Ele calculou qual seria o impulso necessário para pular, agarrou o topo da cerca e saltou, aterrissando com leveza em outra ruazinha, a um metro de distância de uma jovem de aparência cansada parada perto de um Volvo, tentando equilibrar pasta de trabalho, garrafa térmica e chaves. Ela pulou de susto, como se tivesse tomado um choque, a garrafa caiu no chão e rolou, deixando vazar café com leite.

— Desculpa — disse Will.

Atravessou o pátio e correu por mais quase dois quilômetros, o ruído onipresente do automóvel preto perambulando por algum lugar próximo. Parou na rua lateral seguinte e escorou-se na porta de uma garagem. À medida que a adrenalina ia diminuindo, foi se sentindo um pouco ridículo. Razão e instinto chocavam-se em sua mente como um par de tênis girando dentro de uma secadora vazia ligada:

Você está completamente seguro. NÃO, VOCÊ ESTÁ EM PERIGO. *É só um carro qualquer.* VOCÊ OUVIU O QUE ELES DISSERAM. PRESTE ATENÇÃO, IDIOTA!

Outra mensagem do pai surgiu na tela do celular: NÃO PARE, WILL.

O rapaz passou batido pelas ruas da periferia do centro comercial. Àquela altura, a equipe de corrida já devia estar na cafeteria, esperando por ele. O menino pretendia entrar de fininho e telefonar para o pai só para ouvir sua voz. Percebeu, porém, que já podia ouvi-la NAQUELE INSTANTE. Lembrando-o de uma regra que o pai ficava repetindo como um disco arranhado:

Nº 23: EM SITUAÇÃO DE PERIGO, PENSE RÁPIDO E TOME UMA ATITUDE DEFINITIVA.

Will parou atrás de uma igreja e olhou em volta. Dois quarteirões mais à frente, avistou os companheiros de corrida, seis meninos de moletom do lado de fora da lanchonete, o nome "RANGERS" bordado nas costas. Estavam todos aglomerados no meio-fio ao redor de algo que Will não conseguia enxergar.

Consultou o relógio e seu queixo caiu. De jeito nenhum aquilo podia estar correto: tinha acabado de completar os 2 quilômetros e 200 metros entre sua casa e o ponto de encontro, em uma espécie de corrida de obstáculos envolvendo quintais e cercas em... *Cinco minutos?*

Atrás dele, ouviu o motor roncar, recobrando a vida. Virou-se e viu o carro preto arrancando direto em direção a ele pela rua. Will disparou rumo à lanchonete. O automóvel fez a curva depressa demais, girou e derrapou até parar.

Will já estava a dois quarteirões de onde o grupo estava reunido. Cobriu a cabeça com o capuz, colocou as mãos no bolso e foi ao encontro dos colegas em um passo rápido, porém sossegado, como se nada tivesse acontecido.

— E aí? — balbuciou, tentando não deixar o pânico transparecer na voz.

A maioria dos meninos o ignorou, como de costume. Will misturou-se aos demais, de costas para a rua. O grupo deu espaço suficiente para ele poder ver o que todos estavam olhando.

— Saca só, cara — disse Rick Schaeffer.

Um Hot Rod sinistro, todo personalizado, estava estacionado ali. Era diferente de tudo que Will já vira: um Prowler negro, de acabamento opaco, esguio e baixo, chassi adaptado, com a dianteira pontuda gradeada e calotas cromadas brilhantes. Para-choques se destacavam da frente do carro como os antebraços do Popeye. O coletor de escape do monstruoso motor V-8 saía do capô, irradiando poder latente. A estética do carro era barroca, ao mesmo tempo anacrônica, steampunk, com linhas finas e bem desenhadas recobrindo todo seu corpo. Parecia ao mesmo tempo *vintage* e intocado, estranhamente atemporal, como se já contabilizasse infinitos quilômetros naquela estrutura virginal. A máquina de um forasteiro, sem dúvida: ninguém daquela cidade conseguiria deixar escondido aquele possante do mal. Podia ter surgido de qualquer lugar. Até mesmo do século XIX, vindo do futuro.

Will sentiu recair sobre ele um olhar de detrás das janelas da lanchonete. Atingiu-o com força, como se alguém estivesse cutucando seu peito com dois dedos desafiadores. Voltou-se para lá, mas não podia ver o interior do estabelecimento; o sol acabara de atingir o topo das colinas, lançando toda a sua luminosidade ofuscante no vidro.

— Não toca no meu carro.

Will ouviu a voz dentro de sua cabeça e entendeu que vinha de alguém que o estava vigiando. Uma voz baixa, grave, com um forte sotaque, soando ameaçadora.

— Não encoste! — gritou o menino.

Espantado, Schaeffer afastou a mão.

O homem calvo que dirigia o sedã não percebera o Prowler até os rapazes se dispersarem. Pensou estar tendo uma alucinação. Ativou o filtro de necroondas no escâner de bordo do veículo. As fotos da família — pai, mãe e filho adolescente — diminuíram até se tornarem miniaturas. Enquadrou o Hot Rod, ocupando com ele toda a tela, que pulsava com uma luz branca ofuscante.

Não restavam dúvidas: aquela era a "nave" de um Viandante. A primeira avistada em campo em décadas.

Com as mãos trêmulas, o homem levou o microfone à boca e começou o relatório. Tentava conter a empolgação ao descrever o que tinham encontrado. Seu contato aprovou imediatamente uma mudança no plano de ação.

Ninguém jamais rastreara um Viandante. Era uma oportunidade histórica. O garoto podia esperar.

O homem ejetou da câmara de nitrogênio um cilindro preto de fibra de carbono do tamanho de uma garrafa térmica. Seu parceiro pegou-o e baixou o vidro. Ergueu o objeto, alojou o Acompanhante dentro do inseto localizador pelo compartimento de carga útil e quebrou o lacre. A janela aberta ajudava a diminuir o odor sulfuroso enquanto o homem se preparava para atirar, mas não podia eliminá-lo.

Nada podia.

Will observou o sedã preto mover-se tranquilamente, emparelhando com ele e os companheiros de corrida. Arriscou uma olhadela de rabo de olho para o carro. Viu um homem segurando um cilindro preto pela janela do carona. Algo se destacou do objeto, quicou na rua e ficou imóvel. Seria chiclete?

Esperou até o automóvel desaparecer. Pegou o celular, pronto para mandar uma mensagem urgente ao pai. Então, a porta da cafeteria se abriu violentamente. Enormes botas militares pretas, gastas e cheias de fivelas, estampadas com línguas de fogo já desbotadas, invadiram seu campo de visão.

Está resolvido: também não quero assunto nenhum com esse cara daí. Will partiu para a escola em uma carreira. Chiando em protesto pelo menino ter queimado a largada, o restante da equipe pôs-se a persegui-lo quando ele já virava a esquina.

Atrás deles, o "chiclete" na rua virou-se e criou 12 patas aracnoides que suportavam uma cabeça fina como agulha e um tronco marrom-avermelhado. Deslizou até o meio-fio, lançou-se no ar e, com um ruído elástico, afixou-se ao para-lama traseiro esquerdo do Prowler no exato instante em que o motor acordava com um ronco.

Enquanto o automóvel se movia, o inseto começou a rastejar pelo para-lama, esgueirando-se pela lateral, em direção ao motorista. Antes de alcançar a esquina, o piloto esticou o braço para sinalizar que queria virar. A criatura expeliu pelo focinho um espinho metálico de quase três centímetros e arremessou-se no ar rumo ao pescoço do homem, pronto para depositar sua carga invisível.

O motorista fez o Prowler virar com uma derrapagem controlada, e algo que parecia uma pistolinha surgiu em sua mão esquerda. Localizou o ofensor e puxou o gatilho, emitindo um raio silencioso de luz branca. O inseto-localizador — junto com sua carga invisível — retorceu-se, chamuscado, e caiu no chão, reduzido a cinzas.

A arma voltou a desaparecer dentro da manga do homem no momento em que a curva se completava — giro moderado de 360º — e ele seguia seu caminho.

DRA. ROBBINS

Enquanto corria, a ansiedade roía Will por dentro, como cupim. Não desacelerou em momento algum, tendo olhado para trás uma única vez. Nada de automóvel preto, de Prowler ou de mensagem do pai. E nada dos outros corredores: chegou sozinho à escola. Parou o cronômetro e ficou chocado ao perceber que tinha completado os quase dois quilômetros do trajeto entre lanchonete e escola em três minutos e 47 segundos.

Seus melhores tempos superados, duas vezes, em menos de uma hora, e ele mal tinha começado a suar. Sempre soubera que era ágil. Havia descoberto que conseguia correr como um animal em perigo aos 10 anos, quando um cachorro pôs-se a persegui-lo, e, com isso, aprendeu que ainda lhe sobrava fôlego extra. Ao contar aos pais, no entanto, eles foram irredutíveis na decisão de nunca deixar ninguém vê-lo correr. Não deixaram que fizesse o teste para entrar na equipe de *cross-country* até aquele ano, e só depois de o filho prometer não dar tudo de si nos treinos e encontros de corrida. Will ainda não tinha dimensão de sua real agilidade, mas, considerando-se aquela manhã, podia ter acabado com qualquer recorde.

Will já estava parcialmente vestido para a aula quando os Rangers entraram cambaleantes no vestiário, quase dois minutos depois. Sem fôlego, alguns deles lhe lançaram olhares estranhos.

— Qual é, West — sussurrou Schaeffer.

— Foi mal — balbuciou o menino. — Não sei o que deu em mim.

Apressou-se em sair dali antes de começarem a fazer mais perguntas. Se ninguém mais tivesse cronometrado o tempo, talvez à tarde já tivessem esquecido tudo. Ele ia fazer corpo mole no treino, manter seu padrão de resultados medíocres, e ninguém voltaria a pensar naquela explosão de velocidade repentina.

O problema era não conseguir explicar aquilo para si mesmo.

Passou depressa pelos corredores e, um minuto antes do início da aula de história, estava sentado na carteira. Verificou as mensagens uma última vez. Nada. O pai devia ter entrado em reunião, ou, então, saído para sua corrida matinal.

Will colocou o celular para vibrar assim que tocou o sinal da escola. Os alunos arrastaram-se para dentro com as caras amarradas e amassadas de sono, mexendo nos celulares para movimentar digitalmente suas frenéticas vidas sociais. Ninguém estava prestando atenção a Will. Ninguém nunca estava. Ele certificava-se de que isso não acontecesse. Como perpétuo "novato", o menino tinha aprendido há tempos como esconder lá no fundo suas emoções, mostrando apenas uma máscara sem graça aos colegas.

Nº 46: SE VOCÊ PERMITIR QUE ESTRANHOS FIQUEM SABENDO COMO ESTÁ SE SENTINDO, ESTÁ LHES DANDO UMA VANTAGEM.

Will era o menino alto e esguio que sempre se sentava mais no fundo da sala, totalmente mergulhado na carteira para diminuir sua altura, esforçando-se para nunca se meter em polêmicas. A maneira como se vestia, falava e existia no mundo: quieta, contida, invisível. Exatamente como os pais lhe ensinaram.

Nº 3: NÃO CHAME ATENÇÃO PARA SI.

Ainda assim, a preocupação continuava a vibrar em seu peito, insistente e grave como um acorde de baixo: CORRA, WILL. NÃO PARE. Será que a sincronia entre os acontecimentos — as mensagens do pai mandadas no instante em que o carro preto o descobrira — tinha sido mesmo coincidência?

Nº 27: COINCIDÊNCIAS NÃO EXISTEM.

A Sra. Filopovich já dera início à falação de todos os dias. O tema do momento: as Guerras Napoleônicas. O zumbido irritante que escapava do interfone fixo à parede acima da mesa era mais interessante. Metade da sala lutava para manter-se consciente; Will viu dois meninos acordarem sobressaltados quando seus respectivos queixos escorregaram das mãos que os sustentavam. O ar na sala era pesado, como se até o oxigênio tivesse entregado os pontos.

A mente do menino vagueou e foi parar na última coisa que o pai dissera antes de sair, dois dias antes: "Fique atento a seus sonhos." Subitamente, Will teve um lampejo do sonho que lhe escapara mais cedo. Fechou os olhos para tentar resgatá-lo e capturou uma única imagem fugidia:

Neve caindo. Silêncio em uma floresta imensa, árvores altas recobertas de branco.

Por causa de todas as mudanças de endereço, jamais havia visto neve de verdade antes daquela amanhã, nas montanhas nevadas ao longe. Aquela imagem, porém, parecia mais real que um sonho. Como se fosse um lugar em que já tivesse estado de fato.

A porta se abriu. O psicólogo da escola entrou, fazendo um esforço além do necessário para não ser notado, como um mímico exagerando uma encenação de assalto. O rapaz o conhecia vagamente. Fora o guia de Will três meses antes, em agosto, no tour oferecido aos novos alunos para ambientá-los. Sr. Rasche. Trinta e tantos anos. Silhueta do tipo pera, vestido em veludo cotelê e estampa xadrez extravagante, barba espetada de acadêmico contornando uma cascata de queixos.

Rasche cochichou algo com a Sra. Filopovich. Todos na turma voltaram à vida, gratos por qualquer coisa que os poupasse da morte pelas mãos de Bonaparte. Os dois adultos examinaram a sala.

Os olhos do homem fixaram-se em Will.

— Will West? — indagou, com um sorriso torto esquisito. — Pode me acompanhar, por favor?

Alarmes começaram a soar por todo o sistema nervoso do menino. Levantou-se, desejando desaparecer, enquanto um sussurro geral e indistinto de fofoca e intriga percorreu a classe.

— Traga suas coisas — continuou o Sr. Rasche, inexpressivo como folha de papel em branco.

O homem esperou à porta pelo menino e, então, guiou-o pelo caminho, subindo na ponta dos pés a cada passo.

— Qual é o problema? — perguntou Will.

— Problema? Ah, não, não, não — respondeu o psicólogo, forçando um sorriso de lado que deixava o canino exposto. — Está "tudo certinho". — Rasche emoldurou as palavras com aspas sinalizadas pelos dedos.

Argh.

— Mas já saquei, parceiro — continuou e estendeu o punho fechado para Will, em sinal de cumprimento, para mostrar que estava do lado dele. — Está tudo beleza, tudo nos conformes. Você vai ver.

Ao passarem pelo longo balcão do lado de fora do escritório do diretor, os funcionários sorriram largamente para Will. Um deles chegou até a fazer sinal de positivo com o polegar.

Tem alguma coisa muito errada aqui.

O diretor Ed Barton saiu do escritório. O homem, de rosto redondo e aspecto caloroso, apertou firme a mão de Will, esfuziante e vivaz como se o menino tivesse acabado de ganhar o primeiro lugar na feira de ciências estadual.

— Sr. West, entre, entre. Que bom vê-lo outra vez. Como é que vamos hoje?

Mais bizarro ainda. Em qualquer outro dia, munido da fotografia de classe de Will e um cão farejador, Barton não teria sido capaz de distingui-lo entre três alunos enfileirados, mesmo que dois deles fossem gêmeos siameses.

Will, no entanto, também sempre se esforçava para faltar ao dia de tirar os retratos de classe.

— Para falar a verdade, estou meio preocupado — respondeu, enquanto ele e o psicólogo seguiam Barton escritório adentro.

— Por que, Will?

— É só a sensação de que vocês estão sendo assim tão simpáticos porque vão jogar alguma notícia trágica em cima de mim.

Barton deu uma risadinha e o empurrou para dentro.

— Ah, não. Nada disso.

Rasche fechou a porta. Uma mulher levantou-se da cadeira em frente à mesa de Barton e estendeu a mão. Era tão alta quanto Will, atlética e ágil, e vestia um terno de alfaiataria escuro. Os cabelos louros, longos e lisos estavam presos em um rabo de cavalo impecável. Uma pasta de trabalho em couro, caríssima, estava pousada próxima aos chamativos sapatos de salto agulha.

— Will, esta é a Dra. Robbins — apresentou Barton.

— É um prazer enorme conhecê-lo, Will — cumprimentou ela. Seu aperto de mão era forte, e os olhos violeta, perfurantes.

Seja quem for, pensou o rapaz, *a doutora é uma tremenda gata.*

— A Dra. Robbins chegou com notícias incrivelmente empolgantes — informou o diretor.

— Você é um apreciador de números e fatos, não é, Will? — indagou ela.

— Porque a outra opção seria...?

— Um doido por slogans de marketing e propagandas com mensagens subliminares feitas para deixar a sua consciência paralisada e acabar com o controle dos impulsos por meio de bombardeios de estímulos à parte inferior do cérebro?

Will hesitou.

— Isso vai depender da história que você está querendo me fazer comprar.

A mulher sorriu. Curvou-se, pegou a pasta e retirou dela um laptop fininho, preto e metálico. Ajeitou-o na mesa enquanto o abria. A tela iluminou-se com uma cachoeira de dados que se organizaram artisticamente em gráficos animados.

O diretor sentou-se em seu lugar do outro lado da escrivaninha.

— Will, lembra-se daquela prova que você e seus colegas fizeram em setembro? — perguntou ele.

— Lembro.

A Dra. Robbins tomou a palavra:

— Aquela prova é aplicada pela Agência Nacional de Avaliação Escolar. Para todos os alunos do primeiro ano de todas as escolas públicas do país. — Ela indicou um grande aglomerado de linhas retorcidas no centro do gráfico que aparecia na tela. — Aqui estão as médias nacionais coletadas durante os últimos cinco anos.

A mulher apertou uma tecla: foi a vez da parte superior do gráfico ser destacada, abrindo-se em um aglomerado menor de figuras que lembravam semicolcheias dançantes.

— Estas são as notas dos Bolsistas de Mérito Nacional — informou ela. — Os dois por cento que encabeçam o banco de dados. — Bateu em outra tecla, e a imagem mexeu-se uma vez mais, ampliando um único pontinho vermelho acima do grupo mais elevado do gráfico. Sozinho.

O medo pareceu envolver o estômago de Will como hera venenosa. *Opa*, pensou.

— Ali — continuou a doutora — é você. Um em, para ser precisa, 2.3567 milhões. — Inclinou a cabeça para o lado e sorriu novamente, deslumbrante e cheia de simpatia.

O coração do menino pareceu falhar por um instante. Tentou esconder seu estado de choque enquanto um pensamento percorria solitário a sua mente: *Como isso foi acontecer?*

— Boa, Will — comemorou Barton, esfregando uma mão na outra com satisfação. — O que você me diz disso?

Na época em que fizera a tal prova, Will estava estudando naquela escola de desempenho assombrosamente mediano havia menos de duas semanas, mas era evidente que Barton pretendia levar todo o crédito que pudesse pelos resultados.

— Will? — chamou a Dra. Robbins.

— Foi mal. Eu estou meio que... Sem palavras.

— Perfeitamente compreensível — tranquilizou ela. — Podemos entrar em detalhes, se você quiser...

O interfone na mesa do diretor tocou. Barton estalou os dedos para Rasche, que se virou e abriu a porta. A mãe de Will entrou, usando um lenço em volta do pescoço e grandes óculos escuros que escondiam seus olhos.

O filho procurou nela algum sinal que traísse decepção: ele tinha estragado tudo e mandado seu anonimato pelos ares. A mãe, porém, apenas sorriu para ele.

— Isso não é incrível? — exclamou ela, precipitando-se para abraçar o filho. — Vim correndo assim que a Dra. Robbins ligou.

Will desprendeu-se dos braços da mãe e viu seu reflexo nos óculos de lentes espelhadas dela. Que estranho. Ela nunca usava óculos escuros em ambientes fechados. Estaria com eles para não deixá-lo ver seus olhos? Estava agindo toda animada para convencer os outros adultos, mas o filho sabia que ela devia estar furiosa com ele.

Quando Belinda afastou-se um pouco, Will sentiu um esmaecido odor de cigarro. *Esquisito. Ela deve ter ficado perto de algum fumante no escritório. Ainda é legal fumar em espaço de trabalho na Califórnia?*

O celular do menino vibrou. Mensagem do pai: PARABÉNS, FILHO! A mãe devia ter ligado contando as boas-novas.

Belinda cumprimentou e trocou amenidades com todos na sala. Em seguida, a Dra. Robbins tomou as rédeas novamente.

— Se quiser me dar o prazer, Will — disse —, e se todos puderem nos dar licença, gostaria que você fizesse outra prova, muito rápida e simples.

— Por quê?

— Curiosidade — respondeu ela simplesmente. — Quando alguém esmaga completamente o modelo estatístico existente, as mentes científicas ficam famintas por comprovação. O que você me diz? Aceita?

— Se eu falar que não, qual é o pior que pode acontecer? — indagou o aluno.

— Você volta para a aula, continua com o seu dia e esquece a nossa conversa. *Isso que é argumento convincente.*

— Vamos lá — respondeu ele.

A PROVA

Will seguiu a Dra. Robbins pelo corredor até uma sala vazia com uma mesinha e duas cadeiras. Havia um tablet preto do tamanho de um quadrinho de recados sobre a mesa. A mulher sentou-se de um lado e, em silêncio, indicou a cadeira do lado oposto a Will.

A doutora mexeu no dispositivo, que se acendeu com um ruído quase inaudível. Com os dedos, a mulher ampliou as dimensões do quadrado negro sem bordas da mesma maneira como um escultor manipularia argila molhada. A diferença estava no fato de que o aparelho era feito de metal. Quando terminou de mexer nele, o tablet tinha aumentado de tamanho até cobrir quase a mesa inteira.

— Mas que negócio é esse? — perguntou o menino.

— Ah. Isso iria tirar toda a graça — respondeu ela, com ar brincalhão. — Coloque as mãos aqui, por favor.

O contorno luminoso de um par de mãos apareceu na tela. A escuridão abaixo das linhas reluzia, dando a ideia de profundidades invisíveis. Para Will, era como se estivesse olhando para dentro das águas de um lago iluminado pelo luar.

Ele acomodou as mãos dentro dos limites do delineado. No instante em que a tocou, a tela chiou com o barulho de energia. As linhas brilharam mais forte e sumiram em seguida, deixando as mãos do menino para flutuarem sobre um vazio líquido sem-fim.

— Vou fazer algumas perguntas — explicou a Dra. Robbins. — Fique à vontade para responder da maneira como quiser. Não tem resposta errada.

— E se você fizer as perguntas erradas?

— Qual é o seu nome?

— Will Melendez West.

— Melendez. É o nome de solteira da sua mãe?

— É.

Uma agradável onda de calor subiu da tela, banhando as mãos dele como água do mar antes de dissipar-se.

— E Will não é apelido de William?

— Não é apelido de nada. Meus pais queriam um filho prestativo, e "Will" tem a ver com boa vontade.

Ela não viu graça na explicação.

— Quantos anos você tem, Will?

— Tenho 15.

— Quando é seu aniversário?

— Em 15 de agosto. Acontece sempre no mesmo dia, todos os anos, nunca decepciona.

Uma confusão convulsa de cores subiu das profundezas, desaparecendo logo depois. Ocorreu ao menino o pensamento perturbador de que, se forçasse as mãos para baixo na tela, cairia direto dentro dela.

— Isso aqui é algum tipo de detector de mentiras? — perguntou.

A mulher espremeu os olhos.

— Você ficaria mais à vontade se eu dissesse que é?

— Isso é mais um item da sua prova, ou está mesmo querendo saber?

— Faz diferença para você?

— Vai responder todas as minhas perguntas com mais perguntas?

— Ora, vou, vou, sim, Will — disse ela, sorrindo com amabilidade. — Estou tentando distrair você.

As defesas dele intensificaram-se um pouco mais.

— Continue assim.

— Qual é a sua cor favorita?

— Azul-cobalto. Uma vez, na aula de artes, usei um tubinho de zinco dessa tinta. Azul escurão de verdade, que nem o céu em um dia claro e frio...

— Isso não é uma dissertação. Onde foi que você nasceu?

— Albuquerque — respondeu Will. — A gente só morou lá alguns meses. Eu posso soletrar, se quiser.

Sons quase indistintos toaram muito abaixo das mãos do menino, como timbres abafados de instrumentos de sopro. Formas correspondentes (símbolos matemáticos misteriosos, ou alguma língua arcaica indecifrável) voltearam ao fundo da tela em padrões complexos.

— Também não é um concurso de soletração. Qual é o nome do seu pai?

— Jordan West.

— Ele faz o quê?

— Ele é palhaço de rodeio *freelancer*.

— Hum — fez ela, mordiscando o lábio. — Acho que isso pode ter sido mentirinha.

— Nossa. Você é sagaz *mesmo*.

— Ah, eu, não. — Ela inclinou-se para a frente, apontou para a tela e sussurrou: — Ninguém engana a máquina.

— Está certo, você me pegou. Ele faz pesquisa na universidade.

Robbins sorriu.

— Isso parece um pouquinho mais plausível. Qual é a área dele?

— Neurobiologia, na Universidade da Califórnia, campus de Santa Barbara.

— Qual é o nome completo da sua mãe?

— Belinda Melendez West.

— O que ela faz?

— Ela trabalha como técnica jurídica.

— De onde é a família dela?

Will soergueu a sobrancelha.

— Os Melendez? De Barcelona. Os pais dela vieram para cá na década de 1960.

— Seus avós ainda são vivos?

— Não.

— Chegou a conhecer algum deles?

— Não que eu me lembre.

— Você se considera caucasiano ou hispânico?

— Nenhum dos dois. Sou americano.

A mulher pareceu gostar da resposta.

— Onde mais a sua família morou além de Albuquerque? — perguntou ela.

— Tucson, Las Cruces, Phoenix, Flagstaff, La Jolla, Temeluca, no ano passado, e, agora, aqui, em Ojai...

— Por que os seus pais se mudam tanto?

Boa pergunta, pensou Will. Em voz alta, disse:

— É o preço que o meu pai tem que pagar por trabalhar em uma área tão cheia de empolgação e competitividade que nem a da neurobiologia.

— A parte que vem agora vai doer um pouquinho — advertiu a cientista.

Ele sentiu algo afiado, pontiagudo como uma escova de aço, raspar as palmas das suas mãos ao mesmo tempo em que a superfície do tablet crepitou com um jato de luz quente que tomou a sala, e, tão rápido quanto havia surgido, apagou-se.

Will retirou as mãos, alarmado. A tela brilhou como uma piscina iluminada por dentro. Poeira e outras partículas flutuando no ar precipitaram-se em direção ao quadrado preto, como se puxadas por um campo magnético. Em seguida, a luz apagou-se, a tela se estabilizou e o tablet encolheu, voltando ao tamanho original de quadro de recados.

Certo, pensou Will. *Isso é mesmo muito bizarro.*

Olhou para as mãos. As palmas estavam vermelhas, pulsando como se as tivesse colocado dentro de um forno quente. A mulher tomou as mãos do menino nas dela e as examinou.

— Eu avisei que ia doer — disse com suavidade.
— O que significa isso tudo de verdade?
— Desculpe toda essa ladainha, Will. Você vai entender no fim. Ou não.
— Liberou as mãos dele. Já pareciam menos vermelhas.
— Valeu por deixar tudo tão mais claro. Como é que me saí no seu teste?
— Não sei — respondeu ela, sorrindo como quem esconde um segredo.
— Por que não tenta brincar de adivinhação e pergunta à Bola Oito Mágica? — Robbins levantou a tela à altura dos olhos de Will. Uma imagem tridimensional surpreendentemente real de uma bola preta de bilhar surgiu.
— Vai em frente.

Will baixou a voz, parodiando um estado de concentração:
— Eu passei no teste?

Robbins chacoalhou o dispositivo. A tal bola mágica girou, revelando uma janelinha na superfície. A seguinte mensagem flutuou para dentro do campo de visão do menino: *Suas chances parecem boas!*

— Aí está. Assim falou o oráculo — disse a mulher, aguardando o tablet na bolsa. — Eu tenho uma última pergunta. Curiosidade pessoal, Will. Nada a ver com o teste.
— Manda.
— Você não está morrendo de tédio nessa vidinha de ensino médio?
— Sim, senhora.

Ela sorriu.
— Vamos lá falar com a sua mãe.

— Estou aqui como representante da escola preparatória para admissão no ensino superior de maior êxito acadêmico no país — explicou Robbins enquanto digitava comandos no computador. — Isso vocês nunca ouviram antes.
— E por que nunca ouvimos falar de vocês? — perguntou Belinda West.
— Vou chegar a isso em um momento, Sra. West. Acho que vai ficar satisfeita com a resposta.

A doutora abriu o laptop até ele ficar totalmente estendido na horizontal sobre a mesa de Barton. A imagem multidimensional de uma massa espessa de nuvens projetou-se no ar quase 1 metro acima da tela, como se fosse um daqueles livros *pop-up* infantis, em que imagens recortadas se projetam para fora das folhas, só que de uma maneira inacreditavelmente mais detalhada. Barton e Rasche recuaram assombrados.

Enquanto observavam, sua visão compreendia primeiro a área acima das nuvens, mas, após um giro, baixou diretamente para dentro delas. À medida que a massa de ar ia se tornando mais rala, um monumental conjunto de construções instaladas em vastos campos verdes cercados por florestas abundantes surgia. A visão deles foi descendo em direção àquele mundo conjurado fantástico, primeiro suave, depois abruptamente, e, por fim, estabilizou-se. Voou rumo ao campus, acima de uma estrada longa, reta e margeada por árvores gigantes. Após um portão e uma guarita, Will avistou o brilho de letras iluminadas gravadas em uma impressionante fachada de pedra:

CENTRO DE APRENDIZAGEM INTERDISCIPLINAR

— Queremos oferecer ao Will uma bolsa integral — continuou Robbins. — Tudo por nossa conta, graças à excelência acadêmica dele. Despesas com viagem, moradia, livros escolares e provisões estão todas incluídas. Não vai lhes custar um centavo.
— Onde fica essa escola? — indagou Will.
— Wisconsin.

O *tour* aéreo simulado prosseguiu. A visão dos espectadores planou por corredores de pedra em estilo clássico cobertos de hera, ligados por amplas passarelas simétricas. Ultrapassado o campus central, pairaram sobre um enorme ginásio de visual retrô. Em seguida, sobre um estádio externo para todo tipo de atividades e eventos. Estábulos e campos para equitação. Outros campos para uma variedade de esportes, incluindo um circuito para a prática de golfe.

— Qual é a pegadinha? — questionou Will.
— Só tem uma — respondeu ela. — Você tem que querer ir, Will. O Centro abriu as portas em 1915. Vocês nunca ouviram falar de nós porque prezamos nossa privacidade. Não procuramos nem encorajamos qualquer tipo de publicidade. É uma maneira de proteger nossos alunos e a reputação da escola. Mas posso garantir que as melhores faculdades e universidades do mundo sabem quem somos. O sucesso dos nossos ex-alunos no mercado de trabalho, segundo as estatísticas dessas instituições, é sem igual. Dentre os mais eminentes que estudaram conosco, há 14 senadores, um vice-presidente, dois membros da Corte Suprema dos Estados Unidos, nove membros do conselho de ministros do país, sete ganhadores do Prêmio Nobel, dúzias de empresários proeminentes e vários chefes de estado no exterior. Só para citar alguns.

A "visita guiada" continuou por um grande lago sinuoso escondido na mata próxima. As árvores pareciam chamejar com as espetaculares cores outonais.

Um armazém grande e rústico, funcionando como garagem de barcos, estava alojado à margem. Uma estrutura alta e retorcida de arquitetura gótica — quase um castelo — ocupava uma ilha de solo irregular, cheia de rochas, no centro do lago. Em seguida, a "câmera" começou a recuar novamente para dentro das nuvens, e a imagem se desfez.

— Isso foi... Tipo... *Mágica* — disse Rasche, boquiaberto.

— Tenha em mente que "mágica" é o termo que sempre usamos para designar a tecnologia de amanhã — disse Robbins — quando ela se apresenta a nós, hoje.

A mulher voltou-se para mãe e filho.

— Ninguém se candidata a uma vaga no Centro. Você tem que ser convidado a entrar. — Tirou um grande envelope da pasta e o entregou a Belinda. — Acho que você vai encontrar aí tudo o que a sua família precisa saber para tomar uma decisão bem pensada. Não precisam ter pressa. Sabemos que têm muito que considerar.

Barton interrompeu:

— E é claro que você está dispensado da aula pelo restante do dia para começar a pensar imediatamente, se quiser, Will.

— Isso eu *quero*, sim — respondeu o menino.

Todos deram risadinhas educadas.

— Todos os meus contatos estão aí — concluiu Robbins, guardando o computador. — Durante o processo, qualquer pergunta ou preocupação que vocês tiverem, não hesitem em me ligar.

Apertou a mão de Will outra vez e encaminhou-se para a porta.

— Dra. Robbins — chamou o menino.

Ela parou.

— Diga, Will.

— Qual é seu primeiro nome?

— Lillian — respondeu ela, achando graça. Lillian Robbins sabia como fazer uma saída triunfal e o fez naquele instante de maneira vivaz.

Após alguns minutos da bajulação já esperada por parte de Barton e Rasche, Will e Belinda deixaram o escritório. Um lampejo intuitivo percorreu a mente do rapaz enquanto passavam pelos corredores vazios:

Eu não vou ver esse lugar de novo.

A Dra. Robbins estava certa: ele tinha uma avalanche de questões a considerar, centenas de perguntas amontoando-se em sua cabeça. Nenhuma, contudo, era tão perturbadora quanto aquela que tinha se apoderado de sua alma desde o momento em que a mãe entrara pela porta de Barton naquela manhã. Primeiro, tinha tentado esquecer aquilo, como se não passasse de uma

31

desorientação insana. Uma viagem bizarra produzida pela pilha de esquisitices acumuladas ao longo do dia.

Agora que estavam sozinhos, porém, a dúvida incomodava ainda mais. Bem mais. E estava parecendo que não iria embora tão cedo.

Olhou de soslaio para a mãe. O sorriso insípido continuava emoldurando seu rosto, bem como aqueles malditos óculos escuros. Ela percebeu que era observada e apertou a mão do filho, querendo mostrar empolgação.

Errado. Totalmente errado.

Enquanto ia para casa com alguém que tinha a aparência e a voz *exatamente iguais* às de Belinda Melendez West, a grande pergunta que o assombrava era: por que ele tinha a sensação de que aquela não era a mesma pessoa de quem tinha se despedido duas horas antes?

NÃO HÁ LUGAR MELHOR DO QUE A NOSSA CASA

Essa aí é ela, mas também não é.
O que há com ela que me passa essa sensação? Will não sabia dizer ao certo. Era uma impressão vaga, muito sutil, mas o tinha cingido firme como uma serpente.
Aquele era o *carro* da mãe, não havia dúvida. Era o Ford Focus fuleirinho que ela chamava de Máquina Verde, com todos os detalhes, desde a capa de apoio para as costas feita de macramê até a bússola no painel de instrumentos. Will apalpou embaixo do assento do carona e encontrou o copo plástico de uma lanchonete que tinha largado lá dois dias antes.
— Bom, não sei nem o que dizer, Will — declarou ela, as mãos passeando agitadas pelo volante. — Quero dizer, essa não foi a coisa mais fantástica que já aconteceu?
Parecia com ela e tinha a voz dela... Mas nada daquilo soava como algo que ela *diria*. A mãe devia estar preocupada com o resultado daquela prova. Devia estar perguntando por que ele tinha ignorado todas as instruções e chamado atenção para si daquela forma. *Essa* teria sido a primeira coisa que ela diria.
Will continuou com os olhos fixos à sua frente, temendo que ela visse o terror que se apoderava de seu rosto se a encarasse diretamente.

Nº 14: FAÇA AS PERGUNTAS EM ORDEM CRESCENTE DE IMPORTÂNCIA.

— Tudo bem com você? — perguntou o menino.
— Tudo, estou ótima. É que a empolgação é tanta... — respondeu, balançando as pulseiras no pulso. — O diretor ligou quando cheguei ao trabalho e colocou a Dra. Robbins na linha. Liguei para seu pai assim que ela desligou.

33

Ele vai largar o resto do congresso e voltar para casa hoje à noite. Estava bem entusiasmado.

O papai poderia reagir de um milhão de maneiras, mas "ficar entusiasmado" não seria uma delas, pensou Will.

Will esforçou-se para manter a respiração sob controle, da forma como o pai lhe ensinara. Ficou ainda mais difícil quando passaram por um sedã preto estacionado em uma rua lateral a um quarteirão da casa deles. Parecia o mesmo carro daquela manhã.

— Eu acho que a gente tem coisa para caramba para discutir — disse ele, tentando soar calmo.

— Tem mesmo. Mas preciso dizer, Willy, *você* não está parecendo muito animado.

— Quero saber direito o que é que tem aqui — respondeu, apertando o pacote que Robbins lhes entregara. — Um passo de cada vez.

Nº 20: SEMPRE EXISTE UMA LIGAÇÃO ENTRE PISTAS E CONCLUSÃO.

— Sabe de uma coisa? Você tem toda razão — concluiu ela enquanto chegavam à entrada. — A gente não tem nada que se precipitar. Um passo de casa vez.

A mãe estacionou e recolheu suas coisas. Will correu para dentro na frente dela. Subiu depressa, vestiu moletons novos, pegou o notebook e o levou para a cozinha. Travando uma batalha interna para permanecer calmo, ateve-se ao que sabia que tinha que fazer: expandir os sentidos, esvaziar a mente, perceber cada detalhe.

Nº 9: OBSERVE, ENXERGUE E ESCUTE, OU VOCÊ NÃO SE DARÁ CONTA DO QUE ESTÁ DEIXANDO PASSAR.

— Então, é melhor começar mesmo — sugeriu Belinda, pegando uma Coca diet da geladeira. — Preciso voltar ao trabalho. A gente vai repassar tudo com seu pai depois.

Ela abraçou o filho pelas costas, enquanto ele se sentava à mesa. O toque pareceu tenso ao menino, carregado de uma ansiedade estranha, *errada*. Os óculos escuros escorregaram do rosto da mulher, e, pela primeira vez, Will pôde ver os olhos dela: eram iguais aos de Belinda, mas perturbadoramente vidrados e vazios.

— Estamos tão orgulhosos de você! — declarou ela e partiu.

O filho ouviu a porta fechar-se e só então correu até a sala, para ver o carro dela sair. A Máquina Verde desacelerou ao virar a esquina em que ele avistara o automóvel preto. Pôde ver o vidro da janela do motorista baixar, mas o carro já começava a sair de vista. Will apressou-se em ir para uma janela mais à frente, de onde podia voltar a ver ambos os carros. Parados um ao lado do outro, motorista encarando motorista.

Ela está falando com eles.

Will trancou as portas. Tentou falar com o pai pelo celular — *vai, pai, por favor, atende* —, mas só caía na caixa postal. Will desligou e começou a digitar uma mensagem: "PRECISAMOS CONVERSAR. ME LIGA."

Caixa-alta. GRITANDO. Qualquer coisa para conseguir a atenção do pai. Will deixou o telefone ao lado do laptop e pegou o envelope da Dra. Robbins. As mãos tremiam. Foi necessária cada gota de autocontrole para impedir que o terror que sentia o dominasse...

As marimbas do celular tocaram. O menino tomou um susto e atendeu antes do segundo toque: *Papai ligando.*

— Pai? ... Pai! — Will escutou um sibilo oco e metálico, como água escoando por um bueiro. — Pai, você está me ouvindo?

Houve uma explosão de ruídos distorcidos de estática, depois silêncio. Will apertou RETORNAR LIGAÇÃO e ouviu o mesmo som aquoso de interferência. O pai devia estar fora de área, passando por um lugar onde não havia sinal. Desligou e deixou o telefone em um lugar em que pudesse vê-lo. Precisava se concentrar, ater-se aos fatos. Analisar, administrar, organizar: *A importância de uma mente centrada.*

Abriu o pacote de Robbins e folheou alguns formulários, inclusive um, necessário para sua admissão, que os pais precisavam assinar. Um retângulo em branco do tamanho de uma revista, feito em material forte e flexível, escorregou para fora do pacote. As palavras TOQUE AQUI apareceram, e ele obedeceu. Mais palavras surgiram, escritas em fonte simples e elegante:

CENTRO DE APRENDIZAGEM INTERDISCIPLINAR

Logo abaixo, o brasão da escola começou a tomar forma. Era um brasão de armas, um escudo todo adornado nos tons de azul-marinho e prata escurecida, dividido em três segmentos horizontais, cada um com uma imagem. No topo, um anjo de grandes asas segurava um livro e uma espada. No centro, um majestoso corcel negro erigido, com flamas saindo dos cascos. No fundo, um cavaleiro com armadura apontava a espada para um inimigo subjugado, ao chão. Um pergaminho desenrolado encontrava-se abaixo da insígnia com uma data inscrita, 1915, e um lema: *O Conhecimento É o Caminho, a Sabedoria É o Propósito.*

Fotografias do campus tomaram a tela. Uma gravação com referências a respeito das credenciais e dos méritos distintivos da escola começou a tocar. Uma das fotos o fez gelar: uma floresta no inverno, toldada por névoa, madeira e folhas perenes soterradas sob grossa camada de neve. A voz feminina disse: "Você vai se sentir como se estivesse em um sonho."

Era a imagem de que se recordava do sonho da noite anterior.

O cenário dissolveu-se para dar lugar a um vídeo de alunos em salas de aula ouvindo palestras e trabalhando em laboratórios. Divertindo-se em uma cafeteria e no boliche. Encenando peças e apresentando concertos, andando a cavalo, praticando uma dúzia de esportes diferentes. Rostos radiantes e cheios de energia que pertenciam a adolescentes da idade de Will ou mais velhos. Todos usavam roupas nas cores do Centro ou variações delas: azul-marinho e cinza. As vozes na gravação diziam: "Oportunidades que vão mudar sua vida esperando em todos os cantos... Fiquei amigo de pessoas que eu soube na mesma hora que continuariam junto comigo pelo resto da vida."

Will sabia que aquilo era puro marketing, feito para despertar sentimentos específicos: *O Centro torna os alunos mais inteligentes, fortes e populares. Minhas melhores qualidades vão ser reconhecidas e recompensadas, todos os meus sonhos vão se tornar realidade.*

A tela mostrava agora o coral da escola cantando em uma capela iluminada apenas por velas, tão ricamente ornada que parecia uma joia. A beleza da canção apoderou-se dele, uma melodia lenta e celestial que seguiu tocando durante a exibição de imagens emocionantes de uma cerimônia de graduação. Pais orgulhosos abraçando os filhos, todos exultantes em suas becas. Aquela era a parte da transação conhecida como *fechando o negócio*. O fato de Will saber que estava sendo manipulado não impedia que a estratégia funcionasse. O Centro fazia a vida que ele vinha levando, perambulando por escolas públicas superlotadas e carentes de recursos financeiros, parecer sem propósito.

Será que um lugar perfeito assim podia mesmo existir?

Will digitou no Google o endereço da escola segundo constava no pacote: Municipalidade de New Brighton, Wisconsin. Uma comunidade rural, a pouco mais de 110 quilômetros a noroeste do ponto em que Iowa, Illinois e Wisconsin se encontravam. Aumentou o *zoom* no mapa que mostrava a cidade e foi procurando até encontrar o Centro. Era igual ao que tinha visto na exibição tridimensional de Robbins: as construções antigas e imponentes, os vários campos para atividades, o lago nas redondezas.

É de verdade. Tem tudo lá mesmo.

Os pais de Will não tinham dinheiro nem contatos influentes e tinham-no treinado para não deixar rastros — o menino estava acostumado a se conter.

Posando de aluno mediano, voando fora do alcance do radar. Seguindo a regra número três, "NÃO CHAME ATENÇÃO PARA SI", significava que ele não tinha a menor chance de ganhar bolsas por excelência acadêmica ou desempenho atlético e de ter a vida que as acompanhava. E agora, sem ter sequer pedido por isso, uma porta para aquele mundo assombrosamente melhor tinha se aberto.

E se o Centro fosse o lugar onde poderia finalmente ser *ele mesmo*?

O celular fez um barulhinho. Mensagem do pai: NO CARRO. SINAL RUIM. EM CASA ATÉ SEIS HORAS. FALAMOS AÍ.

Will olhou para o relógio e ficou pasmo ao constatar que já estava no meio da tarde. Estava remoendo aquela história havia horas. "Belinda" chegaria do trabalho logo, e ele não queria ficar no mesmo cômodo que ela novamente até o pai ter retornado.

Preciso saber o que o papai está achando disso. Aí a gente decide o que fazer juntos.

Preparou um sanduíche de geleia com manteiga de amendoim e o engoliu enquanto vagueava pela casa. Olhou a pobre quantidade de coisas que a família tinha arrastado consigo por seis cidades em 14 anos. Tinham uma pequena TV, mas raramente assistiam a qualquer coisa além do noticiário. Tudo o que faziam com seu tempo livre era ler. Estantes estavam encostadas em cada parede da casa: repletas de textos científicos, médicos, legais.

Nº 82: SEM VIDA INTELECTUAL, TUDO O QUE VOCÊ TERÁ É UMA VIDA DE VEGETAL.

Os olhos do menino pousaram em uma prateleira ocupada por fotografias da família. Pegou uma do casamento dos pais, o casal divertindo-se, levando pedaços de bolo um à boca do outro. Belinda usava um vestido de festa franzido, os cabelos negros compridos trançados com renda. O pai estava de arrasar, com um smoking de veludo vinho, corte de cabelo de mestrando bem nerd e barba toda bagunçada.

Felizes, rindo, sem preocupações. Sempre se sentira ligado de maneira especial àquela foto, porque podia vislumbrar nela o começo da própria vida, como se estivesse, em espírito, bem ali, pairando indetectável: o *brilho* nos olhos dos pais.

Pensou no momento em que vira de relance os olhos de "Belinda" quando os óculos escorregaram — vazios, vagos —, e comparou-os aos daquela mulher vibrante do retrato. *Era isso* que estava diferente. A *alma* dela não estava lá.

O que fizeram com ela? Será que pretendiam tentar fazer o mesmo com ele?

Ouviu a porta de um carro bater e espiou pela janela. *Três* sedãs pretos tinham parado na frente da casa. Homens de boinas e jaquetas pretas caminhavam para a porta. Um deles, um homem calvo, gesticulava e dava ordens.

Will sentiu um aperto no peito, o ar na sala ficou rarefeito: CORRE, WILL. Fugiu pela porta dos fundos, pulou a cerca e seguiu rumo ao norte. Com um sobressaltado bater de asas, o pequeno melro alçou-se da cerca e se instalou em uma árvore próxima. Duas horas e pouco até o pai chegar.

Papai vai saber o que fazer.

O homem calvo de boina correu pela lateral da casa. Levando os binóculos aos olhos, viu Will de relance quando ele desaparecia atrás de uma elevação, correndo a toda velocidade para as colinas. O visitante ordenou aos outros que esperassem e falou no microfone:

— Ele está na estrada de terra, indo na direção norte.

— Ele Despertou?

— Não deu para saber — respondeu o homem. — Mas não podemos arriscar. Traga o Entalhador.

O PROWLER

Will chegou à trilha que ficava atrás da última casa no fim da rua e subiu a encosta até alcançar um portão trancado aos pés da estrada de terra. Esgueirando-se por uma fenda, continuou caminho acima. O sol mergulhava no oeste, banhando as encostas acima dele com luz cristalina e vibrante.

O ar enchia os pulmões do menino enquanto ele enfrentava o solo irregular, cheio de profundas depressões cravadas no cânion. A estrada se aplainou e continuou assim por um período, até voltar a se tornar íngreme. Um matagal denso e profundo, cheio de arbustos secos, margeava ambos os lados do acesso. A luz, antes clara, tinha agora se extinguido ao cair da noite. Will parou para olhar o trecho já vencido atrás dele e percebeu a presença de um estranho círculo de luz lá embaixo, como se os últimos raios de sol tivessem atravessado uma lupa gigantesca. A luz brilhava com tanta intensidade que ele chegou a achar que a mata começaria a arder em chamas.

O dia mais bizarro da minha vida, pensou. *A Dra. Robbins aparece exatamente depois do sedã preto, do Prowler, e logo antes de a Belinda falsa. Mas se existe uma ligação entre tudo isso — e, de acordo com a Regra número 27, tem que ter —, onde é que ela está?*

A prova. Tinha que ser. E se a nota do menino tivesse disparado algum tipo de alarme que chamara a atenção de *outra* pessoa? Alguém cujo interesse nele não era nem de perto tão bom ou benigno quanto o do Centro?

E se aquela prova tivesse sido o estopim para o que havia acontecido a Belinda?

Will ouviu um barulho estranho, longínquo e rascante. Algo se movia pela área de vegetação rasteira perto de onde o menino notara o peculiar círculo de luz, que já não estava mais lá. Ouviu galhos se quebrando; devia ser um veado, provavelmente. Aqueles campos eram cheios deles. Pouco depois, mais ruídos, mas do outro lado da estrada. Mais altos.

O rapaz parou. Os estalidos cessaram também. Quando tornou a correr, os ruídos recomeçaram, acompanhando o progresso dos passos dele.

Que tipo de animal reage assim?

Will deteve-se novamente, mas, dessa vez, a movimentação continuou, dos dois lados, aproximando-se da estrada. Pumas? Provavelmente não. Aquele território era o habitat natural deles, mas dificilmente alguém chegava a ver um por lá. Além do mais, eram animais que caçam sempre sozinhos.

Ouviu um rosnado baixo e gutural.

Coiotes. Tinha que ser. Viu mais movimentações no matagal. Galhos balançavam de ambos os lados enquanto a matilha se avizinhava.

A direção do vento mudou, e ele sentiu um cheiro nauseante: borracha ou cabelo queimado, uma dose carregada de ovos podres. Estaria sendo exalado pelos animais? Will apanhou um galho seco grosso do chão. Lá embaixo, avistou uma clareira onde um deslizamento de terra tinha feito a lama se acumular contra a faixa de arbustos.

Enquanto observava, perplexo, marcas iam aparecendo no solo lodoso. Eram profundas e redondas, como nós de dedos. E surgiam conforme um determinado parâmetro: dois, depois um; dois, depois um, com grandes intervalos entre as marcas. Era como se algo de três pernas estivesse subindo a encosta em direção a ele. Algo *invisível*.

O rosnado recomeçou, cercando-o pelos dois lados da estrada. Ouviu chiados baixos misturados aos outros ruídos, pontuados com vibrações glotais e baques ofegantes. Soava como uma espécie de *linguagem...*

Um terror gelado explodiu no estômago de Will. *Só tem um jeito de sair daqui,* pensou, *e se essas coisas bloquearam a estrada...*

Ele deu meia-volta e correu colina abaixo. Segundos depois, ouviu-os investirem contra ele com um berro selvagem e convulso. No momento em que o menino se aproximava do fim da ladeira, uma massa de sombras indistintas pulou sobre ele e aterrissou bem à sua frente. Sem desacelerar, Will balançou o galho de um lado para o outro e golpeou o ar o mais forte que pôde. O pedaço de madeira seca se partiu ao atingir algo que Will não conseguia ver, e o que quer que tenha sido lamuriou-se, com dor.

O impacto impulsionou Will para o lado e ele quase caiu, mas conseguiu se equilibrar, girando, e, voltando a ganhar velocidade, manteve o passo rápido. Fosse o que fosse aquele pesadelo invisível que atingira, agora estava correndo atrás dele. O ar tornara-se pesado. Algo afiado fez um rasgo no casaco do menino e arranhou suas costas. Uma pontada quente de dor o incentivou a correr ainda mais depressa pela trilha sinuosa.

Estava ficando difícil de enxergar. Podia ouvir aquelas coisas perto dele, mas tinha aberto alguma vantagem. Desesperado para aumentar a distância entre si e os perseguidores, fez uma curva fechada sem desacelerar. Ao apoiar o pé esquerdo para virar à direita, pisou na lama e escorregou. Perdeu o equilíbrio, virou-se enquanto caía e...

Bam. Tombou de lado, rolou e então usou as mãos como freio, derrapando. Foi parar na beirada de uma curva, faltando pouco para um mergulho de mais de 6 metros para dentro da escuridão.

Will obrigou-se a ficar de pé e continuou, mancando. Ouviu berros nauseantes, o bufar e fungar de algo molhado e pesado; a distância entre ele e aquelas coisas não passava agora de 30 metros e só diminuía, com rapidez. A pelo menos 400 metros do fim da estrada, o menino jamais conseguiria chegar antes de o alcançarem.

Mais abaixo, uma luz cegante perturbou a escuridão. O ronco ensurdecedor de uma máquina acelerando elevou-se juntamente com um par de faróis ofuscantes que se precipitaram contra o adolescente, o torque do motor na potência máxima. Era o sedã preto? Não sabia.

O menino se jogou para o lado no instante em que o carro passava, o calor do motor potente fazendo o ar ondular. Sentiu o cheiro pungente de borracha queimada quando o automóvel girou sobre o próprio eixo atrás dele. *Não era* o sedã. Cego pelos faróis, Will só conseguia distinguir os contornos escuros do Prowler que vira parado do lado de fora da lanchonete e, dentro dele, o imenso motorista ao volante.

Labaredas subiram do escapamento duplo do veículo, com um ruído de ensurdecer. Uma parede de fogo se estendeu na estrada às costas dele, e as criaturas no encalço de Will não tiveram tempo de refrearem, correndo diretamente através dela. Os uivos transformaram-se em guinchos agudos de agonia. O rapaz viu massas disformes se contorcerem e se debaterem, as silhuetas delineadas pelas chamas.

O carro deslizou até Will.

— Entre — rosnou o motorista. Era a mesma voz que ouvira antes, só que dentro de sua *cabeça*, fora da lanchonete naquela mesma manhã.

Lançou-se para dentro, no banco traseiro, e o Prowler começou a decida pela estrada como uma bala. Will olhou para trás e viu as criaturas em brasas chicoteando na beira do penhasco para logo depois caírem no vazio como espirais de fogo.

O carro voou, barulhento, pelo portão aberto na base da estrada e chegou à área plana em poucos instantes. O menino se encolheu um pouco no banco ao serpentearem por curvas fechadas em uma velocidade que lhe parecia impossível. Com o motorista quase colado ao volante, iluminado pelos postes de rua, Will conseguiu distinguir um grande círculo bordado nas costas da jaqueta de couro do homem. Dentro dele havia três figuras e palavras que o menino não conseguiu decifrar.

Em seguida, em uma faixa de escuridão total, o Prowler parou bruscamente.

— Fora — ordenou o motorista.

O menino pulou para fora do carro e se afastou. O homem permaneceu escondido nas sombras, imóvel, fitando-o por trás dos óculos escuros modelo aviador. Aquela presença tensa e o silêncio perturbador do homem cheiravam a uma promessa de violência.

— O que eram aquelas coisas? — perguntou o menino.

— Você não vai querer saber.

— Mas...

— Pode parar. Você pode se achar o malandrão, parceiro, mas se não quiser entrar pelo cano antes da hora, é melhor parar de ser tão pacóvio.

Will não conseguia identificar aquele sotaque, rascante como uma lâmina.

— Foi mal — desculpou-se o menino —, não entendi nada do que você falou agora.

O motorista se inclinou para a frente, entrando na luz e tirando os óculos escuros. Tinha sobrancelhas bem negras e grossas acima de penetrantes olhos de ave de rapina. E cicatrizes. *Muitas* cicatrizes.

Ele levantou o dedo indicador.

— Essa foi a *primeira* — disse e pisou fundo no acelerador. O Prowler disparou, virando a esquina, o som do motor desaparecendo rapidamente na noite.

O menino olhou em volta. Estava a 15 metros da porta dos fundos de casa. Música saía por uma janela aberta, a voz feminina acompanhada por um conjunto de instrumentos, bem à moda antiga:

> "*Se for andar pela floresta esta noite*
> *Grande surpresa vai encontrar...*
> *Se for andar pela floresta esta noite*
> *É melhor se disfarçar...*"

PAPAI CHEGOU

Will verificou o perímetro da casa: os carros pretos tinham ido embora.
    Correu para a porta e entrou em silêncio. Havia alguém na cozinha. Sentiu um sopro do cheiro do perfume da mãe e de biscoitos assando no forno. Caminhou até o fim do corredor e espiou a cozinha.
    "Belinda" andava de um lado para outro, com um celular colado à orelha. Enquanto ele a olhava, ela levou uma mão à nuca e se contraiu, como se sentisse dor.
    Então, passou a falar ao telefone em um tom sem qualquer variação que ele mal reconheceu:
    — Ele não voltou ainda... Não sei aonde foi... Sim, eu aviso se ele...
    Will recuou. Pisou em uma tábua meio solta, fazendo-a ranger, e acabou batendo na parede ao tentar evitar fazer mais barulho.
    — Willy? — chamou a mãe. — É você? Já chegou?
    Droga.
    — Oi — respondeu, abrindo a porta dos fundos para fazer de conta que tinha acabado de entrar.
    — Venha aqui na cozinha! Acabei de fazer biscoito!
    — Só um segundo. Meu tênis está todo sujo de lama. — Ele queria fugir outra vez, mas o pai logo estaria de volta. Contudo, também não se sentia capaz de encará-la ainda, e, com aquela canção doida retumbando pela casa, não conseguia pensar direito. Fechou a porta com um estrondo e seguiu a música até a sala de estar.
    A mesinha antiga ficava perto da preciosa coleção de discos de vinil do pai: LPs e pilhas de discos de 45 rotações por minuto, ainda mantidos nas respectivas capas. A trilha sonora da vida dos pais de Will. Conhecia melhor aquele tipo de música do que a da própria geração.

Nº 78: HÁ UM MOTIVO PARA OS CLÁSSICOS SEREM CLÁSSICOS. ELES TÊM *CLASSE*.

> *"Às 6 da tarde as mamães e os papais*
> *Vão levá-los para casa para nanar*
> *E seus corpinhos descansar..."*

Will empurrou a agulha para longe do disco. Um arranhado estourou no alto-falante. "Belinda" emergiu por trás dele.

— Você sempre *adorou* essa música — disse.

— Tem mais de um século que não ouço isso — respondeu o menino. — É meio bizarra.

— Você colocava para tocar o tempo todo quando era pequenininho...

— Olha, não estou muito no clima agora.

— Mas você *amava*...

— É, amava — cortou o filho. — E quando eu ficava repetindo ela sem parar, era *você* quem ficava doida.

O sorriso dela não vacilou. A mulher sequer piscava. Estendeu a ele o prato de biscoitos e um copo de leite.

— É de aveia e passas — completou a mãe.

Will olhou fixamente para o leite. Os olhos estavam lhe pregando uma peça ou havia mesmo um fraco brilho esverdeado ali?

"Belinda" manteve o prato estendido à frente dele. O adolescente finalmente pegou o leite e um biscoito, rezando para que ela não fizesse questão de ficar esperando para vê-lo comer.

— Aonde você foi? — indagou a mãe.

— Dar uma corrida.

— E você caiu? Se machucou?

— Está tudo bem.

— Venha me ajudar com o jantar, então.

Seguiu-a, tentando não mancar. Partiu o biscoito ao meio, jogou metade dele e do leite no porta guarda-chuva e fingiu mastigar enquanto se deslocava para a cozinha. Ela ficou no fogão se ocupando das panelas, uma das quais soltava vapor. O pacote da Dra. Robbins continuava na mesa onde o menino o tinha deixado, ao lado do laptop.

— E o biscoito, que tal?

Ele mostrou a metade que sobrara.

— Bom.

— Você chegou a olhar todas aquelas coisas da escola?

Ela esvaziara o conteúdo do pacote e deixara tudo sobre a mesa: o folheto eletrônico, um pequeno panfleto contando a história da escola e uma pilha de formulários oficiais e documentos.

— Quase tudo — respondeu o menino.

— E aí, o que achou?

O iPhone de Will soou baixinho. Tateou o bolso à procura dele e o acendeu. Um aplicativo desconhecido surgiu na tela: uma pena de escrever do tipo medieval descansando sobre um pergaminho antigo. O título logo abaixo dizia "TRADUTOR UNIVERSAL".

De onde é que surgiu isso?

— Pareceu bem interessante — respondeu.

— Preciso confessar que não me agrada nada essa parte de ser um *colégio interno*. E fica lá do outro lado do país. Quando é que a gente ia conseguir se ver? Você me entende, não é, querido?

Ela passou por ele e se esticou para pegar o macarrão de uma prateleira mais alta. Com isso, os cabelos da mulher se deslocaram, deixando à mostra um calombo bem alto no pescoço dela, logo atrás da orelha esquerda. De um rosa mais vivo que seu tom de pele, parecia uma cicatriz recente ou a mordida inflamada de um inseto. E estava *se mexendo.*

Mas que diabo?

Quando ela se virou, Will desviou o olhar, tentando disfarçar o medo que sentia. Recolheu o laptop e o conteúdo do pacote.

— Dá tempo de eu tomar uma ducha rápida?

— Eu dou 12 minutos a você — respondeu ela, olhando para o relógio de pulso.

Com a mesma mão, despejou todo o espaguete que havia na caixa dentro da panela de água fervente. Depois, com uma colher, forçou os fios de macarrão para baixo a fim de fazê-los submergir.

A mamãe sempre quebra o espaguete no meio antes de jogar na água.

— Vai ser rápido.

Saiu da cozinha e subiu as escadas, lutando contra o impulso de fugir de casa correndo, como se sua vida dependesse daquilo.

Nº 5: NÃO CONFIE EM NINGUÉM.

Will arremessou o que sobrara do biscoito pela janela e fechou a porta de seu quarto silenciosamente. Não tinha tranca, então usou a cadeira como uma espécie de barricada, colocando-a inclinada com o encosto sob a maçaneta. *Onze minutos.*

Seguiu para o banheiro e ligou o chuveiro para que ela ouvisse a água correr pelo encanamento. Tirou a camiseta e as calças e olhou o pedaço de pele ralada pela queda no quadril. Estava vermelho e em carne viva, mas o menino já sofrera ferimentos piores. Limpou-o com uma toalha e borrifou água oxigenada. O arranhão nas costas parecia bem pior e inflamado. Despejou a água oxigenada nele, segurando forte a beirada da pia e fazendo careta na tentativa de suportar a dor da queimação. De volta ao quarto, olhou a rua lá fora por uma das janela. Vazia.

Will vestiu moletons limpos. Pegou o celular e clicou no ícone do novo aplicativo. Segundos depois, o "Tradutor Universal" abriu-se em uma página cinza sem nada escrito. Não havia menu ou instruções de uso aparentes.

Abriu o laptop e entrou em sua conta de e-mail. Uma mensagem do pai esperava para ser aberta. O horário de envio que constava na mensagem dizia 8h18, mas só tinha chegado instantes antes. Deu um duplo clique. Uma mensagem em branco apareceu. Sem qualquer texto. Havia, contudo, um anexo. Baixou-o, e ele foi transferido para o *hard drive*. Era um arquivo de vídeo. Clicou nele repetidas vezes, mas não conseguiu abri-lo. *Seis minutos.*

Tentou todos os programas que tinha no computador que poderiam rodar vídeos. Nada funcionava. Foi quando notou o que vinha escrito no campo "assunto" do e-mail: *Traduzido*. O menino transferiu o Tradutor Universal do celular para o laptop, e, daquela vez, um menu se apresentou. Havia duas opções: *Traduzir* e *Deletar*. Escolheu *Traduzir*. A interface gráfica de um leitor de vídeos se abriu. A característica seta triangular indicando "PLAY" pairou na tela. Ao clicar nela, o vídeo começou a ser reproduzido.

Um quarto de hotel genérico surgiu, filmado pela lente embutida de um laptop. À esquerda da tela, podia-se ver um quadro genérico de natureza-morta na parede e parte da janela. A luz pálida da manhã entrando.

— Will.

Era a voz do pai. Logo em seguida, Jordan West sentou-se em frente à câmera. O menino sentiu uma onda de alívio inundá-lo só ao vê-lo. Não durou muito. O rosto e o moletom do homem estavam ensopados, como se tivesse acabado de retornar de um treino de corrida pesado. Os óculos de aros finos estavam embaçados; tirou-os do rosto a fim de limpá-los. Will compreendeu que não eram apenas fadiga e premência estampadas nos olhos dele: o pai parecia aterrorizado.

— Preste atenção, Will — recomeçou. — Estou no quarto doze-zero-nove, no hotel Hyatt Regency.

Colocou a primeira página de um jornal de São Francisco próxima à lente. Indicou o canto superior direito. As mãos tremiam.

Ele está querendo me mostrar a data de hoje. Terça-feira, dia 7 de novembro. Em seguida, o pai aproximou o celular da câmera: 8h17. *É para eu saber exatamente a que horas ele gravou isso.*

Jordan inclinou-se para a tela e falou em voz baixa e controlada:

— Filho, estou confiando e apostando tudo que só você vai conseguir abrir este vídeo. Eu sempre confio e aposto em você. Ao que tudo indica, não tenho muito tempo mais, e, quando você vir isso, também não vai ter. Sei que isso tudo parece muito estranho e assustador, Will. A primeira coisa que precisa saber é que nada do que aconteceu, ou do que ainda pode acontecer, é culpa sua. Nada mesmo. Nós somos os responsáveis por tudo isso. E só a ideia de que alguma coisa que fizemos vai fazê-lo sofrer de alguma forma é o pior sentimento do mundo para a sua mãe e eu.

O menino sentiu o pânico se espalhar por suas entranhas.

— Sempre torcemos para esse dia não chegar nunca. Fizemos tudo que era possível para evitar. Fizemos o melhor que podíamos, do único jeito que podíamos, para deixar você preparado no caso de esse momento chegar. Espero que, um dia, você nos entenda e perdoe por nunca termos explicado por que...

Um *bum* assustador fez a tela tremer. Will encolheu-se ao mesmo tempo em que a imagem do pai. A câmera balançou e Jordan West olhou para a sua esquerda: algo potente entrara porta adentro. O homem voltou o rosto para a lente, os olhos atônitos.

— Filho amado — disse, a voz alquebrada. — Amamos você mais que tudo na vida. Sempre e para sempre. Não fale com ninguém sobre isso ou sobre nossa família, não importa quem seja ou diga ser. Pode acreditar, essas pessoas não têm limites. Seja a pessoa que sei que você pode ser. Use as regras e tudo o que lhe ensinamos. Instintos, treinamento, disciplina, não poupe esforços. Corra o mais rápido e para o lugar mais distante que conseguir. Faça o que precisar para sobreviver. Eu vou buscar você. Não sei quando, mas juro que derrubo até os portões do inferno para achá-lo...

Outra explosão fez com que o áudio da gravação ficasse ininteligível, sobrando apenas ruído branco. O quarto de hotel encheu-se instantaneamente com uma nuvem de poeira e escombros. A imagem rodou várias vezes quando o laptop voou pelos ares e foi parar no chão, em um ângulo disparatado. Will olhava para a janela que vislumbrara antes, mas, naquele momento, a câmera estava virada de lado. Não muito longe, ele conseguia divisar um alto e singular arranha-céu atravessando horizontalmente a vista da janela: o Transamerica Pyramid. São Francisco. O sinal do vídeo falhou e linhas tomaram a tela. Figuras escuras surgiram no campo de visão da câmera, cortinas obscureceram a janela e a mão de alguém alcançou o teclado. A mão do pai: apertou a tecla necessária para anexar o arquivo e mandou o e-mail. Depois disso, a tela ficou totalmente preta.

— Pai. Ai, meu Deus. Ai, meu Deus.

Por favor, não machuque ele, não machuque ele, por favor, que tudo fique bem com ele.

Perplexo demais para se mover, Will encarou a faixa na parede. A IMPORTÂNCIA DE UMA MENTE CENTRADA.

Ouça bem. Não importa o que aconteceu, você tem que fazer exatamente o que ele falou. Da maneira como ele o ensinou: racionalmente, sistematicamente, bravamente. Agora.

Comece fazendo as perguntas corretas: *Quando foi que isso aconteceu?*

Terça-feira, dia 7 de novembro, às 8h17. *Enquanto eu estava na aula de História. O papai mandou as últimas mensagens dele de verdade antes de eu chegar à escola:* CORRE, WILL. NÃO PARA. *Todas as outras que recebi depois dessa hora ou foram mandadas com o papai sendo ameaçado, ou pelos próprios homens que vi no quarto dele. Estão envolvidos com as pessoas que me perseguiram o dia todo hoje. As mesmas pessoas que fizeram alguma coisa com a mamãe.*

Mas por quê? O que querem da gente?

De rabo de olho, Will pôde discernir movimentações pela janela de trás. Segurou firme um peso de papel feito de pedra que estava sobre a escrivaninha, um presente de aniversário com uma única palavra gravada: VERITAS. Virou-se e atirou o objeto pela janela. O peso fez um buraco no vidro e atingiu algo que rodopiou e adejou em direção ao teto.

Will foi até a janela. Caído nas telhas lá fora, iluminado por um claro retângulo de luz, estava o pequeno melro de peito branco. Contraiu-se em espasmos uma ou duas vezes, depois ficou inerte. A visão daquela patética criaturinha penetrou fundo a alma do rapaz. Abriu a janela quebrada, recolheu o pássaro de corpo ainda quente e trouxe-o para dentro.

Uma baforada de fumaça subiu do centro do peito da ave: tinha um cheiro acre, quase elétrico. Olhando mais atentamente, o menino notou uma linha irregular por baixo das penas, uma costura da qual a fumaça continuava a vazar.

Apanhou o canivete suíço da mesa, puxou a lâmina e pressionou-a contra a sutura até a abrir. Algo pequeno, preto e insubstancial — como uma sombra — saído da fenda pairou no ar. Impressionado, Will inclinou-se para trás, afastando-se; a sombra ondeou para fora da janela e se dissipou.

O adolescente alargou ainda mais a fenda. Lá dentro, não encontrou carne, sangue, músculo ou osso. Apenas fios e circuitos. O pássaro era alguma espécie de máquina complexa. E seus olhos frios e vazios lembravam muito as lentes de câmeras...

Uma batida forte à porta. A maçaneta girou.
— Will, querido, tudo bem? — perguntou Belinda. — Ouvi alguma coisa quebrando.
— Deixei um copo cair — respondeu ele. Permaneceu imóvel, esperando a porta abrir-se e encontrar a resistência da cadeira, revelando, assim, que ele a tinha bloqueado. — Já estou limpando.
Houve uma pausa antes da resposta dela:
— O que importa é que esteja bem... Só tome cuidado. O jantar está pronto.
Ficou ouvindo a mãe descer as escadas, e, em seguida, buscou uma toalha de mão no banheiro e envolveu o pássaro com ela. Ao voltar para o quarto, ouviu um carro do lado de fora. Pela janela que dava para a frente da casa, viu faróis bem conhecidos aproximando-se vagarosamente.
Era o carro do pai, mas, após aquela gravação, Will não fazia ideia de quem estaria ao volante.
Foi o fator decisivo. Tinham feito, em família, a simulação de saída de emergência inúmeras vezes: dois minutos para largar tudo e correr. Enfiou o material para primeiros socorros em seu kit e voltou apressado ao quarto, pegando sua mala de lona do *cross-country*. Atirou o kit lá dentro junto com algumas peças de roupas: calças jeans, camisetas, o melhor moletom que tinha, jaqueta de couro, roupas íntimas e meias. O iPhone, iPod, MacBook, carregadores de bateria e cabos, óculos escuros e também o pássaro envolto na toalha. Ajeitou a fotografia do casamento dos pais sobre tudo. Pegou 143 dólares — suas economias para casos de emergência — de um compartimento secreto na escrivaninha e, por fim, jogou o canivete dentro da mala.

Nº 77: O EXÉRCITO SUÍÇO NÃO É LÁ GRANDES COISAS, MAS NUNCA SAIA DE CASA SEM O CANIVETE DELES.

Acrescentou também à mala o caderninho de capa marmorizada já bem velho. Ao longo dos anos, tinha reunido as regras do pai ali. Tirou o cartão de visitas de Lillian Robbins do pacote, memorizou o número do telefone dela e colocou-o na carteira. Enfiou o pacote na mala junto com a carteira e o passaporte e fechou o zíper.
Will agachou-se perto da janela quando o Volvo desgastado do pai parou em frente à casa. As portas do carona e traseiras se abriram e três homens de boina escura saíram. A porta do motorista foi aberta também e dali saiu Jordan West. Os Boinas Pretas cercaram o homem enquanto ele fitava o segundo andar da casa.

É meu pai mesmo, pensou Will, *ou ele tem uma cicatriz que nem a da mamãe no pescoço?*

Um dos estranhos pegou uma caixa metálica de fibra de carbono do tamanho de uma garrafa térmica, exatamente igual à que Will vira mais cedo para fora da janela do sedã preto. Outro homem empurrou Jordan rumo à casa. O pai do menino voltou-se contra ele e o afastou, e foi aí que Will soube que aquele homem ainda era o seu pai: *Ele só está cooperando porque falaram que estou aqui. Seja lá o que fizeram com a mamãe, ainda não fizeram com ele.*

O menino deu-se cinco segundos para passar os olhos pelo quarto. Por todos os pertences que lhe tinham sido caros o bastante para serem guardados ao longo dos 15 anos de vida que passara com os pais.

Lembra o que o papai disse: "Eu vou buscá-lo."

Will tinha que se agarrar àquilo agora. Caminhou silenciosamente até a janela quebrada. Ao ouvir a porta da frente abrir-se lá embaixo, atirou a mala sobre o ombro e saiu para o telhado.

"Faça o que precisar para sobreviver."

Pendurou-se na beira do telhado e começou a descida, segurando uma calha vertical. Cuidando para manter-se longe das janelas, pulou para o chão sem fazer qualquer ruído. Calculou ter três minutos, no máximo, antes que os desconhecidos subissem e arrombassem a porta do quarto.

PARTINDO DE SHANGRI-LA

Depois de passar pelo portão dos fundos, já na estrada, Will correu para o bem-vindo refúgio da escuridão. Acionou o cronômetro e se mandou para a cidade pela segunda vez naquele dia. Sem medir esforços. Ainda mais rápido do que de manhã. Mais rápido do que nunca. Correr para sobreviver é uma motivação das boas.
Três minutos na dianteira.

Nº 2: CONCENTRE-SE NA TAREFA À SUA FRENTE.

Eles pegariam os carros e seguiriam em diferentes direções a fim de procurá-lo. Caso não encontrassem, Belinda poderia recorrer à polícia: emita o alerta de que há um menor de idade desaparecido e, sem demora, exército, marinha, aeronáutica e até os fuzileiros navais, bem como a polícia local, estarão à disposição. Podem até bloquear as estradas de saída de Ojai Valley. Quanto tempo ainda havia até tudo isso acontecer?
Meia hora, na melhor das hipóteses. Até lá, a pé, o menino talvez conseguisse chegar à saída do lado oeste, embora fossem acabar o encontrando se ficasse a céu aberto, exposto. Aquelas pessoas, contudo, não o conheciam de fato, e essa era sua vantagem. Não tinham ideia — e talvez ele mesmo não tivesse, ainda — até que ponto Will West podia ser engenhoso e determinado.
Confiar nos seus instintos e no treinamento. Não poupar esforços.
Tirou a mala do ombro, pegou o iPhone enquanto corria e discou o número que memorizara. A mulher atendeu ao terceiro toque.
— Lillian Robbins.
— Dra. Robbins, é Will West.
— Oi, Will. Você está parecendo um pouco sem fôlego.
— Estou dando uma corrida agora.
— Sempre o ajuda a pensar melhor, não é?

— Algumas vezes mais, outras menos — respondeu Will.
— Como foi o restante do seu dia? — indagou ela.
— Você estava certa: eu tive que pensar em muita coisa.
— Então, como posso ajudar? Quer me perguntar alguma coisa?
— Para falar a verdade, quero, sim. Onde você está?
— No carro, voltando ao Centro. Viajei à tarde e cheguei há coisa de uma hora.

Lá se vai o plano de se mandar de carona com a Dra. Robbins.

— Quando eu poderia começar? — inquiriu Will.
— No Centro? Isso quer dizer que aceita o convite?
— É.

Will chegou ao fim da estrada, que ia dar em uma barreira de colinas. Virou à esquerda e lançou-se encosta abaixo rumo à cidade, ganhando velocidade, correndo ainda mais rápido que naquela manhã.

E onde é que está o Fantasma do Possante quando estou realmente *precisando de uma carona?*

— Antes de mais nada, Will, quero dizer que fico muito feliz com isso — disse a Dra. Robbins. — E, respondendo a sua pergunta, o próximo semestre começa em janeiro. Recomendamos que você faça a transferência mais perto dessa data.
— O que eu vou dizer agora vai parecer meio estranho a você.
— Desafio aceito.
— Eu queria começar amanhã. — Tudo o que o menino ouvia era a própria respiração enquanto corria. Baixou o celular, acelerou para fazer uma curva fechada e voltou a levar o aparelho à orelha. — Eu disse que ia parecer estranho.
— Já ouvi coisas mais estranhas — respondeu a mulher. — Mas não muitas. Então, você queria fazer a transferência de imediato?
— Posso?
— Bem, estamos com seu histórico escolar. Imagino que seus pais estejam de acordo. Foi uma decisão unânime da família?
— Cem por cento.
— E eles assinaram os formulários com os termos de concordância, preencheram toda a papelada?

Não esquecer: no primeiro tempo livre que tiver, falsificar as assinaturas.

— Estou com tudo bem aqui.

Ao longe, escutou o ronronar profundo e grave de um helicóptero se avizinhando. Depois, sirenes. Olhou o cronômetro: *Quatro minutos. Essa foi rápida.* Os policiais logo estariam por todos os cantos de Ojai Valley, em seguida viriam o xerife de Ventura e a polícia de trânsito da Califórnia. *A menos que eu continue à frente deles.*

52

— Você também falou que iam pagar os custos da viagem — continuou o adolescente.
— É verdade.
— Então, se não for um problema, eu queria viajar hoje.
Ela hesitou.
— Will, está mesmo tudo bem por aí?
Will também demorou um pouco a responder:
— É melhor a gente discutir isso naquela conversa mais longa que você queria ter comigo.

Tinha alcançado o limite da cidade em tempo recorde, margeando o lado norte do centro comercial, todas as lojas fechadas à noite. Parou um instante e escorou-se em uma parede de uma rua lateral escura, inspirando fundo. Pelo silêncio da mulher, percebeu que ela precisava de mais argumentos para convencê-la.

— Você me ajudou hoje — disse Will, a voz baixa. — Me ajudou a perceber que eu precisava de uma... Uma mudança grande na minha vida, grande mesmo.

Outra pausa.

— Eu não pedi isso — continuou o adolescente. — Hoje de manhã, eu nem sabia que o Centro existia. Foi você quem *me* procurou. Então, que diferença faz se eu quero começar amanhã ou daqui a sete semanas?

— Não faz diferença, Will. É só que... — ela não chegou a completar a frase.

Era hora da cartada final.

— Aliás, falando naquela prova de setembro... Eles deram três horas para a gente terminar, mas demorei, no *máximo*, vinte minutos para fazer. E não estava nem me esforçando.

Will ouviu o helicóptero aproximar-se, rumo à cidade.

— E para que vocês queriam aquelas impressões digitais e a amostra de DNA que você coletou mais cedo com seu quadro-negro mágico? Você não vai me dizer para que a escola precisa *daquilo*?

— É isso que você acha que eu fiz?

— Estou dizendo que não me *importo* com nada disso. Você me quer na escola, e eu estou querendo ir. Eu não ia pedir se não estivesse realmente precisando.

— Me diga do que você está precisando... Exatamente.

— De uma passagem de avião. Saindo do aeroporto mais perto de mim que possa me levar até aí. Agora.

Ela demorou um instante, e, em seguida, respondeu:

— Eu quero ajudá-lo, Will, mas preciso consultar a diretoria primeiro. Posso ligar de volta daqui a cinco minutos?

— Pode.

Ela desligou. Mais sirenes chiaram a distância, vindas de três direções distintas. O menino parara em frente ao escritório da pequena companhia de táxi que prestava serviços para a área e fazia corridas até os aeroportos da Grande Los Angeles. A recepção estava acesa, embora deserta. Uma minivan amarela com o logotipo da companhia estava estacionada no meio-fio.

Os raios de luz fortes e quentes do canhão de luz do helicóptero tremeluziam, incidindo sobre prédios e copas de árvores a um quarteirão de onde Will estava. O garoto saiu do esconderijo e atravessou a rua, rumo à companhia de táxi. Uma campainha antiquada soou quando ele entrou.

Um jovem atarracado de origem latina, com um cavanhaque parecido com a barbicha de um bode, saiu de um cômodo escuro. Tatuagens elaboradas eram visíveis nos braços e no pescoço dele, mal escondidas pela camisa que usava: arame farpado, as pontas do que pareciam ser asas, a ponta de uma lança. A etiqueta bordada com seu nome na camisa polo da companhia dizia "NANDO".

— Saca só, esse aí é um barulho que a gente não esquece nunca — comentou Nando. — Você é que não ia querer ser caçado por um desses malditos.

Will descolou-se da parede e caminhou ao balcão, sorrindo todo inocente, tentando incorporar sua melhor versão de um nerd de clube de xadrez escolar.

— Cara. É. Verdade mesmo — respondeu. — Qual é o problema deles? Oi.

Nando o encarou de cima a baixo.

— Tudo tranquilo?

— Beleza, beleza. Então, hum... Quanto custa a corrida até o aeroporto?

— Para o Internacional de Los Angeles, a corrida é quarenta dólares; para o de Santa Barbara, é vinte. Para qual você vai?

Will mostrou o celular.

— Estou esperando para descobrir. Será que a gente podia sair agora, e, no caminho, eu digo para qual deles ir?

— Não, cara. Isso aí é total falta de firmeza.

— Por quê?

O homem cruzou os braços e indicou os dois lados opostos:

— Direções diferentes, cara.

— Mas eu vou ficar sabendo antes da hora de virar.

— Só se você for para o Internacional. Eu disse a você o preço individual para quando levamos quatro passageiros. Mas a gente não pode fazer essa viagem sem estar com o carro cheio.

— Tem alguém mais indo para lá?

— Agora, não.

Nando não cedeu, inexpressivo e inflexível como uma das cabeças de pedra da Ilha de Páscoa. Ele até se parecia com uma. As sirenes soaram mais altas.

— E qual é o preço para um passageiro só? — indagou o menino.

— Você tem aula de matemática na escola? Quanto é quarenta vezes quatro, irmão?

— Entendi. Eu posso pagar sessenta e cinco. — Era quase metade de tudo o que tinha de reserva.

— Isso aí não paga nem a gasolina, amigo.

— Olha, o negócio é o seguinte: acabei de ficar sabendo que meu pai sofreu um acidente horrível, então, preciso viajar hoje e estou só esperando a minha mãe descobrir o aeroporto certo e me ligar para dizer.

O funcionário demorou a responder, desconfiado.

— E onde é que ele está? O seu pai.

— Na UTI. Em São Francisco. Foi lá que tudo aconteceu.

Nando franziu o cenho.

— Mal aí, amigo. Isso é uma droga mesmo.

Um carro da polícia, de sirene ligada e com as luzes piscando, passou zunindo lá fora. Will fingiu enterrar o rosto na manga para esconder uma lágrima, voltando as costas para a janela. O celular tocou. Olhou o nome na tela: PAPAI.

— Sua mãe?

— Não. É engano. — Colocou o telefone de volta no bolso e manteve a mão nele.

— Olha, sou só um empregado aqui, certo? O chefão está lá em Palm Springs hoje.

— E o que isso quer dizer?

— Que as regras da empresa que se danem, meu irmão. Você tem um voo para pegar.

Nando pegou as chaves sob o balcão e seguiu para a porta. Will o acompanhou, certificando-se de que não havia nenhum de seus perseguidores na rua. Com o controle remoto do chaveiro, o funcionário abriu a porta lateral da minivan, que deslizou para deixar Will entrar e afundar o corpo inteiro no banco mais próximo. Nando tomou o volante e ligou o motor.

— Qual é seu nome? — perguntou.

— Will. Will West.

— Will. Tentar ajudar seu velho quando ele está todo ferrado em uma cidade lá longe, hein? Muito bacana isso.

— Valeu, Nando.

— Eu também amo o meu velho, cara. E, se soubesse que ele levou um tiro, uma facada ou que entrou em cana porque armaram para cima dele, ia fazer qualquer coisa que nem você para estar do lado dele.

O carro começou a se afastar do meio-fio. Ao fazerem a curva para a autoestrada a oeste, levando para fora da cidade, outros dois carros de polícia passaram cheios de pressa por eles, as sirenes enlouquecidas.

— Cara, qual é a dos policiais dessa nossa cidadezinha esquecida hoje? A gente trouxe as nossas meninas de Oxnard para cá para evitar essas porcarias, sabe qual é?

O adolescente viu o retrato de uma jovem atarracada e dois bebês gorduchos em uma moldura cheia de purpurina no painel do carro. Pendendo do espelho retrovisor, que brilhava no escuro, uma boneca de plástico vestida como dançarina havaiana rebolava, junto com um par de dados pretos felpudos.

— Sei, sim — respondeu.

— Eu tenho sangue chumash do lado da minha mãe. Você sabe, né, os índios? Aqui era nossa área, então, não é nenhuma surpresa, sabe? Eu amo essa cidade, cara. É o paraíso. Eles fizeram um filme aqui, tem um tempão já, porque eles disseram que parecia aquele lugar... Qual é mesmo o nome? É igual ao daquela banda antiga que tinha uma música sobre um motoqueiro e a patroa dele.

— Shangri-La — disse o menino.

O funcionário estalou os dedos.

— The Shangri-Las! "My boyfriend's back and there's gonna be trouble"...

— "Hey-na, hey-na"...

— E no *filme*, Shangri-La é esse vale místico, com uma tribo mágica de gente doidona, onde todo mundo parece que tem 35 anos. Mas aí então você descobre que eles têm tipo uns cinco séculos de vida, só que não ficam velhos porque nunca se estressam nem ficam pirados com nada.

— É a história de um livro chamado *Horizonte Perdido* — comentou Will. — Meu pai me falou sobre ele quando a gente se mudou para cá. O filme tem o mesmo nome.

— Eu tenho que ver. Você acha que tem em DVD?

O celular de Will tocou. Verificou o número: o celular da Dra. Robbins.

— É sua mãe?

— É — respondeu Will e atendeu à ligação. — Oi.

— Tem um voo saindo do aeroporto de Santa Barbara, indo para Denver, às 20h45 — informou Robbins. — É o único jeito possível de você sair daí hoje. Você consegue chegar a tempo?

— Consigo.

— Vai ter uma passagem para você no balcão de atendimento.
— Obrigado, mesmo. Você não tem a menor ideia...
— O avião tem previsão de chegar às 23 horas. Ainda estamos tentando conseguir um corujão de Denver até Chicago, mas, até você chegar ao aeroporto, já vou ter essa informação. Alguém vai estar esperando você na esteira de bagagem de O'Hare amanhã de manhã com um carro... E, Will?
— Fala.
— O diretor e eu queremos discutir isso em detalhes quando você chegar.
— Claro. A gente se vê.
— Faça um bom voo — desejou ela.

Robbins desligou, mas, antes de tirar o telefone do ouvido, Will acrescentou, por conta da presença de Nando:
— Amo você, mãe. Sempre e para sempre.
— Para onde? — perguntou o motorista.
— Santa Barbara. Vou pegar o voo das 20h45.
— Está tudo limpo, irmão. E não esquenta com seu velho, viu? Ele vai se recuperar bem rápido quando ficar sabendo que você está lá com ele.

Will recostou-se e inspirou fundo algumas vezes. Estava faminto, tremendo de exaustão e tensão. Durante o trajeto, ficou observando as luzes de Ojai desaparecerem aos poucos à medida que a cidade ficava para trás, e imaginou se algum dia voltaria a vê-las.

O que a Bola Oito Mágica da Dra. Robbins diria? *As perspectivas não são muito boas.*

Um toque do celular: nova mensagem de voz. O rapaz colocou os fones de ouvido. A voz do pai. Baixa e controlada.

— Estamos muito preocupados com você, filho. Não é coisa sua sair assim, sem avisar. Mas quero que fique sabendo que não estamos chateados. Se isso tem a ver com a tal escola nova, nós nunca o obrigaríamos a fazer nada do tipo. Seu tio Bill saiu de casa para entrar em uma dessas escolas e foi uma experiência ótima para ele, mas a decisão tem que ser sua. Só avise que está tudo bem com você. É a única coisa que importa. Antes de fazer qualquer coisa, ou de ir a qualquer lugar, por favor, ligue para casa primeiro.

A mensagem terminou. Will não tinha um tio Bill. Sentiu uma enorme onda de alívio: o pai ainda era mesmo o seu pai. E estava dizendo: *aqui não é seguro. Continue correndo.*

— Will, você quer que ligue o rádio, cara?
— Estou tranquilo assim, Nando.
— Está com fome? Eu tenho água e granola aqui.
— Eu aceito.

Nando estendeu ao menino um pacotinho de granola e uma garrafa de água gelada. O cereal tinha também frutas vermelhas e iogurte. Will engoliu a mistura e empurrou tudo goela abaixo com a água. Naquele instante, luzes de advertência dos freios se acenderam à frente, e o trânsito começou a ficar lento.

— Aí, Will, a polícia de trânsito está fazendo uma blitz antes da virada para o Santa Barbara. Comentando só para o caso de isso lhe dizer alguma coisa.

O adolescente inclinou-se para a frente a fim de ver melhor. O trânsito havia parado por completo. Dez carros de passeio os separavam dos três automóveis de polícia atravessados na estrada, bloqueando ambas as pistas que seguiam para o sul.

— O que a gente faz? — indagou.

— Se você quiser mesmo chegar a tempo, a gente não pode arranjar problema aqui. Entre esses bancos, no chão, atrás de você, está vendo uma alça preta?

— Estou vendo.

— Puxe. Puxe para cima. Com força.

Will libertou-se do cinto de segurança e agarrou a alça. No segundo puxão, o piso se levantou, revelando um espaço grande o suficiente para duas malas. Ou para uma pessoa de estatura média.

— Pule aí para dentro.

— O quê?

Nando virou-se e o olhou calmamente.

— Se isso tudo é coisa da minha cabeça, e os policiais não estão procurando por você, então fica aí sentado. Para mim, está beleza de qualquer jeito.

Will analisou o olhar firme e despreocupado de Nando e pensou: *Será que dá para confiar em você?*

— Pode confiar — disse Nando.

— O quê?

— Pode confiar, você vai caber aí. E a sua mala deve dar também. Qual é o número do seu celular?

O menino passou o número para o taxista, empurrou suas coisas para dentro do buraco e enrolou-se agarrado nelas. Ficava apertado, mas, espremido, conseguiu ajeitar-se.

— Puxe a alça para baixo e fique segurando ela — instruiu o motorista. — Tire o som do celular e coloque os fones de ouvido. Eu vou ligar para você.

O menino fechou-se no esconderijo e desapareceu na escuridão. Ficou mexendo no celular, fazendo o buraco encher-se de uma pálida luz branca. Seu esconderijo era um quadrante de metal escuro que o encaixotava. Ouvia a van andar, centímetro por centímetro, os pneus fazendo ruídos em contato com o concreto logo abaixo dele. O telefone vibrou. Atendeu e a voz de Nando disse diretamente em seus ouvidos:

— Quatro carros na nossa frente. Relaxe agora, está tudo resolvido. Vou colocar no viva voz.

Ouviu o motorista colocar o telefone no console do carro e ligar o rádio na transmissão de um jogo de basquete dos Los Angeles Lakers. A cada vinte segundos, a van avançava uns poucos centímetros. Will diminuiu o ritmo da respiração, fechou os olhos e concentrou-se no que conseguia ouvir: uma janela automática sendo aberta, o trânsito seguindo para Ojai. Andaram um pouco e pararam outra vez. Will escutou passos, seguidos de uma voz masculina cheia de autoridade.

— Indo para onde hoje?
— Vou buscar um passageiro no aeroporto de Los Angeles, seu guarda.
— Pode descer as janelas traseiras, por favor?
— Sim, senhor.

Will identificou o som de Nando abrindo as janelas e dos coturnos do policial entrando em atrito com o chão ao se aproximarem da traseira da van.

— As estradas estão fechadas lá para a frente ou coisa do tipo? — indagou Nando.

— Não — respondeu o oficial.

Will ouviu mais passos. Algo rolou para baixo da van. Ele imaginou que seria algum instrumento com rodas e espelhos usado para fazer inspeções de segurança. Foi parar exatamente abaixo do ponto onde o menino se encontrava.

— Você está com um estepe aí hoje?
— Sempre, senhor — respondeu o motorista.
— Vou precisar pedir que saia do carro, senhor.

Will encolheu-se, tenso, esperando apenas o momento em que bateriam na porta do compartimento, ordenando que ele saísse. O silêncio, contudo, quebrou-se por um som que fez seu coração martelar no peito — um motor V-8 rugindo rouco e com força na autoestrada. Acelerava desvairadamente enquanto corria até eles. Houve uma pausa estranha, seguida de uma batida descomunal; depois, os rugidos do motor foram se distanciando. Na direção oposta à da blitz.

— Uau — exclamou Nando.

Os policiais recuperaram o espelho e correram, gritando para seus rádios. Momentos depois, os carros deram uma arrancada, as sirenes enlouquecidas enquanto partiam em perseguição rumo ao sul.

— Segure firme aí — disse a voz de Nando no telefone. — A gente está de volta na jogada. — A van seguiu caminho, lentamente ganhando velocidade. — Você precisava ter visto. Foi uma loucura!

— Um Hot Rod a noventa quilômetros por hora passando por cima do bloqueio?

— O cara deu uma de Monster Truck para cima deles. Coisa de macho, cara! Passou voando por cima de três viaturas e aterrissou no *teto* da quarta; depois, desceu pelo capô, passou para a estrada e disparou que nem foguete. O tempo todo eu fiquei tipo: *Eu estou mesmo vendo o que estou vendo?*

Will ouviu o sinal indicar que podiam virar. A van fez a curva tranquilamente, e ele soube que tinham chegado à estrada que os levaria ao aeroporto de Santa Barbara.

— Pode sair, Will. Está tudo limpo.

O menino abriu o compartimento, alongou-se a fim de recuperar a sensibilidade em um ponto dormente e retornou ao assento. Estavam sós na estrada, movendo-se pela escuridão.

— Então, você já tinha visto aquele Prowler antes? — indagou Nando, olhando-o rapidamente pelo espelho.

— Hoje mais cedo. Lá na cidade.

Will ouviu um sinal pelo fone de ouvido. Olhou o celular. Palavras surgiram:

FUJA. RÁPIDO. EU ENCONTRO VOCÊ.

Não era uma mensagem de texto. Eram apenas letras maiúsculas, mais nada. O Homem do Prowler?

— Quem é o cara?

— Não tenho a menor ideia — respondeu o rapaz. — Você acha que eles vão me procurar no aeroporto?

— Eles vão gastar um tempo caçando aquele Prowler. O cara já deve estar em Oxnard agora. Esperando para pegar o lanche dele no *drive-thru*.

Os dois riram. Quando as palavras na tela do celular dissiparam-se, Will deu-se conta: *O Homem do Prowler é australiano. Era da Austrália aquele sotaque que eu não estava identificando.* Uma pergunta veio em seguida: *Será que eu quero que ele me encontre?*

— Desligue seu telefone, agora — advertiu Nando. — Melhor não usar mais.

— Por quê?

— Tem um GPS aí dentro, irmão. Você liga ou manda mensagem enquanto está na rede, e eles pegam o seu IP e mandam para a primeira torre de transmissão que acharem. Em um segundo, ficam sabendo em que centímetro do mundo você está.

— Eu não sabia disso.

— Eles não querem que ninguém fique sabendo. Artilharia pesada no maior estilo Big Brother. Conseguem grampear qualquer conversa, rastrear mensagem, ou achar você a hora que quiserem. Pode continuar usando a câmera, o calendário, essas coisas, desde que não entre na rede. Mas nada de ligações.

Will desligou o celular, sentindo-se consideravelmente mais vulnerável.

— Você falou para mais alguém que estava vindo para cá?

— Não — respondeu o menino. — Acha que está tudo tranquilo agora?

— Acho que o caminho está livre — confirmou o motorista.

O jovem taxista manteve a velocidade dentro do limite permitido ao serpentearem pelas curvas da serra ao redor de Lake Casitas. Will sentiu a necessidade poderosa de fechar os olhos, então lembrou:

Nº 41: DURMA QUANDO ESTIVER COM SONO. GATOS COCHILAM PARA ESTAREM SEMPRE PRONTOS PARA TUDO.

O menino acordou meia hora depois, totalmente alerta e surpreendentemente revigorado. Tinham chegado à interestadual, seguindo no sentido norte ao longo da costa próxima à Santa Barbara. Will observou a espuma e as cristas brancas das ondas à esquerda, o luar cintilando sobre o mar aberto e as plataformas de petróleo distantes e iluminadas como árvores de Natal.

— Quando você chegar ao aeroporto — aconselhou Nando —, compre uma mala preta normalzinha e passe as suas coisas para ela. Essa aí que você está carregando tem o nome da sua escola. Se livre desse moletom também. Compre algum desses trecos de turista na loja de lembrancinhas e arranje um boné. Deixe a aba bem para baixo para ficar difícil de ver seu rosto pelas câmeras de segurança.

— Certo.

— Você vai precisar de um documento com foto para entrar no avião. Tarde demais para arranjar um falso, mas, se o seu nome não estiver no sistema da Administração de Segurança no Transporte, vai dar tudo certo. Agora, se estiver... É aí que a porca torce o rabo.

Viraram outra vez, saindo da autoestrada, e seguiram as placas indicando o aeroporto. Nando tirou um celular Nokia bem simples e um carregador do porta-luvas e os jogou para Will.

— Use esse aí para telefonar a partir de agora.

— Tem certeza? Não quero sair pegando seu celular...

— Não esquenta. Não é como se fosse meu, sabe? Ele tem câmera fotográfica e dá para mandar mensagem de texto.

Ao chegarem ao aeroporto, Will tirou a carteira do bolso.

— Guarda isso — disse Nando. — Não precisa gastar seu dinheiro.

— Mas eu tenho te pagar, Nando. O que você vai falar para seu chefe?

— E como ele vai ficar sabendo? Você é meu parceiro, irmão. Eu acho uns manés querendo ir para a cidade e cobro o dobro.

Os dois riram novamente. Nando estacionou no meio-fio, em frente ao terminal de estilo hispânico, poucos minutos antes das 20 horas. A porta lateral se abriu.

O adolescente hesitou.

— Por que você me ajudou, Nando? — indagou. — Você não precisava fazer nada por mim.

O latino virou-se para encará-lo, os grandes olhos castanhos bem abertos e solenes.

— Que bom que você perguntou — começou. — Quando eu estava lá dentro, no escritório, bem na hora em que aquele helicóptero passou voando, sabe? Eu ouvi uma voz dentro da minha cabeça. Como se eu tivesse entrado em transe, e essa voz se misturou com o som do ventilador. Ela falou que a próxima pessoa que entrasse ia ser uma pessoa, assim, muito importante. Importante tipo para a História da Humanidade. E que eles precisavam da minha ajuda e que era melhor eu não estragar tudo. Ou isso podia significar o fim do mundo.

Will engoliu em seco.

— Verdade?

— Não, estou só zoando com você, irmão! — exclamou Nando. — Quem você acha que é, LeBron James ou o quê? Você não está sabendo, não? *Ele* é O Escolhido. Mas peguei você bonito agora, hein?

— É, me pegou sim.

O sorriso de Nando desfez-se instantaneamente.

— Mas é sério mesmo, *cabrón*. Ouvi uma voz.

— Cara, agora você está me assustando mesmo.

— Mas eu nem ia dar bola se não tivesse ido com a sua cara, parceiro. Você tem jeito de gente honesta.

Cumprimentaram-se com um aperto de mãos e Nando entregou um cartão de visitas ao menino: NANDO GUTIERREZ, COMPANHIA DE TÁXI DE OJAI.

— Vê se me liga quando chegar lá. Me avise que você e seu velho se encontraram, beleza? Me prometa isso. Quero ter notícias suas.

— Você vai ter.

— *Vaya con Dios,* meu amigo.

— E você pode dizer a Lucia e a Angelita que elas têm que ter muito orgulho do pai — disse Will, saindo do carro.

— Valeu — respondeu o outro. — Espera aí, eu não lembro... Eu não falei os nomes das minhas filhas para você, cara.

— Não? — indagou o menino enquanto acenava e se distanciava.

— Certo, isso é um pouco bizarro, irmão. Como é que você sabia disso? Ei, como é que você sabia?

Will deu de ombros apenas. Na verdade, *não* sabia como responder à pergunta, ele simplesmente sabia. Jogou a mala sobre o ombro e dirigiu-se ao terminal.

Nº 28: DEIXE QUE SUBESTIMEM VOCÊ. ASSIM, NUNCA SABERÃO AO CERTO DO QUE VOCÊ É CAPAZ.

Dois minutos depois de Will entrar e Nando seguir caminho, um sedã preto estacionou na calçada.

DAVE

Como prometido pela Dra. Robbins, a reserva da passagem de Will para Denver constava no sistema quando ele perguntou a respeito no balcão de atendimento. Ela tinha conseguido também uma conexão para Chicago, por outra companhia aérea, que saía de Denver por volta de meia-noite. Will mostrou o passaporte à funcionária, que lhe entregou os bilhetes sem mais perguntas.

O adolescente parou em uma loja de lembrancinhas antes dos detectores de metal e comprou uma mala de rodinhas barata, um moletom cinza e um boné de beisebol sem estampa. No toalete, trocou de roupa, tirou suas coisas da primeira mala e colocou tudo na nova. Havia sobrado nela o espaço exato para caber a mala de lona. Enterrou o boné na cabeça, olhou seu reflexo no espelho e saiu.

O terminal estava praticamente deserto. O menino pegaria um dos últimos voos da noite. Na entrada, mostrou a passagem e o documento de identificação a uma segurança já bastante cansada do dia de trabalho. Ela olhou apenas de relance para ele, carimbou o bilhete e mandou que seguisse pela área delimitada por fitas de segurança que obrigavam a virar depois de uma parede logo adiante. Will tinha viajado de avião duas vezes na vida e nunca mais após o 11 de Setembro, quando não passava de uma criança. Para onde quer que a família se mudasse, sempre iam de carro.

Uma pilha de bandejas plásticas aguardava ao lado de uma comprida mesa de aço inoxidável com uma esteira que levava os pertences dos passageiros ao aparelho de raios X. O executivo na frente do menino tirou os sapatos sociais, relógio, cinto, deixou-os cair dentro da bandeja e ajeitou o casaco em cima de tudo. Colocou a mala, o celular e o laptop em uma segunda bandeja e mandou tudo pela esteira. A etiqueta na mala dizia "JONATHAN LEVIN".

Will aproximou-se da mesa e copiou os movimentos do homem. Levin esperava antes de uma linha branca diante do detector de metais. Entregou a passagem a outro funcionário da segurança que cuidava daquele posto, um caipira magricela que parecia saído diretamente de uma canção country, vesgo e de braços tatuados de aparência pegajosa. Ele alternou o olhar entre o homem e o bilhete algumas vezes, levando seu trabalho muito a sério, e em seguida devolveu a passagem e mandou o executivo seguir.

Will olhou para trás. Dois homens de boinas e casacos pretos caminhavam em direção aos detectores, olhando ao redor. Não o tinham avistado ainda. Will puxou o boné ainda mais para baixo e esperou na linha branca.

Vai ver é uma inspeção aleatória, e eles nem sabem que estou aqui. Vai ver não poderão mais me seguir depois que eu passar pelos detectores.

Ao ver as bandejas entrarem na máquina de raios X, o menino lembrou-se de que tinha deixado o canivete e o pássaro metálico dentro da mala. Ambos os artefatos dariam início a um diálogo que ele simplesmente não podia ter. Olhou a atendente que verificava o monitor conectado à máquina.

Confie no seu treinamento.

Quando era criança, antes mesmo dos cinco anos, os pais descobriram que ele tinha uma habilidade incomum e impressionante: podia "transferir imagens" diretamente de sua mente para as de outras pessoas. A mãe deu-se conta daquilo pela primeira vez quando figuras começaram a pipocar em sua cabeça — um brinquedo, uma bebida, um biscoito. Por fim, entendeu que Will estava tentando lhe comunicar o que desejava dela.

Desde então, os pais haviam se empenhado para desenvolver nele aquele dom, primeiro como um joguinho, depois de maneira mais séria. Também tinham lhe ensinado a jamais usar aquele poder com outras pessoas, por ser eticamente errado e violar a regra de número 3: NÃO CHAME ATENÇÃO PARA SI.

A menos que estivesse em perigo extremo. Como agora.

O adolescente tinha a sensação de que seu coração estava para irromper para fora do peito enquanto olhava, concentrado ao máximo, para a mulher por trás do monitor. Nunca havia tentado inserir uma imagem na mente de qualquer outra pessoa que não fossem os pais. A jovem fez a esteira parar justamente quando a figura da mala de Will centralizou-se na tela e inclinou-se para ver melhor.

Escova de dentes. Relógio.

O rapaz concentrou-se, mudo e trêmulo, e projetou aquelas imagens para dentro da mente da funcionária. *Sentiu-as* chegarem ao seu destino. *Escova de dentes* e *relógio* substituíram canivete e pássaro.

Momentos depois, a mulher recostou-se novamente e fez seguir a esteira. As bandejas do menino apareceram do outro lado. Aliviado, virou-se para encarar o guarda caipira, que o fitava friamente. Ele pediu a passagem de Will, que a entregou conforme requisitado. O homem examinou o bilhete e olhou o adolescente sem qualquer simpatia. Os pelos em seu pescoço se eriçaram todos.

O segurança passou para o outro lado do detector de metais e mandou Will atravessar. Nenhum alarme soou. O homem apontou para a direita, para uma área cercada por telas e dividida em várias partições.

— Espere ali — ordenou.

O rapaz tinha sido jogado para um novo e mais alto patamar de inspeção. No intervalo entre sua chegada e aquele momento, seus perseguidores deviam ter colocado seu nome em alguma lista de vigilância. O guarda segurou a passagem de Will como se fosse uma granada ativa e entrou no labirinto de repartições. Mostrou-a a uma afrodescendente corpulenta que trajava um blazer azul. Ela passou os olhos pelo adolescente — olhos atentos, velados por uma indiferença bem-treinada —, e, então, com um movimento de cabeça, indicou ao caipira que fosse até um computador próximo.

Ele vai confirmar que meu nome está sob observação.

O menino olhou para trás e viu os homens de boinas pretas lá fora. Passando os viajantes em revista de longe. Desviou os olhos. O guarda debruçou-se sobre o computador, o rosto fantasmagoricamente branco por conta da luz instável da tela.

Will olhou fixamente para um único ponto no meio da monocelha rebelde do guarda. A pulsação arterial do rapaz diminuiu. "Visualizou" o alvo, sentindo uma onda de calor subir pela espinha dorsal, inundar a garganta e vir à tona para criar a imagem que ele queria repassar:

A tela do computador sem o nome Will West.

Sucesso. O funcionário espremeu os olhos e piscou algumas vezes. Will mandou-lhe uma segunda imagem, acrescentando outro nome ao espaço em que anteriormente estivera o seu: *Jonathan Levin.*

O homem aproximou-se ainda mais da tela, como se não pudesse acreditar no que estava vendo.

Então, pela primeira vez, o adolescente tentou transmitir uma mensagem com palavras: *É isso mesmo. O homem que acabou de passar pela segurança.*

A cabeça do guarda caipira espiou por cima dos biombos, o pescoço virando de um lado para outro como se fosse um cão-da-pradaria incumbido da vigilância e proteção da espécie. Os olhos dele passaram direto por Will, recaindo sobre o executivo que carregava seus pertences rumo ao portão de embarque. O guarda conferenciou com a supervisora. Ela levou um *walkie-talkie* à boca e disparou ordens. O caipira e outros guardas irromperam atrás do homem. O menino estendeu a mão e o funcionário lhe devolveu a passagem enquanto passava apressado. Atrás de Will, policiais chegaram para fechar a fila para o detector de metais.

Will calçou novamente os sapatos e guardou o laptop na mala. Olhou para trás: os Boinas Pretas não estavam mais lá. Talvez sequer o tivessem visto. Pegou a mala e seguiu em frente. Vinte passos depois, passou pelo executivo petrificado que, naquele momento, era coagido por guardas a voltar ao posto de controle, sob a liderança do caipira de costeletas.

Will virou em um canto e a exaustão fez seus joelhos cederem. A visão escureceu, tomada por manchas e pontinhos. O lugar todo rodava como se ele estivesse prestes a desmaiar. Entrou, trôpego, no toalete masculino, onde deixou a mala despencar para o chão e agarrou-se à beirada de uma pia, segurando-se com as mãos. Jogou água no rosto e pescoço, tão quentes que queimavam ao toque.

Então o truque das imagens ainda funciona — e melhor do que nunca —, mas só de usar, eu fico acabado. Levou cinco minutos para se recuperar. Ainda sem muita firmeza nas pernas, voltou ao terminal e comprou dois sanduíches em um quiosque de lanches rápidos. Já estavam chamando os passageiros de seu voo para o embarque e uma fila se formara no portão.

No avião, descobriu que seu assento ficava no meio da aeronave: janela, lado direito, com visão diretamente para a asa. Tirou iPod e fones de ouvido de dentro da mala e pensou em pegar o iPhone para verificar as mensagens, mas lembrou-se a tempo da advertência de Nando e reconsiderou.

O embarque não levou muito tempo, o voo não estava tripulado nem com a metade da sua capacidade. A maioria dos passageiros era de pessoas mais velhas, vestidas em ternos tediosos, com feições de zumbis privados de sono e preocupados. O menino recostou-se, fechou os olhos, tentando apaziguar aquela montanha-russa cheia de *loops* que era sua cabeça naquele momento: *Quem são esses homens, o que é que eles querem comigo e com a minha família?*

Nº 49: QUANDO NADA MAIS FUNCIONA, APENAS RESPIRE.

Ligou o iPod e escolheu a lista de reprodução que a mãe fizera para ele com músicas para estudar e meditar. O rebentar das ondas e sons calmantes da natureza misturavam-se ao som de flauta, guitarra acústica e percussão suave.

Aquilo ajudou. As mãos de Will relaxaram, parando de apertar os braços do assento como se sua vida dependesse daquilo. Precisava desligar-se daquele pesadelo que fora o dia. Precisava de um voo tranquilo, sem quaisquer eventos extraordinários, para recuperar alguma sanidade e enfrentar o dia seguinte.

A princípio, mal notou a voz grave de barítono cantarolando e acompanhando a música. Estava ficando gradativamente mais alta, mas se mesclava tão naturalmente com a melodia que o adolescente simplesmente presumiu que estivera lá o tempo inteiro sem que ele jamais tivesse se dado conta.

Foi então que a voz se dirigiu a ele:

— É só respirar, fundo e devagar. O truque mais antigo no manual. Eis aí o caminho para o sucesso, Will.

Grave, áspera, com aquele mesmo sotaque mordaz. O homem, contudo, estava decididamente mais bem-humorado do que mais cedo naquela noite, quando deixara Will na porta de casa.

— Fique na poltrona, parceiro. De olhos fechados. Não estrague a brincadeira.

Os olhos do rapaz abriram-se com alarme. O assento ao seu lado estava vazio, bem como os outros dois da fileira ao lado. Debruçou-se para o lado e revistou toda a extensão do avião. Dez fileiras à frente, de um assento do corredor, um homem fez sinal de aprovação com as mãos, o polegar para cima. Usava uma jaqueta de couro já um pouco velha e desgastada. Coturnos pretos pesados, estampados com línguas de fogo vermelhas um tanto esmaecidas, repousavam no corredor.

Will afundou pesadamente as costas de volta no encosto do assento. *Lá se vai meu voo tranquilo.*

— Segure firme agora — continuou a voz. — Fique frio, que a gente vai se dar muito bem e virar amigos.

— Quem é você? — sussurrou o menino. — Por que está me seguindo?

— Não dá para ouvir você, parceiro. Não é assim que funciona. Fique aí. Eu já volto.

Will olhou na direção da poltrona dele. O Homem do Prowler não estava mais lá. *Qual é a desse maluco?*

A última passageira, uma mulher grotescamente acima do peso, passou bamboleando pelo corredor. Ostentava blusa e calças de moletom roxas, em um material aveludado que lembrava pelúcia, e arrastava uma mala de rodinhas de estampa floral. Cabelos finos e oleosos caíam desordenados em volta do rosto redondo como uma lua cheia, e suas feições pareciam mínimas em comparação. Os olhos esféricos e perfurantes localizaram a poltrona que lhe pertencia, quatro fileiras à frente de Will, do outro lado do corredor. Desmoronou sobre o assento, arfando com o esforço físico.

A voz da comissária de bordo avisou pelos alto-falantes que estavam prontos para decolar e que todos os aparelhos eletrônicos deveriam ser desligados.

Will tirou os fones de ouvido e desligou o iPod. O avião começou a deslocar-se, distanciando-se do portão, e as luzes foram diminuindo. O adolescente voltou a olhar para a frente: o dono do Prowler ainda não tinha retornado.

Vai ver ele não é de verdade. Eu é que devo estar imaginando coisas. Vai ver ele é algum tipo de efeito colateral holográfico dessa insanidade que está tomando conta de mim.

Fechou os olhos e resgatou de algum canto de sua memória o desenho que vislumbrara anteriormente nas costas da jaqueta do homem. Algumas imagens foram passando como um filme pela sua mente. Uma delas era a silhueta de um animal, mas não conseguia identificar exatamente qual.

O avião deu uma guinada à frente, acelerando para decolar, forçando Will contra o encosto da poltrona. Os *flaps* foram devidamente abaixados e a aeronave ergueu-se no ar. A cidade de Santa Barbara foi rapidamente ficando para trás, a costa aparecendo como uma gargantilha de luzes. O aeroplano se colocou primeiro sobre o oceano, depois virou a oeste. O menino ficou imaginando se o plano de voo os faria sobrevoar Ojai.

A sensação bem-vinda, mas inesperada, de alívio inundou-o todo. Tinha escapado dos perseguidores, quem quer que fossem, por ora. Tentou acalmar a mente e aproveitar a euforia enquanto ela durasse.

O avião estabilizou-se em posição horizontal. Uma campainha soou. A atendente voltou a fazer seus anúncios nos alto-falantes, agora para informar que já era seguro utilizar os aparelhos eletrônicos. Will recolocou os fones de ouvido e a mesma música de antes para tocar. Nenhum acompanhamento vocal. Ergueu o iPod à altura da boca.

— Ainda está aí? Alôôô?

— Você parece meio desmiolado falando com o iPod, parceiro. O pessoal vai achar que você tem uns parafusos a menos. — Will continuou a ouvir o homem pelos fones.

— Você tem ideia do que eu tive que enfrentar hoje? — indagou o adolescente, alto.

— Bem mais do que você pensa.

— Estou pertinho, *pertinho assim*, de ter um colapso nervoso total, e vai ser superjustificável.

— Não faça pirraça, parceiro. Coloque a poltrona deitada. Até o fim, isso... Com calma e sem estresse.

Will relaxou no assento reclinado. O homem curvou-se para a frente: estava sentado atrás dele, à esquerda. O adolescente viu o perfil rude a menos de 60 centímetros de distância, acobertado por sombras. Os olhos não estavam visíveis, escondidos pelos óculos de estilo aviador, mas lá estavam as cicatrizes, um mapa de estrada lívido, em alto-relevo, trespassando toda a face esquerda do homem.

— Você é australiano, né? — perguntou o menino.

— Não, parceiro, eu sou um Kiwi. Da *Nova Zelândia*. Talvez você já tenha ouvido falar de lá.

— É claro que já ouvi.

— Parabéns para você. Se você despistou aqueles caras, pode ser que esse voo seja "tranquilo" e "sem eventos extraordinários". Mas o clima está meio estranho logo aí na frente. Pode causar umas turbulências.

— Quer dizer que você faz a previsão do tempo também.

— Eu faço o serviço completo.

— E quem é você?

— O meu nome é Dave. Daqui para a frente, fique com um olho aberto o tempo todo. Espere pelo pior e torça pelo melhor. Depois que eles colocam você no radar, não tem mais como sair.

— Você está falando dos homens de boina, ou daquelas "coisas" que tentaram me devorar mais cedo?

Dave permanecia completamente imóvel enquanto falava:

— Dos dois.

— Você pode, pelo menos, me contar o que eram aquelas criaturas?

— Uma espécie de azorrague de três pernas. Guulvorgs ou burbelangs, arrisco dizer.

— Animais da Nova Zelândia? — perguntou o menino com sarcasmo.

— Não dê uma de joão sem braço, moleque. Estou dizendo que era isso que eles *pareciam*. Uma opinião baseada no fato de que eu podia realmente *ver* as criaturas. — Dave bateu de leve nos óculos com os dedos.

— E por que é que essas coisas quereriam *me* caçar?

— A gente obviamente não devia mexer nesse vespeiro, em particular agora...

— "Obviamente" em que sentido?

— Obviamente por razões pelas quais, nesse momento, seria pouco aconselhável que eu desse continuidade a explicações. Deixa eu perguntar: você sentiu cheiro de enxofre ou de fumaça antes de eles atacarem? Viu algo como um buraco redondo pairando no ar, ou um aro de fogo...

— Um aro de fogo. Nas colinas. Eu pensei que fosse o pôr do sol.

— Nada disso, parceiro. Aquilo lá era um Lançamento de Altitude Elevada. Alguns dos monstrinhos mais barra-pesada do Nunca-Foi. Jogados lá do alto que nem bombas corta margarida. Fazem uma bela lambança.

Will fez uma pausa antes de falar:

— Todo mundo fala diferente assim lá na Nova Zelândia?

— Eles têm naves... Aeronaves. Não são que nem as nossas. Não são visíveis, só em casos muito excepcionais... — Dave percebeu que estava falando demais e soltou um suspiro. — Isso é mais informação do que você precisa saber. A verdade é a seguinte: eles só me passaram a missão hoje de manhã. De última hora, sem instruções mais detalhadas. Ainda não tive nem tempo de estudar seu histórico.

— Meu histórico?

Dave retirou uma pequena forma cúbica de vidro transparente do bolso da jaqueta. Dentro, pairava um par de cubinhos menores, pretos e brilhantes. Pareciam dados sem os pontos brancos, suspensos no ar, rodopiando em ângulos e velocidades diferentes um do outro.

— Esse é meu *histórico*?

Luzes irradiaram dos cubinhos e imagens tridimensionais surgiram acima do cubo maior: dois grupos de bestas hediondas se arrastando sobre três pernas.

— Aqui são os burbelangs — disse Dave, apontando para um dos grupos. — E aqui, os guulvorgs.

— Meu Deus.

— Daqui para a frente, Will, é melhor você acreditar que eu só quero ajudar você, ou então a missão pode ir pelo cano mais rápido do que rato no esgoto...

— Se acha que não contar a *verdade* é me ajudar, então, tem que aprender muita coisa sobre mim.

Dave fitou-o intensamente por um momento.

— De acordo.

— Posso ver? — perguntou Will, indicando o cubo.

— Não nesta encarnação — respondeu o homem.

As imagens dissiparam-se. Dave meteu o cubo de volta no bolso, inclinou-se para a frente, por entre as poltronas, e olhou o rapaz durante um longo tempo, como se o avaliasse.

— Pela artilharia que empregaram — começou Dave —, presumimos que você é o alvo deles. Foi por isso que os despistei. Demorou horas para eu conseguir.

— Então, que tipo de missão é essa?

— Escoltar e proteger. E pode agradecer por eles não terem colocado um Acompanhante em você. Melhor nem começar a falar dessas belezinhas.

— O que é isso?

— É o que eles usaram para deixar sua mãe daquele jeito, garoto.

Will sentiu o estômago revirar.

— E o que isso quer dizer? Está tudo bem com ela?

— Não tem como saber ainda — respondeu Dave com surpreendente delicadeza. — Eu podia ir mais a fundo, bem mais a fundo, mas a última coisa

71

de que você precisa agora é um boletim de informações detalhado que pode fazer a sua cabeça explodir.

— Então só me responda uma coisa... Meu pai está bem?

— Vou tentar descobrir. Preciso me informar melhor, e *você* precisa descansar. Mande alguma sustança para dentro. Tire um ronco. Se as coisas ficarem "extraordinárias", o único equipamento de que vai precisar está nesse saquinho aí na sua frente. Perto da revista do avião. Um olho aberto, hein?

Will vasculhou o compartimento no encosto da poltrona à sua frente e pescou dali um pequeno saco retangular e cinza. Nele encontrou um par de óculos escuros de tamanho médio, armação preta simples, meio retrô. As lentes eram de um azul-acinzentado, como as dos que Dave usava.

— Como isso funciona? — perguntou o adolescente, descansando as costas na poltrona. — É tipo 3D?

O assento atrás dele estava vazio outra vez.

Voltou a ligar o iPod e tudo o que ouviu foi música: nada de Dave. Examinou os óculos e os experimentou. Tudo parecia rigorosamente igual, apenas um pouco mais escuro.

— É mais do que possível que eu tenha ficado completamente louco — balbuciou.

Seguiu, contudo, os conselhos de Dave. Guardou os óculos e comeu os dois sanduíches que comprara, que estavam tão macios e suculentos quanto o desenho de um sanduíche. Quando os comissários passaram com o carrinho de bebidas, pediu duas garrafas d'água e tomou-as de uma só vez. Pegou a papelada do Centro ainda por preencher e completou tudo. Depois, cuidadosamente, falsificou as assinaturas dos pais nas linhas demarcadas para cada uma.

Fechou os olhos e vislumbrou fragmentos de imagens do quarto de hotel destruído onde o pai estivera. As últimas palavras dele insistiam em assombrar o menino:

"Nós somos os responsáveis por tudo isso. E só a ideia de que alguma coisa que fizemos vai fazê-lo sofrer de alguma forma é o pior sentimento do mundo para a sua mãe e eu."

Responsáveis *pelo quê?* O que podiam ter feito? Que tipo de preço terrível teriam que pagar por isso agora?

Passados cerca de 45 minutos de voo — enquanto passavam sobre o brilho extravagante de Las Vegas —, ele conseguiu resvalar para um sono superficial e inquieto.

Passei o dia inteiro temendo dormir de novo... Ou vai ver era porque eu não conseguia esperar. Depois, foi como se eu tivesse me debatido e revirado por horas antes de conseguir relaxar. Mas, quando finalmente adormeci, eu estava pronta.

Quando dei por mim, estava lá no alto, no céu escuro, planando por entre nuvens que anunciavam tempestade, iluminadas por relâmpagos cujas trovoadas retumbavam ao longe. Não tinha mais que uma vaga ideia de onde estava, mas, naquele momento, parecia saber exatamente onde encontrá-lo.

Vi algo pequeno e escuro navegando bem à frente de mim, em sentido contrário às nuvens.

Um avião.

SABOTAGEM

Um solavanco causado por turbulências o acordou. Will sentiu uma presença à sua esquerda e virou, esperando encontrar Dave. Em vez disso, viu a mulher obesa de roxo parada no corredor, inerte, encarando-o. Seu rosto estava escondido por sombras, seus olhos eram pontículos de luz sinistra e brilhante.
— Posso ajudar? — indagou Will abruptamente.
A mulher piscou, imóvel, inexpressiva como uma pedra. O cheiro que emanava dela, como se não tomasse banho há semanas, fez os olhos do adolescente lacrimejarem. Houve outro sacolejo do avião, mais forte daquela vez, e, a partir de então, foi como se a aeronave estivesse surfando sobre a crista de uma onda. Os lábios da mulher moviam-se como se mastigassem, mas nenhum som saía deles. A passageira obesa virou-se e saiu caminhando com um passo gingado muito peculiar.
Will olhou ao redor. Nenhum sinal de Dave. Por puro instinto, pegou os óculos do bolso, colocou-os e inclinou-se para olhar o corredor.
Circundando a mulher, ele viu um halo de luz, repugnante e verde, como fluorescência vacilante. Os contornos do corpo dela agitavam-se e contorciam-se como um balaio de gatos furiosos, dobrando-se em ângulos repulsivos.
Will levantou os óculos. Ela parecia normal outra vez. Ou o mais próximo de normal a que podia chegar a visão de cerca de 250 quilos metidos em roupas púrpuras de tamanho cinco números menor que o apropriado. Ela passou direto por sua poltrona e seguiu rumo ao toalete, abriu a porta e espremeu todo seu volume lá dentro, fechando-se ali com uma pancada.
— Dave? — sussurrou Will. — Dave!
Nenhuma resposta. O menino apertou os braços da poltrona quando raios piscaram a distância, acendendo o horizonte repleto de nuvens ameaçadoras. Olhou o relógio: estavam a menos de uma hora do prazo programado para a chegada em Denver, sobrevoando as *Rockies*, as Montanhas Rochosas, e aproximando-se da tempestade.

Uma campainha soou. A comissária de bordo anunciou que todos deveriam retornar aos seus lugares e colocar o cinto de segurança. Will fez conforme recomendado, apertando bem o cinto. Depois, inclinou-se a fim de espiar o corredor novamente.

Água ou algum outro tipo de líquido vazava por debaixo da porta do banheiro.

O adolescente libertou-se do cinto, levantou-se e caminhou em frente. O chão parecia rolar sob seus pés como se fosse um barril sobre o qual Will precisava equilibrar-se. Alcançou a porta e fincou os pés no carpete ensopado. O toalete estava "LIVRE", segundo o aviso. Agarrou a maçaneta e rapidamente abriu a porta. Luzes tremeluziam ao lado do espelho.

Caídos em uma pilha sem volume, amontoados no chão, encontravam-se os agasalhos roxos da mulher. Fluidos escoavam do colarinho e dos buracos para braços e pernas. O braço direito do casaco estava enfiado dentro do vaso sanitário. O som alto de sucção da descarga acionada oprimia todo o espaço diminuto. Aquele mesmo odor nauseante que sentira antes empesteava o ar.

Notou uma movimentação na pilha de roupas. Uma forma do tamanho de uma bola de futebol americano deslizou do tronco para o braço, depois para o vaso sanitário e dali para fora. O agasalho roxo voltou a ficar inerte e sem vida no chão. Então, com um movimento único, a massa púrpura foi puxada para dentro do vaso e para fora da vista de Will. Algo flácido e indefinido deslizou junto: parecia a muda de pele descartada de uma cobra gigante, recoberta por tufos de cabelo embaraçado.

A tampa do vaso sanitário caiu, fechando-se. O som de sucção cessou. Uma comissária de bordo apareceu atrás de Will, tirando as mãos dele da porta.

— O senhor precisa voltar para sua poltrona — advertiu ela.

— Eu vi água saindo do banheiro.

A mulher olhou para o carpete molhado sob seus pés. O avião balançou.

— Vamos cuidar disso — afirmou. — Por favor, volte para seu assento. *Agora.*

O adolescente não viu motivos para discutir. Segurando-se nos encostos das cadeiras para se equilibrar, caminhou pelo corredor enquanto o avião dava pinotes e balançava.

— Acho que agora estou precisando vomitar— gaguejou.

Olhou para trás e viu a comissária fechar a porta e retomar seu posto. Ele passou pela fileira onde a mulher obesa havia se sentado antes e viu a mala de estampa floral debaixo da poltrona. Agarrou-a e a levou consigo para seu assento no instante em que o avião mergulhava em uma área de forte turbulência. A mala de má qualidade parecia não pesar nada. A etiqueta de preço ainda estava afixada ao puxador vagabundo. Abriu o zíper: vazia. Estava ali só de figuração. Teria sido aquela criatura patética sequer *humana*?

— O que você viu? — perguntou Dave.

Estava parado ao lado do menino, saído do nada. Will descreveu a cena.

— Um Transportador — concluiu Dave. — Macacos me mordam, eles infiltraram um Transportador a bordo.

Outro clarão vindo de um raio — mais próximo, mais forte — atraiu a atenção do rapaz para a janela. Centelhas foram cuspidas pela parte posterior da turbina abaixo da asa direita. Voltou-se para onde Dave estivera, mas o homem já tinha partido. Will tateou o bolso para pegar os óculos, colocou-os e virou-se para a janela.

Depois de passado o choque, contou seis deles. Pareciam sacos frenéticos de cimento que tinham ganhado vida, ou seres primitivos e deformados, saídos das profundezas do oceano.

Um Transportador: e era aquilo *que ela transportava?*

Tocos de carne achatados, repulsivos, borrachudos. Bocarras repletas de uma confusão de presas afiadas como navalhas. Um chifre grosso e curvado projetava-se do centro de cada uma das testas macilentas, cravados entre largos e redondos olhos brancos. Dos troncos estriados e seccionados brotavam quatro vigorosos membros de locomoção equipados com garras recurvadas. Criaturas diabólicas criadas — ou modificadas — com o propósito de satisfazer um desejo irracional de destruição.

E destruir era exatamente o que tentavam fazer naquele exato momento, e o alvo, no caso, era o motor direito do avião.

Will ergueu os óculos. Nada viu além da asa e de faíscas saindo do motor. Recolocando as lentes diante dos olhos, avistou o horroroso enxame contorcionista novamente. Retirou os óculos uma vez mais e examinou o acessório por todos os ângulos.

Tem que ser algum tipo de sistema de projeção dentro dessa armação que manda as imagens animadas para as lentes, pensou Will. *Eu não posso estar vendo isso. É truque, efeito especial.*

Mas a armação tinha aparência sólida e inteiriça, tornando impossível que escondesse tecnologia sofisticada o bastante para fabricar aquilo que Will estava vendo. O menino estava considerando a ideia de desmontar os óculos com seu canivete suíço no instante em que ouviu um som de engasgo alarmante e arranhado vindo do lado de fora. O motor golfou uma explosão de fagulhas, seguida de uma nuvem de fumaça preta.

Desajeitado, recolocou os óculos no rosto. Quando um raio iluminou o céu com um clarão, vislumbrou todas as seis criaturas atacando o compartimento do motor de maneira frenética, usando dentes, chifres e garras. O avião perdeu um pouco de altitude ao passar por outra área de turbulência, fazendo o corpo de Will erguer-se da cadeira. Reajustou e apertou ainda mais o cinto de segurança. As bestas continuavam grudadas ao motor, a despeito de todos os solavancos e desequilíbrios. O menino percebeu que seus troncos tenebrosos eram cobertos de ventosas que aderiam ao metal.

Estavam a poucos instantes de reduzir o motor a pedacinhos.

Will tirou os óculos novamente, esforçando-se para dar algum sentido àquela loucura toda. De alguma forma, em algum lugar, encontrou um fiapo de lógica.

Eles têm a ver com aquelas coisas que me perseguiram pelas colinas. Monstros saídos do mesmo reino de pesadelos doidos... Do que foi mesmo que Dave chamou? O Nunca-Foi.

Recordou-se, então, de onde havia visto criaturas como aquelas antes. Monstros demoníacos atacando aviões em pleno voo. Fazia tanto sentido quanto o restante da história, mas estava registrado em papel, em um antigo cartum ambientado na Segunda Guerra Mundial:

Gremlins.

Tornou a olhar para a janela e viu seu reflexo no vidro. E algo mais. *Alguém* mais — *dentro* do reflexo —, encarando-o.

Uma menina. De algum modo, ela estava lá em algum lugar, ele podia *sentir* sua presença. E tentava *comunicar* algo a ele.

O avião balançou e os óculos voltaram a cair sobre os olhos de Will.

Um gremlin comprimia-se contra o vidro do lado de fora, fitando-o com os olhos brancos, inexpressivos. Apontou uma garra para ele, esgarçou a boca em um sorrisinho maligno e passou um dedo horizontalmente ao longo do pescoço. Em seguida, segurou ambos os lados da janela e tomou um impulso, indo para trás, pronto para arremeter contra o vidro usando seu chifre. Will encolheu-se.

Algo agarrou a fera desprezível antes que ela atacasse. Mãos fecharam-se ao redor do chifre e puxaram-no para longe. Era Dave, lá fora, equilibrado sobre a asa. Enquanto a criatura debatia-se cheia de fúria, o homem lançou-a no vazio, para fora do campo de visão, seus membros açoitando o ar.

Dave fez uma saudação a Will, tirando uma arma reserva de cano longo do coldre escondido sob a jaqueta, uma espécie de híbrido de pistola e rifle. Caminhou em direção à extremidade da asa, cuidando para manter-se equilibrado, assombrosamente imune à altitude, temperatura, velocidade do vento e todos os demais princípios físico-científicos capazes de destruir qualquer um naquelas circunstâncias.

Qualquer um que fosse humano.
Dave estancou na metade do caminho para o motor, mirou a arma e abriu fogo contra o enxame malévolo. Explosões de luz foram lançadas do cano, trespassando os corpos das criaturas, deixando neles buracos perfeitos. Uma por uma, elas resvalaram para dentro da escuridão.

Will observava pela janela, de queixo caído.

Os dois gremlins remanescentes atiraram-se contra Dave como mísseis. Ele disparou, estourando em pleno ar um dos monstrinhos, que caiu rodopiando no vazio. O sobrevivente aterrissou em seu ombro direito. Com as garras do gremlin fechando-se ao redor de seu pescoço, Dave sentiu-o arrastar-se até a nuca. Torceu o corpo na tentativa de pegá-lo, mas não foi bem-sucedido, e a fera preparou o chifre para o golpe que iria perfurar a base do crânio do homem.

Dave recolocou a arma no coldre. Cambaleou até a extremidade mais fina da asa, ajoelhou-se e se esticou na superfície. Agarrando-se ao avião, voltou a ficar de joelhos com um único e forte impulso e plantou os coturnos na beira afunilada da asa. Lutando contra forças-G avassaladoras, lentamente foi deixando as pernas retas até ficar com a cabeça apontada para a frente, em uma posição que lembrava uma flecha. Posicionou-se paralelamente à asa, aproveitando-se do vento como se estivesse executando um salto de esqui. A criatura em seu pescoço tentava segurar-se desesperadamente, sem conseguir atacar, incapacitada pela força esmagadora das massas de ar.

Achado seu ponto de equilíbrio, Dave deu um giro de 180 graus até encarar o céu. O gremlin agarrou-se ao homem, lutando contra o poder de sucção do motor diretamente atrás deles. Instantes depois, porém, com um berro emudecido, a besta era tragada para dentro da turbina cujas pás giravam em turbilhão. O motor engasgou e a asa inteira vibrou como um pássaro sobressaltado.

Will sentiu o estômago revirar. Arrancou os óculos do rosto e enterrou a cabeça nas mãos, tomado de uma sensação de vertigem febril.

Isso não pode estar acontecendo. Não pode estar acontecendo!

Limpou o suor frio da testa e forçou-se a olhar para fora. Dave estava de pé, caminhando até a janela do menino. Will olhava por entre os dedos, sem querer soltar a cabeça, receoso de que fosse se desfazer em pedaços.

O homem olhou lá para dentro, parecendo cansado e irritado. Pôs dois dedos em riste bem na altura dos olhos do menino e disse algo que ele não conseguiu ouvir. Nem precisava: "Com essa, são *duas*!"

Dave balançou negativamente a cabeça e lançou-se para cima, em direção às nuvens e para longe das vistas de Will, como se tivesse sido disparado de um canhão. O garoto desceu a persiana da janela, fechou os olhos e tentou se imaginar como outra pessoa, em outro lugar.

Qualquer outra pessoa, em qualquer outro lugar.

Tinha conseguido dar uma boa olhada na imagem redonda bordada nas costas da jaqueta de Dave e tentou concentrar sua mente naquilo a fim de acalmá-lo. Havia três elementos presentes na figura: a silhueta de um animal que era, de fato, um canguru-vermelho. Ao lado, a cabeça de um cavaleiro protegida por um elmo. Por último, os contornos de um helicóptero. Acima de tudo aquilo, lia-se a sigla *ANZAC*.

E, embora Will não conseguisse vê-la, aquela garota ainda o observava. De *dentro* da cabeça dele. Os mesmos olhos perturbadores lhe fazendo uma pergunta silenciosa:

Você está Acordado?

DAN MCBRIDE

Aterrissaram em Denver 45 minutos depois, sem novos incidentes. Ninguém disse uma única palavra enquanto deixavam o avião, todos gratos por estarem novamente em terra firme. O voo que Will tomaria em seguida estava uma hora atrasado por causa da tempestade. Aquilo lhe dava tempo para apagar seus rastros.

Encontrou outra companhia aérea com um voo disponível e praticamente vazio para Phoenix partindo à meia-noite. Entregou seu bilhete para Chicago a uma funcionária exausta e inseriu duas imagens na mente dela — uma da passagem para Phoenix e a outra, de seu nome constando na lista de passageiros aberta no computador. Ela fez o check-in e Will foi embora.

Fez o mesmo procedimento antes de embarcar para Chicago, mas ao contrário: dessa vez, o funcionário devia *retirar* o nome dele da lista. "Transferir imagens" estava se tornando mais fácil. Ainda se sentia cansado ao fazê-lo, mas não esgotado. Já na poltrona, Will colocou os óculos e verificou toda a extensão do avião. Tudo limpo. Com alguma sorte, quem quer que estivesse ao seu encalço pensaria que o rapaz tinha embarcado para Phoenix.

Dentro de minutos, mais que exausto, Will rendeu-se a um sono profundo e sem sonhos. Durante horas, sequer se moveu, até o instante em que sentiu o trem de aterragem começar a ser rebaixado, ao se aproximarem de Chicago.

Horário local: 5h45. Will entrou em um terminal deserto no Aeroporto Internacional O'Hare. Nas proximidades da esteira de bagagem, um senhor de cabelos brancos segurava uma plaquinha com o nome "SR. WEST" escrito em letra de imprensa. Ao avistar o menino, acenou e se aproximou.

— Você é Will? — perguntou.

— Sou eu, sim, senhor.

— Meu nome é Dan McBride, do Centro. Sou colega da Dra. Robbins. É um verdadeiro prazer conhecê-lo.

O homem fixou no menino um olhar amigável e benevolente. Media cerca de 1,80m, era empertigado e ágil. A face corada tinha as marcas de um homem bem experimentado de 70 anos, mas ele se movia como alguém que tivesse metade daquela idade. Seu aperto de mão esmagou os dedos de Will, que retribuiu da mesma forma, como uma defesa, para não se contrair.

— Posso levar a sua mala? Ainda tem mais?

— Não, senhor, é só isso mesmo — respondeu, entregando a bagagem ao homem.

— Então podemos seguir em frente. O carro está logo ali fora.

McBride indicou a porta e tomou a dianteira. Mancava de maneira perceptível (um problema no joelho ou no quadril), mas fazia questão de ignorar aquilo andando mais rápido, como se considerasse a dor física uma inconveniência de pouca relevância. Em seu modo controlado e correto de falar, Will conseguiu identificar as nuances ácidas e austeras pertencentes ao sotaque típico da Nova Inglaterra.

— Como está se sentindo? — indagou McBride, parecendo genuinamente curioso. — Noite difícil?

— Dá para notar?

— Aposto que a maioria dos seus companheiros de viagem era de executivos a trabalho, correndo para a próxima reunião. Correndo o risco de falar como um típico acadêmico da era dos dinossauros, Will, o corujão sempre foi o símbolo, para mim, de como o culto ao dinheiro nos faz menosprezar totalmente a própria humanidade.

O adolescente fitou-o.

— Isso pode ter sido um pouco hermético para você logo depois de passar uma noite insone em um avião.

— Eu entendi — respondeu Will. — É só que não costumo ouvir as pessoas falarem desse jeito.

— Ora, Will, muita gente na Costa Oeste fala com correção perfeita.

— É claro, mas é muito mais comum ouvir alguma coisa do tipo: "O corujão, cara... É um pé no saco mesmo."

McBride riu em concordância. Quando deixaram o aeroporto, ainda estava escuro do lado de fora. Um paredão de frio nocauteou Will, passando por cima do fino agasalho de algodão que usava como se sequer existisse. O adolescente inspirou fundo com certa dificuldade e as narinas congelaram.

— Estamos reféns de uma frente fria fora de hora — comentou McBride. — Vocês também não estão acostumados a esse tipo de coisa lá na Califórnia.

— Aqui é sempre assim?

— Não, não, não. Nos próximos cinco meses, geralmente fica bem pior.

— Qual é a temperatura?

— Quando chegamos aqui hoje, estava fazendo revigorantes 11º negativos.

Will não podia acreditar.

— *Negativos?*

— É só andar rápido, vai fazer o sangue circular.

Will sentia-se como que paralisado. Nunca havia experimentado temperaturas abaixo de dois graus Celsius antes. Estava com dificuldades para mover os lábios.

— O senhor vai me desculpar, mas as pessoas realmente *vivem* nesse frio?

— Serei agora o primeiro e, certamente não o último, a recitar um dos meus clichês favoritos a respeito dos invernos da região: eles moldam o caráter. Balela. Mas, criaturas adaptáveis que somos, você vai se acostumar com uma rapidez tal que vai até surpreendê-lo.

Um Ford Flex azul estava estacionado no meio-fio, com o brasão do Centro na porta. Um homem imenso com casaco de pele e chapéu combinando abriu o porta-malas e foi ao encontro deles como um trator. Tinha um largo e contagiante sorriso estampado no rosto. O nariz, largo e chato, parecia tomar-lhe metade do rosto. Pegou a mala de Will e colocou-a na traseira do carro.

— Cumprimente o Eloni, Will — disse McBride.

— Prazer — falou Will.

Eloni abriu um sorriso ainda mais largo e tomou a mão de Will nas suas, que pareciam a maior luva de beisebol do mundo. Para alívio de Will, o homem não fez menção de apertar. Os ossos do menino teriam virado pó.

— Irmão, a sua mão está um gelo. O ar quente está ligado. Entre antes de congelar. Nunca passou por um frio desses, hein?

— Nem perto disso.

Eloni deu uma risada, um estrondo grave saindo de seu peito. Movendo-se com agilidade extraordinária para um homem do seu tamanho, abriu a porta traseira e gesticulou para que Will entrasse.

— Eu sei como é, Sr. West — disse.

— Eloni é da Samoa Americana — esclareceu McBride.

— A coisa mais parecida com neve que eu tinha visto antes era *raspadinha* de gelo e suco de fruta — brincou.

Will pulou para dentro do calor acolhedor do SUV. O banco era macio e quente. Recostou-se ao máximo, deixando-se envolver pela atmosfera, e tentou parar de tremer. Eloni assumiu o lugar do motorista, e McBride sentou-se ao lado de Will.

— Já são quase 6h15, Will. Ainda temos uma viagem de duas horas e meia pela frente. Pensei em tomarmos café da manhã no caminho. Eloni, uma paradinha no Popski's seria uma boa pedida.

McBride tinha o hábito de esfregar as mãos quando falava e de bater uma palma na outra quando queria chamar a atenção para algo que havia dito, como se estivesse sempre confiante de que perspectivas melhores surgiriam.

— A caminho, senhor.

O motorista guiou-os pelo trânsito matinal. O carro parecia a Will tão aconchegante, seguro e tranquilo quanto um cofre de banco. Quando voltou a sentir seu corpo, graças ao assento aquecido, seus problemas pareceram se dissolver. A hospitalidade atenciosa de McBride dava ao adolescente o mesmo conforto de inigualável amparo que sentira da Dra. Robbins.

Will considerou aquilo um bom sinal para seu recomeço. Não se arrependia, até então, da decisão.

Nº 19: QUANDO TUDO DÁ ERRADO, ENCARE A DESGRAÇA COMO UM INCENTIVO PARA DESPERTAR.

* * *

Meia hora depois, estavam todos amontoados em um banco de couro vermelho, ocupando uma mesa próxima à janela, dentro de um *trailer* de aço inoxidável que atualmente alojava a lanchonete chamada Popski's. Ficava em uma estrada de acesso à interestadual — a poucos metros dela, na verdade — e cercada de caminhões. Um banquete ocupava a mesa diante deles: torres de panquecas tão grossas quanto livros de bolso, lambuzadas de manteiga derretida e xarope quente; uma travessa de ovos fritos executados à perfeição e salsichas gordas e picantes; waffles tão grandes que poderiam servir de raquetes de neve para bebês, encobertos por mirtilos suculentos; uma pilha de tirinhas de bacon, crocantes e ainda estalando; jarros de suco de laranja natural fresquinho e bules de café preto forte.

Will comia com sofreguidão. A cada mordida, tinha mais certeza de que aquela refeição superava quaisquer outras versões daqueles pratos que já tivesse comido, como se a lanchonete Popski's tivesse sido o lugar onde inventaram o café da manhã e ninguém jamais conseguira aprimorá-lo.

— Esse lugar é incrível — exclamou Will por fim.

— O lendário Popski's é famoso de costa a costa — comentou McBride —, conhecido por todo viajante que vaga por essas estradas solitárias.

— A gente costuma dizer que uma refeição no Popski's levanta até defunto — continuou Eloni.

O motorista deixou escapar um arroto impressionante, que fez todos caírem na gargalhada. Will tentou duplicar o feito e riram ainda mais. Quando afastou de si o prato vazio, completamente saciado, sentia genuinamente que tinha voltado à vida, ou que estava pelo menos na metade do caminho.

Eloni pagou a conta e McBride adiantou-se de volta para o carro. Devidamente revigorado, o adolescente sentiu-se menos agredido pelo frio quando chegaram à rua, no exato instante em que o sol começava a despontar no horizonte, subindo a leste. Parou para apreciar a beleza austera da paisagem desconhecida: uma planície meio cinzenta, meio amarronzada, reta e nua, que se estendia a perder de vista em todas as direções. Fazia Ojai parecer o Jardim do Éden.

Tinham-se passado apenas 24 horas desde o último nascer do sol que Will presenciara: em seu próprio quarto, na pequena casa da família, em uma região distante do país, no que lhe parecia outra vida inteiramente diferente da que tinha agora. Não pôde impedir que os sentimentos de perda e tristeza transparecessem em seus olhos.

— Imagino que este não seja o dia mais fácil dos últimos tempos para você — arriscou McBride. — Tem alguma coisa que eu possa fazer?

— Em que estado a gente está? — perguntou o menino, despistando.

— Norte de Illinois — respondeu o outro. — Chegaremos em Wisconsin logo, logo. É sempre prudente saber em que estado você se encontra, não é mesmo?

Will levou um tempo refletindo sobre o comentário.

— É bom estar vivo — disse baixinho.

Dentro de minutos, estavam de volta à autoestrada, seguindo o sentido norte.

— O senhor dá aula no Centro, Sr. McBride? — indagou.

— Já tenho trinta anos de casa. História americana do século XIX. Meu objeto de interesse em particular é Ralph Waldo Emerson. Você é atleta, não é?

— Eu corro. *Cross-country.*

— Excelente. Isso vai garantir que tenha energia para fazer qualquer esporte. Incentivamos nossos alunos a fazerem o máximo de modalidades possível.

— Não sei mesmo o que esperar. Aconteceu tudo tão de repente.

— Assim me foi dado a entender. Sejam quais forem as circunstâncias, se me permite dar um conselho, aqui vai: é um novo dia. E você deve tirar o melhor dele.

— Isso parece uma coisa que o meu pai diria.

— Então presumo que devo considerar essa uma boa referência — concluiu McBride.

Will não tentou disfarçar a expressão de tristeza antes de virar o rosto. McBride manteve o olhar em Will, firme e gentil.

— Sei bem como é difícil sair de casa — continuou o homem. — Eu tinha 14 anos quando fui para o colégio interno pela primeira vez. Eu era só incertezas, cheio de medo do desconhecido. Pode parecer estranho, mas, se você conseguir, Will, não fuja desses sentimentos. Aceite-os. São seus e uma parte de você. Estão aí para ensinar coisas que veio aqui para aprender.

— Como o quê?

— Isso só você pode responder. E provavelmente não será de imediato.

Seguiram em silêncio. A paisagem mudou quando deixaram a interestadual para entrar em uma autoestrada menor, de duas pistas. A estrada começou a serpentear por colinas levemente ondeantes cobertas por florestas de coníferas. A mente de Will vagou de volta aos eventos recentes no avião, indo parar na imagem que vira nas costas da jaqueta de Dave.

— O que significa ANZAC? — indagou Will.

— ANZAC? — repetiu McBride, intrigado. — De onde é que tirou isso?

— De uma coisa que li no avião.

— ANZAC é a sigla para as Forças Armadas da Austrália e Nova Zelândia. Um exército conjunto desses dois países que foi criado na Primeira Guerra Mundial.

— E ainda existe?

— Certamente.

Will percebeu uma troca de olhares entre McBride e Eloni.

— Nem sei por que fui me lembrar disso, para ser sincero — disfarçou o menino.

Às 9h15, saíram da autoestrada para seguir por estradas locais menores. Eloni fez um número assombroso de curvas. Will avistou de relance o pequeno lugar que vira anteriormente pelo computador: a Municipalidade de New Brighton. Seus sentidos se aguçaram. Dali em diante, a estrada se estendia por colinas salpicadas de celeiros distantes uns dos outros e casas de fazenda. Quando viraram para entrar em um longo caminho em linha reta, o menino reconheceu a alameda que levava à escola, conforme havia visto no *tour* da Dra. Robbins.

— Dê só uma olhada, Will — disse McBride, fazendo deslizar o teto solar sobre as cabeças deles. As árvores estavam todas desfolhadas; no entanto, mesmo seus galhos nus formavam um dossel denso acima da estrada. — Olmos-brancos e carvalhos americanos. Reza a lenda que foram plantados pelos primeiros habitantes da região, os índios sioux da tribo Lakota, para demarcar seu solo sagrado. A maioria tem entre trezentos e quatrocentos anos de idade, mais ou menos a mesma idade do nosso país. Eram árvores ainda muito jovens quando Washington e os homens dele acamparam em Valley Forge.

Ao fim do caminho margeado por árvores, pararam diante de um portão, ao lado de uma guarita. Um homem alto em uniforme bege em tom surrado saiu para encontrá-los. Pouco menor e menos robusto, poderia muito bem ser irmão gêmeo de Eloni. Os dois conferenciaram em voz baixa, em uma língua que Will não entendeu: samoano, presumiu.

— Esse aí é meu primo, Natano — esclareceu Eloni.
— Oi, como vai, Sr. West? — cumprimentou o homem. — Bem-vindo ao Centro.

Will retribuiu o aceno de mão e percebeu que o homem trazia uma pistola automática presa no cinto. Natano abriu o portão e Eloni seguiu em frente.

Após superarem uma pequena subida, começaram a fácil descida para um largo vale de forma arredondada. Por entre as árvores despidas de folhas, Will viu, pela primeira vez, o Centro de Aprendizagem Interdisciplinar. As fotografias que mostraram ao menino não tinham exagerado a beleza do lugar: a bem da verdade, o campus talvez fosse ainda mais perfeito visto de perto. O sol brilhando claro, o límpido céu azul e a hera cintilante sob os raios solares davam às construções no quadrilátero principal um viço acetinado e resplandecente. Nas cercas vivas aparadas e ao longo de todo o impecável trabalho de paisagismo, nem um único tufo de grama parecia fora de seu devido lugar. Nas áreas comuns entre os prédios, dúzias de estudantes atravessavam as passarelas graciosas. Um mastro erguia-se bem no centro do lugar, ostentando uma enorme bandeira americana que balançava, hasteada, na brisa constante.

Will experimentou a mesma sensação misteriosa de quando pesquisara a respeito da escola pela internet: ele *pertencia* àquele local.

— Direto para a Casa na Pedra, por gentileza, Eloni — pediu McBride.

Seguiram pela estrada, que virava agora para longe do campus, em direção a um amplo estacionamento de cascalho repleto de carros de passeio, uma frota de utilitários e ônibus escolares pintados de prateado e azul-marinho. Ao redor do estacionamento, havia várias pequenas construções que vibravam com atividades: era uma comunidade vivaz e autossuficiente.

— Aqui é onde fica toda a nossa infraestrutura — explicou o professor. — Lavanderia, cozinhas, centros de comunicação e transporte, centrais elétricas e assim por diante.

Passaram a uma pista não pavimentada que subia por uma mata densa, chegando a uma clareira logo após ultrapassarem duas cumeadas que convergiam para um mesmo ponto. Bem à frente deles, conectado a uma das cumeadas, um imenso e largo pilar de granito erguia-se do chão com seus 18 metros de altura. Parecia uma construção feita de colossais blocos de brinquedo empilhados por gigantes.

No topo daquela coluna, uma estrutura de fazer cair o queixo. Feita em madeira, pedra e aço, a construção parecia ter brotado naturalmente da formação geológica intemporal que lhe servia de base. Combinava, ao mesmo tempo, uma aparência ultramoderna e um sabor rudimentar e primitivo. Desafiando os estilos passíveis de classificação, seus elementos constituintes conspiravam para dar forma a uma criação ímpar, inspiradora e poderosa.

— A Casa na Pedra — repetiu Will.

— Não é difícil adivinhar de onde se origina o nome — comentou McBride. — Fincada à terra. Aspirando aos céus. Uma descrição justa da função de um diretor, não? E é aqui mesmo que ele mora.

A CASA NA PEDRA

Will seguiu Dan McBride até a rocha, ignorando uma escadaria de aço que espiralava ao redor da coluna, dando acesso à casa lá no alto. Passaram sob um arco escavado diretamente na pedra e chegaram a um pequenino saguão que abrigava um elevador. O homem mais velho apertou um botão, e as portas se abriram.
— Isso passa por dentro do rochedo? — indagou Will.
— Pode apostar. O fundador do Centro, o Dr. Thomas Greenwood, era grande admirador de um arquiteto chamado Frank Lloyd Wright. Já ouviu falar nesse nome antes, Will?
— Acho que já.
McBride indicou que Will entrasse e seguiu atrás dele. As portas fecharam-se, silenciosas. Madeira escura e espelhos recobriam as paredes. Uma frase estava entalhada logo acima da porta:

REGATO ALGUM ELEVA-SE ACIMA DE SUA NASCENTE

— É um ditado dele. O próprio Wright fundou um centro de estudos não muito longe daqui, chamado Taliesin, cem anos atrás. Quando o Dr. Greenwood escolheu esta localização, procurou Wright para perguntar sobre a viabilidade da Casa na Pedra. Nada parecido jamais havia sido construído no país antes. Como é também o caso do próprio Centro.
Will sentiu o cheiro de concreto úmido enquanto subiam por dentro do coração da pedra. Podia sentir a solidez do granito ao redor deles — por algum motivo inexplicável, a sensação que dava era mais de proteção que de claustrofobia. As portas abriram-se, e eles chegaram a uma recepção cujas paredes eram feitas de cimento. Uma senhora simpática de cabelos brancos esperava para lhes dar as boas-vindas. Seu crachá dizia Sra. Gilchrest. McBride chamou-a pelo nome Hildy.

Ela os conduziu até um grande salão, contíguo à recepção. As dimensões do lugar arrebataram os sentidos de Will. Janelas retangulares gigantescas elevavam-se até o teto, em arco como os das catedrais. A paisagem de tirar o fôlego dos campos ao redor — com seus montes, vales e rio ao longe — tomava conta das janelas de ambos os lados do cômodo. Mobília de aparência resistente e simples repousava sobre o piso claro de madeira de lei. Grandiosas tapeçarias recobriam as paredes, bordadas com algo que lembrava símbolos e hieróglifos nativos americanos. Uma vultosa lareira de pedra que subia até o teto dominava a parede mais distante, e as selvagens labaredas do fogo aceso ardiam nela.

Lillian Robbins entrou para cumprimentá-los. Vestia saia preta e uma impecável camisa branca, calças legging escuras e botas de cano alto que alcançavam os joelhos. Os cabelos soltos da mulher estendiam-se até a altura dos ombros, mais compridos e volumosos do que Will presumira. Ela segurou os ombros do menino com as mãos e olhou-o longamente, como que o examinando.

— Você está bem? — perguntou.

— Estou.

— Que bom que está aqui.

— Também acho.

Outro homem entrou na sala, vindo de uma porta ao lado da lareira. Era alto e magro, de mãos grandes e braços longos e finos. Trajava calças marrons, casaco já gasto de pele de carneiro sobre uma camisa xadrez clara e ainda botas de montaria, úmidas e enlameadas, como se tivesse acabado de desmontar de um cavalo.

— Nosso diretor, o Dr. Rourke — apresentou Robbins.

Ele tinha o rosto largo e bronzeado de um homem que apreciava a vida ao ar livre e olhos azuis penetrantes, emoldurados por uma cabeleira cheia, despenteada e grisalha. Will calculou que teria algo em torno dos 50 anos.

— Sr. West. Stephen Rourke. — Sua voz era grave e agradável.

Nº 16: SEMPRE OLHE AS PESSOAS NOS OLHOS. DÊ-LHES UM APERTO DE MÃO MEMORÁVEL.

Cumprimentaram-se com um aperto de mãos: as de Stephen Rourke eram ásperas e fortes, como as de um rancheiro. Will não identificou nada remotamente "acadêmico" nele. Parecia alguém capaz de limpar os dentes com uma faca Bowie e era tão seguro de si quanto um general altamente condecorado.

Rourke sorriu.

— Você teve uma jornada interessante.

— Com certeza, senhor.

Dan McBride adiantou-se em direção à porta.
— Tudo de bom para você, Will. Nós nos veremos logo — disse.
— Obrigado pela ajuda, Sr. McBride.

Antes de sair, o homem fez uma saudação tipicamente militar, levando dois dedos à testa. Robbins convidou Will a sentar-se no sofá, junto ao fogo. Uma bandeja de frutas frescas e pãezinhos que haviam acabado de ser cortados esperava sobre uma mesa próxima. O diretor serviu café a todos e se sentou em frente ao novo aluno.

— Terminou de preencher a papelada que eu entreguei a você? — quis saber Robbins.

Will retirou os papéis da mala e entregou a ela, que os folheou enquanto o menino tentava não ficar encarando. Rourke o avaliava com aparente casualidade.

— Em várias culturas, inclusive a local, da tribo Oglala Lakota dos sioux oglala — comentou o diretor —, *desejar* a alguém que faça uma "jornada interessante" é parecido com rogar uma praga.

— Eu tenho que dizer que as minhas últimas 24 horas foram... interessantes — disse Will.

Robbins levantou os olhos dos papéis e acenou positivamente com a cabeça para Rourke: *tudo em ordem.*

— E você gostaria de compartilhar conosco, Will? — indagou o homem.
NÃO CONTE A NINGUÉM.

Will queria respeitar a advertência do pai, mas também acreditava que devia uma explicação àquelas pessoas. Até onde sabia, estava ali, vivo, graças à ajuda rápida e ao interesse que lhe dispensaram. A verdade *completa*, contudo (Dave, os sósias dos pais, gremlins e óculos especiais), não lhe traria bem algum, exceto um quartinho no manicômio sem maçaneta do seu lado da porta.

Nº 63: A MANEIRA MAIS EFICIENTE DE MENTIR É INCLUIR A VERDADE PARCIAL NO RELATO.

— Meus pais queriam que eu viesse imediatamente. O mais rápido que eu conseguisse. Hoje. Isso porque achavam que eu estava em perigo.

Rourke e Robbins trocaram olhares preocupados. O homem inclinou-se para a frente e perguntou:

— Que tipo de perigo, Will?
— Eles não me falaram exatamente, senhor. Mas tinha umas pessoas me procurando ontem, lá onde moro, pessoas que a gente nunca tinha visto antes.
— Descreva-os para mim.
— Não cheguei a olhar de perto. Eram uns homens com carros pretos, com placas sem identificação.

— Tem alguma ideia de quem eram ou do que queriam?

— Não, senhor.

— Isso foi antes ou depois de eu encontrar com você na escola? — perguntou Robbins.

— Eu já tinha visto os homens uma vez antes, bem rápido, mas só depois é que eles começaram a aparecer mais.

— Seus pais procuraram a polícia? — Rourke quis saber.

— Procuraram, sim — respondeu o menino, fazendo o melhor que podia para falsear a verdade. — Depois que fui para o aeroporto. Foi aí que liguei para a senhora, Dra. Robbins.

— Então, era esse o motivo para toda aquela pressa — concluiu a mulher. — Seus pais acharam que essas pessoas representavam algum tipo de ameaça para você.

Will concordou com a cabeça. A garganta tinha um nó apertado demais para que ele fosse capaz de falar. Serviu-se de mais café e torceu para que não lhe fizessem muitas perguntas mais.

— Você já falou com seus pais hoje? — questionou Rourke.

— Ainda não, senhor.

— Precisa avisar a eles que chegou são e salvo, Will. E tenho certeza de que quer saber que eles também estão em segurança.

— Preciso mesmo. E quero.

— Você faz ideia do que tudo isso significa, do que se trata? — insistiu Robbins. — Ou de qual é o interesse deles em você?

— Não faço a menor ideia — respondeu o adolescente. Em seguida, fez a pergunta que tinha ocupado sua cabeça a manhã inteira: — E quanto a vocês?

A doutora e o diretor entreolharam-se. Ele parecia pedir a opinião da mulher. Ela meneou a cabeça em uma negativa.

— Não, não sabemos — respondeu Rourke. — Isso que você nos contou é mais do que preocupante, Will. Mas não estamos indefesos aqui. Estou mais do que disposto a investigar a situação toda, se você achar que pode ser útil.

— Obrigado, senhor.

— Sinto muito que você tenha passado por isso tudo. Não é bem a situação ideal para a sua chegada. O primeiro dia de um novo aluno devia ser uma ocasião muito mais feliz.

— Estou feliz de estar aqui, de qualquer forma — declarou Will. *Neste exato momento, na real, eu estou feliz de estar em qualquer lugar.*

— E, para nós, é uma alegria tê-lo aqui — respondeu Rourke. — Mas uma coisa de cada vez: você pode usar o telefone do meu escritório para ligar para casa. Vem comigo.

A Dra. Robbins levantou-se também, segurando a documentação de Will.

— Vou agilizar o processo e finalizar a sua admissão — explicou, seguindo para o escritório.

O adolescente acompanhou Rourke até um escritório menor. Pesados sofás de couro circundavam rústicas mesas redondas de madeira em frente à outra lareira acesa. Uma escrivaninha de carvalho maciço ficava sobre um espaço elevado, encarando uma grande janela. A escultura em bronze de um guerreiro americano caído sobre o torso de um pônei tomava conta de todo um canto do cômodo: obra de um artista conhecido de cujo nome Will não conseguia se recordar. Dois retratos encaravam-se mutuamente de paredes opostas, as figuras pintadas de dois homens altos e imponentes, em vestes e cenários pertencentes a épocas distintas.

— Meus predecessores — esclareceu Rourke. — Thomas Greenwood, o nosso fundador e primeiro diretor, e Franklin Greenwood, o filho dele. — Rourke apontou para um telefone fixo na escrivaninha. — É só discar nove para conseguir linha para fazer ligação para fora, Will. Vou dar privacidade a você.

O homem saiu. Will ficou imaginando se alguém iria monitorar sua ligação. Teriam, no mínimo, o registro de qualquer número para o qual ligasse e poderiam compará-lo àqueles que constavam nos formulários preenchidos por ele.

O adolescente ponderou acerca do risco de ser pego mentindo, contrapondo-o à possibilidade de que a pessoa, quem quer que fosse, que atendesse ao telefone em casa poderia rastreá-lo até o Centro. Decidiu fazer a ligação, mas não ficar mais de um minuto na linha. Discou o número de casa. O telefone tocou duas vezes antes de uma voz masculina, inexpressiva — que o menino não reconheceu —, atender. Will colocou o cronômetro para correr no iPhone.

— Residência da família West — disse a voz.

— Quero falar com Jordan ou Belinda West, por favor? — pediu Will, fazendo uma voz um pouco mais grave.

— E quem quer falar?

— Quem está falando? — rebateu o menino.

— É um colega do Sr. West.

Não parecia a voz de nenhum dos colegas do pai que Will conhecesse.

— Quem está na linha? — indagou o desconhecido.

— Supervisor Mullins, Escritório de Serviço de Apoio à Família de Phoenix, Arizona — mentiu Will.

O homem abafou o fone com a mão, repassou a informação a alguém que estava no cômodo, e, pouco depois, outra mão tomou o telefone.

— É Belinda West quem fala. — O rapaz sentiu uma sensação familiar de ambivalência nauseante quando ouviu aquela voz. Aquela *era* ela, mas também não era.

— Mãe, não fale nada, só ouça — começou ele, retornando à sua voz normal — Está tudo bem comigo, não se preocupe. Estou em Phoenix...

— Falaram que era do Serviço de Apoio à Família... Você se meteu em algum tipo de problema?

— Eu estou bem. Eles estão me ajudando. E *você* está bem? Está tudo bem por aí?

— Não, Will, a gente estava morrendo de preocupação com você...

— Quem atendeu ao telefone?

Ela hesitou um instante.

— Uma pessoa do trabalho do seu pai que está ajudando a gente...

— E como ele se chama?

— Carl Stenson. Então, você já está voltando para casa? Ou é melhor a gente ir até aí?

— Deixe eu falar com o papai.

— Ele está dormindo agora.

Mentira. Will verificou o cronômetro: 55 segundos.

— Estou indo para o México — comunicou o menino. — Não é para vocês virem atrás de mim. Não tente me encontrar. Ligo daqui a uns dias.

Desligou, depois telefonou para o departamento de ciências da Universidade da Califórnia, no campus de Santa Barbara. Uma recepcionista atendeu.

— Oi, trabalho para o jornal da minha escola — mentiu Will —, e queria falar com uma pessoa do departamento. O nome dele é Carl Stenson. Acho que ele trabalha com Jordan West. — Imaginou a recepcionista procurando o nome em uma lista.

— Desculpe, mas não tem ninguém aqui com esse nome.

— Você tem certeza absoluta disso?

— Tenho, sim. Quer deixar recado para o Sr. West? Ele não está — Will já ia iniciando o movimento de desligar o telefone —, mas a polícia veio aqui mais cedo, e fiquei sabendo que falaram com ele.

Will congelou.

— É por isso mesmo que estou ligando.

— Por causa do arrombamento de ontem?

— É, por isso mesmo — respondeu ele, aproveitando a deixa. — Foi no escritório do Sr. West? — A resposta foi um silêncio relutante. — Isso tudo pode ser extraoficial, sem compromisso, se você preferir.

— Levaram todo o trabalho do Sr. West — informou ela, baixando o tom de voz. — Todos os arquivos e mais dois computadores. A polícia está vasculhando tudo agora para tentar descobrir o que mais está faltando.

— E eles sabem quem fez isso?

— Até agora, não. Se você...

Ele desligou. Toda a pesquisa do pai roubada, naquela mesma noite. Tinha que ser um feito dos Boinas Pretas. Mas por quê? Era isso afinal de que se tratava aquela história toda? Em que o pai poderia estar trabalhando que justificaria tudo aquilo?

Tirou do bolso um cartão de visita e, usando o celular que Nando lhe dera, discou o número que constava no papel.

Ele atendeu após o segundo toque:

— Aqui é Nando.

— Nando, oi, aqui é Will. Você me levou ao aeroporto ontem, lembra?

— Cara, como é que está? Eu estava agorinha mesmo pensando em você. Chegou bem em Frisco?

— É, cheguei. Só queria avisá-lo.

— E aí, como é que estão as coisas com o seu velho? — Will ouviu uma buzina. Nando gritou algo em espanhol longe do telefone. — Foi mal, irmão, estou no trampo.

— Ah, ele está melhor, obrigado. Mas vou ficar um tempinho por aqui, provavelmente, e a gente meio que está com um probleminha. Será que você pode me fazer um favor?

— *Absolutimento*, diz aí!

— O meu pai está preocupado, achando que alguém pode tentar invadir a nossa casa — continuou o rapaz.

— A sua casa daqui de Ojai?

— É. Eu me esqueci de trancar a porta, e o médico falou que ele não pode ficar estressado de jeito nenhum agora. Será que você pode dar uma passada lá em casa e checar isso, só para eu poder dizer que está tudo bem para o papai?

— Tranquilo. Qual é o endereço, irmão?

Will deu todas as direções ao motorista.

— Notei que está usando aquele celular que dei pra você — comentou Nando. — Não poder ser rastreado é uma beleza, não é não, meu camarada? Vou ver isso aqui e ligo já de volta.

O adolescente virou-se e viu Lillian Robbins ao pé da porta. Temeu que ela pudesse ter ouvido a conversa, mas, ao vê-la se aproximar, percebeu que tinha sua atenção totalmente voltada para outro assunto.

— Tenho que desligar agora — concluiu o menino. — Obrigado, mãe. A gente se fala depois — retornou o celular ao bolso enquanto Robbins se aproximava dele.

— Preciso fazer uma pergunta a você antes de levar a questão ao Sr. Rourke — disse ela, consternada. — É sobre o que você me contou ontem a respeito da prova de setembro. Que você tentou ir mal de propósito. É verdade mesmo, Will?

— Não é que eu tenha *tentado* ir mal, não exatamente. Eu só não tentei ir bem.

— Mas a *sua* nota foi superior a todas as outras que temos registradas. Como isso pode ser possível se você não estava nem se esforçando?

— Não sei.

— Will, a pergunta que interessa mesmo é *por que* você faria uma coisa dessas?

Ela o olhou, examinando-o com preocupação genuína, e foi por isso que ele decidiu lhe dizer a verdade:

— Era uma regra dos meus pais.

— Que tipo de regra?

As palavras saíam dolorosamente. Nunca havia realmente questionado o motivo pelo qual o pai concebera a regra número três. Mas, naquele momento, a situação era outra, totalmente diferente de todas que já enfrentara.

— A regra era não chamar atenção para mim — complementou ele.

Robbins foi cuidadosa ao escolher o que falar em seguida:

— Por que seus pais iam querer que os outros pensassem que você não é tão inteligente, tão *excepcionalmente* inteligente, quanto você é de fato?

— Você é psicóloga, não é? É esse o tipo de doutora que você é, não?

— É, sou — confirmou a mulher.

— Então você é quem pode me responder isso — disse Will. — Porque eu não sei.

— Eles disseram *explicitamente* para você não mostrar todo o seu potencial? — indagou ela.

— O que sempre me diziam era "nós temos as nossas razões". E ponto final.

A Dra. Robbins levou um momento para fazer suas reflexões.

— E, aí, depois que a sua nota na prova superou todas as outras, você descobre que está sendo seguido.

— É.

— Talvez seus pais tivessem mesmo motivos reais para se preocupar, então — concluiu ela.

— É, talvez. — Flashes de seu recente voo dos infernos passaram rápido pela mente de Will, e ele pensou: *Você não sabe nem da metade da história.*

— O que posso prometer a você é que está seguro aqui — afirmou a doutora. — Temos na escola alunos de várias famílias importantes e levamos a questão da segurança com muita seriedade.

Antes de Will ter tempo de responder, Stephen Rourke entrou no escritório e dirigiu-se à escrivaninha, não traindo qualquer sinal de ter percebido tensão entre os dois.

— Conseguiu falar com seus pais? — indagou o diretor.

— Consegui, obrigado — confirmou o adolescente. — Está tudo bem com eles e ficaram bem aliviados de saber que cheguei são e salvo.

— É a função de todos os pais, Will: se preocupar com os filhos. Isso não muda nunca.

Rourke pegou um bloquinho que estava sobre a mesa, rabiscou alguma coisa no papel e entregou-o a Robbins. Ela leu sem deixar transparecer coisa alguma em sua expressão, enquanto Rourke, com a mão segurando o ombro do menino, guiava Will para uma porta na extremidade oposta do cômodo.

— Agora, Will, quero que ouça uma versão resumida do Discurso do Diretor, que faço no começo de todo ano letivo para dar as boas-vindas aos novos alunos.

Entraram em um longo e estreito corredor, cujas paredes eram recobertas do chão ao teto por janelas. Rajadas de vento gelado passavam assoviando por aquelas que estavam abertas. O cômodo se estendia ao longo de toda a parte dos fundos da Casa na Pedra, apontando a oeste, em direção ao campus, que o menino conseguia divisar ao longe, após as montanhas.

— Nós vamos ao último acréscimo que Thomas Greenwood fez à Casa — comentou o diretor. — Um deque de observação que nos liga ao Centro. Ele queria passar uma sensação muito específica às pessoas que viessem até aqui. Queria que se sentissem suspensas, mas não apenas no espaço, no tempo também. Foi por isso que ele chamou o lugar de a Sala do Infinito.

O chão estremecia a cada passo. Will ficou arrepiado ao se dar conta de que estavam andando sobre grossas janelas de vidro incrustadas em madeira. Tinha visão desobstruída do solo lá embaixo, a uma distância de 30 metros de altura de onde estava; os carros estacionados lá longe pareciam até ser de brinquedo. Tinha de haver estruturas de suporte conectando aquela construção ao restante da casa, mas não estavam aparentes. A Sala do Infinito parecia flutuar em pleno ar. O equilíbrio do menino naquele lugar era frágil como o de um ioiô.

— O Dr. Greenwood tinha a opinião nada ortodoxa de que uma visita a esse lugar poderia servir de um lembrete crucial aos alunos — continuou o homem —, um lembrete para motivá-los a se manterem conscientes o tempo todo da realidade do presente. Porque tudo o que temos é o agora.

O pai de Will não teria sido capaz de escolher palavras melhores. A bem da verdade, ele quase tinha escolhido *aquelas exatas* palavras. A regra de número seis.

— Por quê? — indagou o adolescente.

— Ele acreditava que as experiências que são capazes de despertar uma conscientização intensa também ampliam nossa sensibilidade em relação às coisas e a nós mesmos, como se servissem de amplificadores da alma. E ele também acreditava que a maneira mais eficaz de se induzir esse estado é a percepção, em oposição à *realidade*, do perigo. As suas vivências recentes devem ter dado uma ideia disso a você.

Vai ver é esse o meu problema. O perigo me deixa maluco.

Parecia a Will que seus olhos estavam rodopiando dentro das cavidades. As palmas das mãos do menino estavam ensopadas de suor frio e pegajoso. Não conseguia entender. Medo de altura nunca fora um problema antes, mas aquele lugar inquietante e misterioso provocava nele a vontade urgente de se pôr de joelhos e voltar engatinhando para terra firme. Levantou o rosto a fim de evitar olhar para o vazio sob os pés. O corredor acabava logo à frente, indo dar em um quarto sem saída repleto de luzes ofuscantes.

— Foi por isso que Tom Greenwood fundou o Centro cem anos atrás: para apresentar os futuros líderes do nosso país uns aos outros, mas, ainda mais importante que isso, para apresentá-los a si mesmos. Ou, como ele próprio dizia: "Para apresentá-los aos seus *futuros* 'eus'". Pense nisso.

Will assentiu como se tivesse compreendido — não tinha, na verdade —, e moveu-se roboticamente para frente, sentindo-se, a cada passo que dava, mais próximo de desfazer-se em pedacinhos. Notou que o cômodo a que chegavam ao fim do corredor era um observatório circular. Sua atração central era um grande e elaborado telescópio de bronze.

— O mundo está em constante mudança, Will. Mas, agora, essas mudanças estão se acelerando de uma maneira que chega quase a ultrapassar nossa capacidade de compreensão. Cada geração enfrenta desafios maiores e mais responsabilidades. Se a raça humana pretende sobreviver, nossa evolução não pode simplesmente dar-se ao luxo de acompanhar o mundo. Ela tem que ser mais rápida, estar sempre *à frente* da curva.

Pararam. A câmara do observatório abria-se à frente como um globo afixado à extremidade de um bastão. As paredes, o teto e o piso inteiro sob o telescópio eram feitos de tijolos de vidro translúcidos.

Rourke andava sobre o piso quase invisível.

— Está conseguindo acompanhar meu raciocínio até agora, Will? — perguntou.

A adrenalina pulsava em cada fibra do corpo do menino. Mantendo os olhos fixos no diretor, ele entrou. A sensação era de que estava despencando em queda livre. Alcançou o antigo telescópio e tentou recobrar o equilíbrio, concentrando-se na intrincada execução artesanal daquela obra. Qualquer coisa para evitar que perdesse a cabeça.

— Quando se olha ao redor, não importa o lugar do planeta em que você esteja, cinquenta por cento das pessoas que vir vão estar abaixo da média. O restante estará, em sua maioria, só um pouco *acima* dessa média. Não estou querendo dizer que ser mediano é ruim, até porque não é assim que as coisas funcionam. Mas, como matemático, posso garantir que esses números não mentem. Pessoas excepcionais são, por definição, excepcionalmente raras. Sabemos também, pelo estudo da história humana, que toda inovação ou adaptação que nos permitiu dar um salto à frente como espécie foi concebida por menos de um centésimo de um por cento de todas as pessoas vivas naquele momento de avanço.

Will sentiu que se aproximava do ponto de entrar em parafuso, de uma maneira tal que causaria a pior das impressões no homem cuja boa vontade era a última que podia perder. Inclinou-se e olhou pela lente ocular de bronze. Esperava a visão pouco nítida do céu matinal, mas o que se apresentou aos seus olhos ele não pôde identificar: globos indistintos e borrões confusos de cor flutuavam por seu campo de visão, como se estivesse diante de uma lâmina de laboratório com uma cultura de micróbios em meio aquoso sendo examinada através de um microscópio.

Foi então que se deu conta: o telescópio estava direcionado aos pátios localizados no centro do campus, a 800 metros de distância. O que via pela lente eram os rostos superampliados dos estudantes, como se estivessem a apenas poucos passos dele, entrando e saindo de foco como em um caleidoscópio.

— E, agora, *neste* momento, justamente porque sobreviver se torna uma tarefa cada vez mais difícil, a necessidade de se identificar, instruir e preparar essa diminuta porcentagem de cada geração que é capaz de dar conta dos desafios futuros se mostra também mais premente.

Ele não pode estar falando de mim. Isso é algum tipo de peça bizarra que o universo está me pregando. Eu não vou salvar o planeta. Nem salvar os meus pais eu consegui.

— Então, enquanto você dá uma olhada em tudo isso que há em volta... Tente imaginar, Will, que está no nosso auditório com o restante do corpo estudantil...

— Tudo bem.

— Todos esses jovens homens e mulheres, como você, possuem o talento e o potencial para se tornarem excepcionais. Pessoas notáveis que, um dia, realizarão coisas notáveis. E, se fizermos o *nosso* trabalho corretamente, quando você sair daqui para o vasto mundo que há lá fora, estará pronto para fazer jus a todo o seu potencial.

Por um brevíssimo momento, Will vislumbrou o *próprio* rosto movimentando-se por entre a multidão. Ajustou a lente focal, tentando febrilmente encontrar "a si mesmo" outra vez. Em vez disso, uma imagem inquietante abrasou sua mente: *todos os rostos na multidão eram o dele*. Fechou os olhos e tentou aguentar firme ali.

— No meio-tempo, aproveite para fazer novas amizades. Crie laços. Crie oportunidades para todos aprenderem uns com os outros, e *para* os outros. Porque, um dia, muito mais cedo do que imagina, este aqui será o seu mundo. A hora da sua geração de reclamar para si o timão e guiar o caminho. Mas não ainda. Até lá, aproveite essa parte da sua jornada. Procure se familiarizar com as suas expectativas e seus sonhos, e com as pessoas também.

O diretor pegou um antigo cachimbo de madeira, encheu-o com o conteúdo tirado de um saquinho de couro já bem gasto e acendeu-o com o fogo que conseguiu passando um palito de fósforo pelo telescópio.

— Boa sorte, vá em paz etc., e assim concluo o meu discurso de boas-vindas — finalizou Rourke enquanto tragava, produzindo fumaça. — Pronto. Não foi assim tão terrivelmente doloroso, foi?

— Não, senhor.

O cheiro de enxofre resultante da fricção do fósforo e a fumaça ao mesmo tempo doce e salgada do tabaco dominavam o ar. O menino não conseguia respirar.

— Sou o terceiro diretor da história do Centro. Já fiz esse mesmo discurso quinze vezes. O exato discurso que Tom Greenwood fez para sua turma inaugural há quase cem anos, e para as outras 43 turmas seguintes que ele recebeu de braços abertos. Foi o caso do filho dele também, Franklin, seu sucessor como dirigente da escola por 38 anos.

— Mesmo? — exclamou Will.

— Gosto de imaginar o Dr. Greenwood naqueles primeiros tempos. De pé aqui, sozinho, em uma noite quente de verão. Observando as estrelas, perdido nos sonhos desse experimento ousado que concebeu. Bem aqui, no meio do interior, no extremo das grandes planícies norte-americanas. Quando o nosso país ainda estava a ponto de mostrar todo o seu potencial pela primeira vez. Que lugar perfeito para sonhar.

Que lugar perfeito para morrer, pensou o adolescente.

Com essa reflexão, Will deu um mergulho para a frente, caindo, inconsciente, com o rosto voltado diretamente para o chão transparente.

BROOKE SPRINGER

Will ouviu uma suave melodia de música clássica, e, em seguida, vozes murmurando nas proximidades. Abriu os olhos e encontrou-se deitado em uma cama, dentro de um quarto mal iluminado. Tons de branco e cinza surgiram à medida que o quarto ganhava contornos mais nítidos, entrando em foco.

— Ele acordou — ouviu alguém dizer.

Dan McBride estava sentado ao lado da cama, observando o adolescente com uma terna expressão consternada. Lillian Robbins logo veio juntar-se a ele. Uma enfermeira jovem, impecavelmente vestida em seu uniforme branco, apareceu do outro lado da cama.

— Onde estou? — indagou Will.

— Na enfermaria — respondeu McBride. — Você nos deu um belo de um susto, meu rapaz.

— Como está se sentindo? — perguntou Robbins.

Ele sentia dores agudas na cabeça quando tentava se mover. Levou a mão ao lado esquerdo dela, ao lugar onde mais doía, e encontrou um curativo grosso. Preso ao dedo indicador havia um aparelhinho conectado ao monitor de pressão arterial que a enfermeira se dedicava a verificar.

— Bem, eu acho — disse. — O que aconteceu?

— Uma reação ruim à Sala do Infinito — informou McBride. — Você desmaiou e bateu a cabeça na queda. Precisou tomar seis pontos para fechar isso aí.

Will notou que havia um pequeno curativo na parte interior do braço.

— E isto, o que é?

— Foi para um exame de sangue — explicou Robbins. — Testes que resolvemos fazer só por precaução.

— Se é que pode servir de consolo — começou McBride —, você não é o primeiro aluno novo a achar aquele lugar um pouco estimulante demais. Eu mesmo não ponho os pés lá há anos.

— O Dr. Rourke mandou pedir desculpas — completou Robbins.

Will fechou os olhos quando a dor o atingiu em cheio.

— Quanto tempo fiquei fora do ar?

— Cerca de vinte minutos — informou Robbins. — Foi o próprio Dr. Rourke quem o trouxe até aqui.

— E por quanto tempo mais vou ter que ficar?

— Até terem terminado de fazer todos os testes — afirmou o homem. — E por hoje, chega de atividades pesadas para você, meu jovem.

Puxaram a cortina para o lado, e uma voz feminina, em tom de provocação, disse:

— Mas você está com certeza na jogada para ganhar um prêmio de melhor atuação.

Uma menina de mais ou menos a mesma idade de Will, trajando saia e blusa do uniforme escolar, segurava a cortina ao pé da cama. Era esbelta e atlética, tinha os cabelos na altura dos ombros, da cor do trigo e cacheados, e os olhos de um tom azul quase violeta que lembrava o de uma flor. Tinha estampado no rosto um sorriso meio torto de escárnio, o que destoava um pouco do resto das feições delicadas e pontilhadas por sardas.

— Prêmio de Entrada Mais Dramática de Todas — concluiu ela. — Sujar o diretor de sangue é um jeito bem original de chamar atenção.

Ela com certeza chamou minha atenção, pensou o adolescente.

— Will, essa é sua colega Brooke Springer — apresentou Robbins. — É ela quem vai guiá-lo e mostrar as coisas todas durante esses primeiros dias.

— Ela vai te apresentar o campus todo e ajudá-lo a se acomodar — complementou McBride.

— Eles sempre me passam os casos perdidos — zombou Brooke, com um sorriso meigo.

— Já estou até me sentindo melhor — disse o menino. — Isso aqui vai deixar marca?

— Seu ferimento ou passar um tempo comigo? — questionou Brooke.

— Acho que voltar aqui para tomar mais uns pontos não seria assim tão ruim — brincou Will.

Brooke soltou uma risadinha. *Bom sinal*, pensou ele.

Deixaram que saísse da cama logo após a enfermeira ter verificado seus sinais vitais novamente. Disse-lhe que voltasse em dois dias para ser examinado mais uma vez; aconselhou que evitasse exercícios que requeressem muito esforço e ainda que descansasse bastante. Não parecia ter sofrido uma concussão, mas foi advertido de que devia ligar caso surgisse qualquer sintoma. A enfermeira insistiu que ele usasse uma cadeira de rodas, a qual, por sua vez, Brooke fez questão de guiar até a saída dos fundos da enfermaria.

Nº 86: NUNCA FIQUE NERVOSO AO FALAR COM UMA GAROTA BONITA. É SÓ FINGIR QUE ELA TAMBÉM É UMA PESSOA COMUM.

— Então, isso é que é diversão na sua cabeça — provocou Will. — Ficar empurrando os garotos por aí.

— Quieto — sussurrou Brooke. — Eles vão achar que você ainda está lesado.

— Vá ao meu escritório amanhã de manhã às 9 horas, Will — disse Robbins, no momento em que iam saindo. — Para podermos dar uma olhada nos seus horários e no currículo também. O Sr. McBride se ofereceu para ser seu orientador nos assuntos ligados a faculdades, por enquanto.

— Se estiver de acordo com isso, Will — acrescentou o homem.

O menino confirmou que estava mais do que de acordo. Ficou de pé, cumprimentou a ambos os adultos com apertos de mão, e a cadeira de rodas foi levada de volta para dentro. Brooke indicou um carrinho de golfe elétrico estacionado ali perto, pintado com as cores e o brasão do Centro.

— Sua carruagem o aguarda, senhor — disse ela.

A mala de lona do menino estava em uma cesta na parte traseira do carrinho. Will sentou-se com calma no banco do carona enquanto Brooke deslizava para o do motorista. A testa dele pulsava de dor, a lateral do corpo incomodava, o tornozelo latejava, e ainda que o sol tivesse deixado o ar um tanto mais quente, fazendo a temperatura sair dos graus negativos, o menino ainda estava congelando. Depois de tudo o que tinha passado, no entanto, aqueles incômodos o ancoravam profundamente em seu corpo e, estranhamente, deixavam-no mais tranquilizado e seguro.

— Foi só isso daí que você trouxe? — indagou a menina. — Você não é nada exagerado na hora de fazer as malas.

— É o hábito, acho.

— Então, me conte: qual foi a primeira impressão que ficou?

— Quando eu tinha seis anos, deixava todo mundo impressionado e de queixo caído com a minha imitação do Scooby-Doo.

Ela franziu o cenho.

— Quantos ferimentos na cabeça você sofreu mesmo?

— Nenhum que eu me lembre. Isso é um mau sinal?

— Eu quis dizer a primeira impressão que a escola causou em você, bobão.

Ela torceu o cabelo, fazendo um rabo de cavalo, e prendeu-o com uma presilha. Mudou de marcha e os impeliu para uma passarela. Calçava tênis esportivos de cano alto, feitos de camurça cinza e também estampados com o logotipo da escola.

— De onde você é? — indagou Brooke.

— A gente já morou em tudo que é lugar.
— Família de militar?
— Que nada. De onde *você* é?
— Sou eu quem faz as perguntas aqui, Sr. Carne-Nova-No-Pedaço. — Ela gesticulou em direção a alguns prédios pelo caminho, como se fosse uma modelo exibindo prêmios em algum daqueles programas de perguntas e respostas da TV. — Ali ficam as cozinhas. Segurança e transporte para aquele lado. Aqui, você já deve ter adivinhado, é a parte mais prosaica do campus.

Como se eu não soubesse o que prosaico *quer dizer.* Uma pontada de irritação instigou Will a falar:

— E você quer que eu diga o que sei sobre *você*?

Ela olhou-o de soslaio e, em vez de dizer algo como "ora, por favor" (que era o que o menino sabia que ela estava pensando), aceitou a provocação:

— E o que você pode saber tanto sobre mim?
— Você tem 15 anos — começou ele. — É filha única. Família bem rica. Toca violino. Cresceu em um subúrbio na Virginia, mas morou em pelo menos dois países hispânicos, porque o seu pai trabalha no Departamento de Estado...

Brooke pisou fundo nos freios e encarou-o, alarmada.

— Como é que sabe disso? Você leu o dossiê da escola sobre mim?

O estudante meneou a cabeça em negativa e sorriu. Ela franziu o cenho, os olhos acesos. Tamborilou no volante, deixando claro que estava à espera de uma explicação e que não gostava de ter que esperar por ela.

— Gosto de estudar os sotaques regionais — mentiu Will. — Os calos nos dedos da sua mão esquerda indicam que você toca algum tipo de instrumento de corda. Eu falo espanhol, e, pelo jeito como você fala, parece que o espanhol é uma segunda língua para você. Juntei isso tudo com os lugares perto de Washington e depois chutei essa de "Departamento de Estado".

Toda aquela explicação seria muito mais fácil de ela engolir do que *Meus pais me treinaram obsessivamente para observar e avaliar cada estranho que eu encontrasse por motivos que nunca se deram ao trabalho de explicar. E é uma habilidade difícil de desligar, especialmente quando o "estranho" em questão é uma garota bonita.*

— E como é que adivinhou que sou filha única?
— Nesse caso, eu e você somos farinha do mesmo saco. E estava certo?
— Estava. Meu pai foi embaixador na Argentina. Mas não é violino que eu toco. É violoncelo, na verdade.

Brooke voltou a movimentar o carro, fingindo que não a tinha deixado totalmente apavorada com aquela história. Agora, no entanto, seu nariz aristocrático já não estava mais tão empinado quando olhava para ele.

— Ali fica o Prédio da Administração. Preste atenção, Capitão Concussão, porque é ali que você vai encontrar a Dra. Robbins amanhã de manhã.
— Saquei.
— Daqui já dá para ver o campus principal à esquerda...
Brooke continuou com a ladainha de imitação fajuta de guia de museu, apontando para cada construção — inclusive *três* bibliotecas diferentes — enquanto atravessavam todo o pátio principal da escola. Will não prestava atenção a uma palavra sequer. A menina no volante era muito mais fascinante, uma pessoa saída de um mundo de riqueza, privilégios e poder, um mundo que ficava a quilômetros de distância da realidade dele. Jamais havia conhecido alguém como ela: deslumbrante, de uma autoconfiança impressionante, mas não da maneira manipulativa comum às garotas que se fiam unicamente em sua beleza. O porte e a inteligência dela o maravilhavam ainda mais. Will aferrou-se à ideia de que, como ela não sabia absolutamente nada a seu respeito (nem como o *pedigree* dele minguava diante do dela), era melhor deixar a situação como estava.

No trajeto, outros alunos acenavam, cumprimentando o novato mais que óbvio com sorrisos amigáveis. Brooke acenava em resposta, tão serena e elegante quanto uma daquelas misses de concursos de beleza que são coroadas rainhas em eventos como o Torneio da Parada das Rosas: incluindo todos em seu cumprimento, até os sorridentes seguranças que dirigiam seus carrinhos, todos quase réplicas de Eloni: robustos, de rostos redondos e cabelos crespos escuros.

— Todos os seguranças daqui são samoanos? — perguntou Will.
— Ah, você já sacou, hein? — disse Brooke, voltando a olhar para ele. — Não que isso devesse me surpreender.
— Mas por quê?
— Além do fato de eles serem gigantes, ágeis e fortes o suficiente para destruir um ônibus só com as mãos?
— É, por quê? Isso aqui é uma escola ou um time da Liga Nacional de Futebol Americano?
— É uma escola *particular* para os filhos de figurões que têm motivos legítimos para se preocupar com questões de segurança. Além do mais, os samoanos são simpáticos, confiáveis e incorruptíveis.
— E qual é a jogada? São todos da mesma família?
— Eles são todos do mesmo *aiga*, do mesmo clã — corrigiu Brooke. — Minha teoria favorita, mesmo sendo provavelmente uma lenda urbana, é que eles são gângsteres arrependidos da parte sul de Chicago. Eloni é o *matai* deles, ou seja, o chefe, o líder. Meu pai diz que a gente devia agradecer pelos samoanos

estarem do nosso lado, por causa da cultura guerreira deles. E que, se um dia a situação mudar, devíamos levantar as mãos para o céu por eles serem só um pontinho no sul do Oceano Pacífico.

Saíram da área principal, passando por uma floresta de bétulas em um platô estreito. Ao longo de uma faixa sinuosa estavam instaladas quatro construções em tijolo idênticas umas às outras, com quatro andares cada, telhados de duas águas e muitos detalhes ornamentais. Pareceu a Will que eram o que havia de mais pós-moderno no Centro, agradáveis aos olhos e acolhedores para a alma.

— Essas são as residências dos alunos — explicou Brooke. — Traga a sua mala.

Ela estacionou em frente ao último prédio da faixa. O novato a seguiu até as portas da entrada principal. Uma placa dizia GREENWOOD HALL.

— É diferente de todo o restante da escola — comentou Will.

— Arquiteto de um milhão de dólares — respondeu Brooke. — Ganhou vários prêmios.

Continuaram por um largo corredor deserto de piso em pedra e revestimentos em madeira clara, até que chegaram a uma porta com outra placa: MONITOR-CHEFE DE GREENWOOD HALL.

Empurrando-a, Brooke abriu a porta e apontou para uma mesa no cômodo quadrado de paredes com painéis de madeira.

— Coloque sua mala ali — disse — e se afaste.

LYLE OGILVY

Intrigado, Will fez conforme indicado. Brooke deu batidinhas em uma porta interna e recuou até onde o outro aluno estava. Logo depois, um jovem alto e de ombros caídos entrou, usando um blazer azul com o brasão do Centro bordado no bolso e uma gravata listrada nas cores da escola. Fechou a porta silenciosamente, sem fazer sequer um movimento desnecessário. Nos grandes pés chatos e planos, calçava sapatos sociais que pareciam ficar mais largos a cada passo. Um elmo de cabelos pretos oleosos coroava a cabeça extraordinariamente longa, e parecia que ele alisava a cabeleira, passando-a a ferro todos os dias. O rosto era marcado por sobrancelhas gigantescas e maxilar proeminente, criando a impressão de que as feições espremidas entre os dois precisavam lutar por espaço. Círculos cinza-esverdeados abaixo dos olhos davam o único toque de cor presente no semblante morbidamente macilento. O jovem fungava constantemente, batalhando contra alguma alergia, ou talvez uma sinusite. Aparentava ter, pelo menos, 18 anos.

— Will West, Lyle Ogilvy — apresentou Brooke. — Monitor-chefe de Greenwood Hall.

O jovem examinou Will com olhos negros penetrantes que irradiavam uma inteligência furtiva. Deu dois passos bem pensados para a frente, oferecendo ao novato um aperto de mão úmido e um sorriso condescendente. Havia algo a respeito de Lyle, de sua postura envergada e vigilância dissimulada, que fazia Will pensar em um agente funerário ou em uma ave de rapina. Brooke recuava à medida que Lyle avançava, parecia ter mais que apenas um pouco de medo dele.

— Que satisfação ter você aqui conosco — disse o monitor.

Tinha uma voz surpreendentemente aguda para uma pessoa da altura e massa dele. Parecia forçar um sotaque afetado, a meio caminho do inglês britânico, um jeito de falar que lembrava aquele que os atores de filmes antigos tinham quando vestiam fraques. O tom era polido na superfície, mas um sorrisinho de escárnio mal disfarçado sugeria que ele considerava o adolescente seu inferior.

— Igualmente — respondeu Will. — O que é um monitor-chefe?

Lyle pareceu achar graça na pergunta.

— Nós temos regras aqui nas residências universitárias. Não sou eu que faço o regulamento, mas garanto que ele esteja sendo cumprido. Com relutância em alguns momentos, mas sempre, posso assegurar, com prontidão.

Pegou a mala de Will e abriu o zíper. O menino pensou em impedir, mas um olhar preocupado vindo de Brooke o dissuadiu.

— Você pode começar me dando seu celular e laptop — informou Lyle.

— Por quê?

— É política da escola. Eles não são permitidos no campus.

— É proibido usar celular ou mandar mensagem de texto? — perguntou Will, dirigindo-se tanto a Brooke quanto ao monitor. A menina confirmou com um rápido aceno de cabeça. — Eu gostaria de saber o motivo.

— Os alunos do Centro são estimulados a usarem métodos mais tradicionais para se comunicarem — explicou Lyle, paciente. — Usar as tão negligenciadas artes da palavra escrita e do diálogo olho no olho. Ou, se for extremamente necessário, nossos serviços de telefonia estão à disposição, com telefones espalhados, para a sua conveniência, por todas as instalações. — Apontou para um armário no canto da sala dentro do qual um antiquado telefone preto parecia estar acumulando poeira desde 1960.

— Isso aí parece, e não é nada pessoal... completamente insano — constatou Will.

— Todo mundo que está acabando de chegar pensa assim também. — Lyle estendeu a mão, a palma virada para cima. Totalmente sério. Queria os pertences de Will e queria naquele exato momento.

O menino tentou enrolar o outro, ganhar tempo. Abrir mão do iPhone não seria um problema para ele, mas não podia dar-se ao luxo de perder o celular que Nando lhe dera.

— Está certo. Até consigo entender o lance do celular, em teoria, mas nada de laptops?

Lyle já começava a deixar transparecer irritação.

— A escola dá a cada aluno um tablet feito "sob medida" e para seu uso exclusivo e pessoal. Nossa equipe de TI vai transferir todos os seus dados para o disco rígido do...

— E se eu preferir o que já tenho?

— ... do tablet, projetado com componentes e software desenvolvidos nos nossos laboratórios. Tudo consideravelmente mais sofisticado do que qualquer bugiganga que você pode comprar nesses camelôs descolados de acampamento de trailer. Não é mesmo, Srta. Springer?

— É. — Os olhos de Brooke suplicavam a Will que desistisse de questionar.
—- E quando vou poder pegar as minhas coisas de volta?
Lyle fazia um esforço visível para se manter calmo.
— O que é seu vai ficar guardado em segurança e, no fim do período, devolvemos tudo para você.
— Tem um monte de coisa no meu celular que eu preciso passar para meu computador — explicou Will. — Contatos, calendário, arquivos pessoais...
— Vá em frente — disse Lyle. — *Agora*.
O laptop de Will era seu bem mais precioso, um luxo que seus pais mal tinham podido pagar. O rapaz voltou a olhar para Brooke. Ela parecia estar em pânico: *coopere, por favor*. Will retirou o MacBook e o iPhone da mala, usou um cabo para conectá-los um ao outro e começou a sincronizar os dados.
Sabendo que era vigiado por Lyle, Will sentia o celular dado por Nando queimar em seu bolso da frente, como se estivesse prestes a abrir um buraco nele. Combateu o impulso de tocar no aparelho enquanto o olhar de Lyle o metralhava.
— E com o iPod, eu posso ficar? — indagou. — Ou a gente vai ter que transferir tudo de volta para vinil?
Brooke não conseguiu reprimir uma risada, mas tratou logo de abafá-la. O monitor não traiu reação alguma. Caminhou até o armário, destrancou-o e pegou alguns papéis impressos de dentro dele.
Will colocou a mão no bolso e tirou o celular dali. Enquanto Lyle estava de costas, comprimiu-o na mão de Brooke e fechou os dedos dela em volta do aparelho. Arregalando os olhos, surpresa, a menina escondeu-o atrás de si no exato momento em que o homem se voltava em direção a Will para lhe entregar um livreto e uma carta.
— Aqui está a sua cópia do nosso Código de Conduta do Aluno — explicou. — E preciso da sua assinatura aqui nos termos de concordância, que estipula que você vai obedecer e concordar com todas as regras e regulamentos presentes aí.

Nº 68: JAMAIS ASSINE UM DOCUMENTO LEGAL QUE NÃO TENHA SIDO APROVADO PELO SEU ADVOGADO.

Lyle ofereceu ao novato uma caneta tirada do próprio bolso. Ele a ignorou.
— Maravilha — exclamou. — Vou dar uma olhada nisso e devolvo logo depois.
O monitor examinou o outro com o olhar, em busca de sinais de insubordinação, mas Will apenas sorria.

— Vou fazer a revista do resto dos seus pertences — informou. — Você vai encontrar a prerrogativa legal para isso na página seis, artigo três: Inspeção de Chegada. Está aí junto com uma lista detalhada dos objetos e substâncias banidas e proibidas.

Will lançou um olhar a Brooke, que confirmou com um aceno de cabeça nervoso.

— Não tenho nada a esconder — disse Will.

— Esvazie os bolsos.

Will mostrou o forro dos bolsos do casaco virados pelo avesso. Lyle abriu a mala e vasculhou-a toda, de forma delicada, usando uma caneta. Retirou os óculos escuros originais de Will, e, depois, encontrou os que Dave lhe dera no avião. Examinou-os com avidez.

— Óculos estão na lista de coisas banidas? — indagou o menino.

— Por que você trouxe dois?

— Regra número 97: Óculos e roupas íntimas: tenha sempre reservas.

— De onde são estes aqui? — perguntou Lyle, olhando através das lentes.

— São de uma marca de luxo bem exclusiva.

— Não *estou vendo* marca nenhuma.

— É isso que os faz tão exclusivos. É um lance lá da Costa Oeste.

Ainda longe de estar inteiramente convencido, o examinador recolocou ambos os pares de óculos na mala. Pegou então o canivete suíço do menino e o equilibrou na palma da mão.

— Uma violação — constatou com um risinho. — *Isso* é uma arma.

— Foi mal pelo pedantismo, mas você está equivocado. Posso? — perguntou o menino, tirando o canivete da mão do outro. — Tem uma lâmina, sim, é verdade, mas foi incluída originalmente para os soldados poderem abrir as latas de provisões no campo. — Will foi revelando cada um dos componentes do instrumento. — Também tem um cinzel, tesoura, abridor de garrafa, chave de fenda, furador, alicate para desencapar fio e chaveiro. Eles dão isso para caras que já têm rifle, baioneta e granada. Não é para ser mais uma arma: está mais para uma caixa de ferramentas, e vou fazer questão de ligar para o diretor para discutir isso com ele agora mesmo se você não quiser deixar o canivete comigo.

Espumando de raiva, Lyle recolocou-o na mala do menino. Dando continuidade à sondagem, encontrou a toalha dobrada. Pousando-a sobre a mesa, desenrolou-a, revelando os restos do pássaro mecânico quebrado.

Droga. Esqueço toda hora que isso está aí.

O homem fez um gesto questionador com a mão, como se, para algo como aquilo, não fosse necessário sequer formular uma pergunta.

— Projeto de ciências — Will pensou depressa. — Da minha outra escola. Ainda estou mexendo nele, então não consegui deixar para lá...
— E o que é?
— O que você acha que parece?
— *Parece* um pássaro mecânico.
— Isso, era exatamente essa a minha intenção. Toca aqui.

Lyle ignorou-o. Will podia sentir que o monitor realmente queria muito confiscar o animal robótico (queria confiscar *qualquer coisa*), mas ainda tinha dificuldades para encontrar motivos que lhe possibilitassem fazê-lo.

— Não venha me dizer que passarinhos mecânicos também estão na lista de coisas banidas — exclamou o adolescente.

— Equipamento de vigilância está.

— De *vigilância*?

— Isso aqui é uma *câmera,* não é? — indagou Lyle, apontando para o olho da ave.

— Fico até emocionado com o elogio, Lyle, mas agora você já está superestimando demais as minhas habilidades como engenheiro. Não consegui nem fazer a porcaria piar, imagine voar, então. Estava até querendo ver se tinha alguém aqui para me ensinar a...

Lyle empertigou-se e cravou os olhos em Will, que sustentou o olhar. O menino sentiu uma pressão forte e desagradável na cabeça, como se uma faixa de aço estivesse atada em seu crânio, apertando-o, e uma sensação de que alguém estava cutucando a ponta de seu cérebro com uma faquinha acometeu-o imediatamente. O ferimento que sofrera na cabeça latejava dolorosamente e ameaçava doer ainda mais. Will não queria revelar o que estava sentindo, então se voltou para Brooke. Ela tinha o semblante pálido e genuinamente assustado.

Subitamente, Will compreendeu por quê. Lyle Ogilvy sabia tocar uma espécie de melodia mental, da mesma forma como Will fazia, com a diferença que, ao contrário do menino, o monitor não sentia remorso algum por exercer seu poder sobre outras pessoas.

Will tentou transferir para a mente de Lyle uma figura em branco a fim de conseguir escapar de suas investidas psíquicas. A tentativa não pareceu surtir efeito. No entanto, o menino podia sentir algo se agitando dentro dele, como uma corrente elétrica pulsando e ganhando vida. Tinha consciência de que havia mais poder escondido ali, mas não fazia ideia de como usá-lo.

Enquanto tentava se proteger, a percepção que tinha da pressão feita por Lyle mudou, fazendo com que se abrisse um novo campo de visão diante dele. Era como se pudesse ver e ouvir espécies de sugestões hipnóticas derramando-se daquela pessoa, flutuando em sua direção como uma torrente de projéteis disparados em câmera lenta. Fragmentos de pensamento tóxico cravados em invólucros capazes de perfurar fundo na alma apontavam diretamente para a mente de Will:

Desista... Pare de tentar lutar contra... Me deixe entrar... Não resista mais... Sou seu amigo... Confie em mim...

Will encolheu-se. Instintivamente, sabia que, uma vez que "os projéteis" de Lyle-o-Estranho o tivessem perfurado, ele ficaria em suas mãos, fazendo tudo o que lhe fosse mandado, sem jamais questionar nada. Não era de se espantar que deixasse pessoas indefesas como Brooke amedrontadas daquela maneira.

A ideia de que aquele cretino arrogante costumava intimidar Brooke levou Will ao limite. A raiva intensificou os movimentos convulsivos dos circuitos em sua mente até que tudo se uniu em uma corrente de energia, e a imagem mental que vinha tentando projetar tomou a forma de um escudo brilhante e impenetrável. Era quase como tentar dirigir um caminhão descontrolado simplesmente chutando os pneus, mas, de alguma forma, o menino conseguiu lançar o escudo no caminho do atacante.

As energias colidiram. Os projéteis de Lyle estilhaçaram-se ao encontrar o escudo. No instante do contato, Will soube que qualquer artimanha que o monitor resolvesse usar contra ele seria dez vezes mais forte que as próprias habilidades. Uma onda de choque violenta ricocheteou, voltando para o seu lado, e foi como se tivesse encostado em um fio desencapado. Lyle, no entanto, também sofrera um baque, e, vendo seus olhos acenderem-se alarmados, Will compreendeu:

Ninguém nunca o desafiou assim antes.

Os olhos do monitor encheram-se de veias vermelhas. Com sua recém-adquirida percepção aumentada, o estudante pôde ver o poder do adversário se reorganizar em uma massa negra e perigosa. Se, anteriormente, a intenção fora invadir e explorar, agora era punir.

O adolescente sabia que não teria chance daquela vez. Assim, em vez de tentar bloquear, Will investiu para a frente, puxando o escudo na diagonal. Foi algo análogo a puxar a cadeira na hora em que alguém estava se sentando. O golpe devastador da fúria do monitor passou direto por Will, como se um trem tivesse deixado de acertá-lo por questão de centímetros.

O mais imperceptível sopro de vento agitou alguns fios do cabelo de Brooke. Na parede atrás deles, uma fotografia emoldurada do Centro entortou-se levemente. A energia na sala crepitou e, em seguida, dissolveu-se com um estalo.

Ficaram imóveis, entreolhando-se, exatamente como antes. Mal tinham movimentado um único músculo durante aquela luta de jiu-jítsu psíquico.

Lyle sorriu, confiante, deixando à mostra os dentes caninos.

— Tenho certeza de que alguém aqui vai ensinar uma coisinha ou outra para você. — Retornou a ave robótica à mala do menino.

Uma campainha soou, indicando que o celular e laptop de Will tinham terminado de fazer a sincronização. O monitor desconectou-os e arrumou os dispositivos em uma bandeja plástica.

— Assim que todas as suas informações tiverem sido transferidas — disse Lyle —, seu novo tablet vai ser mandado para o alojamento. A Srta. Springer vai levar você até lá agora.

O monitor fez um aceno de cabeça para Brooke, que abriu a porta. Ela não via a hora de sair dali. Will fechou a mala e piscou para Lyle.

— Vejo você por aí, colega.

O jovem não respondeu até Will ter chegado à porta

— West. Vou dar um conselho pessoal a você: aqui no Centro, a gente costuma dizer que os problemas só existem para nos estimular a achar soluções. É melhor você não ser uma inspiração para mim. — E desapareceu no interior do escritório.

Will saiu e encontrou-se com Brooke. Depois de alguns passos, as pernas bambearam, e ele teve que se escorar na parede. A mesma reação que tivera no aeroporto, náusea e perda momentânea da visão, tomou conta dele novamente; mas, naquele momento, o menino se sentia bem pior.

— Está tudo bem? — indagou Brooke.

Ele soltou um grunhido, segurando a cabeça. Ela também se recostou na parede, ao lado dele, bem perto. Ainda estava com medo.

— Como você fez aquilo? — sussurrou Brooke.

O que ela viu, ou sentiu, de tudo o que aconteceu na sala? Will podia apenas imaginar.

— Aquilo o quê? — murmurou em resposta.

— Enfrentar Lyle daquele jeito. Nunca vi ninguém conseguir fazer isso antes.

Nº 91: NÃO EXISTEM — NEM DEVERIAM EXISTIR — LIMITES PARA O QUE UM CARA PODE ENFRENTAR PARA IMPRESSIONAR A MULHER CERTA.

— Eu não gosto de valentões que se acham — respondeu.

Ela devolveu o celular de Nando a Will, que o deixou escorregar para dentro do bolso.

— Venha, vamos lá para cima — disse ela, tomando o braço dele. — Sua cabeça está sangrando.

APTO. G4-3

Brooke já tinha resolvido que Will não devia subir as escadas, então, um grande e pesado elevador levou-os até o quarto andar. Will estava segurando-se firme por consideração a Brooke, mas sentia como se alguém o tivesse estripado e o jogado dentro de um poço.

O elevador deixou-os em um *lobby* central, com muitas luzes e sofás de cores vivas. Corredores saíam da área como se fossem ramificações. Brooke o guiou por um deles. Passagens mais estreitas davam para ambos os lados. Virando à esquerda na última, a garota apanhou uma chave magnética em forma de cartão. Os dois aproximaram-se de uma porta branca marcada por letras vermelhas em relevo: G4-3.

— São quatro andares para cada edifício de residência. Doze apartamentos por andar. Cinco alunos em cada um.

Will rapidamente fez os cálculos: *1.360 estudantes no Centro.*

Ela deixou o cartão ser escaneado pelo compartimento específico acima da maçaneta. Um sinal eletrônico apitou. Entraram em um grande espaço octogonal central, revestido de claraboias que alegremente iluminavam o cômodo. Conjuntos de sofás confortáveis e poltronas macias de estofamento generoso e cores neutras amenizavam as linhas retas e agudas da arquitetura. Brooke guiou-o a uma mesa de jantar com cinco cadeiras, que ficava em uma cozinha pequena, mas eficientemente equipada.

— Sente-se aí — mandou, ajudando Will a escorregar para uma das cadeiras. — Já volto.

Desapareceu por uma das cinco portas que davam para a sala comunal. Will olhou ao redor. Prateleiras embutidas circundavam as paredes. Um único degrau levava ao coração do cômodo, onde grandes almofadas e tapetes contornavam uma lareira arredondada de pedra. Dois telefones pretos antigos ficavam nos dois extremos da sala. Não havia TV ou telas de computador à vista, o que fazia com que o lugar parecesse estranhamente atemporal.

Era possível escutar música clássica de piano saindo de algum dos quartos fechados. Alguém estava praticando, alguém de talento extraordinário. Brooke retornou com água oxigenada e algodão, que umedeceu com o conteúdo da garrafinha.

— Você não precisa fazer isso — disse Will. — Posso voltar para a enfermaria. — Sua cabeça ainda doía, mas a fraqueza começava a se dissipar.

— Depois de dois anos como auxiliar de enfermagem, acho que consigo dar conta disso — concluiu Brooke. — Minha mãe é médica. Incline a cabeça para o lado assim.

Ela curvou-se, tirou o cabelo dele do caminho e removeu o curativo. Quando o colocou sobre a mesa, Will viu que era uma massa totalmente vermelha. Com toques gentis, a menina aplicou água oxigenada nos pontos; ele se obrigou a ficar parado. Brooke mordia o lábio em sinal de concentração.

— Parece que os pontos aguentaram... E que o sangramento parou... Não está doendo para caramba, não?

— Não — negou ele.

— Mentiroso. Eu estaria gritando que nem louca.

— Auxiliar de enfermagem, hein?

— Cale a boca. — Brooke terminou a assepsia da ferida e preparou um novo curativo.

— Como você veio parar aqui? — indagou Will.

— O meu pai é ex-aluno. A gente nunca nem chegou a discutir a possibilidade de eu ir para outro lugar.

— Então não teve nada a ver com sua nota na prova?

— A minha nota foi ótima, mas filho de ex-aluno já começa com uma vantagem. Eu sabia que ia estudar aqui desde a terceira série. — Ela colocou a atadura no lugar. — Assim já dá para o gasto. Não fala para mais ninguém desse seu celular.

— Se você não falar, eu é que não vou.

Brooke olhou-o, séria.

— Isso não é brincadeira, Will. Vi quando Lyle achou um BlackBerry com um novato no ano passado. Escorreu tanto sangue do nariz do garoto que parecia que não ia parar mais.

E aposto que o cara sequer encostou no menino. Will estremeceu ao lembrar-se do ataque de Lyle.

— As pessoas erradas estão sempre no poder.

— Eu devia ter alertado você sobre ele. Da próxima vez, vai estar mais esperto.

Da próxima vez, vou estar pronto.

115

— Desculpa, você falou alguma coisa? — perguntou a menina.
— Não. — *Certo, isso está acontecendo demais ultimamente.*

Brooke examinou-o longamente e, em seguida, deixou o material de primeiros socorros em uma bancada e readquiriu o ar formal de guia de museu.

— Então, aqui é o nosso lugar de convívio. Uma cozinha comum a todos. Essas portas dão para os quartos. Você vai ficar aqui.

Levou-o até a porta de número "4". Do lado de dentro, via-se um cômodo surpreendentemente amplo e mobiliado, com ângulos irregulares, paredes de um tom azul pálido e piso de madeira escura. Os móveis consistiam em uma cama de solteiro, criado-mudo e escrivaninha que aparentava ser bastante pesada, acompanhada de uma cadeira com encosto em tela e estilo futurista. Um dos telefones pretos estava sobre a mesa. Havia várias gavetas dentro do closet aberto. Uma grande janela saliente dava vista para as florestas, distante do campus. A outra porta do quarto levava a um banheiro de azulejos brancos.

— Aliás, a decoração totalmente inexistente é intencional, viu? — comentou ela. — Eles querem que você deixe do seu jeito. Está com fome?

— Morrendo.

— Se arrume com calma. Vou ver o que tem na cozinha.

A menina saiu e fechou a porta. Will colocou a mala sobre a cama. Testou o colchão. Firme, mas nem tanto: o meio-termo perfeito. O quarto era agradável, mas extremamente neutro. Podia estar em qualquer lugar do mundo.

É aqui onde moro agora.

Tinha enfrentado momentos como aquele muitas vezes antes. Estava acostumado a recomeçar.

Mas nunca fiquei sozinho assim. Nunca fiquei sem meus pais.

Agora que estava ali — e em segurança —, a magnitude de sua perda veio a seu encalço. Sufocou aqueles sentimentos antes que a angústia o esmagasse.

Não vou ficar aqui sofrendo. Não vou dar esse prazer para quem fez isso com a gente. Sei que meus pais ainda estão vivos e vou lutar até encontrá-los de novo.

Tinha sido jogado naquela vida nova. Tinha que se manter firme e seguir em frente. Era o que os pais iam *querer* que fizesse.

Nº 50: EM TEMPOS DE CAOS, ATENHA-SE À ROTINA. ORGANIZE AS COISAS UM POUCO DE CADA VEZ.

Will secou os olhos, olhou-se longamente no espelho e não gostou do que viu: exausto, pálido, desgastado. Arrumou as poucas roupas que tinha no armário. Guardou o pássaro mecânico na primeira gaveta e dobrou a toalha sobre ele. Firmou a fotografia emoldurada dos pais e as regras sobre a cabeceira da cama. Escondeu o celular debaixo do colchão e plugou-o ao carregador.

Tomou uma ducha. Sob grande pressão, água quente começou a jorrar instantaneamente do chuveiro. Cuidando para não molhar o cabelo, lavou todo o cansaço da viagem. Sentindo-se um pouco revigorado, vestiu as calças jeans que trouxera de reserva, a camiseta branca, o moletom e a jaqueta. O que era, mais ou menos, tudo o que tinha no armário.

Ouviu vozes exaltadas na sala comunal e abriu a porta. Um garoto mais velho estava próximo à entrada. Tinha cerca de 7 centímetros e 13 quilos a mais que Will, todos de puro músculo. Moreno e de cabelos escuros curtos, era corado e vestia calças cáqui bem ajustadas e uma camisa polo azul-marinho justa. Com a mão direita, segurava o pulso esquerdo de Brooke, torcendo-o levemente de modo a trazê-la mais para perto.

— Não foi isso que você disse. Não foi isso que a gente *combinou* — falou ele, quase gritando.

— Baixe a voz e me largue... — respondeu a menina.

— Oi — interrompeu Will. — E aí, o que vocês contam de novo?

O menino mais velho olhou para Will, surpreso.

— Quem é o babaca? — perguntou a Brooke.

— Ele acabou de chegar...

Will seguiu até eles, sorrindo como um lesado sem noção.

— Meu nome é Will West. E venho do *faroeste*. Que ironia, né? Prazer em conhecê-lo. E você, quem é? — Estendeu a mão, simulando um estilo bem nerd. Algum vestígio de boa educação retornou ao outro garoto. Soltou Brooke e cumprimentou Will.

— Todd Hodak.

Com os olhos bem abertos, fingiu interesse e apertou a mão do novato, tão forte quanto pôde. Will reagiu de modo a parecer que doera bem mais do que de fato tinha doído, dobrando-se para a frente, tentando livrar-se do "cumprimento".

— Caramba, isso que é aperto de mão, Todd. Olha, depois dessa, nunca mais vou poder tocar piano. — Will ergueu a mão, deixando-a pender, mole, e abafou um risinho. Todd encarou-o como se fosse um leproso. — Você é atleta, né? E faz o quê? Aposto que quase tudo! Poxa, acabei de chegar e já estou sentindo falta do meu cachorro. Você tem cachorro? O meu se chama Oscar. É um dachshund de pelagem comprida. Quem nem a "Oscar *Mayer*", a lanchonete especializada em cachorro-quente, sabe? Porque ele é um *salsichinha*...

Todd voltou-se para Brooke.

— A gente termina a conversa depois — disse.

Bateu a porta ao sair. A menina, vermelha e chateada, precipitou-se para a cozinha. Will seguia-a até o lugar onde costumavam jantar. Ela levou uma grande travessa à mesa e colocou-a ali, fazendo bastante barulho no processo.

— Me dê licença um minuto — pediu.

Correu para o quarto de número um, fechando a porta. Pouco depois, Will ouviu-a chorar. Não sabendo o que fazer, foi até a mesa, onde havia uma jarra de limonada e copos altos com gelo, pequenos potes com três pastinhas diferentes, vários vegetais cortados e um prato com azeitonas temperadas.

E tudo o que pôde pensar foi: *Ela mora aqui. Deus existe.*

A porta da frente abriu-se de súbito. Um menino baixinho de aparência quase élfica irrompeu apartamento adentro, soterrado em caixas transbordando com equipamentos eletrônicos. Parou, sobressaltado, ao avistar Will. Sua pele era da cor de caramelo, os grandes olhos, castanhos e brilhantes. Examinou intensamente o desconhecido, mas não mudou de expressão. Depois, seguiu em direção ao quarto três, sustentando todo o peso das caixas com um único braço fino durante tempo suficiente para destrancar a porta. Empurrou-a com o quadril, lançou-se para dentro e fechou-se lá. Will ouviu várias trancas serem acionadas do outro lado.

Brooke saiu do quarto. Os olhos vermelhos, o sorriso forçado, decidida a agir como se nada chamado Todd Hodak tivesse bagunçado os seus circuitos. Sentou-se à mesa e começou a servir-se. Will sentou-se à frente dela e a imitou.

— Nosso grupo aqui até que é bom, se a gente pensar bem. — Apontou para o quarto três com uma cenoura. — Você vai gostar de Ajay. Todo mundo gosta dele. Ele é indispensável.

Deu uma mordida na cenoura e indicou a porta de número dois.

— Mas Nick é um tremendo de um pé na sacola. Você curte esporte e Chuck Norris?

— Esporte, sim.

— Então, quem sabe, vai ver você e Nick conseguem até se entender.

O que Will não conseguia era parar de comer. As pastinhas estavam fresquinhas e deliciosas: a tradicional pasta árabe *homus*, outra de alcachofra e a terceira era uma azedinha e cremosa que o menino não identificou.

— O que é isso? — indagou o menino, apontando para a pasta desconhecida. — É incrível.

— É *baba ganoush*. — A maneira como ela falou, com um cicio de leve, soou tão adorável a Will que ele quase pediu que repetisse.

Com o toco de cenoura, Brooke indicou o quarto de número cinco, de onde Will ouvira o piano mais cedo.

— Elise mora no número cinco. Ela é... Bom, você vai ver. — Levou a cenoura à boca. — Pode ser que você descubra que tem alguma coisa em comum com ela.

— O quê?

— Você já é bem grandinho. Vou deixar você formar suas opiniões sozinho.

O menino tentou disfarçar o interesse na voz quando falou:

— Então, todas as residências são mistas?
— Você tem algum problema com isso?
— Não, não, de jeito nenhum... — respondeu Will.
— Porque tem um setor em que eles separam meninos e meninas por andar, se tiver problema...
— Não tem...
— ... Mas aí você vai ter que falar com a Dra. Robbins...
— Não tem problema.

Ela recostou-se e sorriu.

— Vamos ver se não vai mudar de opinião depois de conhecer Elise — falou Brooke.
— Eu duvido muito.

Ela mordeu um pedaço de pimentão vermelho.

— Você não tem um dachshund chamado Oscar, né?
— Nem cachorro eu tenho.
— Então, só tava zoando o Todd.
— Todo mundo faz isso, não?
— Não. Nunca.
— É — respondeu o menino. — Eu tava zoando Todd.

A porta número três abriu-se. Ajay deu um passo para fora e certificou-se de que a tinha trancado.

— Ajay, venha conhecer Will — apresentou Brooke. — É ele quem vai ficar no número quatro.
— Pois bem — começou Ajay, fazendo uma pequena reverência. — Seja bem-vindo, senhor. A infelicidade é feita de solidão, então, certa e fatalmente, é preferível ter companhia.

O menino tinha uma voz grave e solene, com um refinado sotaque sulista. Aparentava ter 12 anos e estar se candidatando à presidência.

— Ai, porcaria — exclamou Brooke, olhando o relógio na parede. — Eu preciso ir para o laboratório. Ajay, será que você podia ajudar Will um pouco? Ele está precisando de roupa, comida, livros e suprimentos... Bom, a coisa está crítica para o lado dele, na verdade. Volto já.

Brooke saiu correndo. Ajay serviu-se de uma azeitona.

— Se é verdadeiramente o caso — recomeçou o garoto —, então sou exatamente o homem para o serviço: Ajay Janikowski, inteiramente ao seu dispor.

Lançou a cabeça para trás, jogou a azeitona para o alto e esperou que caísse dentro da boca aberta.

AJAY JANIKOWSKI

Ajay disparou na frente de Will rumo ao saguão de entrada, passando por uma porta lateral.

— Vamos pela escada — disse. — Os elevadores são dos primeiros anos de governo do presidente Harry S. Truman. Chegariam em terceiro lugar numa corrida contra uma geleira e um funcionário dos correios defunto.

Ajay desceu aos pulos os degraus, transbordando de uma energia que parecia quase incapaz de conter. Will tinha dificuldade para acompanhar.

— Qual é a seriedade dos seus ferimentos? — indagou o menino.
— Não é nada tão sério assim.
— E você chegou hoje de manhã. De onde veio?
— Do sul da Califórnia.
— Essas são as únicas roupas que trouxe?
— É mais ou menos isso mesmo.

Ajay parou e o examinou.

— Você vai morrer quase que imediatamente de hipotermia.
— Foi o que me disseram.
— Quanto dinheiro você tem?
— O que vem logo abaixo da faixa da pobreza absoluta?
— Agora me diz que você já não está loucamente caidão pela Brooke.

Will finalmente alcançou o outro, a cabeça latejando.

— Por que você está dizendo isso? — perguntou ele.

Ajay balançou a cabeça em sinal de decepção e seguiu adiante.

— Deus do Céu, homem, temos um desafio e tanto pela frente.

Ajay empurrou a porta do térreo e saiu pelo campus no mesmo passo apressado de antes. A temperatura aumentara consideravelmente: de mutilante para apenas um pouquinho abaixo de deformante. Will fechou a jaqueta e começou a tremer.

— Por que você chegou à conclusão de que estou a fim da Brooke? — quis saber.

— Tenha dó, Will. O destino está claramente conspirando para ficarmos amigos, basta considerar a proximidade doméstica, mas você tem que admitir que estamos numa situação de perigo.
— E qual seria?
Os grandes olhos de Ajay aumentaram ainda mais.
— Ora, a incrível e quase sobrenatural beleza não só de nossas duas extraordinárias companheiras de alojamento, como também de toda a *população feminina* da escola.
— Quer dizer que... São todas que nem a Brooke?
— Não, aí é que está — respondeu Ajay, gesticulando expansivamente. — São todas diferentes como cristais de neve. Belas, interessantes, cada uma capaz de enlouquecer um homem à sua maneira deliciosamente especial. Qualquer ser do sexo masculino com sangue nas veias enfrentaria águas infestadas por tubarões com uma lança banta atravessada na perna para estar no nosso lugar. Mas, se você não se controlar, seu sistema nervoso vai explodir que nem fogos de artifício. Um cão farejador de bombas não conseguiria salvar você.
— Quantos anos você tem? — indagou Will.
— Tenho 15. Mas a idade cronológica é um dos métodos de avaliação dos menos confiáveis.
— Certo, então. É, acho a Brooke simplesmente um arraso e certamente ela ainda vai dominar o mundo. Melhor assim?
— Com certeza! Já está bem claro que você não é um robô.
Ajay deu tapinhas nas costas dele, riu com vontade e conduziu-o até um dos prédios maiores. Uma placa chamativa dizia CENTRO ACADÊMICO. Aquilo não ajudou a preparar Will para o que o esperava lá dentro.
O centro acadêmico era do tamanho de um shopping. Um mercado ocupava o canto inferior esquerdo. O menino viu uma lavanderia com secadoras ao lado de um banco, uma enorme loja de artigos esportivos e outra que oferecia todo e qualquer tipo de material de artes ou estudos imagináveis. A livraria da escola parecia estender-se infinitamente. Dava em uma movimentada praça de alimentação, que oferecia oito opções de restaurantes especializados em cozinhas distintas, e nenhuma delas parecia oferecer comida rápida, barata ou pouco saudável. Do lado oposto à praça, havia um cinema com duas salas; uma delas exibia um filme recente. Ajay explicou ao novato que a outra se dedicava apenas aos filmes clássicos da "Era Dourada", daqueles bem antigos, de antes de *Star Wars*, como parte de um curso de cinema. O letreiro anunciava o filme *Janela Indiscreta*, de Hitchcock. Ao lado do cinema ficava um boliche com seis pistas e a lanchonete que ele vira antes no material promocional do Centro.

Will seguiu Ajay até a loja de roupas, que era tão grande quanto um campo de futebol, com fileiras e mais fileiras de todos os itens possíveis nas variedades de cores da escola. Will sentia-se esmagado por tudo aquilo, além de hiperconsciente de que tinha apenas mais cem dólares em sua carteira.

— Esquente os motores — brincou Ajay, entregando ao outro um carrinho de compras. — Já volto.

E saiu apressado. Will foi empurrando o carrinho até a ala de roupas de inverno. Não viu etiquetas com preço, mas o que ele mais queria — um moletom bem quente de flanela azul, com as iniciais do Centro bordadas no peito —, com certeza custava metade do que o menino tinha disponível. Tentava decidir se gastava o restante em um par de calças cáqui ou em uma camisa de rúgbi quando Ajay retornou.

— Isso estava à sua espera lá no balcão — declarou. — Você não me disse que tinha bolsa integral, cara. A coisa muda totalmente de figura assim.

Ajay entregou ao outro estudante um cartão de crédito de plástico grosso. Não tinha nada escrito, sendo do mesmo pretume que vira no tablet maleável da Dra. Robbins. Ajay passou o dedo pela borda do cartão, ativando um sensor. O brasão da escola apareceu, flutuando no centro. Abaixo dele, surgiram também um código numérico de dezesseis dígitos e o sobrenome WEST.

Will virou-o. Lá estava a faixa magnética padrão dos cartões de crédito. Seus pais haviam lhe explicado como funcionavam aquelas faixas, como os bancos e empresas a usavam para armazenar informações confidenciais a respeito das pessoas. Ficou imaginando quanta informação já haveria ali.

— Eles aceitam dinheiro? — questionou Will.

— Dinheiro? Pelo amor de Deus, cara, você não precisa mais de dinheiro. Você tem O cartão agora. Pode usá-lo em qualquer lugar.

— E falaram qual é o limite?

— Se é que existe um limite, agora cabe a você descobrir.

Despesas com viagem, moradia, livros escolares e provisões estão todas incluídas. Uma vez mais, a Dra. Robbins cumprira com o prometido.

— Então, vamos nessa — disse Will.

Ele jogou as calças e a camisa dentro do carrinho. Nunca tinha feito compras sem a pressão de um orçamento limitado. Aquela situação o deixava um pouco desnorteado, mas, apesar do incentivo dado por Ajay para que fizesse a festa, ainda sentia como se estivesse se aproveitando. O outro menino continuamente jogava produtos no carrinho, e Will continuamente os devolvia aos seus lugares.

Nº 81: NUNCA PEGUE MAIS DO QUE PRECISA.

Três pares de calças. Cinco camisas azul-marinho e cinza. Meias e roupas íntimas suficientes para uma semana sem repetir. Um par de botas de solado reforçado para o inverno. Um gorro azul-escuro. Luvas com forro de flanela e um cachecol cinza de lã. Dois conjuntos de segundas peles térmicas. O único luxo que se permitiu comprar foi uma parca de inverno azul-escura de capuz forrado com pele, de cuja necessidade para sobrevivência ele facilmente se convenceu.

Um caixa amigável contabilizou tudo, solicitou o cartão e o passou por um escâner que o fez brilhar. Will não precisou assinar nada. Sequer viu o total das compras. No recibo não constava o preço de nada.

— Há quanto tempo você está estudando aqui? — indagou o novato.

— Estou no meu segundo ano. Quando cheguei, eu era mais ou menos do tamanho desse pedaço de frango. — Ajay riu outra vez, de uma maneira contagiante. Will achou impossível não rir junto, especialmente quando o menino fazia graça de si mesmo.

Estavam sentados na praça de alimentação, encarando tigelas de arroz com molho teriyaki e sunomono feitos na hora, frescos e saborosos: tudo pago com um movimento rápido do cartão mágico de Will. Encher o estômago fazia maravilhas pelo humor dele. O casaco de flanela também.

— Então, conte aí qual é o problema que esse pessoal tem com celular e computador? — pediu.

Ajay franziu o cenho e seu olhar obscureceu-se.

— Quer dizer que você já conheceu o Lyle.

— Conheci.

Ajay aproximou-se mais de Will:

— Primeiro, achei que fosse uma regra imposta para mostrar que eles estão no comando e que a desobediência seria mais comum que a observância à norma. Descobri que estava enganado. Eles levam isso muito a sério mesmo.

— Mas por quê?

— Não querem que a gente fique isolado, só nos telefones ou na internet o tempo todo. Eles realmente *querem* que a gente converse uns com os outros.

— Mandar mensagem é uma *forma* de conversar — argumentou Will. — E costuma ser bem mais eficiente.

— Não vou discordar, Will, mas não sou eu quem faz as regras. E, honestamente, depois de um tempo, você vai ver que a comunicação olho no olho só traz benefícios.

— Como?

— Força você a sair da sua zona de conforto — explicou Ajay. — Aperfeiçoa as habilidades sociais. Acredite se quiser, eu costumava ser bem introvertido.

— Você está inventando tudo isso.

— É verdade, juro! E agora olhe só para mim, um tagarela de marca maior. Saí da concha completamente.

Ajay retirou um pequeno retângulo preto da pasta que Brooke lhe dera e o empurrou para Will.

— Prenda isto no cinto. É um pager. Se quiserem achá-lo pelo sistema interno de telefonia, ele apita. Aí, é só procurar qualquer telefone no campus e a telefonista repassa a ligação imediatamente.

Era pouco maior que uma caixinha de fósforos e tinha um clipe de metal na parte de trás para prendê-lo onde quisesse. Havia uma pequena grade no canto superior da parte da frente do aparelho e um botão no centro. Fora isso, era totalmente sólido, sem partes desmontáveis, e de peso considerável. Não era possível identificar sequer um compartimento para bateria.

— Certo, então vou ter mesmo que me acostumar com essa história das mensagens — concluiu Will. — Mas e os e-mails?

— Você vai receber um endereço de e-mail novo junto com o tablet. Vai estar conectado aos servidores principais da rede interna da escola.

— Espere, isso quer dizer que só vai funcionar dentro do campus? E acesso à internet?

— Limitado. Não tem outras redes, nem wi-fi aqui. Dá pra se conectar pelas bibliotecas, para fazer pesquisas específicas, mas o acesso a outros sites é restrito.

A revolta de Will cresceu.

— A gente não tem acesso nem do nosso próprio quarto?

— Não. Nada de entrar na internet, nada de usar redes sociais, nada de jogar videogames online...

— E TV?

— Tem uma no centro acadêmico, mas nunca vi ninguém assistindo...

— Mas esses são os princípios básicos da liberdade de expressão! O direito de acesso à informação inútil e estúpida, diversão medíocre...

— O Centro é uma instituição privada, eles podem criar as regras que quiserem.

— Mas isso aqui não é a China comunista. Eles não podem simplesmente fechar todos os canais e deixar a gente sem contato com o resto do mundo...

— A questão é que sequer sobra *tempo* para essas coisas, Will. Aqui eles fazem a gente trabalhar que nem aqueles cachorros que puxam trenós no

Ártico, sabe? E caso você nunca tenha notado, esses cachorros amam a coleira! Você vai ver. Não menospreze as alegrias de se sentir desafiado ou de se esquecer de tudo por causa do trabalho. E estou falando de dedicação total: aulas, laboratórios, deveres de casa, trabalhos de campo. Fora as atividades sociais: ligas de esportes, clubes, concertos, bailes...

— Bailes?

Ajay baixou o tom de voz, de maneira que ninguém mais pudesse ouvi-los:

— Nas festividades de Fall Hayride do mês passado, até *quadrilha* eu dancei!

— Ah, fala sério!

— Foi uma loucura! Pode me chamar de doido. As garotas, cara, as garotas... — Ajay levantou-se de um pulo e fez uma demonstração de como dançar quadrilha.

Os pensamentos de Will desviaram-se para Brooke, e depois foram para Todd Hodak. Precisava de um relatório completo daquela situação, mas, até onde sabia, Ajay tagarelava como um apresentador de *talk-show* para todos no apartamento deles. Não queria que algo como a palavra "paixonite" chegasse até os ouvidos de Brooke.

Quando terminaram de comer, o novato foi levado até a lanchonete perto do boliche para tomar um milk-shake de chocolate, preparado por um funcionário que usava um chapeuzinho pontudo branco como aqueles vistos em ilustrações retrô. Espuma formou-se quando Will verteu a bebida dentro de um copo alto. Devorou aquela iguaria sublime, pipocada de pedacinhos untuosos de sorvete. A *jukebox* tocava músicas pop agradáveis. O som abafado de pinos de boliche sendo derrubados logo ao lado era tão tranquilizador quanto o de uma cachoeira. Por alguma razão, viver parecia valer a pena novamente.

O que comprovava a regra número 84: QUANDO NADA MAIS FUNCIONA, RECORRA AO CHOCOLATE.

— Por que tem boliche aqui? — indagou Will.

Ajay simulou o movimento de jogar uma bola de boliche.

— Parece que o diretor leu um estudo que ligava o declínio da felicidade dos norte-americanos ao desaparecimento das ligas organizadas de boliche. Algumas semanas depois, *voilà*.

— Você está em alguma liga?

— Estou, sim. Você vai adorar. A gente recebe até uma camisa, com nome bordado no bolso e tudo. Mas, por razões estéticas, fiz questão de que a minha viesse com o nome "Tony".

Até então, tudo a respeito do Centro parecia paradisíaco, tudo tão perfeito que parecia feito para um set de filmagem. Para onde quer que Will se voltasse, nada via além de rostos satisfeitos e felizes, exatamente como mostrado nos folhetos de apresentação.

— Você alguma vez já acordou e achou que estava sonhando?

— Will — disse Ajay, repentinamente sério. — Minha mãe veio da Índia para os Estados Unidos quando tinha nove anos. Os pais dela eram humildes e trabalharam como faxineiros em um cassino em Atlantic City até terem dinheiro para comprar uma lavanderia. Meu pai vem de uma família polonesa aristocrática muito antiga que perdeu tudo, menos as roupas do corpo, na Segunda Guerra Mundial. Ele cresceu em Milwaukee, imigrante sem um tostão. Batalhou para entrar na Duke University e conseguiu comprar uma cadeia pequena de farmácias em Raleigh, na Carolina do Norte, chamada Beleza e Bem-Estar. Minha mãe fazia um curso técnico à noite, para poder ser farmacêutica. Ela acabou conseguindo emprego em uma das drogarias dele, onde se conheceram e se apaixonaram. O que resultou em mim, o único filho do casal.

O menino fez uma breve pausa, antes de prosseguir:

— Por conta dessa herança incomum, da qual tenho orgulho imenso, acabei como esse patinho feio inquestionável. Minha altura mal chega a 1,50m, e se você me acha franzino hoje em dia, devia ter me visto quando tinha seis anos. Não vai surpreender saber que todos os caipiras neandertais do mundo me infernizavam no colégio, sem trégua, desde o meu primeiro dia no jardim de infância até o fim do ensino fundamental. A impressão que dava é que eu era invisível a olho nu para as garotas. Secretamente, eu sabia que era mais inteligente do que todos aqueles cabeças ocas e só sobrevivia graças à minha sagacidade. Não tinha ideia de que podia ter alguma coisa de útil para oferecer a qualquer outra criatura viva, de que podia ter amigos, conhecer meninas e ter alguma coisa parecida com um presente ou um futuro. Isso foi até o dia em que cheguei aqui no Centro.

Ajay sustentou o olhar, com as defesas abaixadas e total sinceridade. Will sentiu vergonha de qualquer impulso que pudesse ter tido de duvidar dele.

— Se isso aqui é um sonho, eu imploro — continuou —, não deixe que me acordem.

NICK E ELISE

Quando deixaram a praça de alimentação, Ajay pediu licença e foi para suas aulas. Will fez uma rápida visita ao mercado para comprar itens de primeira necessidade, como manteiga de amendoim, biscoitos e leite. Não viu qualquer tipo de comida que não fosse saudável nas prateleiras bem abastecidas: seus pais aprovariam. Equipou-se todo com luvas, gorro, cachecol e casaco novos para enfrentar o caminho de volta à residência Greenwood Hall. Sentia-se como uma salsicha, mas não chegou a tremer uma vez sequer e percorreu o trajeto com agilidade surpreendente. Uma vantagem do clima nórdico: é um estímulo e tanto para fazer as pessoas chegarem aonde querem *bem* mais rápido.

Entre quatro paredes novamente, a porta do escritório do monitor-chefe encontrava-se aberta. Will percebeu que havia uma câmera na parede, logo acima da porta. Na sala, viu Lyle de relance falando com concentração total com Todd Hodak.

De algum modo, o menino sabia: *Estão falando de mim.*

Viram-no quando passou. Os olhos de Todd inflamaram-se de raiva. Will apressou o passo para chegar ao seu andar e ouviu a porta de Lyle fechar-se com um estrondo.

Usou a chave magnética em forma de cartão para entrar no alojamento. Enquanto levava as sacolas até a cozinha, sentiu que alguém o observava. Virou-se.

Estava estendida em um dos sofás, com o tronco um pouco elevado sustentado pelo cotovelo e um livro aberto à sua frente. Os cabelos negros como tinta eram perfeitamente cortados ao estilo da personagem de Uma Thurman em *Pulp Fiction*, e a franja reta e cheia emoldurava seu rosto como uma daquelas cotas de malha de aço usadas por cavaleiros medievais. Tinha pele de porcelana e sobrancelhas pretas arqueadas acima de grandes olhos amendoados, de uma tonalidade verde-jade que ele nunca vira, exceto em fotografias de águas tropicais. A estrutura óssea da menina remetia a alguma estátua de uma rainha egípcia perdida. Não tinha uma beleza convencional. Nada nela parecia convencional. Estas foram as palavras que vieram mais prontamente à mente de Will: *Autoritária. Arrebatadora. Inebriante.*

Usava azul-escuro da cabeça aos pés: na saia justa, na legging e no suéter de gola rulê. Não se moveu, divertindo-se secretamente, quieta e majestosa como um gato persa, sem jamais tirar dele aqueles olhos enervantes.

— Você só pode ser Elise — conseguiu finalmente dizer Will.

Uma das sobrancelhas da menina elevou-se lentamente.

— *Só posso?*

Will sentiu-se como um ratinho. Sendo tratado como o joguete de um gato.

— É. "Só pode." Mantenho o que eu disse.

— Bom, então...

Ela quer saber meu nome.

— Will — completou ele.

— Bom, então — continuou a menina —, você está com a vantagem, Will.

Não por muito tempo, pensou ele. Saudou-a com uma espécie de cumprimento militar e em seguida, propositalmente, tropeçou no próprio pé, fazendo com que as sacolas voassem de suas mãos.

Elise revirou os olhos e voltou a atenção ao livro outra vez. *Dispensado.* Sentindo-se um pouco menosprezado, o novato guardou as compras, fazendo um treino mental: *é só fingir que ela também é uma pessoa comum.* Voltou à sala, preparado para puxar assunto, mas ela o impediu, erguendo a mão.

— Fazendo trabalho — disse.

Toda e qualquer gracinha em que pudesse ter pensado evadiu-se da mente de Will. Bateu em retirada para o quarto e respirou fundo algumas vezes. Brooke e Elise vivendo sob o mesmo teto? *Eles não podem estar falando sério.* Até aquele momento, nada indicava que Ajay estivesse exagerando ao falar sobre as garotas do Centro.

Viu que havia algo esperando sobre a escrivaninha: seu novo "assistente pessoal digital". Examinou-o de todos os ângulos: não era nada parecido com um laptop tradicional, estava mais próximo de um iPad ligeiramente mais grosso. Sólido e metálico, com um elegante acabamento preto, fosco, que lembrava veludo no toque e na aparência. De grossura inferior a três centímetros, o dispositivo pesava cerca de 700 gramas e não tinha entradas para cabo nem *drives* aparentes. Na parte de trás, no canto direito inferior, gravado no metal, havia um código numérico de 16 dígitos seguido de "WWEST". A mesma informação que constava no cartão de crédito negro da escola.

O menino procurou uma maneira de ligar o aparelho e encontrou um botão do lado direito. Pressionou-o. Motores começaram a zumbir. Suportes desdobraram-se saídos da parte posterior e elevaram a unidade a um ângulo de visão ideal. A coisa se expandiu em um terço de seu tamanho original, como a lousa negra da Dra. Robbins havia feito no dia anterior, e ligou com um acorde musical. Toda a tela ganhou vida e, bem no meio, as seguintes palavras apareceram: INSIRA O CARTÃO.

Will apanhou a identificação de sua nova escola. Uma entrada surgiu ao longo de uma das laterais do aparelho e o garoto a inseriu ali. O tablet leu a tira metálica antes de ejetar o cartão.

Palavras surgiram na tela: POR FAVOR, AUTENTICAR.

O contorno pulsante de mão esquerda delineou-se na tela, os dedos separados, como o desenho que o adolescente vira no dispositivo de Robbins. Will levou a mão às linhas. A poucos centímetros de tocá-las, sentiu uma onda de calor.

Ao encostar de fato na tela, o desenho ajustou-se à mão dele. O que pareciam correntes suaves percorreram abaixo de sua pele, e, em seguida, o delineado desapareceu com um lampejo de luz. Um imponente acorde maior tomou o quarto. O brasão do Centro surgiu na tela de boas-vindas, flutuando no espaço azul-escuro cintilante. Momentos depois, uma fileira de ícones de interface comuns tornou-se visível ao longo da parte inferior do *display*.

Novas palavras apresentaram-se: GOSTARIA DE COMEÇAR O TUTORIAL AGORA? (RECOMENDADO) SIM/NÃO.

Will selecionou a opção "NÃO". O ícone de e-mail apareceu. Clicou nele duas vezes, e a tela produziu a interface gráfica familiar de uma caixa de entrada.

Havia uma mensagem lá: Para wwest@cai.org. De sroarke@cai.org.

Abriu-a. Um arquivo de vídeo começou a ser reproduzido, apresentando o diretor Stephen Rourke sentado à mesa de seu escritório, encarando a câmera. A qualidade da imagem era tão boa que o homem parecia estar falando do outro lado de uma janela.

— Saudações, Will. Espero que já esteja recuperado e pronto para outra depois daquela pancada na cabeça. Desculpe não ter podido esperar, mas os médicos me asseguraram que você ficaria bem. E desculpe também ter levado você para a Sala. Essa fica na minha conta: curto-circuito por causa do diretor. Tomara que já esteja se acomodando. Vamos colocar o assunto em dia amanhã. Se tiver alguma coisa que possamos fazer para tornar os seus primeiros dias aqui mais fáceis, é só pedir. Boa noite para você.

O vídeo fechou-se sozinho e a caixa de entrada voltou a tomar conta da tela. Em vez de usar o dedo como cursor, Will experimentou outro método de interação:

— Fechar e-mail — tentou.

A caixa de entrada encolheu e voltou a ser apenas um ícone no rodapé do monitor. *Maneiro.*

— Abrir disco rígido — ordenou.

Um aplicativo chamado arquivo de ficheiros abriu-se. Logo, uma das gavetas do arquivo foi "puxada", mostrando um diretório com as pastas e documentos transferidos do laptop pessoal de Will. O menino examinou-o de cabo a rabo a fim de se certificar de que tudo havia sido passado com segurança.

Podia-se ouvir um ruído vibratório abafado saído de algum canto do quarto. Will rastreou-o até a cama, sob o colchão. O celular de Nando.

— Desligar — disse Will.

O tablet se apagou. Não tinha conseguido identificar uma, mas Will temia que pudesse haver uma câmera de vídeo embutida no dispositivo. Não tinha como saber quem poderia ter acesso remoto ao que ela captasse... Lyle, por exemplo. Will colocou o moletom por sobre a tela só para garantir.

Nº 83: SÓ PORQUE VOCÊ É PARANOICO, NÃO SIGNIFICA QUE REMEDIAR É MELHOR QUE PREVENIR.

O menino retirou o celular do esconderijo e levou-o consigo até o banheiro. Fechou e trancou a porta, depois abriu a torneira antes de atender.

— Oi, Nando — sussurrou.

— E aí, Will — sussurrou Nando em resposta. — Estou parado na sua porta agorinha mesmo.

— Por que você está falando baixo? Dá para alguém ver você?

— Não, estou numa boa, cara. Estou no fim da rua. Mas por que é que *você* está falando assim?

Will pensou por um instante.

— A gente não pode usar telefone no hospital.

— Bom, mas saca só, mano, seu pai pode ter razão. Tem umas coisas muito bizarras acontecendo aqui. Três carros pretos parados bem na frente da sua casa. Modelos idênticos, iguaizinhos em tudo, tipo de tocaia. Os policiais vieram aqui mais cedo também. Com dois carros da região mesmo.

— Há quanto tempo você está aí?

— Tipo uma hora.

— Você não devia estar no trabalho?

— É, mas que se dane, cara, isso aqui é bem mais divertido — exclamou Nando. — Além disso, tenho esse minitelescópio que a minha mulher me deu de presente, sabe? Dá para ver tudinho. Estou aqui só vendo esse pessoal dos sedãs entrar e sair.

— Descreva eles para mim — pediu Will.

— Boinas pretas e casacos também. Parece até o FBI, só que não tem "FBI" escrito em lugar nenhum da roupa deles. Estão colocando várias malas nos carros. Caixas também. Tudo fechado com fita adesiva, como se fosse para mudança.

— Tem quantos desses Boinas Pretas aí?

— Seis. Dois por carro — respondeu o informante. — E não sei quem são, mas são eles que estão no comando da operação toda: estavam até dando ordens para a polícia.

— E você viu mais alguém?

— Uma mulher saiu umas duas vezes. Cabelo preto, mais para alta, bonita. Para ser sincero, da primeira vez que vi a moça, pensei até que podia ser a sua mãe.

O menino sentia-se mal de mentir para Nando, mas não tinha alternativa.

— Não pode ser. Ela está aqui com a gente. Mais alguém?

— Um outro carinha, e *não* é da turma dos Boinas. Cabelo comprido, de óculos, barba castanho-clara. Só vi uma vez, dentro da casa, falando com os tais caras pela janela.

Então o papai ainda está lá. Mas sob que condições?

— Até tirei umas fotos, mas achei melhor não mandar até conseguir falar com você.

— Vou passar meu e-mail para você mandar as fotos. — Will deu-lhe o endereço da nova conta.

— Copiado, chefia. Vou continuar na missão. Está parecendo que eles estão prontos para se mandar.

Nando desligou. Will ouviu uma série de batidas fortes à porta do quarto. Saiu do banheiro.

— Quem é? — perguntou.

— Segurança da casa — respondeu uma voz masculina. — Abre a porta *agora*.

Não era Lyle, mas isso não queria dizer que o monitor não poderia estar lá com sua cambada de valentões completa.

— Um segundo, eu estava no banheiro.

Arrancou o carregador do telefone da tomada e enterrou-o junto com o aparelho sob o colchão. Com o coração batendo acelerado, Will cruzou o quarto e abriu a porta.

Um garoto forte, de cabelos louros cortados bem rente à cabeça, estava parado do lado de fora. Usava um blazer da escola idêntico ao de Lyle, da cor

131

azul, com o emblema da instituição bordado. Do lado esquerdo da cabeça, tinha uma falha no cabelo que lembrava um redemoinho ou a concha de um náutilo. Era uns bons 10 centímetros mais baixo que Will, mas ocupava mais espaço horizontalmente e irradiava intensa energia atlética. Os olhos elétricos de tom azul-gelo perfuraram os de Will.

Segurava à mostra o livreto de regras que Lyle entregara a Will anteriormente.

— Você já está familiarizado com a regra de número 16, dígito seis, parágrafo cinco, subseção nove do Código de Conduta?

— Não, eu...

— Sr. West, desconhecer a lei não é desculpa.

Observando o que se passava, Will pôde ver Elise sentada próxima à lareira circular. Tinha se trocado e usava agora o uniforme atlético, que consistia em uma saia curta, chuteiras pretas e meias longas azuis. Segurava um taco de hóquei de grama, que ficava rodando nas mãos. Will achou que ela parecia, estranhamente, estar se esforçando para não rir.

— Como você escolheu *ignorar* a ordem que o monitor-chefe deu de estudar o Código, deixe eu ler a passagem relevante em questão *para* o senhor: "Os novos alunos não estão autorizados a interrogar os demais estudantes a respeito de suas vidas pessoais por um período de seis semanas..."

O jovem virou-se para olhar Elise, dando a entender que fora ela a prestar a tal queixa idiota contra ele. Will fitou-os, confuso.

— Eu já disse, eu não sabia das regras...

— Essa é, decerto, uma defesa das mais mixurucas, Sr. West. Você tem ideia do tamanho da encrenca que arranjou? Gostaria de saber o que *mais* o senhor desconhece da subseção nove? Por favor, me avise se eu estiver indo rápido demais.

— Não, vá em frente.

O jovem ergueu o livreto e recomeçou a ler:

— Aos recém-chegados é permitido contato apenas para perguntar as horas ou pedir instruções para chegar à sala de aula. Comentários aleatórios sobre preferências musicais? Violação. Blá-blá-blá sobre o time preferido de esporte? Violação. Qualquer menção a saudades do animalzinho de estimação chamado Rosinha ou Peteleco? Violação. E nunca, sob qualquer circunstância, jamais usar, na mesma frase, as palavras "totalmente", "irado" e "à vera". A menos que esteja se referindo a mim.

Elise contorcia-se de tanto rir, sacudindo-se toda. O garoto louro também caiu na gargalhada e cambaleou até uma cadeira próxima.

— Ah, cara, você é impagável.

— Zoando com a minha cara — concluiu Will. — Maneiro.
— Rosinha ou Peteleco! — repetiu Elise, dando risadas altas e agudas logo depois.
— Então, você é Nick — disse Will.
— Isso foi tão louco! — exclamou Nick. — Simpatizei com você, cara. — Virou-se e, equilibrando-se nos braços da cadeira, ficou de ponta-cabeça, mantendo-a assim, perfeitamente reto e esticado. — Nick McLeish. Espero que a brincadeirinha não signifique que a gente não vai ser amigo. — Deu um salto sobre o encosto da cadeira, e aterrissou com suavidade, encaminhando-se até Will para cumprimentá-lo com um aperto de mão. — Brooke me contou que você bateu de frente com Lyle-Lilo-Crocodilo, o Ogro de Greenwood Hall. Não consegui me segurar. E foi Elise quem me deu força.
— Isso é uma mentira deslavada — defendeu-se Elise, parando de gargalhar repentinamente.
— Eu estou legal — disse o novato. — Sem crime, sem castigo.
— Uau, você está levando tudo tão na esportiva! Tiro meu chapéu, estou impressionado, à vera. Você não está, não, Leesy?
— Não deixa o charme do Nick levar você na conversinha — advertiu Elise.
— Ela acha que sou um charme — gabou-se Nick, oferecendo um sorriso largo e, Will tinha que admitir, extraordinariamente charmoso.
— Eles mandavam queimar bruxas por bem menos — disse ela.
— Ei, todo mundo aqui sabe muito bem quem é a *bruxa*, certinho? E, falando sério, cara, eu não ia ser gente fina assim nem a pau se você tivesse aprontado essa para cima de mim.
— Eu nunca ia aprontar uma dessas para cima de você — afirmou o novato.
— É. Nem eu achei que você fosse — disse Nick, examinando-o. — Você é um cara de honra e caráter. Não sei se vai se encaixar muito bem aqui, mas a gente tem a cabeça aberta. De onde você é?
— Do sul da Califórnia.
— Conta outra! É sério? Ouviu essa, Elise? 90210. Hollywood. Cidade do surfe, EUA, dos Lakers e dos fãs dos esportes...
— Continua — interveio Elise. — Você deixou passar mais alguns clichês.
— Você é de Boston? — indagou Will.
— Na trave: sou de New Hampshire.
— Fã dos Celtics — concluiu Will. — Sabia. Foi mal, Nick, mas a gente não pode mesmo ser amigo.
— É bom você retirar isso agora. Você sabe que o verde vivo das nossas faixas de campeões é a kryptonita para os poderes ralé desse seu pessoal da costa...

Will voltou-se para Elise.

— Você também é fã dos Celtics?

— Não zoa, irmão — exclamou Nick. — Ela é de Seattle. Como se eles tivessem chegado a *sentir o cheiro* de um título em qualquer coisa fora *depressão crônica*.

— O termo correto — começou a menina — é depressão sazonal ou depressão...

— Invernal — completou Will.

— Infernal mesmo — disse Nick. — Cara, deixa eu ensinar a você como é a vida aqui no apartamento. A nossa megera da casa aqui, a Srta. Elise Moreau, está no comando de tudo. — Ele caminhou até ela, que balançava a cabeça em discordância enquanto amarrava os tênis, e massageou seus ombros.

— A cada cinco minutos que você gasta ouvindo o que ele diz — falou Elise, suspirando —, você perde um neurônio.

— Elise, mostre para ele como você é, garota — pediu Nick.

— Não.

— Ah, vamos lá! Sabe que só vou conseguir estragar tudo...

— Nick, "não" é uma frase completa — retorquiu ela.

— Verdade — concordou. — Elise é uma cigana vidente maluca. Ela tem esse poder mental ninja assustador. Quando ela se concentra em você e olha dentro da sua alma, você não tem para onde correr, não tem onde se esconder, não tem como lutar contra.

Will não podia imaginar por que alguém poderia *querer* lutar contra. A menina o fitou, alerta, como se tivesse ouvido os pensamentos dele. O adolescente estremeceu e desviou o olhar.

— E, cara, pense só como não deve ser para *ela?* Saber que tem todo esse poder de ver os segredos mais obscuros e enterrados que as pessoas não admitem nem para elas mesmas?

Será que é por isso que Brooke pensa que Elise e eu temos alguma coisa em comum?

Com um movimento preciso, Elise acertou o queixo de Nick com o taco de hóquei.

— Ai! Foi isso mesmo que eu falei? Não, o que eu *quis dizer* é que ela é inofensiva que nem uma líder de torcida que tem a Hello Kitty de papel de parede no computador...

— Por favor, madame, eu gostaria de pedir mais um — disse ela, balançando o taco novamente.

Nick tratou de sair de sua área de alcance. Ela virou-se para Will, que evitou os grandes olhos verdes. Naquele instante, nenhuma outra alma no mundo guardava tantos segredos quanto a do menino. Também percebeu que, se estava em busca de respostas *práticas*, ele estivera perdendo tempo falando com a pessoa errada.

— Então, eu tenho mesmo que ler o tal Código de Conduta de Lyle? — perguntou.

— Tem, sim — respondeu Elise.

— Ah, não, *sério*? — indagou Nick.

— Não dá uma de engraçadinho, Nick. Só porque *você* nunca leu. O conhecimento é uma arma poderosa.

Nick afundou-se no sofá, massageou o queixo e começou a folhear o livreto.

— Ela deve estar certa, cara. — Suspirou pesadamente. — É só que, toda vez que tento ler essa porcaria, eu... — Nick fechou os olhos, deixou-se cair para trás e roncou teatralmente.

A menina balançou novamente a cabeça e seguiu rumo à porta, sempre girando o taco nas mãos. Voltou-se para Will para dizer enfaticamente:

— Leia. Você recebeu seu tablet?

Deus do céu, os olhos dela são enervantes.

— Acabei de vê-lo na minha mesa.

— Já viu o tutorial?

— Não, ainda não...

— Veja.

— Be-lê — respondeu o novato.

Elise saiu. Nick continuou deitado de bruços no sofá, fingindo dormir.

— Eu vou acabar de... Arrumar as minhas coisas — disse Will.

Sem abrir os olhos, o outro menino arremessou sua cópia do Código para o outro lado da sala, como se fosse um *frisbee*. Caiu certinho dentro da lareira, onde começou a arder e queimar. Nick acenou para Will de olhos ainda fechados, cruzou os braços e se acomodou para tirar um cochilo de verdade.

Will trancou a porta de seu quarto e retirou o casaco de cima do tablet. O ícone da caixa de e-mail piscava e havia uma pergunta logo abaixo dele: GOSTARIA DE ADICIONAR "NANDO" AOS SEUS CONTATOS DE E-MAIL EXTERNOS?

— Sim. Abrir e-mail.

VOCÊ JÁ PODE MANDAR E RECEBER E-MAILS DESSE ENDEREÇO.

A mensagem de Nando foi aberta. "Só para você ficar sabendo. Que nem eu prometi."

Três fotografias foram baixadas, uma após a outra. Will examinava cada uma com cuidado assim que chegavam. A primeira fora tirada do carro do amigo enquanto ele passava: três automóveis pretos em frente à casa. A segunda mostra três homens de boinas pretas carregando caixas para dentro do porta-malas do primeiro carro. Na terceira, estava Belinda, falando com um deles na frente de casa. O homem havia tirado a boina. Era calvo.

Instintivamente, Will tentou uma coisa diferente:

— Mais zoom — pediu.

O aparelho ampliou a foto até que ele pudesse ver Belinda mais claramente. Não havia mudado fisicamente, mas se parecia menos com sua mãe naquela imagem. Como uma atriz já pronta, com figurino e maquiagem, mas, fora da cena, ela não estava *interpretando* a mãe.

Uma campainha saiu do dispositivo. Surgiu na tela uma nova mensagem de Nando. Um SMS: "Boinas se preparando para zarpar... Estou de olho..."

Uma nova batida à porta.

— Fechar todos os arquivos — disse Will.

O tablet voltou imediatamente à tela de boas-vindas, com a insígnia da escola (anjo, cavalo, cavaleiro) flutuando pelo negrume cintilante. A mesma mensagem que vira anteriormente surgiu: GOSTARIA DE COMEÇAR O TUTORIAL AGORA (RECOMENDADO) SIM/NÃO.

— Agora, não — respondeu.

COMO QUISER, WILL. A tela voltou a ficar escura.

O menino nunca tivera um animal de estimação, mas aquele novo computador lhe dava uma sensação muito estranha. O aparelho parecia estar — ele não sabia como expressar de outra maneira — *feliz* por obedecer aos seus comandos. Como um cachorrinho.

Will encaminhou-se à porta. O pequeno Ajay esperava lá fora, vestindo o blazer azul da instituição, cheio de pose e formalidades.

— Will, chegamos à decisão de que você irá se juntar a nós para jantar — disse, com voz grave. — E receio que não tenha escolha.

O MENINO MORTO

Além da lanchonete e da praça de alimentação, havia ainda quatro outros restaurantes no campus, inclusive um salão de jantar formal e um restaurante de grelhados: o primeiro exigia que se fizessem reservas e se usasse terno e gravata, pois era direcionado para receber os pais visitantes ou para reuniões com representantes das faculdades; o segundo encontrava-se no ginásio de esportes e recebia os jogadores para as refeições anteriores ou posteriores aos jogos e treinos. O refeitório, de longe o maior estabelecimento, ocupava a maior porção do térreo de um prédio perto do centro estudantil e oferecia um eterno bufê das 6 às 24 horas, a semana toda. O quarto restaurante, aonde os companheiros de alojamento levariam Will para seu primeiro jantar no Centro, chamava-se Rathskeller.

Ultrapassada uma escadaria feita de pedra e já bem gasta pelo tempo, o restaurante ficava no porão de Royster Hall, a construção mais antiga do campus. Acima da porta, balançava uma placa de madeira, com gravações em fonte gótica da era do Pinóquio: RATHSKELLER — DESDE 1915.

Lá dentro havia uma adega surpreendentemente acolhedora e intimista, dividida por arcos em tijolo, com lareiras nos dois extremos. O salão era repleto de mesas longas e bancos em madeira escura. Havia serragem pelo chão e lampiões de bronze nas mesas, iluminados com falsas velas bruxuleantes. Decoravam as paredes partes de barris de bebida ornados com as insígnias de antigas cervejarias de Milwaukee. Os colegas de Will lhe explicaram que, na época em que o Centro fora aberto, o Rathskeller tinha sido a sala dos professores, um templo gastronômico dedicado à culinária germânica que predominava em Wisconsin.

Os únicos cardápios à disposição eram grandes quadros-negros retangulares fixos às paredes, logo acima das lareiras. Escritas a giz, constavam palavras estranhas como *Kielbasa, Sauerbraten, Spätzle mit Schweinshaxe, Weisswurst, Bratkartoffeln, Hasenpfeffer* e *Spargelzeit*.

Os outros se encarregaram de fazer o pedido pelo novato, que manteve a boca fechada enquanto observava os novos companheiros interagirem entre si. Inteligente e ágil, Ajay dirigia a conversação e garantia que os assuntos continuassem amenos. Nick lançava piadas aqui e acolá como se fossem balões cheios d'água, sabotando quaisquer tópicos que pudessem se tornar sérios demais. Elise mantinha a compostura, mas volta e meia juntava-se a Nick para dar alfinetadas brincalhonas nos demais presentes, e também em qualquer um de fora que surgisse como tema na conversa, de maneira *não tão* brincalhona assim. Ambos haviam se especializado em desestabilizar as pessoas. Will não sabia dizer se era a maneira que encontraram de esconder sua vulnerabilidade, ou se aquele jeito de ser um pouco maldoso era mesmo do caráter deles.

Com isso, restava a Brooke o cargo de adulta, tentando restituir a polidez e a sociabilidade quando os demais passavam dos limites. O que acontecia com frequência, até pelo puro prazer que tinham de fazer Brooke os emendar, na falta de motivos melhores.

A comida chegou, servida por duas senhoras gorduchas e animadas, de uniformes inspirados nos trajes da Baviera, e a surpresa foi grande para Will. A refeição prometia ser fantástica. Os pratos estavam repletos de pilhas de cinco tipos de salsicha cobertas por chucrute. Havia uma tigela gigantesca de salada de batata, cremosa e perfeita como complemento para a carne. Não faltaram os picles, ácidos e crocantes, e vidrinhos com diferentes tipos de mostarda que davam um significado totalmente novo e refinado ao condimento; uma delas parecia veludo, a outra era ácida e salpicada de especiarias, uma terceira era doce feito mel, mas queimava como uma explosão de fogo dentro das narinas de Will. Para facilitar a ingestão de tudo aquilo, havia jarras de sidra de maçã bem gelada e gasosa, que foi devidamente bebida em grandes canecas saídas do freezer.

Ajay comentou a respeito do desânimo do novato frente à regra proibindo mensagens de texto, e todos concordaram, contando como havia sido difícil para eles se adaptarem no começo. Bem, quase todos.

— Eu nunca fui muito de mandar mensagens — declarou Nick.

— E como podia ser, né? — espezinhou Elise. — É necessário saber soletrar primeiro.

— Vão nessa, podem rir, nerdzinhos — retrucou ele. — Logo mais, no futuro, não vai nem *existir* mensagem de texto. E sei disso porque estou desenvolvendo a ideia mais irada e incrível de projeto de rede social já imaginada.

— Desenvolva, por caridade — pediu Ajay.

Nick baixou o tom de voz e fez sinal para que se aproximassem.

— Vou pegar as melhores coisas do YouTube, Twitter e Facebook e juntar tudo em um serviço totalmente novo chamado... You*Twit*-face.

Riram tanto que Ajay chegou a expelir sidra pelo nariz, o que fez com que gargalhassem ainda mais.

— Posso propor uma rodada de brindes? — indagou o menino, erguendo a caneca. — Ao nosso novo companheiro: Que os ventos da fortuna guiem você, Will. Que você navegue por águas tranquilas. E que seja sempre a pessoa ao seu lado quem diga: "Essa é por minha conta."

Riram novamente, e Brooke ergueu sua caneca, enquanto dizia:

— Will, que sua vida seja repleta de toda felicidade e sorte que existir no mundo. E que você ache um pote de ouro no fim de todos os seus arcos-íris.

Aplaudiram-na. Nick levantou-se com a caneca em riste.

— Saúde e vida longa para você, cara — disse. — Seja sempre feliz e bem alimentado... E que você já esteja no céu há meia hora quando o diabo ficar sabendo que você morreu!

Mais risadas. Era a vez de Elise, mas ela não se levantou, tampouco ergueu a caneca ou sequer olhou para Will. Passou o dedo indicador em volta da borda do recipiente até uma nota misteriosa e penetrante ser emitida e tomar o cômodo. Com o som suspenso no ar, a menina mexeu os olhos para encontrar os de Will, com intensidade tal capaz de atravessá-lo com igual facilidade à do tom. Os olhos verdes hipnotizantes venciam sem dificuldade as defesas dele.

— Nunca se esqueça de se lembrar — falou ela, pouco mais alto que um sussurro — das coisas que fazem feliz. E sempre se lembre de esquecer... As coisas que o deixam triste.

Will desviou o olhar. *Ela olhou direto dentro de mim. Eu senti. Nick não estava exagerando: ela tem algum tipo de habilidade de feiticeira para ver as coisas.*

O clima alegre da mesa voou pelos ares.

— Mas meu Deus do céu, mulher — reclamou Ajay. — Você tem mesmo que transformar toda ocasião alegre em um filme de lobisomem? Aproveite para avisar sobre a lua cheia, então.

Riram do comentário, mas Elise continuava séria como se estivesse em um funeral. Tentando dissipar uma sombra, pensou Will. Algo que havia visto, sentido ou lembrado a perturbara. O menino deixou que sua intuição perseguisse a ideia, mas topou com um muro. Não conseguia decifrá-la.

— Alô — disse Nick, simulando estar atendendo a uma ligação. — Linha de Apoio Telefônico Contra o Suicídio, pode esperar um instante, por favor?

Brooke lançou um olhar a Nick: *Não é por aí.* Ele protestou, mas logo entendeu e deu uma tapa na própria cabeça. Estavam todos com ar deprimido. Ninguém se atrevia a olhar Will nos olhos.

— Certo, o que significa isso tudo? — perguntou ele.
— Isso tudo o quê? — replicou Nick.
— Nick, você é um péssimo mentiroso. Estou falando disso aí que vocês quase mencionaram que acabou com todo o clima.
— Não é nada com você — explicou Brooke.
— Então, por que não me contam?
— Porque, bom, obviamente — interveio Ajay —, nós preferimos não falar a respeito, amigão.

Pareciam estar todos esperando por uma decisão da parte de Brooke. Pouco depois, ela declarou, toda factual:
— A gente tinha outro colega de apartamento no ano passado. E ele morreu.
Will precisou de um tempo para a informação assentar.

Nº 10: NUNCA REAJA COM IMPULSIVIDADE A UMA SITUAÇÃO QUE O PEGUE DE SURPRESA. *RESPONDA* COM RAZOABILIDADE.

Elise virou o rosto pálido para longe. Foi *aquilo* que a tinha entristecido.
— Aqui na escola? — indagou o menino.
— Não — respondeu Brooke. — Nas férias. Ele não estava aqui.
— *Ninguém* estava aqui — emendou Nick.
— E, antes disso acontecer, ele morava no meu quarto? — perguntou Will, já sabendo a resposta.
— É — confirmou Brooke. — E, como já falei, não tem mesmo nada a ver com você.
— Não teve nada a ver com nenhum de nós — afirmou Ajay.
— E o que aconteceu com ele?
— Aí é que está... — começou Nick.
— O quê? — insistiu Will.
— Ninguém sabe — interveio Elise. — Peça a conta, Nick. Vamos embora agora.
Elise sabia como pôr um ponto final às conversas.

Voltaram a pé para Greenwood Hall, consideravelmente menos animados do que na ida. Chegando ao apartamento, levaram apenas segundos desejando boa noite a Will antes de debandarem cada um para seus respectivos quartos. O novato serviu-se de um copo d'água e permaneceu na sala. Em uma estante próxima à lareira, identificou o anuário do ano anterior do Centro. Levou-o consigo para o quarto, onde se trancou. Sozinho novamente, agora pelo restante da noite.

No quarto do menino morto.

O cômodo ficara desocupado até estarem certos de que o garoto não voltaria. Teriam trocado a mobília? Será que o menino dormira naquele mesmo colchão? Usara aquele telefone preto? Teria ele sentado naquela mesma cadeira, trabalhado e estudado em sua mesa? Will empurrou a escrivaninha, deslocando-a para a direita. O piso de madeira sob as pernas dianteiras da mesa tinham um tom mais escuro. Era provavelmente a mesma mesa que o falecido havia usado.

O nome dele era Ronnie Murso. Will conseguira arrancar aquela informação de Ajay antes de se separarem. Todos os cinco, Brooke, Ajay, Nick, Elise e Ronnie, tinham passado seu primeiro ano na residência de Greenwood Hall, no apartamento 4-3. Fora um ano cheio e importante, o primeiro longe de casa, repleto de estresse e agitação. Will abriu o anuário na seção dos calouros. Encontrou as fotos de todos os colegas, os rostos sorridentes e distraídos de praxe. À exceção de Elise, que encarava a câmera com a ousadia de quem sugeria ter conhecimento de todos os segredos do fotógrafo.

Em seguida, viu Ronnie Murso. Tinha um rosto longo e estreito, maxilar delicado e cabelos lisos e louro-claros como palha. O sorriso nos lábios finos parecia tenso e um pouco forçado. Tinha olhos castanhos que traíam inteligência e uma ponta de vulnerabilidade. Parecia um menino sensível, claramente tímido. Um geek sentimentaloide, provavelmente, e um pouco magricela. Abaixo de cada foto constava um pequeno bloco de texto. Uma espécie de avaliação pessoal. A de Ronnie dizia:

> Abrace os paradoxos. Procure por padrões.
> Beethoven tem a chave, mas não sabe ainda.
> Escondendo-se dentro de sua Shangri-La, você pode acabar
> encontrando os Portões do Inferno.

Estranho. Era a segundo menção a Shangri-La desde que saíra de casa. E, espere um pouco, o pai também usara aquela mesma expressão em sua última mensagem: "os portões do inferno". A respeito do conselho de Ronnie: quantas alusões feitas em um curto período de tempo constituíam um padrão?

Nº 26: UMA OCORRÊNCIA É UMA ANOMALIA. DUAS, UMA COINCIDÊNCIA. TRÊS SÃO UM PADRÃO. E, COMO SABEMOS...

Coincidências não existem.

O colchão vibrou, sobressaltando-o. O celular. Will retirou-o do esconderijo, dirigiu-se ao banheiro e trancou a porta.

— Eles estão no Aeroporto de Oxnard, irmão — informou Nando, quando Will atendeu. — Vieram direto da sua casa para cá. Estacionaram na pista de pouso mesmo. Agora estão colocando tudo que pegaram lá na sua casa dentro de um jatinho particular.

— Onde você está? — quis saber o menino.

— Parado do outro lado da rua, olhando tudo atrás da grade. É um bimotor... Parece que tem espaço para umas sete ou oito pessoas.

— Dá para ver o número de registro na cauda dele?

Instantes depois, Nando veio com a resposta:

— N-quatro-nove-sete-T-F.

— Quem está no avião?

— A moça e o cara de barba...

Meus pais.

— E o carequinha acabou de entrar também. Já estão colocando as escadas para dentro. Os outros Boinas estão nos carros. Todo mundo indo embora, que nem uma coreografia.

— Não deixe eles verem você — advertiu Will.

— Não vão ver, irmão. É como se o táxi fosse invisível, ainda mais perto de aeroporto. O avião já está se movendo, pronto para zarpar. Quer que eu continue seguindo os Boinas?

— Não posso pedir isso a você, Nando...

— Cai na real, cara. Eu posso levar e trazer patricinhas, playboys e os filhinhos insuportáveis deles para o aeroporto todo dia. Está brincando comigo? Qualquer marmanjo no mundo ia dar uma perna para ter um dia cheio de adrenalina que nem o de hoje.

— Não tenho nem como agradecer.

— É só dar um abração no seu velho, cara. A gente está numa boa. Ih, os Boinas estão vindo. Preciso me mandar. Até.

Will telefonou para o número de informações para procurar saber quais eram as companhias aéreas que ofereciam voos não comerciais saindo do aeroporto de Oxnard. Na terceira ligação, encontrou uma empresa em cujos registros constava o número que Nando lhe dera. A funcionária que atendeu o menino disse que o avião em questão era da própria companhia: um jato bimotor Bombardier Challenger 600.

Nº 34: AJA COMO SE ESTIVESSE NO COMANDO, E AS PESSOAS VÃO ACREDITAR EM VOCÊ.

Will alterou a voz para aquele tom institucional e seco que os funcionários públicos costumam usar quando querem que os civis entendam que estão falando sério.

— Aqui quem fala é o xerife Johnson, do condado de Ventura — mentiu Will. — Temos razões para acreditar que há suspeitos envolvidos em uma investigação oficial no jato em questão. A senhora teria uma lista de passageiros?

— Não, senhor. — A mulher parecia muito disposta a cooperar.

— O voo foi negociado por um tal de Sr. ou Sra. West? — Ouviu papéis sendo folheados.

— Foi, sim. Foi o Sr. West quem pagou. Com um cartão de crédito.

Os pais dele não tinham cartões de crédito. Sempre que faziam qualquer tipo de compras, pagavam com cheque ou dinheiro vivo.

— Era esse o *nome* no cartão? — indagou.

— Era. Jordan West.

— E qual é o destino deles, minha senhora?

— Estão indo para Phoenix. A previsão de retorno é amanhã.

Phoenix. Isso queria dizer que a estratégia que usara para despistá-los tinha funcionado. Com um pouco de sorte, iriam caçá-lo pelas bandas do México também.

— E qual foi o valor total pago pelo voo?

— A ida daqui para Phoenix mais a volta dá o total de 12.720 dólares.

Aquela resposta eliminava qualquer dúvida que pudesse restar: seus pais não podiam ter pagado pelo aluguel do avião, pois penavam com as contas todos os meses. Simplesmente não tinham aquela quantia disponível. O menino agradeceu à funcionária e disse que ligaria de volta caso tivesse mais perguntas a fazer.

Retornou ao quarto. Sua visão começou a ficar um pouco embaçada, o peso dos dois dias mais estressantes de sua vida forçando-o para baixo. A cabeça e meia dúzia de outras partes de seu corpo doíam sem que ele estivesse totalmente consciente da dor. Foi para a cama. O colchão era firme, mas maleável; o travesseiro, macio e geladinho.

Will olhou a fotografia dos pais sobre o criado-mudo, depois, pegou o caderno de regras de Jordan e começou a examiná-las. Algumas haviam sido passadas para o papel pelo próprio Will, mas a maioria estava escrita com a letra do pai, da maneira como as havia compilado ao longo dos anos. Na última página, Will notou uma que nunca vira antes, manuscrita pelo pai, sem numeração. Devia ter sido colocada ali recentemente.

ABRA TODAS AS PORTAS E DESPERTE.

Por que será que aquilo lhe soava familiar? Tentou estabelecer alguma ligação, mas seus olhos fecharam-se e ele adormeceu com o caderno sobre o peito.

Enquanto subia pelas paredes de Greenwood Hall, o inseto jamais alterou direção ou velocidade. Logo após Will ter sido vencido pelo sono, uma criatura do tamanho de uma barata espremeu-se para passar pelo vão da porta do quarto do menino. Achatado e cascudo como um besouro, era recoberto por grossos pelos negros. Um número exorbitante de olhos saía da cabeça do bicho. O inseto arrastou-se pelo quarto, subiu o pé da mesa e foi parar sobre o tablet de Will. Os membros dianteiros tatearam pelas laterais do dispositivo até fazerem uma porta de entrada no maciço metal escuro se abrir. A criatura comprimiu-se para entrar por ali e desapareceu.

Momentos depois, o aparelho ligou sozinho. Suportes traseiros desdobraram-se dele e levantaram lentamente o tablet. A luminosa tela preta voltou à vida, cintilando. Os suportes iam crescendo lenta e quase imperceptivelmente, até atingirem altura suficiente para fazer a máquina encarar verticalmente a cama.

E ela ficou ali, vigiando Will dormir.

Não havia dúvida de que ele era mesmo o menino que eu vira no sonho. Reconheci-o imediatamente. Será que ele me reconheceu? Não sabia dizer. Mas eu sabia que ele tinha segredos, talvez até mais do que eu.

Ele começaria a fazer perguntas logo, logo. Não tinha como saber no que isso ia dar. Mas de uma coisa eu estava certa: perguntas poderiam ser ainda mais perigosas do que segredos.

ALUNOS-CIDADÃOS

O telefone preto à moda antiga sobre a escrivaninha de Will tocou com um trinado melodioso, porém insistente. O menino cambaleou da cama até ele.
— Alô? — balbuciou.
— Bom dia, Sr. West. São 7 horas da manhã de quinta-feira, dia 9 de novembro. Seja bem-vindo ao seu primeiro dia de atividades no Centro.
Quem falava tinha uma voz feminina, agradável, animada e bem-disposta. Tinha o sotaque do norte da região Centro-Oeste do país, com suas vogais comprimidas e enfatizadas.
— Valeu — respondeu o menino. — Quem é?
Tentou levar o telefone até a cama, mas o fio grosso não tinha extensão suficiente e não cedia quando tentava puxá-lo.
— A Dra. Robbins pediu para ligarmos hoje para acordá-lo. E para lembrar, Sr. West, da reunião com ela às 9 horas em ponto...
— Eu sei, eu sei...
— ... Em Nordby Hall. É o prédio principal da administração. Sala 241. Quer que eu lhe ensine a chegar, ou, quem sabe, envie um mapa?
— Não, valeu, sei onde fica.
— Que bom! O dia está lindo. Com o sol brilhando, uma brisa suave, e a temperatura é de 3º Celsius.
— Uau. Uma verdadeira onda de calor.
— Ah, é, pode apostar. Está *bem* melhor. Mas frio molda o caráter das pessoas, sabe, então, é bom você tratar de sair logo e aproveitar.
— Como é que você se chama? — indagou novamente.
— Sou só uma telefonista, Sr. West. Você já está bem acordado, né? Essa coisa de fuso horário pode ser bem difícil...
— Eu juro, estou bem acordado.
— Bom, bom, bom. Já estão servindo o café da manhã na cafeteria, se você quiser comer alguma coisa antes da reunião. Tenha um ótimo dia, Sr. West.

A funcionária, quem quer que fosse, desligou. Will ficou ouvindo algo parecido com música de elevador. Pôs o telefone no gancho e olhou-o com atenção pela primeira vez. Levantou o aparelho: era desnecessariamente pesado para o que era, tinha pelo menos uns 900 gramas. O menino também não conseguiu identificar nele partes separáveis ou parafusos, como se tivesse sido construído de um bloco maciço de algum material. Não tinha números para discar. Apenas um grande e solitário botão ao centro: esmaltado, branco e brilhante, com um "C" maiúsculo estampado.

Pegou o fone novamente e pressionou o tal botão. Instantaneamente, uma telefonista respondeu:

— Bom dia, Sr. West. Em que posso ajudá-lo?

Se não era a mesma mulher de antes, era alguém que soava exatamente como ela. Will desligou sem falar nada. Tomou uma ducha rápida e vestiu o novo uniforme escolar: camisa polo azul de mangas compridas, calças sociais cinza e botas de inverno. Prendeu o *pager* preto no cinto e colocou os óculos escuros que recebera de Dave no bolso, indo olhar-se em seguida no grande espelho fixo à porta do armário. Um arrepio de estranhamento percorreu seu corpo: estava idêntico àqueles garotos do folheto da escola.

Este sou eu agora. Um aluno do Centro.

— É bom estar vivo — falou baixinho.

Ajay já estava na sala quando Will saiu do quarto e convidou-o para tomar café. Saíram juntos. A telefonista estava certa: o frio não estava nem perto de ser tão rigoroso quanto no dia anterior. Foram necessários três minutos inteiros para que Will sentisse que seu rosto e crânio tinham congelado totalmente.

— Qual é a das moças no telefone? — perguntou o novato.

— As telefonistas? — Os olhos de Ajay se alargaram. — Ah, elas são muito misteriosas.

— Como assim?

— Ninguém sabe quem são, nem onde trabalham. Elas estão sempre lá, de prontidão, quando você pega o telefone, mas ninguém chegou a *ver* essas mulheres. E elas nunca revelam como se chamam.

— Mas elas têm que estar em algum lugar aqui no campus. Ela com certeza tinha o *sotaque* daqui da região.

— Eu sei — respondeu Ajay. — Elas falam igual àquela tia que todo mundo tem e adora. Quase dá para sentir o cheiro de torta de maçã assando no forno especialmente para você.

Entraram no refeitório. Era tão grande quanto uma loja de departamentos, fervilhando com adolescentes que pareciam inacreditavelmente mais alertas e cheios de energia que quaisquer outros que Will já tivesse visto de manhã assim tão cedo.

Vai ver é o café. Posicionaram-se em uma das duas filas ao redor de um gigantesco bufê onde figurava uma quantidade embasbacante de opções de comida. Os colegas de alojamento encheram os pratos e sentaram-se a uma mesa de canto. Will considerava-se bom de garfo, mas teve que repensar seus conceitos ao ver Ajay, por duas vezes, engolir comida suficiente para alimentar um atleta de quase 100 quilos. De grama em grama, o menino franzino comia como se estivesse em uma competição de pesos-pesados.

— Olha só para isso tudo — comentou Will. — Estudar aqui deve custar uma pequena fortuna.

— Pelo que me disseram, custa uma *grande* fortuna, mas não posso dizer com certeza. Tenho bolsa integral.

— Você também?

— Eu falei pra você, homem — respondeu Ajay. — Nós somos espíritos afins.

— Como foi que eles acharam você?

— Uma prova que fiz na minha antiga escola, no oitavo ano. A Dra. Robbins apareceu dois meses depois. Às 16h15 da tarde de uma quarta-feira, dia 4 de fevereiro de 2009, mais precisamente. E é isso.

— Alguma coisa específica em você deixou eles interessados? — indagou o novato.

— Não naquele momento. Mas, depois, eles começaram a ficar interessados em uma habilidade minha. — Ajay olhou furtivamente a sua volta. — Você quer saber o quê?

— Pode ser.

— Eu tenho uma visão fora do comum de tão aguçada — respondeu, baixando o volume de voz. — Pela tabela de Snellen, o padrão de normalidade da acuidade visual é 20/20. O que quer dizer que as pessoas normalmente têm uma boa visão do que está a 20 pés, ou 6 metros, de distância delas. Um piloto de caça top de linha tem uma média de 20/12, ou seja: a 6 metros, eles veem tudo o que os outros só veem a 3 metros, ou 12 pés. A minha média, pelo que eles acham, é de 20/6, 6 por 1,80 metro.

— Cara, você é tipo uma águia.

—Dizem que uma águia tem visão 20/4, mas ninguém nunca conseguiu convencer uma delas a fazer o teste. E isso não é de família, não. Meus pais usam óculos, e sem os dele, meu pai é cego que nem morcego. — Ajay hesitou. — E não é só isso.

Will esperou, paciente.

— Eu ainda tenho uma *segunda* habilidade — segredou —, mas você vai ter que me *prometer* que não vai contar a ninguém.

— Claro.

Ajay curvou-se mais para perto e sussurrou:

— Há poucos anos, percebi que tenho, literalmente, memória fotográfica. Eu consigo me lembrar de tudo que vejo.

— Duvido.

— Essa é a reação de todo mundo. Me dá esse jornal ali.

Will entregou-lhe a edição do jornal do colégio, o *Cavaleiro Cotidiano*, que fora deixada para trás sobre a mesa ao lado. O outro menino deu uma rápida olhada nas notícias e devolveu o periódico ao companheiro. Em seguida, enquanto Will ia lendo o conteúdo, o menino recitou a página inteira, palavra por palavra, sem uma pausa.

— Você pode ter decorado tudo isso mais cedo — retrucou Will, desconfiado.

— Eu podia ter decorado, sim. Mas não decorei.

— Então, você vê tudo — concluiu o novato —, e ainda por cima se lembra de tudo também.

— E isso eu nunca contei a eles — disse Ajay, voltando a ficar com a postura ereta na cadeira. — Consigo me lembrar de *tudo que já aconteceu comigo*.

— Sério? Mas sempre foi assim?

— Acho que sim, só que nunca tinha pensado nisso como se fosse uma coisa extraordinária. Até eu perceber — batucou na própria cabeça —, que está tudo bem aqui, organizado e arquivado por dia, hora e ocasião, como se fosse um disco rígido.

Will perguntou com cautela:

— E por que você não quer que ninguém fique sabendo disso?

— Receio que, se vier à tona, os outros alunos vão me infernizar pedindo ajuda para estudar. Ou para colar. Ou então que a escola comece a querer fazer testes e exames em mim. Pode ser pura paranoia, mas prefiro manter segredo.

— Sei bem como é.

— Mas por quê? O que os levou até você?

— A mesma prova. — Will hesitou também. — Eu tive um resultado... Fora do comum.

— Então nós temos isso em comum também.

Will ficou imaginando se aquele seria o caso de todos os seus companheiros de apartamento (certamente não era o caso de *Nick*), e seus pensamentos vagaram novamente em direção ao que ficara sabendo na noite anterior.

— O que Ronnie Murso tinha de especial?

— Tudo — respondeu Ajay. — Ele distinguia-se dentre os mais distintos. O jovem mais inteligente que já conheci. Programava jogos de computador aos sete anos. Ele passou a maior parte do ano passado nos laboratórios, trabalhando em algum projeto de peso que ele nunca falou do que se tratava.

— Por que não?

— Acho que tinha esperança de vender aquilo. Os alunos podem patentear qualquer coisa que desenvolverem aqui, e alguns já conseguiram montanhas de dinheiro. Tenho para mim que Ronnie temia que alguém pudesse roubar a ideia.

— Era um jogo?

— Não sei. Sou um cara que curte hardware. É só me dar uma caixa de ferramentas e um balde cheio de parafusos que saio por aí mexendo, desmontando e consertando tudo. O Ronnie era um sonhador, um sujeito que pensava grande. Um visionário, de fato. O que só torna ainda mais doloroso ele não estar aqui.

Olhando em volta, Will notou Brooke sentada a uma mesa do lado oposto de onde ele e Ajay estavam, em frente ao mesmo garoto babaca e cheio de si que ele havia espantado no dia anterior, Todd Hodak. A menina parecia tensa e, na opinião de Will, infeliz. *Esse tal de Todd está pressionando ela.*

— Will, pode me chamar de maluco, mas eu sinto uma energia ótima vinda de você — comentou Ajay, dando seu típico sorriso largo e radiante. — Você me parece sólido como aço. Não é para qualquer um que falo isso, mas sei que posso confiar em você.

Will não estava acostumado a conversas tão francas. Nem mesmo com aqueles que conhecia havia muito mais tempo que Ajay. Gostava bastante do menino, mas nunca tivera um amigo próximo antes. Queria poder dizer "também confio em você", e até sentia que era verdade, mas sua mente estava tão presa a seu passado de cuidados, que sequer sabia como começar.

Antes que pudesse dizer qualquer coisa, uma expressão estranha cruzou o rosto de Ajay. Como se tivesse acabado de receber uma *ordem*. Levantou-se bruscamente, virou-se e topou direto com alguém.

Lyle Ogilvy caminhara até onde a dupla estava e postara-se atrás de Ajay sem fazer ruído. Quando o menino o atingiu, a bandeja que segurava tombou e os restos da refeição de Ajay espalharam-se pelo chão. Um pedaço parcialmente comido de waffle sobre o sapato social de Lyle. Xarope de bordo escorreu pelos cadarços.

— Mil perdões — gaguejou Ajay, empalidecendo.

— É bom pedir mesmo — respondeu Lyle calmamente e sem se mover. — Limpe isso. Agora.

— É claro, Lyle, agora mesmo.

O espaço foi tomado pelo silêncio. Nervoso, Ajay pegou um punhado de guardanapos de uma mesa. O monitor em momento algum desviou os olhos de Will.

— Você não tem que fazer isso, Ajay — disse ele.

— Não, não tem problema mesmo. Foi totalmente minha culpa.

Will pegou a mão do colega e a imobilizou.

— Pare.

— Por favor, Will — sussurrou o outro. — É melhor continuar.

Will levantou-se, enquanto Ajay se baixava para limpar o sapato sujo. Lyle olhou para Will e sorriu todo simpático.

— Você não deu espaço para ele levantar — acusou Will. — A culpa foi sua.

— Então por que você não limpa tudo no lugar dele? — provocou o outro, alargando ainda mais o sorriso.

Todos no refeitório viraram-se para assistir à cena. Todd Hodak e dois outros valentões encaminharam-se até o trio. Do chão, ainda apoiado nos joelhos e nas mãos, Ajay olhou para Will, silenciosamente, suplicando-lhe que não interferisse.

Lyle inclinou-se para Will e disse baixinho:

— Eu *sei tudo* sobre você. *Tudo.*

Will apanhou o vidro de xarope de bordo da mesa e deu um passo em direção ao jovem que o ameaçava. Baixou a voz também, aproximando-se para que somente Lyle pudesse ouvir e segurou-o pelo cinto.

— Eu tenho uma pergunta para você, Lyle — sussurrou. — Já teve que encarar uma aula com xarope de bordo escorrendo pela calça?

O sorriso no rosto de Lyle se desfez. Pontos de um vermelho vívido surgiram em suas bochechas.

— Não, nunca? — questionou Will. — Quer ver como é?

Ajay ficou imóvel, olhando para cima, sem saber bem o que fazer.

— Pode ir vendendo o seu peixe de "monitor aterrorizador" em outro lugar — continuou o novato. — Porque essa eu não engulo.

Lyle virou-se abruptamente e caminhou para longe. O sapato coberto pelo xarope produzia um barulho desagradável, tornando o passo já esquisito do monitor ainda mais desajeitado. Todd Hodak e os outros meninos mais velhos aglomeraram-se ao redor de Lyle. Will percebeu que Brooke o olhava: tinha assistido a tudo e o incentivou brevemente com um sinal de positivo.

— Agora deixe isso no lugar e venha comigo — falou Ajay. — Rápido.

Will seguiu-o até o lado de fora, onde o outro o puxou para um canto. Não estavam mais à vista. Olhando para trás, viram Todd Hodak e os outros dois saírem do centro acadêmico, à procura deles.

Ajay voltou a empurrar Will contra a parede, para garantir que não pudessem ser vistos.

— Meu Deus do céu, homem, você é completamente insano?

— Ele passou dos limites — retrucou Will.

— Mas você não pode tratar Lyle Ogilvy daquele jeito...

— Não, é ele quem não pode tratar *você* daquele jeito. E, da próxima vez, ele vai pensar duas vezes primeiro — respondeu o novato. — Mas por que você levantou do nada daquela maneira?

— Não sei — disse Ajay com expressão confusa. — Eu acho... Acho que pensei que já estava na nossa hora... Eu nem me lembro de levantar, para ser sincero. Por quê?

— Curiosidade.

— De qualquer forma, agradeço do fundo do coração por sua intervenção. Mas, da próxima vez, vamos discutir o plano de ação com *antecedência*.

Will concordou. Cumprimentaram-se com um aperto de mãos antes de seguirem seus respectivos caminhos.

— Eu também confio em você, Ajay — declarou o menino.

Will encontrou o prédio de Nordby Hall sem dificuldades e estava esperando do lado de fora do escritório da Dra. Robbins quando ela chegou apressada, faltando dois minutos para as 9 horas. Trajava uma saia de camurça em tom areia, botas marrons e uma blusa canelada bege de gola rulê. As bochechas estavam coradas do frio.

— A regra número 54 da lista do meu pai — explicou Will —, "se não conseguir chegar na hora certa, chegue antes".

— Gostei dessa. Vamos entrando.

Seguiu a doutora para o escritório, que estava tomado de luz matinal entrando por janelas que davam vista para o campus. Grandes telas com paisagens praianas dominavam duas paredes; imagens mostravam apenas a rebentação e o areal em cores pálidas que transmitiam tranquilidade.

A escrivaninha era feita de vidro e aço inoxidável; as prateleiras, de grossas placas vítreas suspensas por cabos. Não havia nada fora do lugar; a mobília toda era *clean* e eficiente, consistindo de um grande e convidativo sofá, uma mesinha de centro e duas cadeiras. Will ficou imaginado se ela atendia, sentados no sofá, alunos que precisassem de terapia. Robbins era psicóloga, afinal de contas. Ele achou melhor sentar-se em uma cadeira.

— Então, como foi a sua primeira noite aqui? Conheceu todos os seus colegas de apartamento?

Ele contou-lhe que tinham até jantado fora juntos e que pareciam todos muito simpáticos. Ela estava sentada em frente a ele, segurando duas pastas.

— Pedi ao Sr. McBride que viesse também para discutirmos o seu horário, mas, antes disso... — Abriu uma das pastas sobre a mesa. — Depois do que você me disse ontem, pedi uma cópia da prova que você fez em setembro.

Will pôde ler AGÊNCIA NACIONAL DE AVALIAÇÃO ESCOLÁSTICA no topo de um bloco de texto de cerca de seis páginas. Reconheceu as perguntas na primeira página.

— É a sua prova mesmo? — indagou ela.

O monitor que tinha aplicado a prova usara uma máquina para carimbar cada uma das cópias no momento em que eram entregues a ele. O carimbo na prova dele indicava "11h43".

— Acho que sim.

— A prova começou às 9 da manhã. O prazo era de três horas para fazer tudo. Você devolveu a sua faltando 17 minutos para o meio-dia, pode olhar o carimbo. Mas você me disse que tinha terminado em vinte minutos. — Sua voz não soava zangada ou recriminatória, apenas neutra.

— E acabei.

— Então por que não a entregou logo?

— Exatamente por causa do prazo. Eu esperei metade dos alunos entregar primeiro...

— Para não chamar atenção. Já entendi. Você tem como *provar* que terminou tudo em vinte minutos?

— Não. Mas é verdade.

Robbins ficou em silêncio alguns instantes, organizando os pensamentos. Colocou uma única página diante do menino: os *resultados* da prova.

— Todas as suas respostas estavam corretas — declarou. — Todas as 475. As de ciências, matemática, lógica, língua inglesa e compreensão de texto. Me explique como pode ter conseguido *isso* em vinte minutos, se nem se esforçando você...

— Eu não posso explicar, eu não sei...

— ... e como é que isso pode se encaixar no seu plano de não se destacar?

— Eu não *queria* fazer nada disso. Só dei uma olhada na prova. Não fiquei tentando errar *de propósito*. Eu só marquei a primeira coisa em que pensei.

— Mas, então, como vamos *explicar* isso? Sorte? Intuição? Essas provas são aplicadas há décadas, e nunca aconteceu nada parecido antes. Nenhuma vez sequer, em *milhões*. Você não conseguiu uma cópia da prova antes, conseguiu?

— Não. Eles nem avisaram para a gente que ia ter prova. Só apareceram lá no dia e mandaram a gente fazer.

Robbins fitou-o com severidade.

— Bom, eu não sei o que pensar.

O coração de Will acelerou, quase às raias do pânico.

— Acha que eu colei? Vai suspender a minha bolsa?

— Não, Will. Isso está fora de questao Por mais improvável que essa história toda seja, acredito em você. Eu não so acho que você merece estar aqui, como acredito que *precisa* estar. Não sei explicar por que, da mesma forma como não sei explicar como é que *isso tudo* foi acontecer.

O aluno refletiu.

— Quem mais teve oportunidade de ver esses resultados?

— Não sei, fora da Agência... — começou a falar, e o olhou, alerta. — Você acha que as pessoas que foram atrás de você tiveram acesso à prova.

— Pode ser — respondeu o menino. — Não consigo pensar por que essas pessoas totalmente desconhecidas iam se interessar de repente por mim. O que você sabe dessa agência?

— Ela está em funcionamento há mais de 25 anos...

— Mas o que é que ela é? Uma companhia privada?

— Até onde sei, é uma entidade sem fins lucrativos que recebe fundos do governo...

Bateram à porta. Dan McBride abriu-a e olhou para a dupla com um sorriso.

— Espero não estarmos interrompendo? — indagou.

Entrou, seguido do diretor Rourke. Ambos apertaram a mão de Will e começaram a falar amenidades enquanto se sentavam.

— Passamos horas conversando sobre você ontem, Will — declarou Rourke. — Suas orelhas devem ter pegado fogo.

— Por quê?

— Você é um dilema para nós — respondeu o diretor. — Faltam apenas cinco semanas para o semestre terminar, não é razoável, nem justo, colocá-lo em pé de igualdade com os demais alunos. Então, você vai apenas assistir às aulas por enquanto. Será um prazo para você correr atrás do tempo perdido antes do próximo semestre, para se acostumar à vida aqui. Nosso objetivo não é apenas instruir nossos alunos. O que queremos é formar alunos-*cidadãos*.

— Rourke assentiu para McBride.

— Aqui estão as aulas que escolhemos para você começar — falou McBride.

O homem mais velho entregou a Will uma lista em que constavam quatro matérias, que, a julgar pelos títulos, não pareciam em nada com quaisquer outras que ele já tivera. Todas, exceto a última, tinham extensas listas de leitura:

EDUCAÇÃO CÍVICA: PERFIS DO PODER E *REALPOLITIK*
LITERATURA AMERICANA: EMERSON, THOREAU E O IDEAL
   AMERICANO
CIÊNCIAS: GENÉTICA — A CIÊNCIA DE AMANHÃ NOS DIAS DE HOJE
EDUCAÇÃO FÍSICA: ESPORTES DE OUTONO

— Uma delas acontece às terças e quintas-feiras — prosseguiu McBride. — As outras, às segundas, quartas e sextas-feiras. As aulas de educação física ocorrem ao longo da semana.

Will indicou a aula de Literatura Americana.

— Essa aula é sua, Sr. McBride?

— Receio não ter conseguido resistir — respondeu McBride com um sorrisinho.

— Quanto às atividades físicas — começou Rourke —, também já é tarde para você entrar nas equipes oficialmente, mas não vai ter problema nenhum em *treinar* junto com elas.

— Tem equipe de *cross-country*? — Will quis saber.

— Já até falei com o treinador Jericho. Se quiser, pode ir retomando o ritmo no ginásio depois da aula de hoje, para voltar a ficar em forma.

Depois de dois dias sem treinar, o menino mal podia esperar para voltar a correr. Corpo e mente ansiavam pelo relaxamento.

— Fechado — disse.

O diretor levantou-se e o cumprimentou.

— Agora, se me dá licença, Will, estou atrasado para uma reunião.

Rourke partiu. Estavam para retomar a conversa quando o *pager* do aluno apitou. Uma luz vermelha piscou. Ele apertou o botão e o apito parou.

— Preciso usar o telefone para ver o que é, não é isso? — perguntou.

— Pode usar o meu — ofereceu Robbins. — É só discar zero. A telefonista vai passar a ligação.

— Eu tinha uma coisa para perguntar a vocês — disse Will enquanto se encaminhava até a mesa.

— O que é, Will? — indagou McBride.

Nº 59: ÀS VEZES VOCÊ CONSEGUE OBTER MAIS INFORMAÇÕES
QUANDO FAZ PERGUNTAS PARA AS QUAIS JÁ SABE A RESPOSTA.

— Meus colegas falaram alguma coisa sobre um menino chamado Ronnie Murso...

Ele pôde notar pelas expressões deles que a pergunta os pegara desprevenidos. Will tirou o fone do gancho e discou zero. Veio a voz da telefonista:

—- Como posso ajudá-lo? —- indagou outra voz impessoal e alegre de sotaque do centro-oeste.

|O meu nome é Will West. Eu recebi uma ligação?

— Um momento, por favor.

Uma voz masculina, clara e apressada, substituiu a voz da telefonista:

— Sr. West, quem fala é o Dr. Kujawa, da clínica médica.

— O senhor queria falar comigo?

— Queria, sim. Nós nos conhecemos ontem, mas você ainda estava inconsciente. Fui eu quem deu os pontos na sua cabeça. Como está se sentindo?

— Muito melhor, obrigado.

— É bom saber disso, Sr. West. Tenho aqui o resultado de uns exames que preciso discutir com o senhor. Pode vir até o meu consultório agora?

— Por quê? Tem alguma coisa errada? — Will quis saber.

— Vamos falar nisso quando o senhor chegar aqui. Por favor, peça à Dra. Robbins para vir junto. Queria que ela desse uma olhada nos exames também.

O menino desligou.

— O Dr. Kujawa quer que a gente vá até o consultório dele — informou à psicóloga.

— A gente continua a conversa no caminho — respondeu ela. — E aí nós falamos sobre Ronnie Murso.

O CENTRO MÉDICO

Will precisou empenhar-se para acompanhar o passo da Dra. Robbins ao cruzarem o campus. Uma brisa o atingiu e o ar gélido batia impiedosamente em seu rosto. A psicóloga mal parecia notar.

— Ronnie Murso chegou aqui ano passado — começou o relato. — Ele teve muitas dificuldades em se acostumar a ficar longe de casa. Mas muitos alunos novos têm. Ele também estava com problemas sérios na família; os pais tinham acabado de se divorciar. Quando o semestre terminou, ficou resolvido que Ronnie passaria um tempo com cada um durante o verão. Ele saiu de férias, primeiro com o pai, logo que as aulas terminaram. Foram pescar em algum lugar distante no Canadá. Quando o avião que tinham contratado voltou para buscar os dois, não tinha ninguém no ponto de encontro. Organizaram buscas, a polícia entrou na jogada. Encurtando a história: não os encontraram. Ronnie e o pai desapareceram.

Nº 92: SE QUISER SABER MAIS, FALE MENOS. DEIXE OLHOS E OUVIDOS ABERTOS E A BOCA, FECHADA.

— Existem várias teorias sobre o que aconteceu — continuou Robbins. — Ronnie era filho único, e a mãe tem certeza de que foi o pai que sequestrou o menino para não dar a guarda para ela. Acha que ele fugiu com Ronnie, que foram recomeçar a vida em algum lugar. Se for mesmo o caso, ninguém conseguiu encontrá-los ainda.

— E o que você acha?

— Acho até que pode ter acontecido, mas é mais provável que eles tenham se perdido, ou tido algum tipo de problema, e alguma tragédia aconteceu. Mas até os encontrarem, não há como saber.

— Foi por isso que vocês esperaram tanto para colocar alguém naquele quarto?

— Também, em parte. Para os envolvidos em casos assim, muitas vezes é mais difícil não saber o que aconteceu do que saber com certeza.

— Então, por que você *me* colocou lá?

Ela parou e fitou-o como se o examinasse.

— Por que isso é tão importante para você, Will?

— Acho que estou um pouco sensível — respondeu o menino. — Enfrentei as 24 horas mais bizarras da minha vida para chegar aqui, e, de repente, fico sabendo que meu quarto era de um garoto que desapareceu misteriosamente seis meses atrás.

A psicóloga pousou a mão no ombro do rapaz.

— Entendo a sua preocupação, Will. É perfeitamente natural. Mas o que aconteceu com Ronnie não tem nenhum envolvimento com o fato de você estar aqui.

Tem alguma coisa que ela não está querendo me falar. Não tinha ideia de como sabia daquilo — instinto, intuição, o que fosse. Mas aquele não era o momento para pressioná-la.

Nº 60: SE NÃO FICAR SATISFEITO COM A RESPOSTA QUE LHE DEREM, É PORQUE NÃO DEVIA NEM TER PERGUNTADO.

Chegaram ao centro médico sem trocar mais palavras. Distanciando-se da área principal do campus, o centro era a construção mais moderna dali: uma torre de seis andares de vidro azulado e aço. Algum benfeitor tinha feito um gordo cheque para conseguir que seu nome ficasse estampado ali: grandes letras prateadas identificavam o lugar como Centro Médico Haxley.

Pegaram o elevador até o quinto andar. O Dr. Kujawa deu-lhes as boas-vindas e os guiou a uma salinha de exames adjacente. Seu jaleco branco tinha um bordado na parte superior esquerda do peito, que dizia DR. KEN KUJAWA. O médico era elegante e estava em forma, aparentando estar na casa dos 40 e poucos anos. Tinha o cabelo cortado rente, nada inusitado, e a fala um tanto seca, indo direto ao ponto, sem rodeios desnecessários.

— Sente-se aí mesmo, Sr. West — disse o doutor, apontando com a cabeça em direção à maca. — Como está a cabeça?

— Agora, bem — respondeu o adolescente.

— Vamos dar uma olhada nela.

Kujawa inclinou-se sobre ele, repartiu o cabelo do menino e examinou o ferimento.

— É o que pensei — falou, enigmático. Acenou, pedindo a Robbins que viesse ver; ambos ficaram parados, olhando.

— Qual é o problema? — inquiriu Will.

— Venham ao meu consultório — pediu o médico.

Assim o fizeram. Kujawa sentou-se e procurou algumas informações no tablet do Centro, em sua encarnação como um fino computador de mesa.

— No seu histórico, consta que você corre. Está correto, Sr. West?

— Está. *Cross-country*.

— Até onde você sabe, já tomou, usou ou recebeu de alguém alguma droga que melhore o desempenho físico?

— O quê?

— Essas drogas estimulam a produção de EPO, ou eritropoetina. Fabricadas artificialmente, de produção farmacêutica, com aplicação intravenosa.

— Não — declarou o rapaz, olhando alarmado para Robbins. — Nunca. Claro que não.

Kujawa prosseguiu em tom factual:

— As drogas estimulam a produção desse hormônio chamado eritropoetina, que aumenta a síntese de glóbulos vermelhos, e isso amplia a quantidade de oxigênio levado aos músculos. Faz com que o desempenho dos atletas aumente radicalmente, especialmente nos esportes que requerem alta resistência, como ciclismo, remo ou corrida.

A raiva de Will só aumentava.

— Isso é *doping*.

— Você já ouviu falar em HGH, ou hormônio do crescimento? Porque, em você, os níveis dele são quase o dobro da média para a sua idade e altura...

— Se o senhor está me acusando de usar drogas, posso jurar que isso nunca aconteceu.

Kujawa não reagiu, apenas olhou para ele, neutro, avaliativo. Esperando.

— Não é que ele não acredite em você, Will — explicou Robbins, conciliadora. — Continue, Ken.

— Os hormônios EPO e HGH também aumentam a capacidade do corpo de cicatrizar, desde aqueles ferimentos potencialmente fatais até os ínfimos rompimentos das fibras musculares. A vantagem óbvia disso para os atletas é que acelera a recuperação. Não só por conta das lesões, mas também por causa dos treinos de rotina.

O doutor tirou um espelho de uma gaveta da mesa e outro um pouco menor de seu jaleco. Caminhou até Will.

— Você sofreu um corte de quase três centímetros no couro cabeludo. Precisei dar seis pontos para fechá-lo. Isso foi há menos de 24 horas. Olhe como está agora.

Kujawa posicionou um dos espelhos acima da cabeça do menino e entregou o outro a ele para que o segurasse em frente aos olhos. Em seguida, afastou o cabelo para que ele pudesse ter uma visão melhor.

A ferida desaparecera. Não havia cicatriz, casca, sequer havia pontos. Apenas uma leve descoloração esbranquiçada.

— O ferimento não só está curado, como seu corpo também já absorveu fios de sutura, o que geralmente leva mais de uma semana. Isso é, no mínimo, mais que um pouco incomum. — Kujawa guardou os espelhos, pegou algumas páginas da mesa e as entregou à psicóloga. — Fiz uma série de exames de rotina no sangue que coletamos ontem. As hemoglobinas do seu sangue conseguem carregar uma quantidade impressionante de moléculas de oxigênio. Perto de você, até Lance Armstrong, no auge da carreira, ia ficar parecendo um deficiente físico.

— Não consigo entender — confessou Will. — Não é possível. Isso só pode ser um erro muito maluco.

Robbins continuava encarando os resultados, pálida, de cenho franzido, imersa em pensamentos.

— Não acredito que seja — declarou o médico. — Mas, para verificar, gostaria de fazer mais exames, para determinar se seu corpo tem mesmo essas capacidades naturalmente ou se elas foram sinteticamente estimuladas e introduzidas no seu sistema, mesmo que tenha sido sem o seu conhecimento. Já deram alguma injeção em você?

— Não.

— E vitaminas ou suplementos que você não conhecia?

— Não que eu saiba — respondeu o menino.

— Ver o seu histórico médico poderia me ajudar. Os exames de rotina anuais, vacinas, essas coisas. Você pode pedir aos seus pais que me mandem tudo?

— É claro — disse Will.

A verdade era bem mais desconcertante: *Ele não conseguia se lembrar de ter ido ao médico uma única vez na vida.* O pai tinha uma pasta de couro já desgastado no armário do quarto que continha um estetoscópio; instrumentos para examinar ouvidos, nariz e garganta; um medidor de pressão arterial digital; e seringas para tirar sangue. Usava-os para fazer um *check-up* completo no filho duas vezes ao ano. Durante anos a fio, o menino pensara que aquela era a prática usual de todas as famílias. Mas havia ainda um fator extra naquela rotina incomum: Will nunca *precisara* de um médico. Até onde conseguia se lembrar, durante toda a sua *vida* jamais estivera doente. Nem uma vez sequer.

— A minha intenção não é deixá-lo preocupado, o que quero é ter um quadro mais completo — explicou Kujawa. — Fazer mais exames, esgotar todas as possibilidades e ver o que isso nos diz.

— É claro que vamos precisar do seu consentimento para isso — esclareceu Robbins. — E o de seus pais também. Pode pedir isso a eles?

— Eu ligo ainda hoje — prometeu o menino.

— Quanto mais cedo melhor — declarou o doutor. — Pode usar meu telefone, se quiser.

— Eles provavelmente não vão poder atender agora. Eu tento mais tarde — disse Will. — Mas isso tudo não vai me impedir de treinar com a equipe de *cross-country*, vai?

— Sr. West, com base no que vi, você poderia correr daqui até a fronteira do Canadá sem sequer alterar a respiração.

O PROFESSOR SANGREN

Pelo segundo dia seguido, por diferentes razões, Will saiu do centro médico com a mente atordoada. Daquela vez, mal notou o tempo glacial.
Isso explica a minha agilidade, pelo menos, mas como é que foi acontecer? Será que sou algum tipo de aberração? Agora dá para entender por que meus pais não queriam que eu entrasse para a equipe de cross-country: *porque eu acabaria em algum programa de TV de casos bizarros, tipo* Acredite se Quiser *ou coisa do gênero. E quando começarem a fuçar meu organismo, o que mais vão achar?*
Enquanto se encaminhava para o pátio, sinais soavam nas proximidades. Will seguiu o barulho até sua fonte: uma torre no topo de Royster Hall, perto do centro da área comum. Visível de todos os pontos do campus, o gigantesco relógio que ocupava todos os quatro lados da torre mostrava que eram 11 horas. Indicava-o com seus toques também.

O estudante pegou o horário das aulas que McBride lhe dera. A primeira do total de cinco começava justamente às 11h. *Agora.* Sala 207, em Bledsoe Hall. Puxou pela memória o mapa da escola e localizou o prédio em questão. Calculou direção e distância (mais de 400 metros) e tratou de começar a correr.

Alcançou seu destino antes de as campainhas pararem de soar. Will entrou apressado, galgou as escadas rapidamente e localizou a sala correta. Viu formas através do vidro opaco da janela da porta e ouviu uma voz masculina. Respirou fundo e entrou.

Seis fileiras de carteiras de mogno posicionadas em degraus olhavam para um palco no anfiteatro semicircular. Uma das paredes, que era praticamente feita de janelas, estava coberta de persianas de madeira. Havia 25 alunos sentados nas carteiras, seus respectivos tablets inclinados, encarando-os.

Cada um daqueles jovens tinha aparência atraente, porte e boa forma. Um grupo bastante diversificado em matéria de raças e etnias, todos, sem exceção, distintos e seguros de si. Se aquela seleção era uma amostra fiel do corpo discente do Centro, Rourke estava coberto de razão: tais jovens estavam *muito* acima da média. Se ainda não fossem ricos e famosos, era apenas uma questão de tempo. Will sentiu-se como um peixe fora d'água.

O professor (um homem cheio de energia, de aparência juvenil, com cabelos louros longos e desgrenhados) estava ao lado de uma tela quadrada azul que ocupava a maior parte de uma parede. No atril em frente a ele, havia uma espécie de painel de controle computadorizado embutido. Interrompeu a fala ao ver Will entrar.

— E você é...? — indagou.

— Um atrasado — respondeu o menino.

— São só uns... dois meses de atraso — concluiu o professor, a voz grave ressoando.

A turma riu.

Will conferiu seu horário: EDUCAÇÃO CÍVICA: PERFIS DO PODER E *REALPOLITIK. Professor Lawrence Sangren.*

— Mil desculpas, professor Sangren — pediu Will.

Nº 72: QUANDO SE VIR EM UM LUGAR ESTRANHO, AJA COMO SE JÁ TIVESSE ESTADO LÁ ANTES.

— Senhoras e senhores, por favor deem as boas-vindas ao *atrasado* Will West — falou Sangren, estendendo uma mão na direção do novato como se fosse o apresentador de um *talk show* chamando o convidado do dia. — E será que temos aí o material da aula de hoje, Sr. West?

— Eu estava torcendo para receber o material quando chegasse na aula.

Por algum motivo, a turma riu ao ouvir aquilo também. As bochechas do menino arderam e ficaram vermelhas.

— Como uma forma de vida primitiva emergindo do mar, aprenda a rastejar antes de caminhar — gracejou o professor. — E vá se sentar.

Will engoliu a raiva e subiu os degraus, passando pelas fileiras elevadas. Avistou Brooke no meio da terceira delas. A garota piscou para ele, indicando com a cabeça uma carteira vazia à sua direita. Agradecido, o menino sentou-se e logo depois notou que Elise estava atrás dele, isolada, queixo apoiado na mão, observando-o. Balançando a cabeça em reprovação.

— Srta. Springer — chamou Sangren. — Por favor, explique ao Sr. West por que ele deveria trazer o material *eletrônico* para a aula.

— Todos os textos, listas de exercício e comentários ficam disponíveis no tablet durante as aulas — respondeu Brooke, sussurrando em seguida: — É por isso que a gente anda para lá e para cá com eles.

Will não trouxera *nada* consigo: nem mesmo um lápis. Tragédia total.

Nº 40: JAMAIS DÊ DESCULPAS ESFARRAPADAS.

— Eu sou mesmo um grande idiota, não sou? — sussurrou ele.
— Não dá nem para medir com os recursos disponíveis — brincou a menina.
— Esse cara já me condenou, né?
— Bem provável.
— Valeu, isso me deixa bem mais tranquilo.
— Está achando as acomodações satisfatórias, Sr. West? — perguntou Sangren.
— Sim, senhor.
— Que bom. Agora, por favor, controle a língua, a menos que o senhor seja arrebatado por uma ideia genial ou atingido por um meteorito. As probabilidades, pelos meus cálculos, são mais ou menos as mesmas.

A classe gargalhou ainda mais. Até mesmo Elise deu um sorrisinho de lado, divertindo-se com o nocaute sofrido pelo menino.

Meu Deus. Pode-Me-Matar-Agora.

Sangren deslizou os dedos pelo painel eletrônico no atril. As luzes no teto foram diminuindo; as persianas fecharam-se automaticamente. A tela azulada atrás do professor transformou-se em um mapa da Europa que ocupou a parede inteira.

Não, era muito mais que um mapa, Will logo percebeu. Era uma espécie de imagem de satélite híbrida: impressionantemente realista, com contornos tridimensionais topográficos precisos. Fronteiras bem demarcadas definiam os países. Os nomes de locais importantes e outras características geográficas se ajustavam às formas do solo. Montanhas projetavam-se da superfície no sentido deles: a linha dos Alpes inclinava-se na direção sul, para a Itália.

Cada mínimo detalhe era assustadoramente vívido. Grandes cidades, como Roma, Viena, Paris e Londres, surgiam como largos círculos de luz cintilante, fervilhando com vida. Correntes e marés movimentavam os oceanos, agitando-se e revoltando-se ao redor de portos e linhas costeiras. Nenhum outro mapa já visto por Will havia sido capaz de mostrar com tanta clareza a influência da geografia na criação de sociedades. Nuvens vagavam sobre as cabeças dos alunos, e luz do sol e sombras brincavam ao longo de todo o continente de uma maneira que somente astronautas, ou mesmo Deus, talvez pudessem ter visto.

O adolescente olhou em volta: o *mesmo* mapa surgira nas telas dos tablets dos outros alunos. Impressionante.

— O nome da nossa aula, Sr. West, é Educação Cívica: Perfis do Poder e *Realpolitik* — informou o mestre. — O objetivo da nossa unidade é observar e apreender aquilo que houver de relevante para nós, americanos, *neste* momento da história, a respeito das lutas e dificuldades dos nossos predecessores humanos. Está conseguindo me acompanhar até aqui?

— Estou, sim, senhor.

Sangren voltou a mexer no computador embutido. Imagens tridimensionais animadas brotaram por todo o mapa: o tempo ganhou vida diante dos olhos dos alunos. Legiões romanas avançavam pelos campos dominados por bárbaros. O Grande Exército de Napoleão marchava rumo a Moscou. Poeira subia de estradas antigas ao som de cascos de cavalos que batiam no chão de pedra e ao som de choques metálicos de armas, tiros e artilharia. Mercadores carregavam os barcos de produtos nos portos. Armadas se enfrentavam em mares abertos.

— Não somos nós que ensinamos história aqui: deixamos que a história nos ensine. Da mesma maneira como ela ensinou às pessoas que a viveram: da maneira como você vivencia o presente, como se fosse uma realidade viva que se pode tocar. A história humana. Uma longa e vibrante narrativa movida por um tema comum: o desejo de poder. Comandada por homens e mulheres que compreendiam as ferramentas e regras do *exercício* do poder. E, a propósito, quais seriam elas, Srta. Moreau?

Elise encarou Will enquanto respondia. Enunciando cada palavra com precisão e clareza:

— Brutalidade. Terror. Corrupção. Ganância. Aniquilação. Logro.

— E não se esqueça de obsessão, loucura e sedução — advertiu Sangren.

— Ah, eu nunca esqueço — respondeu a menina.

Risadinhas pipocaram pela classe.

— Em outras palavras: procuramos a *verdade* por trás das pressuposições do senso comum — resumiu o professor. — E a verdade não é nada atraente, não é mesmo, Srta. Moreau?

— Não, senhor. Mas é interessante, sem dúvida.

Todos voltaram a rir. Todos, exceto Brooke, que revirou os olhos.

— Esvazie sua mente, Sr. West. Esqueça aqueles contos da carochinha que mostram a história como "progresso" e "virtude" da humanidade. Todos cheios de idealismo, justiça, decência, nobreza inata do homem e muitas outras cantilenas acalentadoras. Nada de errado com isso, aliás. E, se for do seu interesse, tem outra aula exatamente a respeito disso sendo ministrada mais à frente no corredor. Chama-se *ficção*.

Mais risadas. Parecia a Will que seus olhos não conseguiam se fechar. Nunca ouvira um professor falar daquela maneira sobre qualquer tema que fosse. Nas escolas onde já estudara, Sangren teria sido expulso por suas opiniões escandalizantes.

Com os cabelos desgrenhados acompanhando sua movimentação incessante, o homem continuava a discursar com paixão e energia dignas de um maestro regendo uma orquestra a fim de conduzi-la ao fim de uma sinfonia.

— Aí está a grande sacada das classes dominantes. A mentira que elas convenceram as massas a acreditar desde o começo dos tempos: que se curvar à vontade dos que estão no poder é *o melhor para todos*. Mesmo que isso custe aos menos privilegiados o seu dinheiro, a sua vida ou até a sua felicidade. Mesmo que isso leve à *morte* deles, o que acontece com uma frequência maior do que se supõe.

No mapa, mais imagens surgiram: campos de batalha cobertos de cadáveres. Carroças carregando pilhas de caixões de madeira. Cemitérios militares. Fileiras de cruzes brancas a se perder de vista nas brumas.

— Agora façam a seguinte pergunta a vocês mesmos: a qual desses dois grupos demográficos vocês aspiram a pertencer? Preferem passar a vida em cassinos com o populacho, tentando a sorte nas maquininhas de caça-níquel? Ou em uma cobertura de alto nível, sentados à mesa onde o jogo da vida é decidido de verdade? É aí que está a linha que separa aqueles destinados ao tapete vermelho do restante. De que lado vocês estão?

A pergunta ficou suspensa no ar. Sangren olhou diretamente para Will.

— Não respondam ainda — falou o professor. — Prestem atenção. Vocês vão ficar chocados com o que vão aprender. Antes de a ficha finalmente cair, passarão por momentos em que tudo o que vão querer fazer é se acabar de chorar. E aí, um belo dia, vocês vão acordar, olhar ao redor, e ver o mundo como ele é de verdade. Mas que sortudos que vocês são, hein?

As imagens desoladoras desvaneceram-se e uma outra tomou seu lugar na tela: a representação de tirar o fôlego da Terra flutuando no vazio negro do espaço.

— Afinal, essa linda, pequena e frágil esfera azul será o parque de diversões *de vocês* um dia — vaticinou o professor. — Não é do seu interesse, antes disso finalmente acontecer, aprender como as coisas realmente funcionam?

Quando a aula terminou, Will foi caminhando cambaleante até a porta de saída. Em uma hora, Sangren tinha forçado sua mente a explorar caminhos pelos quais professor algum antes dele a tinha levado. Sentia-se revigorado, mas um pouco oprimido: tinha que correr atrás agora de um *mundo* de assuntos para alcançar os demais alunos. Brooke esperava-o do lado de fora, mas, antes que Will pudesse alcançá-la...

— Sr. West!

O professor Sangren, enquanto guardava suas coisas na pasta de trabalho apoiada sobre o atril, chamou pelo novo aluno.

167

— A gente se fala depois, então — disse Brooke, apertando o braço dele.
— Aguente firme aí.

Will fez o caminho de volta para onde o homem estava e descobriu que era mais alto que o professor.

— Assustei você hoje — falou.

— Não faz mal, senhor...

— Não foi um pedido de desculpas. Era a minha intenção. — Sangren observava o novato com um sorriso que traía uma ponta de desdém. — O que precisamos determinar agora, e bem rápido, é se aqui é realmente o lugar para você. Não é o caso de muitas pessoas, e não tem por que se envergonhar disso, mas o senhor vai passar por um batismo de sangue. Ponha isto na cabeça: o Centro é uma meritocracia, está longe de ser uma creche cuidada por freiras.

Will sentiu o estômago revirar-se e precisou de toda a força para controlar a raiva.

— Você entende o que está em jogo? Estamos em uma luta de faca global. Será que os Estados Unidos e as democracias do Ocidente vão continuar a ser as frentes mais poderosas, ricas e inovadoras da Terra? Ou será que vamos acenar de longe para a China e a Índia, dizendo: "Aí, alcançamos vocês depois"? É a sua geração que vai resolver como a batalha vai terminar. Ou você é esperto e forte o bastante para liderar as linhas de frente, ou você não é. Como professores, nosso dever é mostrar a dura realidade do que é esperado e exigido de cada aluno. O senhor terá que fazer tudo o que puder para sobreviver aqui, e não vai ser *nada* fácil.

O menino notou algo de peculiar nos olhos do professor. A íris esquerda era de um preto total, como se tivesse sido intencionalmente dilatada para um exame oftalmológico. Algo naquele estranho contraste dava a Will a sensação de que duas pessoas diferentes o olhavam através do mesmo par de olhos.

Sangren voltou a sorrir. Aquilo não agradou ao aluno.

— Devo presumir que nenhum dos nossos queridos e paternais representantes da administração explicou isso ao senhor dessa maneira.

— Não com tantas palavras.

— Então, deixe que eu seja o primeiro a usar *estas* tantas palavras: Você tem cinco semanas para conseguir chegar à média da turma. Boa sorte. Parece que vai precisar.

Sangren partiu, erguendo-se na ponta dos pés a cada passo, assoviando a melodia de "Singin' in the Rain".

Will observou-o caminhar. Aquele professor baixinho havia acabado de jogar um balde de água fria em tudo o que o fazia se sentir seguro. Se tinha falado sério, o que aconteceria se ele *não* conseguisse alcançar a média? Se lhe dissessem que a porta da rua é a serventia da casa dali a cinco semanas... Para aonde mais poderia ir?

Will saiu para o corredor. Terminada a única aula do dia, sentia-se perdido e um pouco sem saída, por isso nem prestou atenção ao lugar em que se encontrava. Ouviu um piano sendo tocado ao longe, música clássica, executada com maestria. Uma mulher começou a acompanhar o instrumento, cantando em língua estrangeira, talvez francês, pensou. Aquela voz o paralisou: poderosa, mas controlada, conseguia comover profundamente. O estudante rastreou-a até uma das salas e abriu a porta.

Um piano de cauda figurava no centro do cômodo. Sentada, tocando e cantando, estava Elise. Parou ao ouvi-lo entrar.

— Desculpe — pediu o menino. — Por favor, não precisa parar.

Ela franziu o cenho para ele.

— Nunca ouviu *Lakmé* antes?

— Nunca ouvi nada parecido com isso antes.

— Bom, mas não fique aí com cara de bobo, seu louco — repreendeu a menina. Voltou a tocar, improvisando e mudando do estilo clássico para o jazz sem qualquer esforço.

— Onde foi que você aprendeu...? — Will quis saber, abismado com a habilidade dela.

— Meu pai é violinista solista. E a minha mãe era cantora, a estrela de uma casa de música em Hong Kong. Então, não é nem como se eu tivesse tido *escolha*, certo?

— Parece até que você tem vergonha disso.

— Se você não tem vergonha dos seus pais na nossa idade, tem mesmo algum problema na cabeça.

Will ficou escutando enquanto a menina dedilhava a mesma melodia nos estilos pop, R&B e hip hop. Era de cair o queixo.

— Você tem que virar profissional — opinou ele. — Sério mesmo. Tipo, agora.

Elise riu.

— E depois o quê? Passar a vida dando aula de piano para algum filhinho de papai sem talento algum para bancar a minha paixão? Não, valeu mesmo.

— Então, qual é a sua paixão?

— As coisas de sempre — respondeu ela, realizando glissandos de uma ponta a outra nas teclas. — Escrever. Gravar música. Dominar o mundo.

Olhou-o daquela sua maneira perfurante, com os olhos bem abertos e capazes de fazer qualquer um perder as forças. Daquela vez, porém, o menino não desviou o olhar. Acometeu-o a sensação de que já tinha visto aqueles olhos antes...

— Eu vi Sangren cercando você depois da aula — falou a menina, voltando-se para o piano. — Ele pegou você de jeito?

— Como assim?

— Não dá uma de sonso, West. Sabe muito bem do que estou falando.

Ele inquietou-se.

— Acho que ele chegou a falar algumas coisas que me deixaram meio sem jeito...

Elise fechou com violência a tampa que protegia as teclas do piano.

— Você pode *parar* com isso de uma vez?

Will sobressaltou-se.

— Com isso o quê? Parar com o quê?

Os olhares deles se cruzaram e se sustentaram. Ele tentou esvaziar-se de todos os pensamentos, ficar indecifrável, o que apenas pareceu deixá-la ainda mais irada.

— Pare de se *esconder*. Isso pode ter funcionado como método de sobrevivência lá no meio dos caipiras da sua escola o Fora da Civilização, mas agora você não é mais o único garoto esperto no pedaço. E não vai conseguir nada se não sair do seu *esconderijo* e *se mostrar*.

Ele se deu conta de que ela estava tentando ajudar, aproximar-se dele à sua maneira peculiar e complicada, da mesma forma como Ajay fizera mais cedo, durante o café. Inspirou fundo e tentou baixar a guarda ao expirar:

— Não sei bem como é que se faz isso.

— Mostre quem você é — aconselhou ela com veemência. — Comece a confiar em alguém. Esqueça essa cara de indiferença. Descubra quem é seu amigo (e estou falando *da gente*, só para você saber) e peça ajuda. Seja verdadeiro, seja *você mesmo*, ou não seja ninguém e vá embora de uma vez.

Parte dele era grata pelo conselho. Mas a maneira como Elise derrubava suas defesas, sem fazer qualquer esforço, enfurecia-o. Antes de sequer se conscientizar do que ia dizendo, ouviu-se adivinhando:

— Foi isso o que aconteceu com Ronnie Murso?

Elise ficou paralisada, como se a pergunta a tivesse atingido fisicamente. Foi uma surpresa para ele ver que a Srta. Acima-de-Tudo pudesse se sentir magoada. Will arrependeu-se de imediato. Preparou-se para um contra-ataque, mas a reação dela, em vez de mostrar as garras e partir para o embate, foi apenas fitá-lo, com as defesas totalmente arriadas, e deixá-lo notar como a tinha machucado.

— Um dia, você vai ver que dizer isso foi muito injusto — murmurou ela.

Elise levantou-se da banqueta e passou direto por ele, deixando a sala e o menino para trás, este com o peso de um grande ponto de interrogação: *Por que diabo eu fui dizer aquilo?*

— Mas que *droga* — praguejou.

Will olhou o relógio: já devia estar a caminho do ginásio para encontrar o treinador. Precisava correr mais do que nunca. Apressou-se em sair e cruzou como um raio os pátios do campus em direção ao ponto de encontro. A voz de Elise ecoava em sua mente: *"Mostre quem você é. Comece a confiar em alguém."*

Ele fora ensinado, treinado e condicionado a nunca confiar em *ninguém*. Esquecer sua cara de indiferença? Vivia com as defesas erguidas havia tanto tempo, que, se deixasse cair aquela máscara, não tinha muita certeza de quem encontraria ali embaixo.

Depois de tudo o que tinha aprendido nos últimos dois dias, já nem sabia mais se podia confiar em si mesmo.

O GINÁSIO

O ginásio ficava em uma extremidade longínqua da área para treinos e era maior que um hangar de aeroporto. Feito de sólidos tijolos vermelhos já desgastados, era sustentado por estruturas de ferro forjado preto e imponentes colunas. Uma praça de concreto circundava-o. Aquele estilo fazia Will pensar em um antigo estádio, algum lugar onde o incrível Babe Ruth poderia ter jogado beisebol. GINÁSIO LAUGHTON — DESDE 1918 encontrava-se inscrito no tijolo próximo às portas de entrada, mas todos no campus chamavam o lugar de "o Celeiro".

Uma estátua de bronze em tamanho real do mascote da escola, o cavaleiro em armadura que aparecia no brasão do Centro, erguia-se bem na entrada. Recurvado e ameaçador, pronto para o ataque, carregava uma espada pequena e um escudo, e de seu cinto pendia uma machadinha.

O brasão estava entalhado no escudo da estátua. O próprio guerreiro estava representado em sua parte inferior, apontando a espada para o pescoço de um inimigo derrotado. A figura caída no escudo, porém, apresentava chifres demoníacos na cabeça e um rabo bifurcado, detalhes que não existiam nas imagens do emblema que vira antes. E, olhando de perto, a armadura do cavaleiro não tinha aparência nada medieval. Ao contrário, era lustrosa e ajustada ao corpo de metal como uma segunda pele. Uma resplandecente placa de bronze presa ao pedestal dizia O PALADINO.

Will entrou no ginásio, um espaço imenso, cavernoso, atravessado por vigas de aço expostas. Sua iluminação vinha de janelas altas, perto do teto, e de canhões de luz suspensos por longos cabos de aço. Um gramado artificial ocupava metade da estrutura, contornado por uma pista de corrida de quatro raias. Uma equipe de lacrosse treinava no gramado. Quadras de basquete com piso de madeira ocupavam o outro lado. Bancos de madeira que juntos formavam uma arquibancada estavam jogados no chão e empilhados contra as paredes em três lados do ginásio. Grupos de pessoas praticavam outras atividades de forma descompromissada nas várias quadras menores em que se subdividia a quadra maior.

Seguindo as placas que indicavam o caminho até os vestiários, Will passou por uma porta depois das quadras e, em seguida, por um corredor que recendia aos odores pungentes de óleos de massagem, suor, sabão em pó, e, vindo de algum lugar, cloro de piscina. Fotografias em preto e branco emolduradas dos antigos times da escola decoravam as paredes: futebol americano, beisebol, basquete, hóquei, futebol. Cada uma das equipes ostentando o apelido da instituição: os Paladinos. O adolescente encontrou o vestiário masculino e sentiu como se tivesse voltado no tempo.

Compridos bancos de madeira encaravam fileiras e mais fileiras de grandes e desgastados escaninhos feitos de aço. O piso de concreto era um pouco ondulado e quase polido por um século de uso. Ventiladores com pás longas estavam instalados no teto arqueado. Passou por chuveiros e por um banheiro aberto, todo azulejado em azul-claro, salpicado aqui e ali de pilhas de toalhas brancas de algodão. Ouviu passos vindos do cômodo à frente dele, e, ao perceber que pertenciam a Lyle Ogilvy, tentou se esconder. O jovem estava só, indo em direção a uma pequena porta depois dos chuveiros. Lyle olhou ao redor brevemente antes de sair. *Curioso*. Will caminhou no sentido oposto, passando também pelo espaço dos chuveiros. Virando em um canto, encontrou uma parede recoberta por uma grade de metal pintada de branco, onde havia uma placa com a indicação: SALA DE EQUIPAMENTOS.

Um amplo balcão de aço inoxidável corria ao longo da parede. Uma campainha perto de Will e um dos telefones pretos mais ao longe eram os únicos objetos sobre ele. Um grande cadeado impedia a entrada por um portão à esquerda do menino. Na extremidade oposta do balcão, paredes com estantes modulares estavam repletas de todos os tipos de equipamentos esportivos. As prateleiras estendiam-se a perder de vista nas sombras. Em algum lugar na escuridão, uma lâmpada de teto tremeluziu sem produzir ruídos.

O rapaz tocou a campainha. O barulho ecoou no espaço. Momentos depois, Will ouviu um chiado ritmado de alguma coisa que deslizava no escuro ao fim do corredor. Ao aproximar-se, o estudante percebeu que era uma cadeira de rodas motorizada com uma roda ruim e um passageiro bem pouco usual.

Não podia medir mais que 1,20 m, torto e contorcido por causa de alguma doença neuromuscular. Vestia uma camisa de uniforme esportivo grande demais e um boné de beisebol com o logo do Centro. Um colete com vários bolsos encobria parte da camisa. Os braços pareciam fracos, mas as mãos eram grandes e expressivas. A direita controlava o *joystick* responsável por mover a cadeia. As pernas aleijadas do desconhecido apontavam cada uma

173

para um lado, e ele tinha nos pés tênis azuis e brancos da Nike sem uma sujeirinha sequer.

A cabeça quadrada e desproporcional do homem estava caída para a esquerda e balançava levemente, um tremor constante. Will não sabia dizer qual era a sua idade. Não havia cabelo visível sob o boné. Parecia jovial e, ao mesmo tempo, atemporal. Em sua camisa havia uma plaquinha indicando JOLLY ALEGRE NEPSTED, GESTÃO DE EQUIPAMENTOS ESPORTIVOS.

— Eu sei o que você está pensando — disse Nepsted, a voz empostada e levemente distorcida.

— O quê? — indagou o menino.

— "Como é que esse cara pode ser 'alegre'?"

Will deu uma risada ao perceber que Nepsted lhe lançava um sorrisinho.

— Me diga você.

O homem levou a mão à cintura. Tirou do cinto um chaveiro de bronze com todo tipo de chaves imagináveis. O molho permanecia ligado ao cinto do homem por uma espécie de cordão elástico.

— Eu sou o cara das *chaves* — explicou. Deixou o chaveiro cair e, automaticamente, o cordão puxou-o de volta para o cinto. Sorriu novamente.

— Então, você é o cara que o novato precisa conhecer — concluiu o menino.

— Will West — disse o outro.

— Como você sabe?

— Quantos calouros acha que a gente vê por aqui nesta época do ano? — Nepsted olhou-o da cabeça aos pés. — Calçados: 41. Cintura: 71 centímetros. Entrepernas: 79 centímetros. Tamanho de camisa: médio.

Apertou um botão na base do controle manual. Uma gaveta de aço abriu-se sozinha abaixo do balcão próximo a Will. Uma caixa preta retangular de vime encontrava-se ali. O menino pegou a caixinha e a colocou sobre a superfície.

Nela havia dois pares de shorts de corrida e de camisetas nas mesmas cores. Uma dúzia de pares de meias brancas longas. Dois conjuntos novos de moletom cinza com o nome da escola bordado acima do logo do Centro: a cabeça do Paladino protegida pelo elmo, com os olhos visíveis pelos vãos da viseira metálica, como se fossem dois brilhantes faróis de luz. Um dos conjuntos era forrado de flanela para quando o tempo estivesse frio. Era tudo do tamanho exato mencionado por Jolly.

Por último, Will encontrou um par de tênis Adidas Avanti, leves como plumas, em uma cor cinza-metálico, com as três faixas típicas da marca em azul-escuro. Eram os tênis de corrida que sempre desejara. O adolescente sabia, apenas de segurá-los, que eram do tamanho e peso perfeitos.

— A chave do seu escaninho está aí também — informou o funcionário.

Will avistou-a no canto da caixa. Uma chave de cobre solitária presa em um aro e com um número esmaecido gravado: 419.

— É bom comprar um cadeado com senha como precaução extra, se você for do tipo desconfiado. Agora, é só assinar este formulário para mim, por favor, e deixar na gaveta.

O menino pegou a prancheta que segurava um recibo. Com a caneta que estava disponível, assinou onde havia um "X" marcado e depois colocou o papel de volta à gaveta.

— Do tipo desconfiado — comentou Will. — As pessoas estão me falando bastante isso. Eu pareço desconfiado?

Jolly movimentou a cabeça para o lado.

— Como vou saber? — replicou. — Estou aqui sozinho trancado nesse lugar. E *eu*, pareço o tipo que confia de graça?

Pressionou o botão no controle e a gaveta voltou a fechar-se com uma pancada ressonante. Nepsted pegou o recibo e meteu-o no colete.

Enquanto Will recolhia seu uniforme, perguntou:

— Por que você ganhou esse apelido?

— Não é apelido.

— Esse é seu nome de verdade?

— Não, meu nome mesmo é Happy. Jolly Alegre são os nomes do meio. Happy Jolly Alegre Nepsted. Feliz e alegre, mas só por dentro — disse Nepsted, sem jamais variar a expressão. — Depois você me conta se tudo coube direito em você. Está procurando o treinador Jericho?

— É, onde é que encontro ele?

— Ele mesmo vai o achar.

— Valeu, Jolly — agradeceu o menino. — Já vi que se eu quiser saber do que acontece por aqui, você é o cara.

Nepsted encarou-o.

— Você não vai querer saber do que acontece por aqui. — Indicou com a cabeça o material que Will carregava. A camiseta com o logo do Paladino estava logo no topo da pilha. — Sabe o que é um paladino?

— Algum tipo de cavaleiro — respondeu o menino. — Da Idade Média.

— Um guerreiro sagrado — corrigiu o homem. — Consagrado a lutar contra as forças do mal.

— Falando em forças do mal — falou o adolescente, apontado para a insígnia na camiseta —, em todas as versões do brasão que vi, que nem nessa daqui, o Paladino tinha derrotado algum cara mau genérico. Mas o brasão no escudo da estátua lá fora mostra um oponente que tem chifre e rabo bifurcado. Está mais para um demônio.

175

Nepsted piscou duas vezes.

— Nenhum novato tinha percebido isso antes.

Will aproximou-se e indicou a figura na peça de roupa novamente.

— Mas, então, por que tiraram o demônio?

Antes que o homem pudesse responder, o telefone negro tocou, tão alto que o balcão vibrou. Jolly atendeu.

— Sala de equipamentos, Nepsted falando. Um momento. — Desligou e olhou para o rapaz. — Vem me procurar de novo mais tarde. Quando estiver *pronto*. — Virou-se com a cadeira e voltou a embrenhar-se nas sombras.

Pronto? Pronto para o quê?

O garoto seguiu os números até encontrar o escaninho designado para ele ao fim de uma ala em um canto afastado. Vestiu o uniforme novo cheio de expectativas. Lembrando que era do tipo desconfiado, ao menos quando se tratava de vestiários, deixou carteira e óculos escuros nos bolsos.

Pelo canto do olho, pôde ver de relance alguém movendo-se por entre as fileiras de armários: um homem de grande porte e ombros largos, usando jaqueta de couro e coturnos militares.

— Dave? — arriscou Will.

— Venha comigo — o estudante ouviu a voz do outro dizer em sua cabeça.

O menino apressou-se em segui-lo por entre os escaninhos, chegando até aquela mesma porta pela qual vira Lyle passar mais cedo. Estava entreaberta. Esgueirou-se por ela, entrando em um longo e escuro corredor.

— Dave? — sussurrou. — Dave, cadê você?

Com cuidado, Will seguiu em frente, os pinos do solado dos tênis produzindo um leve chiado em contato com o concreto, passando as mãos ao longo das paredes para guiá-lo enquanto esperava os olhos se acostumarem ao breu. A diferença de temperaturas entre aquele lugar e o vestiário parecia ser de 36º a mais. O ar estava úmido, quase tropical. Logo alcançou um lance de escadas e desceu, ouvindo um leve assovio que parecia o ruído de vapor escapando de um cano mal vedado.

— Por aqui — ouviu Dave dizer.

No fim da escadaria, o corredor virava à esquerda em um ângulo de 90º. A porta pela qual passara anteriormente fechou com um estrondo metálico. Will congelou. Não tendo ouvido ninguém atrás dele, seguiu em frente, tateando ao caminhar no escuro pelo corredor longo e aparentemente sem fim. Finalmente, um fio de luz surgiu um pouco mais à frente, na altura do chão. Ele se deu conta de que vinha de debaixo de uma porta. Ouviu vozes no outro lado.

— Eles estão trabalhando mais rápido do que a gente pensou, parceiro — comentou Dave. — Mandinga das brabas mesmo. Você precisa ver isso, para saber o que a gente está enfrentando. Coloque os óculos e abra aí.

Will não gostou de como aquilo tudo soava, mas colocou os óculos escuros de qualquer forma. A última frase que o pai havia escrito no caderninho de regras voltou à sua mente:

ABRA TODAS AS PORTAS E DESPERTE.

Will segurou a maçaneta, girou-a e espiou o que havia lá dentro. Uma luz branca, ofuscante, emanava de algo no centro do cômodo. Um grupo de pessoas circundava o objeto, todos totalmente concentrados nele. Era difícil precisar exatamente quantos eram ao todo — a luz dificultava a visão —, mas Will pôde perceber que havia algo de anormal a respeito daqueles rostos. Não tinham feições humanas.

O objeto redondo estava suspenso no ar, à altura dos olhos. Sua superfície parecia estar coberta por uma pálida membrana translúcida. Os contornos do círculo brilhavam como se estivessem em brasa, vibrando em preto, vermelho e verde.

Uma janela, pensou o adolescente. *Uma janela no tecido do ar.*

— É daí que saem os monstros — cochichou Dave.

Através da membrana, Will pôde divisar uma paisagem desconhecida, devastada, toda feita de cinzas e da cor escarlate. Céus negros tingidos por tons venenosos de lilás e verde sustentavam-se acima de uma desolada e vulcânica paisagem. Fogo inflamava-se na linha do horizonte ao longe. O fedor de enxofre e podridão emanava daquele lugar em ondas que cegavam.

— Aquilo é o Nunca-Foi — esclareceu o neozelandês.

Will notou movimentação do outro lado da membrana. Algo saiu de trás de uma pilha de pedras e lançou-se em direção à abertura. Tinha a aparência de uma mulher alta, austeramente bela, nua até onde o menino podia ver, com os seios bem modelados escondidos sob longos e brilhantes cabelos negros. Seus olhos localizaram o estudante.

— Opa — exclamou Dave. — Ferrou.

A mão da criatura quebrou a resistência da película fina, esticando-a até que finalmente se desfez. Outros membros, escuros e escorregadios como tentáculos, rasgaram o restante da membrana. A cabeça e o tronco da figura de mulher deslizaram pelo vão, e foi então que o menino percebeu que os cabelos estavam encharcados e desgrenhados como algas marinhas. Os olhos negros tremeluziam e piscavam, as pálpebras abrindo e fechando, acesos com uma fome implacável. Um odor putrefato alcançou o menino, que sentiu o estômago revirar-se de nojo.

— Corre, droga! — rugiu Dave.

O terror levou a melhor sobre a estupefação que paralisava Will. Ele fechou a porta com violência e correu desvairadamente pelo corredor. No escuro, ouviu a porta atrás dele abrir-se e, em seguida, o ruído seco de alguma criatura que se arrastava pelo piso de concreto em seu encalço.

Dave surgiu na frente dele no corredor e sacou a arma híbrida. Enquanto o outro abria fogo, Will olhou por sobre o ombro. O corredor estava agora piscando graças às explosões quentes de luz branca. O adolescente viu a besta aproximar-se, os membros aracnídeos estendendo-se para tocá-lo, a cabeça jogada para trás, mandíbulas em abertura total, presas terríveis...

— Não olhe para ela! — gritou Dave. Mantendo-se firme, ele acionou o cão da arma, lançando uma barreira explosiva de luz contra a criatura. Ao ver Will passar correndo por ele, Dave gritou: — Com essa são três!

Silvos e uivos ecoavam ao longe, no corredor. O adolescente percorreu as trevas pelo tempo que lhe pareceu uma eternidade. Ao, finalmente, virar em um canto, ouviu gritos e passos atrás dele, vozes humanas: o grupo que ele vira ao abrir a porta.

Trôpego, Will subiu as escadas, tateando a parede para conseguir encontrar o caminho certo. Um som sibilante enchia seus ouvidos. De maneira desajeitada, abriu a porta que dava para o vestiário e cambaleou para lá, os pinos dos calçados deslizando no concreto ao fazer uma curva.

Um par de mãos fortes o puxou para dentro de um quartinho. A porta de aço fechou-se silenciosamente depois que ele entrou. Viu ali vassouras, um esfregão, um balde e mais material de limpeza.

E também viu seu colega de apartamento, Nick McLeish, usando o moletom de treino, agachado ao seu lado, o dedo indicador colado nos lábios demandando silêncio. Momentos depois, os perseguidores irromperam pela porta que dava para o vestiário e passaram batidos pelo esconderijo dos dois meninos. Eram pelo menos dez pessoas, movendo-se tão rápido, que era impossível dizer quem eram.

O último membro do grupo estancou de súbito, bem perto do lugar onde Will e Nick estavam. Pelos vãos da grade de aço, Will avistou um par de tênis de corrida da marca Adidas, pretos e com três tiras vermelhas na lateral. Olhou para cima e viu a mão do dono dos sapatos erguer-se para abrir a porta. Sem fazer barulho, Nick trancou o cadeado no momento exato em que a maçaneta começou a girar. Quem quer que fosse que estivesse do outro lado tentou forçar a porta, mas logo desistiu e foi embora. As vozes e os passos diminuíram até desaparecerem. Nick cobriu a boca com a mão, tentando não cair na gargalhada.

— Do que é que você está rindo? — sussurrou Will.

— Da sua cara, moleque. Quando você chegou, derrapando pelo corredor, dando uma de Scooby-Doo, meu Deus do céu, quase não me aguento.

— Eles estavam me *caçando*, Nick!

— Eu sei, eu sei...

— Você sabe quem eram eles? Você conseguiu ver?

— Não, cara. Eu estava tranquilão perto do meu escaninho, aí você passa voado, eu começo a ouvir mais gente vindo, então achei melhor puxá-lo aqui para dentro. Mas que loucura dos infernos você estava fazendo, cara?

Loucura dos infernos mesmo. O menino hesitou, mas logo se recordou do conselho de Elise: se quisesse sobreviver, precisaria da ajuda de *todos* os colegas.

— Eu não sei — confessou, o corpo inteiro tremendo. — Abri uma porta. E vi alguma coisa que não devia ter visto.

— Bom, entregue o ouro. O que era?

— Não sei nem descrever.

— Sinistro. Que porta? Vem, cara, você tem que me mostrar isso.

— Nem a pau. Nem a pau *mesmo*, Nick. — Will enterrou o rosto nas mãos.

Nick ficou um tempo calado, e, logo depois, deu palmadinhas nas costas do outro.

— Certo, relaxa, neandertal. Não aja como se mil gatinhos tivessem morrido. É melhor a gente tirar você daqui. Antes desse pessoalzinho agradável resolver voltar com as tochas e os forcados.

A COLINA DO SUICÍDIO

Will seguiu Nick, saindo sorrateiramente do depósito de material de limpeza para chegar a uma porta diminuta escondida entre duas fileiras de armários. Prosseguiram descendo um lance de escadas que dava em um longo e estreito corredor, subiram outra vez, passaram por mais um porta e finalmente saíram do ginásio, no lado que dava para as densas florestas, no extremo oposto do campus.

Ávido, Will inspirou e expirou o ar gelado sofregamente, as mãos na cabeça enquanto ainda se recuperava de todo o estresse e tentava compreender o que vira.

Uma fenda no ar... Que nem aquela nas colinas lá perto de casa! Uma janela para o Nunca-Foi... É de lá que os monstros vêm, e é assim que eles chegam aqui... Burbelangs e gremlins e não sei nem que diabo era aquela última coisa horrorosa.

Nick o estivera observando o tempo todo, de braços cruzados, encostado em uma árvore, movendo um palito de dentes de um lado ao outro da boca.

— Mas, no fim das contas, o que você estava fazendo lá no Celeiro, cara?

— Eu devia me encontrar com a equipe de *cross-country* e com o treinador Jericho.

— Jericho? Ah, sério, que tragédia, cara — comentou Nick, balançando a cabeça.

— Por quê? O que tem ele?

— Ira Jericho é o tipo clássico de comandante linha-dura, que não tem dó nenhum de mandá-lo para a guerra nem de quebrá-lo todo. Aliás, falando nele... Bem ali, ó, olhando você.

Will virou-se. Um homem alto e magro de moletom justo estava a cerca de 30 metros de distância, onde uma trilha que começava no ginásio entrava na mata. Os cabelos longos e negros do treinador estavam presos em um rabo de cabalo. A face dele era tão morena que aparentava ter sido esculpida em madeira. Tinha as maçãs do rosto definidas e lábios finos e retesados. Os olhos escuros fitavam Will com intensidade. Levou dois dedos à boca e soltou um assovio estridente e agudo. Apontou primeiro para Will e em seguida para os próprios pés. *Você. Aqui, agora.*

Nº 88: SEMPRE OBEDEÇA À PESSOA DO ASSOVIO PODEROSO.

Will acenou para ele. Olhou para trás e viu que Nick não havia saído do lugar, recostado na árvore.
— Você não vem, não? — indagou.
— Nem vou.
— Por quê?
— Cara, eu sou *ginasta*. Jericho não manda nada na nossa turminha de *acrobatas de circo*.
— Ah, Nick, dê um apoio moral aí, vai. Eu fico devendo uma pra você.
Nick ponderou.
— Me leve na tal sala bizarra que você achou, hoje à noite, que eu topo.
— Pode ser, vai.
Nick deu um impulso para a frente e juntou-se ao colega. Os dois correram sem muita pressa até onde o treinador esperava. Com os braços cruzados, imóvel tal qual uma rocha, o homem os olhava de cima. Devia medir algo em torno de 2 metros de altura. Tudo nele era absolutamente limpo e asseado. Não havia nada fora de seu devido lugar, nem no corpo, nem na alma.
— West — disse Jericho.
— Eu mesmo — respondeu o menino, levantando um pouco a mão.
— Ele mesmo — complementou Nick, apontando.
— Obrigado pela ajuda — disse o homem. Ainda não se movera. — Os dois comediantes estão bem acordados?
— Sim, senhor — respondeu o novato.
— Não entendi a pergunta — disse Nick.
— O treino comigo começa às 13h45 — continuou o treinador. — Em ponto.
Will conferiu o horário no relógio de pulso: 13h40.
— Certo...
— Isso significa *preparar* e *apontar* às 13h45.
— Eu já comecei o aquecimento com ele, treinador — disse Nick. — Ele está pronto para dar a partida.
Jericho encarou Nick, que tentou lançar mão de um de seus sorrisos encantadores.

— Ora, ora, e não é que temos um político nato entre nós? Nosso Recruta Zero aqui vai precisar de um guia para fazer a trilha, McLeish. A corrida vai ser de cinco quilômetros. Você vai com ele.

O sorriso de Nick murchou feito um balão.

— Mas...

— Pode parar, nem precisa dizer: você tem treino agora. Com os *ginastas*.

— Bom, na verdade, é, treinador, eu tenho, sim...

— Balela. Conheço muito bem o horário. Já sei, você quer mesmo é correr 10 quilômetros, não é, docinho?

— Não, cinco quilômetros já está bom — respondeu Nick.

— A equipe se reúne no Carvalho Partido — informou Jericho. — É o nosso ponto de encontro, para a saída e para a chegada. Faça chuva, granizo, geada, ou sol. Mostra para ele, McLeish.

— Deixa comigo, treinador — prometeu Nick. Tomou o braço de Will, ansioso para sair dali, mas Jericho os deteve.

— West, você está no segundo ano e lá na base da cadeia alimentar. Não, esqueça isso: você é tão nada que ainda nem entrou na cadeia. É melhor não se meter no nosso caminho. Se atrapalhar algum dos meus melhores corredores, enterro seus ossos nessa floresta. É melhor andar na linha. Não quero ter que incomodar uma equipe de resgate. Estejam aqui, ou o que restar de vocês, se conseguirem, antes de escurecer.

— Venha, Will...

O menino desvencilhou-se do colega. O tom de Jericho o irritara.

— Vou fazer bem melhor que isso, treinador.

Pela primeira vez, Jericho olhou para ele com algo diferente de desprezo férreo.

— É mesmo? — perguntou. — Você acha que é páreo para minha equipe?

— Acho, senhor.

— Eu duvido, com esse contorcionista de copiloto.

Nick riu, mas parou abruptamente quando Jericho direcionou um olhar mortal como laser a ele.

— Posso fazer mais que só "ser páreo" para sua equipe — afirmou Will. — Eu posso vencer.

O homem lançou-lhe um último olhar que parecia quase interessado.

— Se manda, McLeish.

— Já estamos indo, treinador.

Nick bateu em retirada, depressa, e Will correu atrás para alcançá-lo. Seguiram por uma trilha regular até ela se tornar uma pequena ladeira. Mais abaixo, elevando-se em uma clareira na extremidade da floresta, ficava o gigantesco e majestoso carvalho-branco, antiquíssimo e fantasmagórico, esparramando suas raízes pelo chão. A copa formada por seus galhos se estendia por cerca de 45 metros. O tronco devia ter a grossura de pelo menos 4 metros e meio. Um machucado antigo o danificara brutalmente: uma fenda que percorria o centro da madeira de cima a baixo, larga o suficiente para uma motocicleta passar.

A equipe de *cross-country* do Centro já aguardava ao pé da árvore. Não pareciam menininhos. O grupo era formado por uma dúzia de jovens homens musculosos, robustos, de corpos tão em forma que chegava a ser quase inacreditável. Não lembravam em nada o protótipo dos corredores de longas distâncias, de corpos tipicamente delgados como os de galgos. Poucos deles eram da mesma altura de Will. O restante o superava em tamanho e peso, com diferença de pelos menos 9 quilos. Nenhum deles vestia os moletons forrados com flanela que o novato usava: a indumentária do grupo compreendia apenas camiseta, shorts, meias e tênis. Os braços e pernas expostos estavam avermelhados por conta do frio entorpecente, mas pareciam imunes ao incômodo daquilo. Já tinham se aquecido para o exercício e estavam irrequietos, expulsando a energia excedente como se fossem cavalos puros-sangues esperando para serem liberados para dar a partida. Resfolegadas intensas produziam fumaça cada vez que respiravam.

Os Paladinos. Olhos inflamados pela mesma chama de competitividade que havia no logo. Guerreiros da estrada.

Ao juntar-se a eles, os jovens mediram Will da cabeça aos pés, daquela maneira indiferente e desdenhosa que parecia ser prática comum dos concorrentes antes das corridas. Era a tradução do mais puro menosprezo: *Esse aí não dá nem para a largada.* No grupinho mais à frente, Will reconheceu Todd Hodak, que o encarava. O novato observou a linguagem corporal do grupo, percebendo a forma como concediam a Todd todo o espaço, como se estivesse acima deles, tratando-o com verdadeira deferência.

Ele é o líder.

O recém-chegado concentrou o olhar nos tênis de Todd: pretos e com três tiras vermelhas, da marca Adidas. Os mesmos que vira quando estava escondido poucos minutos antes. Ao tornar a olhar para cima, Will percebeu algo mais vir à tona nos olhos de Todd: uma agitação que ele logo tratou de aquietar.

Será que foi esse o grupo que encontrei naquele lugar esquisito? As pessoas que me perseguiram até o vestiário? Tinha visto Lyle passar por aquela mesma porta também. *O que diabos estava acontecendo lá?*

A equipe deu as costas a ele, como se aquilo tivesse o poder de colocar aquela ideia de lado. O estalido agudo de uma pistola de partida quebrou o silêncio. Jericho encontrava-se mais no alto, fumaça rodeando a pistola erguida no ar.

Com Todd Hodak na dianteira, todos se lançaram como trovões em fila indiana através do buraco no carvalho e colina acima em direção à mata. Acotovelando-se para ganhar vantagem, alcançaram a velocidade de cruzeiro percorridos menos de 45 metros. Will e Nick foram mais lentos em sua reação e, quando entraram no ritmo, o bando já tinha aberto uma vantagem de 50 metros. No topo da colina, passaram por Jericho.

— Esse aí é todo o seu gás, novato? — provocou, olhando o cronômetro.

Nick aproximou-se do colega quando a trilha se alargou, nas proximidades da floresta.

— Aí, Will-Pernil, você só se esqueceu de me falar que é doido de pedra.

— Do que é que está falando?

— Você acabou de dizer ao Jericho que vai ganhar a corrida.

— É, acho que sim.

— Que droga, hein? Bom, tem um monte de esportes mais fáceis para escolher, depois que o treinador destruidor-de-sonhos der um pé na sua bunda... Vôlei, polo aquático, golfe...

— Nada disso é a minha cara.

— Cara, me escuta, estaria fazendo um favor para si mesmo. Eu ia preferir me inflar com gás hélio e começar uma equipe de sumô... a isso aqui. — Nick cuspiu no chão.

— Qual é a de Jericho? Por que ele é tão linha-dura?

— O cara tem sangue sioux oglala, dos índios da tribo lakota, cara — exclamou o menino. — Um tempão atrás, isso aqui tudo era desses camaradas. Acho que ele ainda está meio bolado com o que aconteceu com os antepassados. Dizem por aí que ele é descendente direto do Cavalo Louco.

— Sério?

— Então, se for verdade... O tatatatataravô do cara deu cabo do general Custer.

— Caramba — exclamou Will, diminuindo o passo para que o outro conseguisse acompanhá-lo.

— Dizem que ele herdou algum tipo de poder sinistro de guerreiro-xamã da linhagem... Tipo, ele tem visões, consegue falar com o Grande Espírito.

— Será que é por isso que ele manda a equipe passar pelo buraco no carvalho? — ponderou Will.

Nick fez que sim com a cabeça.

— Os ancestrais dele costumavam caçar búfalos fazendo os cavalos passarem primeiro pelo buraco daquela árvore velha... Por isso Jericho sempre começa e termina todas as corridas desse jeito.

Era uma tradição interessante, mas o menino tinha em mente outra explicação, de ordem mais prática: apenas um corredor por vez podia passar pela fenda, o que fazia daquela a situação perfeita para inspirar atos heroicos de última hora e para fazer os instintos competitivos aflorarem. Não havia espaço para empates naquele curso. Quem vencia ali, vencia sozinho.
— Mas, primeiro, você vai ter que sobreviver à Colina do Suicídio.
— E o que é isso?
— Ah, cara, você não vai querer estragar a surpresa.
Will monitorou o grupo lá na frente, ajustando seu passo e mantendo-o. Pensou que poderia acompanhá-los naquele ritmo dali em diante, contanto que continuasse a uma distância administrável deles, mas a verdade é que os demais eram corredores fortes e confiantes. O elo mais fraco naquele pelotão era melhor que os melhores que Will já enfrentara. Em qualquer outro dia, aquela situação teria lhe parecido um sonho ruim, em que era largado de paraquedas nas finais estaduais sem aviso prévio, o típico pesadelo em que estão para dar a partida e você não consegue encontrar seus tênis ou simplesmente esqueceu como amarrar os cadarços.
Ele, porém, não estava preocupado. Os resultados dos exames feitos por Kujawa haviam mudado as regras do jogo. *Não poupe esforços.* Dane-se, não havia razão para não dar o máximo de si agora. Pela primeira vez em uma corrida de verdade, ele poderia usar a potência máxima daquele seu sistema turboalimentado. Mas, para fazer aquilo valer, ainda teria que agir com inteligência e esperar pelo momento certo.

Nº 73: APRENDA A DIFERENÇA ENTRE TÁTICA E ESTRATÉGIA.

Deixou-se ficar para trás, correndo como se na realidade estivessem fazendo uma caminhada, mas Nick já estava começando a sentir as pernas incomodarem. Sua boa forma era impressionante, mas o corpo do garoto era treinado para vencer desafios de outra natureza: pequenas explosões de força nos saltos sobre o cavalo ou nas provas de solo, e demonstrações de controle absoluto da força propulsora quando lidando com argolas e barras. Nada disso coincidia com as exigências das corridas de longas distâncias, que requeriam a potência de vários cavalos.
— Eu odeio você por isso tudo. — Nick arfou. — Espero que saiba disso... Se não sabe, pode ter certeza de que vou... lembrar você a cada 30 metros.
— As suas pernas sempre foram pesadas assim?
— Olha só, engraçadinho, primeiro tente fazer uma parada de mãos... depois uma saída com duplo mortal para trás... com direito a pirueta... e

veja se consegue cravar... sem quebrar o pescoço que nem um franguinho pronto para servir de jantar.

Ao entrarem na mata, a trilha alternava-se entre uma série de elevações e depressões. As árvores ficavam cada vez maiores e mais ameaçadoras, estendendo-se em todas as direções, nas sombras, a perder de vista. Will nunca havia se embrenhado em matas tão densas, tampouco vira uma flora com tanta vida, variedade e particularidades. Os cheiros o surpreendiam, uma mistura salgada de terra molhada, folhas em decomposição e húmus. A natureza preparando-se para o inverno.

Os tênis novos não lhe pesavam nada, correspondendo, se não ultrapassando, suas expectativas. Will manteve o bando sempre à vista, mesmo quando aceleraram o passo depois do primeiro quilômetro.

— Me fale desse tal Todd Hodak — pediu Will.

— Cara, Todd devia receber o título honorário de imbecil-mor. Ele é o rosto estampado na capa do Guia dos Imbecis. O cara sempre alcança nível 9.5 na Escala dos Imbecis. Em outras palavras... se eu não consegui ser claro, Todd é um grande imbecil, da classe mais alta.

— É, eu percebi.

Nick inspirou fundo, retorcendo-se de dor.

— O moleque é filhinho de papai e acha que é dono do mundo por direito.

— E o que há entre ele e a Brooke?

— As famílias dos dois se conhecem... As duas têm tradição, tipo muita tradição, tradição no estilo Moby Dick. O Papai Imbecil é um chefão lá da Wall Street... Manda em algum daqueles fundos de abertura...

— Fundo de cobertura?

— É, abertura, cobertura... Bom, aí, quando Brooke chegou aqui, o senhor Riquinho caiu matando em cima... Matando mesmo.

— Mas ela não caiu na dele, não, né?

— Cara, Brooke é uma diplomata nata... Só que Todd foi tão prestativo, mostrando a área para ela... Apresentando os seguidores imbecis dele... Que ele conseguiu disfarçar a natureza podre. Mas, depois que ela sacou qual era *mesmo* a dele, só quis distância e obrigado. Mas Todd não é de deixar barato. E Brooke também não dá o braço a torcer. É o embate do ano entre o imbecil e a cabeça-dura, senhoras e senhores... E valendo!

Nick quase tropeçou. Will segurou-o pelo braço e o ajudou a se endireitar.

— Mas eles ficaram, ou o quê?

— Isso que é estranho... Nunca aconteceu *nada*... E ela foge dele que nem diabo da cruz, mas... Depois de mais de um ano, Todd ainda insiste em chegar nela... Fica enchendo o saco... E Brooke é orgulhosa demais para pedir ajuda.

— Você tem razão mesmo — disse o novato. — Presidente da Imbecilândia.
— Presidente, ditador, o que mais você quiser... e dos mais incompetentes. Mas por que... você quer... saber?
Will se esforçou para soar desinteressado:
— Nada. Curiosidade.
— Ah, que lindo... Quem diria... Por baixo dessa armadura toda aí... bate o coração de um Romeu desesperado.
Will fez uma careta para ele.
— Não dê uma de imbecil também, Nick.
— Ah, falando nisso, o Imbecil-Mor é o recordista absoluto da equipe de *cross-country*... É a única coisa... em que ele manda tão bem quanto acha.

Passaram pela última elevação, e o olho-d'água que Will havia visto nos mapas surgiu diante dele: o lago Waukoma. A trilha seguia pela margem, serpenteando por ela na parte mais próxima da mata. O lago era muito maior do que o menino imaginara, com cerca de 800 metros de um lado a outro no ponto em que era mais largo e mais de três quilômetros de extensão. O céu tomara uma coloração cinza-azulada, coberto por uma capa de nuvens, o que era visto no reflexo do espelho d'água. Um vento fresco agitou a superfície do lago, formando pequenas ondas e jogando de um lado para outro boias vermelhas que delimitavam raias de natação. Ultrapassaram uma antiga garagem de barcos, que estava apinhada de veleiros e vários barcos a remo.

O bando acabava de fazer uma curva à frente deles naquele instante, Todd Hodak na dianteira, sem competidor à altura. Ele corria bem, exatamente como todos os guias prescreviam: ritmo estável, equilíbrio perfeito, partes superior e inferior do corpo trabalhando em harmonia. Estava posicionado logo atrás de um menino alto e esguio que havia sido designado para ser o "coelho", ou puxador de ritmo, aquele que marcaria o ritmo da corrida para depois ceder a dianteira. Provavelmente sob ordens de Todd.

— Já mandaram você fazer algum exame de sangue desde que chegou aqui?
— Já — confirmou Nick, bufando. — Umas duas vezes... A gente tem mesmo que correr tão rápido assim?
— Tem. Eles descobriram alguma coisa no sangue?
— Deixa eu pensar... Ah, sim. Era vermelho... Por quê?
— Eles querem que eu faça um *check-up*.
— Eles fazem isso todos os anos com os atletas — explicou Nick, vacilante, como se estivesse prestes a cair de joelhos. — Eu já falei... que odeio você?
— Faz uns vinte segundos desde a última vez.

À direita deles, distanciando-se do lago, o solo elevava-se abruptamente, formando uma longa cumeada de cascalho, salpicada de altas colunas de pedra cheias de riscas. Cada uma delas era atravessada por estrias horizontais de vívidos tons de vermelho, amarelo e creme.

Todo esse desfiladeiro já deve ter sido um leito fluvial, pensou Will. *A água deve ter escavado e escavado durante eras, até desaparecer e deixar esses artefatos estranhos para contar história.*

Na superfície da cumeada logo acima deles, o menino notou inúmeras reentrâncias escuras.

— O que é que tem lá? — indagou. — Cavernas?

— Cemitérios sagrados para a tribo lakota... Vai perguntar para Jericho... Vai ver já até transformaram tudo em um cassino e um shopping center... E odeio você.

— E tudo isso aqui é propriedade da escola?

— Mais de oito mil hectares — comentou Nick, deixando transparecer espanto. — Maior do que a minha cidadezinha.

A ilhota no centro do lago Waukoma tornou-se visível, ao mesmo tempo em que surgia a estranha estrutura que se erguia nela. Will já tinha visto fotografias de castelos no Reno, um rio na Alemanha, e era óbvio que o idealizador daquele conjunto também tinha. Um alto e sólido muro feito de pedra cinzenta e concreto circundava o núcleo da construção, que se subdividia em duas torres. As janelas estavam iluminadas. Uma ponte fazia a ligação entre a entrada e uma doca, onde lanchas balouçavam nas águas levemente agitadas.

— A gente chama isso de a Rocha Escarpada — comentou o veterano.

— E é do Centro também?

— Residência privada — respondeu. — *Escarpa* é uma palavra de origem italiana... Significa casarão do mal... que fica no meio do lago.

— Fala para mim que você não usa essa sua cabeça oca para fazer o dever de casa — pediu Will.

— Algum desses biliardários da vida mora aí... Alguém que já doou uma grana preta para a escola. Um tal de Haxley.

— É o nome do centro médico.

— É, mas ele nunca está aí. Essa deve ser tipo a décima quarta opção de moradia dele.

— Tem gente lá agora. Você já entrou alguma vez?

— Óbvio que não — exclamou Nick, mal-humorado. — Propriedade privada... Entrada *verboten*... Protegida por cães impiedosos e... franco-atiradores... E eu... odeio você... Muito, muito.

Will olhou rápido para o relógio, calculando tempo, ritmo e distância.

— Ainda tem um quilômetro e meio pela frente. Você consegue voltar na boa daqui até o Celeiro?

— Nã-ão. Eu vou é cair aqui mesmo — arquejou o ginasta. — Já entrei em colapso pelo excesso de ácido láctico.
— E qual é a pior coisa que pode acontecer a você?
— Ficar cego. Morrer de hipotermia. E, aí, virar comida de urso.
— Que bom, então. Nenhum motivo para me preocupar.
— Aonde é que você vai?

Nº 13: HÁ APENAS UMA CHANCE DE CAUSAR UMA BOA PRIMEIRA IMPRESSÃO.

— Está na hora de quebrar a banca.

Will disparou na frente, sem dó, deixando Nick para trás, como se ele estivesse caminhando em uma esteira ergométrica. Mal chegou a ouvir o último e débil protesto do colega.

— Maldito seja, Will West!

O caminho fez uma curva para a esquerda, contornando o lado norte do lago. O menino foi vencendo a trilha, colocando muita força em cada passo. De maneira rápida e metódica, diminuiu a diferença entre ele e os outros corredores. Eram 45 metros. Depois, 27. Àquela altura da corrida, o bando já havia se dispersado um pouco, com os competidores menos preparados ficando para trás. Will passou zarpando pelo primeiro dissidente e, logo em seguida, pelo segundo; os dois olharam-no pasmos e sequer conseguiram esboçar uma reação.

Para Will, não passavam de vapor agora.

Por um vão entre as árvores à frente, divisou Todd Hodak e outro corredor de destaque, um menino negro, aumentando o passo, prontos para dar uma arrancada. O garoto que tinham designado como coelho, já tendo cumprido seu propósito, estava prestes a entregar a dianteira.

Faltava um quilômetro para o fim.

A trilha tornou-se reta e mais larga à medida que os competidores se embrenhavam pelo interior da floresta; depois estendeu-se por uma colina que terminava no Celeiro e no Carvalho Partido. A subida era íngreme o suficiente para servir de pista de esqui no inverno. Toda a extensão da subida já era visível a 400 metros de distância, para infligir estresse máximo nos competidores já mentalmente esgotados. Parecia ter sido especialmente colocada ali para tirar qualquer sopro de ânimo dos corredores logo no ponto mais crítico do trajeto. Um diabólico momento final.

A Colina do Suicídio.

O menino esguio que havia sido usado como coelho chegou ao pé da subida e pôs-se de lado como um daqueles foguetes descartáveis que só servem para impulsionar os principais. Hodak e o outro destaque da equipe ultrapassaram-no e apertaram o passo, quase emparelhados.

Will também acelerou ao se aproximar da ladeira à frente. A Colina do Suicídio o teria deixado aterrorizado no passado, antes de ter consciência do que era capaz de fazer, mas, naquele instante, ela não o intimidava. Passou por outro corredor, posicionou-se na lateral da trilha e fez mais outros três de seus concorrentes comerem poeira, zunindo por eles a ponto de mal poderem divisar direito quem era. Estava totalmente concentrado. Mente e corpo trabalhando perfeitamente em conjunto.

Vai fundo. Não há mais motivo para não dar tudo de mim, certo, pai? Pela primeira vez em sua vida.

Will chegou ao pé da colina com todo o gás, nenhuma dor, tensão ou esforço. Parecendo não sofrer nada com a resistência do ar, venceu mais um corredor, e depois o coelho, que estavam logo adiante. Havia apenas mais dois outros o separando dos líderes. A respiração do menino era longa e estável. Podia sentir a energia revigorante que fluía para dentro dele a cada inspiração, o abastecendo para se superar, ir além e mais rápido, e sabia que não estava nem perto de alcançar seu limite. Sentia-se em estado de êxtase. De libertação.

Os dois meninos à sua frente ouviram-no se aproximando e olharam para trás. Maiores que ele, alunos de terceiro ano, correndo lado a lado. Somente a elite estaria perto da liderança naquele ponto do trajeto. Competidores experientes que já tinham ganhado importantes corridas e que, em outros momentos, poderiam estar levando a melhor naquela.

O choque transpareceu em seus rostos. Um novato desconhecido com roupas pesadas e inadequadas tentando superá-los perto da Colina do Suicídio? Que palhaçada era aquela? Entreolharam-se e tentaram acelerar o passo. Afastaram-se um do outro, cada um para um lado da pista a fim de deixar menos espaço disponível para ultrapassagens, determinados a bloquear o caminho daquele moleque insolente. Will mudou de posição e ficou no centro da trilha. Aqueles dois queriam que tentasse passar pelo vão entre eles: estavam convidando-o a fazê-lo.

Uma armadilha.

Ao aproximar-se, o garoto da direita deu uma cotovelada cruel no ombro de Will, tirando seu equilíbrio. O da esquerda acertou-o no pé, tentando feri-lo com os pinos dos tênis. Will deu uma guinada e afastou-se. Sua panturrilha tinha sido arranhada a ponto de rasgar a perna de suas calças. Foi obrigado a diminuir a velocidade por alguns instantes e se recompor.

Os dois bastiões do caminho olharam novamente para o menino e, depois, um para o outro. Sorrisinhos de escárnio cheios de maldade. Estavam certos de que tinham transmitido a mensagem com sucesso e protegido seus líderes, que tinham 30 e poucos metros de vantagem sobre eles. A inclinação da subida aumentou ainda mais, faltando ao menos metade do caminho para chegarem ao fim. Impiedosa.

Uma construção surgiu no topo da paisagem, um mirante alto, feito de madeira, parecido com uma base de observação para identificar incêndios usada por algum guarda-florestal. Próximo ao parapeito, lá estava o treinador Jericho portando binóculos, vigiando a chegada. A chegada dele.

Saca só essa, treinador.

Will disparou, posicionando-se à esquerda. O rapaz naquele lado tentou bloqueá-lo. O novato deu um giro de 360 graus, voltando ao lado direito sem jamais sair do ritmo e furou a barreira, passando entre os dois, com agilidade. O menino à direita agarrou o moletom de Will, mas ele se desvencilhou e passou, imaculado. O agressor, por outro lado, perdeu o equilíbrio, pisou em falso e sofreu uma queda feia. O outro garoto tentou pular por cima do colega, mas prendeu o pé e também foi ao chão. Gritaram, tentando alertar os competidores restantes.

Hodak e o menino negro olharam para trás e avistaram Will a poucos metros, aproximando-se com agilidade. Ambos voltaram a concentrar-se na pista e apressaram o passo com vontade.

Faltavam menos de 50 metros para o topo da colina.

Os pulmões de Will finalmente começaram a queimar. Estava perto de atingir seu limite: a Colina do Suicídio e as táticas cruéis da equipe tinham-no feito cortar um dobrado. Ainda assim, estava em estado de êxtase. Hodak voltou a olhar para trás e, então, deu um impulso para distanciar-se do colega: o macho alfa da equipe ainda tinha reserva de combustível. O outro tentou alcançá-lo, mas a desvantagem em relação ao colega só fazia aumentar em ritmo constante, e, chegando ao cume, assistiu Will ultrapassá-lo.

Lá em cima, a trilha aplainou-se. O novato precisou de algumas passadas para se readaptar. Restavam menos de 200 metros e apenas dois competidores se enfrentando para chegar ao Carvalho Partido. A trilha passava ao lado do mirante. O treinador mudou de posição para poder assistir melhor à chegada.

Will sentiu uma pontada de dúvida pela primeira vez. Hodak estava em casa. Todos os recordes da escola eram dele. Abrira uma vantagem de 9 metros em comparação com o novato. Não seria de espantar caso tivesse toda uma ala da mansão da família Hodak dedicada aos seus troféus, e Will jamais ganhara uma corrida na vida; nunca sequer permitiram que ele tentasse. Em outro dia qualquer, em outra competição qualquer, ficaria feliz com os resultados da maneira que se configuravam naquele momento. No dia em questão, no entanto, não estava disposto a se resignar ao segundo lugar. Intensificou o ritmo da respiração e tentou usar todos os recursos emocionais que pudessem lhe servir de estímulo.

Imagens percorreram seu cérebro: sedãs. Boinas Pretas. Monstros. Tudo o que aquelas pessoas desconhecidas haviam feito a ele e a seus pais. Raiva intensa piscando em vermelho. Tudo concentrado e direcionado ao único homem que restava à sua frente. *Explosivo.*

Menos de 100 metros até a fenda no carvalho.

Fúria pura deu a Will aquilo de que precisava para um último ataque. Apressou o passo e disparou, quase alcançando o ombro esquerdo de Hodak, imediatamente atrás dele. Com mais outro impulso, ficou emparelhado com o adversário. Hodak olhou para o novato. Estava usando sua potência máxima, furioso com a insolência de Will, mas preparado. Decidido a vencê-lo. Tentou acertar-lhe uma cotovelada, da qual Will desviou.

Corriam como loucos, totalmente equiparados, lutando passada por passada. A fenda no carvalho foi se aproximando perante os olhos deles. Apenas um poderia passar por dela e ser sagrado campeão.

CORRE, WILL!

A voz do pai, real e clara como se estivesse logo ao lado do menino.

Com uma última explosão de velocidade, Will desviou para a direita e meteu-se na frente de Hodak faltando dois passos para o carvalho. Sentiu os pinos do tênis do adversário roçarem seus calcanhares. Um vento fresco envolveu Will no instante em que atravessou a abertura — seu moletom raspando nas laterais da árvore —, e então ele estava do outro lado.

Continuou a correr, carregado pelo impulso, desacelerando a cada passo, pernas liquefazendo-se como manteiga. Hodak caiu de joelhos assim que passou pelo tronco, buscando ar enlouquecidamente. Will virou, curvou-se, também lutando para sugar o máximo de ar que podia. O restante da equipe chegou e reuniu-se em volta do capitão. Os dois brutamontes que haviam tentado tirar Will da jogada na colina colocaram Hodak de pé outra vez.

Com as faces lívidas e punhos cerrados ao lado do corpo, o valentão caminhou até Will. O menino endireitou-se e se manteve firme no lugar. Hodak parou a poucos centímetros dele, ainda tentando estabilizar a respiração. Apontou um dedo para o rosto do novato, mas só fez gaguejar, sem saber o que dizer.

— Maravilha de corrida, não foi? — exclamou Will, respirando fundo. — A adrenalina está me dando a maior onda agora.

Todd parecia simplesmente confuso.

— Desculpa, mas qual é seu nome mesmo? Esses detalhezinhos pequenos sempre escapam da memória...

Os olhos de Hodak inflamaram-se de raiva. Estava enlouquecido em todos os sentidos possíveis.

— Você está ferrado — ameaçou. — *Ferrado!*

— Nossa, quanta sensibilidade. Foi mal, sou péssimo para guardar nomes.

Os companheiros de equipe tiveram que pular em Todd para contê-lo. Ele se debateu todo, gritando ameaças, até que o assovio pungente de antes soou novamente. Todos ficaram imóveis. O treinador Jericho contornou a árvore e olhou para a cena com os olhos apertados.

— Se acalmem — ordenou à equipe. — Para dentro.

O pelotão saiu carregando Todd em direção ao ginásio. Will ficou para trás. Sentiu o pulso voltar ao ritmo normal, a respiração se regularizar. Já estava se recuperando! Esperou Jericho falar primeiro, mas o homem apenas o fitou.

— Como me saí, treinador? — indagou o menino.

Jericho verificou o cronômetro: queria que Will soubesse que tinha registrado seu tempo.

— Não se atrase amanhã — advertiu. — Aí a gente conversa.

Retornando o cronômetro ao bolso, partiu rumo ao Celeiro.

Will voltou-se para a Colina do Suicídio e avistou uma figura solitária cambalear lá no alto, pender para um lado, cair primeiro de joelhos e depois estirar-se no chão. Will correu até onde Nick estava, um pouco à margem da trilha, resmungando e bufando melodramaticamente em busca de ar.

— Ê, derrota — brincou Will.

— Metido — retrucou o outro.

— Acabei com a raça do Imbecil-Mor.

— Sério? Maravilha... Eu queria te dar... os votos mais sinceros de parabéns... mas acabei de lembrar... que eu ainda... odeio muito, muito você.

UM MAL-ENTENDIDO

Will aguardou o restante do time deixar o vestiário antes de tomar uma chuveirada e se trocar. Encontrou um kit de primeiros socorros no escaninho e limpou os arranhões na panturrilha esquerda. Um orgulho silencioso o havia tomado por inteiro, de uma maneira que nunca sentira antes. Tinha provado seu valor na frente daquele treinador linha-dura, fora capaz de se safar de todas as situações adversas que Todd Hodak e seu séquito criaram dentro do próprio território deles, e tudo aquilo com estilo.

Eram 16h30 e já estava quase escuro quando os dois colegas retornaram ao apartamento. Nick chegou mancando, chiando por causa das pernas, e se jogou no sofá, adormecendo de imediato. Ninguém mais tinha voltado até então. Will trancou-se no quarto, ligou o tablet e verificou o e-mail. Nada. Tirou o celular de debaixo do colchão e levou-o consigo para o banheiro.

Três ligações perdidas de Nando. Todas nas últimas duas horas. Nas duas primeiras tentativas, ele não deixara mensagens de voz, mas na terceira, sim: "Will, cadê você, cara? Notícias bombásticas. Me dê um toque."

Will apertou o botão RETORNAR LIGAÇÃO. Nando atendeu após o segundo toque.

— E aí, Nando, onde você está?

— Na estrada. Dia caótico. Segui aqueles sedãs ontem à noite até Los Angeles. Os Boinas ficaram em um hotel perto da Universidade da Califórnia, aí eu fui dormir na casa do meu primo.

— Você nem voltou para casa ainda?

— Já falei pra você, cara, sou que nem cachorro roendo osso. Molhei a mão de um guardador de carro de lá, aí ele me avisou quando os Boinas pediram os possantes. Sete horas da matina: todos os três sedãs seguiram para um prédio do governo, meu camarada. Na Wilshire Boulevard, em Westwood. Aí eles subiram para a garagem privada do edifício.

Prédio do governo... A mente de Will divagou para algo que Robbins havia lhe dito: *É uma entidade sem fins lucrativos que recebe fundos do governo...*

— Dá uma olhada lá na recepção, naquela placa grande onde listam as salas — pediu o menino. — Vê se não tem o escritório de uma fundação chamada Agência Nacional de Avaliação Escolástica.

Nando ficou em silêncio, tomando nota.

— Já ligo de volta com a informação, chefia.

Desligou. Will procurou nas ligações recentes o número de serviços do Aeroporto de Oxnard e rediscou. A mesma jovem que falara com ele no dia anterior atendeu.

— Quem fala é o xerife Johnson — mentiu ele novamente. — Foi com a senhora que falei ontem a respeito de um voo fretado pelo Sr. Jordan West, em um bimotor Bombardier Challenger 600?

— Foi, sim, senhor, estou lembrada.

— Estavam programados para ir para Phoenix. Eles já voltaram?

Ela hesitou um pouco.

— Não, senhor.

— A senhora pode confirmar para mim se eles realmente chegaram a *pousar* em Phoenix?

— Pousaram. Conforme o planejado, na noite de ontem.

E, com sorte, passaram o restante do tempo dando voltas em Phoenix e procurando por mim em rodoviárias e casas de assistência a jovens.

— E a senhora teve alguma notícia desde aquela hora?

— Não. O avião saiu de Phoenix há cerca de duas horas, mas não sabemos qual é o destino.

— Então eles não estão voltando para Oxnard? — indagou o menino.

— Não, senhor. Não sabemos onde estão.

— Mas o piloto da companhia não avisou qual era o plano de voo a vocês?

— Estava prestes a perder o controle.

— O piloto não entrou em contato, senhor.

— E o controle de tráfego aéreo de Phoenix? O piloto não tinha que dar satisfações à torre?

— Estamos tentando obter essa informação — explicou ela.

A mulher colocou a mão sobre o bocal e se dirigiu a outra pessoa; em seguida, retornou com a pergunta:

— A respeito do que o senhor precisa falar com o Sr. West?

Will tentou manter a voz calma e controlada.

— É confidencial.

Ela pausou outra vez.

— O senhor pode esperar um momento?

Uma voz masculina que Will não havia ouvido antes tomou o telefone, cheia de autoridade e objetividade:

— Aqui é o inspetor Nelson, da Federal Aviation Administration — disse. — Com quem eu falo?

Will desligou abruptamente.

Federal Aviation Administration? Como assim? O que é que a FAA, o órgão regulador da aviação civil dos Estados Unidos, tinha a ver isso? Espere: hoje em dia, se você aluga um jatinho particular e não devolve, isso não deve automaticamente atrair a atenção deles? Sem falar no Departamento de Segurança Interna do país.

Não sabia que conclusões tirar daquela história toda, mas as últimas horas agora pesavam terrivelmente sobre seus ombros enquanto voltava ao quarto.

Dave estava sentado à escrivaninha, o cubo de vidro nas mãos, fitando fixamente os "dados" negros que flutuavam preguiçosamente lá dentro, suspensos no vácuo sem força gravitacional.

— Saudações, parceiro — disse o homem com um sorrisinho. — Você parece surpreso.

— Eu sou esquisito assim mesmo: sempre me assusto quando você aparece quebrando as leis da física.

— Queria ter certeza de que tinha se recuperado depois da nossa expediçãozinha...

— Por que você não me avisou que aquela coisa ia estar lá embaixo?

— Eu também não sabia. Só queria que visse o Buraco da Doninha. — Ele ergueu o cubo. Símbolos e glifos estranhos surgiram lá dentro, seguidos pela projeção da imagem do monstro que tinham visto. — Era uma lâmia, aliás. Parte mulher, parte serpente, parte aranha. E, macacos me mordam, não é que elas sabem fazer um belo de um estrago?

— Isso aí ainda está atrás de mim? — indagou o menino, os olhos arregalados.

— Não, parceiro, eu apaguei a bichinha depois que você deu no pé. Sem grilo.

— Mas foram os Boinas que mandaram ela atrás de mim, especificamente, que nem fizeram com os outros?

— Acho que não — respondeu Dave. — Típico caso de estar no lugar errado e na hora errada. Assumo a culpa dessa vez.

Will sentiu uma pontada no peito.

— Escute, o que eu quero saber é se os Boinas sabem que eu estou aqui na escola.

— Pense assim: a lâmia não teve tempo de espalhar a notícia. Aí, tudo fica dependendo de quem mais viu você. Você chegou a dar uma boa olhada na pessoa que a evocou?

— Não, mas tenho uma noção de quem pode ter sido — explicou o rapaz, andando de um lado para outro. — Mas, mesmo se eles não estavam querendo me pegar, só posso achar que isso tudo quer dizer que existe uma ligação entre os Boinas Pretas e aquela gente. Estou certo?

— É o que parece — respondeu Dave, sério.

— Então, a gente tem que descobrir com certeza quem é que estava lá.

Will sentou-se na cama, pegou os óculos escuros e girou-os nas mãos, absorto em pensamentos.

— Esse tal Buraco da Doninha, aquele portal, é por ele que aquelas coisas saem do Nunca-Foi e vêm para cá, não é?

— É — confirmou Dave. — É assim que funciona, dá uma olhada.

Ergueu o cubo: os dados pararam de se mover e liberaram um poderoso jato de luz. Saída da luminosidade, uma cena impressionante projetou-se na parede, com vacas em um pasto ensolarado. Mais para o canto, uma fenda meio turva, como aquela que Will vira mais cedo, começou a se abrir, como se alguém estivesse fazendo um corte em uma parede. Ao completar o círculo, formas indistintas forçaram passagem através dele pelo outro lado, até a película ceder, libertando uma cascata de forças invisíveis que distorciam o ar.

Will colocou os óculos escuros e viu uma massa de lesmas negras híbridas e medonhas sendo despejada no campo. Cobriram as vacas, consumindo-as totalmente, fazendo com que se reduzissem a carcaças em questão de segundos.

Horrorizado, o menino tirou os óculos. A imagem desapareceu.

— Por que é que não consigo ver essas coisas sem os óculos?

— É uma questão de frequência eletromagnética — respondeu o homem. — Demora um tempinho até eles entrarem no nosso espectro visual depois de cruzarem o portal. As lentes resolvem isso. A gente não costuma dar esse tipo de equipamento para qualquer um, mas você precisa ter noção do que está enfrentando.

— Do que *eu* estou enfrentando?

— Deixar você em forma para o que vem por aí é o meu objetivo a essa altura do campeonato. Já vi homens fortes desabarem sob a pressão, mas você está arrebentando.

Will respirou fundo.

— Eles conseguem passar para cá sem ajuda?

— Raios me partam, essa é boa. Está me perguntando se os Ursinhos Carinhosos podem sozinhos abrir um buraco do lado *deles* da membrana? A gente ia se afogar em um mar deles agora.

— Você os chamou de Ursinhos Carinhosos?

— Não é um termo *técnico*, é tipo um apelido.

O adolescente engoliu em seco.

— Então foi assim que eles trouxeram aquela... *coisa* que usaram na minha mãe.

— O Acompanhante. De todos os chatinhos na jogada, esse aí é dos piores.

— Mostre para mim — pediu Will.

Dave alçou o cubo no ar e outra imagem pintou a parede: uma abjeta espécie de "inseto" de forma cilíndrica.

— Uma praga pequena, mas maligna — comentou. — Ele é carregado por um rastreador mecânico que o leva até o alvo. Ele se desdobra e gruda, que nem parasita, na parte de trás do pescoço da vítima. As pessoas geralmente o confundem com uma mordida de inseto.

Will recordou-se da marca vermelha que vira no pescoço de Belinda quando estavam na cozinha de casa. Sentiu um arrepio percorrer a pele.

— Ele se infiltra e eclode na corrente sanguínea. A horda de ovos que ele bota invade o sistema nervoso, se espalha até chegar ao cérebro e começa a ter influência sobre o comportamento da vítima.

A cena ilustrava a infestação descrita por Dave, mostrando o parasita atacando um "modelo" humano tridimensional genérico.

— Você quer dizer que... essa coisa pode tomar o controle da mente da pessoa? — perguntou o menino.

— Isso aí. O que a gente ainda não conseguiu entender bem é que não são só as *pessoas* que podem ser afetadas pelos parasitas. Eles funcionam em tudo: animais, plantas, até em objetos inanimados. Alguns dos quais, em grupos de controle, tornaram-se bem... animados, por assim dizer.

— E dá para se livrar deles? As vítimas sobrevivem?

— Não que a gente saiba — respondeu Dave com a voz suave. — Desculpe, parceiro.

Bateram com força à porta.

— Fale baixo — sussurrou Will.

— Já disse pra você, eles não conseguem me ouvir...

— Já vai! — gritou o menino. Abriu a porta do closet. — Então, você se importa de entrar aqui?

— Não precisa disso.

— Eles também não conseguem *vê-lo*?

Dave sorriu.

— Não, só se a gente quiser.

Bateram novamente, de forma ainda mais premente. Quando Dave virou para a porta, Will teve a oportunidade de observar as costas de sua jaqueta outra vez.

— Aliás — disse, baixando o tom de voz —, eu sei o que ANZAC significa.

— Bom para você, parceiro. E o que tem a ver lé com cré?

— Está escrito na sua jaqueta. Tá desligado, é?

— Ah, sim. Vou me lembrar de nunca mais menosprezar sua capacidade de observação.

Dave estendeu um dedo e deu um peteleco na garrafa d'água aberta deixada sobre a escrivaninha. Ela caiu e começou a molhar as tábuas do piso. Will revirou os olhos, irritado, destrancou a porta, deixando apenas uma fresta aberta.

Brooke. Ainda não tinha tirado o casaco, nem o cachecol e estava ofegante. Gotículas de suor salpicavam o nariz e a testa dela. Tinha uma expressão de urgência nos olhos.

— Desculpa, posso entrar? — pediu ela.

— Claro. Só não liga para o... ah, deixa para lá.

A menina entrou com rapidez pela fresta. Ele fechou a porta. Era evidente que Brooke não conseguia mesmo ver Dave, que ficara todo animado, empertigado na cadeira, assim que a jovem entrou. Chegou até a dar um assovio malandro.

— Mas que gata — exclamou deliciado.

— Cala a boca aí — retrucou Will.

— O quê? — perguntou Brooke, virando-se para ele.

— Nada, não. Eu perguntei "mas e aí?".

— Will, escuta, cheguei agora há pouco, e a porta do escritório do Lyle estava aberta. E eu vi o *Todd* lá, falando com *ele*. De um jeito bem intenso, que só dá para descrever como *conspirativo*.

— Que arraso — comentou Dave. — Ela é uma verdadeira beldade, parceiro.

— Todd e Lyle — disse Will, lançando ao homem um olhar raivoso sem deixar Brooke ver, enquanto levava um dedo ao lábio: *Fecha a matraca*.

— É. Aí eu chego aqui e o Nick me conta o que acabou de acontecer entre você e o Todd no *treino* de hoje...

— Ah, foi tudo na esportiva...

— Não, Will, você não entende: se ele acha que você mexeu no queijo dele, o Todd vai vir atrás. E vai vir logo, em um piscar de olhos...

— Qual é o problema desse cara?

— O problema é que com ele não tem meias medidas. Quando fica com raiva, ele explode, sem aviso prévio, e você tem que sair logo da frente.

— E ele tem que deixar *você* em paz — redarguiu Will.

— É esse mesmo o espírito, garoto — exclamou Dave.

— Isso não tem nada a ver comigo — continuou Brooke. — Tem a ver com você. Eles já devem estar vindo para cá *agora mesmo*.

199

— E daí?

— E daí que você não leu o Código de Conduta, leu? Você quer dar um motivo de bandeja para eles o expulsarem da escola?

— Que motivo?

Os olhos de Brooke arregalaram-se de espanto.

— Que tal o seu *celular*?

— Ah, é. — Will pegou o aparelho e estendeu-o a ela. — Aqui, ó, fica contigo.

— Não! Will, eles podem revirar o apartamento inteiro se não acharem nada aqui...

— É melhor ouvir a menina, parceiro — aconselhou Dave.

— O Lyle tem autoridade para fazer isso?

— Tem, e você saberia disso se tivesse lido o manual. Por que é que tem água derramada pelo quarto todo? Vai pegar uma toalha...

A campainha soou, repetidas vezes.

— Eles chegaram — disse ela. — Vou tentar enrolá-los. Jogue esse telefone pela janela. Tranque a porta depois que eu sair. *Agora*.

Ela partiu, apressada. Will fechou e trancou o quarto. Olhou para o celular e depois para Dave, que não se movera um centímetro de seu lugar à mesa. Não parecia muito preocupado.

— Eu realmente preciso ficar com isso — afirmou o jovem.

— Copiado. Melhor achar um esconderijo para ele, então — concluiu Dave.

O homem recostou-se e deu batidinhas no chão com os coturnos. Will ficou espantado de ver como praticamente toda a água derramada havia desaparecido. Ajoelhou-se para olhar melhor e se deu conta de que o pouco que sobrara estava escoando por um vão praticamente invisível entre duas tábuas de madeira sob uma das pernas da escrivaninha.

Ouviu vozes alteradas na sala: a de Brooke, talvez a de Nick. *Definitivamente* as de Lyle e Todd. Já estavam no alojamento.

Will moveu a mesa alguns centímetros para o lado, ajoelhou-se e tateou as bordas do vão, usando as unhas. Tentou puxá-la para cima. Ela levantou-se levemente, mas não cedeu muito.

O estudante pegou o canivete suíço, escolheu a lâmina mais fina e usou-a como alavanca entre as tábuas. Alçou a placa uma fração de centímetro, o suficiente para conseguir segurá-la e, em seguida, removeu-a: um pedaço de madeira medindo 7 por 15 centímetros, bordas sem irregularidades, perfeitamente cortadas. Sem qualquer sinal de emenda. Nada que fosse detectável a olho nu.

— Trabalho de primeira, esse — comentou Dave, inclinando-se para olhar melhor.

Abaixo do vão no piso havia um espaço aberto de 30 centímetros de profundidade e 15 de largura.

Uma batida violenta veio da porta.

— Abra, Sr. West! Agora mesmo!

Lyle Ogilvy.

Will colocou celular e carregador no esconderijo, retornou a tábua solta ao lugar e puxou a pesada mesa novamente para a posição correta.

— Pode ficar à vontade para interferir quando quiser, viu? — sussurrou o menino para Dave.

— Você está dando conta, parceiro.

— Eu tenho uma chave mestra — advertiu Lyle. — E vou usá-la depois de contar até...

Will destrancou e abriu a porta.

— Dez? — indagou.

Lyle olhou-o com desprezo, lívido de raiva. Todd estava logo atrás, encarando-o fixamente, as mãos nos quadris, flanqueado pelos dois valentões da equipe de corrida, os mesmos que tinham tentado jogar sujo com Will na Colina do Suicídio. Ambos apresentavam múltiplos cortes e arranhões nos rostos, causados pela queda sofrida. Além deles, na sala comum, estavam Brooke e Nick, este observando tudo com expressão tranquila e despreocupada, reabastecendo a lareira com lenha.

— Você *consegue* contar até dez — provocou Will —, não consegue, Lyle?

O jovem de nariz empinado ergueu uma cópia do Código de Conduta à altura dos olhos do novato e sacudiu-a para dar ênfase às suas palavras:

— Página 5, seção 7 do Código de Conduta — começou. — Suspeita de posse de objetos ou materiais contrabandeados dão ensejo para busca imediata de toda a área residencial do aluno em questão. — Ele virou-se para Brooke e Nick. — Vocês dois também já podem começar a abrir as portas, depois se sentem e fiquem *quietinhos* até segunda ordem.

Fizeram conforme o ordenado. Lyle relaxou os ombros e entrou no quarto, passando direto por Will. Todd e o séquito também entraram sem fazer cerimônia. O líder, inclusive, parou para encarar Will com um sorrisinho de escárnio. Dave havia saído de seu lugar cativo; estava agora debruçado sobre o parapeito da janela, observando tudo calmamente. Nenhum dos recém-chegados o tinha notado.

Foi então que Ajay entrou no apartamento. Estancou ao ver Will no quarto. Os olhos dos dois se encontraram e Will fez o gesto de estar segurando um telefone invisível e moveu os lábios silenciosa e pausadamente para que o amigo pudesse entender o que queria dizer: "Chame o Sr. McBride."

Ajay fez que sim, deu ré e fechou a porta em silêncio. Will virou-se para Lyle e os outros invasores, que tinham começado a revirar seu quarto de forma bastante metódica. Todd disparou em direção à escrivaninha, enquanto os outros dois verificavam banheiro e armário. Lyle virou o colchão ao contrário, tateando à procura de calombos suspeitos por entre as molas.

Nº 65: A PESSOA MAIS ESTÚPIDA É A PRIMEIRA A MOSTRAR SEU NÍVEL DE INTELIGÊNCIA.

— Todd, amigão — disse Will —, se você quer mesmo me ferrar tanto assim, devia ir direto ao meu superesconderijo. Bem debaixo dessa escrivaninha aí. Você está praticamente em cima dele.

Todd parou o que fazia e fechou a cara.

— Está achando que eu sou *idiota*?

Dave concordou com a cabeça, deu uma piscadela e lançou um sinal de positivo entusiástico a Will.

— Ué, só queria ajudar — retrucou o menino.

— Vá para a sala e fique esperando lá com seus coleguinhas — mandou Lyle. — Com o respaldo do Código de Conduta, página 19, subseção 6...

Nº 96: MEMORIZE A DECLARAÇÃO DOS DIREITOS DOS CIDADÃOS DOS ESTADOS UNIDOS.

— Não, não vou.

— Oi? *Como é?*

— Vou ficar bem aqui e ver o que vocês estão fazendo — respondeu o adolescente. — Com o respaldo da Declaração dos Direitos dos Estados Unidos da América, Quarta Emenda. Guarda contra buscas e apreensões infundadas. Só para garantir que nenhum item de contrabando "acidentalmente" vá cair de paraquedas no meu quarto.

Lyle perfurou-o com os olhos.

— Você está me acusando de plantar provas incriminatórias?

— É só não deixar nada cair do bolso de ninguém.

Os paus-mandados voltaram do banheiro sem ter encontrado nada, e Todd balançou a cabeça negativamente. Frustrado, Lyle pegou a lista de regras do pai de Will da mesinha de cabeceira.

— E o que é *isto?* — perguntou, enquanto folheava.

A mera visão do caderno do pai nas mãos de Lyle enfureceu o menino.

Nº 30: HÁ MOMENTOS EM QUE A ÚNICA MANEIRA DE SE LIDAR COM UM VALENTÃO É ATACAR PRIMEIRO. COM FORÇA.

— Isso é *particular* — disse, caminhando até o garoto mais velho. — Eu não dou a mínima para o que o seu código de conduta idiota diz. Da próxima vez que você decidir dar uma de oficial da Gestapo para cima de mim, é melhor trazer um mandado assinado por um juiz. Porque se vier aqui sem um de novo... vou usar a minha cópia da Constituição e quebrar todos os seus dentes com ela.

Os quatro intrusos ficaram paralisados. Will arrancou o caderno das mãos de Lyle, que tinha ficado pálido, pipocado de manchas lívidas nas faces.

Dave pulou do lugar onde estivera empoleirado na janela e começou a fazer algo parecido com uma dança da vitória.

— Você não pode falar assim com ele — desafiou Todd, metendo-se entre os dois.

— No que você é bom, Todd? — indagou Will.

— *Como é que é?*

— Quais são seus méritos? Quero dizer, além de ser o "segundo mais rápido" e o "herdeiro"?

Os olhos do garoto ficaram vermelhos tal qual luzes de freio; seu corpo inteiro tremia. Lyle pousou a mão no ombro dele, mas Todd se desvencilhou e caminhou até ficar a centímetros do rosto de Will.

— Você já pode fazer as malas — avisou ele.

Nº 76: QUANDO VOCÊ ESTIVER COM A VANTAGEM, TIRE PROVEITO MÁXIMO DELA.

— Saiam daqui — ordenou Will. — Agora. Todos vocês.

Ficou cara a cara com Todd, que cerrou os punhos e derrubou a foto dos pais de Will da mesinha de cabeceira. Com a queda, o vidro se estilhaçou. Fúria tomou conta de todo o corpo de Will, espalhando-se como se fosse o sol nascendo em câmera lenta.

Eu vou arrancar esse sorrisinho babaca da sua cara.

Uma energia indomável cresceu e percorreu o peito e a garganta do menino, corrente elétrica incendiando sua espinha dorsal, mas, justamente quando estava prestes a liberar toda aquela força, Dave curvou-se perto de Todd e soprou de leve perto de seu ouvido. O garoto deu um tapa na orelha, claramente assustado, girando o corpo para procurar de onde viera aquilo.

— Mas que diabos...? — indagou.

Will notou uma expressão pensativa e intrigada perpassar o rosto de Lyle. *Ele não sabe como explicar... Mas sentiu a presença do Dave ali.*

— Vasculhem os outros quartos — ordenou o monitor.

Todd baixou a cabeça e saiu trotando porta afora. Os comparsas o seguiram. Lyle aproximou-se de Will e distorceu o rosto com uma versão macabra de um sorriso. O menino sentiu o cheiro de mau hálito e suor acre. A adrenalina tornara a voz do intruso áspera e seca, a saliva ia se acumulando nos cantos dos lábios de aparência doentia.

— Já saquei direitinho que tipo de pessoa você é — disse o rapaz.

— Ah, é?

— Você acha que ser *bonzinho* é tudo o que importa. Que *bondade* e *virtude* têm relação com *valor*. É com essa ideia falsa que os perdedores sempre se consolam. A falácia patética dos fracos.

O coração de Will começou a bater mais rápido. O sangue parecia ter deixado seu rosto.

— Nós não gostamos de você — continuou o outro com a voz suave. — Não gostamos do que você estar aqui representa: caridade para os insignificantes. A promessa falsa de um "jogo justo". O jogo aqui não é justo. Nunca foi. Não *é para ser.*

— "Nós", quem? — questionou Will.

— As pessoas que estão acima de você — respondeu Lyle com crueldade. — Você é um *parvo*, um inconveniente. E não é digno de um lugar aqui no Centro. Mas não vai ficar por muito mais tempo. Pode ter certeza.

Lyle endireitou a jaqueta nos ombros tortos. Will seguiu atrás dele. Brooke e Nick estavam assistindo aos outros tentarem abrir a porta do quarto de Elise. Lyle pegou a chave mestra e deu um passo à frente para resolver a situação. Will procurou o telefone preto mais próximo e apertou o botão.

— Boa noite, como posso ajudá-lo? — disse a telefonista.

— Mande uma ambulância para Greenwood Hall — disse Will, alto. — Quarto piso, apartamento 3. Agora mesmo. Aconteceu um acidente horrível.

Lyle, Todd e os dois brutamontes encararam o menino. Erguendo o aparelho telefônico, Will avaliou seu peso e solidez. Ao perceber o que o colega pretendia, Nick pegou um daqueles atiçadores de lareira que parecem um espeto feito de ferro e começou a bater de leve com ele na palma da mão.

Todd tomou a chave de Lyle e encaixou-a na fechadura. Elise abriu abruptamente a porta do lado de dentro e bloqueou a entrada. Tinha o taco de hóquei em mãos e girava a lâmina de maneira confiante, como quem quer mostrar que não está de brincadeira.

Encorajada pelos demais, ainda que não estivesse tão empenhada, Brooke pegou uma almofada do sofá. Recuou um pouco, totalmente preparada para fazer o arremesso.

— O que foi que disse? — indagou a telefonista.

— Um segundo — pediu Will. Baixou o fone e fez uma contagem dramática, apontando para Lyle, Todd e os paus-mandados: *um, dois, três, quatro*. Levou o fone novamente ao ouvido: — É melhor pedir logo duas ambulâncias.

Todd fez um sinal para os comparsas. Flanquearam Elise. Com reflexos dignos de uma serpente, a garota atingiu os pulsos dos meninos com um movimento preciso do taco. Eles se afastaram balançando as mãos, cheios de dor. Os dois lados tensos, ambos aguardando uma reação do adversário, a promessa de violência pairando no ar.

À soleira da porta de Will, Dave tirou do bolso um isqueiro, acendeu e ergueu-o no ar, como os fãs de bandas de *glam* rock da década de 1980 faziam nos shows. Desapareceu instantes depois, no momento em que a porta foi aberta de maneira abrupta. Dan McBride irrompeu no apartamento, seguido por um Ajay sem fôlego.

— O que está acontecendo aqui? — indagou o homem. — Sr. Ogilvy? Por favor, uma explicação.

— Vasculhando o quarto à procura de contrabando, senhor — respondeu.

— Por que motivo?

— Não tem motivo — intrometeu-se Will.

— Tenho, sim! — disse Lyle, os olhos chamejando com raiva, mas logo depois pareceu estar arrependido de ter dito aquilo.

Will podia ler nos olhos do monitor: *Ele viu algo, mas não pode revelar como. Tem mais por trás do comportamento dele do que só vontade de pegar no meu pé. Talvez muito mais.*

— Então, vamos ouvir seus motivos — pediu McBride.

— Receio não ter como provar nada — respondeu Lyle, voltando atrás. — Ainda. Vamos chamar isso tudo de um mal-entendido.

Lyle gesticulou para os outros, que rapidamente o seguiram até a saída. Nick, de maneira bastante educada, abriu a porta para eles e acenou-lhes um adeuzinho.

— Tchau, tchau — disse baixinho. — Façam boa viagem até a Imbecilância.

Todd lançou-lhe um último olhar cheio de veneno enquanto saía. McBride acompanhou-os até o corredor.

— Volto já — disse ao sair.

— Alô? Sr. West, ainda está aí? — perguntou a telefonista. — Sr. West?

— Desculpe. Disquei errado. — E desligou o telefone.

— Caramba. Essa foi sinistra — exclamou Nick.

Nick ofereceu o punho em comemoração e Will aceitou. Brooke deixou a almofada de volta no sofá e abraçou Will, que não fez objeções. Escorada no batente da porta, girando o taco de hóquei nas mãos, Elise tinha um sorriso meio torto estampado no rosto e uma sobrancelha erguida.

— *Duas* ambulâncias — disse ela. — Legal.

— Legal? — repetiu Ajay, pulando por todo o cômodo. — *Legal?* Você está de brincadeira, né? Foi totalmente, incrivelmente *animal*.

McBride retornou.

— Will, venha aqui fora comigo um instante — chamou.

O VIANDANTE

Já no corredor, Dan McBride confidenciou a Will que aquela não era a primeira reclamação que recebia a respeito de Lyle Ogilvy. Explicou que o Centro dava aquele tipo de autoridade aos monitores porque refletia a filosofia da instituição de que os estudantes deviam governar a si próprios. Ocasionalmente, aquilo trazia alguns casos de abuso de poder. McBride prometeu levar o incidente ao conhecimento do diretor Rourke.

— Fico feliz que tenha me chamado, Will. Avise se ele voltar a causar problemas. Você tem certeza de que não sabe o que Lyle estava procurando?

O menino sentiu-se mal por mentir a seu orientador, mas não viu alternativa.

— Não mesmo, professor.

McBride desejou-lhe boa noite. De volta ao apartamento, Will encontrou os colegas sentados à mesa. Elise estava mais distante, olhando fixamente para o teto. Will percebeu que estavam esperando que ele falasse primeiro, então, respirou fundo.

— Alguém tem alguma reclamação sobre forma como as coisas se resolveram hoje? — perguntou.

— Está zoando, né? — indagou Nick.

— Sei que vocês têm medo de Lyle — afirmou Will. — E com razão. Ele já pegou no pé de vocês antes e vai continuar fazendo isso. — Fez questão de não olhar Brooke ao acrescentar: — A mesma coisa serve para o pit bull de estimação dele, Todd, e os outros dois lesados.

— Tim Durgnatt e Luke Steifel — informou Ajay.

— A menos que a gente coloque um ponto final nisso tudo. Agora. — Will aguardou. Ninguém disse coisa alguma. — Vamos lá, gente, o diretor quer que a gente se comunique. Então vamos começar a falar.

— A nossa preocupação é a seguinte, Will — começou Ajay com cuidado. — Por mais que tenha sido delicioso ver aquele bando sair com o rabo entre as pernas, o medo é que agora fique tudo pior ainda.

— Isso aqui devia ser uma democracia — pontuou Will. — Quem foi que escreveu esse Código de Conduta que Lyle vive metendo na cara dos outros?

— Foi o Dr. Greenwood e a primeira turma da escola — respondeu Brooke. — Os alunos ajudaram a escrever o rascunho, e esse pessoal agora tem poder sobre o Código.

— E é possível mudar as regras? Para colocar um freio em Lyle, ou em qualquer um que venha com algum abuso?

— Você pode propor alguma emenda — ponderou Brooke —, mas vai precisar da aprovação do conselho estudantil.

— Só que tem um pequeno problema — lembrou Elise. — Lyle, Todd e os criados deles, que são todos do último ano, *controlam* o conselho estudantil.

— E Lyle e Todd acabaram de declarar você Inimigo Público Número Um — disse Ajay.

— E a gente junto — complementou Brooke.

— Grande coisa — retrucou Nick. — A gente já estava na lista negra mesmo

— Bom, agora a gente conseguiu ficar na primeira posição — exasperou-se Brooke. — Com anos-luz de vantagem na frente do segundo colocado.

— Valeu, Miss Simpatia — disse Elise, ácida.

Essa é a hora de mandar a real. Parar de se preocupar com o que eles podem pensar de você e falar a verdade.

Will ficou de pé:

— Ei, todo mundo *calado*!

Todos pareceram chocados. Elise em particular. Não era raiva, no entanto.

Nº 98: NÃO ASSISTA À SUA VIDA PASSAR COMO SE FOSSE UM FILME CONTANDO A HISTÓRIA DE OUTRA PESSOA. É A *SUA* HISTÓRIA. E ESTÁ SE DESENROLANDO AGORA MESMO.

— Ver a gente brigando é *exatamente* o que eles querem — analisou Will. — Qual é a pior coisa que podem fazer se a gente ficar unido e enfrentá-los? Expulsar a gente daqui?

— Isso já não é ruim o bastante? — quis saber Brooke.

— Responda você — retrucou o novato. — Um dia antes de eu chegar aqui, quando ainda estava em casa, um grupo de homens em carros pretos tentou me sequestrar três vezes. — Fez uma pausa para deixá-los absorver a história. — E estou começando a me perguntar se Lyle e Todd não estão no meio disso de alguma forma.

Olharam-no, pasmos.

— Você não pode estar falando sério — concluiu Ajay.

— E qual é a prova que você tem disso? — indagou Brooke, os olhos arregalados.

— Deixem ele *falar* — disse Elise com determinação aos outros e virando-se em seguida para Will, em tom de ordem, não de solicitação: — Fale.

— Eu não tenho como *provar* que eles estão envolvidos em nada — confessou. — Mas vi uma coisa hoje que me diz que os sequestradores têm gente infiltrada aqui, trabalhando com eles ou para eles. Tenho uma ideia de onde começar a procurar para confirmar isso, e, se eu estiver certo, se Lyle e Todd estiverem nisso... aí, todo mundo aqui está em perigo.

Will olhou ao redor: *Agora* conseguira a atenção dos colegas.

— Você tem que falar isso para a reitoria — declarou Brooke.

— Eu já contei parte disso para eles — respondeu o menino. — Mas não posso falar de Lyle porque não sei bem em quem confiar. Nem aqui, nem em lugar nenhum. Fora vocês quatro.

— Cara — disse Nick, como quem entendia o que era passar por aquilo.

— Mas, então, o que é que a gente pode fazer?

— O que toda essa história tem a ver com a nossa situação? — perguntou Brooke, parecendo nervosa.

— Você ouviu o que ele disse — justificou Will. — Lyle declarou guerra e tem o regulamento do lado dele. Se o sistema está contra a gente, a gente tem que lutar com as armas que conseguir.

Todos se entreolharam com alguma cautela. Will havia impactado e inspirado todos à exceção de Brooke, que estava sentada ereta e rígida, com uma expressão de alarme estampada no rosto.

— O que você está dizendo é que vamos ter que quebrar as regras — concluiu ela.

Nº 55: SE VOCÊ FALHAR EM SE PREPARAR, PODE SE PREPARAR PARA FALHAR.

— Se não tiver outro jeito — respondeu o novato. — A menos que não se importe que Lyle e os capangas dele continuem tratando você que nem um brinquedinho. Mas eu não vou aceitar isso, e vocês também não deviam.

— Tem um velho ditado que a gente usa muito lá pelos meus arredores — comentou Nick. — "Se não sabe brincar, não desce pro *play*."

— O professor Sangren disse a mesma coisa hoje — disse Will a Brooke. — Que se danem a moral e a ética, que são supostamente a base da civilização. A vida é um ringue de luta onde vale tudo e só o mais forte sobrevive.

— Ele tem razão, e vou dizer por quê — afirmou Elise enfaticamente. — Vocês conhecem o efeito Dunning-Kruger?

— Nunca ouvi falar — respondeu Will.

— É fato científico — começou a explicar a menina. — Parte um: idiotas e incompetentes acham que são mais inteligentes e capacitados do que são de fato. Na verdade, eles são *tão* burros que não conseguem enxergar o nível de burrice deles. Têm a falsa ideia de que são superiores, o que dá a eles uma autoconfiança excessiva, perpetuando o ciclo que vai continuar reforçando a sensação de que têm algum tipo de superioridade sobre os outros. Parte dois: pessoas realmente inteligentes e competentes *subestimam* as próprias capacidades, sempre duvidando de si mesmas, e acabam com uma sensação de inferioridade igualmente falsa.

Por alguns momentos, ninguém respondeu.

— Acho que vou falar o que todo mundo aqui está pensando — começou Nick —, quando digo... *hã?*

— O que ela está querendo dizer é que a ignorância leva ao sentimento de autoconfiança — esclareceu Ajay. — Inteligência cria insegurança. Consequentemente, os estúpidos agem com arrogância cega, enquanto os inteligentes ficam engessados por duvidarem de si mesmos.

— E é assim que pessoas com cérebros do tamanho de um amendoim tomam o controle — finalizou Elise. — Não é doente?

— Totalmente — concordou Nick. — Não dá para ensinar "estupidez".

— Não, é um dom. — Elise olhou para Nick fixamente. — Você nasce com ela.

— Isso ajuda a explicar o que vamos enfrentar — refletiu Ajay.

— E vamos dar um basta nisso — completou Will, batendo com o punho na mesa. — Começando agora mesmo. Esta noite.

O rosto de Brooke ficou vermelho.

— Desculpe, mas isso tudo é demais para processar agora. — Levantou-se abruptamente e partiu para o quarto. — Vou ter que pensar um pouco. — Silenciosamente, ela fechou sua porta.

— Droga — lamentou Will, culpando-se. — Eu devia falar alguma coisa?

— Nem ouse — advertiu Elise.

— Esse aí é o jeito dela de resolver as coisas — acrescentou Nick. — Qualquer coisa fora do certinho e esperado deixa ela *pirada*.

— Ela vai pensar melhor — opinou Ajay.

— Pode ir sonhando — vaticinou Elise. — Isso aqui é uma rebelião. Aposto dez pratas como ela nunca nem atravessou a rua com o sinal aberto.

— Bom, mas se ela começar a fazer isso — refletiu Nick —, é melhor se preparar, porque vai ser de parar o trânsito...

Por debaixo da mesa, Elise chutou-o com força.

— O quê? — protestou Nick.

Will estendeu a mão, palma para baixo: um convite aos outros para que juntassem as suas também.

— Vamos nessa. Aqui e agora.

Nick e Ajay não hesitaram em aderir. Elise levantou uma sobrancelha.

— *Jura?* — indagou.

— Qual é, estraga-prazeres? — provocou Nick. — Junte-se aos bons.

— Eu não sou muito de participar de panelinhas — respondeu ela, hesitante.

— Ah, pelo amor de Deus, supera isso — suplicou Ajay. — Você acha que pode quebrar o círculo vicioso do efeito Dunning-Kruger ficando de braços cruzados?

— Finalmente — respondeu Elise, sarcástica, juntando sua mão às deles — vou entrar em contato com o meu eu adolescente.

— Você *é* adolescente — disse Nick.

Elise levantou o olhar para Will e balançou a cabeça negativamente.

— *Vê só o que é que tenho que aguentar?*

— Então, gente, vamos botar para quebrar? — exclamou Nick.

— Nick, Ajay, vão pegar os casacos — disse Will, ficando de pé. — Ajay, a gente vai precisar de lanternas e de um mapa do campus.

— E o que vamos procurar? — quis saber o menino.

— Provas que liguem Lyle aos homens que estavam atrás de mim — explicou o novato. Dirigindo-se a Nick, disse: — E a gente vai começar naquele lugar que você queria tanto ver.

— Demais.

Os dois meninos partiram cada um para seu quarto. Will baixou o tom de voz e voltou-se para Elise:

— Como é que estou me saindo? Você gosta mais de mim sem a minha cara de indiferença?

Elise examinou-o com frieza.

— Já vi coisa pior.

O adolescente correu para o quarto. Dave estava sentado na cama, tateando o colchão a fim de o avaliar. Àquela altura, Will teria ficado mais surpreso se *não* o encontrasse lá.

— Não está pensando em passar a noite aqui, está?

— Acabei de receber autorização para passar informação adicional a você — disse o homem.

— Um segundo só. — Will moveu a mesa para o lado, retirou a tábua de madeira, recuperou o celular e verificou se havia mensagens. Uma, mandada por Nando, acabara de chegar: "Me ligue." Will telefonou sem demora, e Nando respondeu com igual rapidez.

211

— E aí, Will? — sussurrou. — Sabe aquele lugar que você tinha me perguntado, a Agência Nacional de Avaliação Escolástica? Fica mesmo no prédio do governo.

Will gelou.

— Sério? Você tem certeza?

— Estou olhando para o escritório deles agora mesmo, irmão. Décimo sétimo andar, com nome na porta. Eu vou entrar...

— Espere...

— Um latino desempregado entra no escritório errado em um prédio do governo. O que pode dar errado?

Will ouviu uma porta ser aberta. Sentiu o ímpeto de se esconder, como se aquele pessoal pudesse vê-lo através do celular de Nando.

— Posso ajudar? — ouviu uma voz feminina dizer.

— O meu irmão Frankie disse para eu encontrar com ele aqui... — explicou Nando, exagerando seu sotaque, fazendo-se de ignorante. — É aqui que se tira o passaporte, não é? Ah, ele deve ter visto errado, então. — Depois, Nando voltou a falar com Will: — Andar errado, maninho. O lugar do passaporte fica no *sétimo*. — E para a mulher novamente: — E que lugar é esse aqui? A... *O quê?*

Sem muita paciência, ela respondeu.

— A... Agência Nacional de Avaliação Escolástica — repetiu Nando. — É um programa do governo? Porque a minha sobrinha Claudia, a filhinha da minha irmã, que é tipo super, superinteligente, é de um desses... como é que vocês chamam mesmo? Cursos "tecno"? — Voltou-se para o telefone: — Ei, Frankie, ela está me dizendo que é uma empresa privada, mas que eles recebem incentivo do governo, e que o trabalho deles é preparar provas.

— Pergunta se eles têm folhetos com informações — pediu Will.

— Ele perguntou se vocês têm uns folhetos aí? — indagou Nando à mulher. — Ah, está certo, obrigado pela ajuda, moça. Desculpe a chateação. — Will pôde ouvir Nando abrir a porta e voltar ao corredor. O amigo voltou à sua voz normal: — Nada de folheto. Escritório comunzinho, com recepcionista, funcionários públicos trabalhando. E dois Boinas Pretas...

Will agarrou o telefone com mais força.

— Onde?

— Em uma salinha mais para dentro... Epa, eles acabaram de sair. Vou me mandar.

Desligou. Will fechou o celular e voltou-se para Dave.

— É *isso* — exclamou, empolgado. — Foi assim que eles ficaram sabendo de mim. Os Boinas Pretas estão juntos com a agência que aplicou a prova!

— Parece plausível — confirmou Dave, ainda testando o colchão.

— Agora, se eu conseguir ligar Lyle e Todd àquele buraco no porão, vai ver a gente consegue descobrir como é que tudo isso se encaixa — continuou

Will enquanto colocava o celular para recarregar e o escondia sob o colchão. Ao se virar, Dave estava à porta.

— A respeito do ANZAC, aliás...você acertou na mosca — disse ele.

— Outra hora, certo? — respondeu Will, pegando casaco, cachecol e gorro.

— Achei que você quisesse saber quem eu sou.

— Não, já desvendei esse mistério também. Você é meu "amigo imaginário". Fantasma ou alucinação. É bem convincente, tenho que admitir. Mas é tudo invenção da minha cabeça, depois que sofri aquele colapso nervoso.

— Ah, então você é totalmente maluco e eu sou alguma loucurinha sem importância que apareceu aí dentro?

— Ou algo muito parecido com isso, mas é.

— Hum. Acho que vale a pena você dar uma repensada nisso.

— *Já* pensei e repensei — retrucou Will. — E essa é a única explicação possível.

— Você devia dar uma segunda espiada naquele lugar no porão antes de apostar suas fichas...

— Para falar a verdade, é exatamente para lá que estou indo — disse o menino, vestindo toda a indumentária para o frio. — Não fique ofendido, não, mas, pelo bem da minha saúde mental, não posso ficar aqui prestando atenção em você. Você é um "sintoma". Um mecanismo de defesa contra o estresse...

— Teoria fascinante.

— Mas as coisas *vão* melhorar, alguma hora. Porque *tem* que ser assim. E quando isso acontecer, você vai desaparecer no ar. *Puff.* Para sempre.

Will seguiu para a porta. Dave, porém, não se desmaterializou e deixou o caminho livre como fizera antes. Will deu um encontrão nele. Dave era tão real quanto uma chapa feita de aço industrial.

— Pode pensar o que quiser, parceiro. Só estou tentando mandar a real.

— Pode sair do caminho, por favor? — pediu o adolescente.

— Você já teve a oportunidade de contar toda aquela baboseira de teoria, agora é melhor você ficar aí e me ouvir antes que eu perca a paciência...

— Estou de saída agora. — Will alcançou a porta e já ia girando a maçaneta.

Uma luz ofuscante tomou o quarto. O menino cambaleou para trás enquanto Dave transformava-se em outro ser, bem mais imponente. A cabeça dele chegava a tocar o teto. Sua ampla silhueta impedia a visão da porta. Poderia esmagar um carro tipo Mini Cooper com os punhos. O corpo inteiro do homem brilhava com fúria tão intensa que chegava a emanar calor, tornando impossível olhá-lo diretamente. Will não podia sair do lugar, nem se virar. A figura vultosa vestia algo parecido com uma armadura de platina e carregava uma espada azulada, reluzente.

Dave inclinou-se para o menino e vociferou, a centímetros de seu rosto:

— Sente aí e feche essa porcaria de *matraca*!

A explosão atordoante do som daquela voz suspendeu Will do chão. Caiu de costas na cadeira, que saiu voando até atingir a parede no extremo oposto do quarto.

— Está bem — balbuciou o garoto, pasmo, com um zumbido no ouvido.

Dave desaparecera. De repente, estava lá novamente, recostado contra a parede em que a cadeira batera, calmo, recuperado e com suas dimensões e aparência física de volta ao normal.

— Primeiro ponto, parceiro: você não está alucinando. Muito pelo contrário, isso tudo é muito real, e você está metido nessa história até o pescoço. Não é só você que está na reta. Eu também estou correndo risco. Todos nós, todo esse nosso lado de cá. Tem uma guerra acontecendo, e você está bem no meio.

Dave se aproximou, agarrou o ombro de Will e levantou-o gentilmente no ar, ficando face a face com ele. Will encolheu-se um pouco, totalmente indefeso.

— Você está no olho do furacão, Will, e o poder e alcance das forças em ação aqui estão muito além da sua compreensão, como a eternidade está para uma minhoca.

— Uhum.

— A nossa política costuma ser deixar o cliente ir descobrindo as coisas aos poucos, mas, dada a gravidade da situação, eles me deram carta branca para contar quem sou.

Dave colocou-o na cama e mostrou uma insígnia de identificação parcialmente queimada.

— Primeiro-sargento Dave Gunner. Eu era piloto de helicóptero das forças armadas, ANZAC, como você corretamente inferiu. Forças Especiais. Vietnã.

Dave indicou o símbolo nas costas da jaqueta e as três figuras representadas nele: o elmo de um guerreiro, o canguru vermelho e os contornos de um helicóptero.

— Participei de 56 missões de combate — informou. — Caí em Pleiku, em 1969. Problemas com o rotor. Falha mecânica catastrófica.

— O que isso quer dizer? — indagou o menino, o corpo todo tremendo involuntariamente.

— Não sobrevivemos — disse Dave, parecendo quase saudoso por um momento. — Eu, o Escavador, o Philly Baleia, o time todo. E você nem sabe da maior, olha que sorte a minha: exatamente dois dias depois do melhor fim de semana da minha vida, quando me apaixonei pela Srta. Nancy Hughes nas areias das praias de Nha Trang. Ela era segundo-tenente do Corpo de Enfermagem da Marinha dos Estados Unidos, de Santa Monica, na Califórnia.

Will não fazia ideia do porquê, mas sua reação ao relato foi a seguinte:
— Mas você tem um Hot Rod de colecionador.
— Depois que se chega à minha patente, você ganha o direito de ter um veículo personalizado. Depois que o meu helicóptero caiu, quis uma coisa mais pé no chão.
— Você está querendo me dizer que... você é um fantasma?
— Não, parceiro — explicou Dave. — Falando de forma simplória, estou morto, sim, já que passei por essa experiência, mas ainda somos seres dotados de matéria. Ou *podemos* ser, dependendo das circunstâncias. Mas fantasma, não. São espécies totalmente diferentes.
— Mas você é o que, então?
Dave pegou o cubo; imagens tridimensionais do que pareciam guerreiros celestiais se materializaram no ar, frente aos olhos de Will.
— Nem bem aqui, nem bem lá, mas em um entrelugar. Deram-nos várias alcunhas ao longo das eras: Viandantes, Ajudantes, Templários Celestiais.
O adolescente finalmente conseguiu respirar.
— Então, você... não é só um piloto de helicóptero morto?
Dave suspirou pesadamente.
— Vamos simplificar as coisas — esclareceu, paciente. — O que temos aqui é uma missão de alta prioridade. Obtivemos a informação há dois dias: o Outro Time estava à procura de um determinado menino, sem poupar esforços. Acontece que era um menino em quem nós mesmos estávamos interessados, e por bons motivos. E *eles* estavam movendo céus e Terra, por razões ainda pouco claras, para achá-lo antes de nós.
Will temia até se mover.
— Você está falando de...
— É, é de você mesmo. É bem capaz de já ter notado isso, Will, mas as piores belezinhas do Nunca-Foi estão por aí tentando matá-lo — Dave complementou com suavidade: — Nas raras situações em que nos permitem contar ao cliente quem somos, e esta é a primeira vez para mim, eles acham melhor usar um termo simples para ser mais fácil de entender. Na linguagem do dia a dia. Mesmo que seja completamente inadequada para expressar a natureza exata da nossa relação.
— Certo, então qual é esse termo? — inquiriu Will, sentindo o terror preenchê-lo mais agressivamente que em qualquer outro momento dos dois dias anteriores.
— Eu sou o seu anjo da guarda — revelou o homem.
Alguém bateu levemente à porta.
— Já chega por ora — terminou Dave.
E desapareceu.

O OUTRO VESTIÁRIO

Will destrancou e abriu a porta. Ajay e Nick estavam lá fora esperando, vestindo casacos, cachecóis e gorros.
— Pronto, Will? — Nick quis saber.
— Pronto — respondeu o garoto, ainda um pouco entorpecido. Cambaleou em direção à cozinha, com os demais atrás dele. — Aonde é que a gente vai mesmo?
— Até o Celeiro — respondeu Nick. — Você ia mostrar aquela tal sala sinistra no porão.
— Ah, é — disse Will.
— Estou levando uns equipamentos que podem ser úteis — declarou Ajay, examinando o colega. — Está tudo bem, Will?
O menino pegou uma garrafa d'água e engoliu seu conteúdo de uma vez.
— Tudo beleza. Estou ótimo.
— Você parece um pouco... estranho — comentou Nick.
— Parece até que viu uma assombração — complementou Ajay.
Bom palpite. "Eu sou o seu anjo da guarda." É, está bem perto disso. Estou em estado de choque. Não é uma boa hora para ficar sozinho. Vá com eles. Fique calmo.
— Vocês ouviram alguma coisa? — perguntou o novato. — Lá no meu quarto, alguns minutos atrás? Tipo um trovão, ou...
— Não — respondeu Ajay.
— Está certo. — Will caminhou até a porta.
— Hum, cara, talvez seja legal se você botasse um casaco, não? — perguntou Nick.

— Como é que uma pessoa sabe que está ficando maluca? — indagou Will.
— Aquelas coisas de sempre — respondeu Ajay. — Ouvir vozes. Paranoia descontrolada. Visões e alucinações, frequentemente de cunho claramente religioso.

Ah, isso é tão reconfortante.

Will, Ajay e Nick passaram apressados pelos pátios do campus, com as mãos metidas nos bolsos, encolhidos na tentativa de enfrentar o gélido ar noturno. Will já estreara a nova parca azul de inverno, vestida por cima do pulôver de flanela, uma camiseta e as calças térmicas. E continuava congelando. O ponteiro do grande relógio no topo de Royster Hall indicava que eram quase 21 horas, mas os postes de lâmpadas halógenas ao longo do caminho iluminavam o solo como se estivessem em plena luz do dia.

— Eu sempre vou pela regra do Robin Williams — comentou Nick.

— E o que é isso?

— Ver ninjas no quintal — explicou o menino. — É o melhor indicador de piração.

— Mas por que a pergunta, Will? — Ajay quis saber.

A vontade dele era dizer: *Porque o meu anjo da guarda acha que um exército de monstros está querendo me assassinar, e não sabemos por quê.* Aquilo tudo não era exatamente novidade, mas ouvi-lo com todas as letras da boca de Dave foi um golpe que o fez perder o chão. Aquilo deixava Will sem conseguir decidir o que era pior: Dave ser real ou fruto da imaginação.

Mas, de qualquer forma, quanto mais eu posso deixá-los saber dessa história? Se contar tudo, vão achar que peguei a via expressa para Loucuralândia.

— Por nada, não — respondeu.

— Você já usou o telefone do seu quarto? — indagou Ajay.

— Umas duas vezes.

— Porque pode ser que Lyle tenha algum tipo de grampo ou sistema de rastreamento — informou. — Vai ver foi até por isso que ele decidiu fazer uma busca no nosso território. Eu acho que ia ser uma boa você usar o telefone com parcimônia.

— Pode deixar.

Os postes de luz começaram a ficar mais escassos à medida que se aproximavam dos campos de treinamento. A distância, o Celeiro iluminava o breu da noite. Um guarda samoano acenou e sorriu para eles, que responderam da mesma forma.

— Eles estão sempre assim, sorrindo? — inquiriu o novato.

— Experimente sair de casa depois do toque de recolher — sugeriu Nick.

— Que, aliás, é às 23 horas nos dias de aula — acrescentou Ajay — e meia-noite nos fins de semana e feriados.

— E o que acontece se pegam você depois desse horário?

— Eles escoltam você de volta ao seu quarto, tudo muito educadamente.

— A menos que esteja zanzando por aí com uma cabeça decapitada e uma motosserra manchada de sangue — disse Nick.

Chegando ao ginásio, Will parou para examinar a estátua do Paladino e o brasão no escudo. *Combatendo um demônio com chifres. Coincidência? Vai ver eu devia perguntar ao Nepsted sobre os monstros nos túneis.*

Entraram. Luzes internas brilhavam, intensas, mas os campos de treino e quadras de basquete estavam desertos. O silêncio perturbador fazia com que a cavernosa construção parecesse ainda maior. Will guiou o grupo ao longo de um corredor decorado com antigas fotografias das equipes esportivas da escola, até alcançarem o vestiário.

Por meio de gestos, o menino pediu silêncio ao passarem pela porta. As luzes estavam apagadas, por isso usaram as lanternas. Com o cômodo deserto, o ar dava a sensação de ser frio e de não circular, como em uma câmara frigorífica.

Ultrapassaram a área dos chuveiros, na qual o ruído de inúmeras gotículas pingando ecoava ao atingir os azulejos. Os feixes de luz tornaram visível a grade no depósito de equipamentos de Nepsted. Iluminaram seu interior, movendo as lanternas de cima a baixo da parede atrás do balcão.

— O que você está procurando? — perguntou Nick.

— Nepsted — informou Will. — O cara que cuida dos equipamentos. Eu queria perguntar uma coisa para ele. Aliás... ele parece um pouco... misterioso.

— Como assim, um anão zangado que só fala em forma de charada e nunca sai do porão? — brincou Nick. — É, eu diria que ele é um pouco esquisitinho.

— A porta que vi Lyle usar é logo ali.

Will os levou até lá, a luz que as lanternas emanavam iluminando o espaço ao redor com um brilho fantasmagórico.

— Eu nunca nem notei que isso aí existia antes — comentou Ajay.

— Vamos agitar esta festa — exclamou Nick. Irrompeu sala adentro, fechando a porta com um estrondo ao passar. Momentos depois, ouviram gritos sufocados: — Oh, não, ai, meu Deus, socorro!

Will e Ajay abriram a porta e correram para dentro.

— Nick? Nick?! Cadê você?

Nick ligou a lanterna, direcionando a luz para o queixo, de baixo para cima, fazendo com que seu rosto surgisse do fundo da escuridão diante deles.

— Nepsted me pegou — falou com voz baixa e rascante.

Sobressaltado, Ajay deu um pulo e bateu contra uma parede, a mão agarrando o peito.

— Seu tratante incorrigível. Quase que me faz enfartar!

— Cara, relaxa. Eu quase aprendi a fazer massagem cardíaca uma vez...

— Falando sério, Nick — disse Will, com o próprio coração acelerado. — É um milagre que ninguém tenha matado você até agora.

— Pois é, né? Agora, se preparem. Não sei se vocês aguentam essa... porque está com cara de que a gente está em um dos mais horripilantes... *depósitos que eu já vi.*

Nick direcionou o feixe de luz ao redor a fim de mostrar a eles o corredor de concreto e sem quaisquer características mais marcantes. Um aglomerado de tubulação com isolamento térmico percorria a extensão do teto. Alguns centímetros à frente, um fraco jato de vapor escapava de um dos canos.

— Deve ter vindo daí o chiado que eu ouvi — concluiu Will. — O lugar fica para lá.

Orientou-os a descer o lance de escadas e virar à esquerda. Apontaram as lanternas para a longa e estreita passagem, iluminando até onde os feixes de luz alcançavam antes de morrerem dentro das sombras. Ajay pegou o *pager* e apertou o botãozinho.

— Este aqui — comentou Ajay, limpando a garganta — é um corredor bem longo.

— A sala fica lá no fim do corredor.

— E "lá no fim" é bem longe? — perguntou Nick.

— Não sei. Longe. Vamos.

Começaram a andar. Um ar gelado baixou sobre eles. Concentrações de poeira nebulosas flutuavam suspensas no ar iluminado, partículas preguiçosas em um mar de trevas. Formas pouco nítidas pareciam pairar a distância. As lanternas começaram a falhar.

Ajay estancou e estremeceu.

— Eu estou todo arrepiado — disse. — Olhem, de cabelos em pé. No corpo todo.

— Idem — concordou Nick.

— Vocês querem ver ou não querem?

— Aham — respondeu o ginasta.

— Nós somos o quê? — provocou Will. — Homens ou ratos?

— Passe o queijo aí — respondeu Ajay.

— Andando, gente.

— Para você é fácil, do jeito como corre não tem nem que se preocupar — retrucou Nick. — Eu e Ajay é que vamos ficar comendo poeira... E depois os nossos cérebros é que vão virar comida de demônios chupadores de sangue famintos...

— Será que seria demais pedir, pela graça de Miguel, que você pare de *falar?* — suplicou Ajay.

— Miguel? Quem é Miguel? — indagou Nick.

Will seguiu caminho, com os outros logo atrás. Mantiveram as lanternas apontadas para a frente, cortando as trevas densas com um feixe de luz unificado.

— Alguém quer se juntar a mim — indagou Nick com voz trêmula — enquanto eu canto o hino nacional?

— É a primeira boa ideia que você tem hoje — disse Ajay.

Nick limpou a garganta baixinho.

— *Oh, say, can you see* — a voz do menino vacilou, pouco mais que um sussurro —, *by the dawn's early light...* — Os outros começaram a acompanhar, no mesmo tom: — *What so proudly we hailed...*

Um estampido alto e metálico soou no corredor atrás deles. Pararam de cantar e ficaram paralisados. Ninguém queria se virar.

— Isso já aconteceu antes — informou Will. — Foi a porta por onde a gente chegou que bateu.

— E isso não é preocupante *por que...*? — inquiriu Ajay.

— Porque ela fechou sozinha. Em frente.

Foram seguindo sorrateiramente.

— Pensando aqui agora, cara — disse Nick —, você acabou não contando para a gente o que foi exatamente que você encontrou aqui embaixo.

— Vocês não vão querer saber.

— Isso, hã, não é verdade.

— A gente quer, sim, Will — interveio Ajay. — Diga lá.

— É... complicado descrever. E, mesmo se aparecesse de novo, vocês não iam conseguir ver, de qualquer forma. Porque vocês não têm os... Óculos especiais.

— Precisa de óculos *especiais*? — indagou Ajay. — Ai, Deus, eu preciso mesmo ir ao banheiro.

— Quanto é que vocês acham que a gente já andou? — perguntou Will.

— Uns 90 metros — respondeu o menino baixinho. — Talvez mais.

— Será que a gente continua embaixo do Celeiro? — arriscou Will.

— Não tenho ideia — confessou Ajay. — Estou tão atordoado que preciso de uma bússola até para saber de que lado está o meu traseiro.

— A gente está caminhando na direção leste — afirmou Nick.

— Como você pode ter certeza disso? — Ajay quis saber.

— Eu tenho um senso de direção animal.

— Você disse que o seu pai é lutador, não foi? — indagou Will.

— Cara, ele ganhou o Campeonato do New Hampshire Junior College.

— Quantas vezes ele acertou você na cabeça?

— Calma aí. O seu pai tem ensino *superior*? — perguntou Ajay.

— Bom, é um curso técnico — respondeu Nick. — Ele fez um ano. E você não precisa ficar assim tão surpreso.

Ajay tirou o *pager* do cinto e apertou o botão outra vez.

— Por que é que você fica fazendo isso? — inquiriu Will.
— Estou salvando as coordenadas dadas pelo GPS — explicou o menino.
— Depois, quando a gente voltar, vou usar isso para mapear o túnel.
— *Se* a gente voltar — complementou Nick.
— Dá para usar o *pager* da escola como GPS?
— Eu fiz umas modificações no processador — esclareceu. — Engenharia reversa.
— Cara — exclamou Nick. — Eu nunca nem descobri onde é que fica a bateria.

A escuridão os envolvia como uma mortalha pesada. Seus passos ecoavam, cada ruído sendo amplificado no vazio infinito. Finalmente, os raios de luz vindos das lanternas recaíram sobre algo que refletiu um clarão.

— O que é aquilo? — indagou Nick. — É uma porta?
— É — confirmou Will no momento em que direcionavam as lanternas para ela. — É a porta do tal lugar.
— Com sorte, é um banheiro — desejou Ajay.
— É o lugar onde vi aquelas pessoas que me perseguiram — declarou Will.
— Tinha gente *perseguindo* você? — surpreendeu-se Ajay. — Ai, Deus Santíssimo.
— Não era só "gente", não. Tinha aquela "coisa" que só você consegue ver também — disse Nick com sarcasmo. — Com os seus "óculos especiais".
— Você não tinha mencionado *coisa* nenhuma — reclamou Ajay.
— Não?
— Eu não sei vocês — meteu-se Nick —, mas estou com uma sensação *ótima* a respeito disso tudo.

Pararam a 3 metros da porta no fim do corredor. Naquele momento, não havia luz alguma escapando pelo vão entre porta e soleira. Ouviram roncos saídos de algum lugar ao longe, vindos talvez da antiquíssima sala onde ficava o sistema de aquecimento do velho ginásio.

— Foi uma boa tentativa. Vimos tudo — começou Ajay. — Nosso trabalho aqui está terminado. Vamos dar meia-volta. — Virou-se com a intenção de partir, mas Nick agarrou-o e fez com que parasse no meio do movimento.
— Para que a pressa, Professor Black? — Nick virou-se para Will: — E aí, não vai abrir?
— Vou. Vou, sim.
— Não vai colocar os óculos antes? — indagou Ajay.
— Acho que não.

Will caminhou até a porta e fechou os dedos ao redor da maçaneta. Não estava trancada. Retirou a mão, secou o suor que havia na palma e tentou

221

novamente. Abriu a porta. A luz das lanternas inundou o caminho diante dele, e Nick forçou os colegas para dentro.

— Meu Deus — exclamou o menino. — Isso é demais, cara. Você conseguiu.

— Consegui o quê?

Nick acendeu a luz no interruptor. Lâmpadas fluorescentes piscaram no teto.

— Você achou o vestiário auxiliar — declarou, indicando uma placa que dizia VESTIÁRIO AUXILIAR.

Seguiram-no até um pequeno cômodo no formato de letra "L" e com teto falso. Cobrindo toda a extensão de uma das paredes estavam armários de metal, com bancos em frente. Em um canto espelhado havia um banco para exercícios de musculação sobre uma esteira de borracha, circundado por uma variedade de halteres. Will seguiu, cheirando o ar.

— Vocês estão sentindo um cheiro estranho? — perguntou.

— Pode crer — confirmou Nick, guardando a lanterna. — Chulé de meia e protetores genitais podres. Cara, é um *vestiário.*

— Meu Deus do céu, tende piedade e mostrai-me um banheiro — suplicou Ajay, virando em um canto, apressado. — Isso!

— Mas então, Nick, você já sabia desse lugar? — indagou Will.

— Já tinha ouvido falar — respondeu o outro, levantando um haltere do chão e se exercitando. — É praticamente uma lenda. Por razões óbvias, como você pode perceber. Está no mesmo nível de clássicos como Atlântida e o Pé Grande.

Will pegou os óculos escuros e os colocou. Nada no ar. Nenhum cheiro de enxofre, luzes ofuscantes, tampouco portais cintilantes fazendo uma fenda no tempo e espaço. Nenhuma janela para o Nunca-Foi, nem monstros ameaçadores soltando guinchos.

— *And the rockets' red glare* — recomeçou a cantar Ajay, fora de vista —, *the bombs bursting in air...*

— Bom, isso aqui foi uma derrota, mas pelo menos foi uma derrota épica — concluiu Nick. — Ei, esses aí são os tais óculos? Deixa eu ver.

— Não — negou o novato, guardando-os. — Para que é que usam este lugar?

— Cara, tente adivinhar. É o vestiário *auxiliar* — disse Nick, dando um bocejo enquanto se espreguiçava. — E se eu soubesse o que essa palavrinha significa, eu até dizia.

— Auxiliar é aquilo que dá auxílio ou suporte, como uma ajuda extra — explicou Ajay, do banheiro ainda. — É tipo um "backup". O que quer dizer que, considerando-se que o vestiário principal ocupa cerca de dois mil metros quadrados, este aqui não deve ser usado para nada.

— Então por que é que eles iam ter o trabalho de construir isso tão longe assim? — ponderou Will. — Por que todo o mistério?

— Cara, sinceramente? — começou Nick, voltando a bocejar. — Eu nem perdia meu tempo viajando nessa história se fosse você.

— Vamos olhar dentro dos armários — pediu Will, abrindo o que estava mais próximo dele. — Anda, Nick, se mexe.

Nick arrastou-se até o colega ao mesmo tempo em que Ajay saía do banheiro, fechando o zíper.

— Definitivamente tomei o meu limite de chá gelado com maracujá por uma noite — declarou, o alívio transparecendo. — Estamos vasculhando os armários agora? Procurando o quê?

— Não sei — confessou Will. — Pistas.

Ajay juntou-se à busca dos dois. A maioria dos compartimentos estava vazia. Alguns continham cabides tortos ou pedaços de esparadrapos usados.

— Bom, vai ver que, se você contasse para a gente *exatamente* o que foi que você viu aqui da *primeira* vez, a gente ia saber melhor o que devia procurar *agora* — sugeriu Nick.

Will refletiu. *Ah, que se dane. Se eu não puder confiar nesses caras, em quem mais vou confiar?*

— Certo. Digamos que era como um portal — revelou muito objetivamente. — Ou uma janela aberta em pleno ar que dá para um lugar horrível, tenebroso. Chamam isso de toca da Doninha.

— Nossa, essa resposta não deixa você bem mais tranquilo? — perguntou Ajay, lançando um olhar preocupado a Nick.

— Certo — disse Nick. — Então, quer dizer que... e eu só estou tentando entender... tinha uma doninha gigante envolvida nisso?

— Não era uma doninha — esclareceu Will. — Foi uma outra coisa que passou pelo portal. Parecia mais... e sei que isso só vai fazer vocês acharem que eu estou mais louco... parecia mais um híbrido, ao mesmo tempo humano, aracnídeo e serpente com olhos hipnóticos. Só que bem mais nojento e perigoso do que o que vocês estão imaginando.

— Não, imagina, nada disso parece loucura. Ah, olhem só o que eu achei — exclamou o ginasta, apontando para um armário vazio. — Um relógio cuco. Cucoo-cucoo-cucoo — repetiu, fazendo uma expressão um tanto demente.

— Pare de brincadeira — repreendeu Ajay.

— Ele chamou a criatura que eu vi de lâmia — acrescentou o novato. — Eu não espero que vocês acreditem em mim.

— Uma lâmia? — indagou Ajay, que estancara de repente. — Você tem certeza disso?

— Tenho.

— Isso aí parece ser do mal — comentou Nick. — O que é?

— Um demônio mitológico da Antiguidade — explicou Ajay, parecendo ter adquirido um tom meio esverdeado de náusea. — Parte mulher, parte serpente. Um monstro que se esgueira pela noite e... Devora criancinhas. Dizem.

— Acho que é mesmo mais ou menos por aí — confirmou Will.

— Essa é nova — concluiu Nick.

— E esse tal cavalheiro que disse isso a você — continuou Ajay —, quem seria?

— A mesma pessoa que me deu os óculos — respondeu Will, relutando em dizer mais.

Ajay encostou-se em um dos armários, e um compartimento na parede acima deles se abriu.

— O que foi que você fez? — perguntou o novato, pulando para cima do banco para olhar melhor.

— Devo ter ativado algum tipo de dispositivo de pressão — concluiu Ajay, empurrando outra vez o mesmo ponto na lateral do armário.

O compartimento se fechou. O menino pressionou a terceira vez: abriu.

Nick subiu no banco também.

—· Compartimento secreto. Demais.

Will meteu a mão dentro do espaço.

— Tem alguma coisa lá atrás. Não dá para alcançar. Está bem no fundo mesmo.

Foi a vez de Ajay pular para cima do banco.

— Me levantem. Eu consigo alcançar.

Seguraram o menino e o levantaram por sobre os armários. Ele torceu o corpo, entrando no espaço até a cintura e, com as duas mãos, trouxe para fora um baú retangular de tampa reta. Colocaram Ajay no chão e o baú, no banco.

— Não é muito pesado.

— Está trancado — disse Will.

— Deixem comigo — declarou Nick. — Isso pede anos de treinamento intenso, talento nato e *finesse* incrível...

Nick pegou um haltere e acertou o cadeado violenta e repetidamente, deixando-o em pedaços.

— Se funciona, está ótimo. — Will abriu a tampa.

Lá dentro havia uma intrigante coleção de chapéus antigos. O menino tirou-os um por um. Um chapéu de prata decorado com uma longa pena, à moda dos *cavaliers*, a cavalaria inglesa. Uma boina vermelha de tecido maleável. Um chapéu pontudo e longo, como aqueles ligados às bruxas de contos de fada, repleto de inscrições feitas de estranhos glifos. Uma mitra pontifical. Uma coroa de bronze, cravejada de grandes imitações de pedras preciosas. Uma grinalda feita de ramas de oliveiras. Dois tricórnios típicos da época da Revolução Americana de 1776. Uma cota de guerreiro feita em malha de aço de verdade. Um chapéu de caubói. Um cocar de penas longas. E, por último, algo que parecia uma máscara para solda, com um pequeno, mas grosso, visor. Eram todas peças de qualidade, bem acabadas e feitas com perícia, nada que parecesse barato ou fajuto.

— Sinistro — disse Nick, pasmo. — Vocês sabem o que isso quer dizer, não sabem?

— Não — respondeu Will.

— Os Village People vão reunir a banda de novo — declarou Nick.

— E vai ser em uma feira medieval, parece — complementou Ajay.

— Esperem, tem mais coisa.

Will suspendeu o fundo falso onde os chapéus tinham sido colocados, revelando uma coleção igualmente eclética de pesadas máscaras de plástico com grossos elásticos presos. Eram exatamente os artigos que se esperaria encontrar nas prateleiras de uma loja de brinquedo das antigas. Eram pintadas a mão, pensadas e esculpidas com uma atenção tamanha aos detalhes rara de se encontrar nos dias atuais. Um grupo diversificado de rostos, rígidos e mais que apenas levemente perturbadores: um palhaço, um demônio, uma raposa, um cavalo, um javali de longas presas, uma menina de marias-chiquinhas, uma daquelas sorridentes abóboras esculpidas de Halloween, um homem grisalho que parecia rosnar e usava um tapa-olho, um fantasma, um lobo aterrorizante e duas faces humanas. Will pegou uma delas: representava um homem de meia-idade, de bochechas flácidas e lábios tensos, apertados, com longas mechas de cabelo pendendo das laterais da cabeça, de resto calva.

— Lembra alguém para vocês? — indagou Will.

— O carinha da nota de cem dólares, o tal do Benjamin — respondeu Nick.

— Benjamin *Franklin* — corrigiu Ajay.

— Nossa. *Isso* é que eu chamo de coincidência.

Will mostrou a última máscara.

— E essa aqui?

— George Washington? — arriscou Ajay.

— O patriarca do nosso país? — perguntou Nick, exclamando em seguida com ultraje fingido: — Agora eles já foram longe demais!

— As pessoas que vi aqui embaixo estavam usando essas máscaras. — Will deu-se conta de repente. — É por isso que os rostos deles pareciam tão estranhos. Doze chapéus. Doze máscaras.

225

— Mas, então, isso quer dizer o quê? — indagou Ajay.
— Ainda não sei — admitiu Will.

Will vasculhou o interior do baú novamente e encontrou um envelope amarelado e uma redinha colada na lateral da peça. Dali, tirou um pedaço de papel igualmente antigo e o desdobrou. Uma insígnia em alto-relevo estampava o topo da folha: um aglomerado redondo de flores entrelaçadas sob um quadrado formado por quatro ferramentas ou armas entrecruzadas. No centro dele, o crânio representando a morte sorria. Abaixo do emblema, podia-se ler OS PARES. E ocupando o resto do espaço da página, listados em caligrafia elegante e requintada, os nomes:

Orlando
Renaldo, a Raposa
Namo, o Duque
Salomão, o Rei
Turpin, o Arcebispo
Astolpho do Oeste
Ogier, o Dinamarquês
Malagigi, o Mago
Padraig de Mort
Florismart, o Amigo
Ganelon, o Artesão
Guerin de Montglave
"O Velho Cavalheiro"

Will, Nick e Ajay entreolharam-se.
— Os Pares — leu Will. — Vocês reconhecem algum desses nomes?
— Não — respondeu Nick. — Mas também não tenho uma lista telefônica do século XIV.
— Palpites? — voltou a perguntar Will.
— O time de futebol da França? — sugeriu Ajay.
— Os Doze Mosqueteiros?
— Certo, gente — disse Will.
— Doze chapéus, doze máscaras — observou Ajay —, mas treze nomes na lista.
— E daí?
— Eu arrisco dizer que cada nome corresponde a um chapéu — continuou Ajay. — Com exceção do último, que está entre aspas e é mais uma descrição do que um nome.

— "O Velho Cavalheiro" — refletiu Will.

— Então, vamos levar toda essa parada junto com a gente e ficar matutando depois? — sugeriu Nick, bocejando outra vez enquanto olhava as horas no relógio. — Estou realmente precisando da minha cama.

— Não — recusou Will. — A gente devia colocar tudo de volta no lugar, exatamente do jeito que a gente achou. Coloquem tudo aí no chão, que eu quero tirar umas fotos.

— Eu posso dizer com bastante segurança que vou *lembrar* tudo, Will — ponderou Ajay.

— Eu sei. Mas pode ser que a gente precise mostrar para alguém.

Nick e Ajay dispuseram as máscaras e os chapéus no chão. Will pegou o celular e ativou a câmera.

— Dá para ficar mais claro? — perguntou.

Nick tentou alguns interruptores perto da porta. Nenhum fez com que luzes se acendessem no vestiário, mas um deles ligou as lâmpadas do corredor. Will tirou fotografias dos chapéus e máscaras primeiro e, depois, aproximou-se do papel para capturar os detalhes da insígnia e da lista de nomes.

— Então, aquelas pessoas que você viu estavam usando os chapéus *e* as máscaras? — indagou Ajay.

— O que pode explicar por que demoraram tanto para vir atrás de mim — refletiu Will. — Eles tiveram que esconder tudo primeiro.

Nick voltou lentamente ao vestiário, com o rosto lívido.

— Er... odeio ser o estraga-prazeres, mas... a gente vai precisar sair daqui de algum outro jeito.

— Por quê? — indagou Will enquanto tirava a última fotografia.

— Cara do mal. Fim do corredor. Com um facão sinistro...

— O quê?!

— E uma machadinha um pouco menor.

— Você tomou alguma coisa?

Will e Ajay espiaram pelo corredor. Uma longa fileira de lâmpadas suspensas do teto correndo toda a extensão da passagem estreita fora acesa, criando pequenas, porém fortes, poças de luz que não chegavam a se mesclar. Lá no fim, na última mancha de claridade, pouco antes da curva, encontrava-se uma figura solitária.

O homem era alto e vestia uma capa preta e um elmo de metal. Olhou para cima, pareceu vê-los e retirou algo do cinto: uma espada de pequeno porte brilhou sob a luz. Ele começou sua caminhada na direção dos meninos, acelerando à medida que passava de um clarão de luz ao outro. Um grito, rascante, sedento por sangue, ecoou pelo corredor.

— Graças a Deus que já fui ao banheiro — disse Ajay.
Will empurrou os dois amigos de volta para o vestiário e fechou a porta.
— Procurem outra saída — disse.
Nick e Ajay começaram a procurar desesperadamente pelo cômodo e banheiro. Will trancou a porta e puxou repetidamente a maçaneta para garantir que estava mesmo fechada.

Nº 15: AJA RÁPIDO, MAS NÃO APRESSE AS COISAS.

— Acharam alguma coisa no banheiro?
— Não, a menos que você esteja considerando a saída pela descarga — respondeu Ajay.
— Pode ser que você caiba — replicou Nick. — Aí pode chamar ajuda.
Will examinou os armários. Eram soldados em grupos de três, todos encostados contra a parede. Ficou de joelhos e percebeu que a seção do meio não tinha a pequena peça de madeira que a prendia ao chão.
— Gente, ajuda aqui — chamou o novato. — Agora!
Os outros correram até ele no momento em que um uivo de arrepiar se fez ouvir do lado de fora. Will abriu os escaninhos daquela coluna: todos vazios. Puxou as prateleiras, fazendo com que a unidade se inclinasse levemente em sua direção.
— Essa parte não está presa na parede — disse. — Tem alguma coisa aí atrás.
— Vê se você acha algum tipo de botão ou chave — sugeriu Ajay.
Os três começaram a procurar. Nick encontrou buracos para ventilação nos fundos do compartimento do meio e foi olhar mais de perto.
— Não estou vendo parede alguma — declarou. — É tudo aberto lá atrás.
A maçaneta balançou, e, em seguida, vieram pancadas poderosas contra a porta.
— Tem que ter outro botão escondido em algum lugar. Procurem pontos de formatos incomuns ou buracos estranhos — mandou Ajay, pressionando cada milímetro de metal. — Pode ser qualquer coisa, algo sensível à pressão, ou até para empurrar com o pé... Ai, meu Deus, meu Deus...
— Fique calmo, Ajay — pediu Will. — Ele pode estar só querendo dar um susto na gente.
Houve um som alto, colisão de metal com metal, quando a figura lá fora investiu contra a porta.
— E está funcionando! — gritou Ajay.
— Puxem logo essa droga toda da parede — disse Nick.

— No três — anunciou Will. — Um, dois, três!

Cada um agarrou um armário e puxou o mais forte que podia. Os compartimentos moveram-se um pouco e pareceram estar prestes a ceder mais, mas algo os impedia.

— Tem uma lingueta aqui em cima — disse Ajay, tateando o interior do escaninho do meio. — É uma tranca, sem dúvida. Tem que ter algum mecanismo escondido para destrancar isso.

Mais um golpe poderoso foi desferido contra a porta, seguido por outros três, cada um mais rápido e forte que o anterior. A maçaneta começou a ceder.

— Ele vai destruir a porcaria da porta — exclamou Nick.

Ajay escalou o escaninho e meteu-se dentro dele. Pegou os ganchos de metal no teto do pequeno espaço e girou-os.

— Certo, acho que consegui.

— Fique à vontade aí — disse Will quando ouviu outra pancada, que chegou a puxar a maçaneta para dentro da porta.

Ajay colocou o pé esquerdo contra uma protuberância no metal da lateral esquerda, ergueu o direito e pressionou outra proeminência no lado direito. Em seguida, segurou e girou os ganchos o mais forte que pôde. Ouviram um ruído seco quando uma tranca cedeu.

— Agora puxem! — gritou Ajay.

Will e Nick obedeceram. Por fim, os armários cederam, e a unidade na direção deles, com Ajay ainda lá dentro. Os dois meninos saíram do caminho no momento em que a fileira atingiu o chão. Atrás do exato local onde estiveram os escaninhos, um buraco rudimentar na parede abria caminho para uma passagem escura e estreita.

— Uma ajuda aqui — pediu Ajay, a voz abafada vindo do armário. Mais um ataque furioso foi feito contra a porta. Will olhou rapidamente para trás e viu a machadinha atravessar a madeira em um ponto próximo à maçaneta. Um segundo golpe fez o talho dobrar de tamanho.

— O cara não está de brincadeira — declarou Nick.

— Nick! — chamou Will. Os dois seguraram a coluna de escaninhos e levantaram-na com toda a força, colocando-a de pé. Ajay surgiu, de ponta-cabeça dentro do compartimento central, todo esmagado.

— Isso foi muito desagradável — reclamou o menino.

Depois de Ajay cair para fora, os outros dois garotos empurraram os armários até a porta. Uma luva de metal preto enfiou-se pelo buraco perto da tranca e tateou, procurando por ela. Ajay apressou-se em empenhar seu peso no esforço de empurrar os escaninhos até a porta. Ouviram um ganido de dor do outro lado.

229

— Gostou dessa? — provocou Nick, os olhos brilhando, pulando para a frente e para trás. — Venha pra cima, mané, pode vir!

— Nick, você pirou? — perguntou Will. — Não se grita com o cara com a machadinha.

— Olhe pelo lado positivo — sugeriu o outro. — Pelo menos não é uma lâmia.

Will encaixou um banco entre os armários que serviam de barricada e a parede mais próxima, ancorando-o no lugar. Os colegas se entreolharam, sem ar, e voltaram-se para a abertura estreita na parede.

— Quem quer ir primeiro? — indagou Will, ligando a lanterna.

DÉJÀ VU

Ajay lançou-se pelo buraco, com Nick e Will em seu encalço. Ao longo das primeiras curvas, as paredes eram reforçadas com concreto e vigas de madeira lhes davam suporte. Andaram 15 metros e chegaram a um túnel de pedra maciça que parecia ter sido escavado com cinzéis.

— Será que ele conseguiu? Está vindo atrás da gente? — indagou Nick.

— Ainda não — afirmou Will, olhando para trás. — Não estou ouvindo nada.

— Alguém aí é claustrofóbico? — Ajay quis saber, apontando a lanterna para a frente.

— Eu não — declarou Nick.

— Até hoje, não.

— Vamos torcer para que estejam certos — disse Ajay. — Aqui seria um péssimo lugar para descobrir o contrário.

O túnel estreitou-se rapidamente daquele ponto em diante, até comportar apenas uma pessoa por vez e chegar ao ponto de somente Ajay ser capaz de movimentar-se com liberdade sem ter que curvar o corpo.

— Quem era o cara? Vocês conseguiram ver direito? — indagou Will.

— Ele está usando um capacete grandão — descreveu o ginasta. — Uma capa preta e um cinto com fivela de metal, fora uma armadura de malha de aço e uma máscara de ferro sinistronas!

— Tem que ser um dos Pares — concluiu Will. — Mas como ele ficou sabendo que a gente estava aqui?

— Estou sentindo uma corrente de ar — comentou Ajay. — Deve ser um bom sinal.

— Onde diabos a gente está? — perguntou Nick.

— Eu respondo isso quando a gente voltar para casa — disse o menino na dianteira, apertando o botão do GPS no pager novamente.

— E isso vai servir de que quando a gente já estiver *lá*? — indagou Nick.

— Isso aqui é uma passagem secreta — disse Will. — Com ênfase em *secreta*. Vamos logo.

— Está tão limpa — comentou Ajay, passando as mãos pela parede. — Sem aquela quantidade absurda de insetos e bichos nojentos que era de se esperar.

— Significa que deve ser usada com frequência — sugeriu Will. — Pelos tais dos Pares, sejam quem forem.

— Concordo — respondeu Ajay.

— Eu não acho — disse Nick.

— Ah, é? E por que não? — Ajay quis saber.

— Cara, não tem espaço para eles passarem por aqui com aqueles chapéus.

— Ah, desculpe, falha minha — disse Ajay. — Esqueci que você é um idiota.

— Opa, uma lampadazinha acabou de acender aqui em cima da minha cabeça — exclamou Nick. — Sabem aquela estátua do Paladino na frente do ginásio? É com *ela* que o Cara da Machadinha se parece.

— Francamente, Nick. Não vejo utilidade alguma nisso — reclamou Ajay, seguindo em frente.

— É sério. Ele tem uma armadura e um capacete que nem os da estátua... Sem falar que tem a tal da capa também, e ainda por cima estava com uma espada e uma machadinha igualzinho ao Paladino...

— Você está sugerindo que uma *estátua* feita de metal ganhou vida e perseguiu a gente como um homicida maníaco — argumentou Ajay, parando de súbito.

— Eu não disse que o cara era *feito* de metal...

— Ele está dizendo — contemporizou Will — que era alguém vestido para *parecer* com a estátua.

— *Muito obrigado* — agradeceu Nick.

— Pelo menos agora você mudou do ridículo ao meramente implausível — disse Ajay, voltando a caminhar. — Por que alguém ia querer fazer isso?

— Vai ver os Pares perderam a linha quando souberam que a gente achou o playground deles — arriscou Nick. — E o baú do tesouro com a coleção de chapéus do McLanche Feliz.

— Eles queriam dar um belo susto na gente — declarou Will.

— *E isso por que...?* — indagou Ajay.

— Porque — começou Will, irritado com o tom de voz do colega — eu vi o grupo hoje mais cedo com a toca da Doninha aberto, e agora nós sabemos como eles se chamam. Está bom para você?

— Perdão — desculpou-se Ajay, olhando para trás. — Eu fico de mau humor quando um assassino começa a me perseguir com um machado.

— Era uma machadinha — corrigiu Nick.
— Também conhecido como um *machado pequeno* — irritou-se Ajay.
— Mas, cara, eu tenho que parabenizá-lo — continuou Nick. — Você está muito na boa com tudo isso.
— Eu *pareço* calmo graças a anos de meditação. Mas garanto para você que está sendo necessária toda a minha reserva de autocontrole para refrear esse impulso irresistível de chamar pela minha mamãe.

Will direcionou sua lanterna para as sombras atrás deles, fazendo a luz brilhar na superfície das rochas.

— Estão vendo alguma coisa aí na frente? — perguntou.
— O espaço entre as paredes está ficando maior — informou Ajay. — E estamos descendo. Vocês conseguem sentir a diferença de inclinação?
— Consigo — afirmou Will. — Vamos.

O túnel foi se alargando gradualmente à medida que marchavam, até o ponto em que as paredes saíram de seu campo de visão. O grupo parou e iluminou a pesada escuridão. O teto se elevava muito acima deles e as paredes eram escoradas por filas de vigas de madeira antigas.

— Caramba, quem foi que construiu isso tudo? — indagou Nick, olhando ao redor, pasmo.
— Não sei. Mas está aqui há muito tempo.
— Deve ter levado anos, se não décadas para fazer isso — comentou Ajay, examinando a madeira. — Explosões controladas, todo esse trabalho para suporte, é uma operação e tanto.

O ar era úmido, fresco e muito mais quente do que se poderia esperar. Vindo de algum lugar, podiam ouvir água gotejando. Uma onda de calor os envolveu, emanada pelas paredes. Continuando a caminhada, sentiram os pés afundarem em poças de pouco mais de dois centímetros de água.

— Devemos estar próximos do lago — concluiu Ajay.

Ultrapassaram algumas passagens abertas no caminho, que seguiam em ambos os sentidos. Quando o final da grande câmara se avizinhou, a distância entre paredes voltou a se estreitar, até que finalmente os meninos alcançaram uma ombreira de porta feita em madeira que dava para um outro túnel apertado. Adentraram a passagem sinuosa e, cerca de 15 metros à frente, foram obrigados a parar em uma encruzilhada, com mais dois túneis em ângulo reto, cada um levando a uma direção.

— Para onde agora? — indagou Nick.

Naquele exato instante, ouviram vozes e passos ecoarem a distância, bem atrás de onde se encontravam, e raios de luz erráticos que eram refletidos pelas rochas do lugar.

— Vamos tentar este aqui — sugeriu Will, indicando o caminho da direita. — *Corram*.

Lançaram-se pela passagem, primeiro em fila única, mas logo ganharam espaço suficiente para moverem-se lado a lado. A descida ficou ainda mais íngreme, depois se aplainou ao longo de uma extensa faixa e, por fim, voltou a elevar-se significativamente. Mais 15 metros e foi acabar de forma abrupta em uma pequena câmara de pedra.

Aquelas paredes também estavam escoradas por vigas de madeira, mas estas pareciam consideravelmente mais novas que as demais. Uma escada de mão feita em aço estava apoiada contra a parede mais distante, levando a um estreito cano arredondado. Sem trocarem uma palavra sequer, todos guardaram as lanternas e pularam nos degraus, escalando com velocidade desesperada pela escuridão. E lá se foram mais 15 metros, então 90, até perderem a noção de onde estavam, impossibilitados de ver o quanto ainda tinham pela frente.

— Essa maldição não acaba nunca... Ai! — exclamou Ajay, à frente de todos, no momento em que sua cabeça bateu em algo duro. Parou, e os outros quase o atropelaram. — Olhem só... Acabou. Nick, por favor, faça a gentileza de recuar até sua cabeça estar a uma distância razoável do meu traseiro.

— Foi mal — disse Nick; depois se voltou para Will. — Para trás, cara.

Will desceu um degrau, enganchou um braço na escada e retirou a lanterna do bolso, ligando-a e apontando a luz para o alto. Um alçapão de madeira logo acima da cabeça de Ajay era o destino final da escada.

— Abra aí — pediu Nick.

— Muito agradecido pela sua útil sugestão — zombou o primeiro.

Lá embaixo, onde começava a escada, ouviram gritos. Momentos depois, alguém tentou iluminar a subida. O feixe de luz não chegou a alcançá-los, mas, se os perseguidores resolvessem começar a escalar, não demoraria muito até serem vistos e ficarem encurralados.

— Você *consegue* abrir? — indagou Will em um sussurro.

Ajay pressionou o ombro contra a madeira e empurrou o mais forte que podia. Ela cedeu levemente, mas o menino não conseguiu erguer a porta.

— Preciso de ajuda aqui.

Ajay afastou-se um pouco com o intuito de dar espaço para Nick ficar a seu lado e, juntos, usaram toda a sua força; o alçapão moveu-se cerca de 30 centímetros.

— Faça com vontade — sussurrou Nick. — Vamos lá, irmão, a gente consegue.

— No três — disse Will, baixinho, metendo os ombros onde ainda havia espaço.

Ao fim da contagem, empurraram todos juntos. A porta abriu-se, ficou na vertical do lado da dobradiça, balançando indecisa e precariamente, e, em seguida, tombou para trás numa pancada abafada. Saíram apressadamente e sem jeito, caindo sobre a grama crescida e molhada.

— Fechem rápido — mandou Will.

Os três amontoaram-se, levantaram a porta do alçapão e deixaram que caísse para fechar a passagem.

— Tem alguma tranca aí? — perguntou Will.

— Não estou vendo — informou Ajay.

— Se a gente ficar em cima, eles não vão conseguir passar — arriscou Nick.

— É, vocês dois ficam aí esperando — respondeu Ajay com secura. — Eu vou ali comprar um martelo e uns pregos e já volto.

— Onde é que a gente está? — perguntou Nick.

— Não faço ideia — respondeu Will, olhando ao redor.

Era uma pequena clareira no meio da mata. Ajay virou-se e olhou para cima. Seus olhos arregalaram-se.

— Hum, gente... — começou ele e apontou. — Parece que estamos na ilha.

Nick e Will viraram-se também. O estilo gótico da construção que chamavam de Rocha Escarpada avultou-se acima deles, a menos de 100 metros de distância. Estavam quase nos fundos dela. O castelo proibido era enorme visto daquela distância, com plataformas de pedra arqueando-se lá no alto. Cachorros latiram, e, de repente, avistaram luzes vindo em direção ao grupo pelo portão mais próximo.

— Eles sabem que a gente está aqui — disse Will.

— Como é que descobriram? — indagou Nick.

— Alguém deve ter avisado que a gente estava nos túneis.

— Provavelmente o tal do Paladino — sugeriu Ajay. — Ele deve ter alertado o resto dos Pares...

— Galera, que tal discutir depois? Mexer com esses guardas não é boa ideia.

Fugiram das luzes, para longe do alçapão e da Rocha Escarpada. A lua minguante já havia subido a leste, iluminando levemente o caminho. Dentro de minutos deixaram para trás a mata e alcançaram a beira do lago. A margem mais próxima ficava a 400 metros do outro lado do lago. Will colocou a mão na água.

— Aquela é a margem oeste — disse Nick, apontando. — A escola fica para lá também.

— E a gente vai nadar até lá? — perguntou Ajay.

— A água é muito fria — respondeu Nick. — E os guardas têm lanchas.

— Então vamos pegar uma — sugeriu Will.

— Tem uma doca desse lado da ilha — informou Ajay, indicando a direita deles. — Por aqui.

Atrás deles ouviram gritos e viram luzes difusas nas sombras quando os Pares recém-saídos do túnel cruzaram com os guardas.

— Rápido — chamou Will. — É lá que eles vão procurar primeiro.

Correram ao longo da margem para a direita. Uma pequena doca surgiu ao longe, com um bote a remo e uma lancha motorizada atracados. Dois guardas faziam a ronda perto da margem, embaixo de um poste de luz. Will ajoelhou-se e amarrou os cadarços novamente.

— Esperem aqui — sussurrou. — Nada de barulho. É melhor vocês estarem prontos para quando eu voltar para buscá-los.

— Aonde você vai? — indagou Ajay.

— Pegar um barco.

Will inspirou algumas vezes e correu em direção à doca. A praia pedregosa não oferecia o solo ideal para uma corrida, mas o menino rapidamente alcançou velocidade de cruzeiro. Ao aproximar-se da doca, desacelerou e acenou aos sentinelas: adultos vestindo uniformes escuros.

— E aí, como é que vão as coisas? — perguntou.

Voltou a correr rápido. Os guardas começaram a persegui-lo, gritando que parasse. Will acelerou a marcha e virou à direita, adentrando a mata, evitando por pouco colisões com as árvores abundantes. Os sentinelas continuaram em seu encalço, topando atrapalhadamente com a vegetação, pedindo reforços aos gritos.

As lanternas do grupo à direita, que já quase alcançava a doca, voltaram-se para eles e começaram a retroceder naquela direção. O adolescente ziguezagueou pela floresta, desviando e pulando por sobre obstáculos, fazendo muito barulho, para deixar que o bando se reunisse atrás dele e seguisse seu rastro.

Passou por uma abertura nas proximidades do castelo. Agachou-se quando viu uma silhueta solitária com uma lanterna à esquerda, a menos de 10 metros de onde estava. Reconheceu aquela forma e seu andar esquisito e vacilante:

Lyle Ogilvy.

Também não é nenhuma surpresa, pensou Will. Lyle moveu-se com segurança, como quem sabe aonde vai, em vez de ficar andando a esmo no escuro. Ele estancou e ergueu a cabeça como um cão que fareja algo no ar. Will sentiu que Lyle estava prestes a virar. Quando o fez, o menino já tinha se escondido atrás de uma árvore.

Ele sabe que estou aqui. Pode sentir a minha presença.

Tateou o chão à procura de um galho caído e atirou o que encontrou com força para dentro da floresta. Lyle apontou a lanterna naquela direção.

Os outros perseguidores também se dirigiram para lá. Will deu meia-volta e apressou-se em voltar pelo caminho por onde viera.

Em silêncio daquela vez. Concentrado em abafar o som de seus passos e em prestar atenção aos ruídos dos inimigos, Will percebeu seus sentidos se aguçarem, deixando-o ainda mais alerta. Era como se tivesse ganhado um repentino e específico senso de distância e direção de todos os sons ao redor, um radar de 360º. Quase como uma grade de esquadrinhamento da área circundante formando-se em sua mente.

Enquanto se deixava aprofundar naquele estado de percepção elevada, o tempo parecia ficar mais lento. Via cada um de seus passos antes mesmo de tocarem o solo, e assim era capaz de fazer pequenos ajustes imediatos para evitar qualquer coisa que pudesse produzir ruídos. Acelerou, adquirindo uma espécie de pré-visualização de cada movimento seu, que aparecia na "grade" antes que ele o realizasse. O adolescente sentia-se como um feixe de luz imune à gravidade movendo-se pelo espaço.

Sem demora, Will estava de volta à margem oeste, a menos de 50 metros da doca. Estava vazia, todos os perseguidores haviam se dispersado à procura dele. Sem desacelerar o passo, Will virou rumo às embarcações.

"Viu" a ação antes de executá-la: um salto de mais de 3 metros para o píer. Correndo, tirou do bolso o canivete suíço e escolheu a lâmina mais longa. Ao fim da doca, Will voou sobre a água, aterrissando com equilíbrio perfeito sobre a proa da lancha. Com a lâmina, o garoto cortou a corda que amarrava o barco à doca. Liberada, a lancha deslizou sobre a água, impelida adiante pelo impulso. Will deu dois passos para chegar à popa, puxou a corda do motor uma vez para dar a partida, acelerou e pôs-se a caminho, com o barco inclinado para a esquerda.

Nick e Ajay entraram no lago, ficando com água até os joelhos, quando viram Will chegando para buscá-los. O novato desacelerou o suficiente para que os meninos se jogassem para dentro pelas bordas da lancha. Girando o leme bruscamente para a direita, Will levou-os rumo à margem oeste.

O menino sentiu aquele estado de percepção elevada deixá-lo aos poucos conforme faziam seu trajeto em silêncio. Estava um pouco zonzo, uma sensação similar àquela que experimentava quando "transferia imagens".

Quer dizer que está tudo conectado mesmo, pensou. *A velocidade, a energia, a transmissão das imagens, e, agora, mais isso. E sou capaz de mais. Eu sou capaz de* muito *mais.*

Os perseguidores só conseguiram chegar à margem após os meninos já terem quase atravessado o lago. Quando ouviram a outra embarcação a motor atrás deles, Will já mirava a lanchinha para uma faixa de areia na praia.

Deixaram-na lá assim que chegaram. Munidos de suas lanternas, rapidamente encontraram a pista de corrida.

— Que horas são? — indagou Ajay.

— 22h50. Nunca que a gente vai conseguir chegar antes do toque de recolher — disse Nick, arfando. — Bom, para *Will*, pode ser que dê, né.

— Vamos conseguir — afirmou Will. — Gente, eu vi Lyle na ilha.

— *O quê?* — exclamou Ajay.

— Não sei se ele estava nos túneis ou com os guardas da Rocha, mas ele também estava atrás da gente.

— Pegamos ele — disse Nick, mostrando o punho.

— Todas essas loucuras que estão acontecendo — afirmou Will — têm o dedo de Lyle no meio.

Seguiram correndo em silêncio, esforçando-se ao máximo. Will colocou-se atrás dos amigos, imprimindo o ritmo. Ouviu a lancha passar perto de onde tinham saído, mas ela não chegou a atracar. Ultrapassaram o Celeiro sem maiores incidentes.

Minutos depois, cruzaram com um guarda que fazia a ronda em um *buggy* perto de Greenwood Hall — pela primeira vez, *sem* o sorriso amigável —, que os observou até se jogaram pelas portas da residência, totalmente sem fôlego, faltando exatamente um minuto para as 23 horas.

— Vamos ao que interessa — declarou Will, enquanto corriam escada acima. — A gente vai precisar de muito café.

CHARADAS

— São nomes franceses — disse Elise, examinando a lista.
— Não diga — zombou Nick.
— Come o seu bolo, Nick — respondeu Elise com um olhar gelado.
— Lees, gata, acho que a gente já tinha concluído que eles eram *franceses* há um tempão, certo? A não ser pelo primeiro nome. Orlando.
— Ah, e, por favor, me esclareça: Orlando vem de onde?
— Alô? É da *Flórida*?

Quatro dos colegas estavam sentados à mesa de jantar; Ajay os tinha deixado para trabalhar em algum projeto no quarto. Todos, exceto Will, olhavam para seus respectivos tablets, embora Nick estivesse mais interessado em uma fatia de bolo de chocolate. Tinham acordado Elise e Brooke assim que retornaram; fizeram café e Will contou a elas toda a história sobre os Pares e o Paladino, Lyle e os túneis que davam para a Rocha Escarpada. Tudo isso sem mencionar os monstros: Will achou melhor deixar os detalhes sobrenaturais de fora até estar certo de que as meninas estavam dispostas a se comprometer totalmente, e Nick e Ajay concordaram. Já terminado o relato, Ajay transferiu as fotos que Will tirara das máscaras para os tablets de todos. O rosto de Elise foi se iluminando com interesse ao longo da narrativa, mas Brooke parecia e agia como se distante. Ao menos estava junto deles à mesa, estudando as fotografias.

— Você não tem bolsa de estudos, não, né, Nick? — indagou Will.
— Claro que tenho — respondeu o outro, comendo mais um pedaço de doce. — Cara, bolo de chocolate é uma *diliça* das boas.
— Por causa da ginástica, não da geografia — explicou Elise. — Eu tenho descendência francesa, seu bobalhão. Sei falar e ler francês. Meu pai é de lá.
— Ah, é? Bom, e sua mãe? Ela não é francesa.
— Ela é vietnamita e *fala* francês, e pode confiar na minha palavra, todos esses nomes aí são de origem francesa. Ou, para ser mais precisa, francos Da Idade Média.

— Irado — exclamou Nick. — Então, o que a gente sabe até agora é: eles são um bando de franceses de meia-idade.

Brooke tocou gentilmente o braço de Nick.

— Por favor, não fale mais nada.

— Gente — pediu Will —, concentração, vai. Quando a gente descobrir quem são todos os Pares e qual é o plano deles, aí pode ser que a gente consiga ter uma ideia do panorama geral.

— Mas dá para dizer com certeza que eles *não* são um bando de franceses de meia-idade — afirmou Elise, repreendendo Nick com o olhar.

— Vamos olhar essa insígnia aqui no topo da lista — sugeriu Will, indicando a fotografia que tirara e que agora era exibida no tablet de Brooke.

Brooke examinou-a com atenção.

— Esses desenhos parecem crisântemos brancos — disse ela. — Vamos precisar de uma enciclopédia de botânica.

— E onde é que achamos isso em uma hora dessas da noite? — perguntou Will.

— Eu vou à biblioteca. — A menina, no entanto, não fez menção de se levantar.

— Como? — indagou o novato, intrigado.

— Com o meu tablet.

— Pensei que eles restringissem o acesso à internet.

— Para servidores externos. Não os do próprio campus.

— Você *ainda* não viu o tutorial? — perguntou Elise, incrédula.

— Não tive tempo.

— Mostre para ele — sugeriu Elise.

Brooke inclinou o tablet para Will conseguir visualizar. Não foi a imagem na tela, uma recriação em alta definição da sala do apartamento, que o espantou. Ele já estava se acostumando aos gráficos de qualidade superior absurda. Aquilo que estava representado ali, porém, era algo de outro mundo.

Ao redor da mesa estavam sentadas três versões incrivelmente realistas, verdadeiros duplos virtuais, de Brooke, Elise e Nick. E eles o *fitavam* com a pose, a atenção e (ele não sabia como expressar de outro modo) a *personalidade* de seus correspondentes de carne e osso.

— Mas o quê... — começou Will.

Elise, Brooke e Nick riram. As figuras na tela riram junto. As ações não eram exatamente sincronizadas, mas as versões virtuais e reais eram assustadoramente similares: era como assistir a três pares de gêmeos idênticos em tamanhos grande e mini.

— O que são essas coisas? — retomou a pergunta

— Eles se chamam *syn-apps* — respondeu Brooke.

— Abreviação de *synchronized synthetic aplications*, aplicativos sintéticos sincronizados — explicou a outra menina.

A quarta cadeira, onde Will estava sentado no mundo real e onde uma versão de "miniWill" deveria estar para completar o grupo, permanecia vazia.

— E onde é que estou? — indagou ele.

— Você não viu o tutorial ainda, bobão — disse Elise.

— Para a biblioteca — ordenou Brooke, falando para a tela. A *syn-app* de Brooke levantou-se. As paredes do apartamento no tablet se fundiram quase imperceptivelmente, transformando-se em estantes de alturas vertiginosas em uma vasta biblioteca. — Ache um livro sobre simbolismo em flores.

A versão virtual assentiu, de uma maneira que tinha toda a essência brookeniana. Em seguida, avançou rumo às estantes a fim de encontrar o que procurava. Will pensou que aquilo não passava de uma tela em "modo de espera" sofisticada enquanto o computador fazia a busca pelo banco de dados, mas o efeito ainda assim o deixava estarrecido.

— Esta é a biblioteca de verdade? — perguntou o menino.

— Uma que é *virtualmente* real — respondeu Brooke. — Uma réplica da Biblioteca Archer, a principal do campus. Com versões digitais de todos os livros e arquivos.

Will apontou para as figuras de outros "estudantes" com quem Brooke cruzava, sentados em cadeiras ou à mesa, procurando pelas prateleiras.

— Então, todos estes são versões de outros alunos, fazendo pesquisas on-line — concluiu ele.

— Exatamente — confirmou a menina. — Tudo em tempo real. Como se fosse uma sala de chat.

— Só que ninguém está *conversando* — disse Nick. — Porque é uma *biblioteca*.

O novato olhou para o tablet de Elise. Brooke havia desaparecido da tela dela também. A miniElise observava Will com o mesmo sorriso presunçoso e sardônico que a *verdadeira* Elise normalmente tinha estampado no rosto.

— Então, se eu rodar o tutorial...

— Seu tablet vai criar o seu próprio *syn-app* — confirmou Brooke.

— E as pessoas de antigamente pensavam que as fotos podiam roubar a sua alma... — comentou Will, balançando a cabeça.

— Nhe-nhe — fez Nick.

Elise suspirou.

— É só um recurso gráfico para fazer a interface ficar mais intuitiva.

— É, que seja — rebateu Nick. — Não preste atenção nessa *baboseira*, porque, se quer saber minha opinião, ter um minieu *arrasa*.

— Como é que eles fazem para deixar eles tão parecidos com vocês?

— Criação de modelos em 3D com ênfase em construção de personagens de alta sofisticação — respondeu Elise. — Feita a partir da sua aparência e do seu comportamento. O software aprende tudo só de observar você.

— Para ser mais *parecido* com você — complementou Nick. — Isso não é tipo *muito* louco? — Nick virou o próprio tablet. Seu avatar estava andando ao redor da mesa de ponta-cabeça, fazendo caretas bobas. Nick levantou-se e imitou sua versão míni.

— É — concordou Will. — É uma representação fiel sua mesmo.

De volta ao trabalho, Elise examinava a insígnia acima dos nomes com uma lupa.

— Estes outros desenhos aqui podem ser armas ao redor do buquê — disse. — Ou, quem sabe, ferramentas.

Ajay saiu apressado do quarto para a sala com seu tablet, juntando-se ao resto do grupo.

— Boas notícias. Organizei e juntei todos os dados do GPS que registrei nos túneis. Agora, vamos comparar isso tudo em uma visualização do mapa do campus e ver no que dá.

Colocou o aparelho sobre a mesa. Will espiou a tela e viu a versão virtual do colega movendo imagens. O duplo do menino tinha aparência ainda mais élfica que o real, lembrando uma personagem de anime, com gigantes olhos castanhos como os dos desenhos japoneses.

— Certo, isso aí já é demais para mim — comentou o novato.

— Santo Deus, homem, você não colocou o tutorial para rodar ainda? — indagou Ajay.

— E não tenho muita certeza se quero — completou. — Não depois disso.

— Já sei. São armas *e* ferramentas — concluiu Elise, estudando o emblema ainda com a lupa em mãos. — As figuras de cima são uma espada e uma machadinha...

— Alô — exclamou Nick. — Que nem o tal do *Paladino* lá.

— E estas duas aqui embaixo são um esquadro... e um compasso...

— Um *compasso*? — repetiu Nick. — Que tipo de pista é essa? O que é que tem a ver isso tudo com música?

— Não é compasso de notação musical, é o compasso de *desenho geométrico*. Do tipo que os arquitetos e desenhistas técnicos usam para fazer círculos — explicou Elise, mostrando um em sua tela.

— Todos os quatro objetos também podem ser outra coisa — disse Brooke, avaliando a insígnia. — Acho que podem ser letras também.

— Que tipo de letra? — perguntou Nick, tentando beber café ao mesmo tempo em que se equilibrava de cabeça para baixo em uma única mão.

— Algum tipo de caligrafia — respondeu a menina. — De um alfabeto arcaico.

— Vamos checar — decidiu Elise. Ergueu a relação dos nomes dos Pares na frente do monitor. A Elise virtual levantou-se da mesa para estudar a página e logo aproximou-se da superfície da tela para recolher uma *cópia idêntica* da folha.

— Está certo, que raios foi isso que acabou de acontecer aí? — Will quis saber.

— O tablet usou a câmera para escanear a página, criou uma cópia virtual e levou para a simulação — esclareceu Elise. — Para o meu *syn-app* poder procurar alguma coisa que bata com as letras.

A menina virtual olhou para Will e disse:

— Bem assustador, né?

Will caiu para trás com cadeira e tudo

— Essa coisa falou!

— Uia — exclamou Nick.

— Todos eles falam — informou Brooke. — Depois que já conhecem você bem.

— Ah, eles fazem bem mais do que só *falar* — continuou Nick, ajudando Will a se levantar enquanto continuava andando de ponta-cabeça. — Se é que você me entende, hein? Hein? — Deu duas piscadelas.

— Tem uma diferença — disse Elise — entre usar uma ferramenta e *ser* uma

— *Touché*, milady — concluiu Nick, voltando a ficar de pé e fazendo uma pequena mesura.

Elise revirou os olhos e falou com sua versão míni.

— Biblioteca.

O ambiente ao redor da menina virtual mudou para a mesma biblioteca acadêmica onde "Brooke" estava. Disparou rumo às estantes, passando pela colega e voltando com um grande livro aberto. Os avatares acenaram um para o outro.

Will espiou por sobre o ombro de Brooke e viu quando a figura em miniatura retornou à residência. Olhou para eles, ergueu um livro sobre flores e avançou para a tela. Brooke leu o verbete que seu duplo havia encontrado:

— O crisântemo branco é a flor da cidade de Chicago... e a flor do mês de novembro.

— Para tudo — disse Nick, estalando os dedos. — Galera, a gente está perto de Chicago... E... Estamos em novembro *agora*.

— Respire fundo — disse Ajay com toda a calma. — E tente fazer seu cérebro parar completamente de pensar.

— O crisântemo branco é também o emblema de uma misteriosa organização chamada Fraternidade do Triângulo — continuou a ler a menina. — Uma sociedade secreta composta de cientistas, arquitetos e engenheiros. Sua origem remonta à Idade Média... e são associados aos Maçons.

— Agora, sim, a gente tem alguma coisa — comemorou Ajay, empolgado.

— O compasso e o esquadro, que vocês identificaram na insígnia, são símbolos da maçonaria.

— Maçons? — indagou Nick. — É uma fraternidade também?

— Nenhum dos dois grupos é uma "fraternidade", Nick — explicou Brooke, cansada. — Pelo menos, não desse tipo de fraternidade em que você deve estar pensando.

— E em que estou pensando, hein?

— Fraternidades sociais universitárias, rituais de iniciação — enumerou Brooke.

— Festas e chopadas — complementou Elise. — Idiotas mentais fervilhando de hormônios e apostando para ver quem vomita mais longe.

— *Exatamente* isso — afirmou o menino, batendo com o punho na mesa.

— Não seja um mentecapto — repreendeu Ajay. — Estamos falando de organizações seculares aqui, com grande reputação de serem supersecretas e violentas.

— Sério? — indagou Nick, sentando-se novamente. — Eu estou *passado*.

— Certo, achei — declarou Elise, girando o tablet. Seu avatar saiu da biblioteca virtual para voltar ao apartamento e trouxe consigo um livro encadernado com couro que aproximou da tela, exibindo uma página com letras em um tipo de caligrafia diferente. — Estas letras são do alfabeto carolíngio — disse a menina, lendo o conteúdo no monitor. — Era o padrão de escrita manual na Europa Ocidental entre cerca de 800 e 1200 d.C.

— *Carolíngio* significa "sob a liderança de Carolus" — explicou Ajay. — O nome latino do imperador Carlos Magno, que unificou a Europa pela primeira vez desde os tempos dos romanos e foi coroado imperador pelo papa.

— O que significa que, seja lá quem forem os Pares, eles se inspiraram em algum grupo originário do reino de Carlos Magno? — indagou Brooke.

— Talvez.

— Então, que letras são *estas*? — perguntou Will.

Elise contrapôs emblema e alfabeto antigo lado a lado e respondeu

— "O", "C", "D", "M".
Nick pegou caneta e papel e copiou. No tablet, o avatar fez o mesmo.
— Certo, estou oficialmente "confupirado" — declarou, coçando a cabeça.
— Essas letras todas juntas não significam nada.
— Vai ver é um anagrama — arriscou Brooke. — Mistura as letras.
— Curiosamente, embora Carlos Magno fosse excepcionalmente alto e intimidador para a sua era — continuou Ajay —, com quase 2 metros de altura, dizem que o pai dele era anão.
— Cara... Como é que você consegue lembrar tanta coisa aleatória junta?
Ajay olhou nervosamente para Will.
— Bom, eu estudo muito mesmo, faço várias anotações e acho que tenho uma capacidade de retenção acima da média...
— Certo, *bingo* — exclamou Nick, apontando para a última palavra em uma lista que erguia triunfante. — Saquem só.
— "M.C. D.O." — leu Brooke. — E isso foi o melhor que você conseguiu.
— Pode significar alguma coisa.
— É. Um cantor de hip-hop — criticou Ajay.
— Hip-hop medieval, incrível, não? — zombou Elise.
Nick pareceu derrotado, mas a sua miniatura mostrou para o monitor a folha em que tinha rabiscado, assoviou e acenou animadamente a fim de chamar a atenção de Nick.
— Esperem, esperem — exclamou o ginasta. Tentou, então, pronunciar as variações escritas na folha virtual. — Modc, Docm... Droga, eu pareço um gato engasgado com uma bola de pelo...
O Nick virtual começou a simular estar sufocando como um bichano.
— Fantástico — comentou Ajay, balançando a cabeça. — Até o desenho dele é uma besta.
— Em algum lugar — disse Elise, tamborilando com os dedos no tampo da mesa — existe um pequenino vilarejo sofrendo com o desaparecimento de um idiota.
— Dane-se isso, onde é que a gente guardou o tabuleiro de Scrabble mesmo?
— O ginasta levantou-se e cruzou a cozinha. Retornou com uma bolsinha com pequenos quadrados com letras, pescando dali os cinco de que precisava.
— Deem só uma olhada nisso — chamou Ajay, pousando seu monitor sobre a mesa. A representação panorâmica tridimensional do campus surgiu em pleno ar, pairando acima da tela. O menino usou as mãos para expandir a imagem até cobrir a maior parte da mesa. — Agora, vamos procurar as coordenadas que eu registrei... — Com os dedos, mudou a perspectiva do grupo até estarem flutuando sobre o ginásio. A construção tornou-se transparente,

revelando uma recriação minuciosa do vestiário masculino. — Entramos nos túneis pelo vestiário... descemos estas escadas, viramos à esquerda... seguimos pelo corredor até aqui...

Moveu o dedo ao longo de uma linha reta extensa, demarcando o trajeto feito no túnel, até que alcançou outro pontinho que piscava no fim dele.

— Aqui fica a porta para o vestiário auxiliar — apontou Ajay. — Exatamente 400 metros abaixo dos campos de esportes. — Tocou a tela outra vez: o vestiário menor surgiu ali, juntamente com outra porta dentro dele. — Entramos no *segundo* túnel aqui, atrás dos armários. Agora vejam isso.

A perspectiva elevou-se novamente enquanto o menino retraçava o caminho para o leste.

— Quando a gente passou por aquela câmara enorme e chegou na encruzilhada, a gente tinha descido 60 metros no subsolo.

Dois corredores apontavam em direções opostas em uma angulação de 90 graus. O que dava para a direita ia acabar diretamente abaixo das águas retratadas com realismo estarrecedor do Lago Waukoma.

— A gente seguiu o caminho da direita até aqui — indicou Ajay. O ponto que piscava moveu-se para baixo do lago e foi parar no alçapão atrás da Rocha Escarpada. — A Rocha foi construída no começo da década de 1870 — disse Ajay. — Tenho para mim que esses túneis foram cavados na mesma época. É provável que já existisse uma estrutura geológica natural de cavernas conectadas ali.

— Que nem as da encosta do outro lado do lago — disse Will.

— Correto. Mas foi preciso um esforço enorme para aumentar e terminar os túneis, como vimos. Os recursos necessários estavam à disposição quando o castelo estava sendo construído, e acho que só mesmo uma pessoa rica e excêntrica o bastante para ter a ideia tola de querer um castelo ia construir aqueles túneis. Portanto, acredito que quem elevou a Rocha também criou aquelas passagens. Mais de cinquenta anos *antes* do Centro ser feito.

— Então, quem construiu a Rocha? — indagou Will.

— Eu descubro isso — prontificou-se Brooke. — Mas por que é que os túneis foram construídos, para começo de conversa?

— Não dá para responder isso ainda — disse Will.

— Acham que quem perseguiu vocês perto do castelo têm alguma coisa a ver com os Pares? — indagou Elise com expressão preocupada.

— Não tenho certeza — respondeu Will. — A gente sabe que o dono dele hoje em dia, o tal Haxley, coloca a ilha sob vigilância máxima. Vai ver eram só guardas reagindo à presença de estranhos.

— Will, eles estavam praticamente esperando por nós quando subimos pela escada — argumentou Ajay

— E aquela passagem leva direto para o ponto de encontro dos Pares — complementou Elise. — Tem que haver *alguma* conexão.

— Acho que ela tem razão, Will — disse Ajay.

— Então vamos continuar investigando.

— Certo, tudo isso é incrível e totalmente do mal — intrometeu-se Nick, já obcecado com as lajotinhas de Scrabble. — Mas essa porcaria de bando de letras ainda não forma droga de palavra nenhuma.

— É porque não é um anagrama — concluiu Brooke, animada, olhando intensamente para sua tela. — Elas são um *acrônimo*.

— Você quer dizer uma coisa que significa o oposto de outra coisa? — indagou Nick.

— Não, isso é um *antônimo* — corrigiu a menina. — Elas serem um acrônimo quer dizer que são as primeiras *letras* de palavras ou de uma frase que significa algo. — Ela reorganizou as letrinhas, colocando-as em sua ordem original. — O... C... D... M...

— Que nem NASA? — perguntou Nick, sem acreditar muito.

— É — confirmou Brooke. — Um *acrônimo*.

— RSES — disse Nick.

— E o que *isso* quer dizer? — indagou Ajay.

— Rindo Sozinho Em Silêncio — explicou Nick.

— Mas, afinal, qual é o sentido de OCDM? — perguntou Will.

Brooke girou o tablet para si. Seu avatar abriu outro livro de capa de couro retirado da biblioteca e exibiu-o frente à tela. Era uma rica ilustração de página dupla em cores, uma pintura heroica de 12 guerreiros fortemente equipados com armaduras completas, montados sobre os lombos de seus cavalos.

— Os Cavaleiros de Magno — disse Brooke. — Os 12 maiores guerreiros que serviram ao imperador Carlos Magno. Eles se autodenominavam os Pares, e cada nome naquela lista que você encontrou está aqui: Orlando, Renaldo, Namo...

Todos reuniram-se ao redor dela para olhar a imagem.

— Salomão, Turpin, Astolpho, Ogier, Malagigi, Padraig, Florismart, Ganelon, Guerin de Montglave...

— Cara — exclamou Nick. — A minha cabeça vai EX-plodir.

— É por isso que os Pares usaram letras frâncicas para esse acrônimo — concluiu Ajay. — Uma pista escondida da origem e identidade deles, oculta na insígnia.

— Os 12 primeiros nomes estão aí — disse Elise, examinando a lista no livro. — Mas o *último* não: O Velho Cavalheiro.

— Então quem é ele? — perguntou Will.

— Eu tenho uma teoria — disse Brooke, folheando o livro virtual. — Um segundo.

— Vamos juntar as peças — sugeriu Will, caminhando pela sala enquanto fazia suas ponderações. — O vestiário e os túneis são usados pelos membros de um grupo chamado Os Cavaleiros de Magno. Uma versão moderna de uma ordem antiga que pode ter algum tipo de conexão com a pessoa que construiu o castelo.

— Ou com a pessoa que mora lá hoje — complementou Elise.

— E com certeza os Cavaleiros estão conectados com os Boinas Pretas que vieram atrás de mim.

— Talvez sejam todos parte da mesma organização — sugeriu Ajay.

— Pode ser.

— Então, o que é que a gente faz com esta parada toda? — indagou Nick, andando no sentido contrário de Will.

— Nossa missão não mudou — respondeu Ajay. — A gente tem que descobrir quem são os Pares. Quem são as pessoas que Will viu naquele lugar usando os chapéus e as máscaras? Quem perseguiu a gente pelos túneis hoje?

— Sabemos quem é um deles — lembrou Elise.

— Lyle — completou Will. — A gente vai começar daí.

Brooke engasgou e se levantou de forma abrupta, segurando o tablet.

— Ouça só isso, gente — disse alarmada.

— Não me assuste assim — pediu Nick.

Com urgência, Brooke leu outra passagem do livro encontrado pelo avatar:

— "Os 12 cavaleiros de Carlos Magno acompanharam-no em duas diferentes cruzadas quando o imperador guiou seu exército pela Europa a fim de tomar Jerusalém e a Terra Sagrada para os 'civilizados' reinos ocidentais."

— E qual é a importância disso? — indagou Ajay.

— Carlos Magno deu outro nome para esses caras — revelou a menina. — Os 12 cavaleiros dele... foram os primeiros Paladinos.

Parei de sonhar com ele assim que chegou aqui. Mas o risco que ele corria não havia desaparecido dos meus sonhos. Na verdade, conseguia percebê-lo ainda maior e mais próximo agora. Teria sido trazido com o menino, ou o perigo já estava aqui o tempo todo, apenas aguardando?

Era para o garoto estar a salvo aqui. A escola tem seus recursos. Será que eu devia contar a ele o que sei? Talvez ele nunca tenha tido a chance de aprender nada disso. Será que ajudaria? Como posso ter certeza de que contar não vai piorar ainda mais a situação?

Dormir está se tornando impossível.

O TUTORIAL

Os colegas foram se recolher depois de 1h da manhã, satisfeitos por terem, ao menos, colocado um nome a tudo que haviam descoberto. Will, no entanto, permaneceu acordado, preocupado com as implicações da última informação revelada por Brooke: os Cavaleiros originais eram todos Paladinos. Um dos atuais, vestido como paladino, tinha-os perseguido com um machado. O Paladino era o mascote da escola desde 1915.

Seria isso indicativo de que a escola estava envolvida de alguma forma?

E havia também outras questões, mais esquisitas, sobre as quais ele *não* falara com o grupo ainda: a relação que Nando encontrara entre os Boinas e a agência que aplicava as provas e que fora responsável por levá-lo até o Centro. As repetidas aparições de seu anjo da guarda, dos monstros do Nunca-Foi, e a tal "guerra" paranormal da qual Will era pivô, segundo Dave.

Will ouviu uma batida leve à porta, aproximou-se e abriu uma frestinha. Era Brooke.

— Preciso perguntar uma coisa — sussurrou a menina.

Ela estava próximo o suficiente para ele ser capaz de sentir o cheirinho doce de menta de seu hálito. O adolescente abriu espaço, convidando-a a entrar. A menina vestia uma camisa masculina bem maior do que seu tamanho como camisola e meias que pareciam sambar em seus pés. Foi até a cama dele e se sentou sobre uma das pernas. Will sentou-se perto, mas não perto demais. Ela inclinou-se para ele, os grandes olhos arregalados e iluminados com preocupação, algo que ele percebeu graças ao luar que invadia o quarto pela janela.

— Eu estava deitada, olhando para o teto — relatou ela, a voz baixa e trêmula —, e não conseguia parar de pensar: mas por que o Paladino *foi* aparecer lá embaixo?

— Vai ver ele seguiu a gente.

— Mas como ele soube que vocês estavam lá, para começo de conversa?

— A gente pode ter acionado algum tipo de alarme secreto...

— Acho que Lyle arranjou alguma maneira de vigiar você — afirmou ela com convicção. — Acontecia a mesma coisa com Ronnie. Parecia que Lyle sempre sabia onde ele estava.

Will estremeceu ao pensar a respeito.

— E, Will, pense bem. — A menina pousou a mão na dele. — Se Lyle fizer mesmo parte dos Cavaleiros, e eles estiverem trabalhando junto com os homens que queriam sequestrar você...

O adolescente sentiu um arrepio percorrer sua espinha.

— Então a chance da história toda já ter sido repassada é grande, e eles já sabem que estou aqui — concluiu ele.

— Me desculpe se não dei mais apoio — pediu ela com sinceridade. — Eu não acredito mesmo que as regras são feitas para serem quebradas. Mas isso aqui é uma situação totalmente diferente. Você está correndo perigo de verdade, e quero ajudar do jeito que der.

— Isso me deixa muito feliz — agradeceu o menino. — Tem uma coisa que preciso contar para você também. É bem provável que Todd esteja envolvido nisso tudo. Ele e mais uns outros caras da equipe de corrida.

Ela desviou o olhar e soltou um suspiro. Parecia mais triste do que surpresa.

— Foi mal — falou Will. — O que tem entre vocês dois não é assunto meu.

— Não tem nada entre a gente — declarou Brooke, os olhos se inflamando. — As nossas famílias são próximas, e isso é tudo. A gente se conhece a vida inteira.

— Se você precisar de ajuda, estou aqui — ofereceu Will.

Ela voltou a fitá-lo, os olhos cheios de consternação.

— Com tudo isso acontecendo para o seu lado, é você quem quer *me* ajudar?

Will perdeu-se naqueles olhos por um segundo antes de desviar o rosto. Ela estendeu a outra mão e tomou a dele.

— É sério, Will. Não quero que você acabe machucado.

— Não se preocupe comigo.

— Mas eu me preocupo. Eu sabia que você tinha passado por alguma coisa horrível assim que a gente se conheceu.

— Bom, eu *estava* todo ferrado lá, com pontos na cabeça, né.

Ela deu um soco de leve no braço do amigo.

— O termo técnico é *inteligência emocional*? Por favor, não me subestime, né? Eu não quero ajudar só porque é a "coisa certa a fazer". Eu quero ajudar porque gosto de você. Porque é inteligente, legal e mais ou menos... Bem... Corajoso.

Will viu-se obrigado a olhar para o outro lado.

— As pessoas não dizem isso de você o tempo todo, não? — perguntou ela.

— Não — respondeu Will baixinho.
Ela tentou capturar os olhos dele.
— E os seus amigos lá de onde você morava? As pessoas de quem você é próximo?
Will deu de ombros.
— Não tenho.
— *Nunca* teve?
Ele balançou a cabeça em negativa.
— Hum, isso não está certo. E não estou dizendo que é você que não está certo — esclareceu Brooke com toda a gentileza. — O que os seus pais estavam pensando? A sua vida devia ter sido cheia de amigos. E, a partir de agora, vai ser.
Ele torcia para que ela não conseguisse ouvir seu coração batendo forte, porque parecia que estava prestes a explodir para fora das costelas.
— E se você quiser falar sobre... Pode ser sobre tudo aquilo que passou, futebol, ou poesia inglesa do século XVIII, só fique sabendo que estou aqui para isso. Porque é para isso que os amigos servem.
Ela o disse como se fosse a primeira pessoa na história da humanidade a explicar o conceito de amizade. Apertou a mão dele e seguiu para a porta.
— Vou ver essa questão do Todd e descobrir o que der — disse, já de saída.
— Tome cuidado também.
Ela pareceu se divertir.
— Você não sabe mesmo muita coisa sobre garotas, né? Vê se dorme, campeão.
Quem dera. Após meia hora se debatendo e rolando de um lado para o outro na cama, Will notou que o tablet estava aceso. Tinha certeza de que o tinha desligado e deixado virado com a tela para a baixo antes de ir para a cama. Naquele instante, o aparelho estava apoiado sobre uma espécie de suporte, virado diretamente para ele, exibindo uma mensagem flutuante na tela:
GOSTARIA DE COMEÇAR O TUTORIAL AGORA? (RECOMENDADO)
— Eu me rendo — declarou o adolescente. Cambaleou até a escrivaninha e se sentou. — Sim, eu gostaria de começar o tutorial agora.
A imagem dissolveu-se em uma cortina de efervescência borbulhante que dava a Will uma impressão estranha e visceral: *O tablet ficou feliz.* Uma série de perguntas surgiu, desaparecendo e reaparecendo, uma após a outra, a um ritmo que se acelerava gradualmente.
QUAL É A SUA ALTURA? QUAL É O SEU PESO? QUANDO É O SEU ANIVERSÁRIO? QUAL É SUA COR PREDILETA? QUAL É SEU ESPORTE FAVORITO?
Quando a bateria de perguntas terminou, o aparelho pediu a ele que colocasse as mãos sobre a tela, uma de cada vez. Uma forte luz azul emanou dele a

253

cada toque. O tablet o instruiu a deixar o rosto a 15 centímetros da tela, ficar imóvel e fechar os olhos. Ao fazê-lo, Will percebeu uma grade simétrica de luz intensa movendo-se lentamente por suas feições.
Está me mapeando.
Uma última mensagem surgiu: ESTE DISPOSITIVO SERÁ ATIVADO PARA SEU USO SEGURO E PESSOAL. AINDA DESEJA PROSSEGUIR?
— Sim — respondeu.
A cor da tela mudou para um azul profundo e brilhante. Uma débil pulsação se fez ouvir, criando ondulações na superfície, como fazem as pedrinhas quando são jogadas nas águas de um lago. Um pontículo redondo e claro apareceu no centro. O ponto crescia com cada vibração sucessiva. Foi então que Will se deu conta de que a pulsação na tela seguia o ritmo de seu próprio batimento cardíaco.
Não conseguia desviar os olhos: em questão de minutos, o ponto havia atingido o tamanho de uma moedinha. Algo a respeito de sua regularidade rítmica relaxava a mente do menino, a ponto de ser o suficiente para que ele finalmente cedesse ao sono. Quando sentiu o queixo involuntariamente bater no peito, o adolescente arrastou-se até a cama e adormeceu de imediato.
Algumas poucas horas depois, acordou com a luz do sol. Olhou ao redor e viu que o ponto no monitor continuara a crescer durante seu descanso. A forma pálida de antes havia dado lugar a algo parecido com os contornos de um corpo humano deitado de costas, suspenso no espaço. Vago, inacabado, mas evoluindo.
Sou eu. Meu duplo está se formando aí.
Depois de ter tomado uma ducha e se trocado, Will foi até o tablet a fim de levá-lo consigo para a aula, mas um apito agudo soou e uma advertência surgiu na tela:
NÃO TENTE USAR ESTE DISPOSITIVO ATÉ A ATIVAÇÃO TER SIDO FINALIZADA.

— O embrião de toda ação... É uma ideia.
O adolescente acordou de um pulo, sentindo-se culpado. Apenas trinta minutos tinham passado de sua primeira aula com Dan McBride, o único professor cuja opinião importava mais que a de qualquer outro, e lá estava ele, lutando para manter os olhos abertos. Will olhou ao redor, para os vinte outros alunos presentes no auditório. Ninguém parecia notar a luta que travava contra o cansaço.
— É essa a tese central de Emerson — explicou McBride, detrás do atril.
— Tudo tem seu início na mente. Tudo o que intuímos, tudo o que criamos, tudo que o vivenciamos ou acreditamos... Começa aqui. Dentro de nós.

Will espremeu os olhos. Uma massa meio pantanosa revolvia em sua cabeça. Rostos mascarados sinistros nadavam em sua direção enquanto ele lutava para continuar desperto.

Um grupo que se autodenomina Os Cavaleiros de Magno. Nome inspirado nos primeiros Paladinos, da Idade Média. Membros de uma sociedade secreta dentro da escola. Ligados aos Boinas Pretas e ao Nunca-Foi. Qual será o objetivo deles? Há quanto tempo estão aqui? Não pode ser mera coincidência o mascote do Centro ser um paladino, mas como é que tudo isso se encaixa?

— Vocês têm que confiar em si mesmos — afirmou McBride. — Aprendam a confiar em seus instintos quando o mundo diz para fazer o contrário. "Confie em *si* além do que dita a razão, ou a opinião alheia." É dessa maneira que Emerson roga que vivamos. Porque as *suas* vidas precisam, antes e acima de tudo, fazer sentido para *vocês*.

As palavras de McBride pareciam ser direcionadas apenas a Will. Uma das regras fundamentais de seu pai — a de número 11: CONFIE NOS SEUS INSTINTOS.

Aquilo fez com que acordasse de vez. Olhou para Brooke, sentada em um canto, observando e ouvindo com atenção o professor. Era tão bonita, e de um jeito tão natural, que chegava a fazer o peito de Will doer. Foi então que sentiu um par de olhos perfurar suas costas.

Para de olhar e babar. Se segure, seu idiota.

Ele voltou-se para trás e viu Elise o encarando. Pego no ato. *Meu Deus, será que os meus sentimentos ficaram assim tão ridiculamente transparentes agora?*

Elise usou os dedos para abrir as pálpebras exageradamente, zombando dos esforços que o menino fazia para ficar acordado. Will também notou algo mais nos olhos dela, uma espécie de sofrimento *por trás* de toda a pose, que lhe deu a impressão de que a estava vendo pela primeira vez na vida.

— Eis o que eu acredito que Emerson quer que façamos — continuou o professor, distanciando-se do atril, a voz com a sinceridade de alguém que confessa algo pela primeira vez. — Ele quer que pensemos por nós mesmos, sem medo do ridículo ou do julgamento dos outros. Quer que façamos nossas escolhas e que ignoremos o que o resto do mundo diz. Não prestem atenção a tendências ou modismos, e obedeçam sempre à sua voz interior. Aprender quem vocês são é a sua tarefa principal. Para Emerson, na vida não existem erros, apenas lições. Depois de passarem pela primeira lição, vocês seguem para a próxima. E o único lugar em que podem aprender é o aqui e agora. No presente sem fim.

Tudo o que temos é o agora. McBride parecia realmente estar inspirado pelo pai do menino. O humor de Will melhorou. Acabada a aula, McBride acenou para ele, chamando-o.

— Will, que bom ver você na minha aula. Espero que não tenha sido muito difícil ficar acordado. — O professor piscou enquanto arrumava a pasta.

— Desculpe, professor — pediu o menino. — Ainda estou tentando me acostumar com o fuso horário. Mal consegui dormir.

— Sem problemas. A propósito, a Dra. Robbins queria saber se você falou com seus pais. A respeito do histórico médico e daqueles outros exames.

— Falei — respondeu Will, sentindo um turbilhão se formar dentro dele. — A gente conversou ontem à noite. Vão mandar tudo pelo correio imediatamente. E eles não têm nada contra eu fazer os outros exames.

— Esplêndido.

Ao saírem juntos, o adolescente decidiu confiar a McBride a seguinte pergunta:

— Professor, o senhor sabe alguma coisa sobre a... possível existência de clubes ou sociedades secretas aqui na escola?

McBride estancou no corredor, intrigado.

— Por que a pergunta, Will?

— Ouvi uns boatos. Alguma coisa sobre um grupo chamado Cavaleiros de Magno.

McBride assentiu.

— Bom, não me recordo do nome especificamente, mas você pode tentar pesquisar na Biblioteca Archer. Eles têm um extenso banco de dados lá a respeito da história da escola.

— Boa ideia, obrigado.

— Vá no fim de semana — sugeriu o professor, colocando a mão no ombro do menino. — E tente compensar as horas de sono perdidas. — Deu outra piscadela. Will observou-o partir mancando, braviamente batalhando contra os joelhos frágeis.

Droga. Me esqueci totalmente do histórico médico. Era um problema. Havia, contudo, um lugar onde podia procurar.

— Oi, Nando, aqui é Will. Está podendo falar?

— E aí, Wills, posso falar, sim.

Will trancara-se no banheiro, sussurrando bem perto do celular.

— Fiquei preocupado quando você não deu mais notícias ontem. Os Boinas Pretas estavam indo na sua direção.

— Estou tranquilo, irmão. Freddie e eu demos um perdido neles. Fui até Ojai ontem. Para pegar no batente, eu e o meu táxi. O que é que manda?

— O pessoal do hospital pediu o histórico médico do meu pai, e a gente acha que está lá em casa. Tem algum jeito de você conseguir passar lá e pegar essas coisas, se a barra estiver limpa?

— Pode deixar.
— Tem uma chave escondida perto da porta dos fundos. A gente se fala quando você entrar, para eu explicar onde você tem que procurar.

Will visualizou sua casa em Ojai. Havia apenas três dias desde que saíra de lá, mas parecia que tinham se passado meses. Aquela versão dele, Will West 1.0, parecia-lhe espantosamente ultrapassada.

— Se der para você receber, arranjo um jeito de fazer uma ligação com vídeo — disse Nando.

— Ótima ideia. Vou tentar me arranjar aqui também.

Desligou e voltou ao quarto com o propósito de se preparar para a última aula do dia. A figura no tablet continuava seu crescimento, como uma escultura emergindo da pedra. Já tinha cabelos, de tamanho e cor certos, e os músculos iam se definindo mais e mais a cada segundo.

Só mais algumas horas e este homúnculo será eu.

Will deslocou a mesa e abriu o esconderijo. Ao colocar o celular lá dentro, notou que o buraco havia aumentado uns poucos centímetros em direção à parede. O menino meteu a mão lá dentro e tateou pelo espaço. Não identificou nada até o momento em que virou o pulso e investigou a parte de baixo das tábuas, onde encontrou uma protuberância angulosa colada com fita adesiva. Desprendeu-a com cuidado e retirou o objeto preso dali, colocando-o sob a luz.

Era uma pequena tira de metal, do mesmo comprimento e metade da largura de uma peça de dominó. Recolocou a tábua no piso e devolveu a escrivaninha a seu lugar. Naquele exato instante, o telefone preto tocou, sobressaltando-o. Respondeu ao segundo toque.

— Will, é a Dra. Robbins — disse a mulher, direta e econômica nas palavras. — O Sr. McBride me informou que seus pais o autorizaram a fazer o restante dos exames.

— É, autorizaram, sim.

— Excelente. O Dr. Kujawa já marcou tudo para amanhã de manhã. Como é sábado, você não vai perder nenhuma aula. Pode nos encontrar no centro médico às 8 horas?

— Acho que sim, claro.

— Ótimo. Então nos vemos lá. — Desligou.

Will não sabia ao certo o que achar a respeito daquilo. Muito já havia sido revelado pelos primeiros exames, mas o que mais eles trariam dessa vez?

A caminho da aula, o menino parou e bateu à porta de Ajay.

— Ajay, é Will.

Ouviu trancas sendo abertas, e, logo depois, a porta abriu-se, apenas uma frestinha. Ajay colocou a cabeça para fora.

— Diga, Will?
Ele mostrou a peça de metal.
— Sabe me dizer o que é isso?
Ajay olhou-a com desconfiança.
— Onde foi que conseguiu isso? — quis saber o menino.
— Eu conto depois. Pode dar uma olhada e me dizer o que descobre?
— Está certo. — Pegou o objeto metálico. — Algo mais?
— Eu preciso arrumar um jeito de mandar e receber uma ligação com vídeo, para falar com um amigo lá da minha área — disse Will. — Tem como você me arranjar isso?
— Ele tem acesso a um telefone que aceite ligações com vídeo?
— Com certeza.
— Então, trato feito — prometeu Ajay, começando a fechar a porta.
Will olhou na direção do quarto de Elise e decidiu apostar em outra de suas intuições, naquele caso, uma intuição um pouco mais vaga.
— Então, quando foi que Elise e Ronnie Murso começaram a ficar no ano passado?
Ajay parou o movimento com os olhos arregalados.
— Como você sabe disso?
— Acho que é por isso que Elise está sempre tão de mal com a vida e com todo mundo.
— Que observador, meu velho — elogiou o menino baixinho, impressionado. — Como descobriu?
— Pela forma que ela reagiu quando conversamos sobre ele pela primeira vez — explicou Will. — A gente se fala depois.

RULAN GEIST

Pela segunda vez desde que chegara ao Centro, Will sentia-se perdido na sala de aula. Genética: a Ciência de Amanhã Hoje. Dezoito alunos de jaleco e óculos de proteção trabalhavam em dupla, cada uma em uma mesa.

O professor Rulan Geist, que os instruía, também usava um jaleco, que parecia um daqueles sobretudos usados por caubóis no faroeste, chegando ao tornozelo, revelando botas de cano curto pretas. Ele andava por entre as mesas enquanto guiava os estudantes concentrados no procedimento: ligações de cadeias genéticas diferentes e extração de DNA realizadas em uma criatura denominada nematódeo, que, segundo Will ficara sabendo, era uma espécie de minhoca primitiva e diminuta que eles estavam dissecando. Para o novato, aquela "língua" que Geist falava podia muito bem ser um idioma iroquês.

O professor era alto e robusto, com braços longos e mãos grandes e grossas que escondia atrás das costas, ou balançava fazendo gestos desajeitados. Sua voz, grave e ressoante, tinha resquícios de algum sotaque. Talvez escandinavo ou dinamarquês. Geist estava inquestionavelmente no time dos homens feios. Tinha olheiras escuras, e a pele bronzeada parecia áspera, cuja aparência o acadêmico tentava melhorar um pouco a escondendo em parte por trás de cavanhaque e bigode. Os pelos abundantes pareciam ter a capacidade de crescer novamente em menos de uma hora, caso o homem resolvesse se barbear. Nos cabelos grisalhos, curtos e crespos, havia uma profunda entrada em "V" que lembrava uma nadadeira dorsal. Pelos eriçados pulavam de suas orelhas e as sobrancelhas cheias e desarrumadas se enroscavam como a ponta de um saca-rolhas. Pesados óculos de armação preta e quadrada despontavam do fim do nariz muito fino, longo e reto, e davam o efeito de aumentar os olhos escuros e vivos sempre que olhava alguém de cima.

O professor parou algumas vezes perto de Will para fazer justamente isso. Tomando coragem, o menino tentou fingir que ajudava sua colega, uma garota séria de cabelos ruivos chamada Allyson Rowe, que era educada o bastante para não esfregar na cara de Will que ele era um caso irremediavelmente perdido. Sempre que passava, Geist sorria de maneira amigável para o adolescente, sem acreditar muito na participação dele, mas reconhecendo que se esforçava. Em sua última passagem por Will, deu tapinhas no ombro dele e debruçou-se para dizer:

— Venha falar comigo depois da aula.

Com a sala já vazia, Will e Geist sentaram-se em bancos altos. Sorrindo e mostrando-se acessível, o professor engachou os pés no apoio de seu assento e espalmou as mãos sobre os joelhos. Tufos de pelos escuros e grossos nasciam entre os nós dos longos e grossos dedos do homem.

— Vejo que a ciência é uma terra estrangeira para você — declarou o professor.

— Onde falam uma língua diferente — confirmou o menino.

— Certamente. Mas é mais que uma língua diferente. É toda uma cultura diferente. Que parece muito estranha a qualquer um que esteja mergulhando nela pela primeira vez.

— Minha dificuldade é óbvia assim, é?

— Não é uma crítica, Sr. West. Eu vi seu histórico escolar. Estava tendo aulas de geometria e só fez um ano de biologia. Nunca passou por química nem álgebra. Isso deixa você muito atrasado. Também vi que seu pai é pesquisador.

— É, sim, senhor. Em neurobiologia.

— Nem um pouquinho do interesse dele foi passado para você?

— Eu sequer sabia o que ele fazia da vida há alguns anos.

— Então ele nunca leva trabalho para casa ou discute a respeito com você.

— Nunca levou, não — respondeu o menino, e, depois, recordando-se de que deveria manter tudo no tempo presente, acrescentou: — Ele nunca fala de trabalho.

— É uma surpresa. A neurobiologia é um campo do saber cheio de emoções — comentou um entusiasmado Geist —, repleto de grandes descobertas e temas eletrizantes. Achei que seria natural que você tivesse *herdado* algum resíduo de interesse.

— Vai ver até herdei e não descobri ainda. Vai ver é um gene recessivo.

Geist riu.

— Então, alguma coisa, pelo menos, você sabe sobre o nosso tópico.

Will mostrou o quanto sabia abrindo um espaço de um milímetro entre o dedão e o dedo indicador.

— Bom, acredito piamente que, antes de visitar um novo país, é muito útil olhar um mapa dele. Vou desenhar um para você. Metaforicamente falando.

O professor levou-o até uma grande lousa branca fixa na parede. O menino sentia-se extremamente grato pelo tratamento gentil dado pelo homem frente à sua ignorância. Muito diferente do caso do, digamos, professor Sangren e sua postura de humilhá-lo na presença de uma sala cheia de alunos. Geist pegou uma caneta própria para o visor e apertou um botãozinho nela. O brilho na lousa se intensificou: um feixe de luz saiu da caneta.

— Genética — começou o professor. — Originada da mesma raiz de *genesis*, significando "origem". O início de todas as coisas. É o ramo da ciência que estuda a função de dois fatores no desenvolvimento de organismos vivos: hereditariedade e variação. Traços herdados por ascendentes, ou seja, nossos pais e ancestrais, ou influenciados por uma magnitude de fatores naturais.

— Natureza versus criação — comentou o menino.

— Exatamente! A dualidade filosófica que define nosso campo. — Com a caneta, o homem fez surgir em um lado da lousa as palavras *fortuna* e *natureza*, e desenhou um círculo em volta delas.

— Aqui — disse ele, encostando no círculo —, pense na hereditariedade como uma forma de destino. É o que os gregos chamavam de fortuna. Tudo que nos acontece na vida é predeterminado, porque as *definições* da nossa personalidade são decididos de antemão pelas limitações que existem no nosso código genético individual. Já aqui, no outro extremo...

No lado oposto da lousa, Geist grafou a palavra *criação*, acrescentando em seguida *livre-arbítrio* e circulando as duas.

— ... Temos a teoria que defende que as pessoas têm *autonomia total* no que diz respeito ao desenvolvimento de suas vidas. Trata-se da ideia de que, enquanto criaturas tão singulares, todos nós evoluímos para nos tornar o que somos porque fazemos *escolhas* baseadas em nossa personalidade, independentemente, ou melhor, *apesar do que* está escrito no nosso código genético. Essas duas teses e tudo o que existe entre elas, colocado da maneira mais simples possível, constituem o nosso mapa.

— Entendi — afirmou Will.

— Ótimo. E onde é que você acha que encontraríamos a *verdade* objetiva e científica?

— Em algum lugar aí no meio.

— Boa resposta.

Pegando a caneta, o professor fez o centro da lousa abrir-se como uma janela que mostra um aquário tridimensional. Um gráfico de espirais duplas multicoloridas de filamentos de DNA entrelaçadas ocupava a extensão do quadro. Em volta delas, surgiram caixas repletas de letras e símbolos indicando diferentes fragmentos dos filamentos.

— O código genético humano — apresentou Geist. — A planta, o projeto arquitetural da vida. Contém mais de 24 mil genes individuais e 3 *bilhões* de pares de base, cada um capaz de formar 30 mil variações. Todos eles contribuem para a existência e permanência da vida humana. Mais de 7 bilhões de seres humanos vivos hoje trazem dentro de si a própria versão particular disso que você está vendo aí, dentro das trilhões de células que os seus corpos têm. E todas essas plantas são tão singulares quanto as estrelas no céu. Agora, concentre-se na diferença entre um *mapa*...

A tela aproximou-se de fragmentos de figuras representando duplas hélices ampliadas, todos tão grandes, detalhados e dimensionais quanto a superfície de um planeta inexplorado.

— ... E os *territórios* que eles descrevem. E *esse* território, Will, é tão misterioso e desconhecido para nós quanto as Grandes Planícies eram para Lewis e Clark quando saíram para encontrar a Passagem do Noroeste. Tão estranho quanto a exploração espacial era para a minha geração. Toda geração encontra seu próprio limite, e aí está o da sua, Will — afirmou o professor, com um tom quase evangelizador. — E pode muito bem ser o *último* limite. Algum dos seus contemporâneos, pode ser até alguém que você conheça, vai se tornar o Fernão de Magalhães, o Hernán Cortés ou o Cristóvão Colombo deste mundo. Só que eles não vão estar procurando por novas rotas para troca comercial ou produtos como especiarias e cana-de-açúcar. As possibilidades de descoberta de hoje são infinitamente mais profundas, porque agora podemos dizer com certeza que, em algum canto desse mapa, todas as respostas para o enigma da existência humana, da própria *criação*, estão esperando para ser revelados.

Imagens de vida vegetal e animal, uma variedade infinita dela, correram a superfície da tela, em volta dos filamentos entrelaçados de DNA e quatro letras: A, T, C e G. Will estava hipnotizado pelo refinado espetáculo.

— Todas as formas de vida na Terra devem suas existências aos segredos desses desenhos simples e finos, mas, para a maior parte da natureza, o destino já está escrito no código genético, como limitações gravadas em pedra. Essa flor será roxa; os mamíferos de pequeno porte acasalam-se exclusivamente durante duas semanas a cada primavera; a vida desse outro pássaro ali é orientada por um esquema rígido de migrações. Menos de sete por cento dos blocos de construção da vida são unicamente dos seres humanos. Sete por cento que permitem à nossa espécie que "transcenda", em uma única geração, aquilo que para qualquer outra forma de vida são limites intransponíveis. Sete por cento que, de maneiras que ainda não entendemos, são responsáveis pelo fenômeno da "consciência humana". O fenômeno que, em apenas alguns poucos milhares de anos, deu a nós...

Cascatas de imagens escorreram pela tela: rostos conhecidos, fórmulas matemáticas, plantas de construção civil, notas musicais.

— ... Shakespeare, Newton, Mozart, Da Vinci, Jesus, Beethoven, Dickens, Michelangelo, Edison, Einstein, Gandhi, Galileu, Buda, os Beatles... Tendo esse mapa, poderemos, em um futuro próximo, desvendar os segredos desses sete por cento. Você e seus contemporâneos podem despertar como uma geração revolucionária que vai guiar a humanidade rumo a um futuro ainda mais brilhante.

Geist bateu com a caneta na lousa e um mar de rostos jovens surgiu: alunos do Centro olhando para cima, para algo deslumbrante e invisível.

— E aqui se encerram as maravilhas a serem contempladas.

Will saiu da sala perdido em pensamentos. Se a intenção de Geist fora fazê-lo refletir, tinha sido bem-sucedido: sua exposição sobre genética fez com que Will considerasse de maneiras totalmente diferentes aquelas misteriosas habilidades que vinha descobrindo a cada dia que passava. Tinha que haver alguma base genética naquilo tudo, mas, até onde sabia, Jordan e Belinda West jamais demonstraram ter nada parecido com os talentos que o filho possuía.

E, se não os tinha herdado dos pais, de onde diabos teriam vindo?

A SALA DE MUSCULAÇÃO

Will tocou a campainha no balcão perto da grade no vestiário. Tinha pegado seu saco de roupa suja no armário, deixando um tempo para se trocar antes do treino.

— Ei, Nepsted, você está aí?

— Você aqui de novo — cumprimentou o homem.

O menino ouviu a cadeira de rodas antes de o anão sair de um pequeno cômodo na lateral do gradeado, que Will não tinha notado antes.

— Eu me esqueci de perguntar — começou o adolescente, mostrando a sacola —, o que a gente faz com a roupa suja?

— Deixa em uma das cestas perto dos chuveiros — respondeu o homem. — A roupa é devolvida para o seu armário em aproximadamente dois dias. Exceto na sexta. Se você deixar na sexta, recebe de volta na segunda.

Nepsted fez a cadeira levá-lo até mais perto da grade e fitou Will com seus estranhos olhos, sem piscar uma única vez.

Ele me disse para voltar quando estivesse pronto. Será que estou? Só tem um jeito de descobrir.

— A gente estava falando do mascote naquele dia — disse, medindo as palavras. — Eu fiquei sabendo de uma coisa que queria perguntar.

— Ah, é?

— Você sabia que os primeiros Paladinos se chamavam Cavaleiros de Carlos Magno?

— Você acha que eu sou um idiota? — perguntou Nepsted com expressão neutra. — Se você sabe tanto assim, me diga quantos eles eram.

— Doze. Autodenominavam-se os Pares.

— Doze é um número sagrado. — A voz de Nepsted era como um zumbido hipnótico. — Completude. Unidade. Doze signos do zodíaco. Doze tons na escala musical. Doze cartas representando seres humanos em um baralho. Doze pessoas em um júri. Doze noites santas. Doze trabalhos de

Hércules. Doze homens na lua. Doze pétalas na flor de lótus que floresce eternamente. Doze horas de escuridão, doze de luz. Doze tribos de Israel...
Will imediatamente se arrependeu de ter perguntado qualquer coisa. O homem parecia tão louco quanto alguém com mania de perseguição que mora em um trailer no deserto e prega aos quatro ventos que tudo é uma grande conspiração.

— Meses, polegadas, ovos — complementou o menino. — É, já entendi...

— Doze *Paladinos* — recomeçou o homem, enfaticamente, e fez uma pausa antes de acrescentar: — Doze *discípulos*.

— Discípulos... — repetiu Will. — Você está querendo dizer que... os Paladinos são discípulos? De quem? Do Velho Cavalheiro?

A cabeça de Nepsted balançava enquanto ele exibia um sorriso sardônico torto.

— Os Cavaleiros *seguem* o Velho Cavalheiro, mas são *discípulos*... de *outra* coisa.

— Coisa? Não "alguém"? Alguma coisa tipo o Nunca-Foi?

Os olhos de Nepsted se acenderam, mas ele apenas deu de ombros. *Ele gosta de ficar brincando comigo*, pensou Will. *Está na hora de parar de fazer rodeios.*

— A escola sabe dos Cavaleiros?

Nepsted deu aquele mesmo sorriso.

— E escolheriam um paladino para ser o mascote se não soubessem?

— Mas sabem o que acontece lá embaixo, naquele vestiário auxiliar? — Will quis saber. — Eles sabem dos túneis?

— E por que você acha que *eu* ia saber?

— Foi você mesmo quem me disse que era o cara que tinha todas as chaves.

— Todas, menos uma — respondeu enigmaticamente o homem.

— Mas você sabe o que acontece lá embaixo, não sabe?

De repente, Nepsted pareceu assustado.

— Se você tem algum assunto lá, sabe o que acontece. Se não sabe o que acontece, é porque o que tem lá não é assunto seu.

Percebendo ter atingido um ponto sensível, Will aproximou-se da grade e apontou um dedo para Nepsted.

— *Você* sabe o que tem lá e para o que serve. Os chapéus, as máscaras e as passagens que seguem por baixo do lago e vão dar na Rocha Escarpada. Eu acho que conhece até mesmo o Nunca-Foi. Você me disse ser a pessoa que sabe de tudo o que acontece por aqui. Ou será que era mentira?

O rosto de Nepsted se contorceu, ficando de um tom beterraba alarmante.

— Quantos cadeados está vendo aqui, garoto?

— O que isso tem a ver?

— Responda *essa* para mim — sibilou Nepsted, cheio de veneno. — Ou é melhor não voltar *nunca* mais.

O homem na cadeira de rodas pressionou um botão na lateral do balcão. Uma tela de metal começou a descer do teto para que Will não pudesse mais vê-lo. Virou-se para sumir no escuro.

O adolescente chamou por ele:

— O que é que os Cavaleiros querem? O que estão fazendo aqui? Por que você tem tanto medo deles?

Com agilidade, Nepsted girou a cadeira e lançou-se ao balcão com rapidez espantosa. Colocou um longo e ossudo dedo na frente do rosto de Will no instante em que a tela de metal começava a esconder a própria face.

— Você tem todo o direito de colocar a própria vida em perigo, mas não venha querer atrapalhar a *minha*. Ouviu bem? Vai ser bem pior para o seu lado do que você pode imaginar.

A tela atingiu o balcão com uma pancada ressonante. Will ouviu o chiado da cadeira de rodas retornando à área gradeada.

— Maravilha — balbuciou ele. — Tirei o anão sociopata do sério.

Quantos cadeados está vendo aqui, garoto? O que é que ele quis dizer? Era o mesmo que tentar conversar com um biscoitinho da sorte chinês. O Rumpeltiltskin ali obviamente guardava a chave para mais do que meras portas, mas o *primeiro* desafio seria descobrir como fazer com que *ele* se abrisse.

Vai ver da próxima vez eu devesse usar os meus poderes de persuasão aprimorados, pensou Will.

Deixou a roupa suja em um cesto e olhou o relógio. Oito minutos para o treino de *cross-country* com Jericho. Correu até o armário e vestiu o moletom. Os machucados sofridos na Colina do Suicídio já haviam quase desaparecido. Apenas linhas vermelhas, pálidas, restavam dos arranhões sérios do dia anterior.

Will lançou uma olhadela ao espelho no fim do cômodo. Espreitando-o, atrás do reflexo do menino, estava *Dave*. Will virou-se, mas o homem não estava lá. Aproximou-se do espelho. O "anjo da guarda" sorriu, aparentando ser feito de carne e osso e bem real, parado ao lado dele no corredor. Will virou-se outra vez para garantir: vazio.

Dave estava *dentro* do espelho.

— Como é que consigo ver você aí? — indagou o adolescente.

— Se são termos técnicos que você quer, "projeção astral". Voltei para o quartel-general. Boas novas: você já recebeu permissão para ouvir a próxima leva de informações confidenciais.

— Você é quem manda, Dave — respondeu Will, sentando-se para amarrar os cadarços. — Eu é que não quero deixá-lo irritado de novo.

— Eu trabalho para a Hierarquia — começou o homem. — Espie só.

Will levantou os olhos dos sapatos e ficou de queixo caído.

Uma imagem havia surgido dentro do espelho, ao lado de Dave: uma vasta paisagem urbana, repleta de brilhantes torres de topo pontudo e pavilhões flutuando em pleno ar acima de uma cadeia montanhosa coberta de neve que parecia não ter fim. À medida que o homem falava, a imagem ia girando lentamente.

— Agora, imagine sete divisões de uma corporação global trabalhando em sincronia e cujo único objetivo é fazer o bem. Eu sei, isso não é humanamente possível. É por isso que a Hierarquia existe no plano do éter, do cósmico. É absurdo desse jeito mesmo, Will. A palavra *"épico"* não dá conta de explicar.

— Dave apontou para alguns dos prédios gigantescos. — Só o Departamento de Recursos Humanos é do tamanho do estado de Kansas: assistentes sociais, administradores, consultores. Arquitetos e construtores. A Legião das Formas do Pensar. O Hall dos Registros do Akasha, o princípio etérico. O escritório onde eu trabalho fica ali, perto do Conselho dos Mahatmas.

Indicou uma enorme torre de marfim que se erigia acima do centro do complexo. Will avistou milhares de pessoas trabalhando em corredores monumentais.

— Essas pessoas estão todas vivas?

— Vivas, sem dúvida. Não no sentido mundano da palavra. Quero dizer, são pessoas como eu, não são exatamente feitas de carne e osso, mas podem tomar essa forma, dependendo da necessidade.

— E isso tudo serve para quê? — indagou Will em um sussurro quase inaudível.

A imagem evanesceu. Dave jamais parecera tão gentil ao menino quanto naquele momento, como se tivesse consciência de que aquilo era praticamente impossível de se assimilar.

— Nós tomamos conta do planeta inteiro, parceiro. Guardiões de todas as formas de vida, de acordo com o departamento. Eu estou na Segurança. Ficamos de olho nas falcatruas do Outro Time, realizamos serviços especiais para o diretor de operações, que é o responsável por todas as grandes decisões e as consequências delas.

— Ele não seria o "Velho Cavalheiro", por acaso, não, né?

Dave deixou a cabeça pender para um lado.

— Não, esse cara aí é o *capitão* do Outro Time. Lado totalmente oposto. O nosso diretor de operações não é nada parecido com isso. Ele não tem um nome, na verdade, mas as pessoas do trabalho às vezes usam o termo *Logos Planetário*.

Will sentiu o corpo todo formigar.

— Você não quer me dizer... Que ele é Deus?

— Deus? — Dave quase gargalhou. — Dificilmente, parceiro. *Esse* aí está a milhares de níveis de magnitude longe de nós. A Hierarquia é um grupo estritamente local com responsabilidades locais. Não tem motivo para ir além disso. Pode acreditar, o Outro Time já dá trabalho o suficiente para manter todo mundo ocupado, cada um dos nossos funcionários em todos os departamentos.

Will respirou fundo, a cabeça leve.

— Quer dizer que todos aqueles monstros, insetos e "Ursinhos Carinhosos" do Nunca-Foi são parte do Outro Time?

— Com certeza. Servos do nosso arqui-inimigo.

— E não são humanos.

— Nem de longe. Mas têm um bando de colaboradores humanos.

— Tipo os Boinas Pretas e os Cavaleiros de Magno?

— É isso aí, parceiro — afirmou Dave, admirado. — Você parece estar levando tudo numa boa e pegando bem rápido.

— Bom, sabe como é, depois da porrada com o "anjo da guarda", o resto está sendo só "claro, se você está dizendo". E como foi que você entrou nesse esquema todo?

— Da maneira convencional — declarou Dave. — Fui recrutado.

Dave desapareceu. Restou apenas o reflexo de Will no espelho. Dois alunos mais novos, que haviam acabado de entrar, fitaram-no com suspeita.

— É isso aí — disse Will. — Eu sou o novato que fala sozinho na frente do espelho.

Pasmo de perceber como estava calmo diante daquela situação, o adolescente apressou-se em sair para procurar a sala de musculação. Descobriu que ficava no fim do corredor principal do Celeiro. Era um espaço bastante comprido, de pé-direito alto e ocupado por muitos aparelhos de ginástica olímpica (argolas, barras assimétricas, fixas e paralelas), cavalos com alças de um lado, e do outro, por aparelhos de musculação e pesos de vários tipos.

Havia, no centro da sala, cerca de uma dúzia de atletas, mais ou menos a metade da equipe de corrida, aquecendo-se e se alongando em colchões de borracha individuais. Quando Will entrou, os poucos que o notaram — Durgnatt, Steifel e o menino afro-americano chamado Wendell Duckworth — viraram o rosto. Todd Hodak estava correndo em uma esteira ergométrica ali perto. Não havia nem sinal do treinador Jericho.

Will considerou as suas opções. Podia baixar os olhos, em uma atitude submissa, e tentar não provocar ninguém. Torcer para que Todd e seu bando o ignorassem. E se, no entanto, alguns deles, ou até talvez todos, fizessem parte dos Cavaleiros...?

Talvez aquele fosse um bom momento para descobrir.

O adolescente pegou uma toalha e subiu na esteira ao lado da de Hodak. Aumentou a velocidade até alcançar o mesmo ritmo de Todd, olhou para ele e deu um sorrisinho um tanto sarcástico.

Nº 31: ÀS VEZES, FAZER COM QUE ACHEM QUE VOCÊ É LOUCO PODE SER UMA BOA ESTRATÉGIA.

— A gente devia fazer todas as *máscaras* caírem de uma vez — disse.

Hodak olhou-o desconfiado.

— Como é que é?

— Vamos parar de fingir — comentou Will, em tom casual. — Você pode vir me encher o saco todos os dias aqui na escola, e, mesmo no caso de você conseguir o que quer... Mesmo assim, vou arrasar com você na corrida. Eu acabo com a sua raça na pista, e você sabe disso. Sou o CEO das Corporações Arrebentando com Todd Hodak Ponto Com.

Todd fez a esteira parar e desceu. Respirava com violência, toda a parte superior de seu corpo fremia de tensão.

— Está parecendo tão tenso, Todd — disse Will, saindo da esteira e seguindo o outro garoto. — Não me deixe aqui falando sozinho, cadê o seu... "*Cavaleirismo*"?

O rosto de Todd tingiu-se de vermelho ao ouvir a palavra. Fechou os punhos. Will colocou-se bem ao lado dele.

— Não me importa quem você é — falou o novato, baixinho. — Mas se tentar me atingir outra vez, ou se você e os seus cachorrinhos machucarem algum dos meus amigos, inclusive Brooke, *especialmente* Brooke, eu o coloco na minha mira. E acabo com você.

Isso já deve dar.

Will virou as costas para ele. Viu, de soslaio, o garoto fazer um sinal positivo com a cabeça para Durgnatt e Steifel. Os dois levantaram-se e investiram contra Will.

Lá vamos nós.

Durgnatt, o menino de cabelos escuros, partiu para cima de Will e, segurando-o pelos cotovelos, prendeu os braços do novato atrás das costas. Steifel cuidou de imobilizar as pernas dele. Juntos, atiraram-no do chão. A reação do restante da equipe parecia até ensaiada: dois meninos postaram-se perto da porta, fazendo o papel de sentinelas. Os demais se reuniram em volta do tatame no meio da sala, onde os dois atacantes forçaram Will a se ajoelhar.

Todd agarrou o moletom do menino e preparou o punho, afastando-o para ganhar impulso. Will encarou fixamente o ponto entre as sobrancelhas de seu algoz. Com muito mais confiança do que antes, Will transmitiu a mensagem:

Acerta Durgnatt.

A mão direita de Todd passou perto do queixo do menino ajoelhado, indo parar exatamente no nariz de Durgnatt. O grandalhão soltou Will e levou as mãos ao rosto, com sangue escorrendo por entre os dedos enquanto caía de joelhos. Todd olhou estarrecido para seu punho, como se não conseguisse acreditar no que acabara de fazer. Uma segunda vez, começou a mesma manobra para acertar Will.

Agora Steifel.

O gancho de esquerda acertou Steifel em cheio na lateral da cabeça. Zonzo, o garoto cambaleou para longe. Will ficou de pé de um pulo, fez uma dancinha da vitória, balançando as mãos, e ainda acrescentou como toque final uma posição de guarda provocativa à la Bruce Lee.

— Mas que droga é essa, Todd? — exclamou Durgnatt, olhando o sangue.

— É para segurarem ele quieto direito, seus idiotas — respondeu o líder. — Peguem logo ele!

Cada membro da equipe no cômodo fez sua investida contra o menino. Colidiram, vindos de todas as direções, e Will ficou preso no meio. O impulso fez com que a escória fosse levada ao chão pelo impacto. O alvo dos ataques encolheu-se e foi aterrissar sob eles. Protegendo a cabeça, esgueirou-se e abriu caminho até ver a luz novamente, com dificuldades para conseguir respirar por causa de todo o peso que o espremia. Reuniu tudo o que tinha de energia para se concentrar outra vez e, então, transmitiu uma nova mensagem ao grupo:

Acertem todo mundo nos países baixos.

Cada membro da equipe desferiu um golpe baixo na virilha do indivíduo mais próximo, em perfeita sincronia. Will pôde ouvir um coro de urros de dor quando os punhos chegavam a seu destino. Caíram dobrados, gemendo e contorcendo-se de dor.

Will rastejou por entre os homens caídos, empurrando alguns para os lados, e preparou-se para levantar. No meio do movimento, contudo, algo o atingiu com violência nas costas e tirou-lhe o fôlego. Caiu para a frente, virou-se e viu Todd encarando-o com olhos descontrolados, segurando um taco de madeira pesado. Will procurou engolir ar como se fosse um peixe se debatendo fora d'água. Seus pensamentos eram uma confusão espalhada para todos os lados, beirando o pânico.

Todd jogou-se de costas no tatame e apontou o cotovelo em direção às costelas de Will, acertando-o ali como um martelo e tirando qualquer resquício de fôlego que o menino ainda tinha no corpo.

Uff. Essa doeu.

Ainda curvados de dor e gemendo, os outros se reuniram em círculo ao redor dos dois garotos. Hodak sentou-se sobre o peitoral de Will e preparou-se para desferir um soco impiedoso. O restante da equipe segurou os braços do menino caído, forçando-os contra o chão. Will tentou tomar fôlego. Com oxigenação deficiente, não podia juntar a energia necessária para se defender.

Aquilo estava a um passo de ficar totalmente fora de controle. *Mas que droga, Dave! Agora era uma boa hora para um anjo da guarda dar as caras, não acha, não?*

Por entre a multidão de jovens, Will viu de relance um fugaz movimento quando a porta mais próxima se abriu de supetão. Uma figura lançou-se para as argolas de ginástica olímpica presas no teto, girou algumas vezes e atirou-se em direção ao grupo.

No instante em que Todd começava a posicionar o rosto de Will para acertá-lo, pés aterrissaram com força em seus ombros e jogaram-no, cambaleante, na direção dos colegas. Outros quatro garotos saíram voando pelo cômodo também. Um rosto conhecido surgiu na frente de Will.

— Quem foi que achou que *esse* seria um passatempo divertido? — indagou Nick, sorrindo com sarcasmo.

O ginasta realizou uma série de acrobacias, cruzando toda a extensão do tatame, e os membros da equipe correram para se proteger. No último salto, Nick foi parar em cima de um cavalo com alças e deu uma cambalhota para trás na direção em que Will se encontrava caído. Pousou sobre três garotos. Eles colidiram uns com os outros, e aqueles que ainda estavam atrás deles tombaram como pinos de boliche.

Quando viu Durgnatt e Steifel investirem contra ele, Nick saltou para as barras assimétricas. Da mais baixa, fez primeiro um giro, deixou-a voando no ar, e depois alcançou a mais elevada. Com dois giros, dobrou sua velocidade e soltou a barra, estendendo as pernas e atingindo os dois garotos com um chute tão potente que os fez baterem de costas contra a parede, desmoronarem lá mesmo e assim permanecerem.

— O próximo, por favor — provocou.

Com a maioria fora de combate, incluindo Todd, que se encontrava dobrado por sobre os joelhos, zonzo e cambaleante, os poucos que ainda conseguiam andar se acovardaram. Nick suspendeu Todd, colocando-o de pé.

— Segure *essa*, Toddyzinho.

Nick empurrou-o com um único dedo e o garoto caiu inconsciente. Em seguida, o ginasta deu um salto para trás, parando exatamente sobre um trampolim, lançando-se no ar de costas arqueadas para finalmente pousar com uma cambalhota no chão, chegando até onde o colega de apartamento estava. Ajoelhou-se ao lado dele e ajudou-o a colocar-se também de joelhos.

— Tudo certo aí, amigão?

Will fez que sim, ainda com dificuldade para respirar.

— Doze contra um. Jogada esperta, hein, campeão. Que sorte eu ter chegado na hora certa.

— Ei — começou Will, quando finalmente se sentiu capaz de falar novamente. — Geografia que *se dane*, cara. Fique mesmo com a ginástica.

Naquele instante, o treinador Jericho apareceu à porta, prancheta e apito em mãos. Ficou paralisado ao ver sua equipe completa jogada ao chão, gemendo, sangrando ou se encolhendo de medo. Todd viu Jericho e fez o que pôde para colocar-se de pé.

— Oi, treinador — disse.

Deu alguns passos débeis em direção ao homem e capotou de rosto no chão. O olhar de Jericho recaiu sobre Nick e Will, os únicos corpos sem machucados aparentes na sala. Seus olhos traíram um lampejo de raiva.

— McLeish, seu caipira, o que é que pensa que está fazendo aqui?

Nick e Will seguraram um a mão do outro e fingiram estar se alongando.

— Só me aquecendo com o meu coleguinha aqui, treinador — respondeu Nick.

— O que é que aconteceu?

— Não tenho muita certeza, treinador, a gente acabou de entrar — disse Will. — Mas o meu palpite... é que eles treinaram um pouquinho além da conta.

O TREINADOR JERICHO

O treinador levou-os até o corredor e acabou com eles durante dois minutos. O homem cuspia imprecações como um sargento linha-dura, mas os meninos mantiveram sua versão dos fatos. Quando o treinador aceitou que seus esforços eram inúteis, mandou Nick embora e guiou Will até um cômodo ao fim da passagem. O chão era acarpetado, silencioso e tinha três paredes tomadas por armários exibindo troféus. Jericho não falou coisa alguma enquanto Will olhava ao redor. Todos os esportes competitivos estavam contemplados ali. Havia taças e medalhas, faixas e troféus de quase um século de idade.

— As suas equipes que ganharam tudo isso, treinador?

— Espertinho — repreendeu Jericho. — E qual é a lição que você tira disso?

— Que eles sempre foram bem competitivos. Quero dizer, para um bando de imbecis arrogantes e filhinhos de papai.

— Tradição. Tradição e história — corrigiu o treinador. — Desonre o passado e você estará envergonhando o presente e destruindo o futuro. De onde você veio?

— Da Califórnia.

— Disso eu sei. De onde é que você *veio*?

— Não sei — respondeu Will com franqueza.

— Esses garotos chegam aqui com o ego inflado, achando que são da maior importância e com a cabeça cheia daquela baboseira da sociedade que os criou. A culpa não é deles. Mas se saem daqui do mesmo jeito, aí a culpa é *nossa*.

Will deu-se conta, com espanto, que se sentia à vontade conversando abertamente com o treinador. Por trás da aparência e temperamento ameaçadores, o homem parecia ser uma pessoa justa.

— Com isso nós dois concordarmos — afirmou o menino.

Jericho aproximou-se, os olhos fixos em Will.

— A única coisa que importa quando se chega aqui é o que você é por dentro e se vai saber escutar o que temos para ensinar. Aprenda isso e você entrará em comunhão com o *Wak'an*. O Grande Mistério. É assim que você descobre de onde veio.

Os olhos escuros do treinador perscrutaram Will como raios X. Os pelos nos braços do menino se eriçaram todos.

— Os mistérios revelam os propósitos — explicou o homem, no tom calmo de uma conversa casual. — Uma vida sem propósito já é uma punição. Você pensa sobre os seus propósitos?

— Estou pensando bastantes nesses últimos dias.

Jericho caminhou até uma bancada onde ficava um grande globo mundial, falando enquanto o fazia girar.

— Um dos nossos propósitos, coletivamente, é o de servir como guardiões do nosso mundo.

Agora ele está começando a parecer Dave falando, pensou o menino, seguindo o treinador.

— Você tem a menor ideia de como é terrível assistir à sua civilização se perder? — indagou o treinador.

— Desculpa, mas o senhor está falando sobre...?

— Do *meu* povo. As nossas crenças, deuses, cultura. Tudo isso desapareceu — contou Jericho. — Sabemos que toda a civilização acaba abrindo espaço para outra. Todos os animais, todas as espécies, caem frente à outra que toma o seu lugar. Transitoriedade. Essa que é a realidade.

— Foi o que me disseram — disse Will, pensando na aula de Sangren.

— Mas isso não quer dizer que deva se render ao mal. Não podemos mais nos dar ao luxo de pensar em termos de "você" e "eu". Vermelho, branco, negro, amarelo: essas diferenciações deixaram de importar. — Jericho fez o globo girar outra vez e todas as cores se mesclaram, tornando-se uma. — Somos todos um único povo, ou então não somos nada. Você acha que não existiram outros antes de nós? Pode apostar que existiam. Antes até do meu povo caminhar por essa terra. Muito antes. Bem aqui.

Will teve a sensação de que a sala estava perturbadoramente silenciosa.

— O senhor quer dizer... aqui, em Wisconsin?

— Eles não eram *iguais* a nós — continuou Jericho, freando o movimento do globo. — Mas foram os mesmos perigos que os destruíram: loucura, desvirtuamento, desarmonia. As sociedades também ficam doentes. Qual é o motivo para isso, na sua opinião?

— Eu não tenho a menor ideia — respondeu o adolescente.

Jericho abriu uma caixinha de madeira esculpida que ficava em uma prateleira ao lado dos mostruários de troféus. Retirou dela um embrulho com quatro varetas arredondadas com penas presas nas extremidades.

Realizou com elas alguns movimentos circulares contidos, sempre de olho em Will.

— Porque ninguém está imune: a imperfeição faz parte da vida — declarou o homem. — Não é de ideias novas que esse mundo precisa. É de sabedoria antiga. Se desenvolver a sua *visão*, você enxergará um caminho para seguir adiante. Torne-se um guerreiro na luta entre as trevas e a luz. Você tem um animal preferido?

— Nunca pensei sobre isso — respondeu Will perplexo.

— Então pense. Procure um animal nos seus sonhos — sugeriu o treinador, encostando com leveza as penas na testa de Will. — Aí, venha me contar se você sonha com ursos... Ou doninhas.

— Urso ou doninha? — repetiu Nick. — Ah, corta essa.
— Foi o que ele disse.

Marchavam de volta ao campus após terminaram o treino, a luz da tarde apagando-se rapidamente. O vento aumentara, açoitando seus rostos, um tipo diferente de frio. Nuvens escuras se amontoavam no horizonte a oeste, e uma mudança climática em vias de acontecer era perceptível no ar. A pressão atmosférica despencava com agilidade: uma tempestade estava a caminho, talvez a primeira tempestade de neve da vida de Will.

— Primeiro, Buracos de Doninha, e agora as doninhas em carne e osso? — comentou Nick. — Isso tudo é tão aleatório. Tipo, por que não macacos ou galinhas?

— Ele disse que a doninha é o único animal que mata sem precisar disso para sobreviver — disse Will. — Mata por *prazer*.

— Certo, isso é péssimo. Falando nesses bichos aí, você acha que Todd dedurou a gente? Será que Jericho sabe que foi a gente que arrebentou com a equipe dele?

— Eu não acho que Todd ia querer admitir isso, você acha?
— Sei lá. Nunca fiquei nessa situação.
— Sério? Em quantas brigas já se meteu? — Will quis saber.
— Contando com a de hoje? Foram 31.

Will parou.

— Você já entrou em 31 brigas?! E continua invicto, 31 a 0?

Nick deu de ombros, um pouco acanhado, seguindo adiante.

— Cara, não tem nem sentido *entrar* em uma briga se você vai perder. É que você nunca morou no meu bairro. O pessoal aprende a derrubar os outros antes de andar. Meu pai diz que nocauteei um menino de quatro anos para fora do meu berço quando ele tentou roubar o meu cobertorzinho de estimação. Mas e você, diz aí, quantas?

Will gaguejou.

— Hum, brigas? Fora essa? Nenhuma.

— Você nunca entrou em uma briga, mesmo se mudando o tempo todo?

— Eu já tive que *fugir* de alguns marmanjos por aí.

Nick deu um soco amigável nele.

— Está valendo, irmão.

— Mas nunca ia adivinhar que você era um marrentão assim — comentou Will.

— Vamos deixar isso para lá — pediu Nick, baixando o tom de voz. — Essa foi a primeira encrenca que eu arrumei desde que cheguei aqui. Prometi ao meu velho que ia mudar. Se ele fica sabendo, não vai nem pensar duas vezes antes de tirar o meu *couro*.

— Desculpe metê-lo nessa, então.

— Que isso, não precisa se desculpar. Para falar a verdade, eu estava sentindo falta de deixar a fera sair para brincar — declarou o menino, dando socos no ar. — Não é como se eu saísse por aí *procurando* encrenca, mas, na minha área, quando os garotos ficam sabendo que você faz ginástica... É a mesma coisa que ser um *floricultor* que curte dança de salão.

— Como é que você aprendeu a... saltar daquela maneira?

— Eu comecei a fazer ginástica quando tinha cinco anos — explicou Nick. — Que foi no mesmo ano que o velho me colocou para fazer boxe. E depois wrestling. Aí veio o taekwondo, o caratê... Mais tarde, aikido e kung fu... Wing Chun para autodefesa... E, agora, mais recentemente esse estilo brasileiro de lutar jiu-jítsu, capoeira, coisa sinistra mesmo.

— Caramba. Agora entendi por que você nunca aprendeu a correr — comentou Will. — E o que a sua mãe acha disso tudo?

Nick desviou o rosto.

— Ela morreu quando eu tinha cinco anos.

Will parou de andar.

— Poxa, foi mal mesmo, Nick.

O outro assentiu.

— Nada. Eu ainda fico meio mal até hoje por isso.

— E você tem irmão ou irmã?

— Não. Somos só eu e o velho.

Um segurança passou por eles e acenou no instante em que alcançaram a área principal do campus.

— E como você veio parar aqui no Centro? — indagou Will.

— Me chamaram depois que fiquei em primeiro lugar na competição de ginástica olímpica entre as escolas de New England — explicou o menino.

— O que foi um pouco estranho, pensando em como eu era quando estava no oitavo ano.

— Sei. E você ganhou em que modalidade?

Nick deu de ombros outra vez, modesto.

— Em todas.

Os olhos de Will esbugalharam-se.

— *Todas*? Então a sua bolsa aqui é *realmente* por conta das habilidades atléticas.

— Cara, é só você olhar em volta — disse Nick. — A gente nunca ia conseguir bancar esse lugar cheio de pompa sem bolsa. Meu pai é motorista de transporte público. Ele tem que *pegar* um trem para poder *dirigir* outro trem. É o tipo de cara bem simples mesmo, sabe? Então a gente não tem muito por que reclamar da sorte, sabe?

— Sei.

— Cara, no caso de você não ter notado ainda, não sou a estrelinha mais brilhante no céu. Eu não sei nem *soletrar* dislexia. Eu pensava que TDAH era algum tipo de TV de tela de plasma.

Will gargalhou com tanta vontade que chegou a se dobrar.

— Mas no dia que eu conseguir uma bolsa para *universidade*, aí quero ver alguém ficar rindo — disse Nick olhando em volta, para as passagens cobertas de hera. — Uma universidade *de verdade mesmo*, nada desses cursinhos técnicos meia-boca. Big Ten, Ivy League, ACC. É esse o plano, o meu e o do velho. E é nisso que a gente vai continuar focado.

Will achava que a história de Nick não era muito compatível com o que já tinha ouvido falar das rígidas exigências acadêmicas do Centro. Será que habilidade atlética poderia influenciar tanto assim no processo de seleção? E, se fosse o caso, por quê?

— Mas preciso dizer, hein — disse Nick —, você corre que nem um antílope maníaco. Foi assim que veio parar aqui?

— Não. Foi por causa de uma prova que eu fiz — respondeu Will vagamente.

Ele parou sob um poste de luz a um quarteirão de Greenwood Hall. Queria contar tudo a Nick, todo o resto por que tivera de passar, tudo o que havia acontecido aos pais, as coisas que Jericho tinha acabado de lhe contar, o tour que Dave fizera pela Hierarquia e o Nunca-Foi. Ficar guardando para si todos aqueles segredos fazia com que sentisse que sua cabeça poderia se partir ao meio a qualquer momento. E se havia alguém em que podia confiar, esse alguém era Nick, um garoto que, apesar de não parecer, era bom de briga e disposto, além de ser honesto e boa pessoa, ainda que não dos mais privilegiados economicamente. Will começava a valorizar aquela amizade mais do que nunca.

Será que preciso de mais argumentos para me convencer? O garoto acabou de se meter em uma briga das boas, em desvantagem numérica, e salvou a minha pele. Sem falar que o cara é um trator.

A regra de número 5, no entanto, pairava em sua cabeça como uma das predições da bola oito mágica: NÃO CONFIE EM NINGUÉM. Naquele instante, ela o deixou furioso.

Por que meus pais fizeram de tudo para eu não ter amigos? Por que me dizer que eu não podia confiar em ninguém fora a família? Para que tanto trabalho para me manter isolado do mundo?

— Você é o cara, Nick — elogiou Will. — Nem sei como lhe agradecer pela ajuda. De verdade mesmo. Não sei como.

Nick aparentava estar quase tomado por timidez.

— Não foi nada de mais, Willy. Eu sei que você faria a mesma coisa por mim.

— Eu até gostaria, mas não sei se ia conseguir.

— No mínimo, você ia correr para procurar ajuda — complementou Nick com um sorrisinho torto.

— Acho que não preciso de mais ajuda — declarou Will. — Nick, eu tenho quase certeza de que Todd e a maioria daqueles garotos fazem parte dos Cavaleiros. Eu dei um jeito de tocar nas palavras *máscaras* e *cavaleirismo* para o Todd e ele se encolheu todo, como se eu tivesse batido nele com uma pedra.

— Genial — elogiou Nick, cumprimentando-o. — E qual é a nossa próxima jogada? A gente joga a bosta no ventilador agora?

— Não sem ter provas antes, alguma coisa que ligue eles aos Boinas Pretas sem sombra de dúvida — decidiu Will, olhando para as luzes acesas em Greenwood Hall ao longe. — Então, a gente vai precisar fazer uma coisa totalmente ilegal.

Nick ficou sério.

— É comigo mesmo.

— A gente vai ter que fazer uma busca pelo território de Lyle.

Tentaram ligar para o monitor do telefone no corredor da residência. Não houve resposta. Então, bateram à porta de Lyle.

— Acha que ele está aí? — indagou Will.

— Você conhece o ditado — respondeu Nick. — Mantenha os amigos perto e os inimigos, mortos e enterrados no porão.

O ginasta girou a maçaneta. Entreolharam-se, surpresos, quando a porta se abriu.

— Lyle? — disse Nick para o interior do cômodo. — Está na área, parceiro?

Avançaram para a sala de inspeção. Vazia. Nick bateu à porta que havia lá.

— Alô, xerife Lyle!

Nada. Nick tentou abrir a porta. Trancada. Tirou algo do bolso e mexeu na fechadura, fazendo-a ceder em menos de cinco segundos. Lançou um sorriso encabulado a Will.

— É meio que um ensinamento tirado do meu bairro — explicou.

Entraram na suíte. No centro do cômodo, havia uma mesa em forma de "L", sobre a qual se encontravam seis monitores mostrando imagens capturadas por câmeras de segurança instaladas em diferentes localidades do campus mais próximas de Greenwood Hall. Encostada contra uma parede, ficava uma estante repleta de fileiras e mais fileiras de grossos cadernos espiralados. Acima dela, uma prateleira de metal aparafusada à parede exibia recipientes plásticos vedados. Will encontrou um etiquetado com seu nome e viu que seu iPhone e laptop estavam lá.

Nick abriu a porta que dava para o quarto e acendeu a luz. Recuou por causa do odor que vinha lá de dentro. Will juntou-se ao colega e pôde sentir o cheiro de ar contaminado de fedor.

— Já sentiu um cheiro tão nojento assim antes? — indagou o ginasta.

— Com essa, já é a minha terceira vez — declarou Will, dando um passo para dentro do aposento. *Quando os monstros aparecem.*

— Cara, ou Lyle recheou um peixe morto com ovos podres marinado em água de esgoto ou esse maluco está precisando de um banho urgente.

Will seguiu o rastro do odor até o armário, cuja porta ele abriu. Atrás de uma prateleira de roupas, Nick descobriu uma placa de metal ultrafina, mais ou menos do tamanho de um pôster, fixada à parede. Estava coberta por fileiras de pequenas inscrições, glifos indecifráveis. Quando Nick fez um movimento com a mão perto da placa, o símbolo mais próximo iluminou-se.

— O que diabo é isso? — indagou o menino.

— Não faço ideia — respondeu Will. Fotografou a placa com a câmera do celular.

Debaixo de uma pilha de coisas amontoadas no fundo do armário era visível a ponta de um baú de fibra de carbono de alta tecnologia.

— Olhe só — disse Nick.

Puxou o baú para eles. Era retangular, não muito alto e tinha uma alça na tampa. Will debruçou-se sobre ele para olhar melhor, e seus olhos começaram a arder.

— O cheiro está vindo daí de dentro.

— Vamos deixar um recadinho para ele: "Colega, más notícias: seus furões morreram. Vê se compra um desinfetante."

Tiveram que cobrir narizes e bocas para aguentar o fedor. Will abriu a trava e levantou a tampa. Lá dentro, havia pilhas de recipientes escuros em três tamanhos: alguns tinham a dimensão de uma caixa de fósforos; outros, o formato de garrafas térmicas; e o terceiro tipo era longo e fino como caixas de espaguete. Todos adornados com mais dos estranhos glifos.

Nick estendeu a mão para pegar um dos recipientes que lembravam garrafas, e algo pulou lá dentro com força o suficiente para marcar a superfície do invólucro.

— Mas que diabo? — exclamou, afastando a mão.

Will fechou o baú com uma pancada e chutou-o de volta para seu lugar.

— É melhor a gente se mandar.

Nick seguiu-o de volta ao escritório.

— O que tem lá dentro daquelas garrafas?

— Não sei com certeza, mas eu vi um Boina Preta carregando um igual no quintal da minha casa em Ojai.

— Vai ver a gente devia perguntar para *ele*. — Nick indicou um dos monitores sobre a mesa.

Lyle Ogilvy acabara de entrar no prédio.

Apressaram-se para sair e chegaram ao corredor no momento em que Lyle virava na direção deles. Parecia pálido como a morte, os olhos vermelhos e tensos. O casaco de inverno que vestia aumentava sua figura, e ele ainda trazia um grosso cachecol de lã enrolado no pescoço. Carregava uma sacola de papel que estava encharcada no fundo, um líquido viscoso escorrendo do pacote. E o mais estranho: ao cruzar com os garotos, em vez de lançar seu típico olhar sinistro a eles, sequer os olhou.

— Ei, Lyle, como vai? — perguntou Nick.

O jovem parou e voltou-se para eles. Mal pareceu ter notado que estavam lá. Entrou no escritório, fechou a porta em silêncio e trancou-a.

— O que foi que deu no tio Chico da família Addams? — indagou Nick baixinho, um pouco espantado.

— Sei lá. Parece que ele está gripado. Vamos lá falar com Ajay. A noite vai ser longa.

— Eu vou pegar comida — disse Nick, encaminhando-se para a porta. — Rola uma culinária chinesa aí?

— Pode ser — concordou Will.

FLASH

Eram 17h30 quando Will entrou no apartamento. Ajay estava à mesa, devorando uma tigela cheia de cereal. Will contou as novidades a respeito de Todd e dos demais veteranos da equipe de corrida, incluindo a probabilidade de serem eles os tais Cavaleiros. Falou também sobre o que Nick e ele tinham acabado de encontrar no armário de Lyle.
— E o que havia nesses recipientes?
— Acho que mais dos... você sabe — respondeu Will, repentinamente sentindo-se um pouco bobo.
— Monstros? — completou Ajay, os olhos esbugalhando-se. — Will, você sabe que *quero* acreditar em tudo isso que nos contou, mas só você viu essas coisas até agora.
— E, se você tiver sorte, é assim que vai continuar.
— Bom, eu tenho muita coisa para mostrar também — disse Ajay, levando a tigela de volta à cozinha. — Me encontre lá no meu quarto. E traga o seu tablet.

Will correu para o próprio quarto. O tablet estava sobre a escrivaninha, o brasão da escola flutuando pelo campo líquido azulado. Estancou quando a tela ficou escura e, em seguida, exibiu uma réplica de seu aposento. Uma jovem figura estava sentada à mesa, de costas para Will, usando o dispositivo.

Virou-se. Era o seu *syn-app*, totalmente formado. Tinha rosto, cabelos e roupas iguais aos seus, à exceção da camiseta, que era de uma cor diferente, um cinza-claro em vez do azul na do Will original. Então, quando o avatar *viu* Will, a camiseta mudou de cor para ficar perfeitamente igual à dele.

Era quase como ver seu reflexo em um espelho, mas não exatamente. O avatar parecia ter contornos um pouco difusos, levemente vago, como um esboço ainda por terminar. Os olhos do Will virtual cruzaram com o de sua inspiração, e o primeiro sorriu, como se estivesse à sua espera.

A figura acenou para o menino. Will hesitou, depois respondeu com outro aceno. Pensou em pedir que se levantasse, tão perturbado que estava pela sensação esquisita de que, para poder pegar o tablet *real*, seu duplo teria que sair do caminho. "Will" ficou de pé e afastou-se da mesa, sorrindo com afabilidade e aguardando as instruções seguintes do adolescente.

Será que ele ouviu o que eu tinha pensado?
— Certo, isso é só um pouco bizarro — falou. — Desligar.
— Você gostaria que eu fizesse uma varredura por questões de segurança, Will? — indagou a duplicata em uma assustadora simulação da voz do garoto.
— Não, agora não...
— Eu recomendo fortemente que você me permita...
— Já disse que *agora* não. Desligar.

"Will" estalou os dedos e a tela ficou escura. O suporte dobrou-se para se fundir com a moldura do aparelho, que ficou totalmente na horizontal sobre a mesa. O adolescente pegou-o, desconfiado. Segurando-o como se fosse uma bomba em contagem regressiva, correu para o quarto de Ajay, bateu à porta, gritou que era ele e ficou escutando enquanto o outro menino destrancava todas as fechaduras antes de finalmente abrir.

— Entre rápido.

Ajay fechou e trancou o quarto, notando a maneira cautelosa como Will carregava o tablet.

— Presumo que o seu *doppelgänger* esteja finalmente pronto.
— Essa coisa me deixa muito assustado.
— Reação perfeitamente natural. No começo, eu nem conseguia ficar no mesmo cômodo que o meu. Coloque o tablet ali, junto com o meu. A gente vai precisar deles.

Painéis de algum material quase transparente estavam suspensos no teto. Grandes almofadas fofas cobriam o chão. Um pôster que se movimentava exibindo a tabela periódica decorava uma parede, moléculas circulando preguiçosamente umas às outras. A escrivaninha de Ajay ficava sob uma pirâmide de musselina coberta por cetim vermelho-vivo que também caía do teto. Uma faixa cruzava a prateleira cheia de livros acima da mesa:

DEUS NÃO JOGA DADOS COM O UNIVERSO.
— EINSTEIN

Will deixou seu dispositivo perto do de Ajay. O duplo do outro menino aparecia sentado na tela, trabalhando em um aposento que era a cópia precisa do quarto de Ajay.

— Ligar — ordenou Will.

A tela iluminou-se. O avatar do adolescente ressurgiu naquela versão virtual do quarto de Ajay. "Ajay" cumprimentou-o, feliz com a surpresa, e foi logo ao encontro dele (saindo de sua própria tela para a de Will!) para apertar a mão do "amigo".

— Bizarro — comentou Will. — Eles se encontraram.

— É. Eles vão ser amigos, que nem a gente. — Ajay voltou-se para falar aos monitores. — Exibir na tela grande.

A imagem passou a ser projetada no grande monitor na parede, tomando o lugar da tabela periódica.

— Isso que você me deu é um pen-drive — informou Ajay, mostrando a plaquinha de metal misteriosa que Will lhe entregara mais cedo. Aproximou-o da lateral do tablet. Uma porta abriu-se, e ele plugou o dispositivo ali.

Uma grande caixa de metal quadrada materializou-se no monitor da parede, colocado sobre o chão do quarto virtual. A mensagem NÃO ABRA estava estampada no topo e nos lados do objeto. "Ajay" e "Will" aproximaram-se para olhar melhor.

— Abrir — ordenou Ajay.

Ajay e Will obedeceram. Como uma caixa de verdade, a tampa dobrou-se para trás. O primeiro menino estendeu a mão e retirou lá de dentro uma caixa menor (outro objeto gráfico substancioso, com ARQUIVO impresso na lateral) e colocou-a sobre a escrivaninha.

— Abrir arquivo — instruiu Ajay ao seu duplo.

O *syn-app* de Ajay abriu a caixinha, revelando uma pequena fotografia.

— É um arquivo JPEG — disse Ajay. — Mostrar em tela cheia, por favor.

A foto foi se ampliando até ocupar a área de exibição inteira com uma paisagem distinta de tudo que Will jamais vira. Montanhas nevadas e rochosas eram cortadas por cachoeiras cujas águas caíam de uma altura de 30 metros, indo parar em piscinas geotérmicas abraçadas por um exuberante e verde vale. Curiosas formações rochosas elevavam-se abruptamente, cumes angulosos escondidos pelos vapores que subiam das piscinas. Era majestoso e fantasmagórico como um mundo inexplorado.

Os colegas virtuais olhavam para o cenário de suas respectivas telas, que ainda exibiam a simulação do quarto. Will ouviu-os exclamarem baixinho "ohs" e "ahs", tão encantados quanto seus pares reais.

— Onde é que fica isso? — indagou Will.

— Não tenho ideia. É o único item no pen-drive.

— Não tem qualquer legenda ou algum tipo de informação, qualquer outra pista?

— Não, mas descobri uma coisa estranha. Uma imagem digital que nem essa não devia ter mais que 30 megas. Esse arquivo tem mais de nove gigabytes.

— Como é que pode? — Will quis saber, aproximando-se para olhar com mais cuidado.

— Camadas de dados adicionais escondidas na imagem seriam a única maneira de explicar isso. Futuquei um pouco e consegui extrair um pouco mais de informação. — Ajay disse ao seu duplo virtual: — Mostrar arquivo MPEG.

A imagem ganhou vida. A água escoava em correntes e caía nas piscinas, ondulando a superfície. A névoa fantasmagórica rodopiava ao redor das rochas e as nuvens passeavam no céu lá em cima. Podiam ouvir o gorjear dos pássaros, as quedas das cachoeiras e o vento que agitava de leve longas varas de bambu.

— Quer dizer que é um vídeo, e não uma foto?

— Na verdade, o arquivo é as duas coisas — corrigiu Ajay. — O que ainda não chega nem perto de explicar o tamanho. Agora com tudo se movimentando, você consegue reconhecer esse lugar?

— Não. Nunca vi antes. Tenho certeza.

— Eu também nunca vi. Vou continuar tentando desvendar isso, mas preciso de mais informação. Quando é que você vai me dizer onde achou isso?

Antes de Will ter a chance de responder, bateram à porta de forma ritmada.

— Nick — informou Ajay.

O menino abriu a porta. Nick entrou carregado de caixas descartáveis de comida chinesa, mais pratos de papelão, garrafas de água e ainda uma pilha de biscoitos da sorte equilibrados em seu nariz.

— Pelo amor de Deus, não vai fazer sujeira aqui — suplicou Ajay.

— Relaxa, amiguinho. Quando foi que eu fiz sujeira antes?

Nick começou a fazer malabarismo com o que trazia nas mãos (Ajay quase enfartou) antes de pousar tudo sobre a mesa com destreza. Nick serviu porções generosas a cada um: camarão kung pao, guiozas de frango, um cozido de carne apimentado, arroz com vegetais sortidos e pedaços de porco marinados e grelhados, tudo salpicado com cebolinha fresca.

— Estou vendo que Ajay está colocando o lado cientista maluco dele em uso. Will, olhe só... um minivocê. Que i-ra-do! — Foi então que notou o vídeo rodando na tela da parede. — E o que é *esta* parada aí?

— É o que a gente está tentando descobrir — respondeu Will

— Um verdadeiro mistério — complementou Ajay.

— Não tem mistério algum, cara — disse Nick, atacando um guioza. — Isso aí é *só* a foto mais animal de Shangri-La que eu já vi.

Shangri-La. Aquilo chamou a atenção de Will. Primeiro, Nando tinha mencionado o nome, e depois, aquela foto... Regra 26: UMA OCORRÊNCIA

É UMA ANOMALIA. DUAS, UMA COINCIDÊNCIA. TRÊS SÃO UM PADRÃO. E, COMO SABEMOS...

— Como assim, Shangri-La? — indagou Will.

— Você sabe — comentou Nick, mastigando um camarão. — Aquela cadeia asiática lá em cima do Hima-u-lálá.

— O *Himalaia* — corrigiu Ajay.

— Isso. Esse lugar ultrafamoso aí mesmo, onde os caras que levam essas coisas de espiritualidade super a sério fazem convenções. É tipo uma Comic-Con dos místicos. Um vale verde irado lá em cima das montanhas, bem que nem *isso*... — Nick apontou os hashi na direção da paisagem. — Aonde monges e lhamas vão para fazer o que os místicos fazem quando... Vocês sabem... Estão fazendo as coisas místicas deles.

— Monges e lhamas — repetiu Ajay.

— Olá, alguém em casa? Como é que você acha que os monges *chegam* até lá no alto? Só usando *lhamas* mesmo.

Ajay fez um movimento irritado com o queixo de uma maneira que o fazia parecer um cartum irritado. Disse:

— Quando eles estão fazendo o que, por exemplo? O que é que eles *fazem* nessas "convenções"?

Will os ignorou, curvado sobre o vídeo para poder estudá-lo, tentando se recordar: *Eu ouvi uma* terceira *referência a respeito de Shangri-La recentemente... O que foi mesmo?*

— Será que vou ter que desenhar para você? — continuou Nick. — Eles *fundem as mentes deles*. E jogam bola sem uma bola. Falam com o cosmos e... recebem... respostas cósmicas.

— Shangri-La não é um lugar de verdade, seu tolo — replicou Ajay. — É um *mito*. Papo-furado total. Uma lenda ocidental imbecil sobre o "Oriente místico" que saiu da imaginação fértil de algum desses escritores viajantes do começo do século XX que tinham o cérebro do tamanho do de um coelho. Várias expedições foram mandadas em busca do lugar e nunca acharam nem sinal.

— Quem garante? — confrontou Nick, mordiscando uma espécie de bolinho cozido.

— E sabe *por que* não acharam nada? Porque não existe! — respondeu Ajay, agitado demais para comer. — Até o nome Shangri-La está errado. Um desvirtuamento feito pela cultura pop do nome que os outros idiotas deram primeiro para o lugar. O *correto* seria chamar esse local *inventado* de *Shambhala*, se quer saber, e não Shangri-La.

— Alto lá — disse Nick. — Que nem naquela música velha: *How does your light shine in the halls of Shambhala?*

— Aquela banda, Three Dog Night — comentou Will, ainda concentrado no vídeo.

— Eu sei lá quantos cachorros eles têm, mas o lugar é esse aí mesmo!

— É, é esse mesmo o lugar — continuou Ajay. — E é uma baita de uma palhaçada desse pessoal do movimento da Nova Era. Você não vai ver nenhum "cara que leva essas coisas de espiritualidade super a sério" fazendo malabarismos com caixas de charuto só com o poder da mente, e muito menos em um "vale verde irado" cuja existência é impossível pela altitude superior a quatro mil metros. E isso é porque Shangri-La não é mais real que o Pé-Grande ou o abominável homem das neves...

— Ah, é? Bom, você só está esquecendo que o Pé-Grande é um *yeti*, e que os *yetis são* abomináveis homens da neve, e que os abomináveis homens da neve são tipo os *cães de guarda* de Shangri-La.

— Meu Deus, de onde é que você tira toda essa besteirada? E o que é pior, por que repete isso por aí?

— Porque não dá para resolver tudo só com o *cérebro* — argumentou Nick, indicando a faixa acima da escrivaninha de Ajay. — É o que diz ali, nas imortais palavras de Norman Einstein: Deus não joga dados com o universo.

— Preciso urgentemente de uma aspirina — declarou Ajay, levando as mãos à cabeça.

— Onde está o seu anuário, Ajay? — indagou Will, finalmente recordando onde vira a terceira menção ao nome Shangri-La. — Eu preciso mostrar uma coisa para vocês.

Ajay pegou sua cópia da estante próxima à escrivaninha. Will virou as folhas rapidamente até encontrar a página em que a fotografia do calouro Ronnie Murso estava e leu sua legenda:

— "Abrace os paradoxos. Procure por padrões. Beethoven tem a chave, mas não sabe ainda. Escondendo-se dentro de sua Shangri-La, você pode acabar encontrando os Portões do Inferno."

— *Cara* — exclamou Nick, triunfante. — Eu disse.

— Desculpem, mas não vejo a conexão... — começou Ajay.

— Foi Ronnie Murso quem deixou esse pen-drive no quarto — explicou Will. — Dentro de um buraco no piso que ele usava como esconderijo. Torcendo, tenho quase certeza, que o próximo ocupante fosse encontrar. Que nem eu encontrei hoje de manhã.

— *Como é que é?!* — exclamou Nick, a boca cheia de comida.

— Ronnie escreveu *aquela* mensagem no anuário e salvou *esta* imagem no pen-drive — disse Will, cruzando os braços. — Tirem as próprias conclusões.

Ajay examinou a imagem na tela.

— Eu concordo que, se Ronnie deixou algo escondido nessa imagem, também seria do feitio dele deixar alguma pista a respeito de como desvendar o que ele queria.

— No anuário dele — disse Nick, entre as bocadas. — Encarando a gente o tempo todo. Que nem nos jogos de Ronnie. *Muito* a cara dele.

— Ou vai ver é alguma coisa muito mais séria — comentou Will.

— Eu tenho uma ideia de como a gente pode resolver isso — declarou Ajay, novamente motivado. Ordenou aos duplos virtuais no tablet: — Entrar na imagem.

Os *syn-apps* desapareceram dos dispositivos e, instantes depois, reapareceram na grande tela, ao pé da montanha.

— O que você acabou de fazer? — indagou Will.

— Exatamente o que acho que Ronnie queria que fizéssemos. Fiz a gente se infiltrar no código do arquivo para chegar ao fundo desta história. Ou melhor, ao topo.

Will viu que os *syn-apps* estavam carregando mochilas. Observou, pasmo, enquanto retiravam delas uma gama de equipamentos para montanhismo.

— Mas isso tudo está sendo feito pelos *computadores*, não é? — indagou Will. — Eles entrarem na imagem é só uma versão visual do que você está mandando o software fazer, certo?

— Se você fica mais confortável pensando nesses termos — disse Ajay com um leve sorriso —, que assim seja.

— Os carinhas estão arrasando — declarou Nick, sugando o último fio de macarrão. — Estão *arrebentando*.

Will espiou o relógio na mesa de Ajay: 18 horas.

— A gente já pode ligar para a Califórnia agora, Ajay?

— Vamos lá. — Ajay levantou-se da escrivaninha. — Vai demorar um pouco, de qualquer forma.

Will pegou o telefone para ele.

— Não vou precisar de nada, só do número — informou Ajay. — Montei um mecanismo alternativo. Venham comigo.

Ajay guiou-os até a porta próxima ao armário. Will olhou para trás. Na tela, Will e Ajay virtuais começavam a escalar as montanhas de Shangri-La, usando cordas e mosquetões para subir o paredão de pura rocha próximo à queda d'água mais alta.

A CONEXÃO

Ajay abriu a porta do closet. Uma lâmpada piscou e se acendeu, exibindo um armário perfeitamente comum repleto de roupas e uma parede de prateleiras. Entraram. Ajay fechou a porta, acionou um interruptor na parede por duas vezes e, em seguida, ativou um pequeno controle remoto que tirou do bolso. As prateleiras viraram 90° para o lado, revelando uma cabine apertada onde havia um banco em forma de selim e uma mesa de trabalho, ocupada por ferramentas, componentes eletrônicos e pilhas de caixinhas metálicas de bala, etiquetadas e organizadas por cores.

— Por favor, não mexam em nada — pediu Ajay.

Em uma das prateleiras descansavam seis aparelhos eletrônicos, feitos pelo próprio menino, conectados aos seus carregadores. Will identificou quatro como sendo walkie-talkies, mas os dois restantes não eram reconhecíveis: dois objetos com orifícios iguais a anéis de um metal azulado e aparência letal.

— O que são essas coisas? — indagou Will, apontando para os objetos.

— Dois socos-ingleses eletrificados — explicou Ajay. — Vi uma coisa parecida na internet e achei que podia aperfeiçoar seu design. Não tive oportunidade de testar ainda.

— Cara — exclamou Nick, empolgado —, eu vou gostar *tanto* de testar isso para você.

Ajay indicou algo volumoso que estava sobre a mesa, coberto por um pano laranja.

— É aquilo. Um grande Frankenstein feito de peças avulsas, mas deve funcionar. — Ajay puxou o pano, revelando uma tela verde oval conectada a uma maçaroca de fios, plugues, circuitos eletrônicos e um discador retirado de algum aparelho telefônico da idade das cavernas.

— Irado — exclamou Nick. — É o que, tipo um raio mortal?

— Era uma TV velha — disse Ajay. — Agora, é um aparelho para fazer chamadas de vídeo.

— Sem essa!
— Agora entendi por que você se tranca todo assim — comentou Will.
— E por que, não preciso nem falar, você salvou minha vida quando impediu Lyle de vasculhar os quartos? — questionou Ajay.
— Então isso aqui é completamente contra as regras — disse Will, admirado.
— Culpado, Meritíssimo — declarou-se Ajay com um sorrisinho.
— Você sabia disso tudo? — perguntou Will a Nick.

O ginasta pousou a mão no ombro do novato.
— Moleque, eu ajudei a construir isto aqui.
— Qual é o número do seu amigo, Will?

O menino informou ao colega. Ajay discou e, momentos depois, ouviram toques. Nando atendeu:
— Nando falando.
— Nando, tudo bem? Onde você está?
— Estacionado atrás da sua garagem, maluco.
— Algum Boina Preta na área? — indagou Will.
— Negativo, tudo limpo. Onde você está, irmão?
— Com os meus amigos, os experts da tecnologia. Eles montaram isto aqui para eu conseguir receber a sua chamada.
— Maneiro — exclamou Nando. — Estou aqui com um smartphone com conexão boa de internet, alta definição, e o sinal está cheio. Tudo em riba?

Ajay fez sinal de positivo para Will, que respondeu:
— Mudando para vídeo agora.

Ajay pressionou um botão e um pontinho verde surgiu no centro da tela. O ponto explodiu em ondas de interferência fantasmagóricas, e logo uma imagem se materializou, saída de uma nuvem de estática: a vista tremida da garagem de Will em Ojai, ao vivo e a cores.
— E aí, como é? — indagou Nando. — Dá para ver?
— Estou vendo tudo — afirmou Will.

Nando virou o telefone em sua direção, mantendo-o à distância de um braço, de modo que conseguissem ver seu rosto. Usava óculos e um chapéu moderninho de estilo meio *hipster*. Fios saíam do celular até os fones nos ouvidos dele.
— *Buenas tardes,* meu amigo — cumprimentou Nando, inclinando de leve a aba do chapéu.
— Que bom ver você, Nando. Não dá para você enxergar a gente, mas diga "oi" para Nick e Ajay.
— *Hola,* amigos do Will.
— Boa noite, senhor — respondeu Ajay.

— O que é que manda, Nando? — cumprimentou Nick.

— Tudo beleza. Tive que improvisar um suporte para conseguir prender o telefone, cara — disse Nando, mostrando um elástico vermelho. — A minha esposa é que deu a ideia, tirou de algum reality show desses. É meio idiota, mas vai deixar você ver o que eu estiver vendo.

— Pode começar, então — disse Will, depois se voltou para os colegas no quartinho —, a gente está procurando alguns exames que meu pai deixou lá em casa.

— Como foi que conheceu esse cara? — indagou Ajay.

— Ele me ajudou a escapar dos Boinas. Cara gente boa mesmo.

A imagem ficou balançando enquanto Nando prendia o celular no elástico e o firmava no chapéu. A garagem, o quintal dos fundos, o táxi de Nando, o céu de fim de tarde, tudo isso apareceu e desapareceu da tela até a câmera finalmente estabilizar-se, mostrando os fundos da casa de Will.

— E aí, galera? — quis saber Nando, sem aparecer na imagem.

— *Perfecto* — respondeu Will.

— Agora diz aí onde encontro aquela chave.

— Fica em uma caixinha magnética para chaves — informou Will. — Está presa na janela perto da porta dos fundos.

— Entendido, câmbio.

Pelo monitor, assistiram a Nando aproximar-se da casa. Ouviram o ruído de seus pés esmagando cascalho e o som de sua respiração. Ele cobriu as mãos com finas luvas pretas.

— O termômetro está marcando 18 graus, é uma linda noite de outono aqui, no sul da Califórnia — disse Nando, imitando os homens do tempo de telejornal. — Como é que estão as coisas em São...

— Frias — cortou Will, recordando-se de tudo o que ainda não havia contado a Nando *ou* aos colegas. — Mais frias que aí. Bem mais.

— Ficou sabendo de alguma coisa sobre aquele tal jatinho alugado? — indagou Nando.

— Até agora, nada. Ainda estou trabalhando nisso.

— Jatinho? — Nick quis saber. — Que jatinho?

Will levou o dedo indicador à boca e apenas movimentou os lábios, sem falar:

— Explico depois.

— Não é como se eles tivessem simplesmente saído do mercado com uma torradeira debaixo do braço. Isso aí é um golpe de milhões de dólares, amigão. Estou de cara de não ter sido notícia de jornal. E aí, como é que anda o seu velho?

— Está melhor. Valeu por perguntar.

Ajay olhou de soslaio para Will. O novato ergueu a mão, pedindo paciência aos amigos.

Nando chegou à porta dos fundos. Suas mãos apareceram na tela, tateando ao redor da janela.

— Ah, o meu primo Freddie achou um site daquela tal Agência Nacional de Avaliação Qualquer Coisa — comentou o taxista. — Mandei o link por e-mail. Você viu?

— Vou ver quando a gente terminar aqui.

— Tem alguma coisa aqui. — Nando suspendeu uma caixinha de metal, exibindo-a para a câmera, depois abriu a tampa e suspendeu a chave da casa.

— É esta mesmo — confirmou Will.

Nando encaminhou-se à porta e colocou a chave na fechadura. Abriu-a.

— Entrando — informou. Fechou a porta atrás de si. As tábuas do piso rangeram.

Ver o interior da antiga casa fez com que Will sentisse a irrealidade de toda aquela situação como ondas passando por todo o corpo. O suor escorria pelas suas axilas.

— Tudo apagado. Vou deixar assim, no caso de os Boinas estarem vigiando.

— Onde estão os seus pais? — sussurrou Ajay.

— Fora de casa — respondeu Will, também em um sussurro. — No trabalho ainda e... fora da cidade. Viagem de trabalho.

Nick e Ajay se entreolharam. Nando saiu do corredor e chegou até a sala de estar. Will sentiu um aperto no peito ao vê-la.

Estava completamente revirada: livros espalhados por todos os cantos, cadeiras quebradas, papel de parede rasgado. Tábuas do piso haviam sido arrancadas e deixadas em pedaços. O sofá, destruído, tinha sido depenado e estava com todo o estofo exposto. O busto de gesso da figura de Voltaire que pertencera ao pai de Will estava quebrado. Também tinham acabado com a vitrola que o pai tanto prezava, jogado ao chão toda a coleção de vinis e ainda pisado na maioria dos inestimáveis discos antigos até virarem meros estilhaços.

— Cara — sussurrou Nick. — *Roubaram* você.

— As coisas não estão parecendo muito boas, amigo — declarou Nando.

— *Malditos* — exclamou Will por entre os dentes cerrados.

— Você já sabia disso, Will? — indagou Ajay, com os olhos ainda mais esbugalhados que o normal.

— Eu tinha uma suspeita — confirmou Will. — Olhe lá em cima.

Nando saiu da sala e galgou as escadas. A luz diminuiu ainda mais: todas as portas do segundo andar estavam fechadas.

— Vire à esquerda — pediu Will.

Nando virou. A casa toda estava em um silêncio mortal. Tudo o que escutavam era a respiração do homem.

— Está quente aqui em cima, cara — falou ele baixinho. — *Muito mais* quente. Eles devem ter deixado o aquecedor ligado.

— O meu quarto fica bem na sua frente — informou Will. — Dê uma olhada lá.

O corredor foi inundado por luz quando Nando abriu a porta. Levou um momento até a câmera se adaptar, e, em seguida, Will avistou seu quarto. Ou o que restara dele. Parecia o cenário da destruição causada por um furacão. Tudo estava reduzido a pedaços. A faixa que dizia A IMPORTÂNCIA DE UMA MENTE CENTRADA cruzava a janela e caía até o chão em farrapos..

— Ai, Will — disse Ajay, compadecido.

Estavam procurando alguma coisa. Alguma coisa que o papai deve ter escondido. Mas o quê?

— Cara — exclamou Nick. — Sem brincadeira agora. Isso aí é coisa séria.

Will já estava passando mal, torcendo e rezando para que aquele mesmo tipo de violência não tivesse se estendido aos pais. *O que é que essas pessoas querem da gente? De mim?*

— Cheque o quarto dos meus pais agora — pediu Will. — No fim do corredor, a última porta à esquerda. Tem uma prateleira cheia de papéis perto da mesa do meu pai.

Nando caminhou silenciosamente até o quarto. Ao alcançar a porta, a câmera entortou-se. A mão do homem surgiu na tela, girando a maçaneta. Abriu.

Quando entrou, um fio tão fino quanto teia de aranha, que havia sido esticado de um lado a outro da soleira, arrebentou-se. Nando sequer notou. E, lá embaixo das escadas para o porão, no quartinho onde ficava o sistema de aquecimento, uma argola em uma espécie de tambor metálico redondo, do tamanho de um barril de cerveja, fez uma lenta rotação para a esquerda. Com um chiado, um plugue surgiu de dentro do barril, e um vapor denso e amarelado começou a tomar o quarto...

Nos aposentos dos pais de Will, Nando só viu mais da mesma destruição. A cama do casal havia sido talhada e estripada até deixar molas expostas. A escrivaninha havia sido esvaziada, as gavetas, retiradas e quebradas.

— As prateleiras estão todas vazias, cara. Vai ver os Boinas colocaram os papéis naquelas caixas que a gente viu antes. — A câmera focalizou um termostato ao lado da porta. — Olhe aí por que está tão quente aqui. O termostato está colocado em 30º.

— Veja o closet agora — disse Will.

Nando foi até o armário. O closet era grande, tinha boa profundidade e era espaçoso e escuro. Nando ligou uma lanterna de bolso. A câmera seguiu o facho de luz, fazendo um giro pelo armário. Roupas e cabides haviam sido arrancados dos apoios e jogados em uma grande pilha no chão.

— Nada aqui, cara — declarou Nando. — E eles vasculharam tudo.

— Tem uma placa solta no teto — informou Will. — Perto da quina à direita, lá no fundo. Tente ali. Você vai precisar de uma cadeira.

Nando arrastou uma cadeira do quarto aos fundos do closet. Subiu nela e examinou o teto, que estava coberto por uma camada branca de material isolante.

— Acho que estou vendo — afirmou Nando. — Tem uma abertura aqui.

— Ele tateou até que uma tábua, de menos de 100 centímetros quadrados, destacou-se do teto. Nando empurrou-a para cima e depois para o lado. — Estou vendo as vigas. É pequeno. E tem alguma coisa aqui dentro.

— Dá para pegar?

— Vou tentar. — A imagem ficou borrada quando Nando movimentou a cabeça para o lado. — Consegui. — Retirou uma valise preta de lá e apontou a luz para ela. — Parece uma daquelas maletas de médico. Couro bem velho mesmo.

— Era do meu pai — disse Will.

— Tem alguma coisa escrita perto da alça, mas está meio apagado. Acho que são iniciais.

Will não se recordava de ter visto quaisquer iniciais na maleta antes.

— É J. W.?

— Não, cara. Não é isso, não. Parece mais... H. G.

— Não pode ser isso.

— Saca só — disse Nando. Suspendeu a bolsa na frente da câmera. Viram letras douradas esmaecidas no couro texturizado já gasto, logo abaixo da alça: H. G.

— Abra — pediu Will.

— Um segundo. Acho que ouvi alguma coisa.

Um momento depois, ouviram um som de explosão abafado, como se algo pesado e metálico tivesse atingido o primeiro piso.

— O que foi isso? — perguntou Nick

— Foi o sistema de aquecimento? — arriscou Ajay.

— Não — sussurrou Nando. — Acho que tem alguém na casa.

Will inclinou-se para a tela, alarmado.

— Você precisa sair daí, Nando. Agora.

O homem pulou da cadeira e disparou para a porta aberta.

— Ah, cara — exclamou. — Mas o que é que é *isso*? Tem alguma coisa cheirando *muito mal* aqui. — Foi então que parou à porta. — Estou ouvindo alguma coisa se mexendo aqui em cima.

Will gritou para o monitor:
— Nando, saia daí agora!

Nando virou-se. A lanterna girou, apontando para o espaço aberto no teto. Havia algo na extremidade da abertura. O primeiro pensamento que ocorreu a Will foi que parecia a versão gigante de um inseto que as crianças chamavam de tatuzinho-de-jardim.

Mas aquilo era pior. Muito pior. Tinha a cabeça diminuta presa a um tronco pálido e pinças brotavam de sua boca. Grandes olhos luminosos projetavam-se do rosto quase humano. Ergueu-se sobre as patas traseiras, revelando uma barriga segmentada da cor de cera e o restante de suas patinhas, que eram fileiras de segmentos contorcidos que lembravam tocos de dedos pretos.

— Eca, *que nojo*! — exclamou Nando.

A criatura emitiu um guincho agudo e alto, então saltou em direção à câmera. Ajay, Nick e Will deram um pulo para trás, afastando-se da tela. Nando afastou-o com um golpe, virou-se e jogou-se para fora do closet, batendo a porta atrás de si.

— Vocês viram isso? — perguntou o homem.
— Vimos! — gritaram Will, Nick e Ajay juntos.

Ouviram o inseto atingir a porta, e, em seguida, viram quando as pinças atravessaram a madeira como duas brocas, secretando um fluido ácido de tom vermelho-alaranjado, rapidamente liquefazendo um pedaço da porta e criando um buraco irregular.

— O que é essa coisa? — gritou Ajay.

Uma pistola automática surgiu nas mãos de Nando.
— O cara tem *bala na agulha* — disse Nick.

O homem fez três disparos à queima-roupa, quando o inseto se contorcia no esforço de passar pelo buraco que fizera. Ele explodiu em fluidos que voaram para todos os lados e se incendiaram. Fogo líquido começou a escorrer pelo corredor.

— Isso aí *não* é um inseto da Califórnia — declarou Ajay, trêmulo.
— Não *brinca*! — respondeu Nando aos gritos.
— Saia daí! — gritou Will.
— Estou saindo.

Nando disparou pela porta e o fogo se espalhou rapidamente. Viram outro inseto do lado de fora do quarto, empoleirado no corrimão. Pulou e agarrou-se à perna do homem. A câmera girava freneticamente enquanto

Nando dava pulos pelo corredor, tentando livrar-se da criatura que rastejava por ele, as pinças em alvoroço.

Ajay e Nick pulavam junto, nervosos e batendo nas próprias pernas, como se tivessem sido eles as vítimas.

— Vá para o meu quarto — orientou Will. — Saia pela janela...

— Droga, está nas minhas costas — disse Nando.

Ele se jogou de costas contra a parede. Os meninos ouviram um guincho medonho e um "creck" ruidoso. Nando virou-se rapidamente. A pasta negra e os restos pegajosos em que se desfizera a criatura começaram a pegar fogo.

— Vai, vai! — gritou Will.

Nando havia alcançado a porta do quarto do amigo no mesmo instante em que ouviram um nauseante ruído de algo rastejante. Ao virar, Nando e os três adolescentes viram uma verdadeira horda de centenas de monstros zunindo escada acima, passando uns por cima dos outros. Nando fez disparos em direção aos primeiros do enxame, estourando os insetos combustíveis como bombinhas, as labaredas entrando em erupção.

Nando atirou-se para dentro do quarto, bateu a porta, correu até a janela e empurrou o vidro. Ouviram um coro de serras atrás dele. Um movimento de cabeça rápido de Nando fez com que a câmera virasse de lado: centenas de criaturas forçavam caminho com as bocas, avançando centímetro a centímetro, todos ao mesmo tempo, fazendo a porta se dissolver diante dos olhos do homem e dos garotos. Nando gastou suas últimas balas, e o que restava da porta voou pelos ares.

Em segundos já estava no telhado, respirando pesadamente enquanto tentava equilibrar-se sobre as telhas.

— Alguém aí chame os caras da dedetização! — gritou.

Chegou ao fim do telhado e pulou. A câmera sacudiu violentamente. Ouviram o homem grunhir de dor quando "amorteceu" sua queda atingindo um galho de árvore, e depois escutaram um segundo gemido quando aterrissou no solo. Nando pôs-se de pé e foi mancando até o táxi.

Abriu a porta do veículo e virou-se para a casa no exato instante em que chamas irrompiam de todas as janelas. O homem meteu-se atrás do volante e colocou a chave na ignição, acelerando e encaminhando-se para a saída.

— Você está bem? — indagou Will.

— Eu estou muito longe de "bem" — declarou o outro. — Mas estou *vivo* e...

Outro inseto mergulhou diretamente sobre o para-brisas, aos guinchos. Nando gritou e deu uma guinada brusca para a direita.

A tela ficou escura.

UM PEQUENO PIANISTA

Uma mensagem surgiu no monitor: LIGAÇÃO ENCERRADA. Ao virar-se, Will viu Nick e Ajay agarrados um ao outro.

— Monstros — mal conseguiu dizer Ajay.

— Cara — exclamou Nick. — Agora vou acreditar em qualquer coisa que você disser pelo resto da vida.

Os dois meninos se afastaram, um pouco envergonhados pela situação. Nick cambaleou para fora do closet, engolindo boas doses de ar. Ajay e Will seguiram o exemplo.

— Vocês acham que ficou tudo bem com Nando? — indagou Ajay.

— Vou tentar ligar para ele — disse Will, sacando o celular.

— Então esses insetos vêm do mesmo lugar que os outros? — quis saber Nick.

— Vêm. — Will discou o número do amigo. A ligação foi encaminhada diretamente à caixa postal.

— Bom, a gente não precisou de óculos especiais par ver *esses* daí —comentou Ajay.

— É — confirmou Will. — Acho que isso quer dizer que eles já tinham passado para cá faz um tempo.

— Vindos do lugar que você chamou de Nunca-Foi — disse Ajay.

— Isso.

— E eles chegam por esses tais Buracos de Doninha — complementou Nick.

— É. — Will apertou o botão de rediscagem. — Droga, ele não está atendendo.

— Cara. A sua *casa* está pegando fogo. Ligue para os bombeiros.

— E dizer o quê? — indagou Ajay. — Que a gente assistiu tudo de *Wisconsin*?

— Sei lá — reclamou Nick, jogando as mãos para o alto. — Se eles correrem, vai ver ainda conseguem pegar uma daquelas baratas loucas.

— Eles não vão pegar nada — afirmou Will. — Vai desaparecer tudo com o fogo. Isso foi uma armadilha preparada no caso de eu voltar. Era esse o plano dos Boinas.

— Você quer dizer que... eles queriam matar você? — indagou Ajay.

Que se danem as regras e o que os meus pais queriam. Meus amigos estão metidos nisso, correndo perigo, e o responsável sou eu. Está na hora de falar toda a verdade.

— É. Você gravou alguma coisa do que a gente viu? — perguntou o novato.

— Tudo.

— Vão chamar as garotas — pediu Will. — A gente se encontra na sala.

Cinco minutos depois, Elise e Brooke juntavam-se a eles, todos amontoados nos sofás da sala, ouvindo Will contar-lhes toda a história de como os Boinas Pretas o tinham perseguido naquela tarde em Ojai. Mostrou-lhes o pássaro mecânico que fora usado para espionar a família antes de os pais terem sido sequestrados ou algo pior. Contou também sobre os monstros nas colinas e no avião, os Acompanhantes e Buracos de Doninha e sobre como algumas pessoas na escola estavam conjurando criaturas do Nunca-Foi. Não mencionou Dave ou a Hierarquia: não queria que pensassem que tinha enlouquecido *completamente*, mas não deixou de contar que Todd e alguns outros da equipe de corrida, juntamente com Lyle e o restante dos Cavaleiros, pareciam ser os responsáveis pela vinda dos monstros.

— Monstros? — repetiu Elise, desconfiada. — Isso já é forçar a barra.

— Quero acreditar em você, Will — declarou Brooke, de olhos muito arregalados e um pouco trêmula. — Você tem como provar tudo isso?

— Mostre para elas — pediu Will a Ajay.

Ajay colocou para rodar o vídeo da ligação de Nando no tablet para que assistissem. Terminada a reprodução, as duas meninas pareciam aturdidas. Ninguém disse palavra por alguns instantes. A lenha crepitava na lareira.

— Então, basicamente — começou Elise, falando com lentidão como se estivesse intrigada pela ideia —, tudo o que a gente sabe... está errado.

— Eu tenho uma pergunta, Will — disse Brooke. — Por que eles estão atrás de você?

O adolescente balançou a cabeça.

— Acho que meus pais sabiam, pelo tanto que a gente se mudou. — Ele contou aos amigos como os pais haviam exigido que nunca fizesse nada para chamar atenção, como se acostumara a ficar sempre na média no que dizia respeito aos estudos e aos esportes. — Foi aí que gabaritei aquela prova — declarou ele. — Se não fosse por isso, pode ser que os meus pais ainda...

Brooke aproximou-se dele e tomou sua mão.

— Não importa o que está acontecendo — disse ela com suavidade —, ainda bem que você contou. E *nós quatro* vamos ajudá-lo.

Will sentiu um nó na garganta; os olhos queimavam. Elise também se sentara ao seu lado e lhe dava palmadinhas no ombro. O garoto dera adeus à sua cara de indiferença.

— Então está tudo conectado — arremedou Ajay, caminhando de um lado a outro. — Os Cavaleiros, o vestiário, os túneis que dão na Rocha e tudo o que aconteceu com você na sua casa. Agora, se a gente conseguisse achar a explicação para isso tudo...

Will olhou para Elise e, quando os olhares se encontraram, ele pôde jurar que a ouviu pensar algo. Quase como se ela tivesse "transferido" uma mensagem para dentro da cabeça *dele*.

Ronnie sabia disso.

— Vou falar o que *eu* acho. — Nick também andava para lá e para cá, agitado. — Acho que esses safados que fizeram tudo isso com você estão pedindo uma surra de *primeira*...

— Vá com calma, Tarzan — aconselhou Brooke.

Ajay ajoelhou-se ao lado de Will para olhar o pássaro.

— Posso examinar isso depois, Will?

O menino fez que sim e seu amigo embrulhou a ave na toalha.

— Preciso falar com Elise — Will confidenciou a Ajay.

— Brooke, pode vir comigo ali no meu quarto? — pediu Ajay. — Queria mostrar uma coisa. Para você também, Nick.

— O quê? — Ainda movimentando-se, Nick parecia ter saído de um transe.

— Eu preciso da ajuda de vocês — disse Ajay. — *Ali*.

Will encontrou os olhos de Ajay e agradeceu com a cabeça. Assim que saíram, o adolescente sentou-se em frente a Elise.

— Me diga — pediu gentilmente —, do que é que Ronnie sabia?

Os olhos de Elise arregalaram-se.

— Como você...?

— Não sei com certeza — respondeu ele. — Mas estou certo, não é? Ronnie sabia de alguma coisa sobre isso e contou para você.

Elise levou as mãos às têmporas e massageou-as com força, como se estivesse lutando contra uma enxaqueca. Os cabelos finos e negros caíram sobre os olhos da menina.

— Eles pegavam no pé dele o tempo todo — começou ela. — Todd, Lyle e o resto do bando. Ele era tão tímido, sempre choramingando, falando que estava com saudades de casa sem parar. A gente concluiu que não tinha jeito mesmo, ele tinha um "V" de "vítima" estampado na testa como se fosse uma placa de carro. Aí ele começou a gostar de mim. *Muito* esquisito. Ele tocava *flauta*. Escrevia poemas, meu Deus.

— Poemas para você?

O rosto dela endureceu-se.

— "Como se mensura a distância percorrida por um sorriso?" Pode atirar em mim, mas eu pareço o tipo de garota que gosta de *poemas*?

O menino leu a resposta por trás do protesto exibido naqueles olhos perturbados.

— É, você deve ter odiado.

— Por *favor*. A gente sabia que ele era um gênio, de um jeito bem sinistramente idiota. E era engraçado e do tipo que se menosprezava, e isso era... surpreendente. Ele só ganhou autoconfiança depois de começar o projeto nos laboratórios. Até pararam de encher o saco dele. Mas Ronnie nunca quis falar qual era o projeto.

— Nem para você?

— Por que é que ele ia *me* contar? A gente não tinha nada *sério*. Quero dizer, a gente ficava junto um pouco, e eu... — Ela percebeu que Will não estava comprando a história. — Certo, a gente ficou bem próximo. Aí, alguma coisa mudou um mês antes de o semestre acabar. Ele simplesmente deu um gelo em mim e me afastou.

— Por quê?

Os olhos cor de jade cintilaram com dor e raiva.

— Não sei. Eu *tentei* descobrir. Descobrir o que tinha de errado com ele, ou comigo, ou com *qualquer coisa*. E não sei se você já notou, mas tenho um certo dom para descobrir o que as pessoas estão sentindo.

Will engasgou.

— Notei, sim.

— Mas eu não conseguia arrancar nada de Ronnie. No lugar daquele cara fofo e amoroso, uma cortina de ferro apareceu. E eu tinha contado coisas minhas para ele... Coisas que nunca tinha contado para ninguém. Eu *confiei* nele, e ele nem para me dar um *oi*.

Will precisava avançar com cuidado. Uma palavra errada poderia fazê-la retrair-se toda novamente.

— Então o que Ronnie sabia, Elise?

A menina lançou-lhe um olhar feroz e penetrante. Will tentou deixar a mente aberta, permitir que ela olhasse lá dentro se necessário, mostrar que confiava nela.

— No último dia de aula — continuou a garota —, a gente estava fazendo as malas para sair de férias. Aí, Ronnie me para no campus com esse... olhar

doce e sincero que ele costumava me dar, para eu saber que aquele era *ele* e que estava com a guarda abaixada e... pude olhar lá dentro de relance.
Desviou os olhos. Will tentou sustentar o contato visual.
— O que foi que você viu?
— Alguma coisa que o deixava com medo. E que ele tinha visto nos laboratórios. Era profundo, sombrio e tenebroso, tanto que ele não tinha como lidar com aquilo.
— Ele contou o que era?
A garota balançou a cabeça.
— Só me abraçou e disse que, se alguma coisa de ruim acontecesse, ele ia dar um jeito de eu ficar sabendo... E eu ia entender. Aí, me perguntou baixinho: "Você está desperta?"
"Desperta"? A palavra fez um choque percorrer Will: estava ouvindo aquilo *vezes demais* nos últimos tempos.
— O que ele quis dizer?
Ela balançou a cabeça em negativa novamente.
— Não sei. Foi a última vez que a gente se viu.
Elise desviou os olhos de Will, profundamente magoada, mas orgulhosa demais para chorar. O menino vasculhou sua mente, tentando pensar em algo que pudesse fazer. Mas aquele não era um problema que podia resolver *pensando*. Então, recordou-se:

Nº 87: HOMENS QUEREM COMPANHIA. MULHERES, COMPREENSÃO.

— E você alguma vez disse para Ronnie o que realmente sentia por ele? — perguntou em tom confidencial.
— É claro que não — respondeu Elise, enrolando o cabelo no dedo.
— E é por isso que está com raiva de si mesma.
— Isso não é dolorosamente óbvio?
— Um tanto.
— Bom, então essa pergunta é *um tanto* idiota.
— Acho que todo mundo usa uma cara de indiferença de vez em quando, não é? — indagou Will.
Os olhos de Elise suavizaram-se. Ela fez uma mímica, simulando o ato de sacar uma faca e golpear-se repetidas vezes pelo corpo. Will riu. Momentos depois, ela também. O menino levantou-se e estendeu a mão. Puxando-a, ficaram face a face.
E, de súbito, Will não podia mais se mexer. Um prisma de luz saído daqueles olhos impressionantes perpassou-o como se fosse feito de vidro. Ela podia,

naquele instante, ter-lhe ordenado que roubasse um banco ou pulasse de um prédio, e ele o teria feito sem pensar duas vezes. Ele não podia se libertar, nem desejava fazê-lo.

— Acho que sei como Ronnie tinha planejado contar tudo para você — disse ele. — Venha.

Tomou a mão dela e levou-a ao quarto de Ajay. Ao entrarem, Brooke levantou o olhar da escrivaninha e os viu de mãos dadas. Elise sequer notou, mas Will sentiu-se como se tivesse sido flagrado furtando carteiras. Soltou a mão da menina. Brooke rapidamente desviou o rosto.

Nick havia arrumado cadeiras para todos. Elise sentou-se ao lado de Ajay, frente à imagem animada da montanha exibida na grande tela. Naquela meia hora desde que tinham dado início aos trabalhos, os avatares tinham subido até o topo das rochas, parando em uma extremidade estreita de um rochedo acima da cachoeira mais alta. As figuras acenaram para Will e Elise quando se aproximaram.

— O que é isto? — indagou a recém-chegada.

— Isto estava em um pen-drive que Ronnie escondeu no quarto — explicou Will. — Achei hoje de manhã.

— Eu infiltrei os nossos *syn-apps* nela — disse Ajay. — Achamos que o Ronnie escondeu alguma coisa no arquivo; os avatares estão tentando descobrir o quê. Ampliar.

A imagem na tela ficou maior, focalizando o local onde estavam as duas miniaturas.

— Em frente, agora — ordenou Ajay. — Seguir a trilha.

Os avatares seguiram pelo caminho estreito. Enquanto faziam uma curva, a imagem transformou-se em uma tranquila clareira verde. Pontos coloridos de flores selvagens pontilhavam a grama crescida que se agitava na brisa. Um lago sem ondas ficava diante de uma estrutura que lembrava um pagode, construída em uma maciça parede de pedra.

— O que é este lugar? — perguntou Elise.

— Estou falando há um tempão já — comentou Nick. — Eles estão em *Shangri-La*.

Os duplos atravessaram uma ponte de bambu acima do lago, onde carpas brancas e douradas, de escamas tão brilhantes que pareciam joias, nadavam preguiçosamente. Os "meninos" galgaram as escadas que levavam às imponentes portas duplas do pagode. Elas se abriram e duas figuras humanas vestidas em longos casacos brancos saíram para postar-se à frente dos visitantes. As portas se fecharam.

— Quem são esses caras? — indagou Will.

— Parecem médicos — arriscou Brooke.
— Mande eles entrarem logo — disse Elise.
— Vamos tentar — concordou Will. Então, voltou-se para os duplos: — Entrar.

Quando as miniaturas avançaram, no entanto, os médicos deram-se os braços e bloquearam a entrada. A cada passo que os *syn-apps* davam, os homens davam outro em direção a eles.

— Lerdos — exclamou Nick. — Será que vou precisar me meter aí e dar um jeito nesses caras *por* vocês? Espera só eu pegar meu anãozinho...

— Sente aí e cale a boca — ordenou Brooke.
— Leia a legenda no anuário de novo — pediu Ajay.

Will pegou o livro da escrivaninha e anunciou:

— "Abrace os paradoxos. Procure por padrões. Beethoven tem a chave, mas não sabe ainda. Escondendo-se dentro de sua Shangri-La, você pode acabar encontrando os Portões do Inferno."

— Foi Ronnie quem escreveu isso — afirmou Elise.
— Foi.
— A gente acha que ele construiu isso tudo — revelou Ajay. — Como se fosse um dos jogos dele.

— É mais que um jogo. — Elise debruçou-se mais para perto da tela. — Era assim que ele via o mundo: um labirinto de enigmas interligados. Se vocês resolverem esse quebra-cabeças, ganharão acesso ao próximo e, no fim, vão chegar ao centro da questão.

— Que é o que ele queria contar para você sem ninguém saber — concluiu Will.

— Pode ser — disse Elise, estudando o texto no anuário.
— Então, essa é a versão dele de uma senha extremamente elaborada — falou Brooke.

— Eu vou continuar falando — reiterou Nick, mordiscando um canto da unha. — É só digitar *Shangri-La*.

— E a sua contribuição foi devidamente anotada — afirmou Ajay

Elise olhou para os colegas de súbito.

— Mande eles abraçarem esses dois homens na varanda.
— Que coisa mais besta — comentou Nick.
— Vocês querem a minha ajuda ou não?

Ajay e Will entreolharam-se, deram de ombros e disseram juntos:

— Abraçar eles.

Os avatares também se entreolharam, dando de ombros e, em seguida, caminharam de braços abertos em direção aos dois homens protegendo a porta. As figuras de branco olharam uma para a outra e, então, deram um passo à frente, permitindo que os abraços fossem dados.

As portas abriram-se com força imediatamente. Os homens de branco recuaram, fizeram uma mesura e desapareceram.

— Abraçar o paradoxo. Abraçar o par-a-docs-o. Abraçar o par de doutores, os médicos — disse Will.

— Agora você está pegando o jeito — elogiou Elise.

— Ai, meu Deus, estou literalmente morrendo de tanto rir aqui — disse Nick, boquiaberto.

— Você *não* tem ideia do que "literalmente" significa, não é? — cortou Ajay.

— Qual é o problema?

— Agora mande eles entrarem — disse Elise.

Fizeram-no, e os duplos adentraram a construção. As paredes se desmaterializaram e as pequeninas figuras passaram a um vasto e deserto espaço cinzento. Perto deles, um claro círculo de luz branca ofuscante acendeu-se lá no alto. Mais luzes surgiram, pipocando o lugar com um arco-íris de cores até onde a vista alcançava.

Os *syn-apps* entraram no primeiro círculo branco. Sem aviso prévio, toda a área do piso intocada por luz desabou. Restaram apenas os círculos coloridos: eram, naquele momento, o topo de altas colunas redondas que se erigiam de um vazio sem fim.

— Há — disse Will, traindo nervosismo. — O que acontece se os *syn-apps* morrem?

— O meu palpite é que, se isso acontecer, a gente perde acesso ao programa — arriscou Ajay.

— Ronnie provavelmente programou ele para se autodestruir — confirmou Elise. — Para proteger o que ele escondeu. A gente só tem uma chance.

— O que ele escreveu depois? — indagou Brooke, pegando o anuário.

— Espero que não tenha sido "Mergulhem para uma morte sem sentido" — disse Nick.

— "Procure por padrões" — leu Brooke.

— Que padrões? — perguntou Nick.

Os círculos começaram a piscar, ficando de uma cor por vez. Todas as sete nuances correspondiam a um único tom alto que se repetia a cada piscada, até que o espaço inteiro estivesse dominado por cacofonia. Os meninos virtuais tamparam os ouvidos.

— Como isso funciona? — indagou Ajay. — O que a gente faz?

Elise fechou os olhos e ouviu com atenção.

— É um modo frígio. O quinto modo de uma escala harmônica menor.

— Como você sabe essas coisas? — perguntou Nick.

— Porque fui *eu* quem falou com ele sobre isso — respondeu ela, franzindo o cenho. — Vocês precisam pular para a cor que corresponde à próxima nota na escala.

Elise estava com dificuldades para se concentrar: a música era quase ensurdecedora.

— Azul — disse.

Os dois avatares pularam da coluna onde estavam para o círculo azul mais próximo. Ao aterrissarem, todas as demais colunas azuis ruíram e desapareceram. As notas "azuladas" foram-se com elas, simplificando levemente a música.

— E agora? — perguntou Ajay.

Elise concentrou-se e disse em seguida:

— Roxo.

As miniaturas pularam para um círculo púrpura, e aqueles que restavam daquela cor desabaram. Então, todos os pilares, incluindo o dos "meninos", começaram a movimentar-se para cima e para baixo como pistões de titânio, tornando os pulos seguintes infinitamente mais perigosos.

— Vermelho agora — mandou Elise.

Os *syn-apps* aguardaram até que a coluna vermelha mais próxima surgisse da escuridão, sincronizando o pulo para pegá-la no exato momento em que passava zunindo por eles. O resto dos pilares vermelhos desintegrou-se.

Além de subir e descer, as pilastras iniciaram movimentos horizontais, deslizando velozmente de um lado a outro. Os *syn-apps* batalhavam para manter-se equilibrados, segurando-se um no outro enquanto o círculo onde estavam se movia, frenético.

— Parece um tipo de carrossel insano — comentou Brooke.

— E aí? — perguntou Will.

Haviam restado três cores: laranja, amarelo e verde.

— Laranja — disse Elise. "Will" e "Ajay" tiveram que esperar mais até um pilar laranja passar, e, na primeira oportunidade, pularam juntos. Will aterrissou sem dificuldades, mas um dos pés de Ajay escorregou na beira da coluna e por pouco ele não caiu para trás. Will segurou-o pelo cinto e o puxou de volta para um lugar seguro enquanto giravam.

— Por que não mandamos Nick, a Gazela Humana, junto com eles? — falou Ajay.

— Cara, eu me ofereci — exclamou Nick.

— Amarelo — ordenou Elise. Um pilar da cor passou voando, e os avatares se lançaram para ele. Só restavam os verdes àquela altura. Tudo se acelerou. Os *syn-apps* jogaram-se para uma das colunas verdes assim que puderam.

Gradualmente, ela foi diminuindo a velocidade e, então, estancou de súbito com um tremor assustador.

Um pilar branco solitário surgiu à frente das figuras em miniatura. Entre eles, havia uma distância de cerca de 9 metros: longe demais para pular.

— E agora? — indagou Ajay.

— Pense bem — aconselhou Will. — Sem pressa.

Uma mensagem surgiu na tela: VOCÊ TEM TRINTA SEGUNDOS. Em seguida, foi substituída pelo número 30, que mudou para 29, 28 e assim em diante. A cada segundo que passava, a pilastra onde estavam os avatares ia se desintegrando. Eles recuaram para o centro, olhando para seus duplos reais como se pedissem ajuda.

— Você ia dizendo? — indagou Brooke.

— *Droga*, Ronnie — reclamou Elise.

— Pulem, carinhas! — exclamou Nick.

— Usem as cordas — ordenou Ajay para a tela.

Os meninos virtuais conferenciaram por um momento e tomaram uma decisão em conjunto. "Will" abriu a mochila e retirou dali algo que lembrava uma espécie de sinalizador com forma de pistola. "Ajay" prendeu um gancho em uma extremidade da corda, colocou-o dentro do cano da pistolinha, e Will atirou em direção ao círculo branco. O gancho fincou-se quase na beirada da pilastra. Usando um piton, Ajay prendeu com firmeza a corda no centro do pilar onde estavam.

— Tirolesas — disse Will.

Quando a contagem regressiva alcançou o número 10, prenderam os mosquetões de seus arneses à corda, então lançaram-se da coluna. Sobrevoaram o vazio e chegaram aos tropeços à pilastra branca no instante em que o que ainda restava da verde desmoronava para o negro infindável. Por pouco não foram arrastados junto com o equipamento de escalada preso ao outro lado, desfazendo-se dele bem a tempo. Todos, incluindo os *syn-apps*, pararam para recuperar o fôlego.

— Agora o quê? — Brooke quis saber.

A luminosidade pouco a pouco se intensificou, e o círculo de luz branca tornou-se parte de um alto desfiladeiro.

— Em frente — disse Elise. — Vocês estão perto.

Os avatares prosseguiram pela beirada até alcançar uma abertura na rocha. À medida que seguiam, o espaço transformou-se em uma grande câmara ocupada por móveis antigos, uma lareira em funcionamento e piso de madeira de acabamento tipo *parquet*. Enormes e assombrosas tapeçarias ornamentavam as paredes.

Um belo piano de cauda enfeitava o centro do cômodo. Um homem estava sentado no banco, as costas viradas para os recém-chegados. Vestia camisa social branca, um lenço no pescoço, veste, sapatos de fivelas e fraque longo. O homem estava debruçado para a frente, com um braço no piano, descansando o queixo na mão. Uma pena e um potinho de tinta esperavam ao lado, sobre um pequeno suporte de madeira. Duas partituras em branco repousavam sobre o piano.

Os avatares deram a volta ao redor do instrumento até Will conseguir ver o homem. Aparentava estar na casa dos 40 anos, era atarracado e forte. Uma massa de grossos fios grisalhos cobria sua cabeça. O rosto era pesado e soturno, marcado por preocupação, quase atormentado. Não pareceu notá-los, os intensos e frios olhos azuis encarando algo longínquo e invisível.

— Você sabe quem é? — indagou Ajay.

Will tinha visto aquele rosto estampado em dúzias de capas de LPs da coleção dos pais.

— É Ludwig van Beethoven — respondeu.

— Ai, meu Deus — exclamou Nick. — O cara que escreveu o hino nacional americano.

— Não foi Beethoven quem escreveu... — começou Brooke.

— Nem tente discutir — aconselhou Ajay.

— A última peça do quebra-cabeça — falou Brooke. — "Beethoven tem a chave, mas não sabe ainda."

— Então conta a ele — ordenou Ajay a seu duplo virtual.

— *Guten Tag, Herr Beethoven* — cumprimentou o "Ajay" na tela com uma mesura educada. — Podemos dar uma palavrinha com o senhor? *Dürfen wir mit Ihnen sprechen, bitte?*

— O seu carinha fala *russo*? — sussurrou Nick.

— *Eu* falo *alemão* — corrigiu Ajay.

Beethoven, contudo, não respondeu. Sequer levantou os olhos para eles.

— Ele não consegue ouvir você — lembrou Brooke. — Ele é surdo, esqueceu?

— Ajay, o seu carinha sabe a língua de sinais? — indagou Nick, mas, em seguida, bateu na própria testa. — O que estou falando? Não tinham nem *inventado* a língua de sinais ainda.

Brooke levantou-se de supetão e perguntou:

— Algum de vocês sabe tocar piano?

— Um pouco — respondeu Ajay.

Brooke aproximou-se do menino e cantarolou uma melodia ao ouvido dele. Entreolharam-se.

— Como? — perguntou ele.

— Diga para ele tirar de ouvido — sugeriu a garota.

Ajay chegou mais para perto de onde estava sua miniatura na tela e ordenou:

— Toque isso no piano. — Reproduziu a melodia baixinho. O avatar encaminhou-se à lateral direita do teclado e tocou as notas.

Dah-dah-dah-du-dee-da-da...

Elise engasgou-se e levou as mãos à face, os olhos marejados.

Beethoven ganhou vida, seu rosto fulgurou, como se inspirado pelas notas "ouvidas" em sua mente. Levou a mão direita às teclas e continuou a melodia, juntando a mão esquerda no terceiro compasso. Cada nota que tocava surgia representada com tinta na partitura, como se *ele* as estivesse escrevendo.

— Eu já ouvi essa antes — comentou Will. — Centenas de vezes.

— É uma das composições mais famosas dele — disse Ajay.

— Pode até ser — intrometeu-se Nick, decepcionado. — Mas isso aí com certeza *não* é o hino americano.

— Não — disse Elise, discretamente enxugando uma lágrima. — Em alemão, se chama "Für Elise".

— Para *Elise* — acrescentou Brooke, lançando um olhar a Will.

À medida que Beethoven prosseguia, uma orquestra invisível completa juntou-se a ele. A parede encarando o piano transfigurou-se em uma enorme porta de cofre, toda coberta de intrincadas fechaduras, linguetas e engrenagens.

As notas da melodia destacaram-se da página como se tivessem ganhado vida e flutuaram pelo ar em direção ao cofre. Foram introduzir-se em uma abertura próxima ao centro. Engrenagens e imensas alavancas começaram a movimentar-se por sobre toda a superfície da caixa-forte. Linguetas cederam, borrifos de vapor espirraram, rodas giraram, uma barra recuou com um ruído pesado e a porta abriu-se com lentidão.

— Beethoven tem a chave — disse Brooke com suavidade.

E de lá saiu o avatar de Ronnie Murso.

RONNIE

As figuras virtuais afastaram-se de Ronnie, atônitas. Elise aproximou-se da tela enquanto o restante dos colegas agrupava-se atrás dela. O duplo de Ronnie piscou e olhou em volta, confuso e desorientado. Para Will, era idêntico à fotografia do menino no anuário, exceto pelo fato de que os cabelos claros como palha do avatar estavam imundos, e seu rosto, coberto de fuligem. As roupas estavam descompostas e sujas, as calças, rasgadas à altura dos tornozelos.

— Ronnie? — chamou Elise, quase em um sussurro.

O *syn-app* levantou o rosto, viu Elise e recuou, parecendo assustado.

— Ronnie, você sabe onde está? — indagou ela.

Ele balançou a cabeça negativamente.

— Você sabe *quem* você é? — perguntou com suavidade.

O avatar hesitou e voltou a menear a cabeça.

— O que ele tem? — Will dirigiu a pergunta aos outros.

— Não sei — respondeu Ajay. — Eu nunca vi um *syn-app* se comportar assim antes.

— O carinha parece um mendigo — sussurrou Nick.

— Ele está se *agindo* como se tivesse amnésia — concluiu Brooke.

— Ronnie... Você sabe quem eu sou? — tentou a outra menina.

Depois de uma pausa, Ronnie fez que não com a cabeça, de uma forma doce e inteiramente vaga. Elise enterrou o rosto nas mãos. Brooke chegou-se à menina e pousou a mão em seu ombro, na tentativa de mostrar apoio.

— O que isso quer dizer, Elise? — indagou Will, perplexo.

— Que ele está *vivo*.

— Talvez — disse Ajay, absorto em pensamentos.

— Ajay, o avatar dele está *bem aqui* — disse a menina, apontando. — Ronnie está vivo. Ele me disse que ia achar um jeito de falar comigo se alguma coisa acontecesse. E aconteceu, é só olhar para ele. Ele não está *bem*. Está ferido, ou perdido, mas vivo...

— Espere um pouco — começou Will. — Você está dizendo que ele está vivo só porque o *syn-app* dele está aqui? — Ninguém respondeu. Todos se entreolharam, pouco à vontade. — Vocês não estão querendo me dizer que existe algum tipo de *ligação* física entre eles e o que está acontecendo aqui, na vida real, com a gente?

— É só uma... teoria, Will — Ajay tentou acalmá-lo.

— É *exatamente* isso que estou querendo dizer — confirmou Elise.

— Impossível — retrucou Will. — Essas coisas são só bilhões de números binários, uns e zeros colados juntos. Não importa quantos truques consigam fazer, é tudo uma simulação apenas.

— É o que se supõe — declarou Ajay com cautela. — Mas não foi a gente quem criou o programa original.

Will não insistiu na discussão. Lembrou-se da sensação inquietante que experimentara quando seu *syn-app* ganhou vida: *Tem alguma coisa aí. Eu realmente senti uma ligação.*

— "Há mais coisas entre o céu e a Terra, Horácio, do que sonha a nossa vã filosofia" — citou Brooke.

Sem pensar muito a respeito, Ronnie retirou algo do bolso. Pareceu surpreso de achá-lo ali. Com a mão em concha, Ronnie examinou o objeto atentamente.

— Nick — pediu Elise —, pegue o meu tablet.

O menino saiu do quarto como uma flecha. Ronnie colocou o objeto sob a luz.

— O que você tem aí, Ronnie? — perguntou a menina com gentileza.

Ronnie afastou-se de Elise, escondendo o objeto atrás das costas.

— Está tudo bem — assegurou-lhe ela. — Eu não vou machucar você. Só quero ver isto que você achou aí.

O menino virtual deu de ombros; também não sabia dizer o que era.

— Pode me mostrar? — perguntou. — Vai ver eu consigo ajudar você a descobrir o que é.

Os avatares dos outros dois meninos dirigiram-se a Ronnie.

— Não chegue perto demais — aconselhou a garota a "Ajay". — Não queremos assustar ele.

Os dois pararam a uma distância pequena do outro. Nick voltou com pressa trazendo o tablet de Elise. Ela ligou-o sobre a escrivaninha perto dos demais e, segundos depois, a figura representado Elise materializou-se na tela grande.

"Elise" caminhou para Ronnie e estendeu a mão. Ele deu um passo para trás.

— Está tudo bem — prometeu ela. — Não vamos machucar você. Pode me mostrar o que tem aí, Ronnie?

Ele abriu a mão lentamente. Um pen-drive virtual aguardava na palma da mão dele. "Elise" pegou o objeto.

— Ajay — pediu —, cheque o que tem nisso aí.

A menina virtual segurou o dispositivo atrás das costas. "Ajay" chegou até ela com agilidade e pegou o objeto como se estivesse recebendo da colega o bastão em uma corrida de revezamento. Retirou um tablet virtual da mochila e inseriu nele o drive, exatamente como o Ajay verdadeiro havia feito anteriormente com o outro aparelhinho.

— Então, deixa eu ver se entendi direito — começou Will. — Um pen-drive virtual... inserido por uma figura virtual... no computador virtual dele.

— Tente pensar assim — sugeriu o Ajay verdadeiro num sussurro —, são todos níveis do mesmo arquivo do pen-drive *real*, sendo lidos pelo computador real. Agora que desvendamos a charada, talvez este novo dispositivo represente a última camada de informação e contenha aquilo que o Ronnie queria que víssemos.

"Ajay", no entanto, tinha o cenho franzido. Olhou para seu duplo na vida real e meneou a cabeça.

— Não está abrindo — disse o menino. — A gente deixou alguma coisa passar.

— Droga — praguejou Elise baixinho.

A imagem do salão de Beethoven desfez-se e foi substituída pelo campo himalaico à frente do pagode. Ronnie parecia mais alerta, menos distante. "Elise" tomou a mão dele. O menino não a rejeitou.

Will teve uma ideia e passou por Elise, aproximando-se mais da tela.

— Ronnie, essa é *Elise* — disse com firmeza. — Ela era sua melhor amiga.

Ouvindo aquilo, a sobrancelha de Ronnie franziu-se, como se o garoto estivesse tendo dificuldades em compreender.

— "Como se mensura a distância percorrida por um sorriso?" — arriscou Will.

O verso percorreu o corpo de Ronnie como um raio. Olhou para a *verdadeira* Elise e pareceu reconhecê-la. Estendeu o braço e Elise tocou a tela. Quando os dedos se encontraram, Ronnie de súbito adquiriu uma expressão presente, revigorada, brilhando com vida interior.

— Mostre para a gente o que você escondeu aqui, Ronnie — pediu a menina. — Mostre o que você queria que a gente visse.

Ronnie fez que sim, e, em seguida, indicou o topo da tela. Momentos depois, um barril transparente rodeado por argolas metálicas veio caindo do alto, aterrissando com um baque pesado sobre a ponte de madeira acima do lago. O barril começou a encher-se de um líquido viscoso e vermelho que ia subindo do fundo do recipiente.

— O que é isso? — indagou Nick.

— Está funcionando — festejou Ajay. — Estou baixando o arquivo com o tablet.

Elise ainda tinha a mão colada à tela, totalmente imóvel, como se estivesse presa a Ronnie. Will teve a estranha impressão de que se comunicavam sem palavras.

— Acho que ele está preso — declarou a menina.

— Como é que é? — perguntou Nick. — E como você sabe disso?

— Apenas sei — afirmou ela. — E acho que o que tem aí vai dizer quem fez isso com ele.

Ajay encarou Will com uma sobrancelha erguida.

— A gente já vai ficar sabendo — disse quando o upload atingiu a marca de cinquenta por cento.

Brooke exibia uma expressão inusitada.

— Alguém mais está ouvindo isso?

— Isso o quê? — indagou Nick.

— Estou ouvindo — disse Ajay. — É uma...

— Uma buzina — completou Elise. — Está vindo da tela. Perto do topo da montanha.

Will também podia ouvir.

Era um zumbido insistente e ia ficando cada vez mais alto e ameaçador. Uma quantidade enorme de sombras pretas onduladas começou a inundar a parte direita superior do monitor, fazendo movimentos circulares preguiçosos, como se fossem sementes de algodão espalhadas pela força do vento. Enquanto ondulavam em direção ao campo, as formas iam se agrupando para formar uma massa pulsante que, depois de parar em um ponto, começou a girar com rapidez, em sentido anti-horário, gradualmente ganhando momento. O céu escurecia à medida que a concentração ganhava força e tamanho, formando uma nuvem afunilada.

— O que é que é isso? — Nick quis saber.

— Acho que alguém corrompeu o arquivo e entrou nele — declarou Ajay.

— Mas como? — perguntou Brooke.

— Não sei. A gente não está on-line. Tem que estar vindo de algum dos nossos tablets.

Os *syn-apps* recuaram para o fundo da tela. O duplo de Will retirou um canivete suíço virtual do bolso, escolheu uma das lâminas e alongou o cabo até atingir o tamanho de um arpão.

— O que o seu carinha está fazendo? — indagou Nick.
— Não faço ideia — confessou Will.
— Eu não estou gostando disso — disse Elise. — A gente precisa sair daqui.
Os olhos deles dirigiram-se ao barril, já quase noventa por cento cheio.
— Estamos quase lá — disse Ajay.
O turbilhão em processo de formação atingiu o chão, destruindo tudo em que tocava, devastando o campo e derrubando o pagode. Os avatares desviaram de uma chuva de detritos.
— Ajay, não é *seguro*... — exclamou Brooke.
— Se eu interromper o download, a gente vai perder o que o Ronnie queria mostrar — declarou Ajay —, provavelmente para sempre.
Sem aviso prévio, Ronnie lançou-se para o ciclone. O menino virtual começou a gritar e agitar os braços, afastando-se apressado de onde estava o barril. O tornado alterou sua rota, perseguindo o garoto.
— Que droga é essa que ele está fazendo? — indagou Nick.
— Ganhando tempo para a gente — respondeu Will.
O avatar de Will seguiu Ronnie pelo caminho que haviam feito para chegar lá originalmente. Quando a formação afunilada encurralou Ronnie contra as rochas, ela transformou-se em uma nuvem de algo parecido com gafanhotos. Baixaram sobre o menino e investiram contra ele. Ronnie voltou-se para Elise, e seu rosto era a pura máscara da dor. Os pixels de sua imagem em desintegração começaram a voar para dentro do ciclone.
— Não! — gritou a menina.
Enquanto consumia o rosto do avatar de Ronnie, a nuvem tomou os contornos da face aos gritos do menino. "Will" recuou alguns passos e lançou o arpão ao coração do vórtice. O redemoinho balançou e perdeu força, mas já era tarde. Os berros de Ronnie cessaram quando o enxame voraz engoliu o que restava do menino virtual.
O barril na tela completou-se enfim, seu conteúdo escarlate vazando e escorrendo para dentro do lago.
— Conseguimos — exclamou Ajay. — Desligar!
— Desligar! — gritaram juntos Elise e Will.
Os tablets apagaram. Os avatares virtuais desapareceram e as telas escureceram. No mesmo instante, as luzes no quarto piscaram e enfraqueceram, apagando-se logo em seguida, mergulhando os amigos na escuridão.
Nick correu até a janela.
— O campus todo está no escuro!
— Um blecaute — disse Ajay, juntando-se a ele. — Mas no campus inteiro? Nunca vi isso acontecer antes.

Will voltou a ligar seu tablet e o cômodo foi inundado por uma luz fantasmagórica. O duplo virtual de Will surgiu no monitor, segurando o canivete suíço transformado em arpão.

— Você devia ter me deixado fazer aquela varredura, Will — declarou o *syn-app*.

"Will" ergueu a arma e mostrou aos colegas uma criatura atravessada na lâmina, um besouro negro do tamanho de um cão de pequeno porte, recoberto por grossos pelos escuros. Tinha feições humanas distorcidas na face esmagada e horripilante.

— O que diabo é *isso*? — indagou Nick.

— Um vírus infectou o seu tablet — esclareceu o avatar de Will. — Origem desconhecida.

"Will" apertou o inseto contra a extremidade da tela. Uma porta abriu-se na lateral do dispositivo e o corpo de um inseto idêntico, sua versão real de três centímetros, foi expelido para fora.

Brooke empalideceu.

— Foi isso que pegou Ronnie?

— É o que parece — confirmou Ajay. Usou um lápis para empurrar o inseto morto para dentro de uma de suas caixinhas de balas.

— Faça o resto da varredura agora — ordenou Will ao duplo virtual.

— É para já — concordou o avatar.

— De onde veio isso? — indagou Elise, encarando a criatura.

— Lyle — respondeu Will.

— Cara, o baú de Lyle. Essas coisas aí estavam lá naquelas *caixas* — concluiu Nick, os olhos esbugalhados voltados para o inseto morto.

— Era assim que ele me vigiava. Foi com isso que ficou sabendo do meu celular e da nossa visita ao vestiário deles.

— Mas onde *Lyle* arranjou isso?

— No mesmo lugar de onde todo o resto vem — esclareceu Will. — O Nunca-Foi.

Ajay reativou seu tablet. O avatar do menino segurava um grande ícone de arquivo.

— Está intacto. Conseguimos o arquivo de Ronnie — comemorou Ajay, empolgado. Dirigiu-se ao *syn-app*: — Abrir.

A tela abriu um arquivo de vídeo cuja resolução era bastante baixa e continha uma seta indicando PLAY. Era como se estivessem espiando por um buraco uma sala mal-iluminada onde havia uma pasta de trabalho sobre um banco, deixando antever em seu interior uma série de documentos. Uma legenda indicando data e hora da gravação do vídeo aparecia no canto da tela.

— Parece um vídeo — disse Ajay, lendo a legenda. — Gravado em abril.
— Esse aí é o vestiário auxiliar — reconheceu Will, aproximando-se. — Acho que estamos olhando de dentro de um armário.

Ajay colocou o vídeo para rodar. A imagem tremeu um pouco e um rosto entrou em cena: Ronnie Murso.

— Vestiário auxiliar — sussurrou o menino. — Vejam isso.

A imagem moveu-se quando Ronnie, com a câmera em mãos, saiu do esconderijo. O garoto pegou um grosso bastão de metal cinza, ergueu-o na frente da lente e falou, encarando os espectadores:

— Acho que é isso que eles usam para...

Ele olhou em direção à porta, assustado, como se tivesse escutado algo vindo lá de fora. Jogou o objeto metálico na pasta, correu para seu esconderijo e fechou-se lá dentro. Colocou a lente da câmera no buraco do armário, fazendo com que focalizasse o vestiário.

Um homem alto e robusto, vestindo terno escuro e chapéu entrou. Não podiam ver o rosto.

— Coloque aqui — ordenou.

Lyle Ogilvy seguia as orientações do homem, fazendo grande esforço para carregar um baú metálico preto como aquele que Will e Nick haviam visto no closet do monitor. Colocou-o sobre o banco, ao lado da pasta. O homem retirou dela três objetos e pousou-os no assento: o bastão metálico, uma caixa retangular prateada com algum tipo de inscrição gravada e uma fina placa de metal enrolada no formato de tubo. Sua primeira ação foi alisar a superfície do metal para voltá-lo à forma plana. Tinha as dimensões de um pôster e era recoberto por estranhos glifos.

— A gente viu isso na parede — comentou Nick. — No closet de Lyle.
— Eles lhe mostraram como se usa isso? — perguntou o homem a Lyle.
— Sim, senhor.

O estranho pegou o bastão.

— E o Entalhador?
— Não, isso ainda não.
— Só temos dois deles. É bom você cuidar bem desse — disse o homem enquanto verificava alguma espécie de medidor na lateral do objeto de metal.
— Leva um tempo para ele carregar. Me dê uma lata.

Lyle ergueu a tampa do baú. Lá dentro, os amigos viram fileiras dos mesmos recipientes pretos de fibra de carbono que haviam encontrado no closet de Lyle. O jovem pegou um dos que tinham o tamanho de garrafas térmicas. O homem ativou algo no interior do bastão de metal que denominara Entalhador. Uma linha de glifos iluminou-se e a ponta do objeto começou a brilhar forte.

— Eles são convocados pelos glifos — explicou. — Os buracos são instáveis e se sustentam apenas pelo tempo suficiente para uma única passagem ser feita. É bom você ter certeza de que está usando o recipiente do tamanho certo. Abra.

Lyle deslizou uma das extremidades da caixa para abrir. Suas mãos tremiam. O estranho ergueu o Entalhador e pressionou alguns dos glifos iluminados em uma determinada ordem, como se estivesse inserindo um código.

— Você tem que segurar isso paralelamente ao buraco, ou perderá a mão — explicou.

A extremidade branca do bastão ficou ainda mais ofuscante, banhando o rosto do homem com luz pela primeira vez. Will engasgou.

Era o Homem Calvo, o mesmo que vira em sua casa com os demais Boinas Pretas.

Usando ambas as mãos, o estranho fez um movimento circular preciso com a ponta do objeto, que traçou e, em seguida, abriu um pequeno buraco no ar.

— Agora — disse. — Rápido.

Fazendo uma careta, Lyle segurou a lata aberta na altura do buraco, cobrindo-o todo. O recipiente vibrou e balançou quando algo pareceu deslizar do outro lado do portal para seu interior.

— Feche! — gritou o homem.

Lyle tratou de fechar a tampa rápido. A câmera sacudiu subitamente, como se Ronnie tivesse perdido o equilíbrio.

— O que foi isso? — indagou o Homem Calvo.

A tela escureceu quando o vídeo terminou de maneira abrupta.

— Ah, meu Deus — exclamou Brooke, sentando-se. — Ah, meu Deus.

— Aquele era o líder dos homens que estavam me perseguindo na Califórnia — falou Will. — Vocês o reconhecem?

Todos fizeram que não com a cabeça.

— Droga, Ronnie — disse Nick.

— Foi por isso que levaram ele — afirmou uma Elise sombria. — Sabiam o que ele tinha visto.

— Mas não antes de ele conseguir esconder esse vídeo em todo aquele quebra-cabeça e deixar para que alguém o encontrasse — complementou Ajay.

— Lyle tem um baú igualzinho no quarto dele — lembrou Nick. — E, cara, as latas estão *cheias*.

— Eu quero verificar uma coisa — disse Ajay. Fez o vídeo voltar ao momento em que o Homem Calvo colocava a caixa metálica sobre a mesa. — Tinha algum tipo de inscrição naquela caixa. Isolar e ampliar.

A imagem destacou o recipiente prateado sobre a mesa e melhorou sua nitidez. Era do tamanho de um bloco de anotações. Os inscritos na superfície estavam gravados no metal:

A PROFECIA DO PALADINO
MCMXC IV

— O que é a Profecia do Paladino? — refletiu Ajay em voz alta.
— Essas outras letras aí não significam nada — comentou Nick.
— São *algarismos* romanos — corrigiu Elise.
— Os romanos eram todos idiotas ou o quê? Por que não usavam *números*? Os olhos de Elise e Ajay se encontraram, e os dois balançaram a cabeça.
— 1990 — leu Brooke, encarando a tela. — E tem um 4 também.
— Alguém sabe o que significa? — indagou Ajay.
Todos negaram.
— Ajay, pegue o seu tablet. E todo mundo tente arranjar lanternas — disse Will com determinação. — A gente vai descobrir onde é que Lyle está agora, mostrar isto e colocar ele contra a parede até que conte tudo o que sabe.

As luzes estavam apagadas por todo o campus. Da janela, Will notou uma cascata de neve jorrando lá fora, brilhando sob o luar fraco. Lanternas nas mãos, os cinco colegas encaminharam-se ao térreo. Vários alunos estavam nos corredores, cochichando a respeito do blecaute e da tempestade que se aproximava. A confusão era a oportunidade perfeita para conseguirem se esgueirar despercebidos para dentro da antessala da suíte de Lyle.

Will encostou o ouvido na porta, mas não escutou coisa alguma. Pela segunda vez, Nick mexeu na fechadura e destrancou-a, entrando. Os quartos estavam desertos e não havia nem sinal do antigo odor fétido e insuportável. Will caminhou depressa até o closet aberto e vasculhou seu interior.

— Não tem mais nada aqui — declarou.
— Inclusive Lyle — completou Nick.

O CENTRO MÉDICO

Quando entraram novamente no apartamento, o telefone preto perto da lareira da sala quebrou o silêncio. Ajay atendeu.
Ficou ouvindo e, em seguida, virou-se para Will:
— Para você.
Will tomou o fone.
— É Will.
— Aguarde na linha, por favor, o diretor Rourke vai falar — informou uma telefonista.
Will moveu os lábios para avisar aos outros que era Rourke. Foi então que a voz do homem veio do outro lado da linha:
— Boa noite, Will.
— Oi, diretor.
— A tempestade causou a queda de energia de uma estação de retransmissão ao leste da escola — avisou. — A região toda está sem eletricidade. Os geradores de emergência vão começar a funcionar logo, logo. Mas não é por isso que estou ligando.
— Certo.
— Seus pais me ligaram há pouco. Não fique assustado, Will, não é nada de mais. Eles vão vir aqui visitá-lo amanhã à tarde.
— É? — *Então Brooke tinha razão. Eles já sabem que estou aqui.* Will sentiu o estômago embrulhar. — Que ótimo.
— Eles pediram para você não programar nada para amanhã.
Will engoliu com dificuldades.
— Pode deixar. Obrigado por avisar, senhor.
— Como foi o resto da sua semana? Está se divertindo até agora?
— E como — respondeu o menino, lançando um olhar aos companheiros.
— Toda hora tem uma novidade.

Desligou e contou tudo aos outros no instante exato em que as luzes voltaram a se acender.

— O que você vai fazer? — indagou Elise.

— Não sei. Quero pensar direito nisso tudo antes de fazer qualquer coisa. Está tarde. Vamos dormir um pouco.

— Galera, me passem os tablets primeiro — pediu Ajay. — Eu quero fazer uns testes para garantir que está tudo certo.

— Eu fico de vigia — comprometeu-se Nick. — No caso de Lyle ou algum dos capangas dele resolverem tentar alguma coisa.

Com despedidas exaustas, todos encaminharam-se aos respectivos quartos. Will ficou rolando na cama por uma hora. Os pais estavam a caminho, e ele só podia supor que os Boinas Pretas estavam com eles. O que queriam aquelas pessoas? Dave falara a respeito de uma guerra entre a Hierarquia e o Nunca-Foi, mas o que aquilo tinha a ver com Will?

As palavras que haviam visto na caixa prateada insistiam em voltar à sua mente: A Profecia do Paladino. Não sabiam o que significava, mas parecia ser mais um indicativo de que, de alguma forma, a escola ou uma facção dentro dela estava envolvida.

Will conseguiu dormir cerca de duas horas, e, depois, foi render Nick na porta logo após o sol ter raiado naquela manhã de domingo. Pouco antes de 8 horas, quando o garoto se preparava para ir ao centro médico, Brooke deixou o próprio quarto, vestida para enfrentar o clima gélido, firme e determinada.

— Eu vou até a biblioteca — disse. — Sai junto comigo?

— Conseguiu dormir? — indagou Will a caminho da saída da residência, descendo as escadas.

— Está de brincadeira? Depois de tudo aquilo? Aonde você vai?

— O Dr. Kujawa vai fazer uns exames em mim lá no centro médico — explicou o menino. — Não deve demorar muito.

— Pelo menos um de nós devia ir com você — ponderou Brooke.

— Não vai acontecer nada. Só Kujawa e Robbins vão estar lá. Eu confio neles.

— Eu também — disse ela. — Mas ainda acho melhor você ir acompanhado, com um segurança. Você já pensou no que vai dizer a eles sobre Lyle?

— Não vou contar muita coisa — respondeu Will. — Só o suficiente para eles quererem ir atrás do cara.

— Will, tome cuidado — pediu a menina, tocando o braço dele. — Eu confio na Dra. Robbins também, mas não dá para saber quem pode estar envolvido nisso.

— Eu sei, pode deixar. Você sabe alguma coisa sobre o dono do Centro?

— Uma sociedade fiduciária chamada Fundação Greenwood. Foi batizada com o nome do fundador, Thomas Greenwood.
— Quem dirige tudo?
— Um conselho de administração: diretores-gerais, filantropos. Todos ex-alunos poderosos. O meu pai já foi do conselho. Não consigo acreditar que estão envolvidos em alguma coisa assim. — Ela mordeu o lábio. — O que a gente vai fazer quando os seus supostos pais chegarem aqui?

Ela disse "a gente".

— Eu ainda não pensei nisso — confessou o menino.
— Eu já — declarou Brooke. — Você vai me apresentar a eles. Vai me chamar para jantar com eles. Não vai ficar nem um segundo sozinho com essa gente.
— Convidar você? Tipo para um *encontro*?
— Isso aí. E, se eles tentarem qualquer coisa, eu grito. A menos que você prefira dar um cano neles e ir jogar boliche. — Ela sorriu e o coração de Will deu um pulo.
— Encontro de mentirinha ou de verdade? — quis saber ele.
— Verdade verdadeira.
— Que tal um milk-shake e cineminha?
— Só se a gente conseguir lugar na última fila para aproveitar a privacidade do escurinho. — Pararam no fim das escadas e se encararam. Brooke pôs-se na ponta dos pés e o beijou. — Indo muito rápido para o seu gosto?
—Você nunca me viu correndo — declarou ele.
— Corra, Will, corra.

Brooke abriu a porta e saíram para uma imensidão branca. Mais de 30 centímetros de neve haviam se acumulado, e os flocos continuavam a cair carregados por um vento uivante, criando turbilhões de neve soprados por entre os prédios em fortes correntes.

Então isso que é neve.

Brooke acenou para um carro que tinha acoplado um limpa-neves e falou com o motorista, que tirou o capuz. Era Eloni, o chefe da segurança.
— Eloni vai levar você — disse a menina. — Me dê um toque no *pager* quando tiver acabado lá. Vou descobrir os esqueletos no armário dos Cavaleiros e da Rocha Escarpada. Isso é *quase* jargão de espionagem, aliás. Conheci *muchos* peixes grandes da CIA quando o papai foi transferido para o exterior.
— Ela deu um soquinho no ombro do colega. — Até, West.

Will entrou no carro de Eloni. Não conseguia tirar o sorrisinho bobo do rosto, o que fez com que o enorme samoano risse.
— Para o centro médico? — indagou Eloni.

O garoto fez que sim com a cabeça e seguiram em frente, a lâmina do limpa-neves cortando as correntes de ar como a proa de um navio.

Kujawa já aguardava Will quando o menino saiu do elevador no terceiro andar do centro médico. Levou-o a uma espécie de pequeno vestiário e pediu-lhe que trocasse sua roupa por outra para correr. A Dra. Robbins bateu à porta e entrou no instante em que ele terminava de se aprontar.

— Você está com uma cara cansada — observou ela.

— Estou bem.

— Soube que os seus pais estão vindo hoje.

— É, foi o que fiquei sabendo também — comentou Will.

— Me disseram que estão em um jatinho alugado — disse a doutora, como que analisando-o. — Eles podem bancar isso, Will?

O menino meneou a cabeça, tentando disfarçar a angústia que sentia.

— Will, fiquei um tempo tentando entender como você pode ter conseguido notas tão altas naquela prova se sequer estava se esforçando — começou ela, aproximando-se. — Eu acho que, talvez, inconscientemente, você estivesse se esforçando, sim, e muito. Porque sabia que tinha algo de errado na sua vida e precisava que alguém, qualquer pessoa, notasse seu potencial.

Ouvindo a teoria da mulher, Will tinha de admitir para si mesmo que podia ser verdade, o que o fez sentir-se consideravelmente pior.

Robbins baixou o tom de voz:

— Posso ser a sua aliada aqui, se for disso que precisa, mas primeiro você tem que confiar em mim e se abrir.

— Certo — concordou o menino.

— Você teve algum problema com os seus pais?

Will procurou as palavras com cuidado.

— Pode-se dizer que sim.

Ela deu um passo à frente.

— Você acha que é possível que eles estejam vindo para *tirá-lo* da escola?

Will fitou-a nos olhos, querendo acreditar que ela poderia ajudá-lo, mas temeroso de falar mais do que devia.

— Acho. Acho que é possível, sim.

— Se for esse mesmo o caso... Você vai querer ir com eles?

— Não, eu quero ficar.

Ela examinou-o.

— Então, quero que *você* fique sabendo que vou fazer tudo o que puder — declarou ela.

A cabeça do Dr. Kujawa surgiu.

— Está tudo pronto para você começar, Will.

O menino e a mulher seguiram o médico até um laboratório todo equipado de aparelhos de ginástica e uma variedade de grandes e complexos dispositivos médicos. Na extremidade final do quarto, uma extensa janela encarava o campus nevado, com vista panorâmica para ele. Will sentou-se em um banco e ficou olhando fixamente para a paisagem invernal enquanto deixava Kujawa colocar dúzias de eletrodos autoadesivos em diversos pontos de seu tronco, pescoço e de sua testa.

— Isso tudo são sensores sem fio que transmitem dados aos computadores do outro lado daquela janela — explicou o médico, apontando para uma janelinha no cômodo. — Vamos observá-lo da cabine de controle e examinar os resultados com você depois.

Kujawa encaminhou Will a uma moderna esteira de corrida e o ajudou a colocar uma máscara azul, para medir oxigênio, que lembrava um snorkel horizontal, conectada por um longo tubo a um computador próximo.

— Use isso enquanto corre — pediu. — Vamos fazer a medição de algumas funções, como a eficiência do seu consumo de oxigênio. A máscara deixa você respirar normalmente. Não vai nem se lembrar de que ela está aí.

— Não parece nada muito complicado — comentou o adolescente.

Kujawa prendeu um oxímetro de pulso na ponta do dedo indicador do menino e um aparelho de pressão em seu braço. Limpou com algodão embebido em álcool as costas da mão direita de Will e, sem fazê-lo sentir qualquer dor, inseriu ali um pequeno cateter, firmando-o com fita adesiva.

— Vamos colher um pouco do seu sangue também para termos as taxas de oxigênio em tempo real. — Ele conectou o cateter a outro longo tubo, que, por sua vez, estava ligado a duas máquinas distintas. Will ficou olhando enquanto um pequeno fio rubro corria por ali, saindo de sua mão.

Kujawa fez alguns ajustes nas configurações da esteira.

— Pode subir. O aparelho vai se adaptar ao seu ritmo, então não há necessidade de se conter.

Kujawa e Robbins retiraram-se para a sala de controle e, pela janela, fizeram sinal para que o menino começasse. Will começou a andar, e a lona da esteira o acompanhou. Sem demora, seu passo progrediu para um trote leve e, em seguida, para uma corrida estável. Apesar da máscara e dos eletrodos, o menino logo encontrou seu ritmo, respirando com facilidade. Esqueceu-se das preocupações e, como Kujawa havia lhe pedido, não se conteve. A lona sob seus pés respondeu com um ruído quando ele acelerou o passo, as pernas movimentando-se cada vez mais rápido. Will sentia-se estranhamente imune à gravidade, não via nada além de sinais verdes à frente.

Olhou para a sala de controle e viu que seu simpático professor de genética, Dr. Rulan Geist, havia se juntado a Kujawa e Robbins. O médico mostrava-lhe um relatório.

Ótimo. Vai ver ele pode me dar algumas respostas. Vamos dar o máximo agora.

Will apertou um comando que fez a fronte da esteira elevar-se até o ponto em que ele começou a correr com uma inclinação de 6º, como se estivesse em uma ladeira. Forçou para acelerar mais e mais, até que as engrenagens e motor começaram a reclamar em protesto. Quando viu faíscas saindo da lona e sentiu o cheiro de borracha queimada, o menino bateu com força em um botão vermelho de emergência no braço da esteira. Com um ruído agudo, a esteira estancou, e, antes mesmo de conseguir mandar a ordem de parar às pernas, Will lançou-se no ar por cima da frente do aparelho. Aterrissou de pé, virou-se e viu chamas espalhando-se por baixo da máquina.

Kujawa correu para o cômodo, pegou um extintor e sufocou o fogo. Will viu Robbins olhando-o da porta, o rosto estampado com uma combinação de curiosidade e preocupação genuína. O Dr. Geist permanecera na sala de observação, parecendo confuso ao estudar os monitores.

Will tirou a máscara de oxigênio enquanto Kujawa removia o cateter de sua mão.

— Er... Foi mal mesmo, doutor.

— Não, está tudo bem — tranquilizou o médico, fazendo algum esforço para permanecer calmo. — Você só fez o que pedi. Vamos para aquele canto.

O cientista guiou o menino até uma grande máquina branca que tinha um cilindro aberto moldado em plástico instalado ao lado. Kujawa mexeu em um painel de controle, e uma plataforma plana que batia na altura da cintura deslizou para fora do cilindro.

— Deite-se aqui, Will, com a barriga para cima e a cabeça virada para a máquina.

— O que é isso?

— É um aparelho de ressonância magnética — explicou Kujawa. — Vamos tirar algumas fotos do seu cérebro. Agora você não vai precisar nem se mexer. Para falar a verdade, não vai funcionar se você se mexer.

— Certo. Eu não quero quebrar esta aqui também.

— É, por favor, não quebre. É bem mais cara.

Enquanto Will se deitava, o Dr. Geist entrou apressado com um tablet do Centro em mãos e a Dra. Robbins logo atrás. Mostrou aos outros dois os resultados do teste da esteira, quase transbordando de empolgação.

— Esta taxa de consumo de oxigênio é inacreditável — exclamou Geist.

— É três pontos base mais alta que qualquer outra que já vi... Ah, olá, Will, perdão, mas é incrivelmente impressionante. O hematócrito chega a três dígitos: isso é inédito. Ele gastou em média mais de 600 watts, mas o pulso não chegou a ultrapassar 150 batimentos por minuto. Os músculos da sua perna estão doendo?

— Não, senhor.

— Eu arrisco dizer que nem ácido lático o corpo dele está produzindo — disse Geist a Kujawa. — A taxa de reposição celular dele é uma espécie de dispositivo autolimpante.

— Alguma indicação do uso de substâncias que melhorem o desempenho físico?

— Não, o sangue dele é imaculado — garantiu Geist. — O nível de glicose se mantém estável, sem picos. Ele produz eritropoetina em reação ao estresse para manter a homeostase de uma maneira extraordinariamente eficiente. — Novamente, Geist lembrou-se de que Will encontrava-se bem ali. — Perdão, Will, isso tudo deve parecer papo de maluco para você.

— O que isso tudo significa?

— Significa que você tem capacidades aeróbica e metabólica notáveis — afirmou Kujawa.

— Para dizer o mínimo — complementou Geist, balançando a cabeça diante dos números. — É espantoso. Simplesmente espantoso.

— Tem alguma explicação plausível para isso? — Robbins quis saber, consternada.

— É cedo demais para esse tipo de especulações — declarou Geist, passando a palavra para Kujawa.

— Talvez a ressonância magnética posso esclarecer a questão — disse ele. — Vamos ver.

Geist sorriu, deu palmadinhas amigáveis no ombro de Will e voltou à sala de observação. Sentindo-se ainda mais inquieto, Will inclinou a cabeça para trás e olhou cheio de suspeita para o centro escuro da máquina enquanto Kujawa inseria comandos no painel de controle.

— Como isso funciona? — indagou o adolescente.

— O aparelho vai envolver você em um campo magnético inofensivo, que nós enchemos de ondas de frequências diferentes. É barulhento, então use isso. — O médico entregou a ele protetores de ouvido muito bem revestidos, equipados ainda com um pequeno microfone. — Feche os olhos, fique completamente imóvel por dez minutos e teremos uma fotografia de todo o seu sistema nervoso.

Kujawa retirou-se para o outro cômodo. A Dra. Robbins aproximou-se e tomou a mão de Will; era macia ao toque, gelada e tranquilizadora.

— Você já fez um exame desses antes? — perguntou ela.
O menino fez que não com a cabeça.
— É só respirar e relaxar — orientou a doutora. — Este microfone está funcionando. Se você achar que é demais para você, me diga que eu paro tudo.
— Vamos acabar logo com isso — disse Will.
Robbins apertou a mão dele e se afastou. Will colocou os fones de ouvido e se acomodou bem. Segundos depois, a plataforma começou a deslizar lentamente em direção ao espaço apertado. Os fones isolaram os chiados motorizados. O garoto manteve os olhos fechados e tentou permanecer calmo, concentrando-se na tarefa única de respirar. Sentiu um segundo solavanco no momento em que a cama parou de deslizar, deixando-o mergulhado no silêncio abafado do interior daquela máquina, fechado até os joelhos em algo que lembrava um caixão plástico.
A voz de Kujawa fez-se ouvir nos fones.
— Tudo bem, Will?
— Tudo certo.
— Vou começar a série. Tente não se mexer.
Após um curto silêncio, uma insistente nota eletrônica grave retumbou pela câmara ao redor dele, ondas sonoras tilintando pelo crânio do estudante. Juntamente com as explosões, outro som misturou-se àquela batida, uma voz familiar se infiltrando na frequência rascante. Foi então que ela emergiu, clara como a luz do dia, lá no fundo de seu cérebro.
— "Fique calmo. Respire fundo" — zombou. — Mas que besteirol. Falar é fácil. Não são eles que estão aí apertados que nem um bando de sardinhas em uma lata minúscula.
Dave.

TESTADO

— Você está mesmo aí? — indagou o adolescente. — Ou estou falando com uma "projeção astral"?
— Como é, Will? — perguntou o Dr. Kujawa pelos fones.
— Nada — respondeu o menino no microfone e, depois, sussurrou: — O que você quer?
— Deixei você com uma pancada de coisas para pensar da última vez — começou Dave. — Agora que já teve tempo de limpar palato mental, já está pronto para ouvir o resto que ficou faltando.

Na sala de controle, Kujawa, Geist e Robbins observavam as imagens do cérebro de Will exibidas no monitor. O Dr. Geist indicou múltiplas labaredas de tons laranja e vermelho-vivo.

— É como se os neurônios dele fossem hiperativos, especialmente ao longo de todo o lóbulo frontal... E aqui, no corpo caloso, os dois lados estão em atividade intensa e harmônica. Os hemisférios estão quase em sincronia perfeita.
— E olhem isso — Kujawa chamou a atenção dos colegas, batendo na tela com a ponta dos dedos. — O hipocampo posterior está quase do dobro do tamanho normal, e sem afetar o *anterior* em nada.
— E o que isso significa? — indagou Robbins.
— A percepção espacial dele deve ser quase inacreditável — explicou Geist.
Lillian Robbins apertou o fone contra uma das orelhas e ouviu atentamente.
— Ele está *falando*?
— Quando terminarmos com isso — disse Geist —, preciso fazer um relatório genético completo.

O aparelho de ressonância magnética alterou sua frequência, passando a produzir ruídos longos e agudos. Will tentou falar o mais baixo possível.
— Vai, continua — pediu.

— Nosso conselho administrativo foi chamado para uma sessão extraordinária de emergência — contou Dave. — Toda a artilharia pesada sendo empregada, discussões varando a noite...

— Já cansei disso, se você quer mesmo saber — sibilou o menino. — Esses caras deixaram um bando de baratas bizarras de tocaia na minha casa, colocaram *fogo* nela e ainda tentaram matar meu amigo. Meus pais, ou o que sobrou deles, estão vindo para cá agora mesmo, em um jatinho roubado, com a polícia federal na cola deles. Os Boinas Pretas estão de treta com uma sociedade secreta da escola que está trazendo criaturas do Nunca-Foi, e eles sequestraram ou assassinaram o garoto que estava morando no meu quarto...

— Uau — exclamou o neozelandês. — Você andou *mesmo* ocupado.

A frequência mudou novamente, bombardeando a câmara com mais barulho. De olhos fechados, Will percebeu que podia ver Dave andando ao redor do aparelho. Conseguia até distinguir o que havia escrito no helicóptero estampado nas costas da jaqueta do homem: ATD39Z.

Eu consigo ver Dave através da máquina?

Ao abrir os olhos, porém, à sua frente havia apenas o teto plástico branco a três centímetros de seu rosto. O coração do menino bateu acelerado. Fechou os olhos outra vez e tentou fazer desaparecer aquela barreira. Dave entrou em seu campo de visão, debruçando-se sobre a câmara.

— É isso aí, parceiro, continue respirando — disse Dave. — O negócio é o seguinte: você recebeu a nossa credencial de segurança, Nível 12. Todas as cartas estão na mesa. Você precisa saber a história do Outro Time.

Will estava em uma batalha para conseguir manter-se concentrado.

— Certo.

— O Outro Time é como nós chamamos a Raça de Base Mais Antiga — contou Dave. — Dê só uma olhada nisso.

Dave passou *através* da máquina de ressonância até ficar parado exatamente à frente de Will. Pegou o cubo de vidro com os dadinhos flutuantes, que foram desacelerando até parar. Um raio de luz irradiou-se do dado à esquerda, passando pelo outro e produzindo luz refratada como se fosse um prisma. Os múltiplos raios atingiram em cheio os olhos do menino. Sua mente encheu-se de imagens fugidias, confusas e perturbadoras da narrativa a que Dave dava prosseguimento.

— Eles viviam aqui muitos bilhões de anos antes dos seres humanos surgirem — continuou Dave. — São nossos predecessores distantes. Mas não antepassados. A palavra *antepassado* implica linhagem. Eles *não* são humanos, são outra raça totalmente diferente. Por isso *predecessores*. Porque foram habitantes *anteriores* a nós aqui na Terra.

Uma raça mais antiga. Outra pessoa me falou de alguma coisa parecida recentemente. O treinador Jericho.

— Há muito tempo — prosseguiu Dave —, esses Antigos resolveram mandar pelos ares todas as regras e entraram em conflito com a Hierarquia.

— Como?

— Eles eram espertos. Espertos demais. Construíram impérios e maravilhas que deixam as conquistas humanas mais impressionantes no chinelo. E, quanto maior se tornava a ambição deles, mais se distanciavam do caminho certo. Perderam a bússola de moral já longe, em alto-mar, o que os levou a fazer escolhas erradas e a desenvolver o que nós chamamos de *tecnologia afótica*.

— E o que *"afótica"* quer dizer?

— Desprovida de luz — explicou Dave.

Sob a luz vacilante dos dados, Will vislumbrou imagens em câmera lenta de vastos laboratórios repletos de enormes e incontáveis máquinas, operadas por gigantescas figuras de sombra que nada tinham de humanas.

— E foi aí que meteram o bedelho onde não eram chamados. Fazendo as experiências infernais deles, abusaram da caixa de ferramentas essencial e trouxeram todo o tipo de criaturas antinaturais para dentro do nosso mundo, coisa que não devia ter acontecido nunca.

Will viu fileira após fileira de recipientes transparentes contendo substâncias fétidas e turvas desfilarem perante seus olhos. Suspensos neles, cresciam seres incrivelmente transfigurados, de todos os formatos, espécies e tamanhos.

— Eles deformaram toda a flora e a fauna terrestres, transformando tudo em um catálogo de pesadelos: insetos, bestas, bactérias, tudo que conseguissem arranjar. Corromperam códigos, deturparam projetos, fizeram do mundo um piquenique do mal que supera a loucura mais impensável. Sem conseguir mais ficar de braços cruzados, e passando por cima da nossa política eterna de não interferência e de deixar as questões locais se resolverem por si mesmas, a Hierarquia interveio.

— E o que aconteceu? — Will quis saber.

— Basta dizer que esses diabinhos não se entregaram sem lutar.

As visões bombardeando o menino mudaram. Passou a contemplar um mundo terrível, devastado, onde explosões emergiam de uma superfície castigada por tempestades colossais, abalos sísmicos e impressionantes ondas gigantes. Um cataclismo global.

— Depois de um período que chamamos de o Grande Dissabor, conseguimos banir a horda podre toda para os confins de uma área de contenção interdimensional. Ou, se você preferir assim, para uma prisão.

Acima de uma paisagem ártica e deserta, uma monumental foice brilhante cortou o céu, abrindo um buraco e revelando aquela terra devastada e infernal que Will já vira antes.

— Também conhecida como o Nunca-Foi — complementou o garoto.

— Isso aí.

Sombrias legiões demoníacas eram aprisionadas naquele lugar por tropas de guerreiros reluzentes, que usavam como passagem o portal em chamas brilhantes. Quando os últimos integrantes daquelas massas de sombras tinham atravessado, o portal fechou-se e desapareceu de forma tão definitiva que fez o sangue do adolescente gelar.

Os Portões do Inferno.

— Então essa gangue não vem *de* outra dimensão; eles são *daqui* mesmo. Eles estão, no momento, *em* uma dimensão diferente, só que totalmente contra a vontade deles. A maior parte daquelas invenções malditas foi junto com os caras para lá, mas algumas escaparam da gente, escondidas nos cantos mais sombrios. Quando uma superespécie nova emergiu da chaleira primordial, a raça *humana*, esses fugitivos remanescentes se tornaram os monstros que conhecemos dos nossos primeiros mitos e lendas.

Mais imagens surgiram, criaturas míticas vindas da terra, do mar e do ar, aterrorizando os homens primitivos: serpentes aladas, lobisomens, leviatãs das profundezas marinhas, uma zoologia completa de horror.

— Durante esse último milênio — continuou o oficial da Hierarquia —, os Antigos tentaram voltar e retomar o domínio sobre o planeta. E recrutaram algumas pessoas daqui, os colaboradores *humanos* deles, para dar uma mãozinha.

— Os Boinas Pretas — sussurrou Will. — Os Cavaleiros.

— Esses são os mais recentes de uma longa linhagem de homens e mulheres fortes de corpo e fracos de cabeça — explicou Dave. — Durante anos, os Antigos corromperam essas pessoas com presentes de tecnologia afótica, ideias e invenções que podiam deixar qualquer um milionário aqui. É assim que eles fazem essas pessoas virarem a casaca, se voltarem contra a própria espécie. E, a cada traição, o Outro Time chega mais perto de conseguir a liberdade e de se apossar do controle da Terra.

A luz brilhante e as visões desapareceram abruptamente, recolhendo-se aos dados negros. Dave guardou o cubo de volta no bolso e foi para o outro lado da máquina de ressonância.

— Está certo, tudo ótimo — disse Will. — Mas o que eles querem *comigo*? Eu não sou ninguém para eles. Sou só um garoto. Não tenho nada a ver com isso...

— É aí que você se engana, parceiro — afirmou Dave, inclinando-se na direção dele. — Acontece que eles têm uma razão muito boa para se interessarem por você, e estava o tempo todo bem na frente do nosso nariz.

— E essa razão seria...?

— Você é um de nós — disse o homem. — Você é o que a gente chama de "Iniciado". Um membro da Hierarquia.

A mente do adolescente congelou. Não podia sequer formular uma resposta.

— Pense um pouco, Will. Aquele bando de criaturinhas asquerosas que eles mandaram até aqui só para pegar você, toda essa perseguição implacável. Tem ainda muita coisa guardada para você antes de estar são e salvo, meu amigo.

— E é por isso que você está aqui? Para me proteger, porque sou um... um...

— Iniciado — ajudou Dave. — E os carinhas do mal sabem muito bem que, depois que você começar seu treinamento, eu, na posição de seu orientador, só vou poder interferir um número bem limitado de vezes...

— Treinamento? Que treinamento? E não comecei *treinamento* nenhum...

— Não dê uma de burro, parceiro. A Hierarquia não libera informação desse calibre como se fosse rifa. Você já começou, sabendo ou não...

— E não tenho escolha nisso tudo?

— Agora, você já não tem mais — Dave bateu o martelo. — E, como um Iniciado, tem duas regras que precisa respeitar sempre. Número 1, agora você tem restrições e obrigações por causa de um termo de confidencialidade bem rígido. Nem pense em sair contando para seus coleguinhas a respeito da Hierarquia, e, fora eles, se eu fosse você, não ia me dar ao luxo de confiar em mais ninguém no momento.

Will viu de relance o anjo vingador refletido no olho do homem.

— E qual é a segunda regra? — perguntou o menino.

— Ficar vivo. Durante período experimental, posso salvar seu couro nove vezes. E, considerando que a gente está quase na metade do seu processo de alocação, já está mais do que na hora de você aprender a cuidar de si mesmo, e bem rápido.

— Mas a gente não está "quase na metade" coisa nenhuma — protestou o menino. — A gente está só no número *três*. Isso é só um *terço* do caminho...

— Não estamos mais. — Dave levantou quatro dedos e sacou a pistola do coldre que mantinha no ombro.

As luzes se apagaram.

CONDIÇÕES DE BATALHA

Os computadores e monitores no laboratório e na salinha de controle pifaram com um ruído que foi morrendo até silenciar. Kujawa tentou revivê-los batendo no teclado do painel repetidas vezes.
— Outra queda de energia? — indagou o Dr. Geist.
— Está com cara — respondeu o médico.
— Você já tinha salvado tudo? Não podemos perder informação nenhuma.
Robbins tentou falar com Will pelo microfone:
— Will? Will, você está me ouvindo?

O menino abriu os olhos. Apenas um fraco brilho acinzentado vindo da janela no extremo mais distante do quarto penetrava as profundezas da máquina.
Seu corpo estava preso dos joelhos à cabeça. Reprimiu o impulso de começar a se debater. Flexionou e estendeu os pés, segurou firme nas beiradas da maca e começou a se arrastar em direção à abertura. O acolchoado sob suas costas dificultava os movimentos, tornando o progresso quase impossível. Em poucos segundos, o menino estava encharcado de suor.
Ouviu uma porta abrir-se atrás dele, no outro lado do aparelho. Não era a porta da salinha de controle. Era outra, uma que não notara antes.
Will fechou os olhos e evocou em sua mente aquela mesma grade de esquadrinhamento a que recorrera quando estava na doca perto da Rocha Escarpada. Ela se materializou e uma imagem sensorial do quarto onde estava surgiu ao redor dele. Encontrou a porta, que dava para um lance de escadas, lá nos fundos. Viu uma figura alta e curvada parada à soleira, segurando um longo tubo nas mãos. Ouviu um lacre ser quebrado.
Lyle.
Quando o já conhecido fedor nauseante o alcançou, manter a calma ou sanidade tornou-se tarefa muito mais árdua que antes. Uma luz ofuscante explodiu no momento em que Dave atirou na parte da frente do aparelho de ressonância. Outro raio atravessou o cômodo...

... Em direção às longas e finas criaturas que deslizavam pelo chão com um ruído de centenas de patas que chegava a revirar o estômago. Dave recuou e continuou a atirar, mas os adversários eram muitos, mais de uma dúzia, e se moviam com agilidade. Os invasores pularam para cima da maca, corpos retorcendo-se com barulhinhos que lembravam algo pegajoso perto dos tornozelos de Will. O menino sentiu roçarem nele as fileiras cruéis de dentes afiados como facas de serra que recobriam toda a extensão úmida do corpo dos atacantes. Will chutava freneticamente, mas, com sua pouca liberdade de movimento, não podia livrar-se deles.

Abriu os olhos e, com a ajuda da esparsa luz disponível, viu-os entrarem rastejando na apertada cavidade do tubo da máquina de ressonância, deslizando por sobre suas coxas e quadril, aproximando-se do torso. Pareciam vermes chatos de quase 1 metro cobertos de centenas de patinhas e estavam se dirigindo ao seu rosto.

Will sentiu a imagem de Lyle pulsando na escuridão atrás da porta: náusea, dor, ira emanando daquele ser maligno. O menino "viu" o outro preparar e disparar um golpe mental cheio de maldade, e o adolescente sabia que a sua mente era o alvo. Sabia também que, se fosse atingido, não teria chance alguma: quando aqueles bichinhos rastejantes o alcançassem para sufocá-lo, teriam em seu poder apenas uma casca sem substância para estrangular.

Esforçando-se para se concentrar, Will fez o tempo desacelerar até parar. Tornou a fechar os olhos e procurou com o cérebro pelo maior objeto que pudesse encontrar nas proximidades: do lado de fora da grande janela, "detectou" algo parecido com uma enorme árvore sem folhas. Com o controle da mente, Will agarrou aquilo e puxou com toda a força que tinha. Houve um brilho claro e uma explosão enorme, vidro se estilhaçando quando a pressão do ar no cômodo despencou. Vento e frio gélido atingiram as pernas do menino.

— Nós temos que tirá-lo de lá — exclamou Robbins no escuro da sala de controle. Ela foi tateando até encontrar a porta.

Quando a alcançou e abriu, um flash ofuscante causado por um arco elétrico atravessou a extensão do laboratório. Uma massa escura saída da tempestade voou em direção à janela e bateu com violência no vidro, quebrando-o. Uma rajada de neve e vento forçou Robbins contra a parede. Em um primeiro momento, ela não conseguiu entender o que era aquele objeto estranho invadindo o lugar. Logo depois, entretanto, reconheceu aqueles contornos.

Era um poste telefônico.

O choque da explosão quebrou a concentração de Lyle. Seu golpe mortal dissolveu-se antes de alcançar o alvo. Lyle virou-se e bateu em debandada escada abaixo, mas as criaturas que deixou para trás ainda aproximavam-se, rastejantes, cada vez mais de Will, e quatro delas já deslizavam por sobre o peitoral dele, quase chegando ao rosto do menino. Gritando com esforço sobre-humano, Will segurou firme as beiradas da maca deslizante e disparou uma imagem mental em branco para os fundos do tubo onde estava preso. Com o estalo de algo que se contorce, a estrutura da maca cedeu.

Ela saiu voando da máquina e foi girando pelo cômodo. Will se jogou no chão, livrando-se dos vermes enquanto rolava. Quando parou, o menino virou-se e viu Dave defendendo-se, uma figura parada em meio à neve em turbilhão. Estava nevando *dentro* da sala. Dave puxou o gatilho da arma, explodindo o último dos atacantes. Quando foram atingidos, jatos de ácido verde espirraram por todos os lados, sujando o aparelho de ressonância magnética.

As luzes voltaram, as lâmpadas presas ao teto balançando pela força do vento. Um poste telefônico projetava-se para dentro do laboratório, seus cabos partidos parecendo os fios cortados de uma marionete. Dave desaparecera.

Will avistou Lillian Robbins jogada no chão, perto de onde a maca havia atingido a parede, olhando-o assustada. O poste recuperou a energia elétrica e os cabos escuros soltos se eletrificaram, agitando-se em volta dele. Arcos elétricos dançavam no chão, avançando para Robbins como açoites, chegando muito perto de acertá-la.

Will levantou-se com esforço. Sem pensar, criou uma imagem com a mente que se elevou e agarrou os cabos como uma mão invisível capturando um punhado de serpentes venenosas. Manipulando a imagem, enrolou os cabos eletrificados em volta do poste quebrado, onde foram cair soltando fagulhas contra uma caixa de transformadores antes de a força dos raios diminuir e morrer.

Robbins colocou-se de joelhos, Geist e Kujawa correram para o laboratório e a ajudaram a se levantar. Todos dirigiram os olhares a Will. O menino, vestindo apenas shorts e tênis de corrida, tremia com a grande quantidade de neve rodopiando a seu redor. Eletrodos queimados caíam dependurados em seu tronco como botões incinerados.

— Você está... bem? — indagou a mulher.

— Acho que sim — respondeu o adolescente. — O que aconteceu?

— A energia caiu e aquele poste chegou... voando pela janela — respondeu Geist.

— Rajada de vento louca — comentou Kujawa.

— Tem que ter sido — começou a falar Geist, sem fôlego. — Uma ventania, ou um cisalhamento do vento...

— Algum tipo de explosão elétrica — disse Kujawa.

Olharam para o menino, e ele pensou, por um breve momento, em lhes dizer: *Bom, às vezes, quando estou a ponto de morrer, parece que consigo mover as coisas com a mente.* Virou-se e viu o resto do laboratório, em grande parte devastado e tomado de fumaça graças às explosões de ácido, os grandes fragmentos do aparelho de ressonância magnética espalhados.

Foi então que se lembrou da advertência de Dave a respeito do sigilo.

— Que azar com esses aparelhos hoje, hein, doutor? — comentou Will.

Kujawa fez que sim, sem fala de tão desorientado. Ninguém mais disse qualquer coisa. O vento ricocheteava pelo quarto e, agora que a adrenalina de Will já tinha voltado aos níveis normais, o frio o atingia com o peso de uma bigorna. O médico apressou-se em levá-lo até uma ala vazia e enrolá-lo em lençóis enquanto verificava seus sinais vitais. O menino não parecia ter sofrido qualquer dano sério pelo incidente e rapidamente recuperava calor corporal, embora se sentisse fraco e tonto. Sabia, contudo, qual era o motivo para aquilo, e não pretendia contar a ninguém a respeito.

Uma multidão se reuniu do lado de fora do centro médico quando o corpo de bombeiros chegou. Will ouviu-os chamar pelo telefone um guindaste para remover o poste do terceiro andar. Tinha acabado de se trocar quando Lillian Robbins voltou a entrar na ala.

— Mandei uma mensagem para seus colegas — informou ela. — Você pode ir assim que eles chegarem.

— Está certo — concordou o estudante, amarrando os cadarços.

— A hora prevista para seus pais chegarem era às 16h — continuou Robbins —, mas a tempestade fez o avião deles desviar para Madison. O Sr. McBride vai buscá-los, e chegarão para o jantar. Fiz uma reserva para vocês na sala de jantar formal da faculdade. O Sr. Rourke vai participar também.

— Eu queria levar Brooke junto — disse Will. — Se não tiver problema.

Robbins o examinou, perscrutadora.

— Problema nenhum — replicou.

O adolescente viu uma expressão no rosto de Robbins que já tinha percebido antes. Estudando-o, intrigada, absorta em pensamentos.

— Apareceu alguma coisa estranha no exame do meu cérebro? — indagou ele. — Quero dizer, isso antes do laboratório inteiro ir quase pelos ares.

— Neurologia não é a minha especialidade. Os doutores devem vir falar com você a respeito.

Will sentiu um arrepio gelado descer pela espinha.

— Então você viu mesmo alguma coisa.

Ela voltou a perscrutá-lo.

— Estava falando sozinho lá dentro, Will?

— Falando? Estava, sim — respondeu ele. — Dava para você me ouvir?

— Não dava para ouvir com clareza suficiente para entender o que estava dizendo.

— Você tinha razão — complementou Will. — Aquele tubo me deixou nervoso, aí eu fiquei repetindo para mim mesmo: "Você está ótimo, está tudo bem, não fique pensando nesse lugar."

— E tinha alguma outra voz... falando com você? — indagou a psicóloga.

Will demorou alguns segundos para responder.

— Você *ouviu* alguma voz?

— Eu não *ouvi* nada. — Ela franziu o cenho e manteve os olhos colados nos dele. — Mas nós *vimos* atividade intensa em uma área do seu cérebro que geralmente está relacionada com alucinações visuais, aurais e até olfativas, às vezes.

— Então, você só me ouviu tagarelando sem parar — declarou o menino, tentando esquivar-se do interrogatório dela com uma piada —, e eu lá achando que estava dando uma mão para um duende que tinha perdido a moeda de prata mágica dele.

A paciência de Robbins se esgotou.

— Will, nós temos razões reais para ficarmos preocupados, porque você esteve sob estresse extremo. Fiquei sabendo que você também teve problemas com alguns dos outros alunos...

Ao ouvi-la dizer aquilo, Will teve um lampejo de como poderia contar parte da história de uma forma que ela entendesse e o apoiasse.

— E, como sou o novato, eles acham que vou ficar de boca fechada. Eu tenho mais é que agradecer por estar aqui, não é isso? Mas não vou ficar mais calado, não.

— Como assim, ficar calado?

Agora tome cuidado com o jeito que você vai falar isso.

— Tem um grupinho de alunos daqui — começou —, alunos mais velhos. Eles têm um tipo de um clubinho, uma sociedade secreta, e têm toda uma parafernália, com rituais e máscaras e tudo, para a coisa toda parecer bem inocente. Eles se deram o nome de Os Cavaleiros de Magno.

Pela reação que a mulher teve, ele presumiu que ela já poderia ter ouvido o termo antes.

— Mas não tem *nada* de inocente — continuou. — É um pretexto para ficarem maltratando os alunos mais novos. Os novatos, ou os que são mais fracos, ou os garotos que eles acham que não têm nada que estar aqui. E isso é bem pior que bullying. Eles escolhem essas pessoas a dedo e as aterrorizam.

— Se isso tudo é verdade mesmo — perguntou Robbins —, por que nunca fiquei sabendo?

— Porque eles são espertos na hora de escolher os alvos — esclareceu o menino. — Porque eles dão um cala-boca nas vítimas com ameaças. Os alunos que eles perseguem ficam petrificados. E tenho certeza absoluta de que um desses alunos era Ronnie Murso. Eles podem até ter alguma coisa a ver com o desaparecimento dele.

Aquelas palavras fizeram os olhos de Robbins se acenderem com ira, mas ela se esforçou para controlar sua reação.

— Vou levar esse assunto direto ao diretor. Você sabe os nomes das pessoas responsáveis?

— Lyle Ogilvy — respondeu Will.

— Alguém mais?

— Não posso apontar ninguém mais com certeza absoluta. Mas pode começar com esse aí, sem dúvida.

Robbins ficou em silêncio, pensativa.

— Seus colegas estão sabendo disso?

Nº 45: COOPERE COM AS AUTORIDADES, MAS NÃO DEDURE OS AMIGOS.

Will ouviu vozes no corredor. Pareciam ser de Ajay e Nick.

— Não quero colocar mais ninguém nessa história — respondeu o novato.

— Cara, olha só para esse poste louco dentro do laboratório! Isso é absurdo.

É, é Nick mesmo.

— Vou aceitar essa sua resposta sob uma condição — declarou Robbins com frieza. — Seus pais vão ficar aqui como convidados do Sr. Rourke na própria Casa na Pedra. Use o resto do dia para pensar em tudo o que acabou de me dizer. Vai me dar todos os detalhes que lembrar dessa história hoje à noite. Um relatório completo e profundo...

— Mas...

— Ou não vou ter alternativa senão expulsá-lo imediatamente do Centro. Você vai ter que ir embora amanhã. Com seus pais. Para sempre.

Ela o encarou com os olhos violetas duros e decididos. Não estava blefando.

MENSAGEM INSTANTÂNEA

Robbins deixou Will sozinho na ala e, instantes depois, Nick e Ajay chegaram com estardalhaço, olhando o menino com mais que apenas um pouco de espanto.

— Então, os boatos são mesmo verdade, Will? — indagou Ajay. — Estão dizendo que você foi quase nocauteado por aquele poste telefônico voador!

— Bom, digamos que eu estava no quarto quando tudo aconteceu — respondeu o novato.

— Cara, na boa, isso deve ter sido *irado* — exclamou Nick, dando um soquinho amigável no colega.

— Explico depois — sussurrou o garoto, acompanhando-os porta afora. — Prometi à Robbins que me encontraria com ela no lobby. Tem uma coisa que preciso procurar antes.

Will levou-os até o laboratório, onde as equipes de resgate estavam trabalhando, e os três se esgueiraram pela porta que levava às escadas escondidas. Desceram até o segundo andar, seus passos ecoando à medida que avançavam pelos degraus.

— O que a gente está procurando? — Ajay quis saber.

— Provas — respondeu Will

— Do quê? — perguntou Nick.

Will abriu a porta de um armário, ligou uma luz lá dentro e começou sua busca. Havia vassouras, esfregões e todo tipo de material de limpeza nas prateleiras. Jogada em uma lixeira para reciclagem, o adolescente encontrou o que procurava: uma caixa de metal comprida, mais ou menos do tamanho de uma baguete.

— Lyle tentou me matar — declarou. Tirou a caixa da lixeira com um pano protegendo a mão. — Com as coisas que estavam dentro *disso*.

— Moleque, nossa... Lyle jogou os furões dele em você?!

— Furões que nada. Uma espécie misturada de vermes e centopeias do tamanho da caixa, uns bichos que tinham sangue ácido. Eles subiram pelo meu corpo enquanto eu estava preso naquela máquina de ressonância.

— Acho que vou vomitar — disse Ajay, escorando-se em uma parede.

— Alguém mais viu essas coisas? — indagou Nick.

— Não. E nenhuma palavra sobre isso para ninguém — avisou Will ao colocar a caixinha dentro de um saco de lixo plástico. Nick jogou o saco sobre o ombro e carregou a prova enquanto se apressavam em passar pelo corredor.

Encontraram Robbins esperando perto das portas de saída na companhia de Eloni e mais uma mulher que parecia ser a gêmea do segurança. Ele a apresentou como Tika, sua prima.

—Eloni vai levar vocês de volta a Greenwood de carro — disse a psicóloga. Quero que você fique por lá o resto do dia, Will. Eu mesma vou buscá-lo mais tarde, quando seus pais chegarem. É para você me ligar imediatamente se acontecer alguma coisa. — Ela o olhou uma última vez, severa.

Os meninos seguiram Eloni e Tika até um Ford Flex azul-escuro estacionado do lado de fora. A neve ainda caía aos borbotões. Entraram no automóvel, e Eloni tomou o volante. Ninguém falou durante o trajeto até a residência. Pararam em frente ao prédio. Eloni e Tika escoltaram-nos até lá dentro.

O segurança se deteve e bateu à porta de Lyle. Nick e Will trocaram olhares aflitos. Quando não veio resposta, o homem ordenou algo à prima em sua língua nativa. Ela entrou e abriu a porta interna. Segundos depois, retornou e balançou a cabeça negativamente.

— Fique aqui — ordenou Eloni a ela e voltou-se para os garotos, falando em tom de quem não estava de brincadeira: — Já para cima, vocês. Agora.

— Está procurando Lyle, Eloni? — indagou Nick.

— Pode ser — respondeu.

Quando chegaram ao terceiro andar, o segurança os seguiu e verificou cada um dos quartos. Os de Brooke e Elise estavam vazios.

— Vou ficar ali fora, se você precisar de mim — declarou o homem, adiantando-se para a porta de saída. Fechou-a e os garotos ficaram ouvindo seus passos pesados ecoarem pelo corredor.

— Então quer dizer que a escola colocou a cabeça de Lyle a prêmio, é? — inquiriu Nick.

— Eu acho que falei o suficiente para chamar a atenção deles — respondeu Will.

Ajay olhou pelo olho-mágico e viu Eloni de pé lá fora, com os braços cruzados, de guarda.

— Ele está plantado aqui — disse. — Que nem uma palmeira em um vaso.

— A gente precisa resolver isso rápido — disse Will. — Vocês viram Brooke ou Elise por aí?

— Não vejo as duas desde hoje de manhã — respondeu Nick.

— Robbins me disse que ela tinha mandado uma mensagem para elas também quando chamou vocês, então é provável que já estejam vindo. Tente de novo, Nick, só para a gente ter certeza.

Nick pegou o telefone e pediu à atendente que mandasse um alerta para o pager das duas meninas.

— Ajay, é seguro para a gente usar os tablets? — indagou Will.

— Eu cuidei disso o melhor que pude. E tenho uma coisinha extra para você também.

— Já encontro você no seu quarto — declarou Will, encaminhando-se para sua própria porta. — Em dois minutos.

Ao entrar, seu tablet acendeu-se, ligando. O avatar virtual apareceu na tela, aguardando. Parecia mais realista naquele momento, representado com detalhes e ainda mais perturbador.

— Está tudo bem, Will? — perguntou o sósia em miniatura.

Até a voz dele está mais parecida com a minha. Deve estar me gravando e investigando, só pode.

— Está — disse o menino. — Eu queria que você procurasse fotos das unidades de helicópteros das Forças Especiais da ANZAC que serviram no Vietnã. Procure um helicóptero com o código Alfa, Tango, Delta, três, nove, Zebra.

— Você está procurando por alguém em especial? — indagou "Will".

— Quero descobrir o que foi que aconteceu com um amigo meu — respondeu o verdadeiro. — O nome dele era Dave Gunner.

— É para já — respondeu o *syn-app*. — E você tem uma mensagem de vídeo de Nando.

O avatar abriu o arquivo: era Nando em seu táxi, falando para a câmera do celular.

— Wills. Eu tive um pesadelo sinistro com insetos na noite de ontem, mas, fora isso, está tudo beleza comigo. Ouve só, a gente achou isso naquele Programa da Qualquer Coisa Escolástica Nacional. — Na outra mão, Nando segurava um BlackBerry. Leu o que havia na tela: — QG da Corporação em Washington D.C. Escritórios periféricos: L.A., Nova York, Miami, Chicago, Atlanta e Denver. Todos em prédios do governo, então eles têm alguma relação com os chefões. Mas é beneficente, uma organização particular, e a dona é uma tal de Fundação Greenwood. A gente se fala mais tarde. Fica na paz.

Will perdeu a capacidade de se mover por um momento.

— A Fundação Greenwood — repetiu enquanto a ficha caía.

— Como, Will? — disse o *syn-app*.
— A Fundação Greenwood é a sociedade fiduciária que dirige o Centro, né?
— Correto — assegurou o avatar.
Will pegou o tablet e correu para o quarto de Ajay. O outro menino estava parado perto da escrivaninha. Nick estava ao telefone.
— Brooke e Elise ainda não chegaram — comentou Nick, desligando. — Elise está com a equipe de equitação. Ela costuma sair para treinar no sábado à tarde.
— Mesmo com o tempo assim? — surpreendeu-se Will
— Tem um espaço fechado perto dos estábulos para isso.
— Ela provavelmente nem está com o pager — concluiu Ajay. — Mas, então, Will, tive tempo para dar uma olhada naquele seu pássaro. — As peças desmontadas estavam espalhadas sobre a mesa. — Cheque os olhos dele.

O menino pegou as imitações de globos oculares, botões idênticos conectados por fios revestidos em ouro a uma caixinha prateada. Segurou o intrincado aparato sob uma lupa.

— Duas lentes bem sofisticadas — disse, indicando-as com uma caneta —, que, se bem sincronizadas, conseguem mandar imagens tridimensionais para cá. — O menino apontou para a caixa. — Um processador central equipado com um software de reconhecimento facial avançado e um transmissor wireless dos mais potentes. Para mim, o mistério de verdade é que não tem nenhuma fonte de energia junto. Não consigo entender o que é que o controlava, e nunca vi uma engenharia robótica tão avançada assim.

— Tecnologia afótica — murmurou Will, lentamente.
— E o que é isso? — indagou o colega.
— É o nome para isso, e para aquele dispositivo que a gente viu no vídeo de Ronnie: o Entalhador e a chapa de metal brilhante — respondeu o primeiro.
— É melhor vocês sentarem um pouquinho, galera.

Com olhares apreensivos, os outros dois garotos se sentaram. Will inspirou fundo.

Conte da maneira mais simples que conseguir e não mencione nem Dave, nem a Hierarquia...

— Os Boinas Pretas e os Cavaleiros trabalham para uma raça de seres diferentes chamada o Outro Time — começou Will. — Esse Outro Time é daqui mesmo, originalmente, mas eles estão presos lá no Nunca-Foi desde antes de os humanos habitarem o planeta. E eles querem voltar para cá. Criaram todos esses monstros que a gente viu como parte do plano para escapar.

Ajay e Nick entreolharam-se.
— Hã... Está certo — disse o segundo.

— Falando nisso — prosseguiu Will —, você chegou a ver o inseto que estava no meu tablet?

Ajay piscou e logo depois foi buscar a caixinha de balas na escrivaninha. Abrindo-a, revelou uma camada fina de gosma escura lá dentro.

— Receio que tenha se decomposto — lamentou. — Mas eu examinei o que sobrou e não consegui achar nada que fosse nem parecido com DNA biológico.

— Isso é porque essas criaturas que vêm do Nunca-Foi têm uma biologia diferente — explicou Will. — Para voltar, o Outro Time precisa da ajuda de pessoas daqui, que usam a tecnologia *dos inimigos* para eles poderem cruzar os mundos.

— É aí que os Boinas e os Cavaleiros entram na história — Nick ligou os pontos.

— Isso — confirmou Will. — E a verdade é que a gente conseguiu descobrir um monte de coisas, mas a sensação é que isso tudo é só uma pontinha do iceberg.

Os olhos de Ajay estavam esbugalhados.

— Então, esse Outro Time quer escapar do Nunca-Foi... Para fazer o quê?

— Para... Hum... Dominar o mundo — respondeu Will, tropeçando um pouco nas palavras. — E capturar, escravizar e destruir a humanidade.

— Como você sabe disso, Will? — perguntou Ajay com cuidado.

— Tenho informantes infiltrados — respondeu. — Mas não posso falar mais que isso.

— Embora o seu cenário do apocalipse force um pouco a barra do que é crível — ponderou Ajay, engolindo em seco —, não erramos até agora quando escolhemos acreditar em você. Então, acho que falo por nós dois...

— Cara — interrompeu Nick, com firmeza, mostrando um punho cerrado. — Estamos aí para o que der e vier.

Sentindo-se imensamente aliviado, Will agradeceu aos amigos.

O *syn-app* do novato anunciou:

— Você recebeu uma mensagem de Brooke, Will.

— Aí está ela — exclamou. — Ajay, coloque na telona.

Ajay conectou os dispositivos portáteis à tela na parede e Will mandou seu avatar reproduzir a mensagem. Brooke apareceu, direto da biblioteca, sussurrando para a câmera em seu tablet.

— Will, fiz uma pesquisa global em todo o histórico da escola, anuários e jornais em busca de informação sobre Os Cavaleiros de Magno. Encontrei várias entradas.

Ela ia lendo o conteúdo dos artigos, pulando de um para o outro em seu tablet.

— A primeira menção aos Cavaleiros é do anuário de 1928. Era um clubinho recém-formado super-restrito, limitado a 12 membros por ano, todos eles alunos da última série. O lema deles era "Fazendo Homens Melhores para o Proveito da Humanidade". Mas não parece que estavam envolvidos em coisas mais sinistras que torneios de *croquet* ou encenações amadoras de óperas vitorianas de Gilbert e Sullivan. Em 1937, os Cavaleiros apareceram em uma foto com um visitante ilustre, um cara chamado Henry Wallace, que era secretário de Agricultura na época do presidente Franklin Roosevelt. Dê uma olhada.

Uma fotografia em preto e branco foi reproduzida na tela, mostrando os 12 meninos do ano em questão que formavam o grupo dos Cavaleiros de Carlos Magno e seu convidado de honra, Henry Wallace, todos ao redor de uma longa mesa em um salão de jantar ricamente decorado. Suas taças estavam erguidas em brinde para o registro em câmera.

— Pausar — ordenou Will, e a imagem congelou. O menino indicou um dos estudantes. — Posso jurar que já vi esse garoto antes.

— E como isso é possível? — indagou Nick. — A foto é de mais de setenta anos atrás.

— Eu não sei — admitiu Will. — Devo ter visto uma foto em algum lugar. Onde ela foi tirada?

— Está parecendo a sala de jantar formal — arriscou Ajay. — Mas é estranho. Um peixe grande que nem o secretário de Agricultura visita o Centro, e nenhum representante oficial da escola, nem o diretor, é convidado para o jantar?

— Continuar — pediu Will.

A mensagem de Brooke voltou a ser reproduzida:

— Esse evento parece ter sido a grande virada da história dos Cavaleiros. Tem só mais umas poucas menções a eles. Depois de 1941, elas desaparecem totalmente. Acho que se dispersaram, algum tipo de medida disciplinar, mas não achei nenhuma explicação concreta.

— O que aconteceu em 1941? — Nick quis saber.

Ajay pausou a mensagem enviada pela colega outra vez.

— Os Estados Unidos entraram na Segunda Guerra Mundial — esclareceu.

— E por acaso foi nesse mesmo ano que o antigo secretário de Agricultura Henry Wallace se tornou vice-presidente do país.

— O cara da foto virou vice-presidente? — inquiriu Nick, os olhos arregalados. — Isso é sinistro. Eu não tenho a menor ideia do que significa, mas que é sinistro, é.

— Não é pouca coisa mesmo, não — confirmou Will.

— Procurar entradas para Henry Wallace e os Cavaleiros *juntos* — ordenou Ajay ao próprio *syn-app*.

— Não tem qualquer informação disponível on-line — respondeu o avatar de Ajay.

— O que quer dizer que *existe* alguma informação — deduziu Will. — Mas onde é que a gente consegue achar isso?

— Provavelmente nos Arquivos de Livros Raros — respondeu Ajay. — Mas você vai precisar de um pedido formal assinado por um professor para entrar lá. — Ele voltou a rodar a mensagem de Brooke.

— E também achei isso aqui a respeito da Rocha Escarpada — informou a menina enquanto lia de uma página de um livro: — "O castelo na ilha foi construído por Ian Lemuel Cornish, um fabricante de munições de New England, que enriqueceu durante a Guerra Civil... E, mais tarde, foi comprado por Franklin Greenwood, o segundo diretor do Centro, que o utilizou como residência particular."

— Franklin Greenwood — repetiu Ajay. — Filho de Thomas, o fundador.

— E, hoje em dia, o castelo é propriedade privada de Stan Haxley, um ex-aluno que está no Conselho de Administração da Fundação Greenwood. E é isso, por enquanto. Até mais tarde, gente — Brooke despediu-se, piscando para a câmera. A mensagem terminou, a tela ficou escura e os *syn-apps* ressurgiram.

— Me mostre tudo o que você conseguir achar sobre Lyle Ogilvy — Will deu o comando ao avatar.

Em poucos segundos, a réplica virtual trouxe a eles uma fotografia em cores retirada de um anuário de quando Lyle Ogilvy ainda era um recém-chegado na escola. Tinha aparência doente, era pálido, cheio de espinhas e pouco ou nada atraente, mas não chegava a ser nada parecido com o troll de feições sombrias que conheciam. Vestido com seu blazer e gravata escolares, parecia quase inocente. Estatísticas de sua vida começaram a percorrer a tela, ao lado da imagem.

— Ogilvy, Lyle — disse Ajay. — Nascido em Boston, dia 14 de outubro de 1992. Filho único de um alto executivo de uma companhia petrolífera e de uma dermatologista proeminente.

— Qual deles era do Centro antes? — inquiriu Will.

— O pai, que era da turma de 1974, e que depois foi para Princeton, da turma do ano de 1978 — completou Ajay.

A fotografia de segundanista do menino substituiu a que vinha sendo mostrada na tela anteriormente. Tinha estampado no rosto um sorriso falso e vestia o mesmo uniforme de antes, mas parecia mais velho e pesado, mergulhando em um ano a mais de uma adolescência perigosa. Os círculos escuros sob os olhos já começavam a brotar.

— Alguma coisa aconteceu com ele — afirmou Will, examinando a fotografia com atenção. — Está parecendo assustado. Vamos dar uma olhada na foto do terceiro ano.

Outra foto tomou o lugar da segunda. A transformação de Lyle na assustadora figura que conheciam parecia completa. Seu sorriso travestira-se de escárnio, e o medo em seus olhos fora substituído por desprezo arrogante.

— Não sei o que aconteceu com esse maldito, mas já tinha atingido um ponto crítico aí — comentou Ajay.

— Acho que ele já tinha sido recrutado pelos Cavaleiros a essa altura — Will arriscou o palpite. — E provavelmente já tinha recebido a visita do Homem Calvo.

Um ícone de telefone preto surgiu na tela, piscando acompanhado de uma nota musical grave e nefasta.

— Tem uma mensagem instantânea para você — avisou o avatar de Will.

— Alguém está querendo falar. Gostaria de abrir uma janela de conversação?

— Vai ver é Brooke querendo saber das novidades — concluiu o menino.

— Quero, sim.

O ícone de telefone expandiu-se e transformou-se em uma grande moldura. O sinal conectou-se: a imagem parecia ser de uma câmera embutida de tablet, mas o cenário da filmagem estava tão enterrado em sombras que qualquer detalhe era irreconhecível. Em seguida, a imagem moveu-se e puderam ver a superfície de um tecido sutilmente brilhante.

Will sussurrou para Ajay:

— Grave isso.

O tecido balançou-se e foi removido, então, um rosto surgiu em frente à câmera. Viram olhos escuros reluzirem pelo estreito espaço de duas fendas em um elmo de armadura. Era o Paladino que os havia perseguido pelos túneis.

— Will West — disse em um rosnado áspero, produzido por um filtro eletrônico usado para disfarçar a voz. Will gesticulou para os colegas, a fim de afastá-los de sua câmera.

— O que você quer? — indagou o menino.

O Paladino inclinou a cabeça para o lado, cheio de desdém.

— A sua cabeça. Em um espeto.

Will engoliu em seco.

— Você vai ter que vir aqui buscar, então.

— Acho que não.

— Eu sei quem você é — afirmou o garoto.

343

— Você não sabe nem quem *você* é — redarguiu a figura de armadura.

Will encarou o monitor e concentrou-se em ouvir com atenção. Havia fracos ruídos ao fundo do cenário: junto com aqueles barulhos, estavam sons naturais que ele conhecia subconscientemente, e tentou identificá-los.

— Pelo menos não sou eu quem está se escondendo por trás de uma máscara.

— Não. Você está se escondendo dentro do seu quarto.

— Não estou escondido em lugar nenhum. Você sabe muito bem onde estou.

— Nós vamos nos encontrar... E é você quem vai vir até *mim* — declarou o desconhecido. — Agora mesmo. E sozinho.

O Paladino chegou mais para o lado. Atrás dele, bem no fundo, em meio à escuridão do quarto, encontrava-se Brooke. Estava sentada com os tornozelos amarrados aos pés de uma cadeira de madeira simples, os pulsos presos com firmeza nas costas, atrás do encosto do assento. Tinha os olhos vendados e a boca amordaçada. Grandes fones de ouvido pesados cobriam suas orelhas. Todo o corpo da menina parecia tenso, encolhido. Estava claramente aterrorizada.

— Filho da mãe *desgraçado* — xingou Nick.

O garoto aproximou-se da tela. Will teve que segurar o amigo e impedi-lo de chegar perto.

O rosto do Paladino ressurgiu à frente da câmera, obscurecendo a imagem de Brooke.

— Você vai vir até mim, ou *isso* vai começar a acontecer muitas vezes.

O estranho ergueu uma das mãos coberta por uma luva: segurava um dispositivo escuro com botões do tamanho de um celular. Distanciou-se um pouco para o lado, a fim de que Will pudesse ver a amiga novamente. Em seguida, apertou um dos botões.

O corpo inteiro da menina contorceu-se e ela deu um grito que foi abafado pela mordaça.

— Pare com isso! — exclamou Will. — Por favor, não...

O Paladino tirou o dedo do botão. Brooke arfava, procurando ar.

Will fechou os olhos. Para impedir que a ira tomasse conta de sua mente, concentrou-se novamente nos sons ao fundo. Foi então que os reconheceu: água correndo, o ruído de cordas e madeira.

Já sei onde você está.

O semblante do Paladino voltou a seu lugar.

— Venha sozinho, West — avisou.

— Aonde? — indagou o menino. Sentiu o suor formar-se na testa.

— Se quer me achar, é só olhar atrás de mim.
— O que você quer dizer com isso?
— Você tem quinze minutos para descobrir — disse a figura. — Caso se atrase um segundo, se eu perceber que trouxe alguém com você, ou se avisar as autoridades... E, pode acreditar: eu vou saber... As coisas vão ficar muito mais feias para o lado dela.

Voltou a apertar o botão. Daquela vez, o grito de Brooke passou pela barreira da mordaça. O Paladino estendeu a mão até alcançar a câmera e desligou.

— Ai, meu Deus, Will — exclamou Ajay. — Eles devem ter pegado ela na saída da biblioteca.

— Eu vou matá-lo. Eu vou matar esse cara! — gritou Nick para o monitor.

Nº 75: QUANDO PRECISAR TOMAR UMA DECISÃO RÁPIDA, NÃO DEIXE QUE AQUILO QUE VOCÊ NÃO PODE FAZER ATRAPALHE O QUE VOCÊ PODE.

— Calma, vocês dois — disse o menino com firmeza. — Isso tudo não vai ajudar ela em nada. — Colocou o cronômetro para correr, fazendo uma contagem regressiva começando em quinze minutos, e chamou os outros para a sala de estar.

— O que a gente pode fazer? — perguntou Ajay.
— Não tem nada a ver com o que a gente *pode* fazer — corrigiu Will. — Tem a ver com o que a gente *vai* fazer. Conseguiu gravar a mensagem?
— Consegui — confirmou Ajay.
— E Elise? Acham que Lyle pegou ela também? — indagou Nick.
— Não — disse Will. — Ele não ia esconder essa carta na manga. "Se você quer me achar, é só olhar atrás de mim." O que vocês acham que isso significa?
— Não tenho a menor ideia — admitiu Ajay.
— Caras, é a estátua — disse Nick. — Do Paladino na frente do Celeiro. Quero dizer, é óbvio.
— Outra conclusão assustadoramente razoável — comentou Ajay.
— Vai ver agora você para de me *soberestimar* — disse Nick.
— Então é para o Celeiro que Lyle *quer* que eu vá — disse Will. — Mas não é lá que ele *está*. Vamos, pessoal. Nick, você está com a gente?
— Será que um pato tem uma bunda à prova d'água?

Pelo olho mágico, Will viu Eloni do lado de fora do apartamento.

— Qual é a janela mais distante da porta de entrada do prédio?
— A sua — respondeu Nick.

Nº 94: É POSSÍVEL ENCONTRAR A MAIOR PARTE DAS ARMAS OU EQUIPAMENTOS DE QUE PRECISA PELA PRÓPRIA CASA.

Ajay e Nick levaram Will até a cozinha, onde ele pegou alguns itens antes de se encaminhar para o quarto.
— Will, você não está pensando mesmo em fazer o que ele mandou, né? — indagou Ajay.
— E que outra opção eu tenho, Ajay? — retorquiu Will. — Nick, arranje uma corda para mim.
— Pode deixar.
— Eu sou extremamente contra isso. A situação é perigosa demais...
— Você quer parar com isso e tomar uma atitude, Ajay? — pediu Nick enquanto corria para seu quarto. — Ou vá ter um ataque e desmaiar em algum lugar longe da gente.
— Mas Eloni pode ajudar a gente...
— Não, agora ele não pode, não — cortou Will, verificando seu cronômetro. — A gente não tem tempo.
Quatorze minutos.
— Will, seja razoável. Lyle já tentou matar você uma vez hoje — disse Ajay. — A gente precisa da ajuda de profissionais qualificados...

Nº 61: SE QUISER ALGO BEM FEITO, FAÇA VOCÊ MESMO.

— Se quiser algo bem feito, faça você mesmo — disse Will.
O menino abriu a janela do quarto. Eram apenas 14 horas, mas já parecia fim de tarde. A temperatura havia despencado. Will calculou a distância que o pulo do terceiro andar teria. A neve continuava a cair, amontoando-se na base da construção.
— Não dá para ajudar Brooke sem você, Ajay — pediu Will. — Então, como é que é?
Quando ouviu aquilo colocado de uma maneira tão direta, Ajay tomou coragem.
— Vocês têm o meu apoio sem a qualificação necessária. Mesmo que isso me mate ou machuque seriamente.
— Então vá pegar o seu casaco — disse Will, e depois pediu que trouxesse também alguns outros equipamentos.
Will vestiu toda a sua indumentária para o inverno e guardou os óculos escuros dados por Dave no bolso. Nick voltou com duas cordas de pular que havia amarrado juntas com um nó. Ele e Will ataram com força uma das pontas

à perna da cama e jogaram a outra ponta pela janela. Ajay voltou, vestindo o casaco e trazendo uma pequena mochila consigo.

— Tome aqui, a gente pode usar isso — disse, distribuindo entre os demais seu conjunto de walkie-talkies. Entregou o soco-inglês eletrificado a Nick. — Para você. Aperte o botão com o seu polegar para carregar. Deve ter força o bastante para derrubar um búfalo.

— Demais.

Nick guardou-o no bolso, recuou dois passos e mergulhou para fora da janela. Durante seu salto, girou, dando duas cambalhotas. Will e Ajay correram para o parapeito e viram Nick aterrissar na pilha de neve, rolar e ficar de pé de um pulo.

— Por que ele foi pegar a corda, então? — indagou Ajay.

— Para a gente — explicou Will. — Desce você primeiro.

Will certificou-se de que a corda estava firmemente presa. Ajay agarrou-a e foi descendo. Ao alcançar o fim da corda, Nick fez um sinal para que a soltasse. O menino caiu em um amontoado de neve. Will desceu como se fosse um rapel até metade do caminho, depois, desatou o nó que prendia a primeira corda à segunda, tomou impulso para afastar-se do prédio, empurrando a parede com os pés, e pulou em direção aos dois colegas. Todos despencaram sobre outro monte de neve, mas puseram-se logo de pé, limpando a sujeira uns dos outros.

— Coloquem os relógios de vocês no horário certo — pediu Will. — A gente precisa estar totalmente sincronizado.

— Duas e oito — disse Nick. — Hora Local na Central Chuck Norris.

— Confirmado — concordou Ajay.

— A gente tem 12 minutos — avisou Will. — Então, é assim que a gente vai fazer.

Ele esmiuçou quais eram as tarefas de cada um. E, trinta segundos mais tarde, cada um partiu correndo em diferentes direções.

OS PALADINOS

Will nunca havia corrido na neve antes, e aquela era espessa: em alguns pontos e momentos, chegava a alcançar a altura de seus joelhos. Mais pesada e molhada do que estivera antes, sua consistência era de isopor granuloso e escorregadio. As botinas de solado emborrachado do menino faziam barulhos e o obrigavam a se esforçar para se equilibrar a cada passo, roubando-lhe cerca de trinta por cento de sua velocidade usual. Enquanto calculava tempo e distância, ele percebeu que, da maneira como corria, não conseguiria chegar onde precisava a tempo.

Tinha que correr mais rápido. Na semana anterior àquela, havia, por duas vezes, ultrapassado os limites do que considerava possível. Agora, o fazia uma vez mais. Ignorou o caminho instável. Parou de importar-se com o casaco pesado, a visibilidade ruim e o ar gélido queimando seus pulmões. Will acelerou e, como um aerobarco que atinge a velocidade de cruzeiro, elevou-se acima da neve, correndo sobre ela como se não fosse pesado o suficiente para enterrar os pés a cada passada.

Cruzou com velocidade o pátio principal e os campos onde trilha alguma o guiava, até encontrar as florestas cobertas de neve. Enquanto a nevasca passava por sobre o Centro, o vento se acalmou, a temperatura despencou e uma névoa gelada emergiu do solo frio. A neve caía sem parar, uma cortina branca dançando ao redor do menino. Ele observou a fila de árvores à frente, então disparou rumo a uma abertura que dava para a trilha que procurava.

A trilha por entre as árvores nevadas que Will vislumbrara em seu primeiro sonho sobre o Centro.

Não havia nenhuma pegada seguindo em direção ao Celeiro. O vasto terreno plano diante da construção era do mais puro branco. O garoto não conseguiu ver o ginásio através da neve e da névoa espessa até estar a 45 metros de distância dele.

Verificou o cronômetro. Três minutos ainda, mas precisava dar tempo para os outros dois chegarem às suas posições previstas. Diminuiu o passo para uma marcha constante. A estátua próxima às portas de entrada materializou-se por entre as brumas, cabeça e membros recobertos de neve como se fosse a cobertura de um bolo. Ele puxou o capuz da nova parca azul e o prendeu apertado, cobrindo quase o rosto inteiro, deixando apenas os olhos à mostra.

Will calculara que provavelmente teriam colocado uma câmera escondida a fim de se certificar de que ele estava sozinho. Achava que também haveria alguma espécie de alto-falante para que o Paladino pudesse lhe dar outra pista que o levasse ao lugar correto. Onde estariam aguardando com a armadilha pronta.

Caminhou até a estátua de bronze. O Paladino vigiava algo a distância, além do menino. Entre os olhos da figura, o garoto notou uma lente do tamanho de um botão diminuto bem enterrada dentro da máscara. Ele acenou para ela. E voltou a acenar uma vez mais.

— Você está sozinho — disse a mesma voz distorcida pelo filtro eletrônico. Com um alto-falante oculto dentro da máscara, chegava perto de parecer que era a própria estátua quem falava.

Toque de classe.
Ele confirmou.
— E chegou na hora — observou o Paladino.
O menino apontou para o relógio e fez sinal de positivo com o polegar.
— E agora o quê? — indagou.
— Eu já disse, se você quer me achar... Olhe atrás de mim.

Atrás da figura imóvel, as portas principais do Celeiro abriram-se de repente. Com a cabeça baixa, o menino seguiu para elas. Colocou a mão no bolso da parca azul e acionou o botão no walkie-talkie.

— Chuck Norris para Base — disse. — Eles caíram. Estou indo dançar quadrilha no Celeiro. Entrando agora. Câmbio.

Se tivesse olhado atrás de si, o garoto teria percebido a lata preta de fibra de carbono das dimensões de uma garrafa térmica que estava afixada a um buraco no salto da bota direita da estátua. E teria visto também a cabeça da figura virar-se para vigiá-lo, produzindo um chiado de metal sendo torcido que lembrava o som de unhas arranhando um quadro-negro.

Ajay correu o mais rápido que podia até os estábulos, e, já dentro deles, até o local em que se fazia cavalgada, onde encontrou Elise, montada em seu garanhão negro, treinando saltos. Ajay gesticulou para que parasse o que estava fazendo e, após explicar (em menos do que sessenta segundos hiperarticulados) o que havia acontecido, aonde tinham que ir e com que rapidez tinham que chegar até lá, Elise estendeu a mão para ele. O menino segurou firme e ela o puxou para cima do cavalo, às suas costas.

— Eu não tenho uma afeição enorme por cavalos — disse ele, assustado.
— Que pena para você — retrucou ela. — Segure firme aí.

Ajay agarrou firme a cintura de Elise — não tinha objeções a fazer com relação àquela parte do acordo —, enquanto ela atiçava o cavalo com a espora para fazê-lo galopar com rapidez. Saltaram a grade do rinque de equitação, chegaram ao estábulo e passaram batidos pelas portas escancaradas, alcançando o exterior nevado.

Ajay ouviu uma voz sair do walkie-talkie em seu bolso, mas estava totalmente petrificado para ser capaz de pegá-lo.

A fraca luz do fim de tarde entrava pelas janelas do teto do Celeiro. Tinham deixado as lâmpadas apagadas e montado as arquibancadas, fechando a quadra de esportes de todos os quatro lados. O menino caminhou por entre duas fileiras de bancos, cruzou a pista de corrida oval e chegou à quadra de grama sintética. Os Cavaleiros surgiram antes mesmo que ele chegasse ao centro, emergindo de buracos ao redor das arquibancadas.

Havia seis deles, todos vestindo moletons pretos e as máscaras que os meninos haviam encontrado anteriormente no baú do vestiário: Palhaço. Demônio. Raposa. Cavalo. O Javali de presas longas. A Abóbora de Halloween de sorriso sinistro.

Ele desacelerou no intuito de ganhar tempo enquanto as máscaras fechavam o cerco ao seu redor. Carregavam consigo cassetetes de polícia feitos de um metal escuro bem duro e com cabo emborrachado.

O adolescente deslizou a mão para dentro do bolso do casaco, passando os dedos por entre os anéis do soco-inglês azul-metálico de Ajay. Com a mão esquerda, segurou firme a ponta da corda de pular, enrolada dentro do outro bolso, junto com o walkie-talkie.

Quando os seis perseguidores alcançaram a extremidade interior da pista de corrida, um dos canhões de luz se acendeu e o Paladino mascarado ficou visível, atrás do círculo que ia se fechando cada vez mais.

— Desta vez, não tem nenhum guarda-costas para salvar você, *West* — disse o Paladino com sua monótona voz eletrônica.

O walkie-talkie no bolso esquerdo da parca fez um leve ruído. Era Will:

— Base para Chuck: na posição. Duas máscaras na porta. Vai fundo.
— Errou, mané — respondeu Nick ao Paladino. — Eu estou bem aqui.

Nick deixou o capuz tombar para trás e tirou o casaco azul de Will. Levantou a mão direita, brandindo o soco-inglês e ficou em guarda, alerta e cheio de pose. Fez contato visual com cada um dos mascarados individualmente ao se virar com lentidão, girando a corda de pular em um círculo apertado e ameaçador.

— Mas que decepcionante essa recepção — exclamou o menino. — Só seis? Sério mesmo? Nada do Benjy Franks ou do George W.? E onde, mas, oh, onde estará o líder tão maneirinho de vocês? Eu queria pegar todos de jeito com *estilo*.

O Paladino estancou e, em seguida, recuou um passo. O grupo inteiro desacelerou, atingido por dúvida de repente. O plano de Will os tinha pego desprevenidos: *Até agora, tudo funcionando às mil maravilhas.*

O Paladino ergueu a mão e apontou uma arma de eletrochoque para o garoto.

— Hora da festa — disse Nick.

Restando cinco minutos dos 15 totais, Will chegou ao topo da última colina e o Lago Waukoma entrou em seu campo de visão. Desviando para o interior da mata a fim de evitar a margem, ele correu rumo ao abrigo das copas das árvores, e, em pouco tempo, a garagem de barcos surgiu à sua frente. Ele diminuiu o passo e suas pernas afundaram-se na neve a uma distância de 45 metros de seu destino.

Como esperado, havia sentinelas postadas dos dois lados da porta da frente. Faziam a ronda em uma varanda que se estendia ao longo das laterais da construção até a margem da água. Will pegou os binóculos que Ajay havia lhe dado e se concentrou.

O Pirata de um olho só e a Menina de Marias-Chiquinhas guardavam a entrada. Estava frio demais para usarem apenas os seus chapéus esquisitos, então vestiam gorros de lã pretos bem presos ao redor de suas máscaras.

Will verificou o tempo: menos de dois minutos. Uma luz se acendeu em seu walkie-talkie e ele ouviu Nick dizer:

— Chuck Norris para Base — disse. — Eles caíram. Estou indo dançar quadrilha no Celeiro. Entrando agora. Câmbio.

Estariam todos com a atenção voltada para Nick durante algum tempo. Will bateu em direção à garagem de barcos, descendo por uma ladeira que ia dar na margem do lago, o lado por onde não esperariam que ninguém se aproximasse: a água.

A neve ainda não havia se acumulado sob as cornijas perto das grandes portas. Estavam fechadas com cadeados pelo lado de fora, mas estavam sobre a água. Quando o menino se curvou para olhar por debaixo delas, pôde ver os cascos dos barcos lá dentro movimentando-se gentilmente com o ondear do lago.

Will pegou o walkie-talkie e falou baixinho:

— Base para Chuck: na posição. Duas máscaras na porta. Vai fundo.

Espiou ao redor e descobriu uma porta lateral.

— Peguem ele! — gritou o Paladino.

Todas as seis figuras mascaradas correram em direção a Nick, gritando e brandindo os porretes. O Paladino disparou com sua arma *taser*, mas Nick já estava pronto e esperando por aquilo. Inclinou-se para trás, fazendo um arco com as costas até que a mão direita encontrou o solo, e sentiu três dardos passarem rente ao queixo. O Paladino jogou o *taser* de lado e irrompeu rumo à porta.

Nick tomou impulso para voltar a ficar de pé e virou-se. Lançou uma das extremidades da corda e, como um chicote, prendeu-a ao redor do tornozelo da máscara mais próxima: o Javali, que o atacava tão enfurecido quanto o animal que lhe emprestava o nome. Nick puxou a corda com força e o desequilibrou, puxando a perna da figura O Javali deu um giro de 360º em pleno ar e esborrachou-se no chão.

Nick desviou do primeiro golpe de um cassetete, virou-se e desferiu um soco de direita no rosto mascarado da Abóbora de Halloween. O fruto laranja e gordo implodiu: o menino sentiu os pontos de contato do soco-inglês de Ajay encontrarem-se com a face do desconhecido e, com seu polegar, apertou o botão que o colega lhe indicara anteriormente. Uma descarga de 40 mil volts percorreu o corpo da figura, produzindo um som parecido com o de um abutre que atinge uma raquete eletrificada para mosquitos gigante.

O cabeça de abóbora caiu e ficou no chão.

Nick girou, bem a tempo de evitar um segundo golpe, contudo, outro cassetete, vindo de um ângulo inesperado, atingiu-o acima do quadril esquerdo. Todo o lado de seu tronco ficou anestesiado. Ignorou a dor, recolheu a ponta da corda e voltou a lançá-la, dessa vez fazendo-a serpentear em volta do pescoço do Cavalo. Ele deixou cair a arma e levou as mãos à garganta. Nick deu uma cabeçada no atacante, achatando seu nariz equino, e lançou-o contra o Javali, que tentava se levantar, o que fez com que ambos fossem ao chão.

O garoto ouviu o ruído de algo sendo movimentado e abaixou no instante em que um porrete passava ao lado de sua orelha. Rolou para desviar de outro golpe vindo de baixo, mas um terceiro cassetete conseguiu acertá-lo bem abaixo do joelho direito.

Daqui a um minuto, isso vai começar a doer demais.

O garoto pulou, voltando a ficar ereto, aterrissou nas pontas dos pés, encolheu-se e deu um salto no ar no instante em que o Palhaço corria para ele. Na volta ao solo, Nick envolveu o pescoço do atacante mais recente com as penas. Segurou-o firme com as coxas e desferiu-lhe cinco socos no topo da cabeça com o soco-inglês. Rápido, como um martelo castigando um prego. No soco final, Nick deu um impulso para cima e apertou o botão da arma ao atingi-lo. O Palhaço dobrou-se todo enquanto a corrente passava por ele. Estava fora de combate, desacordado antes mesmo de atingir o chão.

Nick deu um meio giro no ar e aterrissou de pé. Uma forte dor latejante subiu de seu joelho, e por pouco o menino não caiu. Com a visão periférica, identificou o Javali correndo em sua direção novamente, com a intenção de aplicar-lhe um golpe baixo. Nick virou e deu um chute circular no maxilar do mascarado, derrubando-o inerte.

Os últimos, o Demônio e a Raposa, estavam próximos, hiperventilando. Viram os quatro amigos derrubados no chão e, depois de trocarem um olhar entre si, viraram-se para correr.

Nick lançou a corda contra eles como se fossem boleadeiras. Ela enroscou-se em volta dos tornozelos de ambos e os fez cair. O adolescente deu um salto de costas no ar e aterrissou em cima dos oponentes, uma perna nas costas de cada um, tirando-lhes todo o ar que ainda tinham. Eles se viraram, lutando para respirar, e viram punhos descendo até suas máscaras.

Nick levantou-se, olhou em volta para calcular o massacre, respirou fundo, e não conseguiu resistir a fazer um pequeno comentário sem fôlego para um microfone imaginário:

— Espero que tenham aproveitado a nossa atração principal de hoje aqui no Ginásio de Laughton. Mais uma apresentação impressionante do nosso jovem talento na jaula de ferro. Nick McLeish, seis... Os máscaras, zero.

Nick testou o joelho direito latejante: era o único ferimento sério que sofrera, mas já podia senti-lo começando a inchar. Logo viraria uma bola se não colocasse um pouco de gelo para aliviar. Inclinou-se para recolher corda e casaco. Do bolso, tirou um punhado de lacres plásticos, pronto para amarrar os seis perdedores como gado e arrancar-lhes as máscaras.

Ao ouvir passos pesados se aproximando, Nick levantou os olhos e ficou surpreso ao ver o Paladino parado nas sombras do caminho que dava para as portas de entrada.

— Sério, Lyle? — perguntou o menino. — Decidiu ficar depois de ver todos os seus menininhos aprenderem a lição? Agora tenho certeza absoluta de que você é doido mesmo.

Nick correu para o adversário. O Paladino deu um passo rumo à luz, e Nick deu-se conta de que aquele não era Lyle. O monitor não chegava nem perto de ter 2 metros de altura, não fazia o som de quem pesava mais de 900 quilos quando andava e muito menos era feito de bronze.

— Agora ferrou — exclamou.

Estancou, mas o Paladino continuou a avançar. Baixou a cabeça, ergueu a espada e a machadinha e marchou em direção ao menino, cruzando a pista de corrida, afundando as tábuas do piso com cada passo que dava.

— Não acredito — disse Nick. — Não mesmo.

Nick recuou para perto de uma estante com equipamentos para esportes de atletismo. Pegou uma lança, virou-se e lançou-a contra o atacante de metal. O arremesso foi certeiro, mas atingiu o peitoral do Paladino com um ruído inofensivo, sem causar-lhe qualquer dano. Ele continuava caminhando para o menino. Nick jogou dois discos de metal na estátua movente: estilhaçaram-se nos ombros do adversário como se fossem feitos de argila. Então o garoto pegou um martelo meteoro, girou a arma de arremesso em torno de si e soltou na direção do Paladino.

O martelo fez um arco no ar e atingiu a figura em cheio na cabeça, fazendo um som oco. O Paladino ficou paralisado.

— O que você achou disso, hein? — provocou Nick.

O oponente balançou a cabeça uma vez. Duas vezes. E continuou a avançar em direção ao menino.

— Na boa, cara, isso também não é nada justo — exclamou Nick.

Pegou uma vara usada para saltos de altura e correu no sentido oposto ao da "estátua", seu joelho machucado fazendo-o mancar mais a cada passo que dava. Aproximando-se dos bancos, ele firmou a vara no chão, tomou impulso e levantou-se no ar, passando por cima da arquibancada. No ponto mais alto do salto, soltou a vara e voou em direção à quadra de basquete. Tentou aterrissar rolando com uma cambalhota, mas a perna ferida dobrou-se com o impacto. Quando voltou a se levantar, o joelho recusou-se a aguentar o peso. Cruzou o caminho todo aos pulos, arrastando com dificuldade o membro inútil.

Ouviu o Paladino passar pela arquibancada que tinha acabado de saltar como um trator, quebrando e cortando a madeira e os suportes metálicos. Nick procurou o walkie-talkie para dizer:

— Aí, Chuck Norris para Base — identificou-se. — Seis máscaras fora de combate, mas o Paladino se safou. Ele pode estar indo atrás de você. Mas, hum, tipo, tem outro Paladino na jogada. Só que, *agora* — e, cara, sei como isso vai parecer absurdo —, eu estou falando da estátua *mesmo*.

Nenhuma resposta veio. Com espada e machadinha acabando com tudo que atravessava seu caminho como se fossem motosserras, o Paladino alcançou o mesmo lado das arquibancadas em que Nick estava. Viu o menino e caminhou para ele, as botas de aço deixando pegadas e tábuas quebradas na quadra de madeira.

— Er... Câmbio.

Nick enfiou o aparelho de comunicação de volta no bolso, apressou-se para passar pelas primeiras portas que encontrou e se embrenhou pelas profundezas do Celeiro, mancando pelo longo corredor.

Will ouviu alguns sons de passos à sua direita. Uma terceira máscara, o Fantasma, surgiu no extremo mais distante dele, indo em direção à água. Will escondeu-se atrás de uma parede.

O Fantasma parou e olhou para a floresta, sondando o perímetro. Will concentrou-se na nuca do inimigo e transferiu uma imagem para ele:

A porta perto da água, cerca de dois centímetros aberta.

O desconhecido virou-se e correu. Parou logo em frente à porta. Will ouviu-o testar a maçaneta. Estava trancada. Fechou os olhos, tremendo com a energia que tinha que ser mobilizada, e forçou outra imagem ao mascarado:

Uma imagem dele mesmo, escondido atrás de caixotes dentro da garagem de barcos.

Ouviu uma chave ser encaixada na fechadura. A maçaneta girou. A porta foi aberta e o Fantasma entrou na garagem. Will deu-lhe um momento, e, em seguida, correu, dando a volta na parede e escondendo-se atrás do inimigo.

O espaço interno do lugar era bem maior do que se tinha a impressão quando olhado de fora. Consistia de três andares espaçosos, cuja construção acima de uma base de pedra parecia não ter sido muito bem planejada. Os dois primeiros níveis eram nada mais que pisos desmobiliados, tábuas de madeiras expostas. A única luz disponível saía, fraca, de pequenas janelas laterais. A umidade que ascendia do lago fazia com que o ar inerte e morto ficasse ainda mais frio.

O Fantasma procurava por ele atrás de estantes abarrotadas de remos curtos e canoas. Will conseguiu alcançar um barquinho suspenso logo acima de onde estava, preso por cordas e roldanas. Agarrou o barco e empurrou o mais forte que podia. O Fantasma ouviu o ruído de corda e madeira e virou-se para olhar no exato instante em que a embarcação voava para cima dele. Bateu com estrondo na máscara. O desconhecido deu alguns passos desequilibrados, rodopiou uma vez e tombou.

Will arrastou-o para trás das estantes e tirou sua jaqueta, garro e máscara: era Wendell Duckworth, da equipe de corrida. Atou com força as mãos de Duckworth nas costas com lacres para saco de lixo e, em seguida, vestiu casaco, máscara e gorro do garoto nocauteado.

Olhou ao redor. Escadas de madeira encostadas nas paredes davam para um espaço mais alto, uma espécie de loft. Tinha que haver outros cômodos escondidos no segundo andar. Em algum lugar lá em cima, um dos telefones pretos do campus tocava. Ouviu passos enquanto alguém caminhava até o aparelho a fim de atender à chamada.

O walkie-talkie de Will veio à vida. Ouviu a voz de Nick, baixinha, muito ao longe:

— Aí, Chuck Norris para Base. Seis máscaras fora de combate, mas o Paladino se safou. Ele pode estar indo atrás de você. Mas, hum, tipo, tem outro Paladino na jogada. Só que, *agora* — e, cara, sei como isso vai parecer absurdo —, eu estou falando da estátua *mesmo*.

Will ouviu uma voz masculina gritar de algum ponto próximo ao topo da construção:

— Todo mundo aqui para cima! Venha todo mundo para cá agora!

Nº 8: SEMPRE ESTEJA PRONTO PARA IMPROVISAR.

Will subiu as escadas até o segundo andar. Embarcações e motores ocupavam a maior parte do espaço. Uma porta com uma diminuta janela dava para um pequeno escritório nos fundos de uma parede à direita. Logo à frente, uma escada interna dava para um elevado, fazia uma curva e continuava até o terceiro piso. A Garota de Marias-Chiquinhas e o Pirata que estavam de vigia do lado de fora correram para dentro; viram Will enquanto seguiam para as escadas.

— Você ouviu o que ele disse — bradou o Pirata para o menino. — Se mexe aí.

O garoto disfarçado colocou-se atrás dos outros dois. Com a visão periférica diminuída pela metade graças à máscara, seguiu-os por uma escada estreita e mal-acabada, rumo ao que parecia ser um sótão. Ultrapassaram um corredor estreito no topo das escadarias e chegaram a um espaço elevado e bem apertado. Por uma porta aberta logo à sua frente, Will viu de relance a sala escura que serviria de cenário para a mensagem de vídeo ameaçadora.

— O que está acontecendo? — ouviu Brooke dizer de dentro do cômodo.

Atrás dele, o menino ouviu a voz do Paladino dizer com o zumbido monótono do filtro eletrônico:

— Padraig?

Apenas alguns instantes antes, ouvira Nick dizer que o Paladino havia acabado de deixar o Celeiro. *Mas aquela era a verdadeira voz do Paladino bem atrás dele.*

— Padraig!

Foi então que se deu conta de que "Padraig" devia ser o nome de Cavaleiro dado ao Fantasma.

Will virou-se, tentando fazer parecer que assim estava respondendo ao chamado.

O Paladino mascarado estava a menos de 2 metros de distância, atrás dele — Nick só podia ter visto errado; o inimigo não tinha como ter chegado ali tão depressa —, apontando algo em direção a Will.

A menos que tenha mais de um Paladino...

Will ouviu um som de zumbido no momento em que o adversário fez um disparo com o *taser*. Três eletrodos colaram-se ao peito do menino e um choque ardente percorreu seu corpo enquanto resvalava para o chão.

A última coisa que viu foi o Paladino levantando um recipiente feito de fibra de carbono preto das mesmas dimensões de uma garrafa térmica.

A ESTÁTUA E O URSO

A primeira ideia brilhante que ocorreu a Nick foi tentar a piscina. Novecentos quilos de metal não podiam flutuar ou nadar, não é? *Não mesmo.* Saiu pela porta que dava para a área da piscina. Luzes ativadas por movimento acenderam-se enquanto ele se arrastava para o lado mais distante da piscina olímpica e se agachava atrás do posto de salva-vidas. Segundos depois, as lâmpadas fluorescentes acima dele se apagaram.

A única luz que havia entrava pelos painéis de vidro de uma dupla de portas vaivém que dava para o corredor depois da piscina. Nick ouviu os passos pesados da estátua e viu o Paladino entrar como uma máquina pela primeira porta. Momentos depois, a segunda porta foi aberta com violência, o gigante moveu-se para dentro do cômodo e as lâmpadas se acenderam outra vez.

Nick acenou para ele do outro lado da piscina.

O Paladino começou a andar próximo à parte mais funda. Nick respondeu movendo-se para o lado mais raso. O adversário parou e Nick parou junto. O menino acenou novamente.

— Não me pega — provocou.

O Paladino bateu na outra direção. Nick foi recuando para não deixar o espaço entre eles diminuir. Quando estavam a meia piscina de distância um do outro, o atacante voltou a estancar. Nick, que vinha tentando disfarçar o passo manco para não deixá-lo perceber, fez o mesmo. Levou a mão ao queixo e alisou-o com os dedos.

— Marco — gritou. Colocou os polegares nos ouvidos e ficou mexendo os dedos, fazendo caretas infantis. Com uma voz em falsete agudo, respondeu:
— Polo.

Foi então que o Paladino caminhou direto para ele e caiu dentro da água. Nick aproximou-se e olhou para baixo. Seus cálculos estavam corretos: aquela coisa não conseguia flutuar, tampouco nadar. Conseguia, contudo, caminhar para o fugitivo pela piscina sem qualquer problema.

— Então é isso: agora ferrou mesmo.

Correu como podia rumo à saída mais próxima. O Paladino mudou seu curso, seguindo os movimentos do menino, e, segundos depois, pisou fundo nos degraus da parte mais rasa. Destruindo as dobradiças, derrubou a porta durante seu avanço.

Nick mancou pelo corredor e entrou em um cômodo onde havia escrito em uma placa RESERVADO AOS TREINADORES. Tinha entrado em uma ala moderna repleta de escritórios e cubículos, estúdios para o exame de vídeos de desempenho e salas de conferência. As luzes do corredor estavam acesas, mas o menino não viu ninguém em quaisquer das divisões.

Havia uma luz ligada sobre uma escrivaninha em algum dos últimos cômodos no espaço. Nick correu naquela direção. A placa na porta dizia TREINADOR JERICHO. *Mas é claro*, pensou Nick. *Só tem um cara no prédio inteiro e precisava ser logo ele.*

Nick empurrou a porta, abrindo-a. As luzes estavam acesas, o tablet ligado, pilhas de material estatístico impresso amontoados na mesa. E ninguém na sala.

— Mas que *porcavilha* — exclamou o garoto.

Voltando a mancar ao longo do corredor, Nick não olhou à sua direita, onde, na copa a apenas duas paredes de vidro de distância, o treinador Jericho estava debruçado sobre a geladeira aberta.

Nick entrou por outra porta no corredor e saiu do complexo exclusivo para treinadores. Quando Jericho endireitou-se e fechou a geladeira, Nick já havia partido.

Mas o treinador ouviu passos pesados e virou-se a tempo de ver o Paladino irromper pelo corredor logo do lado de fora de seu escritório. Sem tirar os olhos da figura de metal, o homem pousou calmamente a caneca que segurava no balcão. Com uma das mãos, tocou o colar que trazia em volta da garganta — uma tira de couro cru onde estava pendurado o dente incisivo longo e amarelado de um animal —, e, com a outra, retirou um saquinho de couro cheio de costuras do bolso.

Ajay havia escutado as trocas de atualizações esporádicas entre Nick e Will pelo walkie-talkie enquanto cavalgava com Elise em direção ao lago. Não tinha, contudo, nem uma única vez, retirado as mãos paralisadas que se agarravam à cintura da menina, e sua percepção do que havia ao redor comprazia pouco além da visão periférica borrada e galopante da paisagem que parecia passar por ele com uma velocidade assustadora. O menino queria implorar a Elise que diminuísse o passo, mas, sempre que abria a boca, as palavras abandonavam-no antes que pudesse proferi-las.

A menina não disse qualquer coisa em momento algum, inclinando o corpo a cada salto e obstáculo a ser superado, desviando de depressões um pouco mais profundas, em comunhão com cada nervo e fibra de seu cavalo de maneiras que faziam com que todos os perigos, mesmo os maiores, parecessem nada. O frio não dava mostras de afetá-la, embora estivesse usando apenas o traje de montaria com o qual Ajay a havia encontrado anteriormente.

Ela tinha tomado o caminho mais curto vindo dos estábulos, o que significava passar como um furacão pela Colina do Suicídio sem desacelerar. Aquilo obrigou Ajay a fechar os olhos e recitar cada uma das orações que conhecia até voltarem a solo plano. Quando circundaram o lago e se aproximaram o suficiente para ver a garagem de barcos, Elise enfim puxou as rédeas para frear o galope.

Ajay imediatamente caiu de costas da sela para uma pilha de neve no chão.

— Eu estou legal — disse. — Eu estou legal.

Elise amarrou as rédeas do garanhão no tronco de uma árvore fora da trilha, mas ainda próxima. Abraçou o pescoço do animal, sussurrou palavras de agradecimento e começou a seguir rumo à garagem. Ajay pulou, voltando a ficar de pé a uma distância segura do cavalo, e tateou o bolso à procura do walkie-talkie enquanto tentava com esforço acompanhar a colega.

— Quanto tempo a gente ainda tem? — perguntou a menina.

— Will deve ter entrado há uns trinta segundos — arriscou Ajay, consultando o relógio.

— E agora a gente faz o quê?

— Ele disse que você ia saber o que fazer.

— Ah, é mesmo? — Elise pareceu divertir-se com a ideia. Parou no limite da mata, ergueu a mão e Ajay parou a seu lado.

Na varanda perto da frente da garagem, viram dois Cavaleiros mascarados, a Garota de Marias-Chiquinhas e o Pirata, olharem para cima em reação a um grito chamando-os de algum lugar do prédio. Ambos correram para o interior da construção.

— O que a gente vai fazer? — Ajay quis saber.

— Me dê um minuto — pediu Elise, seguindo em frente. — E depois use o seu rádio.

— E digo o quê? — indagou o menino, tropeçando atrás dela.

— Diga para eles taparem os ouvidos.

— Está certo. Então... Tenho que ir com você?

— Não, só depois que você ouvir alguma coisa — respondeu ela. — Aí, é melhor você aparecer e rápido.

A porta de saída do complexo para os treinadores dava para um lance de escadas. Nick desceu por elas para chegar a outra porta, que se abria para um espaço amplo e completamente escuro. Ouviu água gotejando a um ritmo constante em algum lugar próximo. Quando finalmente encontrou um interruptor para ligar a luz e a acendeu, viu que estava no vestiário, no espaço dos chuveiros. No silêncio, apenas o eco como acompanhante, o lugar fazia curvas e mais curvas, um labirinto de meias-paredes, azulejos de cor bege e ralos de aço inoxidável de outro século.

Nick olhou para baixo e viu sangue descolorindo a perna direita de suas calças da altura do joelho até o tornozelo. A julgar pela dor que subia quente dali a cada passo que dava, entendeu que o ferimento havia sido bem pior do que havia pensado. Viu o reflexo de seu rosto encarando-o de um dos espelhos acima das pias e se deu conta de outra coisa:

Eu estou com medo. Eu realmente estou com medo.

Nick espalmou as mãos à frente e as examinou: estava tremendo. Não conseguia recordar-se da última vez em que se sentira assustado daquela maneira. Teve que voltar anos antes, àquela noite quando ainda tinha apenas cinco anos. A noite em que o Velho lhe dissera que a mãe não ia voltar para casa nunca mais.

Bom, que se dane isso também. Não vai ser assim que a banda vai tocar hoje.

— Mas que droga, Júnior — falou baixinho para seu reflexo, aproximando-se do espelho —, vai deixar uma lata de refrigerante tamanho família derrubar você? Tem noção de quanto vale aquele peso todo de metal? Você consegue mandar aquele carango para o desmonte e ganhar uma *grana*. Vamos lá, filhinho, se liga...

A porta lá embaixo, no começo das escadas, abriu-se violentamente. Nick pulou pelo vestiário, entrando na primeira fileira de chuveiros, e começou a perambular pelo labirinto em silêncio. Decidiu parar atrás de uma parede azulejada independente das demais ao ouvir o Paladino começar a procurar pelo lugar.

O perseguidor parou. Nick forçou os ouvidos para ver se conseguia discernir qualquer som de movimento. As duchas gotejantes faziam eco no espaço deserto ao redor do menino e o atrapalhavam a ouvir, o que trazia à tona um pensamento ainda mais aterrorizador:

E se esse camicase de metal tiver um modo de ação furtivo?

Nick escorou-se contra a parede, sustentando-se sobre uma perna apenas, e olhou de um lado a outro para tentar controlar as duas rotas de aproximação possíveis.

Plim. Plim. Plim.

Um dos punhos do Paladino atravessou a parede à direita do braço de Nick. Depois, foi a vez do outro punho de bronze fazer o mesmo e agarrar o braço esquerdo do menino, cravando os dedos na carne dele como se fosse um gancho de ferro. Então, o Paladino usou os braços para envolver o garoto, espremendo seu peito. Nick tentou gritar por ajuda, mas um débil ruído áspero foi tudo o que conseguiu emitir com o último sopro de ar de seus pulmões. Depois disso, ficou impossível apanhar mais ar. Enquanto Nick se debatia, sua visão começava a ficar embotada...

O menino ouviu vagamente algo disparar na direção dos chuveiros. Aquilo que entrava soltou um rugido, e teria sido ensurdecedor caso Nick não estivesse tão próximo do ponto de desmaiar.

Sentiu tudo estremecer no instante em que aquilo atingiu o Paladino do lado oposto da parede. Ela tremeu e rachou, cuspindo azulejos como se fossem dentes quebrados. O ar voltou a fluir para dentro dos pulmões de Nick quando o Paladino o libertou, e ele caiu no chão molhado, o joelho ferido protestando com o choque brusco. O garoto balançou a cabeça e sentiu o cérebro voltando a ficar alerta...

E, de repente, tomou consciência da batalha de titãs que corria enfurecida do outro lado daquela parede. Estrépitos, rugidos, baques de colisões: dois monstros se digladiando em um canto ao fundo. O cômodo inteiro tremia com o som e a fúria.

Mas que droga é essa?

Arrastando a perna ferida, Nick foi rastejando até a extremidade da parede e colocou a cabeça para fora a fim de ver o que acontecia.

O Paladino envolvia com o braço direito o pescoço de um enorme urso marrom. O animal se encontrava equilibrado apenas sobre as patas traseiras, de igual ou até maior estatura que a figura brônzea. Com sua outra mão, o Paladino desferia golpes nas costas do animal com a machadinha, fazendo com que bolos de sangue e pelo voassem com cada pancada. O urso abocanhava o pescoço do inimigo com a grotesca mandíbula como se estivesse mastigando os restos de ossos em uma canja. As patas gigantescas arranhavam ferozmente as costas do Paladino. Fagulhas voavam das garras curvas e amareladas, cada uma delas tão grandes quanto a mão humana.

Mas que droga é essa?

O Paladino dobrou os joelhos, arriou um dos ombros e jogou o animal de costas na parede. Atrapalhadamente, Nick apressou-se em sair do caminho enquanto a parede se espatifava. Os antagonistas colidiram um com outro no boxe seguinte, provocando uma explosão de gesso e azulejo. O urso levantou-se primeiro, com rapidez e agilidade assustadoras, e lançou-se contra o Paladino, fazendo-o cruzar o cômodo voando. A estátua atingiu e atravessou outra parede, reduzindo-a a nada, e aterrissou em algum lugar fora do campo de visão de Nick, próximo à entrada para o espaço das duchas.

Nick arrastou-se para longe do caminho do urso enquanto o animal passava como um trovão por ele. Por um brevíssimo momento, fizeram contato visual: seu olho, negro como a noite, circundado por um vermelho de fúria primeva, mas com uma agudeza de inteligência por trás da ira bestial. O instante passou e também o animal, galopando para longe. Nick saiu mancando até as ruínas em que tinha se transformado a entrada.

Alcançou a parede derrubada a tempo de ver o Paladino erguer-se no cenário do desastre. Quando o urso atacou com um rugido retumbante, a estátua estendeu a espada em sua direção. O impulso do animal fez com que voasse direto para a lâmina, que foi fincada no ombro esquerdo do urso, atravessando-o sem dificuldades.

Ele soltou um uivo abafado. O Paladino puxou a espada da carne do animal e o bicho cambaleou para trás, com sangue jorrando do ferimento. O guerreiro de metal seguiu o adversário e ergueu a espada acima de sua cabeça, pronto para desferir o golpe fatal.

Tempos depois, Nick não conseguiria explicar por que fez o que fez. Não envolvia uma intenção consciente, era algo mais parecido com um instinto cego. Ele levantou uma pia intacta dos destroços, gritou como um viking ensandecido, atingindo o centro das costas do Paladino com toda a força que conseguiu reunir.

A porcelana estilhaçou-se em mil pedacinhos. O Paladino não reagiu; o impacto não o tinha feito se mover mais do que alguns décimos de centímetro.

Nick, contudo, havia voltado a ganhar sua total atenção. A estátua virou-se e olhou de cima para o menino. Os olhos de metal frio pareceram reconhecer e se recordar de sua presa original.

O guerreiro girou a espada para ele. Nick desviou, recuando, e a espada acertou os azulejos, fazendo um buraco na fundação de concreto. O menino deu um passo para trás, depois outro, e o Paladino o seguiu. Olhando para além do perseguidor, Nick viu o urso virar em um canto e desaparecer mancando nas sombras.

O ginasta não tinha um plano B, mas, ah, se fosse cair agora, pelo menos cairia lutando. Sem pedir arrego, sem bandeira branca. Isso tinha que lhe valer alguns pontinhos. E ainda tinha salvado a pele do urso. Parecia algo importante, naquele momento.

Nick claudicou mais alguns passos para trás, saindo da área das duchas para entrar no vestiário propriamente dito. O Paladino continuava seu avanço. Então as costas de Nick bateram no balcão de metal em frente ao depósito gradeado de equipamentos.

Toda a determinação extra em Nick se desvaneceu, exausto e debilitado demais para fazer qualquer outro movimento.

— Certo — disse. — Certo. — Ele bateu duas vezes no peito, no coração, e ergueu a mão direita. — Amo você, meu Velho.

O Paladino parou bem em frente ao menino. Examinou-o. A espada em uma das mãos, a machadinha na outra. Levantou as duas armas. Nick fechou os olhos.

Nada aconteceu. Exceto pelo fato de Nick começar a sentir uma leve comichão estranha nas costas e nos braços.

Ouviu um barulho e pensou nas ondas de Marblehead, em Massachussetts, furiosas no meio de uma tempestade avassaladora que presenciara certa vez com o pai. Nunca havia esquecido o retumbar profundo e trovejante do oceano. Aquele mesmo som vinha de algum lugar atrás dele, correndo em sua direção como uma das gigantescas ondas cinzentas.

Abriu os olhos.

O Paladino estava paralisado no mesmo ponto de antes, armas erguidas acima de sua cabeça exatamente como Nick havia visto antes de fechar os olhos. Mas estava em meio a um combate feroz, ainda que quase imperceptível, imobilizado por algo que lembrava milhares de gavinhas sendo disparadas por trás do menino.

Nick jogou-se no chão e foi se arrastando para o lado, virando para olhar logo depois.

Finos fios viscosos de um material parecido com barbante e da cor de massa de cimento retorciam-se saídos das grades pintadas de branco do depósito, escapando de cada um dos pequenos vãos na parte mais larga do lugar. Tentáculos se estendendo e se enroscando em volta de cada centímetro da estátua. Nick via tudo com assombro, observando enquanto se entrelaçavam no guerreiro até deixá-lo completamente recoberto e, pouco a pouco, finalmente incapaz de qualquer movimento.

Nick olhou para a direção de onde vinham os fios, para a escuridão do lado de dentro da grade. Teve a impressão de ver uma massa imensa, indistinta e fremente, premida contra o lado oposto do metal, e soube que aquele rugido oceânico estava sendo emitido daquela coisa. Algo no centro dela brilhava com a cor de sangue.

Que nem um olho. Que nem o olho de um polvo gigante bizarro.

O metal da estátua fazia um som quase lamurioso enquanto os fios continuavam seu abraço implacável e cada vez mais intenso. Foi então que algo dentro da estrutura cedeu, fazendo um ruído que lembrava uma corda de baixo se rompendo. Todas ao mesmo tempo, as gavinhas libertaram a estátua de seu aperto e recuaram, gentilmente ondeando pelo ar como algas marinhas.

Espada e machadinha caíram no chão. Algo leve e escuro saiu do calcanhar esquerdo do Paladino e derreteu-se em uma poça de gosma. A estátua rachou e se estilhaçou, ruindo em uma dúzia de pedaços.

Nick sentiu uma tonteira tomar conta dele e percebeu que estava prestes a desmaiar. Observou, mesmerizado, a massa de fios levarem algo até ele, mas não sentiu medo. Entendeu o que era e para o que era, e esforçou-se ao máximo para conseguir se manter acordado tempo o suficiente para ser capaz de usá-lo.

As gavinhas seguravam gentilmente o telefone preto do balcão contra a orelha do menino. Enquanto ele olhava, outro amontoado de fiozinhos flutuou até a base do telefone e apertou a letra "C" que havia no centro do botão esmaltado.

Nick ouviu a telefonista atender.

— Dra. Robbins, por favor — pediu ele, chocado com a calma na sua voz.

Esperando a telefonista encontrá-la, os olhos do garoto viajaram até a o portão na grade de metal ao lado do balcão.

Que bizarro. Eu nunca tinha visto isso aí antes.

O cadeado está do lado de fora.

A GARAGEM DE BARCOS

O fedor pútrido fez com que voltasse a si, e logo depois o menino ouviu as vozes ficarem gradualmente mais altas, como se estivesse emergindo de um túnel.

— O que a gente vai fazer com ele? — indagou alguém.

— Esperar — respondeu a voz eletrônica do Paladino. — Esperar até se implantar nele. Funciona melhor assim.

Will tomou cuidado para não se mover, para que não soubessem que tinha acordado. Estava deitado de lado, caído nas tábuas de madeira do sótão da garagem. Tinham amarrado seus pulsos nas costas com um dos lacres que ele próprio trouxera e ligado-os aos tornozelos e as pernas do menino estavam dobradas para trás de maneira muito desconfortável. Toda a extensão de seu corpo doía pela carga recebida do disparo do *taser*. A máscara que usava havia escorregado, cobrindo seus olhos, e ele não conseguia enxergar absolutamente nada.

Evocou seu mapa sensorial. Dois Cavaleiros estavam parados perto dele, acompanhados da figura alta e recurvada do Paladino. Brooke estava no cômodo ao lado, ainda amarrada a uma cadeira. O odor fétido vinha de um recipiente preto do tamanho de uma garrafa térmica que repousava no chão a menos de 30 centímetros do rosto de Will.

Sentiu a energia emanando daquela coisa odiosa que se movia no interior do cilindro e soube tratar-se de um Acompanhante, de alguma forma "sintonizando" com ele, preparando-se para sair. O menino moveu a mão alguns centímetros para baixo a fim de pegar o canivete suíço que tinha escondido dentro da botina.

— E a garota? — perguntou uma das máscaras.

— Ela vai ficar vendo tudo — respondeu o Paladino. — Vai ser a última chance que vai ter de acordar, ou então vai receber o mesmo tratamento. Traz ela para cá antes de eu abrir.

Will ouviu botas passarem ao outro quarto. Pegou o canivete, ajeitando-o com as duas mãos. Abriu a lâmina, e, com os movimentos mais sutis possíveis, começou a serrar as amarras que o prendiam. O plástico começou a ceder; precisava de dez segundos mais...

Foi então que uma voz invadiu seus pensamentos:
— Você está aí em cima?
Elise. Em um primeiro momento, não pareceu fazer sentido. Logo em seguida, passou a fazer todo o sentido do mundo.

Will lançou a rede de sua percepção e deixou que esquadrinhasse todo o prédio até encontrar a amiga no andar de baixo, logo na porta de entrada.
— Estou — respondeu ele.

Will ouviu os Cavaleiros voltarem para onde ele estava, arrastando Brooke. A primeira amarra arrebentou sob a ação da lâmina. Will passou para a seguinte...

— Todo mundo para trás enquanto quebro o lacre — disse o líder. Ele se abaixou para abrir o recipiente preto. A criatura lá dentro agitou-se, ansiosa.

Will ouviu passos correndo escada acima: Elise atacando com toda a força. Ele podia ver a forma dela flutuando pelo espaço, ficando mais brilhante e potente, enchendo-se de alguma espécie de poder vibrante.

O walkie-talkie no bolso de Will fez um chiado, e o menino ouviu a voz de Ajay, baixa e cheia de urgência:
— Will. Tape os ouvidos.

Dois dos Cavaleiros correram para as escadas.
— Quem está aí?

Outro deles ouviu o walkie-talkie e falou:
— O que é isso?

Will cortou a amarra final, levou as mãos às orelhas e gritou:
— Brooke, tampe os ouvidos!

Uma onda de energia irrompeu porta adentro. A primeira impressão de Will: uma nota única englobando todas as frequências conhecidas, acima e abaixo da capacidade humana de ouvi-las. Em seguida, a nota estourou o limitado espaço do sótão tal qual faria uma explosão sônica. Mesmo com as mãos pressionando forte as orelhas, Will sentiu como se uma bala de canhão tivesse sido disparada e passado rente à sua cabeça.

As janelas foram pelos ares, as tábuas de madeira do piso se retorceram, e, no centro de toda a destruição, o menino viu Elise parada no topo das escadas, a boca escancarada, braços estendidos e palmas para cima, o corpo como um campo de energia selvagem, o epicentro daquela onda de choque convulsiva.

Foi então que *tudo* começou a fazer sentido para ele: Elise também tinha seus próprios talentos. E agora estava *Desperta.*

Agachado próximo à varanda, Ajay havia esperado exatamente um minuto, conforme Elise lhe instruíra, o tempo todo mantendo os olhos grudados no relógio.

— Will. Tape os ouvidos — disse para o walkie-talkie.

Tinha dado dois passos antes de ocorrer a ele: *Ai, Deus, eu devia tapar os meus também.*

Levou as mãos às orelhas no exato instante em que a garagem de barcos explodia e a construção inteira balançava. A onda de energia nocauteou Ajay, fazendo-o cair de costas em outro montinho de neve.

— Mãe do Céu — exclamou o menino.

Com equilíbrio debilitado, voltou a ficar de pé e cambaleou de volta à varanda. Abriu a porta e quase se chocou de encontro ao umbral antes de se corrigir e caminhar para dentro do prédio.

— Elise? Will?

— Aqui em cima!

Era a voz do menino. Parecia que vinha de quilômetros de distância. Os ouvidos de Ajay zumbiam mais alto que em um show de rock. Lançou-se escada acima, desviando das paredes.

— Nossa Senhora — murmurou. — Essa acertou em cheio o giroscópio.

Passando por uma janela, o menino olhou para baixo e viu uma moto própria para andar na neve, chamada de *snowmobile*, sair da garagem e seguir em direção à floresta. Era o Paladino quem dirigia. Ajay entrou aos tropeços por uma porta no topo da escadaria e encontrou Will agachado por sobre Elise, que estava inerte no chão, desacordada e pálida.

— Ela está bem? — indagou, mas sequer conseguiu ouvir-se, portanto repetiu a pergunta, muito mais alto da segunda vez.

Will também não pareceu tê-lo ouvido em nenhuma das ocasiões. Disse algo e Ajay viu que seus lábios se moviam, mas não conseguiu escutar qualquer palavra.

— O quê?! — gritou, aproximando-se.

— Pegue o telefone! Peça ajuda!

— Certo! E onde está Brooke?!

— Lá!

Will orientou-o a passar por uma porta, onde, logo na entrada, Brooke encontrava-se jogada no chão. Dois Cavaleiros, a Garota de Maria-Chiquinhas e o Pirata, estavam estirados perto de uma parede, tortos e fora do ar. Pareciam ter sido atingidos por um ônibus. As máscaras haviam caído. Eram os cães de guarda de Hodak, também parte da equipe de *cross-country*: Durgnatt e Steifel.

Um alçapão bem no meio do cômodo estava aberto e uma corda pendia até o piso inferior. Will indicou a corda e disse algo.

— O quê?! — respondeu Ajay.

Will gritou no ouvido do colega:

— Tem um telefone lá! No escritório do andar de baixo! Sequestro! Tentativa de assassinato!

Ajay fez um sinal de positivo e falou:

— Um deles conseguiu escapar! Por *snowmobile*!

— Eu sei! — gritou o outro. — Lyle!

Ajay agarrou a corda presa ao alçapão e tentou deslizar heroicamente por ela até o piso de baixo. Perdeu contato no meio do caminho e caiu com o traseiro no chão. Depois de se certificar de que Will não vira a cena, pegou o fone do aparelho preto do escritório. Tinha que presumir que uma telefonista tinha atendido, porque não conseguia discernir qualquer som.

— Acho que vou ter que pedir que você grite! — berrou.

Lá em cima, Will apanhou Brooke nos braços, levou-a ao quarto anexo e deitou-a gentilmente ao lado de Elise. Cobriu a última com sua jaqueta. Tirou também o casaco de um dos Cavaleiros caídos e estava prestes a cobrir Brooke quando ela abriu os grandes olhos azuis.

— Quem é que vai ganhar um prêmio por Entrada mais Dramática de Todas agora, hein? — provocou Will.

— Você veio me salvar — disse a menina.

— O quê?!

Ela envolveu-o impetuosamente com os braços e fechou os olhos, dizendo no ouvido do menino:

— Você veio me salvar.

Daquela vez, ele ouviu.

No andar de baixo, Ajay tinha que berrar para garantir que estava sendo entendido direito. Tinha quase certeza de que a telefonista lhe dissera que a ajuda estava a caminho e chegaria em quinze minutos.

— Me desculpe! — gritou para ela. — Parece que eu estou dentro de um sino gigante! Dentro dele mesmo! Em uma torre! E parece que continua a tocar sem trégua!

Desligou e deixou o escritório para trás no momento em que Will pulava pelo alçapão, agarrado à corda, e aterrissava, sem cair, logo ao seu lado.

— Fique aqui — disse. — Tome conta das garotas, espere a ajuda chegar.

— Dirigiu-se à porta.

— Aonde você vai? — gritou o colega, seguindo-o.

— Vou atrás do Lyle.

— A pé? Espere, Elise veio com o cavalo dela. Você podia ir com ele.

— Não vou precisar de cavalo — respondeu Will.

AS CAVERNAS

A neve havia se reduzido a uma leve chuva de flocos quando Will deixou o prédio e bateu em direção a Lyle. As faixas e sulcos deixados no chão pelo *snowmobile* levaram o menino a se embrenhar fundo nas matas. Desviava de obstáculos e avançava pelo espaço desconhecido, pondo em exercício todos os seus sentidos, evocando sua agilidade para acompanhar o ritmo ou diminuir a vantagem de Lyle sobre ele.

Voltou a esquadrinhar mentalmente a área, envolvendo inclusive o espaço à frente a fim de rastrear o monitor, mas tudo parecia embaçado, impreciso, e ele deu-se conta de que sua audição, debilitada pela explosão sônica, tinha grande influência em sua habilidade de "ver". Não conseguia encontrar Lyle em lugar algum, precisava de mais tempo para descobrir sua rota. Deixou para trás a área arborizada e cruzou um planalto sem vegetação que se elevava gradualmente para as montanhas, onde, lá no alto, estavam as cavernas que notara outro dia.

Chegando ao topo da elevação seguinte, Will viu de relance Lyle na moto, dirigindo-se diretamente para o cume. Quando sua audição voltou ao normal, ouviu um som como o zumbido distante de um enxame de vespas furiosas. Pensou que era o motor do veículo do monitor, mas logo percebeu que vinha de algum ponto atrás dele.

Mais três *snowmobiles* cortavam e deslizavam sobre os montes de neve, aproximando-se dele pelo leste. Três Cavaleiros: Benjamin Franklin, George Washington e o Lobo. Todos os mascarados levavam rifles nas costas. Estavam a menos de 100 metros de distância.

Will chegaria ao cume em um minuto. As motos não o alcançariam, mas logo lhe ocorreu o pensamento de que simplesmente chegar até ele poderia não ser o plano do grupo. Talvez quisessem levá-lo àquela direção de propósito e encurralá-lo no espaço aberto, onde poderiam parar, permanecer confortavelmente a distância e acertá-lo com as balas dos rifles.

Mas se a situação chegasse ao ponto de colocar sua vida em perigo, Will tinha certeza de que sua apólice de seguro seria acionada. Dave não o havia desapontado até o momento, quatro vezes sem falhas. Podia contar com seu anjo da guarda para o resgate. Não podia?

Will saltou por sobre uma fileira de pedregulhos e olhou rapidamente para o relógio: sete minutos desde que havia saído da garagem de barcos. A ajuda devia chegar para seus amigos dentro de quinze minutos depois do pedido feito por Ajay. Ele tinha apenas que manter os Cavaleiros ocupados até aquele tempo ter passado.

Ao se aproximar da escarpa, o menino viu Lyle subindo com alguma dificuldade uma trilha na pedra. Montes de cascalho cobriam as extremidades do caminho, servindo a Will de abrigo dos olhares inimigos. Ele cruzou com a moto abandonada de Lyle no caminho, penou para atravessar uma área cheia de argila solta e quebradiça e alcançou a trilha. Olhou para cima: tinha de escalar mais de 30 metros, com direito a duas curvas fechadas, antes de chegar ao cume. Will agachou-se próximo a uma pedra e olhou para trás.

As outras motos haviam parado a pouco menos de 50 metros mais abaixo. Os motoristas, já fora de seus veículos e com as armas em posição e prontas para serem usadas, caminhavam na mesma direção que Will.

Se o plano for atirar em mim, o lugar perfeito é aqui. E se eu quiser que os meus amigos fiquem sabendo onde fui parar, o barulho de tiros soando nesse ar gelado vai dar para o gasto.

Will respirou fundo e correu velozmente encosta acima. Algo atingiu uma rocha à direita a 1 metro de distância do menino antes de ele ouvir o som do rifle se denunciar. Outro tiro ricocheteou à esquerda, e um terceiro logo atrás dele. O menino escondeu-se atrás de um aglomerado de pedras, superada apenas metade da trilha.

— Pode vir quando quiser, hein, Dave — murmurou o menino. — E agora seria uma boa.

Olhou para cima e viu Lyle se arrastando até o topo. Ao olhar para trás, um quarto tiro atingiu as pedras que o protegiam. Will lançou-se pela trilha, usando suas mãos para ajudar na escalada, tomando impulso com as pernas, saindo do esconderijo tão rápido que os disparos seguintes atingiram pontos distantes de onde estava. Virando a curva final, os últimos 3 metros até o topo deixaram-no completamente exposto, portanto, ele continuou escalando e tomando impulso e se movendo até que...

Pulou para o alto do cume e rolou para longe da beira no instante em que três balas disparadas quase juntas passaram zunindo rente a seu corpo. Uma delas chegou a pegar de raspão o ombro do colete que vestia, e as penas do enchimento voaram pelo ar.

Will ficou deitado quieto, a respiração ofegante, cercado pela neve, enquanto os sons altos dos disparos ecoavam pelas rochas. Levantou a cabeça apenas o suficiente para procurar Lyle nas cercanias. O cume, nevado e de apenas 9 metros de largura no ponto mais amplo, estendia-se para as duas direções até fazer uma curva e desaparecer. Outro paredão de pedra maciça, impossível de ser escalado, elevava-se à frente de seus olhos.

Lyle não estava visível em lugar algum. A boca da maior das cavernas, mais alta que ele, abria-se logo adiante. Outras duas cavernas pouco menores ficavam uma de cada lado da maior.

Em qual caverna ele está?

Will olhou para trás, para a extensão da cumeeira. Os atiradores não fizeram menção de segui-lo. O menino olhou para o relógio: quinze minutos. *Ainda bem.* A cavalaria já devia ter chegado à garagem e encontrado Ajay, e, se tinham escutado os disparos, deviam até estar a caminho.

Mas com que rapidez seriam capazes de encontrá-lo?

Will esgueirou-se em direção às cavernas. A máscara do Paladino estava jogada na neve logo na entrada da caverna central. Uma leve brisa soprava lá de dentro, e o menino pôde sentir um odor pútrido no ar. Algo estragado, azedo e repulsivo.

Em seguida, ouviu a voz de Lyle gritar de algum ponto nas profundezas da caverna:

— Acho que você não sabe mesmo o que é um *parvo*, West.

Will parou. A voz de Lyle ecoava, e as palavras se repetiam. As cavernas pareciam ser profundas.

— Um *parvo* é um imbecil. Um simplório. Um ser inferior das classes mais baixas, aquele grupo que *costumava* saber qual era o seu lugar. Vá em um shopping para ver. Pegue um ônibus. Entre em uma escola pública qualquer. Esses lugares estão *infestados* com eles.

Will entrou na caverna menor à esquerda e ficou agachado nas sombras, logo na entrada, esperando seus olhos adaptarem-se à escuridão. Pegou do chão duas pedras redondas do tamanho de bolas de beisebol e colocou-as nos bolsos do colete. Ainda não conseguia ver o inimigo, por isso evocou seus sentidos e o encontrou:

Pouco mais de 25 metros para a direita, na próxima câmara. Percebeu que todas as cavernas eram interconectadas, uma vasta cadeia de câmaras e passagens permeando como uma colmeia toda a extensão da cumeada.

— Mas o problema é que, agora, os *parvos* não sabem mais qual é o lugar deles. Aliás, de vocês. Ah, ainda querem a política do pão e circo, aquelas porcarias que vocês comem e os seus esportes violentos. Mas uma dieta feita de lixo não é mais suficiente para deixar vocês calminhos. Acham que, só porque a nossa cultura satisfaz todos os seus impulsos infantis, agora podem dar *opinião*. E que nós temos que *ouvir*.

Will ia se aproximando centímetro a centímetro da abertura mais próxima no arenito. Um brilho branco e quente emanava da câmara à sua direita.

— Vocês acham que são todos tão *especiais*! Não podem ser os responsáveis pelas suas vidinhas medíocres e sem propósito, vocês têm auto*estima* demais para isso. São todos *estrelinhas*, só esperando alguém descobrir o seu brilho. Pode esquecer a auto*disciplina* ou a cultura ou as amizades com as pessoas certas. O mundo é um grande show de talentos, e tudo o que vocês precisam fazer é aparecer.

Will chegou à porta da passagem e espiou por ela: o teto da câmara adjacente ficava a mais de 9 metros do chão. Estava iluminado pela luz antinatural emitida pelo bastão de aço, o Entalhador, que Lyle tinha na mão. Usava-o para traçar um enorme círculo no ar, já quase completo, de quase 2 metros de diâmetro. O contorno irregular ardia com intensidade ofuscante.

— Nós representamos uma coisa diferente aqui. Verdades eternas: honra, valores, liderança. Agora mais do que nunca. Uma nova espécie pronta para preservar as nossas tradições. E estava indo tudo muito bem conforme os planos até *você* entrar na história. Um *parvo* de penetra na festa da primeira classe. Bom, deixa eu esclarecer as coisas de uma vez: *Só se for por cima do meu cadáver*.

Lyle terminou de desenhar o círculo. Um campo de energia fez uma rachadura nas beiradas do contorno, ganhando vida, e o ar ficou embaçado e reluziu: um portal abrindo-se lentamente no centro do traçado. O monitor ergueu o bastão, os glifos gravados no cabo brilhando com intensidade.

Dave vai vir. Com aquele pensamento dando-lhe forças, Will segurou firme uma das pedras em seu bolso e deu um passo à frente:

— Se é isso mesmo o que você quer, Lyle.

O outro se virou, e seus olhos ensandecidos encontraram Will.

— Você sabe o que aconteceu com as *últimas* pessoas que tentaram ficar no nosso caminho? Eles são conhecidos como os povos *nativos* dos Estados Unidos, como se tivessem estado aqui *primeiro*.

— E eles *estavam* aqui primeiro.

— Esses primitivos patéticos acreditavam que essas cavernas levavam até o mundo dos mortos — continuou Lyle. — Que os deuses deles usavam esse lugar para fazer a passagem entre o nosso plano e o reino dos espíritos.

Eles entenderam tudo errado. — Lyle levantou as mãos, indicando o buraco, exibindo com orgulho sua obra. — A única passagem que tem aqui agora é para os Antigos... Lá no Nunca-Foi.

Lyle apontou o bastão para Will e lançou um raio de luz quente e branca contra o menino. Com seus pensamentos, Will criou um escudo bem a tempo de rebater o tiro, que foi desviado para uma parede, mas o impacto por pouco não derrubou o garoto. O monitor ainda era mais forte, e, com aquela arma em seu poder, era *muito* mais forte. Will voltou a se esconder. Duas outras explosões se seguiram, quebrando rocha e criando buracos nas paredes.

E se Dave não vier dessa vez? O que foi que ele disse mesmo? "Aprenda. E aprenda rápido."

Will levantou-se e jogou a primeira pedra a 1 metro de Lyle, à direita. O outro sorriu, cheio de arrogância, e ergueu o bastão para atirar novamente. Will fechou os olhos, ampliou o alcance de seus sentidos e encontrou a pedra voando na escuridão. Segurou-a e deu um jeito de colocar nela alguma parcela de si. A partir de então, tudo o que precisava fazer era *pensar*: A pedra deu meia-volta, e, como um bumerangue, partiu em direção a Lyle.

Eu estou aprendendo.

Nº 48: NUNCA COMECE UMA LUTA A MENOS QUE VOCÊ SAIBA QUE CONSEGUE FINALIZÁ-LA. RÁPIDO.

A pedra atingiu o braço de Lyle logo acima do cotovelo, derrubando a arma de sua mão. O monitor soltou um urro de dor e caiu de joelhos. Will lançou a segunda pedra em direção ao bastão e empurrou-o para as profundezas da caverna, fora de vista.

Lyle estava no chão, virado no intuito de proteger o braço ferido. Will pulou em cima dele, sentando-se sobre seu peitoral, forçando-o contra o solo. Segurou a lâmina do canivete abaixo do queixo do adversário. Lyle olhou para ele uma vez, inspirou longamente e começou a chorar copiosamente em longos soluços, como se fosse um bebê recém-desmamado e infeliz. A angústia daquele jovem estranho era tão genuína que quase fez Will sentir pena.

Foi então que viu um nódulo de carne em alto-relevo no lado esquerdo do pescoço do monitor, agitando-se de um lado para o outro como um joystick.

Droga. Um Acompanhante.

Will assistiu com horror enquanto aquela coisa era expelida do pedaço de carne inchada no pescoço de Lyle. Cuspindo e sibilando para ele, Will viu uma forma retilínea e longa como um talo escuro descolorido, com patas peludas e oito olhos piscando com raiva em um rosto semi-humano furioso e contorcido.

Sem pensar, Will usou a faca para cortar a raiz que sustentava a criatura. A haste cortada caiu no chão, soltou um guincho medonho e lamurioso e foi se esconder nas sombras, arrastando a carcaça rasgada e gosmenta.

O nódulo no pescoço de Lyle desfez-se como um balão murchando, perdeu a cor e a pele voltou a ficar lisa. O monitor soltou um suspiro choroso.

— Está doendo — reclamou, olhando para Will com olhos magoados. — Muito. Em todo o lugar.

— E o que quer que eu faça? — indagou Will. — Que eu aplique os primeiros socorros? Você tentou me matar!

Lyle voltou a chorar baixo, inconsolável.

— Eu não queria — gemeu. — Eles me obrigaram.

— Por quê?

— Porque estão com *medo* de você.

— Quem obrigou você a fazer tudo isso? *Como?*

Lyle mostrou o pescoço a Will.

— Ele me mandou colocar aquela coisa em *mim mesmo* — contou, com a voz pouco clara e trêmula. — Dois dias atrás. Porque eu *me recusei* a matar você.

— O Homem Calvo?

Lyle confirmou silenciosamente pedindo compaixão.

— Quem é ele, Lyle?

— A gente chama ele de Sr. Hobbes — respondeu o outro com um fio de voz. — Ele apareceu aqui no ano passado, quando entrei para os Cavaleiros. Ele me testou. As minhas habilidades.

— O que você pode fazer com as pessoas, você quer dizer.

Lyle fez que sim, as lágrimas escorrendo dos olhos.

— E ele me disse que eu ia ser muito importante... Porque eu era o *primeiro* a Despertar.

— O que isso significa? O primeiro de *quê?* — indagou Will.

— Da *Profecia* — respondeu o outro, cheio de intensidade. — Ele contou que eu era o primeiro, e que, por causa disso, tinha *grandes planos* para mim, que eu ia ajudá-los...

— O que é essa Profecia, Lyle?

— ... Mas, aí, *você* chegou — continuou Lyle, voltando a ficar petulante. — É tudo culpa sua. Você arruinou a minha *vida*.

— O que é a Profecia?

— A gente! Nós *todos* somos! — O rosto do monitor contorceu-se como se estivesse dando um nó, e sua voz tornou-se um sussurro: — A-T-C-G. A-T-C-G...

Will sacudiu-o com ambas as mãos.

— Mas que droga, Lyle, me diga o que preciso saber! É a escola que está por trás de tudo?

— A *escola*? — Lyle parecia perversamente satisfeito ouvindo aquilo, quase tonto de tão alegre.

— Eles sabem de alguma coisa? — Will exigiu a informação.

— Algumas pessoas. Não sei quantas — respondeu o monitor, a voz baixa outra vez. — Você precisa começar do início. Nas clínicas.

— Que clínicas?

— Vá lá e veja o que *você* acha das novidades. Depois se pergunte: Quem sou eu... *de verdade*? E aí, eu desejo boa sorte para você — respondeu Lyle com toda a sua arrogância de volta ao controle. — *Parvo*.

Um som profundo e retumbante explodiu do portal atrás deles e ficou mais alto até começar a fazer o chão tremer e pedras serem arrancadas das paredes. Um gemido antinatural perfurou o ar. Os pelos no pescoço de Will se eriçaram todos. O menino voltou-se para olhar.

Uma massa de sombras em turbilhão flutuava acima do portal aberto por Lyle.

— O que você trouxe para cá, Lyle?

O monitor encarou o portal, aterrorizado.

— Wendigo — balbuciou.

Will tirou os óculos de Dave do colete e os colocou. Um imenso contorno semi-humano apareceu do outro lado do portal.

— Por favor, me ajude — suplicou Lyle.

Will colocou o outro de pé e puxou-o em direção à saída da caverna, mas Lyle se desvencilhou e empurrou Will, correndo em direção ao portal. Will olhou para trás e viu a coisa começar a sair da abertura.

Era um gigante esquelético cuja pele descamada se desprendia de maneira nauseante, toda recoberta de manchas cinzentas e de longos pelos escuros. Os braços e pernas esguios e encouraçados terminavam em garras. Aglomerados de olhos e nós de membros roídos projetavam-se da caixa torácica exposta. Um sorriso grotesco cheio de dentes afiados como lâminas rasgava sua face logo abaixo de olhos amarelos sulcados e venenosos, que brilhavam com apetite e ódio. Uma escuridão profunda o acompanhava, flutuando ao seu redor como uma nuvem.

Lyle caminhou até o ser, erguendo as mãos em súplica. A criatura o encarou com curiosidade.

— Fui eu quem trouxe você — disse Lyle, sorrindo sombriamente; em seguida, virou-se e apontou para Will. — É *ele* que você quer.

Quando Lyle voltou a olhar para o ser saído do portal, a coisa já abria a bocarra: um longo tentáculo de carne disparou lá de dentro e se agarrou ao rosto do jovem com uma pancada molhada. O corpo do monitor enrijeceu-se. Pernas e braços começaram a se debater e todo o resto do menino começou a se balançar e convulsionar violentamente. Ele soltou um uivo abafado que não parecia humano, como se sua alma estivesse sendo retalhada por uma máquina de cortar madeira. Momentos depois, Will pensou ter visto o rosto do jovem surgir dentro da caixa torácica da criatura, gritando em agonia.

Will recuou, quase anestesiado de tanto terror, no momento em que o wendigo soltou Lyle e ele caiu, murcho, no chão da caverna. Ao fugir, Will ouviu a besta vindo atrás. Já esperava que, a qualquer momento, o toque maligno o partisse em dois.

Foi então que ouviu... o que, um motor? Alguma espécie de veículo? Will olhou para cima, mas o céu estava incrivelmente claro.

— Se abaixe, parceiro.

O Prowler de Dave apareceu acima do cume. Flutuou pelo ar, fazendo um arco sobre Will, e começou a disparar a toda potencia. Dave se inclinou para fora da janela, a pistola ardendo como se estivesse em chamas enquanto ele atacava, com o carro, o wendigo na entrada da caverna.

A colisão empurrou a criatura de volta para dentro. Ela plantou os pés no chão e agarrou o automóvel com as mãos gigantescas. O metal rangeu e entortou quando o wendigo amassou o veículo como se fosse brinquedo de criança. Dave pulou do Prowler destruído e, com uma explosão de luz, elevou-se à forma angélica completa que Will havia visto brevemente em seu quarto: de mais de 2 metros de altura, armadura de platina, brandindo uma espada de prata azulada que resplandecia.

Dave e a criatura se digladiaram, trocando golpes incertos. Dave aguentava ataques terríveis para fazer a coisa recuar. Ela cedeu e Dave girou a espada como se usasse uma foice. Ao redor deles, fagulhas saíam do embate como se fosse a celebração do Dia da Independência dos Estados Unidos, até que, com uma combinação de golpes devastadora, o anjo mandou a massa sombria do wendigo voando de volta para dentro do portal.

De joelhos, Will assistiu do lado de fora da caverna enquanto o portal começava a se contrair. Dave encolheu de volta ao seu tamanho humano, sangrando por uma dúzia de ferimentos. O menino reconheceu medo nos olhos de Dave como nunca antes havia visto.

— Você está bem? — perguntou o homem, o peito arfante.

Will fez que sim.

— Mas e você?

— Já estive melhor. Esse daí foi fogo. Um dos grandões...

Deu um passo em direção a Will. De supetão, os longos membros secos do wendigo lançaram-se de dentro do portal que se fechava atrás de Dave e enlaçaram sua cintura.

— Que pé-frio eu sou, parceiro — praguejou Dave. Ele pegou algo do bolso e a arremessou. Caiu na neve bem perto da entrada da caverna.

— Não! — gritou Will.

Então a coisa puxou Dave para dentro do Nunca-Foi no instante em que o portal se fechou e desapareceu.

A caverna caiu em silêncio profundo. Will arrancou os óculos do rosto e meteu-os no bolso. O coração aos pulos, cambaleou até o lado de fora, colocou-se de joelhos e levou a mão a um buraco na neve, onde encontrou algo sólido.

O cubo transparente de Dave, com os dois dados girando lá dentro.

Ouviu um som de motor novamente, alto e cada vez mais forte. Olhou para cima.

Pairando sobre o menino, um helicóptero descia em ângulo, desacelerando e baixando cada vez mais em direção ao cume. O menino viu alguém deslizar a porta do helicóptero para o lado e jogar uma corda, então pensou:

Eu sei quem é. Quem é ele? Calma, vou me lembrar...

Já sei, é o diretor Rourke.

MAMÃE E PAPAI

Você está Desperto? Ele é filho único... 1990... A Profecia do Paladino... Algarismos Romanos... Clínicas... Nota na prova... A Fundação Greenwood. Abra todas as portas e Desperte.
Fragmentos espiralavam-se na mente de Will. Lentamente, tomou consciência de que estava deitado em uma cama com lençóis de linho impecáveis. Não tinha a menor ideia de quanto tempo ficara desacordado. E sentia que havia alguém com ele lá. Abriu os olhos. Estava em um quarto no centro médico. Olhando ao redor, lá estavam eles, os dois, sentados ao pé da cama sob o luar pálido.
A mãe e o pai. Jordan e Belinda. Eles, *de verdade*. Quando viram que o filho estava voltando a si, correram até ele e o abraçaram, um de cada vez.
— Nós sentimos tanto medo de perder você — confessou a mãe. — Graças a Deus, Will.
— Eu sabia que vocês estavam bem — disse Will. — O tempo todo. Eu simplesmente *sabia*.
— Temos tanto orgulho de você, filho — afirmou o pai. — Eles já contaram tudo. Sabíamos que você ia conseguir.
— Eu não sei como. Não sei mesmo. Meus amigos me ajudaram muito. Eu não ia conseguir fazer nada disso sozinho.
— Nunca duvidamos de você — disse a mãe.
— Você não nos decepcionou, Will — garantiu o pai. — Fez tudo como devia, exatamente como o treinamos para fazer. Como sempre acreditamos que faria.
— Onde vocês estavam? — indagou o menino. — O que aconteceu com vocês?
O casal trocou olhares e um sorriso secreto só dos dois. Quando a mãe virou a cabeça, Will viu seu pescoço: *nenhuma cicatriz*.
— Será que a gente devia contar? — perguntou Jordan, limpando as lentes dos óculos.

Belinda sorriu delicadamente, levou a mão à testa do filho e, como se não tivesse muita consciência do que fazia, penteou os cabelos do menino com os dedos.

— Temos tanta coisa para contar — disse.

Will ouviu uma música suave. O pai tinha trazido consigo uma vitrola. Do outro lado do quarto, um disco negro girava nela, a agulha tocando o vinil, um sibilo e um pulo durante o refrão: *All you need is love... All you need is love... All you need is love, love... Love is all you need...*

— Você está tão perto de descobrir tudo, Will — confidenciou Jordan.

Sentindo-se subitamente desconfortável, os olhos de Will deslocaram-se ao redor do cômodo. Um vaso com flores recém-colhidas, crisântemos brancos, repousava sobre uma mesa perto da janela, iluminado por um raio de luar. Um compasso e um esquadro estavam ao lado do vaso. Havia também um tabuleiro de xadrez perto: dois cavalos pretos enfrentando um pelotão de peões brancos. O menino ouviu uma bola quicar no chão, olhou para a esquerda e viu duas antigas raquetes de tênis de madeira em um canto. E o mais estranho, havia um falcão empoleirado no encosto de uma cadeira. Encarando Will, feroz e majestoso.

À porta, meio escondido nas sombras, estava o treinador Jericho. Algo que parecia sangue pingava a um ritmo constante de seu braço esquerdo, dependurado quase sem vida ao lado do corpo.

— Você viu um deles — falou o homem. — Um dos que pertencem à Raça Antiga. Wi-indi-ko.

A agulha ficou presa, pulando partes da letra: ... *Love... Love... Love...*

— O quê? — indagou Will, confuso.

— A Profecia — respondeu o pai. — A gente devia ter contado para você. Há muito tempo.

— Mas tinha coisas que não queríamos que você ficasse sabendo — confessou a mãe, aproximando-se do filho. — Nós o amamos tanto, mas você nunca chegou a nos conhecer de verdade. Não podíamos deixar isso acontecer. Para a sua própria segurança. Antes mesmo de você nascer.

Will abriu os olhos.

Estava deitado em uma cama de hospital, dentro de um quarto de enfermaria ou do centro médico. As luzes eram fracas, e a escuridão era total fora da janela. Piscou. Tudo doía. Tomava soro pelo braço esquerdo.

O treinador Jericho estava sentado ao lado da cama. O braço esquerdo do homem estava enfaixado e suportado por uma tipoia, escondida sob o sobretudo de couro preto que vestia. Seu rosto bronzeado parecia tão duro e inflexível quanto pedra.

— Ainda estou sonhando? — indagou Will.
— Não — respondeu o homem. — Você está desperto.
Desperto. Will tentou perscrutá-lo, mas não conseguiu.
— O que você sabe da história toda?
— O bastante.
— Mas sabia que algumas pessoas da sua equipe estavam envolvidas?
— Agora sei — respondeu Jericho.
— Não vai sobrar muita gente para correr.
— Não preciso de muita gente — declarou o treinador. — Já tenho você.
Will fechou os olhos, relembrando partes do sonho.
— O que é um wendigo?
— Um superpredador — respondeu o homem. — Manifestação potente do magismo da doninha.
— Por quê? Eles matam mais do que precisam para comer? — indagou Will.
— Só que o Wi-indi-ko se alimenta de almas — disse Jericho. — E nunca fica satisfeito.
Will pensou no corpo de Lyle, agitando-se no chão, e estremeceu.
— Eu vi um animal no meu sonho — disse. — Um falcão.
Jericho refletiu um momento e esboçou um brevíssimo sorriso.
— Isso é bom? — indagou Will.
— Me diga você, quando tiverem se conhecido melhor — respondeu o homem. Em seguida, se inclinou e sussurrou: — Agora é um momento crucial. É bom ter muito cuidado com o que você fala e para quem você fala.
Will concordou com a cabeça, respirou fundo e fechou os olhos por um momento.
— Ei, treinador, é verdade isso que eles estão dizendo? Você é mesmo parente do Cavalo Louco?
Ajay surgiu à porta.
— Graças a Deus. Eu não queria acordá-lo, mas parecia que você estava falando enquanto dormia.
— O treinador Jericho estava... — Will virou-se para onde o homem estivera. Havia partido.
— O que foi, Will? — indagou Ajay. — O que é que tem Jericho?
Will sentiu um frio súbito e puxou as cobertas.
— Há quanto tempo estou aqui?
— Eles trouxeram você para cá há duas horas — respondeu Ajay. — Está todo mundo aqui. Nick está com a perna quebrada. Acharam ele no vestiário, bem mal mesmo.
— E Elise? Brooke?

381

— Elise também está aqui, estável, mas inconsciente ainda. Brooke não sofreu ferimentos sérios, mas está muito abalada. Os pais dela estão vindo hoje mesmo para cá.

Will concentrou-se no amigo. Parecia exausto, roído até o osso.

— E com você, tudo bem, Ajay?

— Estou bem, sim — confirmou o menino, mas fungou e se esforçou para conter as lágrimas. — Hipotermia leve. Nada que algumas xícaras de chocolate quente não resolvessem. Mas fiquei bastante preocupado com vocês.

Will estendeu a mão e segurou a do amigo, esperando até que conseguisse voltar a falar.

— Eu me sinto tão completamente imprestável, Will — confessou. — Vocês fizeram todas as coisas importantes, e eu, o que foi que fiz? Peguei carona em um cavalo sacolejante.

— Não, Ajay, nada a ver. Você foi incrível. A gente nunca ia conseguir fazer nada sem você.

— Só está dizendo isso para eu me sentir melhor.

— Mas é verdade também — disse Will. — E a gente precisa de você mais ainda agora. Porque você é a melhor testemunha possível de tudo isso que aconteceu. Você vê tudo, e não é como se fosse esquecer algum detalhe, não é?

— Nunca — disse Ajay, sorrindo, depois provou: — A equipe de resgate chegou exatamente 14 minutos depois que você saiu. É só mencionar as palavras "sequestro" e "tentativa de assassinato", e a cavalaria inteira aparece: carros, caminhões, barcos, polícia, ambulância, soldados.

— O que você falou para eles, Ajay?

— Que alguém vestido que nem o Paladino tinha sequestrado e ameaçado machucar Brooke se a gente não fizesse o que mandasse — contou o colega. — Então a gente achou melhor tentar resgatar a nossa amiga sem informar as autoridades. Aí mostrei a eles a sua conversa com o Paladino no meu tablet para provar a minha história.

— Perfeito — disse Will, dando tapinhas no braço do amigo. — E é *só* isso que a gente tem que dizer.

— Entendido, Will — concordou Ajay. — Vi a polícia levando Durgnatt, Steifel e Duckworth. Algemados.

— E Lyle?

— Trouxeram ele para cá junto com você no helicóptero, mas não fiquei sabendo de notícias dele.

— E Todd Hodak?

— Parece que os policiais pegaram mais seis lá no Celeiro, mas ninguém mencionou Todd.

Will refletiu por um momento.

— Eram *dois* Paladinos, Ajay. Lyle estava na garagem de barcos. A pessoa lá no Celeiro tinha que ser Todd. Quando ele viu que era Nick lá, e não eu, ele fugiu.

— Então, foi Lyle quem mandou o vídeo? — indagou Ajay.

— Só pode ter sido — confirmou Will. — Era ele quem estava no comando. Eles vão deixar você sair?

— Não falaram o contrário. Por quê?

— Eu preciso do meu iPhone. Está em uma estante no escritório de Lyle, dentro de uma caixa de plástico com o meu nome. Se não estiverem vigiando a residência, acho que você consegue entrar escondido e pegar para mim.

— Não querendo ser chato, mas não acha que a gente já está metido em confusão o suficiente?

— Toda a confusão está apontando na direção dos Cavaleiros — retorquiu Will. — Porque *a gente* não sequestrou ninguém, não é?

— Se você está dizendo — respondeu o colega, ainda incerto.

— Ainda temos muito trabalho pela frente. E a gente precisa daquele celular.

— Mãos na massa, então — Ajay foi saindo, mas parou à porta. — Will, eu sei que a gente pode juntar muitos dos *fatos*... Mas você tem alguma noção do tamanho real da coisa?

— Tenho alguma ideia — respondeu Will —, mas não queria dizer nada até estar todo mundo reunido de novo. Você joga tênis?

— Mas que *non sequitur* mais completamente bizarro esse agora.

— Estou tentando entender uma coisa que vi em um sonho. Mas, então, joga?

Ajay deu de ombros.

— Sou mais fã do tênis de mesa.

— Qual é o sentido de "*love*"?

— Do amor? Deus do céu, ele vai do absurdo ao profundo...

— Eu quis dizer "*love*" no *tênis* — esclareceu Will.

— No tênis? Bom, em algumas línguas, na pontuação do tênis, "*love*" quer dizer zero. A origem do termo é discutível, mas, como o jogo evoluiu na França, uma das teorias diz que o "*love*" deriva na verdade da palavra francesa "*l'œuf*", que quer dizer "ovo". Porque um ovo se parece com um zero.

— Um *ovo*.

Will quase pôde ouvir o "clique" da dura lógica fazendo tudo se encaixar, como se tivesse encontrado o lugar certo para a peça principal do quebra-cabeça, e todas as demais tivessem se arrumado sozinhas em seus devidos lugares.

— Essa é a teoria mais popular, mas ninguém tem muita certeza. Will, se você está sonhando com ovos, não acha que pode estar simplesmente... com fome?

— Na verdade, estou faminto.

— Digo para os médicos que você acordou?

— Só me dê dois minutos — pediu Will. — Pode fazer uma cena. Isso vai criar tempo para você sair sem que percebam.

Ajay saiu para o corredor. Will retirou a agulha do braço, saiu da cama, um pouco zonzo, e vestiu um roupão. Passou pela porta que conectava seu quarto ao seguinte.

Nick estava deitado na cama, com a perna esticada para cima, suportada por uma espécie de polia e engessada até o joelho. Will aproximou-se de Nick. Os olhos do amigo estavam fechados; o direito estava muito inchado e roxo. Haviam dado pontos no lábio inferior e na face esquerda, e arranhões e cortes recobriam-no inteiro. Parecia ter sobrevivido a um acidente de trem.

— Ei, preguiçoso — sussurrou Will. — Jogada de mestre, hein? As garotas vão cair em cima cheias de preocupação por causa do gesso.

— Você devia ver só os outros caras — gemeu Nick. Abriu o olho bom e apertou a mão do amigo. — Aliás, vou dizer para todo mundo que isso tudo aqui são FFNI: Ferimentos de Festa Não Identificados.

— Mas que festão.

— Brooke está legal, irmão?

— Foi o que me disseram.

— Então a gente pegou os babacas bonito, hein?

— Bota bonito nisso.

— À vera — comentou Nick. Depois, inclinou-se, sussurrando: — E, cara, eu tenho uma boa para contar pra você: esses remédios que estão me dando agora? Eles são *demais*.

— Nick, isso é muito importante. Agora que está dopado e com uma concussão, é *mais* ainda: não fale *nada além* do que precisarem saber.

Nick levantou o punho para bater no de Will.

— Estou ligado. Tenho uma concussão também?

— Cara. Você já nasceu com uma. — Will dirigiu-se à porta.

— Ei, relaxa um pouco. Eu ia contar alguma coisa... Alguma coisa importante mesmo sobre o Nepsted — disse Nick, sonolento. — Mas, droga, não consigo lembrar o que é que era...

Nick desligou. Will passou para o quarto seguinte. Deitada de costas, os olhos fechados, tomando soro e ligada a uma bateria de monitores, lá estava Elise.

Will tomou a mão da menina, inclinou-se para perto e murmurou:
— Elise, está me ouvindo?
— Não — respondeu ela. — Eu morri. Tragicamente. — Abriu os olhos.
— Ajay me contou que você não tinha acordado ainda.
Elise arqueou uma sobrancelha.
— E acha que eu ia deixar eles ficarem sabendo antes de conseguir conversar com você? Você me conhece tão pouco assim mesmo?
— Eu devia saber.
— É, devia mesmo — retorquiu ela. Ele tentou retirar a mão, mas a menina a segurou firme. — Não dei permissão para você tirar a mão.
— Vai ver eu também não queira soltar — respondeu o garoto.
Olharam um para o outro por um momento.
— Ótimo — disse Elise. — Agora, estou completamente envergonhada com toda essa coisa da *mão*.
Mas nenhum dos dois se desvencilhou.
— Você sabia que podia... fazer... aquilo que fez? — indagou Will.
— Deixa eu perguntar uma coisa primeiro — interrompeu ela. — É uma pergunta esquisita, mas, como foi você quem mandou o Ajay me levar até lá, vou perguntar assim mesmo: *Você* sabia?
— Não exatamente. Eu tinha a sensação, achava que você era capaz de fazer *alguma coisa*.
— Por quê? Como?
— Por causa de uma pergunta que você me fez uma vez — explicou o menino. — Em um sonho. Você me perguntou se eu estava "Desperto". Era você, não era?
— *Desperto* foi só a palavra que usei. Para descrever o sentimento para mim mesma. — Ela fixou o olhar no dele o tempo todo. — Eu também estava sonhando. Eu vi você, duas vezes, antes de você chegar aqui, antes de eu ter ideia de quem você era, ou se existia mesmo. Vi todo o perigo que estava correndo, Will. E, quando você apareceu, isso me deixou superassustada.
Ela apertou a mão dele com força.
— Eu sempre fui esquisita, está bem? E não quero dizer "esquisita" do tipo nerd ou geek. Eu quero dizer no sentido mais antigo, fora de uso: rara, fora do comum. Eu tenho o poder de ver o destino ou o futuro, ou de saber o que as pessoas estão pensando. Aí você chegou e eu despertei *de verdade*.
— Quer dizer, com aquilo que fez na garagem?
— Eu não fazia ideia de que podia fazer uma coisa daquelas — explicou. — Alcançar uma nota aguda que quebra uma taça de vinho é uma coisa. Mandar

385

as portas de um prédio pelos ares e deixar todo mundo na sala inconsciente? Essa aí é uma definição totalmente nova de "Desperta".

— Eu senti outra coisa também — disse Will, avaliando a amiga. — Umas duas vezes quando estava com você. — Sustentou o olhar e pensou:

Você sabe o que eu estou pensando?

Ela encarou-o de volta, sem piscar: *É claro que eu sei, bobão.*

Will engasgou.

— Uau. Como pode isso?

— Sei lá, mas com certeza é mil vezes melhor que mensagem de texto — respondeu ela com um sorrisinho disfarçado.

Ouviram vozes no quarto de Nick e viram luzes se acenderem pelo vão da porta.

— Não se preocupe, já sei de todo o esquema — sussurrou Elise. — Boca de siri. Uma explosão deixou todo mundo fora do ar, e a gente não sabe o que foi que causou tudo. Talvez os caras do mal tenham armado tudo antes...

— Você é boa mesmo — disse Will.

— Já tem permissão para sair, soldado — disse Elise, ajeitando-se na cama. — Vou voltar para a minha cena de A Bela Adormecida. Estou mesmo detonada por causa dos efeitos da minha... hum... "explosão".

Sei bem como é isso também, pensou Will.

E eu sei que você sabe, pensou a menina. Em seguida disse:

— E isso é *profundamente* esquisito, não é?

— Não tem nada mais esquisito do que a verdade — disse Will.

— Hum. Certo. Vou refletir sobre *isso*. — Elise apertou a mão do garoto uma vez mais, fechou os olhos e o deixou ir.

Will voltou para a porta, recompôs-se e saiu.

A Dra. Robbins, o Dr. Geist, Dr. Kujawa e o diretor Rourke estavam em volta da cama de Nick. Eloni e outro segurança guardavam a porta para o corredor. Rourke vestia seu casaco de pele de carneiro e segurava o chapéu de caubói.

— Aí está você — disse a Dra. Robbins. — Will, o que está fazendo fora da cama?

— Eu queria ver se todo mundo estava bem.

— Sente aqui, por favor, Will — pediu Rourke, batendo calmamente na cama desocupada ao lado da de Nick. — Não se esforce demais. Ter certeza de que *todos* vocês estejam bem é a *minha* primeira preocupação, não sua. Estamos entendidos?

— Estamos, sim, senhor.

Will sentou-se na cama. O Dr. Kujawa verificou seu pulso e o examinou rapidamente. Enquanto o médico fazia seu trabalho, o menino trocou um olhar com Nick por sobre o ombro. O outro assentiu quase imperceptivelmente: *Está no papo.*

Kujawa voltou os olhos para Rourke: *Ele está bem.*

O diretor puxou uma cadeira, colocou-a ao contrário e sentou-se casualmente virado para o encosto, entre as camas, a fim de ter a visão de ambos os meninos.

— A Dra. Robbins e o Sr. McBride me colocaram a par de algumas conversas anteriores — começou —, quando vocês mencionaram uma preocupação com esse clube secreto chamado Os Cavaleiros de Magnos. Quero ouvir a sua versão dos fatos, Will.

O menino contou-lhes a respeito das ameaças feitas pelo Paladino a Brooke. Desculpou-se com Robbins por ter saído da residência contra as ordens dela, mas explicou que considerou que não tinha alternativa. O que vira na mensagem de vídeo levou-o a crer que encontrariam Brooke na garagem de barcos e que a decisão de sair para tentar salvar a amiga era dele e apenas dele. Uma explosão ocorreu ao chegarem ao local. Uma armadilha preparada de antemão, presumiram, pelos sequestradores. Explicou também como havia corrido atrás do Paladino, aquele que acabou descobrindo se tratar de Lyle, até o cume, e que outros mascarados haviam atirado contra ele. Tinha cercado Lyle perto das cavernas, onde o diretor encontrou os dois com o helicóptero.

E era tudo de que se recordava.

Rourke olhou para ele e, em seguida, retirou algo do casaco.

— Achei isso nos seus bolsos, Will.

Eram o canivete suíço, os óculos escuros e um par de dados negros. Dados negros normais, de seis lados, como os que se encontram no jogo Banco Imobiliário. Will tentou disfarçar o susto: *Dados comuns? Esses aí são mesmo os dados que estavam no cubo de vidro do Dave?*

Então, Rourke virou-se para Nick e pediu que lhe contasse a história pela sua perspectiva.

Nick confirmou a versão de Will, acrescentando que tinham trocado seus casacos com a intenção de que os Cavaleiros o confundissem com Will. Tinha ido ao Celeiro a fim de criar uma distração enquanto Will e os demais iam ao resgate de Brooke.

Estamos fora de perigo, pensou Will, aliviado. Mas, então, Nick continuou o relato:

— E aí, quando cheguei lá, um bando de moleques mascarados, tipo seis deles, estava tentando roubar a estátua do mascote da escola. Eles já tinham até conseguido tirar ela do pedestal e levado até o vestiário, e eu não sabia se eles iam depredá-la ou coisa do tipo, sabe, então, resolvi dar um jeito naquilo.

De repente, um *animal* gigantesco aparece do nada (acho que foi porque tinham deixado as portas laterais abertas, e o bicho estava tentando fugir da tempestade?). Eu sei que isso tudo parece muito louco, mas acho que era tipo um... urso?

Silêncio sepulcral.

— Aí, sem mais nem menos, a minha perna recebeu um pancada forte mesmo, e consegui falar com uma telefonista pelo telefone de algum jeito, e tive esse pesadelo macabro, que tinha uma lula gigante falando comigo... Depois, acordei aqui. Vocês sabem, todo confuso e tal.

Will tentou não estremecer de nervoso.

— Tinha *mesmo* um animal lá — disse uma voz vinda das costas de Will.

Todos se viraram. O treinador Jericho havia entrado enquanto Nick fazia sua narrativa.

— Eu estava no meu escritório quando ouvi — continuou o homem, sem alteração na voz. — Por sorte, consegui abrir algumas portas e atraí-lo para o lado de fora.

— Um urso? — indagou Rourke.

— Julgando pelas pegadas, pode ter sido um urso, sim — confirmou o treinador. — Mas, para ser franco, Stephen, estava escuro, e não me virei para confirmar.

— O que houve com seu braço? — perguntou Robbins.

— Eu escorreguei no gelo depois que saí do ginásio. Nada de mais.

— Um urso — repetiu Rourke, olhando para Nick novamente.

— Por mais improvável que pareça — reafirmou Jericho. — Eu já ouvi o Sr. McLeish inventando muitas histórias antes, mas acho que está falando a verdade. Aqueles garotos levaram mesmo o Paladino para o vestiário e vandalizaram a estátua. Foi lá que achamos o que sobrou dela.

— Obrigado, treinador — agradeceu Rourke.

Os olhos de Jericho encontraram os de Will e, em seguida, o homem se retirou. Nick expirou lentamente e olhou de soslaio para o colega. Movendo os lábios sem emitir sons, Will disse: *Uma lula gigante?*

Nick deu de ombros e assentiu. Rourke levantou-se e passou a mão pelos cabelos grossos.

— Achamos três rifles abandonados no pé da montanha — contou. — Armas para provas e treinamento de tiro da equipe de biatlo que foram furtadas de um armário trancado no ginásio. Também encontramos os cartuchos e quatro *snowmobiles* pegos sem a permissão da escola. É óbvio, Will, que a sua denúncia tinha fundamento: um pequeno grupo de alunos parece ter ressuscitado Os Cavaleiros de Magno, uma organização que foi banida setenta anos atrás. Foram crimes muito sérios os que eles cometeram, e dez estudantes foram levados em custódia. As famílias já foram notificadas e as prisões estão para ser feitas. A segurança dos nossos alunos é sagrada e vamos conduzir uma investigação completa para chegar ao fundo dessa história, de como e por que tudo isso aconteceu.

Rourke fez uma pausa quando outro dos professores de Will entrou no cômodo: era Sangren, o pequeno professor de educação cívica. Levou Rourke a um canto e falou baixo, com urgência.

— Me desculpem — pediu Rourke. Fez um movimento indicando ao Dr. Geist que o acompanhasse. Os dois saíram apressados.

Sangren voltou-se para Will.

— Will, venha comigo, por favor. Aqui.

O menino seguiu o professor até o quarto onde acordara antes. Sangren indicou a cama.

— Sente-se, Will.

O garoto obedeceu. Sangren voltou ao quarto contíguo e falou em voz baixa com Robbins e Kujawa. Algo que disse fez com que a psicóloga involuntariamente levasse a mão à boca em um engasgo, olhando para Will. Kujawa também olhou para o menino e saiu imediatamente do quarto. Sangren segurou os braços de Robbins por um momento enquanto ela se recompunha. Logo, os dois aproximaram-se do estudante.

— O que foi? — indagou Will, o coração apertado antes mesmo de ouvir uma palavra.

A Dra. Robbins ajoelhou-se e tomou a mão de Will na dela:

— Will, Dan McBride acabou de telefonar — começou.

— E o que aconteceu?

— Um acidente.

O ACIDENTE

Insistiu que o levassem até lá. Quando fizeram objeções, o menino elevou a voz, uma vez só, para lhes mostrar que não era negociável. Deixaram o campus uma hora antes do nascer do sol, usando o helicóptero da escola, decolando do topo do próprio prédio do centro médico. Will estava sentado no banco de trás, entre a Dra. Robbins e o treinador Jericho. O diretor Rourke, disseram-lhe, já havia saído antes para se encontrar com as autoridades.

Desceram em Madison alguns minutos depois das seis horas, quando o céu adquiria um tom acinzentado ao leste. Rourke e Dan McBride esperavam ao lado de um grande SUV preto dirigido por Eloni. Subiram todos no automóvel e seguiram atrás de dois carros da polícia de Wisconsin, as luzes da sirene ligadas, por um quilômetro e meio na direção oeste. Quando estacionaram perto do local e desceram do carro, o diretor gentilmente, mas com firmeza, colocou o braço no ombro de Will e explicou tudo para ele em voz baixa.

O piloto havia alertado o controle de tráfego aéreo que tinha perdido o controle logo após começarem a descida. A tempestade estava dificultando a visibilidade seriamente. Esperavam que pudessem fazer um pouso de emergência, mas o trem de aterragem ficara preso na copa das árvores pouco antes de alcançarem a pista. O avião caiu e bateu, pegando fogo logo em seguida.

Eram quatro passageiros a bordo, incluindo a tripulação composta por duas pessoas. Não houve sobreviventes.

Enquanto caminhavam em direção à mata, Will avistou bombeiros e equipes de resgate preparando-se para partir. Investigadores começavam a colocar luzes direcionadas a uma massa contorcida e carbonizada envolvida por folhagens queimadas ao fim de um extenso campo de destroços.

Uma seção da fuselagem e da cauda do avião permaneceu intacta. Na lateral, estava a inscrição que Will esperava encontrar ao chegar ao local: N497TF. Um Bombardier Challenger 600. O mesmo avião bimotor particular que os pais haviam alugado em Oxnard três dias antes.

Will sentira algo gelado nas entranhas quando Robbins lhe dera a notícia. Tinha ficado daquela maneira a noite inteira e ver a cena com os próprios olhos não alterou a sensação em nada. Ainda estava completamente anestesiado, insensível.

Rourke explicou-lhe que havia oficiais no terminal que tinham pedido para falar com ele, mas que, caso não se sentisse à vontade para tanto, Will poderia adiar o encontro.

— Não, vamos acabar logo com isso — respondeu o menino.

Encontraram-se em uma sala de reuniões no Aeroporto Regional do Condado de Dane, em um dos escritórios da administração da aviação geral. O diretor Rourke insistiu em permanecer perto de Will. Uma dupla de policiais ficou guardando a porta. Duas autoridades civis esperavam na sala, investigadores locais.

Fizeram tentativas educadas de prestar solidariedade. Relataram que estavam se empenhando em identificar os passageiros e que esperavam que Will pudesse auxiliá-los. Mostraram ao menino os restos enegrecidos de uma carteira e uma carteira de habilitação do estado da Califórnia parcialmente destruída, ambos os itens guardados em um saquinho plástico, e lhe pediram que fizesse o reconhecimento da fotografia.

— É o meu pai — confirmou ele. — Jordan West.

Colocaram à sua frente uma bolsa de couro queimada. Will reconheceu-a como pertencente à mãe, Belinda West. Perguntaram ao estudante se era verdade, como havia sido relatado a eles, que seus pais estavam viajando de avião a fim de visitá-lo na escola.

— É, sim — respondeu.

Inquiriram se ele sabia o nome do dentista da família na Califórnia. O menino respondeu que ainda não haviam encontrado um em Ojai, até onde lembrava. Deu-se conta de que estavam procurando por chapas de raios X das arcadas dentárias como um meio de identificar os corpos.

A entrevista estava em vias de terminar quando um homem de terno preto entrou. Will sentiu o sangue gelar quando ele tirou o chapéu.

Era o Homem Calvo. O Sr. Hobbes do Lyle.

Mostrou um distintivo, identificando-se como o inspetor Dan O'Brian da FAA, Administração Federal da Aviação norte-americana, e, em seguida, dirigiu-se a Will:

— Eu estava tentando localizar seus pais havia três dias — A voz era fria, quase robótica. — Quando foi a última vez que falou com eles?

O menino fitou-o direto nos olhos.

— Dois ou três dias atrás.

— Eles falaram que estavam querendo alugar um jatinho particular para a viagem?

— Não.

— Eles já tinham alugado um avião *alguma* vez na vida? — interrogou o Sr. Hobbes.

— Não que eu saiba.

Hobbes aproximou-se: era grande e magro, muito maior do que aparentava a distância. Tinha olhos negros sem vida e dentes tão brancos que chegavam a brilhar. Will não conseguia saber qual era sua verdadeira intenção, mas lembrou-se de algo, e aquilo o ajudou:

Ele não tem ideia de que sei quem ele é.

— Você pode me explicar por que foram procurar você em Phoenix, se sabiam que você estava aqui, em Wisconsin?

Will olhou de relance para Rourke, que foi em sua defesa:

— Senhor, sei que é o seu trabalho, mas o jovem acaba de perder os pais.

Hobbes não levantou de Will os olhos negros e inertes por um instante sequer.

— Os West fretaram aquele jatinho na quarta passada em Oxnard. Foram até Phoenix e ficaram a noite toda procurando o filho em alojamentos e centros de apoio a jovens. Em vez de retornar a Oxnard no dia seguinte, viajaram sem dar detalhes do plano de voo, nem notificar o dono do avião. O jatinho desapareceu da grade da FAA durante dois dias e meio.

Rourke encarou Will, que balançou a cabeça, perplexo.

— Um dia antes de fretarem o avião, o Sr. West armou um dispositivo explosivo que destruiu um quarto de hotel que tinha alugado em São Francisco. Fugiu do local antes de ser interrogado. Na mesma noite, o escritório do Sr. West no campus de Santa Barbara da Universidade da Califórnia foi invadido. Documentos e equipamentos valiosos, incluindo dois computadores, foram furtados. O Sr. West continua sendo o principal suspeito...

— Por que ele ia roubar os computadores que já eram dele? — retorquiu Will.

— Dois dias atrás — o homem continuou, ignorando o menino —, a casa alugada pela família há quatro meses em Ojai, na Califórnia, pegou fogo e ficou completamente destruída sob circunstâncias que levaram a uma investigação de crime de incêndio premeditado...

— Will, você já sabia disso tudo? — indagou Rourke.

— Não, senhor.

Hobbes pegou um par de algemas.

— Uma impressionante onda de crimes. O furto de um jatinho particular não é nenhuma infração boba, é o tipo de coisa que atrai o interesse das autoridades mais altas. — Pela primeira vez, Hobbes deu um sorriso, que não se estendeu aos olhos. — Vou levar o Sr. West sob custódia para ser interrogado. Temos assistentes sociais esperando lá fora. Venha comigo.

O sol chegou ao horizonte, inundando a sala com a luz brilhante da manhã. Pela janela, Will viu um SUV preto estacionado com quatro homens de boina esperando ao lado. Hobbes puxou Will para colocá-lo de pé e preparou-se para algemá-lo.

Rourke agarrou o pulso do homem.

— Tire as mãos de cima dele — vociferou.

Hobbes franziu a sobrancelha.

— Eu sou uma autoridade federal...

— E eu sou o tutor legal dele — cortou o diretor, elevando a voz. — E Will não vai a lugar nenhum.

Eloni e o treinador Jericho irromperam sala adentro, acompanhados por dois policiais do estado de Wisconsin, que deixaram claro que estavam prontos para apoiar Rourke. Os demais investigadores não demonstraram interesse em interferir.

— Temos um problema aqui? — indagou o diretor.

Rourke colocou o chapéu de caubói. Eloni e Jericho aproximaram-se de Hobbes. Os olhos do homem calvo estavam em brasas. Por um instante, Will achou que ele gritaria aos Boinas Pretas e tentaria levá-lo à força. Não o fez, contudo.

O menino desvencilhou-se do homem e foi para junto de Rourke, que pousou a mão em seu ombro e o guiou em direção à porta. Will seguiu-o, mas parou à soleira, voltou-se e colocou os óculos dados por Dave.

Uma halo de luz flamejou ao redor de Hobbes, o Homem Calvo... e, sob sua pele, Will viu uma bizarra armadura sólida feita de osso lhe recobrindo a cabeça e o pescoço inteiros, com escamas tão grossas quanto chapas de metal sobrepostas umas às outras.

A indiferença anestesiada de Will se desfez, e uma fúria cega por causa de tudo pelo que teve que passar, tudo o que seus pais enfrentaram, cingiu-o. Sem sequer dirigi-la, a raiva do menino reuniu-se toda na forma de um martelo de guerra, e Will lançou-o em direção do crânio de alabastro do homem.

E, se você estiver ouvindo, pensou o estudante, *esta é pelos meus pais, seu desgraçado horroroso!*

Hobbes engasgou no instante em que sua cabeça voava para trás, atingida pelo golpe invisível. Sangue gotejou de seu nariz e orelha.

Will virou-se e seguiu Rourke para fora da sala. Eloni, Jericho e os policiais foram atrás, uma falange de proteção que afastou todos no corredor enquanto deixavam o prédio.

393

Will falou em voz baixa para Eloni quando chegaram ao lado de fora:
— Desculpe eu ter dado o fora, cara.
— Está tudo beleza, Will — respondeu com gentileza o segurança. — Pela Srta. Springer, eu teria feito a mesma coisa.
— Sr. Rourke? — chamou Will ao atravessarem o estacionamento. — O senhor é mesmo o meu tutor legal?
— Nós vamos ver isso melhor depois, Will — respondeu Rourke e piscou. — Mas não fez mal nenhum deixar ele pensar que sou.

Dentro de minutos, estavam de volta ao helicóptero do Centro, planando sobre as florestas e colinas nevadas, um sol ofuscante subindo pelo céu daquela manhã de um azul límpido. Azul-cobalto. Will notou que o piloto era outro samoano da escola. Rourke viajava ao lado dele. O estudante estava sentado atrás, com a Dra. Robbins, o Sr. McBride e o treinador Jericho.

— Que dia é hoje? — indagou o menino, abalado.
— Domingo — respondeu McBride.

O treinador Jericho pousou a mão ilesa no ombro de Will. A Dra. Robbins tomou a mão direita do garoto na sua. Ele viu de relance o local do acidente, uma cicatriz negra, mas vívida, nos campos lá embaixo, enquanto subiam e se distanciavam.

Se eles estavam mesmo naquele avião, eu perdi os meus pais. E também perdi Dave, provavelmente. Colocou a mão no bolso e encontrou os dados negros. Não tinha mais nada a que se apegar.

Sempre e para sempre, Will. Sempre e mais do que qualquer outra coisa.

— O que faço agora? — indagou ele, sem dirigir-se a ninguém em particular. — Eu não sei... O que tenho que fazer?

A dor do menino emergiu com a força das marés, toda a sua raiva, medo e tristeza inundando-o em soluços torturantes e convulsivos.

— Está tudo bem, Will — acalmou-o Robbins. — Está tudo bem.

Mas não estava tudo bem. Ninguém disse uma palavra mais até tocarem o solo de um estacionamento, quarenta e cinco minutos depois, próximo de uma pista movimentada de uma autoestrada interestadual. Um grupo de policiais havia esvaziado a área para que pousassem. Will estava confuso no momento em que saíram, mas, quando olhou em volta e viu uma placa de neon vermelho, a confusão desfez-se. Rourke colocou o chapéu, fez um movimento de cabeça para Dan McBride e envolveu Will com o braço.

— Você está precisando de comida boa, Will — disse o diretor, simpático. — Pode parecer estranho, mas a gente também precisa comer em momentos assim.

Estavam na lanchonete Popski's.

É COISA NOSSA

Era já quase meio-dia quando retornaram ao Centro. Rourke levou-os a Greenwood Hall e caminhou com Will até a porta de entrada.
— Fique perto das pessoas que gostam de você — aconselhou. — Não esconda o que está sentindo. Elas não vão poder ajudá-lo se você fizer isso. É por aí que você tem que começar.
A Dra. Robbins acompanhou o estudante na subida de elevador. Fitas amarelas proibiam a passagem para a porta aberta que dava aos cômodos de Lyle. Muitos policiais uniformizados estavam trabalhando lá dentro.
— Você tem algum amigo ou parente para a gente notificar, Will? — indagou a psicóloga. — Eles deviam vir para cá. Tenho certeza de que eles iam querer dar apoio também.
— Obrigado — disse o menino. — Posso pensar um pouco e responder depois?
— Claro.
Não queria dizer a verdade a ela ali, naquele momento: não tinha parentes vivos, até onde sabia, de nenhum dos lados da família. Seus pais tampouco tinham amigos que ele conhecesse. Na verdade, os únicos amigos que *ele* próprio jamais conhecera moravam logo acima, no G4-3.
Saíram do elevador. Grupos de alunos se aglomeravam no saguão, sussurrando uns para os outros, parcialmente tentando ser discretos, enquanto Will passava.
A história já tinha circulado por aí. Não era mais apenas o "novato".
Uma segurança aguardava na porta do apartamento dele: era Tika, a prima de Eloni. Abriu a porta enquanto se aproximavam.
— Ela não está aí para manter você preso, Will — sussurrou Robbins. — É só para termos certeza de que você vai ficar bem. Me ligue imediatamente se precisar de qualquer coisa.
— Eu ligo, sim.

Will entrou na sala. Brooke estava sentada à mesa de jantar ao lado de Nick, que usava uma cadeira de rodas e um apoio para manter a perna direita elevada. Ela ficou de pé de um pulo quando o menino entrou. Elise levantou-se do sofá e Ajay surgiu, saindo do quarto.

Brooke alcançou-o primeiro e o abraçou com toda a força que tinha. Tentou impedir que as lágrimas rolassem livres e falhou com louvor; enquanto isso, todos se juntavam ao redor deles. Até mesmo Elise enxugou uma lágrima quando chegou sua vez de abraçar o amigo.

— Que droga, irmão — lamentou Nick. — Que droga, eu sinto muito mesmo. Eu nem sei o que tenho que dizer.

Will teve que se sentar em um dos braços da cadeira de rodas para conseguir abraçar Nick, e ele quase quebrou as costelas do recém-chegado. As garotas prepararam chocolate quente. Ajay colocou a lareira para funcionar e todos se reuniram em volta dela, até Nick, que saiu da cadeira e foi mancando para o sofá.

Brooke começou a explicar que estava saindo da biblioteca quando duas figuras mascaradas surgiram das florestas. Will viu o trauma sulcando linhas de expressão na face dela e tomou sua mão.

— A gente já sabe o resto — disse. — Não pense nisso agora.

Brooke pareceu estar agradecida.

— Os seus pais estavam mesmo naquele avião? — indagou.

— Eu não sei — respondeu Will. — Estavam, alguns dias atrás. Mas a gente vai ter que esperar para ver. Eles chegaram a achar Todd, afinal?

— Ainda não — respondeu Ajay.

— Eles pegaram seis Cavaleiros no Celeiro, três na garagem — continuou Elise. — E Lyle.

— Então, dos treze Cavaleiros, sobraram três que ainda estão por aí — contabilizou Ajay. — Inclusive Todd. Nick acha que você está certo. Tinha que ser mesmo Todd no traje de Paladino no Celeiro.

— Alguma notícia de Lyle? — perguntou Will a Ajay.

— Falei com um amigo no centro médico. Ele me disse que Lyle está cem por cento *non compos*.

— Opa, ele não está mais nem no *campus*? — Nick quis saber.

— *Non compos mentis* — esclareceu Elise. — Vai procurar o que é.

— Quer dizer que a placa-mãe dele está queimada — explicou Ajay. — Os circuitos foram todos destruídos. Está em estado catatônico e não reage a nada. Um estado muitas vezes associado a um colapso nervoso devastador e talvez até irreversível.

Will recordou-se do ocorrido na caverna, quando havia visto o rosto do monitor dentro da caixa torácica do wendigo. O que aquela coisa teria tirado dele? Quanto de Lyle ainda permanecia intacto?

— Bom, me deem licença enquanto pego o menor violino do mundo e toco uma música supertriste — zombou Nick.

— Ele continua sendo uma *pessoa*, Nick — repreendeu-o Elise.

— Ou era uma — redarguiu Ajay. — Pelo menos algo do tipo.

— Ele já foi um garotinho um dia, que nem a gente — disse Brooke. — E tinha pessoas que se importavam com ele.

— Me falaram que os pais dele estão vindo para cá também — disse Ajay.

— Viu? — completou Elise. — Até *pais* ele tem.

A palavra pareceu relembrar Nick do peso da perda que Will sofrera.

— Desculpe — balbuciou.

Nº 79: NÃO FAÇA DA DOR DE OUTRA PESSOA A SUA FONTE DE ALEGRIA.

— Lyle ficou daquele jeito por causa de uma criatura bizarra que ele transportou do Nunca-Foi para as cavernas — explicou Will, deixando-os a par do wendigo. — Ele me disse que os Boinas obrigaram ele a colocar um Acompanhante no próprio pescoço. Eu tirei de lá. Ele me odiava, odiava todo mundo aqui, mas não acho que ia ter tentado me matar se não tivessem obrigado.

Ninguém disse nada por alguns instantes.

— Ele também me disse que é o Homem Calvo que está no comando de tudo. O nome dele é Sr. Hobbes. Ele e os Boinas tentaram me pegar no aeroporto de Madison.

— O quê?! — exclamou Nick.

— Santo Deus, Will — disse Ajay.

— E outra coisa: ele não é exatamente humano — completou Will. — Mas também não é completamente do Nunca-Foi. Parece que é... algum tipo de híbrido.

— Como você sabe? — indagou Elise.

Will mostrou os óculos escuros.

— Pronto, está resolvido — decidiu Nick. — Eu quero um desses.

— Você falou para a polícia o que ele fez com você e com a sua família? — Brooke quis saber.

— Não. Ele tem contatos de peso, e eu ainda não sei em quem a gente pode confiar. Mas Rourke com certeza não sabia quem era aquele cara. Isso é um bom sinal. Mas, agora, preciso saber de uma coisa. Nick, o que diabos aconteceu lá no Celeiro?

— Moleque, aquela *estátua* enorme de Paladino começou a me caçar — contou o ginasta. — Eu acho que eles devem ter colocado um daqueles Acompanhantes nela.

— E isso foi antes de você ter sido atacado pelo urso pardo ou pela lula gigante — disse Ajay, com secura.

— Cara, eu já falei, não fui *atacado* por eles. Eles estavam me *defendendo*. Da estátua.

Will pousou a mão no ombro do amigo a fim de acalmá-lo.

— Eu não sei mesmo por que, Nick — disse —, mas acredito em você.

— Valeu, cara.

Todos caíram em um momento de silencio sóbrio. Brooke pegou a mão de Will.

— Então esse pesadelo acabou, Will? — perguntou. — Você está fora de perigo agora?

— Eu não tenho certeza — respondeu o menino. — A gente sabe que Lyle mandava nos Cavaleiros, e que o Sr. Hobbes mandava em Lyle.

— E que Hobbes deu a ordem para matarem você — completou Elise. — Foi por isso que fizeram todo esse teatro.

— *Só que...* — continuou Will — ... Só que o Lyle estava com um Acompanhante lá na garagem para colocar em mim. Então vai ver a ordem mudou e eles decidiram que era melhor me controlar do que me matar.

— Mas por que mudaram de ideia? — indagou Brooke.

— Lyle disse que eles tinham medo de mim.

— Medo de você? — repetiu Ajay. — Por quê?

— Eu não sei — confessou Will, mexendo na lenha da lareira. — Mas acho que a escola vai dizer para a gente que essa história dos Cavaleiros de Magno acabou. Uma doença, como um surto de sarampo que eles curaram e abafaram. E têm dois bodes expiatórios perfeitos: Lyle e Todd.

— Mas eles *são* culpados — exclamou Ajay.

— Só até certo ponto — retorquiu Will. — Acho que Lyle entendeu que estava sendo usado, que era descartável, e isso dá para o Centro a oportunidade de varrer essa sujeira toda para debaixo do tapete. Os outros Cavaleiros vão ser expulsos e enfrentar processos criminais. Todd ainda está sumido, e não acho que eles vão encontrá-lo. E Lyle provavelmente vai ficar o resto da vida babando em um tubo.

— Você quase parece estar com pena dele — observou Ajay.

— E estou — confirmou Will. — Ele é uma vítima também, tanto quanto nós, talvez até mais. O que quero dizer é que tudo isso dá para a escola o direito de dizer para as famílias dos alunos que eles deram um jeito na banda podre e que está tudo sob controle.

Elise, avaliando Will com atenção, indagou:

— E é isso que a escola pensa mesmo?

— Eu espero que sim — confirmou Will. — E é exatamente isso que a gente devia *querer* que pensem. E, para o nosso bem, é melhor a gente esperar que seja verdade mesmo.

— Por quê? — Ajay quis saber.

— Porque, se não for, isso quer dizer que Os Cavaleiros de Magno estavam na ativa esse tempo todo, mesmo depois de terem sido supostamente dissolvidos lá em 1941. Significa que ainda estão por aí, e que ex-alunos poderosos, quem sabe alguns pais de alunos e até professores, estavam envolvidos o tempo todo...

— Cara, você está me assustando agora — confessou Nick. — Sério mesmo, e não tenho nem como correr.

— ... Em um plano secreto que eles chamam de a Profecia do Paladino — completou Will, olhando para cada um dos amigos. — Eu entendi como estava tudo encaixado depois que Lyle me disse umas coisas hoje. E vocês não vão gostar.

Os olhos de Ajay ficaram maiores e mais redondos que os de um lêmure.

— Eu tenho a sensação de que isso vai exigir uma bebida mais forte do que chocolate quente.

Will levantou-se e andou ao redor.

— Por que nos colocaram juntos neste apartamento? Pensem nisso por um segundo. O que é que a gente tem em comum?

Os outros se entreolharam, todos refletindo.

— Nós temos bolsas de estudo — arriscou Ajay. — As nossas famílias não são ricas.

— Isso aí é verdade para quatro de nós — observou Elise. — Mas não para Brooke.

— Todo mundo aqui é incrivelmente bonito — apontou Nick. — Bom, a não ser Ajay.

— Nem começa, gênio da lâmpada — avisou Ajay.

— Tem outra coisa — disse Will.

— A gente tem a mesma idade — respondeu Brooke. — Todo mundo aqui tem 15 anos.

— Correto — confirmou Will. — Bom, mas continuem.

— Parece que todos nós temos habilidades... bastante incomuns — palpitou Ajay.

— Ah, é? — indagou Nick. — E o que você sabe fazer?

Ajay deu uma olhadela para Will, que o encorajou a revelar.

— Talvez você não tenha notado, mas eu possuo visão extraordinária e memória fotográfica.

— Isso é demais. Cara, você super vai me ajudar com o dever de casa agora.

— E você, Brooke? Tem alguma habilidade incomum? — perguntou Ajay.

— Tipo o quê?

Ajay apontou para Will, Nick, si mesmo e depois Elise.

— Energia, agilidade, memória, explosões sônicas, esse tipo de coisa.

— Não que eu saiba — confessou decepcionada a menina. — Eu estou me sentindo completamente excluída.

— Não se preocupe — tranquilizou-a Will. — Elas podem ser ativadas em momentos diferentes. A gente sabe que Lyle tinha poderes também, mas não sabe quando eles começaram. Para a gente, vieram gradualmente com o tempo.

— Só que essa minha coisa sônica só apareceu ontem — disse Elise. — *Boom*.

— É, não precisa ter nenhuma explosão de choro por causa disso, não, Brooke — disse Nick, tentando sinceramente ajudar. — Vai ver amanhã você acorda e descobre que consegue comer cem cachorros-quentes ou alguma coisa assim.

— A mulher dos seus sonhos — zombou Elise.

Will lembrou-os do que estavam discutindo. Falou:

— Tem uma outra coisa que a gente tem em comum: ninguém aqui tem irmão nem irmã. Incluindo Ronnie e Lyle. Todo mundo é filho único.

— Mas isso é assim tão incomum? — indagou Ajay. — As famílias americanas têm ficado menores nas últimas décadas. Na verdade, estatísticas demográficas de todas as sociedades industrializadas ocidentais mostram que a taxa de nascimento...

Elise cortou a verborragia do colega:

— Ajay, é *incomum*. Continue, Will.

— Como todo mundo aqui veio para o Centro? — indagou ele, ainda caminhando de um lado a outro. — O que trouxe a gente até aqui?

— As nossas notas nas provas — respondeu Ajay. — Que a gente fez na escola.

— Provas que a gente fez, como todos os adolescentes do país — completou Will. — Provas feitas por uma organização chamada Agência Nacional de Avaliação Escolástica. Parece inofensivo e neutro, não é? Vagamente governamental.

— Então por que isso é preocupante?

— Porque não é uma agência do governo, mesmo que tenha algum tipo de afiliação federal — explicou Will. — Essa ANAE é uma empresa privada e a dona é a Fundação Greenwood. A mesma Fundação Greenwood que é dona do Centro e que dirige isso aqui.

Todos trocaram olhares preocupados.

— Isso é mais que só um pouco preocupante — concluiu Ajay.

— Então a ANAE faz as provas — disse Elise, refletindo. — Tentando identificar os melhores estudantes, os mais inteligentes, de todo o país. Eu não vejo *necessariamente* nada de tão sinistro assim.

— E o meu amigo Nando viu os Boinas Pretas no escritório deles em Los Angeles — completou o menino.

— Ai, meu Deus — exclamou Brooke.

— Onde você nasceu, Nick?

— Em Boston.

— E você, Elise?

— Seattle.

— Ajay?

— Em Atlanta, embora os meus pais morassem em Raleigh quando eu nasci. Teve alguma coisa a ver com onde o obstetra morava, acho.

— Dallas — respondeu Brooke.

— Lyle nasceu em Boston — continuou Will. — E o Ronnie?

— Chicago — respondeu Elise.

— A ANAE tem seis escritórios — disse Will. — Todos eles ficam em prédios oficiais do governo espalhados pelo país: em Boston, Seattle, Atlanta, Dallas, Los Angeles e Chicago.

— Essas aí são todas cidades grandes — disse Ajay. — Pode muito bem ser uma coincidência.

— E onde você nasceu, Will? — Elise quis saber.

— Em Albuquerque, Novo México — respondeu o menino. — Foi isso que os meus pais me disseram.

— Albuquerque não está na lista — observou Nick.

— Só porque foi o que eles me disseram não quer dizer que seja verdade. Ajay, você se importa de colocar o vídeo do Ronnie para rodar? Eu queria pegar a imagem isolada daquela caixinha prateada. Essa parte me ocorreu hoje de manhã por causa de um sonho. Um sonho sobre um ovo.

No tablet, Ajay rapidamente recuperou uma imagem de um recipiente prateado com as palavras "A PROFECIA DO PALADINO" gravadas na tampa logo acima dos algarismos romanos.

— Olha só esses algarismos romanos — pediu Will. — Eu acho que quer dizer que a Profecia começou em 1990. Lyle me falou que, se eu queria saber mais da Profecia, devia começar procurando nas clínicas.

— Que tipo de clínica? — indagou Elise.

— Olha só o *segundo* número — disse Will, indicando o "*IV*" após os algarismos para 1990.

— Quatro — disse Nick.

— Mas é aí que a gente estava errado — explicou Will. — Não tem linha nenhuma em cima, nem embaixo que nem nos outros números. Não é o *número* quatro, porque, na verdade, não é um numeral. São as letras *IV* mesmo.

— Está certo, e daí? — inquiriu Nick.

— É uma abreviação comum — esclareceu Will. — Usada na medicina.

— Intravenoso? — arriscou Brooke.

— *In vitro* — corrigiu Will.

— Que quer dizer "em vidro", ou em um tubo de ensaio — explicou Ajay, fazendo uso de sua memória prodigiosa. — Um procedimento médico frequentemente utilizado em clínicas de fertilidade para ajudar casais que não conseguem ter filhos naturalmente. Casais que frequentemente terminam tendo só um filho. Um procedimento que começou a ficar popular a partir de 1990.

Ninguém falou mais nada. Um pedaço de madeira estalou alto no fogo e todos se sobressaltaram.

— Cara... O que tudo isso tem a ver com um ovo? — perguntou Nick.

— Você não está querendo mesmo dizer seriamente que todo mundo aqui pode ter sido... — começou Brooke.

— Eu já passei do ponto de estar enjoada com tudo isso — disse Elise paralisada.

— Lyle disse que *todo* mundo aqui era parte da Profecia — disse Will.

— Certo, não tenho a menor ideia do que a gente está falando — interferiu Nick.

— Fertilização *in vitro* — explicou Ajay com impaciência. — Em que os óvulos são extraídos dos ovários da mulher e fertilizados pelo esperma do marido dela ou de um doador. Dois ou três dias depois, quando se multiplicaram em uma célula-ovo, ou zigoto, de seis a oito células, o embrião em crescimento é reintroduzido no ventre da mulher. Isso leva, em aproximadamente 35 por cento dos casos, a uma gravidez bem-sucedida. Fertilização *in vitro*.

— Se Will estiver mesmo certo — disse Elise, explicando tudo a Nick com delicadeza —, isso quer dizer que todo mundo aqui é bebê de proveta.

O rosto de Nick desfigurou-se em uma careta.

— Eca! — exclamou.

— E vai ver é muito mais que isso — continuou Will. — Lyle disse outra coisa. Quatro letras: ACGT. Alguém sabe o que isso significa?

— Adenina. Citosina. Guanina. Timina — desvendou Ajay. — Os quatro nucleotídeos básicos, os blocos de construção do DNA.

— Manipulação genética *in vitro* — repetiu Elise, empalidecendo.

Ajay caiu sentado nas almofadas. Nick o abanou com um travesseiro.

— Habilidades especiais — disse Brooke.

— Acho que tudo aconteceu sem ninguém saber — prosseguiu Will. — Os pais de vocês provavelmente não sabiam de nada, mas acho que pode ser que os meus soubessem. As pessoas que estavam por trás disso precisavam rastrear a gente, e aí usaram essas provas "aleatórias" para ver se as tais mudanças que fizeram nos nossos genes estavam... Despertas. E aí eles trouxeram a gente para cá.

— Nós somos os Paladinos — murmurou Ajay, parecendo perplexo.

— Eu sei que tudo isso parece loucura — admitiu Will, voltando a perambular pela sala. — E não afirmo com certeza que seja verdade. Apenas estou colocando todas as cartas na mesa. É uma teoria, e isso é tudo. E uma teoria que eu ficaria mais do que feliz em provar que está errada. E, se não for verdade, se essa história for completamente, totalmente insana, não vai demorar muito para eu descobrir.

— Então, onde é que tudo isso começa? — Brooke quis saber. — Quem é o responsável por essa tal Profecia?

— Eu não sei onde começou — confessou Will. — Os Boinas, os Cavaleiros e o Nunca-Foi estão envolvidos de alguma forma... Mas, para mim, é certo que a coisa acaba apontando aqui para a escola.

— Mas, se queriam você aqui no Centro, por que os Boinas estavam tentando matar você? — indagou Elise.

— Eu não sei bem — disse Will. *A menos que seja porque, que nem Dave disse, eu sou um Iniciado.*

— Então, me parece que a pergunta crucial que enfrentamos agora — resumiu Ajay — é o que, se é que isso é verdade mesmo, o Centro tem a ver com essa Profecia do Paladino?

— É bem por aí mesmo — confirmou Will.

— Mas se *for* verdade, para que tudo isso? — indagou Brooke, abalada. — Por que iam querer fazer uma coisa tão absurda assim com alguém?

Will tomou a mão da menina.

— A gente vai descobrir isso — prometeu simplesmente. — Todo mundo junto.

— E quantos de... "Nós" é todo mundo? — perguntou Elise.
— Por enquanto, nós cinco aqui nessa sala — respondeu Will.
— E como a gente pode confirmar se essa teoria genética é verdadeira? — indagou Ajay.
— Tem um lugar óbvio onde a gente pode começar — disse Will. — Joguem essa ideia casualmente em uma conversa com os pais de vocês. Prestem atenção no que eles dizem, vejam o que vocês acham.
— Certo — concordou Ajay, um pouco mexido, olhando para os demais.
— Vocês também podem, discretamente, pedir para o Dr. Kujawa fazer uns exames em vocês — sugeriu Will. — Ele ficou impressionado com os resultados dos meus exames e me disse a verdade. Vai ver ele pode achar alguma coisa que ajude a gente a excluir essa teoria. De qualquer forma, não vai fazer mal dar uma olhada nisso.
— Verdade — disse Nick.
— Ajay, tem outra coisa que você podia fazer — acrescentou Will. — Amanhã, antes de tudo, consiga uma permissão de um professor para ir ao Arquivo de Livros Raros. Leia tudo o que você achar sobre Os Cavaleiros de Magno, a Rocha e sobre como escolheram o mascote da escola antes que alguém tenha a chance de dar cabo dessas informações.
— Cara, constrói uma câmera de espionagem — sugeriu Nick.
— Ele não precisa de câmera nenhuma. Do mesmo jeito que eu não preciso de um cavalo.
— Correto — confirmou Ajay, um sorriso se formando nos lábios.
Tika bateu à porta, colocou a cabeça para dentro e disse a Brooke:
— Tem um carro lá fora esperando, Srta. Springer. Os seus pais estão lá em baixo.
Brooke explicou que os pais haviam vindo de Washington. Decidiram que seria melhor para ela passar alguns dias em casa, em Virginia, antes de retomar as aulas. Pegou a mala e deu um abraço em todos os amigos. Will levou a menina até o corredor. Ela deixou cair a bagagem, agarrou o garoto e lhe deu um beijo.
— Me ligue — pediu, sem ar. — Me mande uma mensagem, um e-mail ou...
— Eu vou — prometeu ele entre beijos.
— Não passe nem uma hora sem me dizer o que está acontecendo, o que vocês descobriram e como você está. — Então, com um sorriso doce, ela sussurrou um até logo e, deixando para trás uma brisa com cheiro de cabelo recém-lavado, partiu.
Will voltou ao apartamento e fechou a porta. O resto do grupo fitou o sorrisinho no rosto do menino e fingiu procurar outra coisa em que prestar atenção. Elise, que sabia *exatamente* o que ele pensava, virou-se e cruzou os braços.

— Galera, a gente precisa de um nome para... Sei lá, isso aí que a gente é — lembrou Nick, voltando para a cadeira de rodas. — A Resistência ou... Esperem — o garoto baixou a voz, dramático —, a *Incrível* Resistência.
— Valeu, Nick — disse Elise.
— A Aliança — sugeriu Ajay.
— A Aliança — ecoou Elise, para ver como soava.
— O que você diz, Will? — perguntou Nick.
— Oi? Desculpem, o quê? — indagou o menino, olhando para eles como se tivesse acabado de perceber que estavam ali.
— Deixa para lá. — Elise fez uma carranca.
Will deixou escapar um bocejo.
— Eu preciso muito dormir agora — declarou.
Nick cumprimentou o amigo, dando-lhe um soquinho com o punho, e Elise segurou a mão dele por um momento; em seguida, Will rumou para o quarto. Ajay acompanhou-o até a porta.
— Eu não tive a oportunidade de dizer antes — Ajay começou. — Achei o seu iPhone no lugar que você disse que estaria lá no escritório de Lyle. A polícia estava acabando de chegar quando saí. Está embaixo do seu colchão. Por precaução, tirei o GPS.
— Trabalho de primeira, Ajay — agradeceu Will. — Você é o cara.
— Não — discordou o menino. — Creio que seria seguro dizer que o cara é *você*, meu amigo. E continuo, senhor, inteiramente ao seu dispor.
Will sorriu, tirou os óculos escuros do bolso e entregou-os a Ajay.
— Quando tiver um tempo, dê uma olhada neles. Todo mundo vai precisar ter igual.

A DECISÃO

Will encontrou o iPhone onde Ajay disse que havia escondido, sob o colchão. Era ótimo sentir seus contornos familiares nas mãos novamente, mas era também triste e uma volta à realidade, um artefato de sua vida antiga. Will sentou-se na beirada da cama. Olhou para a fotografia de seus pais no porta-retratos quebrado. Pegou da mesa o caderno de regras desgastado do pai e abriu na primeira página:

A Importância de uma Mente Centrada.

Manter-se atrelado às regras garantira que continuasse vivo até aquele momento. Tivera alguma ajuda da sorte? Sem dúvida. E ele sabia muito bem que já não podia mais contar com aquilo dali em diante.

Nº 7: NÃO CONFUNDA SORTE COM UM BOM PLANO.

Foi até a última página do caderno para ver a derradeira regra que o pai havia escrito: ABRA TODAS AS PORTAS E DESPERTE.
A maior de todas as perguntas que Will não conseguira responder: como é que seu pai sabia da Profecia? Porque já estava claro que os pais tinham conhecimento dela, ou não teriam passado a vida observando tão atentamente os sinais do Despertar do filho, depois o treinando e preparando da maneira como tinham feito. Mas por que aquilo significava que tinham que mantê-lo escondido enquanto viviam como fugitivos era outro mistério.
Tinha agora que encarar a possibilidade de que nunca poderia perguntar diretamente ao pai a respeito. Poderia nunca mais ter a chance de vê-los outra vez. Quem tomaria conta dele agora, se estivessem mesmo naquele avião, ou mesmo se não estivessem? Na parte lúcida, fria e prática de sua mente, sabia que seria ele próprio quem teria de fazê-lo, pelo menos em grande parte, sozinho.

Não era o que acontecia a todos, mais cedo ou mais tarde, uma vez que tivessem sido obrigados a encarar a verdade, qualquer que fosse a forma sob a qual ela se disfarçasse? Nós nascemos. Nós morremos. Nesse meio-tempo fazemos o melhor que podemos com o que nos é dado e amamos as pessoas que nos são mais caras.

O que mais há além disso?

Ao menos, ele *tinha* amigos agora. Mas a quem poderia se voltar em busca de respostas para aqueles questionamentos maiores, aqueles pelos quais seus pais sempre o tinham guiado antes? Dave tinha sido essa pessoa, mas ele poderia estar fora de alcance para sempre, também. Seria alguém, até mesmo um Viandante das Forças Especiais dos bons, capaz de voltar do Nunca-Foi?

Will tirou os dados do bolso e os observou. Negros com pontinhos brancos. *Queria* crer que aqueles eram os mesmos artefatos de extraterreno que Dave lhe havia mostrado, mas tinham a aparência e o peso de dados comuns. Um pouco mais pesados e densos, talvez.

Sem perceber que se movera, a cabeça de Will encostou-se delicadamente no travesseiro. Sua mente centrada desligou-se tão rápido que parecia que tinha puxado um cordão para apagar uma lâmpada.

Instantes ou horas depois, o menino ouviu um leve *bing*. Abriu os olhos e viu o tablet na escrivaninha, a tela virando-se em sua direção. O brasão da tela de espera do Centro pulava gentilmente de um lado a outro.

Não tinha noção de quanto tempo havia ficado adormecido, mas estava escuro do lado de fora. Will olhou para o celular, ainda abrigado em sua mão: quase 19 horas. Domingo. Ainda domingo. O tablet repetiu aquele toque suave outra vez. O garoto esfregou os olhos, caminhou até o aparelho, sentou-se à mesa e tocou a tela.

O *syn-app* surgiu em seu "quarto" e acenou para ele, sorrindo.

— Você não está sozinho, Will — disse ele. — E nunca vai estar. Não enquanto eu estiver aqui.

— Valeu — respondeu Will com secura. — Você é um parceiro de verdade.

— Você ficou um tempão fora.

— O quê? Eu devia informar você do meu paradeiro agora?

— Não mesmo — redarguiu o avatar. — Eu só estava preocupado com você.

Will examinou a miniatura de si mesmo com cuidado.

— Até parece que você está falando sério — observou.

— E estou.

— E por que eu deveria acreditar nisso?

— Se você não puder confiar em você mesmo, Will — ponderou o *syn-app* com um sorriso —, vai confiar em quem? Você quer ver a fotografia que eu achei para você?

— Espere, que fotografia? — perguntou o menino sonolento.
— Do helicóptero.

O monitor encheu-se de cores desbotadas e embaçadas de um filme Kodachrome muito antigo. Um momento dinâmico capturado: um campo de pouso, muito movimentado, um par de helicópteros levantando voo, e outro no ar, mais perto da câmera, inclinando-se para pousar. Uma floresta tropical ao fundo emoldurava a pista de asfalto. Uma explosão se abria como uma flor acima das palmeiras.

A legenda na margem de baixo da fotografia dizia *A Batalha por Pleiku, Vietnã/New York Times, 14 de setembro de 1969.*

Em primeiro plano, um soldado corria em direção ao helicóptero que se preparava para o pouso, de costas para a câmera. Um homem alto, de ombros largos, vestindo uniforme e uma jaqueta de voo de couro desgastado. Três remendos redondos estavam costurados nas costas.

O primeiro mostrava um canguru-vermelho com as palavras "FORÇAS ESPECIAIS" escritas logo abaixo. Ao lado dele havia uma cabeça de guerreiro coberta por um elmo e as palavras "RECONHECIMENTO DE LONGA DISTÂNCIA". O terceiro remendo representava a silhueta de um helicóptero e as palavras ANZAC/Vietnã. Abaixo de tudo, estavam as mesmas letras e os números que Will vira na jaqueta de Dave: ATD39Z.

O braço direito do homem estava erguido no ar. Parecia estar saudando ou sinalizando algo urgente para o piloto do helicóptero sobre ele.

Com todos os cinco dedos estirados.

Com essa, são cinco.

Nas cavernas, Dave não tivera a chance de dizê-lo antes do wendigo o levar. Estaria ele querendo dizer isso ali, depois do fato? O coração de Will bateu mais rápido com a ideia.

Os olhos passaram depressa aos dois dados repousando na escrivaninha. Os pontinhos brilhavam. Enquanto Will assistia, eles elevaram-se da superfície e giraram lentamente... Até que os números três e dois o encararam.

— Cinco — murmurou o menino. — E é bom estar vivo.

Pela primeira vez desde que deixara sua casa, ele *acreditou* naquilo.

Voltou a olhar para a imagem.

— Caso eu não veja você de novo — disse —, obrigado por tudo, parceiro.

O avatar de Will indagou:

— Você conhecia essa pessoa na foto, Will?

— Pode crer.

— Quer que eu descubra algo mais sobre ele para você?

Will refletiu por um momento.

— Quero. Veja se consegue achar uma mulher chamada Nancy Hughes. Ela é de Santa Monica. Se ainda estiver viva, deve estar com 60 e poucos anos. Tudo o que eu sei é que ela serviu como enfermeira na Marinha durante a guerra do Vietnã em 1969.

— É para já — prometeu a miniatura.

Will percebeu movimentação com sua visão periférica e virou-se para ver o caderno de regras aberto na cama. Teria ele imaginado coisas, ou uma página havia se virado por conta própria? O menino caminhou até ele e seus olhos viajaram até a metade da página:

N° 25: NÃO É O QUE DIZEM QUE VOCÊ DEVE ACREDITAR QUE IMPORTA: É O QUE VOCÊ *ESCOLHE* ACREDITAR. NÃO SÃO A TINTA E O PAPEL QUE FAZEM A DIFERENÇA, MAS A MÃO QUE EMPUNHA A PENA.

E aqui está o que eu escolho acreditar, pensou o garoto. *A única resposta que eu não podia dar aos meus amigos: Dave disse que o Nunca-Foi me queria morto porque sou um Iniciado. E, de algum jeito, perceberam isso antes mesmo da Hierarquia.*

— Eu sou um Iniciado agora — falou ele baixinho. — Lide com isso.

Se é por isso que os Boinas têm medo de mim, vou dar a eles um motivo mais do que excelente para que continue assim. Se aqueles monstrinhos do Nunca-Foi acham que podem entrar aqui e roubar o planeta da gente, eles vão ter que passar por mim antes. Eu vou dar um jeito neles, pelos meus pais, por Dave e pelos meus amigos. E se alguém mais quiser me ajudar, que nem o treinador Jericho, bom, quem sabe, vai ver não sou o único Iniciado por aqui.

O som discreto de uma campainha soou, vindo do tablet. O *syn-app* surgiu dentro da foto na tela, parado ao lado da figura imóvel de Dave.

— Um e-mail de Nando acabou de chegar para você — informou. — É um arquivo de vídeo.

— Abre, por favor — pediu o menino.

A fotografia desapareceu para dar lugar ao vídeo. Um momento depois, Will *viu* Nando, falando para a câmera do celular em um sussurro intenso.

— Wills, eu achei uma coisa que você precisa ver.

O taxista deslocou a câmera para mostrar um objeto sobre a mesa: a maleta de médico preta que havia pegado da casa do amigo mais novo em Ojai. Ele aproximou o celular do par de iniciais meio apagadas que estavam gravadas em dourada logo abaixo da alça: H.G.

— A maleta estava vazia, mas achei uma coisa no forro. Dê só uma olhada.

O jovem latino abriu a bolsa e levou a câmera até o interior dela a fim de mostrar uma pequenina etiqueta, costurada no tecido. Nela havia a inscrição ESTA BOLSA PERTENCE A _____.

Um nome estava escrito na linha, letras de forma registradas a tinta, já velha e pouco nítida: DR. HUGH GREENWOOD.

Will congelou a imagem e ficou olhando fixamente para ela, sua mente disparando em uma dúzia de diferentes direções ao mesmo tempo. O telefone negro sobre a mesa tocou, sobressaltando-o. Levou o fone ao ouvido no segundo toque.

— Oi.

— Will, o diretor gostaria de vê-lo — avisou uma telefonista. — No escritório dele, na Casa na Pedra.

Rourke cumprimentou o menino com um aperto de mão e pediu que se sentasse em um dos pesados sofás da sala. O treinador Jericho, que já estava lá no momento em que Will chegara, encontrava-se sentado do outro lado, na frente dele. Rourke permaneceu de pé, em frente à lareira que ardia, e explicou tudo ao estudante, com calma e clareza.

Os dez membros capturados dos Cavaleiros de Magno haviam todos sido expulsos e estavam sob custódia da polícia, enfrentando acusações de sequestro, colaboração e tentativa de assassinato. O mesmo destino aguardava os demais Cavaleiros que encontrassem em seguida, como Todd Hodak. Rourke contou que já tinha convocado uma assembleia extraordinária da escola inteira com o intuito de explicar toda a história e frear a onda de rumores que seguiria se alastrando inevitavelmente em pouco tempo.

— Will, já está claro para mim — começou o diretor — que, na sua pressa para reagir aos absurdos ocorridos, você não pensou nas consequências dos seus atos, que, na sua maioria, chocantemente imprudentes.

Will olhou de soslaio para Jericho, cuja expressão não traía nada. Os olhos do menino viajaram para o retrato do fundador da escola pendurado na parede, o primeiro diretor da instituição, Thomas Greenwood, que o olhava de cima, solene, sóbrio e sábio.

Rourke sentou-se na beira da mesa em frente a Will.

— Eles também foram atos altruístas, nobres e valentes de uma maneira quase inacreditável — continuou. — Você sofreu uma perda que é impossível de calcular usando-se qualquer tipo de medida civilizada. Como vai reagir a partir de agora, nesses meses que vão vir, talvez seja crucial para determinar o rumo que o resto da sua vida vai seguir. — Rourke fez um gesto em direção à pintura na parede. — O Dr. Greenwood sempre dizia que não são a tinta e o papel que fazem a diferença, mas a mão que empunha a pena.

Os olhos de Will se arregalaram. A regra de número 25. *Palavra por palavra.*
Rourke baixou a voz até se tornar um sussurro:
— Will, verifiquei quem era aquele agente que interrogou você no aeroporto de Madison. A FAA não tem registro de nenhum "inspetor O'Brian". Agora me diga: já tinha visto aquele homem alguma vez antes?
— Ele é um dos homens que me perseguiram na Califórnia — revelou o menino.
— Foi o que pensei — confirmou Rourke e lançou um olhar a Jericho. — Até descobrirmos a natureza exata do que está acontecendo, quero que você obedeça a um toque de recolher muito rígido: deve voltar ao seu apartamento até as 21 horas, sem exceção, todas as noites. Vou colocar o treinador Jericho a cargo de sua segurança. Vai ficar a salvo aqui. Eu prometo uma coisa a você: nenhum mal vai lhe acontecer.
Os olhos do diretor o envolveram com tamanha afabilidade, que Will teve de desviar o rosto.
— Obrigado — respondeu ele com a voz rouca.
Rourke levou uma das mãos ao ombro do estudante.
— Há fatos no mundo muito mais terríveis do que qualquer coisa que possamos imaginar. Alguns deles um jovem da sua idade não deveria nunca ter que enfrentar, muito menos sozinho. Mas temos duas famílias na vida. Uma que já é nossa quando nascemos e que é de sangue. E outra que vamos conhecendo pelo caminho e que daria o sangue por nós.
Will olhou para cima, para os dois homens.
— Você encontrou essas pessoas aqui — concluiu o diretor.
O treinador Jericho pegou um pequeno saquinho de couro e estendeu ao menino. Will tomou-o e abriu. Uma pequena escultura de um falcão, entalhada em pedra escura, caiu na palma de sua mão.
— Me conte se tiver outros sonhos — pediu Jericho.
Will buscou os olhos do treinador e assentiu em agradecimento.
Rourke pôs-se de pé.
— Will, tem alguma coisa que você queira me perguntar?
Will também se levantou, segurando firme o falcão em miniatura. Olhou as figuras dos diretores que precederam Rourke, Thomas e Franklin Greenwood, e voltou a pensar na maleta de médico de seu pai.
— Sabe quem é Hugh Greenwood? — indagou o menino.
Rourke e Jericho entreolharam-se antes do primeiro responder:
— Hugh era filho de Franklin. — Fez um movimento com o queixo indicando o retrato —, nosso segundo diretor.
— Então, ele era o neto de Thomas Greenwood — concluiu Will.

— Isso mesmo. Ele foi professor da escola — contou Rourke. — Antes de eu entrar para a equipe. Que aula ele dava, treinador?

— Ciências. Biologia, acho — respondeu Jericho.

Will tentou disfarçar aquilo que pensava para não transparecer em seus olhos.

— E onde é que ele está agora?

— Ele e a esposa saíram da escola — continuou o treinador. — Pediram demissão há cerca de 16 anos. Eu tinha acabado de começar aqui, mas cheguei a conhecer os dois.

— Ele era médico? — inquiriu Will.

— Era, sim — respondeu Jericho.

— Mas por que é que você quer saber, Will? — perguntou Rourke.

— É que o nome dele apareceu em uma conversa — explicou o menino. — Foi só curiosidade mesmo. Se importa se eu quiser dar uma outra olhada na Sala do Infinito, senhor?

— Claro que não — respondeu o diretor. — Mas posso perguntar por quê?

— Porque eu tinha medo antes. E queria ver como me sinto agora.

O homem guiou Will até a porta que dava ao longo e estranho corredor e a abriu para ele.

— Esperamos você aqui?

— Se o senhor não se importar — pediu o estudante.

— De jeito nenhum — concordou o homem. — Está fazendo uma noite linda. Acredite se quiser, mas, depois dessa tempestade, estão dizendo que a gente vai ter um pequeno verão fora de época.

Will caminhou ao longo do extenso corredor suspenso, iluminado pelo luar prateado refletido pela neve que começava a cair novamente. Olhou direto para baixo, através dos painéis translúcidos que davam apoio aos seus pés, para o solo lá embaixo, e olhou também pelas janelas que flanqueavam ambos os lados. O espaço inteiro parecia diferente no escuro, quando não conseguia ver tanto quanto na luminosidade. Muito diferente.

E também ele, como já esperava descobrir, sentia-se mudado. O coração começou a bater um pouco mais acelerado à medida que seguia caminho, e é provável que tenha inspirado fundo algumas vezes. Não era, contudo, por medo.

Alcançou o fim do corredor e entrou na bolha que era o peculiar observatório de vidro, onde a noite abriu-se ao seu redor. As luzes do campus à sua esquerda lançavam um brilho quente e tranquilizador: provas de que havia vida civilizada, vidas sólidas, reais, seguras e protegidas. No céu lá em cima, as estrelas se esparramavam, uma imensidão delas, quase uma extravagância.

Não, Will não estava com medo. Mesmo com a verdade mais dura que já tivera que enfrentar o encarando sem piscar. Não tinha medo dela, tampouco. Porque agora, depois de chegar tão longe, sabia que encontraria um meio de lidar com aquilo.

Algo em seu bolso vibrou. *Meu Deus, eu deixei isso aqui? Sério mesmo, Will?* O iPhone havia estado no bolso o *tempo inteiro* em que se mantivera na sala de Rourke. *Mas que idiota que sou.*

O menino acendeu a tela e viu que recebera uma mensagem de texto. Surgiu diante de seus olhos, toda em letras maiúsculas, e o tempo parou:

ELES ME PEGARAM, WILL. NÃO SEI ONDE ESTOU. SÓ VOCÊ PODE ME ACHAR.

51. 51. 51.

Em meio a um nevoeiro em que seu coração martelava, Will vasculhou todas as regras em sua mente, até recordar-se da 51: A ÚNICA COISA QUE VOCÊ NÃO PODE PERDER NUNCA É A ESPERANÇA.

O pai dele era o Dr. Hugh Greenwood. E ainda estava vivo.

LISTA DE REGRAS DO PAPAI DE COMO VIVER

Nº 1: A IMPORTÂNCIA DE UMA MENTE CENTRADA.
Nº 2: CONCENTRE-SE NA TAREFA À SUA FRENTE.
Nº 3: NÃO CHAME ATENÇÃO PARA SI.
Nº 4: SE VOCÊ ACHA QUE TERMINOU, É PORQUE APENAS ACABOU DE COMEÇAR.
Nº 5: NÃO CONFIE EM NINGUÉM.
Nº 6: PERMANEÇA CONSCIENTE O TEMPO TODO DA REALIDADE DO PRESENTE. PORQUE TUDO O QUE TEMOS É O AGORA.
Nº 7: NÃO CONFUNDA SORTE COM UM BOM PLANO.
Nº 8: SEMPRE ESTEJA PRONTO PARA IMPROVISAR.
Nº 9: OBSERVE, ENXERGUE E ESCUTE, OU VOCÊ NÃO SE DARÁ CONTA DO QUE ESTÁ DEIXANDO PASSAR.
Nº 10: NUNCA REAJA COM IMPULSIVIDADE A UMA SITUAÇÃO QUE O PEGUE DE SURPRESA. *RESPONDA* COM RAZOABILIDADE.
Nº 11: CONFIE NOS SEUS INSTINTOS.
Nº 13: HÁ APENAS UMA CHANCE DE CAUSAR UMA BOA PRIMEIRA IMPRESSÃO.
Nº 14: FAÇA AS PERGUNTAS EM ORDEM CRESCENTE DE IMPORTÂNCIA.
Nº 15: AJA RÁPIDO, MAS NÃO APRESSE AS COISAS.
Nº 16: SEMPRE OLHE AS PESSOAS NOS OLHOS. DÊ-LHES UM APERTO DE MÃO MEMORÁVEL.
Nº 17: COMECE TODOS OS DIAS DIZENDO QUE É BOM ESTAR VIVO. MESMO QUE NÃO ESTEJA ACHANDO ISSO, *DIZÊ-LO*, EM VOZ ALTA, TORNA MAIS PROVÁVEL QUE VOCÊ PASSE A ACREDITAR QUE É VERDADE.
Nº 18: CASO A REGRA DE Nº 17 NÃO FUNCIONE, PENSE NAS COISAS BOAS DA VIDA.
Nº 19: QUANDO TUDO DÁ ERRADO, ENCARE A DESGRAÇA COMO UM INCENTIVO PARA DESPERTAR.
Nº 20: SEMPRE EXISTE UMA LIGAÇÃO ENTRE PISTAS E CONCLUSÃO.
Nº 23: EM SITUAÇÃO DE PERIGO, PENSE RÁPIDO E TOME UMA ATITUDE DEFINITIVA.
Nº 25: NÃO É O QUE DIZEM QUE VOCÊ DEVE ACREDITAR QUE IMPORTA: É O QUE VOCÊ *ESCOLHE* ACREDITAR. NÃO SÃO A TINTA E O PAPEL QUE FAZEM A DIFERENÇA, MAS A MÃO QUE EMPUNHA A PENA.
Nº 26: UMA OCORRÊNCIA É UMA ANOMALIA. DUAS, UMA COINCIDÊNCIA. TRÊS SÃO UM PADRÃO. E, COMO SABEMOS...
Nº 27: COINCIDÊNCIAS NÃO EXISTEM.
Nº 28: DEIXE QUE SUBESTIMEM VOCÊ. ASSIM, NUNCA SABERÃO AO CERTO DO QUE VOCÊ É CAPAZ.

Nº 30: HÁ MOMENTOS EM QUE A ÚNICA MANEIRA DE SE LIDAR COM UM VALENTÃO É ATACAR PRIMEIRO. COM FORÇA.
Nº 31: ÀS VEZES, FAZER COM QUE ACHEM QUE VOCÊ É LOUCO PODE SER UMA BOA ESTRATÉGIA.
Nº 34: AJA COMO SE VOCÊ ESTIVESSE NO COMANDO, QUE AS PESSOAS VÃO ACREDITAR.
Nº 40: JAMAIS DÊ DESCULPAS ESFARRAPADAS.
Nº 41: DURMA QUANDO ESTIVER COM SONO. GATOS COCHILAM PARA ESTAREM SEMPRE PRONTOS PARA TUDO.
Nº 45: COOPERE COM AS AUTORIDADES. MAS NÃO DEDURE OS AMIGOS.
Nº 46: SE VOCÊ PERMITIR QUE ESTRANHOS FIQUEM SABENDO DE COMO ESTÁ SE SENTINDO, ESTÁ LHES DANDO UMA VANTAGEM.
Nº 48: NUNCA COMECE UMA LUTA A MENOS QUE VOCÊ SAIBA QUE CONSEGUE FINALIZÁ-LA. RÁPIDO.
Nº 49: QUANDO NADA MAIS FUNCIONA, APENAS RESPIRE.
Nº 50: EM TEMPOS DE CAOS, ATENHA-SE À ROTINA. ORGANIZE AS COISAS UM POUCO DE CADA VEZ.
Nº 51: A ÚNICA COISA QUE VOCÊ NÃO PODE PERDER NUNCA É A ESPERANÇA.
Nº 54: SE NÃO CONSEGUIR CHEGAR NA HORA, CHEGUE ANTES.
Nº 55: SE VOCÊ FALHAR EM SE PREPARAR, PODE SE PREPARAR PARA FALHAR.
Nº 59: ÀS VEZES, VOCÊ CONSEGUE OBTER MAIS INFORMAÇÕES QUANDO FAZ PERGUNTAS PARA AS QUAIS JÁ SABE A RESPOSTA.
Nº 60: SE NÃO FICAR SATISFEITO COM A RESPOSTA QUE LHE DEREM, É PORQUE NÃO DEVIA NEM TER PERGUNTADO.
Nº 61: SE QUISER ALGO BEM FEITO, FAÇA VOCÊ MESMO.
Nº 63: A MANEIRA MAIS EFICIENTE DE MENTIR É INCLUIR A VERDADE PARCIAL NO RELATO.
Nº 65: A PESSOA MAIS ESTÚPIDA É A PRIMEIRA A MOSTRAR SEU NÍVEL DE INTELIGÊNCIA.
Nº 68: JAMAIS ASSINE UM DOCUMENTO LEGAL QUE NÃO TENHA SIDO APROVADO PELO SEU ADVOGADO.
Nº 72: QUANDO SE VIR EM UM LUGAR ESTRANHO, AJA COMO SE JÁ TIVESSE ESTADO LÁ ANTES.
Nº 73: APRENDA A DIFERENÇA ENTRE TÁTICA E ESTRATÉGIA.
Nº 75: QUANDO PRECISAR TOMAR UMA DECISÃO RÁPIDA, NÃO DEIXE QUE AQUILO QUE VOCÊ NÃO PODE FAZER ATRAPALHE O QUE VOCÊ PODE.
Nº 76: QUANDO VOCÊ ESTIVER COM A VANTAGEM, TIRE PROVEITO MÁXIMO DELA.
Nº 77: O EXÉRCITO SUÍÇO NÃO É LÁ GRANDES COISAS, MAS NUNCA SAIA DE CASA SEM O CANIVETE DELES.
Nº 78: HÁ UM MOTIVO PARA OS CLÁSSICOS SEREM CLÁSSICOS. ELES TÊM *CLASSE*.
Nº 79: NÃO FAÇA DA DOR DE OUTRA PESSOA A SUA FONTE DE ALEGRIA.
Nº 81: NUNCA PEGUE MAIS DO QUE PRECISA.
Nº 82: SEM VIDA INTELECTUAL, TUDO O QUE VOCÊ TERÁ É UMA VIDA DE VEGETAL.

Nº 83: SÓ PORQUE VOCÊ É PARANOICO, NÃO SIGNIFICA QUE REMEDIAR É MELHOR QUE PREVENIR.
Nº 84: QUANDO NADA MAIS FUNCIONA, RECORRA AO CHOCOLATE.
Nº 86: NUNCA FIQUE NERVOSO AO FALAR COM UMA GAROTA BONITA. É SÓ FINGIR QUE ELA TAMBÉM É UMA PESSOA COMUM.
Nº 87: HOMENS QUEREM COMPANHIA. MULHERES, COMPREENSÃO.
Nº 88: SEMPRE OBEDEÇA À PESSOA DO ASSOVIO PODEROSO.
Nº 91: NÃO EXISTEM — NEM DEVERIAM EXISTIR — LIMITES PARA O QUE UM CARA PODE ENFRENTAR PARA IMPRESSIONAR A MULHER CERTA.
Nº 92: SE QUISER SABER MAIS, FALE MENOS. DEIXE OLHOS E OUVIDOS ABERTOS, E A BOCA, FECHADA.
Nº 94: É POSSÍVEL ENCONTRAR A MAIOR PARTE DAS ARMAS OU EQUIPAMENTOS DE QUE PRECISA PELA PRÓPRIA CASA.
Nº 96: MEMORIZE A DECLARAÇÃO DOS DIREITOS DOS CIDADÃOS DOS ESTADOS UNIDOS DE COR.
Nº 97: ÓCULOS E ROUPAS ÍNTIMAS: TENHA SEMPRE RESERVAS.
Nº 98: NÃO ASSISTA À SUA VIDA PASSAR COMO SE FOSSE UM FILME CONTANDO A HISTÓRIA DE OUTRA PESSOA. É A *SUA* HISTÓRIA. E ESTÁ SE DESENROLANDO AGORA MESMO.

ABRA TODAS AS PORTAS E DESPERTE.

Agradecimentos

Há muitos agradecimentos a serem feitos: ao meu grande amigo e parceiro Ed Victor, à estimada Sophie Hicks e a todos os valentes funcionários do escritório de Ed Victor em Londres; a Chip Gibson, Annie Eaton, Ellise Lee e meu editor sagaz e resoluto, Jim Thomas, da Editora Random House; aos doutores Hal Danzer, Sheri Fried, Bob Garret, Alan Kerner, David Miller, Carolyn Roberts e a Benjamin Shield pelo empréstimo de seus conhecimentos expertos nas questões médicas e metafísicas; aos meus amigos e colegas Frank Bredice, Derek Cardoza, Dennis Colonello, Keiko Cronin, Jodi Fodor, Jeff Freilich, Alicia Gordon, Stephen Kulczycki, Susie Putnam, Jason Spitz, Alan Wertheimer e Steve Yoon pelo estímulo e apoio; e, acima de tudo, à minha irmã, Lindsay, minha esposa, Lynn, e meu filho, Travis, que fazem com que trilhar este caminho valha a pena.

Sobre o Autor

Mark Frost cursou dramaturgia e direção de cinema na Universidade Carnegie Mellon. Em parceria com David Lynch, criou a inovadora série de televisão *Twin Peaks*, grande sucesso nacional e internacional, da qual foi produtor executivo. Frost colaborou na elaboração do roteiro dos filmes *O quarteto Fantástico* e *O quarteto Fantástico e o Surfista Prateado*. É também um autor best-seller aclamado pelo jornal *The New York Times*, tendo escrito oito livros anteriores, dentre eles *The List of Seven*, *The Second Objective*, *The Greatest Game Ever Played* e *The Match*. Para saber mais a respeito do autor, visite o site ByMarkFrost.com.

Este livro foi composto na tipologia Minion Pro
Regular, em corpo 11/14, e impresso em
papel off-white no Sistema Cameron da
Divisão Gráfica da Distribuidora Record.